Ma part d'ombre

Du même auteur
dans la collection Rivages/Thriller

Le Dahlia noir
Clandestin
Le Grand Nulle Part
Un tueur sur la route
L. A. Confidential
White Jazz
Dick Contino's Blues
American Tabloid
Crimes en série

Dans la collection Rivages/noir

Lune sanglante (n° 27)
À cause de la nuit (n° 31)
La Colline aux suicidés (n° 40)
Brown's Requiem (n° 54)
Clandestin (n° 97)
Le Dahlia noir (n° 100)
Un tueur sur la route (n° 109)
Le Grand Nulle Part (n° 112)
L. A. Confidential (n° 120)
White Jazz (n° 141)
Dick Contino's Blues (n° 212)
American Tabloid (n° 282)

Hors collection

La Trilogie Lloyd Hopkins
Trilogie noire
Le Quatuor de Los Angeles

James Ellroy

Ma part d'ombre

Traduit de l'américain
par Freddy Michalski

Collection dirigée par
François Guérif

Rivages/Noir

Crédits photographiques
Page 133 : Avec l'aimable autorisation du Department of Special Collections, UCLA Library
Page 257 : Kathleen Clark

Titre original : *My Dark Places* (Alfred A. Knopf, New York)

106, boulevard Saint-Germain – 75006 Paris

ISBN : 2-7436-0467-0
ISSN : 0764-7786

À Helen Knode

I

LA ROUQUINE

Un samedi soir minable a vu ta perte. Ta mort a été stupide et cruelle, sans même que tu aies pu défendre la vie qui t'était chère.

Ta fuite a été un bref répit. Tu cherchais la sécurité. Tu m'avais emmené dans ta cachette comme ton porte-bonheur. Et je t'ai failli comme talisman – je me dresse donc aujourd'hui comme ton témoin.

Ta mort définit ma vie. Je veux trouver l'amour que nous n'avons jamais eu et l'expliciter en ton nom.

Je veux mettre tes secrets au grand jour. Je veux consumer la distance qui nous sépare.

Je veux te donner vie.

1

Ce sont des gamins qui l'ont trouvée.

Des joueurs de base-ball, Division Babe Ruth, de sortie pour taper quelques balles. Trois entraîneurs adultes marchaient derrière eux.

Les gamins ont vu une forme dans la bande de lierre juste en bordure du trottoir. Les hommes ont vu des perles éparpillées sur la chaussée. Une petite décharge télépathique est passée des uns aux autres.

Clyde Warner et Dick Ginnold ont fait battre en retraite la troupe de gamins – pour les empêcher d'y regarder de trop près. Kendall Nungesser a traversé Tyler Avenue au pas de course et repéré une cabine téléphonique près de la crémerie.

Il a appelé le Bureau du shérif de Temple City et annoncé au sergent de jour qu'il avait découvert un corps. Qui était juste là sur la route, à côté du terrain de jeux d'Arroyo High School, le lycée Arroyo. Le sergent a dit : restez sur place et ne touchez à rien.

L'appel radio a été lancé : 10 h 10, dimanche, 22/6/58. Cadavre à King's Row et Tyler Avenue, El Monte.

Une voiture de patrouille du Shérif est arrivée sur les lieux en moins de cinq minutes. Une unité des services de police d'El Monte a débarqué quelques secondes plus tard.

L'adjoint Vic Cavallero a regroupé entraîneurs et gamins. L'agent Dave Wire est allé inspecter le corps.

C'était une femme de race blanche. Elle avait la peau claire et les cheveux roux. Elle avait environ quarante ans. Elle gisait étendue, sur le dos, sur un talus couvert de lierre à quelques centimètres du bord du trottoir de King's Row.

Son bras droit était replié vers le haut. Sa main droite reposait à quelques centimètres au-dessus de sa tête. Son bras gauche était plié au coude et posé sur son bassin. Sa main gauche était serrée. Ses jambes étaient écartées.

Elle portait une robe bleu foncé, légère, sans manches, au décolleté arrondi. Un manteau bleu foncé avec doublure assortie était étendu sur la partie inférieure du corps.

Ses pieds et ses chevilles étaient visibles. Son pied droit était nu. Un bas nylon était entortillé autour de la cheville gauche.

Sa robe était en désordre. Des morsures d'insectes lui couvraient les bras. Son visage était meurtri et sa langue sortait de sa bouche. Son soutien-gorge était défait et remonté au-dessus des seins. Un bas en nylon et une corde à linge en coton étaient noués autour de son cou. Les deux ligatures serrées mordaient les chairs en profondeur.

Dave Wire a contacté par radio le répartiteur des services de police d'El Monte. Vic Cavallero a appelé le Bureau de Temple City. L'alerte concernant le cadavre largué a été diffusée sur les ondes :

Contactez le coroner du comté de L.A. Contactez le labo criminel du Shérif et dites-leur d'envoyer une équipe sur les lieux.

Cavallero s'est posté près du corps. Dave Wire a couru jusqu'à la crémerie et réquisitionné une longueur de corde. Cavallero l'a aidé à tendre la corde et définir ainsi un périmètre des lieux du crime.

Ils ont discuté de l'étrange position du corps. Elle paraissait née du hasard *et* très recherchée.

Des spectateurs se sont approchés. Cavallero les a repoussés jusqu'au trottoir de Tyler Avenue. Wire a remarqué quelques perles sur la route et les a cerclées l'une après l'autre d'un trait de craie.

Des voitures officielles se sont rangées près du périmètre. Flics en uniforme et hommes en civil sont passés sous la corde.

Des services de police d'El Monte : le chef Orval Davis, le capitaine Jim Bruton, le sergent Virg Ervin. Le capitaine Dick Brooks, le lieutenant Don Mead et le sergent Don Clapp des services du Shérif de Temple City. Les adjoints de Temple ont donné de la voix pour contenir les civils et quelques flics, de service ou en repos, tout bonnement curieux.

Dave Wire a déterminé l'exacte position du corps en mesurant : dix-neuf mètres à l'ouest de la première grille verrouillée sur le terrain de l'école / soixante centimètres au sud du bord de trottoir de King's Row. L'adjoint photographe est arrivé et a pris des clichés en perspective de King's Row et du terrain de sport du lycée Arroyo.

Il était midi, et la température approchait les trente-deux degrés.

L'adjoint photographe a pris des clichés du corps du dessus et des côtés sous divers angles. Vic Cavallero lui a assuré que les mecs qui avaient découvert le cadavre n'y avaient pas touché. Les sergents Ward Hallinen et Jack Lawton sont arrivés. Ils se sont dirigés droit sur le chef Davis.

Davis leur a dit de prendre les opérations en main, aux termes du contrat qui donnait mandat au Bureau de la Criminelle (Shérif de L.A.) pour tous les meurtres commis dans la municipalité d'El Monte.

Hallinen s'est avancé près du corps. Lawton a fait un croquis des lieux dans son calepin.

Tyler Avenue courait nord-sud. King's Row la coupait à l'extrémité sud du terrain de l'école. King's Row se prolongeait vers l'est sur environ cent soixante-quinze mètres. Elle se terminait à Cedar Avenue – la délimitation est du terrain de l'école. Ce n'était rien qu'une route d'accès gravillonnée.

Une grille fermait l'extrémité de Cedar Avenue. Une grille intérieure fermait l'accès à quelques maisons de plain-pied près des bâtiments principaux du lycée Arroyo. Le seul accès à King's Row se faisait par Tyler Avenue.

King's Row avait cinq mètres de large. Un terrain de sport en délimitait le côté nord. Une clôture grillagée couverte de végétation se dressait à la limite sud de la chaussée et de son tapis de lierre large d'un mètre. La position du corps se situait à soixante-quinze mètres à l'est de l'intersection Tyler–King's Row.

La victime avait le pied gauche à cinq centimètres du bord du trottoir. Son poids avait écrasé le lierre tout autour d'elle.

Lawton et Hallinen ont contemplé le corps. La *rigor mortis* s'installait – la main droite serrée de la victime s'était rigidifiée.

Hallinen a remarqué une bague avec fausse perle au majeur. Lawton a dit que cela pourrait aider à identifier la femme.

Le visage de la victime s'était légèrement violacé. Cas classique d'un corps largué aux petites heures de la nuit.

Vic Cavallero a dit aux entraîneurs et aux gamins joueurs de base-ball de rentrer chez eux. Dave Wire et Virg Ervin se sont mêlés aux civils. Est apparu le sergent Harry Andre, un homme de la Criminelle du

Shérif, qui n'était pas de service et brûlait de donner un coup de main.

La presse est arrivée. Quelques adjoints de Temple City sont passés à vitesse de croisière, pour jeter un coup d'œil à la scène. La moitié des vingt-six hommes des services de police d'El Monte sont passés là : les cadavres de femmes blanches attiraient toujours du monde.

L'adjoint du coroner est arrivé. L'adjoint photographe lui a dit qu'il pouvait examiner la victime.

Hallinen et Lawton se sont frayé un chemin pour regarder. L'adjoint du coroner a soulevé l'imper qui couvrait la partie inférieure du corps.

Le femme ne portait pas de combinaison, de gaine, ni de culotte. Sa robe était remontée au-dessus des hanches. Pas de dessous ni de chaussures. Un seul bas entortillé en plis autour de la cheville gauche. Contusions et petites lacérations à l'intérieur des cuisses. Une marque d'écorchure sur la hanche gauche : on l'avait traînée sur l'asphalte.

L'adjoint du coroner a retourné le corps. L'adjoint photographe a pris quelques clichés du dos de la victime. Le dos était mouillé de rosée et montrait des signes de lividité *post mortem*.

L'adjoint du coroner a dit qu'elle était probablement morte depuis huit ou douze heures. On l'avait larguée là avant le lever du soleil : la rosée dans son dos en était un indice évident.

L'adjoint photographe a refait quelques clichés. L'adjoint du coroner et son assistant ont soulevé le corps. Il était encore flasque – la *rigor mortis* ne s'était pas totalement installée. Ils ont transporté la victime jusqu'à leur camion et l'ont placée sur un chariot.

Hallinen et Lawton ont fouillé le tapis de lierre et le trottoir contigu.

Ils ont trouvé une antenne de voiture cassée sur la route. Ils ont trouvé une série de perles dans le lierre aplati, près de l'endroit où le cadavre avait été largué. Ils ont ramassé les perles cerclées de craie et les ont enfilées sur le collier. Ils ont vu qu'il n'en manquait aucune.

Le fermoir était intact. Le fil était cassé en son milieu. Ils ont ensaché les morceaux de collier comme pièces à conviction.

Ils n'ont pas retrouvé les sous-vêtements, les chaussures ou le sac à main de la victime. Ils n'ont pas repéré de traces de pneus dans le gravier en bordure de trottoir. Rien n'indiquait qu'on avait traîné un corps sur King's Row. Le lierre à proximité du cadavre ne semblait pas piétiné.

Il était 13 h 20. La température était remontée jusqu'à près de trente-cinq degrés.

L'adjoint du coroner a pris des échantillons des cheveux et de la toison pubienne de la victime. Il a coupé les ongles du cadavre et placé les rognures dans une petite enveloppe.

Il a fait déshabiller le corps et l'a fait étendre sur le dos sur un chariot.

Il y avait un peu de sang séché sur la paume droite de la victime. Il y avait une petite lacération près du milieu du front de la victime.

Le téton droit de la victime manquait. L'aréole était plissée de tissus cicatriciels blancs. Cela s'avéra une vieille amputation chirurgicale.

Hallinen a ôté la bague de la victime. L'adjoint du coroner a mesuré le corps et a obtenu une taille d'un mètre soixante-sept ; il a estimé le poids à soixante kilos. Lawton est parti téléphoner les renseignements au répartiteur du quartier général et à la brigade des Personnes disparues.

L'adjoint du coroner a pris un scalpel et pratiqué

une profonde incision, longue de quinze centimètres, dans l'abdomen de la victime. Il a écarté les lèvres de la plaie avec les doigts, enfoncé un thermomètre dans le foie et lu une température de trente-deux degrés. Il a situé l'heure de la mort entre 3 et 5 heures du matin.

Hallinen a examiné les ligatures. Le bas et le cordon en coton étaient noués séparément autour du cou de la victime. Le cordon ressemblait à une corde à linge ou à un cordon de stores vénitiens.

Le nœud du cordon était placé sur la nuque de la victime. Le tueur l'avait noué tellement serré que l'une des extrémités s'était cassée – en brins dissociés – et les deux bouts restants, de longueurs inégales, en étaient la preuve incontestable.

Le bas autour du cou de la victime était identique au bas roulé autour de sa cheville gauche.

L'adjoint du coroner a verrouillé son camion et emporté le corps à la morgue du comté de L.A. Jack Lawton a diffusé une annonce radio sur la fréquence de la police :

« À toutes les unités de San Gabriel Valley : restez en alerte, suspects de sexe masculin portant coupures et égratignures récentes. »

Ward Hallinen a rassemblé quelques journalistes de la radio. Il leur a dit de diffuser ce message sur les ondes locales :

« Découverte d'un cadavre de femme blanche. Quarante ans/rousse/yeux noisette/1m 67/60 kg. Dirigez les informateurs potentiels vers les services de police d'El Monte et le Bureau du Shérif de Temple City. »

***

Le chef Davis et le capitaine Bruton sont partis pour le quartier général de la police d'El Monte.

Trois gradés de la Criminelle du Shérif les y ont rejoints : l'inspecteur R.J. Parsonson, le capitaine Al Etzel et le lieutenant Charles McGowan.

Ils se sont installés pour une confrontation de matière grise. Bruton a appelé les services de police de Baldwin Park, Pasadena, Covina, Covina Ouest et le Bureau du Shérif de San Dimas. Il leur a transmis les coordonnées de la victime et obtenu des réponses identiques : elle ne correspond à aucune femme portée récemment disparue.

Des adjoints en uniforme et des flics d'El Monte ont quadrillé le périmètre du lycée Arroyo High. Hallinen, Lawton et Andre ont quadrillé le voisinage immédiat.

Ils ont parlé à des passants dans la rue et à des gens qui prenaient le soleil dans leur jardin. Ils ont parlé à un grand nombre de clients à la crémerie. Ils ont donné le signalement de leur victime et obtenu des réactions directes et définitives : je ne sais pas de quoi vous parlez.

Le quartier était résidentiel et semi-rural : de petites maisons séparées par des terrains vagues et des parcelles de terres agricoles sans habitations. Hallinen, Lawton et Andre ont laissé tomber, il était vain de continuer à quadriller ce terrain.

Ils sont partis au sud, vers les grands axes d'El Monte : Ramona, Garvey, Valley Boulevard. Ils ont couvert une longue série de cafés et quelques bars. Ils ont parlé de la rouquine et obtenu une série de réactions négatives.

Le porte-à-porte initial n'avait rien donné.

Le quadrillage n'avait rien donné.

Aucune unité en patrouille ne signalait d'hommes suspects, porteurs de coupures et d'égratignures.

Un coup de fil est arrivé aux services de police d'El Monte. La correspondante a dit qu'elle venait d'entendre un bulletin d'informations à la radio. La dame qu'on avait retrouvée à l'école semblait correspondre exactement à sa locataire.

Le standardiste a contacté Virg Ervin par radio : voir la femme au 700 Bryant Road.

L'adresse était à El Monte, à un peu moins de deux kilomètres au sud-est du lycée Arroyo. Ervin s'y est rendu et a frappé à la porte.

Une femme a ouvert. Elle s'est présentée comme étant Anna May Krycki et a déclaré que la morte ressemblait apparemment à sa locataire, Jean Ellroy. Jean avait quitté sa petite maison sur la propriété des Krycki, le soir précédent vers 20 heures. Elle était restée absente toute la nuit et n'était toujours pas rentrée.

Ervin a décrit l'imper et la robe de la victime. Anna May Krycki a dit que les vêtements semblaient bien correspondre à la tenue favorite de Jean. Ervin a décrit la cicatrice sur le téton droit de la victime. Anna May Krycki a dit que Jean lui avait montré cette cicatrice.

Ervin est retourné à sa voiture et a transmis par radio les renseignements au standard d'El Monte. Le répartiteur a dépêché une voiture de patrouille à la recherche de Jack Lawton et de Ward Hallinen.

La voiture les a trouvés en moins de dix minutes. Ils se sont rendus tout droit à la maison des Krycki.

Hallinen a immédiatement sorti la bague de la victime. Anna May Krycki l'a identifiée comme appartenant à Jean Ellroy.

Lawton et Hallinen ont fait asseoir Anna May et l'ont interrogée. Anna May Krycki a déclaré qu'elle était *Mme* Krycki. Son mari s'appelait George et elle avait un fils de vingt et un ans d'un précédent mariage, du nom de Gaylord. Jean Ellroy était en principe *Mme* Jean Ellroy mais elle était divorcée depuis plusieurs années. Le premier prénom de Jean était Geneva. Son second prénom, Odelia, et son nom de jeune fille, Hilliker. Jean était infirmière diplômée. Elle travaillait dans une usine de pièces aéronautiques au centre de L.A. Elle vivait avec son fils de dix ans dans la petite maison en pierre, de plain-pied, dans l'arrière-cour des Krycki. Jean conduisait une Buick de 57 rouge et blanche. Son fils passait le week-end avec son père à L.A. et devait rentrer dans quelques heures.

Mme Krycki leur a montré une photographie de Jean Ellroy. Le visage correspondait à celui de la victime.

Mme Krycki a dit qu'elle avait vu Jean quitter son bungalow la veille au soir vers 20 heures. Elle était seule. Elle était partie au volant de sa voiture et n'était pas rentrée. Sa voiture n'était ni dans l'allée ni dans le garage.

Mme Krycki a déclaré que la victime et son fils avaient emménagé dans le bungalow quatre mois auparavant. Elle a déclaré que le garçon passait la semaine avec sa mère et les week-ends avec son père. Jean était originaire d'une petite ville du Wisconsin. C'était une femme tranquille, dure à la tâche, qui ne se mêlait pas des affaires des autres. Elle avait trente-sept ans.

Le père du garçon avait emmené celui-ci en taxi la veille au matin. Elle avait vu Jean faire du jardinage l'après-midi de la veille. Elles avaient échangé quelques paroles, mais Jean ne lui avait rien dit de ses projets pour le samedi soir.

Virg Ervin a soulevé la question de la voiture de la victime. Où la faisait-elle réviser ?

Mme Krycki lui a dit d'essayer la station-service de l'antenne locale 76 du syndicat. Ervin a obtenu le numéro aux renseignements, appelé la station et parlé au propriétaire. L'homme a consulté ses registres et est revenu en ligne avec un numéro de plaque : California/KFE778.

Ervin a communiqué le numéro au standard des services de police d'El Monte. Le standard l'a immédiatement retransmis à toutes les unités du Shérif et de la police locale.

L'interrogatoire s'est poursuivi. Hallinen et Lawton insistaient sur un sujet précis : la victime et ses relations avec les hommes.

Mme Krycki a dit que Jean avait une vie sociale limitée. Elle semblait ne pas avoir de petits amis. Elle sortait parfois seule et d'habitude elle rentrait tôt. Elle ne buvait pas beaucoup. Elle disait souvent qu'elle voulait montrer le bon exemple à son fils.

George Krycki est entré. Hallinen et Lawton l'ont interrogé sur ses activités du samedi soir.

Il leur a répondu qu'Anna May était allée au cinéma aux alentours de 21 heures. Lui était resté à la maison et avait regardé un programme de boxe à la télé. Il avait vu partir la victime en voiture entre 20 heures et 20 h 30, et ne l'avait ni vue ni entendue rentrer.

Ervin a demandé aux Krycki de l'accompagner à la morgue du comté de L.A. Il leur fallait identifier le corps *de visu.*

Hallinen a appelé le labo criminel du Shérif et leur a dit d'envoyer un adjoint chargé des relevés d'empreintes au 700 Bryant, El Monte – la petite maison sur l'arrière de la grande.

Virg Ervin a conduit les Krycki au palais de Justice de L.A. – vingt kilomètres d'une traite par l'autoroute de San Bernardino. Le bureau du coroner et la morgue se trouvaient au sous-sol du Bureau de la Criminelle du Shérif.

La victime était gardée sur une table d'acier en

chambre réfrigérée. Les Krycki l'ont vue séparément. Ils l'ont l'un et l'autre identifiée comme étant Jean Ellroy.

Ervin a pris officiellement leur déposition et raccompagné les Krycki à El Monte.

L'adjoint aux empreintes a retrouvé Hallinen et Lawton devant le bungalow des Ellroy. Il était 16 h 30, il faisait toujours chaud et humide.

Le bungalow était petit, construit en bois couleur bordeaux et en galets de rivière. Il était placé derrière la maison des Krycki, à l'extrémité d'une arrière-cour mitoyenne. La cour s'ornait de palmiers et de grands bananiers autour d'un bassin de pierres cimentées. Les deux maisons étaient situées au coin sud-est de Maple et Bryant. Le domicile des Ellroy avait une adresse sur Maple Avenue.

La porte d'entrée faisait face au bassin et à l'arrière-porte des Krycki. Elle était vitrée à claire-voie sur un cadre de bois. Il manquait un panneau près du trou de la serrure. La porte ne pouvait plus se verrouiller, ni de l'intérieur, ni de l'extérieur.

Hallinen, Lawton et l'adjoint aux empreintes sont entrés dans la maison. L'intérieur était surchargé : deux minuscules chambres à coucher à côté d'un salon étroit ; une cuisine où on n'avait pas la place de s'asseoir, un coin petit déjeuner et une salle de bains.

La maison était propre et bien rangée. Rien ne paraissait en désordre. Les lits de la victime et de son fils n'étaient pas défaits.

Ils ont trouvé un verre dans la cuisine, partiellement rempli de vin. Ils ont inspecté les tiroirs, dans la chambre de la victime, et découvert quelques papiers personnels. Ils ont appris que la victime travaillait à Airtek Dynamics, 2222 Figueroa Sud, L.A.

Ils ont appris que l'ex-mari de la victime s'appelait Armand Ellroy. Il habitait au 4980 Beverly Boulevard, L.A. Son numéro de téléphone était Hollywood 3-8700.

Ils ont vu que la victime ne possédait pas de téléphone personnel.

L'adjoint aux empreintes a passé à la poudre le verre de vin et quelques autres surfaces susceptibles de retenir des traces de doigts. Il n'a obtenu aucune empreinte résiduelle valable.

Hallinen s'est rendu dans la maison des Krycki et a appelé le numéro de l'ex-mari. Il a laissé sonner un bon moment sans obtenir de réponse.

Virg Ervin est entré. Il a dit : Dave Wire a trouvé la voiture de la victime, garée derrière un bar sur Valley Boulevard.

***

Le bar s'appelait le Desert Inn – l'Auberge du Désert. Il était situé au 11721 Valley, à trois kilomètres de l'endroit où l'on avait largué le corps, à un kilomètre et demi du domicile de la victime. C'était un bâtiment de plain-pied, au toit plat à bardeaux d'argile rouge, avec des auvents aux fenêtres en façade.

Le terrain à l'arrière s'étendait jusqu'à une ligne de bungalows bon marché en stuc. Une bande herbeuse plantée de sycomores divisait quatre rangées d'emplacements de stationnement. Des chaînes basses fermaient les côtés du parking.

Une Buick rouge et blanche était rangée près de la clôture côté ouest. Dave Wire était debout à côté d'elle. Jim Bruton et Harry Andre étaient debout près d'une voiture de patrouille du Shérif.

Al Etzel était là. Blackie McGowan était là.

Hallinen et Lawton se sont garés dans le parking. Virg Ervin et l'adjoint aux empreintes sont arrivés dans des voitures séparées.

Dave Wire s'est avancé et a détaillé la succession des événements qui l'avait conduit là.

Il avait entendu l'appel donnant le numéro minéralogique et commencé à inspecter petites rues et parcs de stationnement. Il avait trouvé la voiture de la victime à 15 h 35. Elle n'était pas verrouillée et ne paraissait pas avoir été saccagée. Il avait inspecté les sièges avant et arrière et n'avait pas retrouvé les clés de la voiture, ni le sac à main de la victime, ni ses dessous ou ses chaussures. Il avait *cependant* trouvé une demi-douzaine de boîtes de bière vides. Celles-ci étaient enveloppées de papier marron noué d'une ficelle.

Hallinen et Lawton ont examiné la voiture. Laquelle paraissait immaculée, à l'intérieur comme à l'extérieur. L'adjoint aux empreintes a photographié intérieur et extérieur et passé à la poudre portes et tableau de bord. Il n'a trouvé aucune empreinte résiduelle valable.

Un adjoint de Temple City est arrivé. Il a saisi la Buick et l'a conduite chez un revendeur Ford tout proche pour la mettre en sûreté.

Quelques civils se prélassaient sur l'herbe. Wire a indiqué Roy Dunn et Al Manganiello, deux barmen du Desert Inn.

Andre et Hallinen leur ont parlé. Dunn a dit qu'il avait travaillé la nuit précédente ; Manganiello a dit qu'il ne travaillait que de jour. Hallinen leur a montré la photo de la victime appartenant à Mme Krycki. Les deux hommes ont dit qu'ils n'avaient jamais vu la femme auparavant.

Ils n'avaient jamais vu la Buick rouge et blanche auparavant. Dunn était de service la nuit précédente, mais il s'était retrouvé coincé au comptoir et n'avait pas vu les allées et venues des clients. L'un et l'autre estimaient que la Buick était restée garée dans le parking toute la journée, voire toute la nuit.

Andre leur a demandé qui d'autre travaillait la veille. Dunn a dit : demandez à Ellis Outlaw, le gérant.

Hallinen et Andre sont entrés. Le capitaine Etzel et le lieutenant McGowan ont suivi.

Le Desert Inn était étroit, en forme de L. Des boxes en simili-cuir s'alignaient le long des murs. Un comptoir avec tabourets faisait face à trois rangées de tables et à la porte d'entrée ; le comptoir de service et la cuisine se trouvaient immédiatement derrière le bar. Une piste de danse et une estrade d'orchestre formaient la branche courte du L.

Andre et Hallinen ont pris Ellis Outlaw bille en tête et lui ont montré leur photo de la victime. Outlaw a dit qu'il ne l'avait jamais vue, pas plus que la Buick de 57 garée derrière. Il ne travaillait pas la veille au soir, mais savait qui était de service.

Il leur a donné quelques noms :

Son épouse, Alberta Outlaw dite « Bert ». Sa sœur, Myrtle Mawby. Elles se trouvaient toutes deux chez lui à l'heure qu'il était. Essayez le Royal Palms Apartments, 321 West Mildred Avenue, West Covina. Et essayez Margie Trawick, GIlbert 8-1136. Elle était serveuse au Desert Inn mais pas de façon permanente, et il avait entendu dire qu'elle était là la veille au soir.

Hallinen a noté les renseignements et suivi les autres flics à l'extérieur. Le parking était plein de mecs des services de police d'El Monte qui se tenaient au courant des événements. Un second groupe de mecs planquait à Bryant et Maple, attendant que débarquent l'ex-mari et le gamin de la victime.

Il était 18 h 30, il faisait un peu plus frais. C'était une longue journée de début d'été, la nuit était encore loin.

Les radios de bord des voitures se mirent à crachoter à l'unisson.

Le gamin et l'ex étaient de retour. Des équipes séparées les emmenaient au poste d'El Monte.

***

L'ex-mari de la victime allait avoir soixante ans dans une semaine. Il était grand, bâti en athlète. Il paraissait maître de ses émotions.

Le fils de la victime était grassouillet et grand pour ses dix ans. Il était nerveux, mais ne semblait d'aucune manière bouleversé.

Le gamin était arrivé à la maison en taxi, seul. On l'avait informé de la mort de sa mère et il avait pris la nouvelle calmement. Il a dit à un adjoint que son papa était à la gare routière d'El Monte : il attendait le Freeway Flyer qui devait le ramener à L.A.

On avait détaché une voiture de patrouille pour récupérer Armand Ellroy. Le père et le fils n'avaient plus été en contact depuis leurs adieux à la gare routière. Ils se trouvaient maintenant dans des pièces séparées.

Hallinen et Lawton ont interrogé l'ex-mari en premier. Ellroy a déclaré qu'il était divorcé de la victime depuis 1954 et qu'il exerçait son droit de visite ce week-end. Il avait pris son fils en taxi à 10 heures le samedi matin et n'avait pas vu son ex-femme. Son fils et lui avaient pris un bus jusqu'à son appartement à Los Angeles. Ils avaient déjeuné et étaient allés voir un film, *Les Vikings*, au Fox-Wilshire Theatre. La matinée s'était terminée à 16 h 30. Ils avaient fait quelques emplettes d'épicerie et étaient rentrés à la maison. Ils avaient dîné, regardé la télé et s'étaient couchés entre 22 et 23 heures.

Ils s'étaient levés tard ce matin-là. Ils avaient pris

un bus pour le centre-ville et déjeuné à la Clifton's Cafeteria. Ils avaient passé plusieurs heures à faire du lèche-vitrines et repris un bus pour El Monte. Il avait mis son fils dans un taxi à la gare routière et s'était assis pour attendre un bus à destination de L.A. Un flic était venu jusqu'à lui pour lui apprendre la nouvelle.

Hallinen et Lawton ont demandé à Ellroy comment il s'entendait avec son ex. Il leur a répondu qu'ils s'étaient rencontrés en 39 et mariés en 40. Ils avaient divorcé en 54 ; les choses allaient mal et ils en étaient venus à se haïr. La procédure de divorce avait été pleine d'acrimonie et ne s'était pas déroulée à l'amiable.

Hallinen et Lawton ont questionné Ellroy sur la vie sociale de son ex-femme. Il leur a dit que Jean était une femme secrète qui ne se prêtait guère aux confidences. Elle mentait lorsque cela l'arrangeait, et elle avait bien quarante-trois ans, et non trente-sept ainsi qu'elle le prétendait. Elle était de mœurs faciles et alcoolique. Son fils l'avait trouvée au lit avec des inconnus à plusieurs reprises. Son récent déménagement à El Monte ne pouvait s'expliquer que comme une fuite, elle devait chercher à s'éloigner ou à se rapprocher de quelque raclure qu'elle fréquentait. Jean était très secrète quant à sa vie privée car elle savait qu'il voulait prouver qu'elle était indigne d'être mère et obtenir ainsi la garde de son fils.

Hallinen et Lawton ont demandé à Ellroy de donner les noms des petits amis de son ex-épouse. Il leur a répondu qu'il ne connaissait qu'un seul nom : Hank Hart, un gros lard genre ouvrier à qui il manquait un pouce.

Hallinen et Lawton ont remercié Ellroy pour sa coopération et se sont rendus dans une salle d'interrogatoire au bout du couloir. Quelques flics qui n'étaient pas de service tenaient compagnie au gamin de la victime.

Le gamin se requinquait à vue d'œil. Il faisait tout pour jouer les durs.

Hallinen et Lawton l'ont traité avec gentillesse. Le garçon a confirmé le compte rendu que son père avait fait du week-end jusqu'au plus petit détail. Il a dit qu'il ne connaissait que les noms de deux hommes avec lesquels sa maman sortait : Hank Hart et un professeur de son école du nom de Peter Tubiolo.

Il était 21 heures. Ward Hallinen a offert une friandise au garçon qu'il a accompagné dans le couloir pour rejoindre son père.

Armand Ellroy a serré son fils dans ses bras. Le gamin l'a serré en retour. Ils avaient tous deux l'air soulagé et étrangement heureux.

***

Le garçon a été remis à la garde d'Armand Ellroy. Un flic les a accompagnés en voiture jusqu'à la gare routière d'El Monte. Ils ont pris un Freeway Flyer à 21 h 30 à destination de L.A.

Virg Ervin a conduit Hallinen et Lawton aux Royal Palms Apartments. Ils ont montré la photo qu'ils avaient à leur disposition et posé leurs questions de routine à Bert Outlaw et Myrtle Mawby.

Les deux femmes ont reconnu la photographie. Les deux femmes ont déclaré que la victime n'était pas une habituée du Desert Inn, bien qu'elle y soit venue la veille. Elle était assise avec un homme de petite corpulence, les cheveux noirs raides et le visage mince. Ils avaient été les deux derniers clients à partir, à 2 heures du matin, heure de la fermeture.

Les deux femmes ont déclaré qu'elles n'avaient jamais vu l'homme de petite corpulence auparavant.

Myrtle Mawby a dit qu'ils devraient appeler Margie Trawick. Elle était assise près du comptoir au début de la soirée et elle aurait peut-être quelque chose à ajouter. Jack Lawton a composé le numéro qu'Ellis Outlaw leur avait donné. Margie Trawick a décroché.

Lawton a commencé par quelques questions préliminaires. Margie Trawick n'a pas hésité : elle avait effectivement vu une rouquine attirante assise avec un groupe de personnes la veille au soir. Lawton lui a dit de le retrouver au poste de police d'El Monte dans une demi-heure.

Ervin a raccompagné Lawton et Hallinen au poste. Margie Trawick les attendait. Elle leur est immédiatement apparue très tendue, anxieuse et impatiente de les aider.

Hallinen lui a montré l'instantané de Jean Ellroy. Qu'elle a identifiée *illico presto*.

Ervin a filé, direction le Desert Inn, pour montrer la photo à la cantonade. Hallinen et Lawton ont mis Margie Trawick à l'aise et l'ont laissée parler sans interruption.

Elle a dit qu'elle n'était pas employée par le Desert Inn, mais il y avait maintenant neuf ans qu'elle servait là de temps à autre. Elle avait récemment subi une grave opération chirurgicale et aimait se rendre là strictement pour le plaisir.

Elle était arrivée vers 22 h 10 la veille au soir. Elle s'était assise à une table près du comptoir et avait bu quelques verres. La rouquine avait franchi la porte aux environs de 22 h 45 ou 23 heures. Elle était accompagnée par une blonde lavasse et lourdaude à queue-de-cheval. La blonde avait une quarantaine d'années – le même âge que la rouquine.

La rouquine et la blonde se sont assises à une table. Un homme à l'allure de Mexicain s'est immédiatement avancé et a aidé la rouquine à se défaire de son manteau. Ils se sont dirigés vers la piste et se sont mis à danser.

L'homme, entre trente-cinq et quarante ans, un mètre soixante-quinze à un mètre quatre-vingts, était mince, les cheveux noirs en pointe sur le front, plaqués en arrière. Il avait le teint basané. Il portait un costume sombre et une chemise blanche ouverte au col.

L'homme paraissait *connaître* les deux femmes.

Un autre homme a invité Margie à danser. Il avait dans les vingt-cinq ans, le cheveu clair, poids et taille moyens. Il portait des vêtements défraîchis et des chaussures de tennis. Il était ivre.

Margie a décliné son invitation. L'ivrogne a pris la mouche et s'est éloigné. Un peu plus tard, elle l'a vu danser avec la blonde lavasse.

Diverses choses l'avaient distraite. Elle était tombée sur un ami et avait décidé de faire une balade en voiture en sa compagnie. Ils étaient partis à 23 h 30. L'ivrogne était assis à ce moment-là avec la rouquine, la blonde et le Mexicain.

Elle n'avait jamais vu la rouquine ou la blonde auparavant. Elle n'avait jamais vu le Mexicain. Qu'elle ait déjà vu l'ivrogne était dans le domaine du possible ; il lui paraissait comme qui dirait familier.

Lawton et Hallinen ont remercié Margie Trawick et l'ont raccompagnée chez elle. Elle avait accepté de revenir dans les prochains jours pour un nouvel interrogatoire de confirmation. Minuit approchait. La bonne heure pour aller asticoter la clientèle des bars.

Ils ont refait le chemin jusqu'au Desert Inn. Jim Bruton s'y trouvait – en train de balancer ses questions aux clients. Lawton et Hallinen l'ont chopé au passage et l'ont mis au parfum du récit de Margie Trawick.

Ils disposaient maintenant de renseignements plus utilisables. Ils ont fait la tournée des tables et diffusé l'info dans toute la salle. Ils ont obtenu une touche immédiatement.

Quelqu'un pensait que la description de l'ivrogne correspondait à un gugusse du nom de Mike Whittaker. Il travaillait dans le bâtiment et avait une crèche minable dans South San Gabriel.

Bruton est allé à sa voiture et a fait par radio une demande de renseignements au département d'État des Véhicules à moteur, le service des cartes grises de Californie. Il a rapidement obtenu satisfaction :

Michael John Whittaker, blanc, masculin, né le 1/1/34, 1 m 75, 83 kg, cheveux bruns, yeux bleus, 2759 South Gladys Street, South San Gabriel.

***

L'adresse correspondait à une pension décrépite. La propriétaire était une Mexicaine du nom d'Inez Rodriguez.

Hallinen, Lawton et Bruton y sont allés de leur insigne à sa porte. Ils ont dit qu'ils cherchaient Mike Whittaker, éventuel suspect dans une affaire d'homicide.

La femme a dit que Mike n'était pas rentré la veille. Il avait pu revenir et repartir pendant la journée, elle ne savait pas. C'était un gros buveur. La plupart du temps, il traînait au Melody, sur Garney Boulevard.

Leur baratin sur le suspect de meurtre avait fichu la trouille à Inez Rodriguez.

Hallinen, Lawton et Bruton se sont rendus au Melody Room. Un homme correspondant au signalement de Mike Whittaker était assis au comptoir.

Ils l'ont entouré en lui collant leur insigne sous le

nez. L'homme a dit qu'il était *bien* Michael Whittaker.

Hallinen a dit qu'il avait quelques questions à lui poser, relatives à ses faits et gestes de la veille au soir. Lawton et Bruton l'ont passé à la fouille avant de le conduire *manu militari* à la voiture.

Whittaker s'est écrasé et n'a pas fait de vagues.

Ils l'ont conduit au poste d'El Monte. Ils l'ont collé dans une salle d'interrogatoire et ont commencé à lui rentrer dans le lard sans prendre de gants.

Whittaker sentait. Il avait les jetons et était à moitié ivre.

Il a craché le morceau : il était bien au Desert Inn la veille au soir. Il a dit qu'il cherchait de la chatte. Il était plutôt allumé, et donc il était bien possible qu'il ne se souvienne pas trop bien des choses qui s'étaient passées.

Dis-nous donc ce dont tu te *souviens*, Michael.

Il se souvenait d'être allé au comptoir. Il se souvenait d'avoir invité une fille à danser et de s'être fait rembarrer. Il se souvenait de s'être installé à une table occupée sans y avoir été invité. Ladite tablée consistait en une rouquine, une autre fille et un mec de type italien. Il ne connaissait pas leurs noms et ne les avait jamais vus auparavant.

Lawton lui a dit que la rouquine s'était fait assassiner. Whittaker a paru sincèrement choqué.

Il a dit qu'il avait dansé avec la rouquine et l'autre fille. Il avait tenté le coup auprès de la rouquine pour un rencart le dimanche soir. Elle avait refusé en racontant un truc comme quoi son gamin rentrait de week-end avec son père. Le mec de type italien dansait lui aussi avec la rouquine. Il était bon danseur. Il se *peut* qu'il ait dit s'appeler Tommy, mais je ne me souviens plus très bien.

Dis-nous ce dont tu te *souviens*, Michael.

Michael se souvenait qu'il était tombé de sa chaise. Michael se souvenait d'avoir poussé le bouchon en s'incrustant à cette table où il n'était pas invité. Michael se souvenait des trois personnes qui s'étaient tirées du rade ensemble pour se débarrasser de lui.

Il était resté au comptoir pour se beurrer un peu plus. Il avait marché jusqu'au Stan's Drive-In pour un petit en-cas tardif. Une rôdeuse l'avait alpagué sur Valley Boulevard au bout de quelques blocs. Ils lui avaient collé une inculpation pour ivresse et l'avaient conduit au poste de Temple City.

La cage à poivrots était bondée. Les flics l'avaient conduit à la prison du palais de Justice et l'avaient bouclé. Des bouffeurs de fayots lui avaient piqué ses chaussures et ses chaussettes pendant qu'il dormait.

L'adjoint chargé de la cage l'avait viré au matin. Il était rentré à South San Gabriel pieds nus – peut-être vingt kilomètres. Le soleil avait brûlé toute la journée. L'asphalte lui avait bouffé les pieds et refilé de grosses ampoules toutes rouges. Il était repassé à sa piaule pour y prendre un peu d'argent, une paire de chaussures et de chaussettes. Il s'était rendu à pied au Melody et s'y était installé pour boire.

Bruton a quitté la pièce et appelé le Bureau du Shérif de Temple City. Un adjoint a confirmé le récit de Whittaker : l'homme était resté en détention à partir de minuit trente. Il avait un alibi pour l'heure présumée de la mort de la victime.

Bruton est retourné à la salle d'interrogatoire et a transmis les dernières nouvelles. Whittaker s'est senti aux anges. Il a dit : puis-je rentrer à la maison maintenant ?

Bruton lui a dit qu'il faudrait faire une déposition officielle sous quarante-huit heures. Whittaker a dit qu'il était d'accord. Jack Lawton s'est excusé pour le traitement un peu sévère et lui a offert de le raccompagner jusqu'à sa pension.

Whittaker a accepté. Lawton l'a conduit jusque chez lui et l'a déposé au bord du trottoir.

Sa propriétaire avait largué ses affaires sur la pelouse en façade. La porte d'entrée était fermée et verrouillée à double tour.

Elle ne voulait pas de salopards soupçonnés de meurtre sous son toit.

Il était 2 h 30 du matin, le lundi 23 juin 1958. L'affaire Jean Ellroy – dossier Criminelle du Shérif – N° Z-483-362 – était vieille de seize heures.

2

La vallée de San Gabriel était le trou à rats du comté de Los Angeles. Cinquante kilomètres de patelins de bouseux, collés les uns aux autres, plein est par rapport à L.A.

Les montagnes de San Gabriel formaient la limite nord. Les collines Puente-Montebello fermaient la vallée côté sud. Des lits de rivières boueuses et des voies ferrées la coupaient par le milieu.

La bordure est avait des limites floues. Lorsque la vue s'améliorait, on savait qu'on avait quitté la vallée.

La vallée de San Gabriel était plate, en forme de boîte. Le flanc de la montagne était pris dans le smog. Les villes individuelles – Alhambra, Industry, Bassett, La Puente, Covina, West Covina, Baldwin Park, El Monte, Temple City, Rosemead, San Gabriel, South San Gabriel, Irwindale, Duarte – se fondaient les unes aux autres avec, pour seuls signes distinctifs, les enseignes des clubs Kiwani.

La vallée de San Gabriel était chaude et humide. Des vents méchants balayaient la terre des contreforts de collines au nord. La poussière des trottoirs en terre battue et les débris de gravière piquaient les yeux.

Les terres de la vallée étaient bon marché.

L'absence de relief était idéale pour être quadrillée par les lotissements et permettre de futures constructions d'autoroutes. Plus la zone était éloignée, plus on avait de terres pour son argent. On pouvait chasser le raton laveur à quelques blocs de l'artère commerçante du quartier et personne n'allait vous chercher de crosses. On pouvait clôturer sa cour et élever poulets et chèvres pour améliorer l'ordinaire. On pouvait laisser ses loupiots cavaler sur tout le bloc dans leurs couches pleines de merde.

La vallée de San Gabriel était le paradis du Minable Blanc.

***

Des explorateurs espagnols ont découvert la vallée en 1769. Ils ont éliminé jusqu'au dernier la population indienne indigène et établi une mission à l'intersection de l'autoroute de Pomona et de Rosemead Boulevard. La Misión del Santo Arcángel San Gabriel de los Temblores a précédé de dix ans la première installation de colons à L.A.

Des maraudeurs mexicains se sont emparés de la vallée en 1822. Ils ont viré les Espagnols et se sont approprié les terres de la mission. Les États-Unis et le Mexique se sont livré une brève guerre en 46. Les Mexicains ont perdu et ont recraché Californie, Nevada, Arizona, Utah et Nouveau-Mexique.

L'homme blanc s'est mis à faire des affaires. La vallée de San Gabriel a joui d'une longue période d'expansion agricole. Des sympathisants des confédérés ont émigré vers l'ouest après la guerre de Sécession et acheté une grosse partie des terres de la vallée.

Le chemin de fer a fait sa percée en 1872 et déclenché un boom dans l'immobilier. La population de la vallée s'est accrue de mille pour cent. L.A. commençait à devenir une bourgade de bonne taille. Et la vallée en a tiré un paquet de pognon.

Les profiteurs immobiliers ont constitué la vallée en petites villes. Il en a résulté une croissance ininterrompue qui s'est poursuivie jusque dans les années vingt. La population des villes a crû de manière exponentielle.

Les permis de construire ont été limités sur toute la largeur de la vallée. Les Mexicains étaient cantonnés à des taudis et bidonvilles aux toits de tôle. Les Nègres n'étaient pas autorisés à circuler dans les rues une fois la nuit tombée.

Les récoltes de noix étaient abondantes. Les récoltes d'agrumes étaient abondantes. Les produits laitiers faisaient rentrer l'argent à la pelle.

La Dépression a mis un frein à la croissance de la vallée de San Gabriel. La Seconde Guerre mondiale l'a ressuscitée. Les G.I's démobilisés se sont branchés sur la migration vers l'Ouest. Et les promoteurs immobiliers se sont branchés sur les nouveaux branchés.

Lotissements et divisions par lots se sont multipliés. Champs de noyers et vergers ont été bousillés pour faire de la place, encore et encore. Les limites des villes se sont étendues.

La population a crû en flèche dans les années cinquante. Le commerce lié à l'agriculture s'est mis à battre de l'aile. Se sont mises à fleurir industries manufacturières et industries légères. L'autoroute de San Bernardino s'étirait depuis le centre-ville de L.A. jusqu'au sud d'El Monte. Les automobiles sont devenues une nécessité.

Le smog est arrivé. De nouveaux lotissements d'habitations ont vu le jour. L'économie florissante a donné un nouvel aspect à la vallée – sans en modifier d'aucune manière son caractère d'Ouest sauvage.

Il y avait là des réfugiés du Dust Bowl et leurs gamins adolescents. Il y avait là des *pachucos* coiffés en queue de canard, vêtus de chemises Sir Guy et de pantalons de toile kaki au bas fendu. Les bouseux de l'Oklahoma haïssaient les espingos de la même manière que les vieux cow-boys haïssaient les Indiens.

Il y avait là, parmi les nouveaux arrivants, des hommes à la tête bousillée par la Seconde Guerre mondiale et la Corée. Il y avait là des faubourgs surpeuplés, entrecoupés de grands espaces de campagne. On pouvait descendre le long du Rio Hondo Wash et capturer le poisson à main nue. On pouvait sauter dans les corrals à bestiaux de Rosemead et se tirer une vache d'un coup de fusil. On pouvait se tailler sur place un beau morceau de viande fraîche.

On pouvait aller boire. On pouvait se faire les Aces, le Torch, le Ship's Inn, le Wee Nipee, le Playroom, Suzanne's, le Kit Kat, le Hat, le Bonnie Rae ou le Jolly Jug. On pouvait aller voir ce qui se déchaînait aux Horseshoe, Tradewinds, Desert Inn, Time Out, Jet Room, Lucky X ou Alibi. L'Hollywood East était super. Les Big Time, Off-Beat, Manger, Blue Room et French Basque étaient bien. Idem pour le Cobra Room, Lalo's, Pine-Away, Melody Room, Cave, Sportsman, Pioneer, Forty-Niner, Palms et Twister.

On pouvait s'en jeter quelques-uns derrière la cravate. On pouvait le cas échéant y rencontrer quelqu'un. Le boom du divorce des années cinquante atteignait des sommets. On pouvait faire son choix parmi une grosse réserve de femmes toutes prêtes.

***

El Monte était, en 58, le moyeu de la vallée. Les premiers colons l'avaient baptisé la « Fin de la Piste de Santa Fe ». C'était une ville de bouseux et un bon endroit pour se marrer. Les arrivants les plus récents l'appelaient la « Cité des Femmes divorcées ». C'était un coin à bastringues avec une atmosphère western plus que marquée.

La population tournait autour de dix mille habitants. Quatre-vingt-dix pour cent de Blancs et dix pour cent de Mexicains. La ville occupait un carré de huit kilomètres de côté. Elle était bordée par les terres du comté.

La population gonflait le samedi soir. Les étrangers à la ville s'y rendaient pour faire la tournée des rades sur Valley et Garvey. Le Legion Stadium d'El Monte offrait en vedette Cliffie Stone et son Hometown Jamboree, retransmis en direct sur KTLA-TV.

Le public s'attifait de fringues western : Stetson et pantalon tuyau de poêle pour les hommes ; jupes larges et rondes, amidonnées, pour les femmes. Le Stadium organisait des bals de *doo-wop* les samedis de relâche de Cliffie. *Pachucos* et loubards blancs se castagnaient régulièrement dans le parc de stationnement.

L'autoroute de San Berdoo coupait à travers El Monte. Les automobilistes sortaient et empruntaient Valley Boulevard vers l'est. Ils s'arrêtaient manger un morceau au drive-in de Stan et au Hula-Hut. Ils s'arrêtaient boire un coup au Desert Inn, au Playroom et au Horseshoe. Valley était *la* voie de passage du samedi soir. Les automobilistes en route vers l'est finissaient par se retrouver à y traîner, qu'ils le veuillent ou non.

La zone chaude se terminait à Five Points, la jonction de Valley et Garvey. Stan's et le Playroom occupaient le meilleur emplacement au nord-est. Le Giant Country Market de Crawford était juste de l'autre côté de la rue. Une douzaine de restaurants et de rades à juke-box s'empilaient les uns sur les autres autour de l'intersection.

La partie résidentielle d'El Monte s'étirait à partir de là au nord, au sud et à l'ouest. Les maisons étaient petites et se faisaient en deux modèles : faux ranch et cube en stuc. Les Mexicains étaient isolés dans une zone étirée en longueur appelée Medina Court et un bidonville du nom de Hicks Camp.

Medina Court occupait une longueur de trois blocs. Les maisons y étaient bâties en parpaings et bois de récupération. Hicks Camp était juste en face des voies de la Pacific-Electric. Les maisons au sol en terre étaient construites avec du bois fauché aux vieux wagons de marchandises.

Le film *Carmen Jones* a été tourné à Hicks Camp en 54. Un taudis mexicain y a fait office de taudis pour métayers nègres. Les décorateurs n'ont pas eu à en changer le moindre détail.

Medina Court et Hicks Camp étaient remplis de poivrots et d'envapés. Une forme particulière de meurtre avait cours à Hicks Camp : elle consistait à enivrer sa victime et à la déposer sur les rails de chemin de fer pour qu'elle se fasse décapiter par le prochain train de marchandises.

Les services de police d'El Monte répondaient aux demandes de patrouille et enquêtaient sur tous les crimes, le meurtre excepté. Le service comprenait vingt-six flics, une femme-flic et un employé aux parcmètres. Il avait une réputation de relative propreté. Les commerçants locaux leur graissaient bien la patte à coup de nourriture et d'alcool. Les flics d'El Monte faisaient toujours leurs courses en uniforme.

Les mecs patrouillaient en voiture, en solo. L'ambiance était amicale, capitaines et lieutenants buvaient le coup avec de simples vieux flics sans grade. Les services de police étaient un boulot de choix – on pouvait aider les gens, tabasser les dos mouillés [1] ou promouvoir la chatte fraîche en quantité, selon son inclination personnelle.

Les gars portaient des uniformes kaki et conduisaient des Ford Interceptors de 56. Ils récupéraient les bagnoles impayées pour les revendeurs locaux et se prenaient de bec avec les mecs du Shérif pour des queues de pelle. La moitié avait été engagée sur recommandation. L'autre moitié venait de la fonction publique.

Les services de police cédaient leurs affaires de meurtre à la Criminelle du Shérif. Pour une ville dure qui avait poussé comme un champignon, ils se ramassaient peu de macchabées.

Deux femmes à l'allure de gouines avaient tué un peintre en bâtiment d'El Monte le 30 mars 1953. L'homme s'appelait Lincoln F. Eddy.

Eddy et Dorothea Johnson avaient passé la journée à picoler dans divers bars d'El Monte. Ils s'étaient arrêtés au domicile d'Eddy en fin d'après-midi. Eddy avait forcé Mlle Johnson à lui tailler une pipe. Mlle Johnson était rentrée chez elle et avait discuté du problème avec sa compagne de chambre, Mlle Viola Gale. Les deux femmes s'étaient procuré un fusil et étaient retournées à pied au domicile d'Eddy.

Elles avaient abattu Eddy. Deux gamins jouant dehors à la balle les avaient vues entrer et ressortir. Elles avaient été arrêtées le lendemain matin, jugées, reconnues coupables et condamnées à de longues peines de prison.

Le 17 mars 1956, M. Walter H. Depew était entré, au volant de sa voiture, dans la devanture du Ray's Inn sur Valley Boulevard.

1. Les « wetbacks » ou immigrants mexicains clandestins qui se mouillaient le dos au passage du Rio Grande. *(N.d.T.)*

Deux hommes avaient été renversés et tués. Le dérapage de M. Depew avait arraché cinq mètres du mur de façade et six mètres du mur du fond. Plusieurs autres clients du bar avaient été gravement blessés.

M. Depew avait bu au Ray's Inn plus tôt dans la journée. Sa femme y travaillait comme barmaid. M. Depew s'était pris de querelle avec le propriétaire. Le propriétaire avait éjecté M. Depew quelques heures avant l'incident.

M. Depew avait été immédiatement arrêté. Il avait été jugé, reconnu coupable et condamné à une légère peine de prison.

La Criminelle du Shérif s'était occupée des deux affaires. Leurs trois derniers meurtres sur El Monte s'étaient vus résolus en un putain de temps record.

L'affaire Jean Ellroy durait déjà depuis plus longtemps.

3

Le meurtre a eu droit à la page deux du *Los Angeles Times*, de l'*Express* et du *Mirror*. Il a eu droit à cinq secondes dans les infos télé régionales.

La rouquine cotait zéro. La vraie pâture, c'était le macchabée de Johnny Stompanato. La fille de Lana Turner avait suriné Johnny en avril. L'histoire faisait toujours la une.

Le *Mirror* a passé un cliché de la rouquine en train de sourire. Le *Times* a passé un cliché du gamin juste après que les flics lui eurent appris la nouvelle. Jean Ellroy était la douzième victime de meurtre dans le comté pour 1958.

Armand Ellroy s'est rendu au Bureau du coroner à la première heure le lundi matin. Il a identifié le corps et signé un formulaire du Code de Santé pour que la dépouille soit remise aux pompes funèbres Utter-McKinley. Le docteur Gerald K. Ridge a fait l'autopsie : Dossier des archives du coroner n° 35339-23/06/58.

Il a attribué la cause du décès à une « asphyxie due à une strangulation par ligature ». Son rapport anatomique fait état d'une « double ligature totalement occlusive » autour du cou de la victime. Il a noté que la victime était en période de menstruation. Le frottis pour recherche de spermatozoïdes s'est révélé positif. Il a découvert un tampon périodique au fond de la cavité vaginale.

Il a noté l'« ablation chirurgicale » du téton droit de la victime. Il a relevé le croquis des égratignures qu'elle portait aux hanches et aux genoux ainsi que des meurtrissures sur l'intérieur des cuisses. Il a décrit le corps comme étant « celui d'une femme de race blanche, bien développé, bien nourri et non embaumé ». Ses notes d'examen externe passaient directement aux deux garrots.

> « On constate une double ligature serrée jusqu'à l'occlusion autour du cou, avec pour effet une entaille profonde dans les tissus mous. Cette ligature comprend à la fois une longueur de ce qui se présente comme une corde à linge, placée apparemment en premier lieu autour du cou et nouée serrée dans la région postérieure gauche. Les extrémités du cordon sont libres, l'une, extrêmement courte, s'est apparemment rompue au niveau du nœud, l'autre, d'une longueur moyenne, s'étire en position inférieure. Apparemment appliqué par-dessus la première ligature, on trouve un bas en nylon, noué serré, le nœud étant également placé en position postérieure latérale gauche. La ligature en nylon recouvre en ce point le brin le plus long de la corde à linge. Le bas en nylon semble avoir été fixé serré, d'abord par une demi-clé plate banale, avant de former le second nœud : un brin de l'extrémité libre repassé en boucle sous un nœud coulant partiel fortement resserré. »

Le docteur Ridge a ôté les ligatures et noté le « profond sillon blafard » autour du cou. Il a rasé le crâne de la victime et décrit les tissus de la tête comme « intensément cyanosés et marqués de décolorations d'un mauve-bleuâtre foncé ». Il a incisé la peau du crâne et écarté les deux pans. Il a relevé l'emplacement de onze blessures et les a qualifiées d' « ecchymoses crâniennes profondes d'un rouge intense ».

Le docteur a découpé à la scie la calotte crânienne et examiné les tissus cérébraux de la victime. Il a pesé le cerveau et n'y a découvert « aucune preuve tangible de blessure ou autres anormalités intrinsèques ». Il a ouvert l'estomac de la victime et y a trouvé des haricots blancs entiers, des fibres de viande, des masses d'un jaune orangé ressemblant à des carottes ou de la purée d'orange et des masses jaunes ressemblant à du fromage.

Il a examiné le reste du corps et n'a pas trouvé d'autres preuves tangibles de traumatismes. Il a prélevé un échantillon de sang à fins d'analyse chimique et ôté des portions d'organes vitaux pour de futurs examens microscopiques.

Il a extrait des particules de nourriture de l'estomac, à conserver et à analyser. Il a effectué un prélèvement de sperme – à conserver et à analyser pour en déterminer le groupe sanguin.

Un toxicologue a prélevé un échantillon sanguin afin d'en déterminer le taux d'alcool. Il n'était pas très élevé : 0,8 g.

Un chimiste du laboratoire de médecine légale a inspecté le corps. Il a trouvé de petites fibres blanches, genre moquette, sous l'ongle du majeur droit de la victime et les a ensachées comme pièces à conviction. Il a emporté les deux garrots, la robe de la victime, son bas droit et son soutien-gorge au labo criminel du Shérif. Il a noté que le cordon de strangulation déroulé mesurait quarante-trois centimètres et qu'il s'était cependant resserré jusqu'à sept centimètres et demi autour du cou de la victime.

Le docteur Ridge a appelé Ward Hallinen et lui a résumé ce qu'il avait trouvé. Il a confirmé l'asphyxie comme cause de la mort et dit que la victime avait été frappée à la tête au moins six fois. Elle pouvait avoir été inconsciente lorsqu'on l'avait étranglée. Elle avait eu des relations sexuelles peu de temps auparavant. Elle avait probablement absorbé un repas entier une ou deux heures avant sa mort. Il s'agissait très vraisemblablement de nourriture de type mexicain – elle avait dans l'estomac haricots, viande et fromage partiellement digérés.

Hallinen a noté les renseignements par écrit et appelé la Metro du Shérif. Il a exposé les détails de son affaire au lieutenant de brigade et sollicité l'envoi de deux hommes afin de quadriller bars et restaurants dans la zone d'El Monte/Rosemead/Temple City. Le lieutenant a dit qu'il enverrait Bill Vickers et Frank Godfrey. Hallinen a dit qu'ils devraient insister sur trois points :

La victime avait mangé de la nourriture de type mexicain dans la nuit du samedi ou très tôt le dimanche matin. Elle avait pu sortir avec un Mexicain ou un Blanc de type latin – répondant éventuellement au nom de Tommy. La victime avait les cheveux roux ; le couple qu'ils formaient n'est probablement pas passé inaperçu.

Le lieutenant a promis un service prioritaire. Hallinen a dit qu'il participerait personnellement au quadrillage.

***

Lawton et Hallinen se sont rejoints au poste d'El Monte. Ils se sont séparés et ont commencé à quadriller des zones séparées.

Jim Bruton a fait équipe avec le capitaine Al Etzel.

Ils se sont rendus en voiture au 700 Bryant et ont réinterrogé George et Anna May Krycki. Mme Krycki s'en est tenue à la même version : Jean ne buvait pas, Jean ne sortait pas avec les hommes. Elle a dit que Jean avait répondu à une annonce et loué le petit bungalow sur une impulsion. Jean aimait la cour clôturée et les épaisses frondaisons. Elle disait que l'endroit lui donnait une impression de sécurité. Les Krycki avaient dans l'idée que Jean se cachait à El Monte.

Jean n'avait pas le téléphone. Elle se servait de celui des Krycki pour les appels locaux et passait ses autres coups de fil depuis son lieu de travail. Les Krycki avaient reçu quelques coups de téléphone destinés à Jean. Il s'agissait d'appels strictement relatifs à son travail.

Bruton a demandé à Mme Krycki si elle possédait d'autres photos de Jean. Elle leur a donné six instantanés Kodachrome. Etzel lui a demandé de fouiller le bungalow en leur compagnie. Ils avaient besoin de faire l'inventaire des affaires de Jean et de déterminer quelles chaussures et quel sac à main elle avait samedi soir.

Mme Krycki a accompagné Bruton et Etzel dans toute la maison et examiné les affaires de la victime. Elle a eu un trou de mémoire quant au sac et a dit que manquaient les escarpins à talons hauts en plastique transparent de Jean.

Bruton et Etzel sont retournés au poste d'El Monte et ont déposé les instantanés pour en tirer des copies.

Hallinen a retrouvé Lawton.

Leurs différents quadrillages se révélaient infructueux. Ils avaient visité de nombreux bars et boîtes de nuit – mais personne ne s'était souvenu d'une rouquine et d'un homme au teint basané, de sortie la nuit du samedi.

Ils se sont rendus à l'usine Airtek Dynamics. Elle était située juste au sud du centre de L.A. Un grand bâtiment de cinq étages. La directrice du personnel s'appelait Ruth Schienle.

Elle avait entendu parler du meurtre. Elle a dit que la nouvelle s'était répandue dans tous les couloirs d'Airtek. Elle a dit qu'elle avait des rapports amicaux avec Jean. Jean était une employée d'Airtek que tout le monde appréciait.

Airtek était une division de la Packmeyr Gun Company. Ils fabriquaient des cadres de hublots pour les avions militaires. Jean était l'infirmière de l'usine. Elle avait été engagée en septembre 56.

Mme Schienle a dit qu'elle connaissait très peu de chose de la vie privée de Jean. Hallinen et Lawton ont insisté pour qu'elle se montre plus précise.

Elle a dit que Jean avait très peu d'amis proches. Elle n'était pas très portée sur les relations sociales et ne buvait qu'à de rares occasions. Ses amis étaient pour l'essentiel des couples plus âgés, remontant à l'époque de son mariage.

Hallinen et Lawton ont décrit la blonde et l'homme basané. Mme Schienle a dit qu'ils ne ressemblaient pas à des gens de chez Airtek, ni à aucun des amis dont Jean lui avait parlé. Le nom de Tommy ne lui disait rien.

Hallinen et Lawton lui ont laissé une carte en disant qu'ils la recontacteraient. Ils lui ont dit d'appeler si elle relevait le moindre détail suspect.

Mme Schienle les a assurés de sa coopération. Hallinen et Lawton ont repris le chemin du retour vers El Monte.

***

La Métropolitaine était une unité d'appoint dont les membres recevaient des affectations ponctuelles.

Elle avait une fonction : assister le Bureau des inspecteurs du quartier général lors des enquêtes importantes. Les adjoints affectés à la mission étaient en civil et versés dans l'art du quadrillage.

Frank Godfrey s'est attaqué à l'affaire Ellroy dès le lundi après-midi. Bill Vickers devait bientôt commencer.

Godfrey a quadrillé son secteur, muni d'une photo de la victime. Il a interrogé des serveuses, des patineuses de drive-in, des barmaids, des patrons de restaurants et de bars. Il mettait l'accent sur la rouquine, la blonde et un homme basané dont le nom pouvait être Tommy. Il disait que la rouquine avait commandé de la nourriture mexicaine ou un maxi-chili au fromage.

Il est arrivé au Staat's Café sur Meeker et Valley. Une serveuse a dit que la rouquine lui paraissait familière. Elle a dit qu'un groupe de quatre personnes avait commandé des maxi-chilis samedi soir. C'était Pearl Pendleton qui les avait servis.

Pearl était de congé ce jour-là. Godfrey a obtenu son numéro de téléphone auprès du patron et il l'a appelée. Pearl a écouté ses questions et dit qu'aucun de ses clients du samedi soir ne ressemblait aux gens qu'il avait décrits.

Godfrey est arrivé au Dick's Drive-In sur Rosemead et Las Tunas. Aucune des personnes présentes ne faisait la nuit du samedi soir au dimanche matin. Le patron n'était pas dans l'établissement.

Une serveuse lui a fourni quelques noms : Marlene, Kathy, Kitty Johnson, Sue, la fille du comptoir. Elles étaient toutes de nuit le samedi ou le dimanche et ne reprendraient le service que le mercredi.

Godfrey a traversé la rue et rendu visite au Clock Drive-In. Le patron a dit qu'aucun des membres de son équipe n'était de service dans la soirée ou la nuit du samedi au dimanche matin. Il a consulté son registre et lâché quelques noms et quelques numéros : deux filles de salle, une hôtesse, une fille de comptoir et quatre patineuses.

Godfrey a fait le tour jusqu'à Five Points et est entré au Stan's Drive-In. Le patron a dit que toutes ses filles du samedi-dimanche étaient de repos. Godfrey a noté leurs noms et leurs numéros de téléphone personnels :

Eve McKinley / ED3-6733 ; Ellen « Nicky » Nichols / ED3-6422 ; Lavonne « Pinky » Chambers / ED7-6686.

Il était 16 heures. Godfrey a bifurqué plein sud sur Garvey et s'est arrêté au Melody Room.

Le propriétaire s'est présenté sous le nom de Clyde. Il a écouté jusqu'au bout les questions de Godfrey et lui a dit de contacter Bernie Snyder, le barman de nuit. Bernie avait fermé à 2 heures du matin dimanche. Appelez Bernie et parlez-lui.

Un client a mis son grain de sel. Il a dit que *lui* était là le dimanche matin et qu'*il* avait vu une blonde à queue-de-cheval blottie contre un mec aux cheveux bruns. L'homme avait entre trente et trente-cinq ans. La queue-de-cheval et lui se comportaient comme s'ils étaient vraiment à cran.

Clyde a dit que la queue-de-cheval ressemblait à une habituée du nom de Jo. Elle travaillait chez Dun et Bradstreet à L.A. Il a qualifié la femme de « pilier de bar ». Le mec aux cheveux bruns ne lui évoquait absolument rien.

Godfrey a noté le nom et le numéro de téléphone du client. Clyde l'a pressé de téléphoner à Bernie Snyder – Bernie connaissait tous les visages.

Godfrey a appelé depuis le bar. L'épouse de Bernie a répondu. Elle a dit que Bernie ne serait pas de retour avant 17 h 30 : essayez à ce moment-là.

Il était 16 h 30. La plupart des bistrots de nuit du coin n'ouvraient pas avant 18 ou 19 heures. Godfrey commençait à accumuler une longue liste de coups de téléphone à passer.

***

Le Desert Inn était un rade à *hillbilly*. Il s'était appelé le Jungle Room et Chet's Rendezvous. Myrtle Mawby avait acheté la boîte pour son jeune frère, Ellis Outlaw. Ellis l'avait rebaptisée Outlaw's Hideout, c'est-à-dire la planque du hors-la-loi.

Ellis avait toujours des ennuis avec les flics et ce putain de service des Contributions. Les Fédés lui avaient bouclé sa boîte parce qu'il écrémait les retenues destinées aux impôts sur le salaire de ses employés – avant de la lui laisser rouvrir de manière à lui permettre de payer ses dettes. Ellis avait fracassé une bouteille sur le crâne d'Al Manganiello en 55 et évité de justesse une peine de prison. Il se révélait tout bonnement incapable de faire tourner le Hideout de manière rentable.

Il l'avait revendu à Chet Williamson. Lequel l'avait rebaptisé le Desert Inn en en laissant la gérance à Ellis. Ellis venait d'une famille de tenanciers de bars. Sa sœur Myrtle avait un jour tiré une balle dans l'oreille de son mari et s'était récupéré deux bars en règlement du divorce qui avait suivi.

Ellis était propriétaire de bungalows derrière le parking du Desert Inn. Son pote Al Manganiello était locataire d'une de ses turnes. Ellis dirigeait une officine de paris au petit pied dans son bar. Il prenait les paris sur toutes les courses à Hollywood Park et Santa Anita.

Ellis s'était fait piquer pour conduite en état d'ivresse en mai 57. Deux flics à El Monte avaient déclaré qu'il avait essayé de les acheter – un joli paquet de blé s'ils collaient au rencart le rapport d'arrestation. Deux potes d'Ellis leur avaient offert des pots-de-vin en rab.

Les pots-de-vin en question étaient relativement de la petite bière. L'affaire avait pris des proportions démesurées jusqu'à devenir une cause célèbre du petit bled.

Ellis avait été reconnu coupable de conduite en état d'ivresse. Une succession d'appels lui avait permis d'échapper à la prison pendant plus d'un an. Ellis et ses potes s'étaient tirés sans dommage de l'accusation de corruption.

Les appels pour conduite en état d'ivresse étaient arrivés à leur terme le 19 juin. Un juge a confirmé la condamnation. On a ordonné à Ellis de se présenter devant la cour pour entendre le verdict le 27 juin.

Le Desert Inn était un territoire de bouseux vénérable – et très classe selon les critères d'El Monte.

Spade Cooley venait y jouer en quittant les plateaux de la télé locale. Les clones des Ink Spots y avaient joué lors de leur dégringolade post-Vegas.

Les clients nègres étaient virés comme des malpropres. Les espingos étaient les bienvenus – à condition qu'ils ne débarquent pas en foule.

Le Desert Inn était un bon endroit pour boire et lever de la chatte. Le Desert Inn était un endroit sûr et civilisé, selon les critères d'El Monte de 1958.

***

Jim Bruton a retrouvé Hallinen et Lawton au bar. Il était 18 h 30. Ils sont tombés sur le paletot d'Al Manganiello pour qu'il leur refile le registre des invités du Desert Inn. Al leur a montré un grand livre plein de noms et d'adresses. Ils l'ont passé au peigne fin et trouvé deux hommes répondant au nom de Tom.

Tom Downey : 4817 Azusa Canyon Road, Baldwin Park. Tom Baker : 5013 North Larry Street, Baldwin Park.

Al a dit qu'il ne connaissait pas Tom Baker. Tom Downey était plus à leur pointure : une sorte de ténébreux un peu filou, les cheveux bruns, comme le mec dont ils disaient qu'il dansait avec la rouquine.

Hallinen, Lawton et Bruton se sont rendus à l'adresse de Downey. Une femme a ouvert et s'est présentée comme Mme Downey.

Elle a dit que Tom était encore au travail ; il vendait des Ford au El Monte Motors. Il devait rentrer dans quelques minutes.

Ils ont dit à la femme qu'ils repasseraient plus tard et se sont mis en planque devant la maison dans la voiture de Bruton. Les « quelques minutes » ont duré et duré, jusqu'à atteindre 9 h 30.

Ils ont laissé tomber à 5 heures du mat. Bruton a prévenu le poste par radio et demandé qu'on envoie une unité de patrouille pour relever la planque.

Une voiture pie est arrivée cinq minutes plus tard. Bruton a reconduit Hallinen et Lawton au Desert Inn pour qu'ils y récupèrent leurs voitures respectives. Tout le monde s'est dispersé, direction la maison.

Les types de la patrouille se sont mis à surveiller la maison Downey. Tom Downey a fait son apparition vingt minutes après le début de leur planque.

Les types de la patrouille l'ont chopé. Ils ont contacté par radio le standard d'El Monte et dit au répartiteur d'aller secouer le capitaine Bruton.

Tom Downey faisait la gueule et n'en croyait pas ses oreilles. Les types de la patrouille l'ont conduit au poste d'El Monte et placé dans une salle d'interrogatoire.

Jim Bruton est entré. Sa première impression de Tom Downey : ce mec est trop râblé pour être notre suspect.

Bruton l'a interrogé. Downey a déclaré qu'il était de sortie, à chasser la chatte – et nom d'un chien, qu'est-ce qu'il était fatigué. Bruton lui a dit de lui faire le récit de ses activités de la soirée et de la nuit de samedi.

Downey a répondu qu'il s'était retrouvé au Desert Inn à deux reprises. La première fois, entre 20 et 21 heures. Il s'était installé à une table en compagnie de Ben Grisman et d'un autre mec et ils avaient dîné.

Ben et l'autre mec sont partis. Il était resté une dizaine de minutes. Il avait fait la tournée de quelques autres rades avant de retourner au Desert Inn le temps d'y boire deux verres. Il avait changé en liquide un chèque auprès du barman et s'était tiré juste avant minuit. Il était allé dans un autre bar où il avait retrouvé un ami. Ils avaient roulé jusqu'à un restau à steaks de Covino où ils avaient dîné à une heure avancée. Il était rentré à la maison sacrément tard.

Bruton a décrit la victime, la blonde et l'homme au teint basané, en les situant au Desert Inn à peu de chose près aux périodes correspondant aux visites de Downey. Downey a dit qu'il n'avait remarqué personne ressemblant à ces gens-là.

Bruton a noté « Ben Grissman » et obtenu le nom de l'autre pote de Downey. Il a dit à Downey que quelques hommes du Shérif pourraient vouloir lui parler.

Downey a promis sa coopération pleine et entière.

Bruton l'a renvoyé chez lui dans une voiture de patrouille.

***

Une lettre est arrivée au poste d'El Monte le mardi matin. Elle était gribouillée au dos d'un bordereau de dépôt bancaire et d'une fiche de pointage.

Au chef de la Police d'El Monte 23/06/58

Monsieur,

Je suggérerais, en rapport avec votre tout récent viol-meurtre (dont j'ai lu le compte rendu dans le journal d'aujourd'hui) que vous interrogiez E. Ponce, un réparateur télé, il travaille pour Dorn's et il habite Monterey Park. C'est plutôt pas loin d'El Monte et mon épouse l'accuse de l'avoir violée en avril de l'an dernier à mon domicile. Il l'a aussi menacée à l'époque, elle et le reste de la famille. Notre affaire est entre les mains de la justice en ce moment. C'est un Mexicain, grand et mince, un accent très prononcé. Demandez-lui un compte rendu de ses actes et/ou d'autres actes de nature identique, dans la mesure où c'est ce qui le fait courir.

Demandez à Ponce s'il connaissait l'infirmière qui a été violée et assassinée. Essayez de trouver si elle a jamais acheté une télé ou si elle a fait d'autres achats chez Dorn's, et si Ponce a jamais réparé de télé ou d'autres appareils chez elle. Jetez un coup d'œil aux livres de Dorn's et au registre horaire des employés. Faites-lui préciser son emploi du temps la nuit du crime. En détail, avec preuves à l'appui. Demandez-moi de l'identifier, comme si je l'avais vu avec elle. Et laissez-moi regarder de près.

La lettre était signée « Lester A. Eby, 17152 Cires Avenue, Fontana, Calif. ». La secrétaire du chef a appelé les renseignements et obtenu le numéro de téléphone correspondant : VA2-7814. Elle l'a noté au bas de la fiche de pointage et a rappelé les renseignements.

Elle a demandé une liste des « E. Ponce » à Monterey Park. L'opératrice lui a donné le seul qu'elle avait : Emil Ponce, 320 East Fernfield Drive, PA1-3047. Elle a noté les renseignements sous le nom de l'informateur et placé la lettre dans le casier du capitaine Bruton.

***

Ruth Schienle a appelé la Criminelle mardi matin. Elle a laissé un message détaillé pour Ward Hallinen et Jack Lawton. Le standardiste l'a noté au dos d'une bande de téléscripteur.

> Mlle Schienle a signalé que Henry Kurtz, 4144 Irving PI. Culver City, NE-85888, ne s'est pas présenté à son travail hier soir et qu'il a téléphoné qu'il serait absent ce soir (24/06/58). Henry F. Kurtz/ MB/ 39-42/ 1m 75 – 100 kg/ cheveux bruns.

Le standardiste a placé la bande dans le casier de Jack Lawton.

***

Jim Bruton a téléphoné à Frank Godfrey mardi matin. Il lui a dit de se rendre au plus vite à Brea pour voir une fille du nom de Carmen Contreras. On leur avait refilé un tuyau disant qu'elle connaissait un habitué du Desert Inn du nom de Tommy. L'adresse de la fille était 248 South Poplar.

Godfrey est parti pour le comté d'Orange et a trouvé l'adresse. La mère de la fille l'a envoyé à la Beckman Instrument Company, l'endroit où Carmen était employée.

Godfrey a parlé à Carmen. Carmen a dit qu'elle connaissait un homme du nom de Tommy – mais elle ne connaissait pas son nom de famille. Il était blanc, âgé de trente à quarante ans, 1m 65 à 1m 70. Il avait le teint basané, des yeux bruns et des cheveux noirs bouclés.

Carmen croyait qu'il habitait à Baldwin Park. Il était marié, mais essayait d'obtenir le divorce. Il conduisait un coupé Mercury de 57, blanc à motifs roses. Il lui avait dit qu'il possédait auparavant une Olds 52. Il travaillait pour une entreprise d'installation de sols à Temple City. Il traînait ses guêtres à l'Ivanhoe de Temple City et au Desert Inn d'El Monte. Il aimait s'asseoir au comptoir ou aller discuter de table en table. Il l'avait emmenée dans un truc italien sur Valley une ou deux fois. Elle n'avait pas vu Tommy depuis un moment.

Godfrey lui a laissé une carte. Il lui a dit de l'appeler si elle réussissait à retrouver le nom de famille de Tommy. Carmen a répondu qu'elle le ferait.

Godfrey a appelé Jim Bruton et lui a fait le compte rendu de l'entrevue. Bruton a dit qu'il passerait voir à l'Ivanhoe.

***

Un tuyauteur anonyme a appelé les services du Shérif de Temple City le mardi matin. Il a dit qu'un certain Johnny pouvait être le mec qui avait serré le kiki de l'infirmière.

Le tuyauteur a dit que Johnny fréquentait le Desert Inn. Il conduisait une Olds Holiday rose et blanc et se prenait pour le chéri de ces dames. Il était blanc, de trente à trente-cinq ans, 1m 70, corpulence moyenne. Il avait les cheveux noirs et le teint basané. Il avait une ex-petite amie du nom de Patricia Fields.

Le sergent de jour a transmis les renseignements à Bill Vickers. Vickers a trouvé un numéro de téléphone au nom de Patricia Fields et a appelé la fille.

Mlle Fields lui a appris que Johnny travaillait outre-mer depuis décembre. Elle correspondait avec lui depuis ce moment-là. Vickers lui a demandé si elle pouvait obtenir confirmation. Mlle Fields lui a dit d'appeler Peggy Narucore au GI3-2638.

Vickers a appelé le numéro. Peggy Narucore a confirmé le récit de Mlle Fields.

***

C'était le milieu de l'après-midi.

Frank Godfrey et Bill Vickers quadrillaient bars et restaurants. Ward Hallinen et Jack Lawton réinterrogeaient l'ex-mari et le fils de la victime.

Leur appartement était petit, il y faisait chaud. Ils étaient assis autour d'une petite table de cuisine.

Armand Ellroy a annoncé l'enterrement, prévu pour la semaine suivante. Il avait pris ses dispositions pour faire venir un ministre du culte ; la mise en terre était prévue à Inglewood Cemetery. La sœur de Jean, accompagnée de son époux, arrivait par avion de Madison, Wisconsin. Ellroy comptait ramener son fils à El Monte le lundi suivant pour qu'il y prenne ses affaires.

Hallinen et Lawton ont posé quelques questions au gamin.

Ta mère connaissait-elle une femme blonde à queue-de-cheval ? L'as-tu jamais vue en compagnie d'un Mexicain ou d'un Blanc à la peau sombre ? Quels étaient ses amis à son travail ? S'était-elle fait des amis depuis que vous aviez emménagé à El Monte ? *Pourquoi était-elle venue à El Monte ?*

Le gamin a répondu que sa mère avait menti à propos du déménagement à El Monte. Elle disait qu'elle voulait qu'il vive dans une maison, pas dans un appartement. Il savait qu'elle mentait.

Il aimait bien Santa Monica. El Monte lui fichait la trouille. Il ne comprenait pas pourquoi ils étaient partis si loin.

Il ne connaissait pas de femme blonde. Il ne connaissait pas de Mexicain ou de Blanc à la peau sombre. Il ne connaissait pas les amis de travail de sa mère. Il leur avait déjà parlé de Hank Hart et de Peter Tubiolo. Mme Krycki était l'amie de sa mère – ça, il le savait.

Lawton lui a demandé si sa mère buvait de l'alcool.

Le gamin a dit qu'elle buvait beaucoup de bourbon Early Times.

***

Jim Bruton a reçu un coup de fil mardi. Les services du Shérif de Temple lui transmettaient un tuyau : Tommy venait d'apparaître à l'Ivanhoe.

Bruton s'est arrangé pour qu'une unité du Shérif le transporte au poste d'El Monte. Il a fait préparer une salle d'interrogatoire avec miroir sans tain et appelé Myrtle Mawby. Laquelle a accepté de venir et de voir le suspect.

Deux adjoints ont fait entrer Tommy. Il s'agissait de Tom Baker dont le nom avait été relevé dans le registre du Desert Inn. Bruton lui a fait détailler sa soirée de samedi.

Baker a dit qu'il était allé aux courses de Hollywood Park. Il était resté jusqu'à la fin de la septième puis s'était rendu en voiture dans un restaurant sur Florence et Rosemead. Il avait mangé un burger et était retourné chez lui dans Baldwin Park. Il avait passé le reste de la soirée à regarder la télé avec son propriétaire et le fils de ce dernier. Il ne se trouvait pas au Desert Inn la nuit de samedi.

Myrtle Mawby a observé Tom Baker. Elle a déclaré à Bruton que ce n'était pas l'homme qu'elle avait vu avec la rouquine.

Tom Baker a été relâché. Une voiture de patrouille l'a reconduit à l'Ivanhoe.

***

Il était 20 heures.

Vickers et Godfrey se trouvaient à Temple ; ils appelaient barmen et serveuses à leur domicile. Hallinen et Lawton passaient leurs coups de fil depuis le poste d'El Monte.

Ils essayaient de localiser Margie Trawick et Mike Whittaker. Ils avaient besoin de leur déposition officielle le soir même.

Ils ont trouvé Margie au domicile de ses parents. Ils ont trouvé Mike au Melody Room et lui ont dit qu'ils envoyaient une voiture le chercher. Ils avaient pris leurs dispositions pour qu'un sténographe du Shérif vienne jusqu'au poste.

Le sergent de la réception les a interrompus. Il a dit qu'un tuyau venait juste de tomber : une serveuse de chez Stan avait peut-être vu quelque chose samedi soir.

*
* *

Lavonne Chambers portait un uniforme rouge et or. Hallinen et Lawton l'ont interrogée dans le cagibi du patron.

Le drive-in avait une forme circulaire, d'un modernisme d'âge spatial. Une flèche en néon sortait du toit. Le parc de stationnement à l'arrière était énorme – les voitures pouvaient s'aligner sur trois rangs, les conducteurs faisaient des appels de phares pour être servis.

Lavonne a dit qu'elle avait entendu un message à la radio. Elle avait tergiversé pendant une journée, ou à peu près, avant de dire à son chef de poste ce qu'elle savait. C'est lui qui avait appelé les services du Shérif à sa place.

Hallinen et Lawton l'ont un peu cajolée. Lavonne s'est décontractée et leur a raconté son histoire.

Elle avait reconnu le signalement donné à la radio. Elle se souvenait de la rouquine – depuis la robe jusqu'au collier de perles. Elle était certaine d'avoir servi la rouquine et son rencart à *deux* reprises – le samedi soir et le dimanche matin.

Ils étaient arrivés peu après 22 heures. La femme avait commandé un sandwich au fromage toasté ; l'homme avait commandé un café. L'homme conduisait. La voiture était une berline Olds de 55 ou 56. Elle était verte, ton sur ton – le vert plus pâle probablement pour le toit. L'homme était très mince, de trente-cinq à quarante ans, les cheveux noirs peignés coiffés en arrière. À le voir, il pouvait être d'origine grecque ou italienne.

La femme se comportait sans trop de réserve. Elle était peut-être bien ivre. L'homme se comportait avec réserve, apparemment mort d'ennui.

Ils avaient mangé et étaient repartis. Ils étaient revenus entre 2 heures et 2 h 45 du matin. Ils s'étaient à nouveau garés dans un des emplacements dont elle assurait le service.

La rouquine a commandé un chili aux haricots. L'homme a commandé du café. La femme était toujours exubérante. Lui était toujours très réservé et mort d'ennui. Ils ont mangé, ils ont payé et sont partis.

Hallinen et Lawton ont présenté le manteau de la victime, maintenant couvert d'étiquettes du laboratoire de médecine légale. Lavonne Chambers a immédiatement reconnu la doublure. Elle a reconnu tout aussi rapidement une photo de la victime. Elle a accepté de faire une déposition officielle le lendemain – mais uniquement chez elle. Elle ne pouvait pas laisser ses enfants seuls.

Hallinen et Lawton ont fixé un rendez-vous à 15 h 30. Lavonne n'arrêtait pas à propos de la rouquine – elle était tellement jolie et paraissait tellement gentille.

***

La déposition de Mike Whittaker n'avait ni queue ni tête.

Il n'a pas cessé de plaider l'ivresse. Il a identifié la victime, rousse de quarante-trois ans, comme une brune entre vingt et trente ans. Il a qualifié la blonde à queue-de-cheval de mexicaine.

Son récit a été vague, rempli de trous de mémoire. Il n'a pas cessé de contredire sa déclaration du dimanche soir. Son seul point de référence chronologique était le moment où il avait dégringolé de sa chaise.

L'entrevue a pris fin à 21 h 35.

Mike Whittaker est sorti. Margie Trawick est entrée.

***

DÉPOSITION DE MARGIE TRAWICK. FAITE DANS LES SERVICES DE POLICE D'EL MONTE, 505 EAST VALLEY BOULEVARD, EL MONTE. ÉTAIENT PRÉSENTS : SERGENT W.E. HALLINEN, SERGENT J.G. LAWTON. 21 H 41, 24 JUIN 1958. DOSSIER Nº Z-483-362. RECUEILLIE PAR : DORA A. BRITTON, STÉNOGRAPHE.

PAR LE SGT HALLINEN :

Q : Quel est votre nom complet ?
R : Margie Trawick.

Q : Avez-vous un deuxième prénom ?
R : Oui, mon deuxième prénom est Lucille.

Q : Vous connaît-on parfois sous un autre nom de famille ?
R : Mon nom de jeune fille était Phillips.

Q : Où habitez-vous ?
R : 413 Court Adair Street, El Monte.

Q : Avez-vous un numéro de téléphone ?
R : GIlbert 8-1336.

Q : Puis-je vous demander votre âge ?
R : J'ai eu trente-six ans il y a une semaine, samedi dernier, le 14 juin.

Q : Avec qui habitez-vous à cette adresse ?
R : Mes parents, M. et Mme F.W. Phillips.

Q : Occupez-vous un emploi en ce moment ?

R : Pas en ce moment, non. Mais j'ai un employeur. Je suis actuellement en congé de maladie.

Q : Qui est votre employeur ?
R : Tubesales, 2211 Tubeway Avenue, Los Angeles 22.

Q : Avez-vous occupé précédemment des emplois de serveuse ?
R : Oui. Serveuse. Essentiellement hôtesse au Desert Inn, 11721 East Valley Boulevard, El Monte, c'est exact.

Q : Combien de temps y avez-vous été employée ?
R : Approximativement neuf ans. Jamais de manière permanente, chaque fois qu'ils avaient besoin de moi. Quand les affaires marchaient vraiment bien.

Q : À quelle date remonte votre dernier emploi ?
R : Voyons... je suis allée à l'hôpital le 6 mai et c'était le samedi soir qui a précédé ce mardi-là.

Q : En référence à ce samedi, la soirée du 21 juin, vous souvenez-vous de ce jour-là ?
R : Oui.

Q : Voudriez-vous nous dire ce que vous avez fait ce jour-là, en commençant aux environs de 22 heures ?
R : J'ai quitté la maison aux environs de 22 h 05, 22 h 10, je suis allée directement au Desert Inn.

Q : Pardonnez-moi, mais quel genre d'endroit est le Desert Inn ?
R : Une boîte de nuit, rien de plus. Dancing et restaurant.

Q : À quelle heure êtes-vous arrivée au Desert Inn ?
R : Je dirais aux environs de 22 h 15, 22 h 20. Le temps qu'il m'a fallu pour m'y rendre directement en voiture.

Q : Où étiez-vous assise ?
R : À la table qui fait directement face au bar, tout à côté du comptoir de service.

Q : Par comptoir de service, vous voulez parler de l'endroit où les filles prennent les boissons à servir aux clients ?
R : C'est exact.

Q : Pendant que vous étiez assise à votre table, avez-vous regardé la salle et ces *(sic)* clients ?
R : Oui. C'est chez moi une habitude.

Q : Pouvez-vous nous parler de l'aspect de la salle, en particulier des déplacements de clients ou d'autres personnes que vous ayez remarqués ?
R : Il y avait six personnes à deux tables réunies côte à côte, au tout premier rang de la piste de danse.

Q : Avez-vous reconnu quiconque parmi ces gens ?
R : Oui, des clients habitués du Desert Inn.

Q : Connaissez-vous leurs noms ?
R : Non, je ne les connais pas.

Q : Avez-vous remarqué quiconque au comptoir ?
R : Oui, le chanteur de couleur était assis sur le tabouret tout à côté du comptoir de service. Il y avait deux autres hommes au comptoir.

Q : Connaîtriez-vous leurs noms ?
R : Uniquement celui que je connais par son prénom, Cliff. C'est avec lui que je suis partie à 23 h 30.

Q : Vous voulez parler du moment où vous avez quitté le Desert Inn, à 23 h 30 ?
R : Oui, c'est exact.

Q : D'autres personnes que vous ayez reconnues, assises aux tables dans votre champ de vision ?
R : Il y avait une danseuse qui faisait jadis un numéro au Pioneer, une effeuilleuse je veux dire, et je ne sais pas s'il s'agit de son mari ou de son imprésario, mais il est toujours avec elle, il était assis tout à côté de moi. Il y avait un autre habitué assis à la table centrale sous le miroir contre le mur de côté. Il y avait des habitués. Quatre personnes à la troisième table tout près de la piste de danse. Je ne les connais pas, mais elles sont venues ici un grand nombre de fois. Immédiatement derrière eux se trouvait un jeune couple. Le jeune gars, je l'avais déjà vu. Pas la fille.

Q : Si vous repensez à la présence de ces personnes, assises à leur table dans votre champ de vision, quelle heure était-il approximativement ?
R : C'était à l'heure de mon arrivée.

Q : Avez-vous particulièrement remarqué une ou des personnes qui se soient assises ou qui soient entrées dans l'établissement ?
R : Deux filles. L'une, une rouquine, et l'autre, que j'appelle une blonde lavasse, sont entrées et se sont assises à la table centrale, rangée centrale.

Q : Voudriez-vous décrire ces deux dames ?
R : La rouquine était très séduisante. Moi, j'appelle ça un blond vénitien. Je ne sais pas comment on pourrait l'appeler. Pas un roux foncé, ni un roux clair. Très joliment habillée d'une robe bleu marine. La robe avec un imprimé, mais la doublure du boléro dans le même tissu que la robe. L'extérieur du boléro bleu marine. Au moment où elles se sont assises, la serveuse, qui est une de mes très bonnes amies, bavardait avec un client au comptoir.

Q : Quel est le nom de la serveuse ?
R : Myrtle Mawby.

Q : En ce qui concerne la rouquine, pourriez-vous nous la décrire : âge, poids et taille ?
R : Je dirais qu'elle avait quarante ans. J'estime qu'elle devait mesurer 1m 62 ; quant à son poids, j'ai du mal à juger. Je ne pense pas pouvoir donner son poids exact, je dirais entre cinquante-cinq et soixante kilos.

Q : Avez-vous remarqué si elle portait des bijoux ?
R : Non.

Q : Avez-vous remarqué d'autres détails susceptibles d'être caractéristiques ?
R : La raison pour laquelle j'ai remarqué cette femme en particulier, c'est quand elle a enlevé son manteau pour danser avec un gars qui s'est avancé jusqu'à la table.

Q : Pouvez-vous décrire l'autre fille assise à la table ?
R : C'était une blonde lavasse, oxygénée, elle avait sur les épaules un trois-quarts court, un manteau beige ou crème. Elle portait des talons plats et jusqu'à ce que je la voie danser, c'est tout ce que je peux donner comme signalement. À la voir danser, pour ce qui est de son poids, je dirais qu'elle pesait trois à cinq kilos de plus que la rouquine. Elle était forte des hanches, des hanches larges.

Q : Son âge ?
R : À peu près comme l'autre dame, la quarantaine.

Q : Sa taille ?
R : À peu près comme la rouquine. Elle avait des talons plats. La rouquine portait des talons hauts.

PAR LE SGT LAWTON :

Q : Avez-vous remarqué les chaussures de la rouquine ?

R : Non.

Q : La rouquine vous paraissait-elle ivre ?
R : Elles ne semblaient pas ivres, ni l'une ni l'autre.

PAR LE SGT HALLINEN :

Q : Après que les deux filles que vous avez décrites se sont assises à la table, que s'est-il passé ?
R : J'ai attiré l'attention de Mlle Mawby pour lui signaler qu'elle avait deux clients et elle a terminé sa conversation avec le monsieur au comptoir. Entre-temps, un Mexicain, grand et maigre, s'est approché de la chaise de la rouquine par-derrière. Je ne l'ai pas entendu l'inviter à danser. Elle s'est immédiatement levée de sa chaise.

Q : Avant de poursuivre, pouvez-vous décrire cet homme un peu plus en détail ?
R : Je dirais qu'il mesurait entre 1m 78 et 1m 80, très mince, le visage maigre. Des cheveux bruns, plaqués en arrière. Très plaqués sur le crâne.

Q : Les cheveux étaient-ils ondulés ?
R : Non.

Q : Avait-il une raie ?
R : Non, les deux côtés du front étaient dégarnis.

Q : Quel genre de vêtements portait-il, si vous vous en souvenez ?
R : Un complet sombre. Une chemise sport sombre, col ouvert, sorti sur le col de la veste.

Q : Avez-vous remarqué quoi que ce soit de blanc ou de clair sur cet homme ?
R : Non.

Q : L'âge ?
R : Je dirais qu'il n'était pas plus vieux, à peu près le même âge que les deux femmes.

Q : Une quarantaine d'années ?
R : Oui, monsieur. Entre quarante et quarante-cinq ans.

Q : Avez-vous entendu tout ou partie de la conversation quand il est arrivé à la table ?
R : Non.

Q : Avez-vous la moindre impression que cet homme pouvait connaître l'une des deux filles ?
R : Il m'a semblé qu'il était en terrain de connaissance. C'est l'impression que ça donnait.

Q : Et qu'est-ce qui vous a donné cette impression ?
R : La manière dont il s'est approché de la rouquine. Elle s'est levée de sa chaise, elle a enlevé son manteau, il l'a aidée à le plier, doublure vers l'extérieur, et à le poser sur le dossier de sa chaise, puis elle s'est dirigée vers la piste de danse.

Q : À ce moment-là l'autre fille, celle à la queue-de-cheval, s'est retrouvée seule assise à la table ?
R : C'est à ce moment-là que Mlle Mawby a commencé à prendre leur commande, puis elle est revenue près de ma table parce qu'elle devait attendre de voir s'ils étaient tous assez âgés pour

qu'elle puisse les servir. Ce qui est arrivé ensuite, c'est qu'elle a pris leur commande : une bière, deux whiskys à l'eau. Je l'ai entendue crier « un grand verre », et j'ai su que l'un des clients prenait une boisson sans alcool.

Q : À ce moment-là, ils étaient trois à la table ?
R : Oui.

Q : Que vous revient-il à l'esprit de la suite des événements ?
R : Je revois Mike qui revient de la piste de danse avec la blonde.

Q : Vous ne connaissiez pas son nom ?
R : Non. Je ne le connaissais pas à ce moment-là.

Q : Vous avez appris depuis, qu'il s'appelait Mike ?
R : Oui.

Q : Je souhaiterais revenir un tout petit peu en arrière dans votre déposition et vous demander si vous vous souvenez de l'heure approximative à laquelle les deux filles sont arrivées et se sont installées à la table que vous avez décrite.
R : Je dirais que j'étais là depuis au moins une demi-heure, ce qui devrait faire aux alentours de 11 heures moins le quart.

Q : Voudriez-vous décrire la personne que vous connaissez maintenant sous le nom de Mike ?
R : Eh bien, il a les cheveux châtain clair. Je le qualifierais de blondinet à cause des traits de son visage. Il me paraît évident que c'est un blondinet. Un jeune gars, vingt-trois, vingt-quatre ans.

Avec une chemise sombre, bleu marine ou noire. Ce qui m'a le plus frappée, c'est qu'elle était négligée. Déboutonnée entièrement. Un pantalon foncé, des chaussures en toile, genre chaussures de tennis légères.

Q : Il s'agit là du même signalement que celui que vous nous avez donné, avant de savoir que cette personne répondait au nom de Mike ?
R : C'est exact.

Q : Qu'a fait Mike ?
R : Pour ce qui est de son invitation à danser, il est entré, s'est avancé jusqu'au comptoir et a commandé une bière, puis il s'est approché de ma table et m'a demandé si je voulais danser, et je lui ai dit que le morceau était trop rapide. Il m'a demandé alors si j'accepterais de danser sur une musique lente, et je lui ai dit « Non, merci ». Il est devenu très agressif et m'a demandé si je savais au moins danser. Il est retourné au comptoir, a pris sa bière et s'est dirigé vers la table en coin qui sépare le bar proprement dit de la salle de restaurant. La serveuse... j'ai fait remarquer à la serveuse qu'il était agressif et qu'il me paraissait plutôt jeunot. Elle est retournée le voir, lui a donné un cendrier propre et une serviette propre, est revenue à ma table et m'a dit « Non, il a largement l'âge ». Un petit moment plus tard, j'ai remarqué qu'il dansait avec la blonde à queue-de-cheval assise à la même table que la rouquine, rangée centrale.

Q : Avez-vous remarqué si Mike s'était approché de la table avant de danser avec la fille à queue-de-cheval ?

R : Non, quand je l'ai vu assis à la table avec le groupe, ils étaient quatre au total : le Mexicain, le jeune gars et les deux filles.

Q : Par rapport au comptoir, vous souvenez-vous de la position qu'occupaient ces quatre personnes ?
R : Les deux filles me tournaient le dos.

Q : Elles tournaient donc le dos à quelle partie de la salle ?
R : Elles avaient le dos au nord. Elles faisaient face à la piste de danse. La chaise de Mike était rapprochée en biais de manière à ce qu'il puisse voir la piste, tout près de la blonde à queue-de-cheval.

Q : Ce qui correspondrait au côté ouest ?
R : Oui, l'ouest. Le Mexicain me faisait toujours face. C'est-à-dire qu'il était face au nord.

Q : Ainsi qu'au comptoir et aux filles ?
R : C'est exact.

Q : Et à l'est par rapport à Mike ?
R : Oui.

Q : Avez-vous vu cette table commander d'autres boissons ?
R : Je n'ai vu servir que deux tournées par la serveuse.

Q : Vous souvenez-vous de la personne qui a commandé ces tournées ?
R : Non, je ne m'en souviens pas.

Q : Avez-vous remarqué l'état d'ébriété des quatre personnes assises à cette table ?
R : Le jeune gars dont on sait maintenant qu'il s'appelle Mike était complètement ivre. Mais pas les trois autres personnes.

Q : Les deux hommes ont-ils dansé avec les deux filles ?
R : Après ça, je n'ai pas fait spécialement attention parce que je suis partie à 23 h 30.

Q : Ils étaient tous les quatre assis à la table quand vous êtes partie ?
R : Oui, monsieur.

Q : Êtes-vous partie du Desert Inn accompagnée ?
R : Oui.

Q : Et il était approximativement 23 h 30 quand vous êtes partie ?
R : C'est exact.

Q : Êtes-vous revenue au Desert Inn cette nuit-là ?
R : À 1 heure moins dix. J'ai ramené le même gars. Je l'ai raccompagné pour qu'il récupère de l'argent qu'on lui devait.

Q : Quelle heure était-il quand vous êtes revenue ?
R : 1 heure moins dix.

Q : Avez-vous remarqué si la table et le comptoir du Desert Inn étaient occupés ?
R : La salle était pratiquement vide côté bar.

Q : Avez-vous remarqué si la table que vous avez précédemment décrite était occupée ?
R : Elle était vide.

Q : Avez-vous remarqué dans le restaurant l'une des quatre personnes précédemment décrites ?
R : Non.

Q : Combien de temps êtes-vous restée dans l'établissement ?
R : Rien que quelques petites minutes.

Q : Et ensuite vous êtes partie ?
R : Ensuite, je suis rentrée à la maison, oui.

PAR LE SGT LAWTON :

Q : Ce grand Mexicain maigre que vous avez décrit, si vous le revoyiez, seriez-vous capable de l'identifier ?
R : Je crois que oui. Il était tellement maigre de visage, on aurait pu croire qu'il n'avait pas de dents jusqu'à ce qu'on le voie sourire.

Q : Vous voulez parler du maxillaire ?
R : Oui.

Q : C'est lui qui a invité la rousse à danser ?
R : Oui. Je ne l'ai pas entendu l'inviter.

Q : Mais ils ont dansé ?
R : Oui.

Q : C'est celui dont vous avez eu l'impression qu'ils se connaissaient ?
R : C'est exact.

Q : Merci beaucoup.

FIN DE LA DÉPOSITION À 22 h 10.

*
* *

Deux lettres sont arrivées au poste d'El Monte le mercredi matin. Toutes deux étaient adressées au chef de la Police.

La première était tapée à la machine et portait le cachet de la poste de Fullerton, Californie.

Nous suivions M. C.S.I. de Santa Ana, et nous l'avons vu jeter le corps, une rousse, depuis sa voiture ou une Plymouth 1954 bicolore, rose saumon et brun chocolat, ce soir-là. Vous comprenez il a un casier judiciaire dans plusieurs services de police de Californie du Sud, et il a menacé la vie de plusieurs personnes. Nous le considérons comme une ORDURE et c'est celui que vous recherchez. KI-28114 vous en dira plus.

La lettre était signée « Témoin Oculaire, Peggy Jane, M. et Mme Virgil Galbraith, Fullerton ».

La seconde lettre portait le cachet de la poste de Los Angeles. Elle était manuscrite. « Considérez les façons de cette femme » était rédigé en capitales sur le recto de l'enveloppe.

> Ainsi donc ta pauvreté te viendra comme un voyageur et ton manque comme un homme armé.
> Olga a été élevée dans une maison de mauvaise réputation, d'autres putes elle a tout appris du cambriolage, de l'effraction, du vol, et le voleur est comme un meurtrier. Sa piste

mène à des attaques de banques – le caissier de la 9e et Spring ces derniers mois ainsi qu'un « Braquage » d'une banque de San Francisco connue localement comme Grandma. Elle se déguise, elle a fréquenté les studios de cinéma et a été groom d'ascenseur à l'Ambassador, c'est de là et de son travail de bonne qu'elle a mis au point les techniques de vol et de meurtre qu'elles a appliquées à Hollywood pour tuer une femme dans un hôtel, Mme Greenwald, Mlle Epperson et une femme dans un hôtel de L.A. De nombreux autres meurtres – un certain Stepanovich à Mac Arthur Park ces mois derniers et d'autres non révélés au public. Elle traîne autour de la gare routière Trailways et des musées de Santa Fe et à Forest Lawn, aussi bien que dans des quartiers et des lieux qui changent où elle est susceptible de trouver un homme à qui faire les poches, une femme pour la sodomie, un ivrogne à nettoyer, un voyageur à dépouiller ou pour lui vider les poches, Olivera Street où elle vend son corps et fait les poches des voyageurs, et des hommes jeunes – habituellement deux – pour passer la nuit dans sa tanière.
Il faut qu'elle dorme aussi elle se trouve un hôtel de l'autre côté du pont sur West 7th Str. à L.A. Sur le chemin se trouve le magasin dirigé par Anthony Jr et le Senior Thomas. Là Anthony l'a séduite et fréquemment il la paie royalement, vit maintenant royalement à El Monte, pour empêcher un nouveau crime à El Monte, chassez Anthony (en l'étouffant sous les flammes) d'El Monte sinon elle vous assassinera, vous, vos enfants et votre amour parce qu'elle veut avoir de l'argent d'Anthony.

Par conséquent obligez-le à quitter votre Cité. Si vous ne voulez pas – oui – si ce n'est pire – de maladie honteuse. Si votre ville est grande ouverte aux putes comme Olga nous continuerons à écraser cette malfaisance. Ceux qui tiennent les rênes sont la terreur du mal. En ce moment, le rédacteur de ce texte cherche deux eunuques pour balancer Olga par la fenêtre. Vous devez donc l'expédier là où se trouvent les eunuques, et ils se trouvent à un endroit où les femmes plongent. Expédiez-la à l'hôpital d'État sous le prétexte de lui remettre les pieds en état. Elle ne porte jamais de culotte – violant la loi contre l'attentat à la pudeur et l'exhibitionnisme – et elle roule ses chaussettes ce qui lui donne des varices. Elle peut avoir une crampe et tomber en pleine circulation et dans le tumulte de l'excitation le shérif le juge de la cour supérieure et le directeur méd. de l'hôp. d'État pourraient se trouver dans la collision et périr. Vous seriez bien avancés ! Elle est blonde, entre 40 et 45 ans, c'est votre suspect.
Si les crimes de vol et de meurtre cessent alors c'est Olga la coupable. Plus longtemps elle restera dans l'établissement, plus long sera le temps dont elle a besoin habituellement pour y faire entrer le crime. On s'apercevra et on prendra alors conscience que bien qu'il y ait dans son quartier d'autres crimes non résolus attribués à des hommes vous les forces du shérif vous trompez en cherchant le suspect dans le livre de la science de la criminologie grâce auquel vous êtes payés pour manger, dormir, parler et partir en voyage. La Science – le voleur est comme le meurtrier, et celui qui

gagne peu convoite, Olga n'obtient que quelques réponses à ses petites annonces, et ses pieds l'obligent à dormir. Il y a plus de femmes que d'hommes et les désordres dans le domaine des naissances au moyen d'actions et d'objets simulés font partie du « Boulot » dans un spectacle de putes pour mecs seuls. En conséquence, celui ou celle qui fait violence au corps d'un autre individu sera jeté au fond du puits. Que nul ne tente de l'en dissuader à moins que ce monstre femelle ne soit gazé nous vous tiendrons au courant.

La lettre n'était pas signée. Elle était accompagnée d'une page arrachée à une revue de langue italienne. Un côté de la page portait un texte scientifique, l'autre affichait une grande photographie de frelon.

La secrétaire du chef a déposé les deux lettres dans le casier du capitaine Bruton.

***

Un ARTU a été diffusé le mercredi matin.

AVIS DE RECHERCHE À TOUTES LES UNITÉS.
À L'ATTENTION SPÉCIALE... DES AGENCES DE POLICE DE LA VALLÉE DE SAN GABRIEL ET DE LA POLICE DES AUTOROUTES DE CALIFORNIE.
LE 22 JUIN 1958 LE CORPS ÉTRANGLÉ D'UNE FEMME A ÉTÉ DÉCOUVERT DANS LA ZONE D'EL MONTE. ELLE A ÉTÉ IDENTIFIÉE COMME JEAN ELLROY ALIAS JEAN HILLIKER ALIAS GENEVA

O. ELLROY. ON PENSE QUE LE SUSPECT A SOIT CONSERVÉ SOIT JETÉ DES VÊTEMENTS APPARTENANT À LA VICTIME AINSI QUE DES EFFETS PERSONNELS COMPRENANT UN SAC À MAIN (DESCRIPTION INCONNUE), LES CLÉS DE LA BUICK 1957 DE LA VICTIME, UNE PAIRE DE CHAUSSURES DE FEMME, PEUT-ÊTRE EN PLASTIQUE TRANSPARENT À HAUTS TALONS, UNE CULOTTE DE FEMME, GAINE ET COMBINAISON.
TOUT RENSEIGNEMENT RELATIF AU DESCRIPTIF CI-DESSUS À ADRESSER À J.G. LAWTON ET W.E. HALLINEN, DÉTACHEMENT CRIMINELLE, SERVICES DU SHÉRIF (RÉF. LAWTON QG DB. DÉTACHEMENT CRIMINELLE, DOSSIER Z-483-362).

E.W. BISCAILUZ, SHÉRIF

***

C'était le mercredi après-midi. Bill Vickers s'offrait une nouvelle tournée des hauts lieux d'El Monte.

Il a contrôlé le Suzanne's Café – résultat négatif. Il a contrôlé le Dublin Inn – résultat négatif.

Il a eu un tuyau au Forty-Niner. Un barman a déclaré que la victime était peut-être venue dans l'établissement le samedi soir précédent – le 14 juin.

Elle était avec un type. Il mesurait un mètre soixante-quinze, costaud, les cheveux blonds légèrement ondulés. Ils étaient ivres tous les deux. Ils étaient restés un petit moment et s'étaient mis à se disputer – à propos de la rouquine qui refusait un verre. Le barman a déclaré qu'il avait vu le type blond auparavant – mais ce n'était pas un habitué et il ne connaissait pas son nom.

Vickers a contrôlé le restaurant Mama Mia. Le propriétaire lui a dit d'appeler sa serveuse, Catherine Cathey. Elle travaillait tard le samedi soir.

Vickers a appelé la fille. Catherine Cathey a dit qu'une femme rousse était entrée dans l'établissement aux environs de 20 heures, seule. Vickers a dit qu'il la rappellerait et se débrouillerait pour lui montrer une photo de la victime.

Vickers a contrôlé le Off-Beat. Personne n'a reconnu son instantané de la victime. L'épouse du propriétaire lui a raconté une histoire qui, selon elle, avait peut-être un rapport avec son affaire.

Une habituée du nom d'Ann Mae Schidt se trouvait au Off-Beat la veille au soir. Elle a dit qu'elle était en train de boire au Manger Bar avec son mari et un autre couple le vendredi soir et qu'elle s'était disputée avec eux. Elle avait quitté le bar – seule – et s'était fait accoster à l'extérieur par un Mexicain.

Le Mexicain l'avait traînée jusque dans une voiture et essayé de la violer. Il n'avait pas pu arriver à ses fins. Ann Mae s'était enfuie.

Elle n'avait pas porté plainte pour agression. Elle avait eu peur d'être arrêtée pour ivresse.

Ann Mae avait la quarantaine et les cheveux roux. L'épouse du propriétaire a donné à Vickers son numéro de téléphone : GI8-0696.

Vickers lui a laissé une carte et a poussé jusqu'au Manger. Il n'avait pas obtenu de résultats au Kay's Café et à la station de taxis d'El Monte.

Un type du nom de Jack Groves faisait office de barman au comptoir du Manger. Il a reconnu la photo de la victime et dit qu'elle se trouvait dans l'établissement le samedi soir entre 20 heures et 21 heures. Il pensait qu'elle était seule.

Groves ne connaissait pas le nom d'Ann Mae Schidt. Il a déclaré que les propriétaires – Carl Manger et son épouse – la connaissaient peut-être. Ils travaillaient ce samedi-là. Ils avaient peut-être des renseignements relatifs à la rouquine.

***

Lavonne Chambers était divorcée. Elle habitait une petite maison avec ses trois gamins. C'est là que Hallinen et Lawton ont recueilli sa déposition officielle.

DÉPOSITION DE LAVONNE CHAMBERS. RECUEILLIE AU 823 FOXDALE AVENUE, WEST COVINA. ÉTAIENT PRÉSENTS : SERGENT W.E. HALLINEN, SERGENT J.G. LAWTON. 15 H 55, 25 JUIN 1958. POUR DOSSIER Z-483-362. RECUEILLIE PAR : DELLA ANDREW, STÉNOGRAPHE.

PAR LE SGT LAWTON :

Q : Comment vous appelez-vous ?
R : Lavonne Chambers.

Q : Avez-vous un deuxième prénom ?
R : Marie.

Q : Quel âge avez-vous, madame Chambers ?
R : Vingt-neuf ans.

Q : Et l'adresse de votre domicile ?
R : 823 Foxdale, West Covina.

Q : Et votre numéro de téléphone ?

R : EDgewood 7-6686.

Q : Quel est votre emploi ?
R : Serveuse au Stan's Drive-In.

Q : S'agit-il du Stan's Drive-In de Five Points, El Monte ?
R : Oui.

Q : Dans la nuit du 21 juin, aux petites heures du 22, étiez-vous chez Stan, à servir les clients en voiture ?
R : Oui.

Q : Et pendant la soirée, tandis que vous serviez différentes voitures, y en a-t-il une qui soit arrivée et qui ait attiré – ainsi que ses occupants – votre attention ?
R : Eh bien, ça s'est passé à mon retour après ma pause-repas. Je mange habituellement à 9 heures. Et je reviens habituellement à 10 heures. C'est après que j'ai vu la femme – c'est elle qui m'a attiré l'œil, plus que l'homme.

Q : C'est la femme qui a attiré votre attention, plus que l'homme. Et il était plus de 22 heures ?
R : Il était plus de 22 heures.

Q : Pouvait-il être plus près de 23 heures que de 22 heures ?
R : C'est possible, mais il me semble qu'il était plus près de 22 heures, parce que ce n'était pas très longtemps après ma pause-repas.

Q : Quel genre de voiture cet homme et cette femme occupaient-ils ?

R : C'était une Oldsmobile vert foncé, une 55 ou une 56, mais très probablement une 55, à cause de la peinture. La voiture paraissait vraiment terne, et la peinture donnait l'impression de n'avoir jamais été polie.

Q : Quel genre de carrosserie ?
R : Une berline.

Q : Connaissez-vous les différences qui existent entre les séries Oldsmobile, entre les modèles courants et la série Holiday ?
R : Ouais. Je sais que les Holiday sont plus longues.

Q : À votre avis, était-ce ou non une Holiday ?
R : Ça n'en était pas une.

Q : Ça n'en était pas une ?
R : N...non.

Q : Vous vous souvenez que nous vous avons parlé hier soir, chez Stan, et il semblerait que vous ayez mentionné quelque chose... est-il possible que la voiture ait été bicolore ?
R : C'est possible. Si elle était bicolore, la couleur était uniformément verte – un vert plus clair et un vert plus foncé.

Q : En cet instant, quel est votre souvenir le plus net ? Vous y avez probablement réfléchi depuis notre conversation d'hier soir, à cette couleur : était-elle ou non bicolore ?
R : J'ai encore l'impression qu'elle était bicolore.

Q : Le bas étant la couleur la plus foncée ?

R : Ouais.

Q : Vous avez dit que c'était la femme qui a le plus attiré votre attention ? Pour quelle raison ?
R : Eh bien, habituellement, on s'approche d'une voiture et on demande aux occupants s'ils veulent un menu, et ils disent oui, ou ils disent non. Mais elle ne savait pas ce qu'elle voulait. Elle a dit « Je veux un sandwich, le plus petit que vous ayez ». Et j'ai commencé à dire « Un hot dog ? » et elle a dit « Le plus mince sandwich que vous ayez ». J'ai dit « Ce sera un fromage toasté ». Elle a dit « Okay ». Lui n'a rien dit et j'ai attendu qu'il passe sa commande, et il a dit « Rien que du café ». Et j'ai pris la commande. Et quand je suis passée rechercher le plateau, j'ai remarqué la bague – à la manière dont la femme était assise. Elle souriait et riait en même temps, vraiment gaie.

Q : Excusez-moi. Vous avez dit que vous avez remarqué la bague, à la manière dont la femme était assise.
R : Quand je me suis trouvée à la portière du côté de l'homme, la bague était à ce doigt-ci, et je le voyais bien (elle fait le geste).

Q : Vous voulez dire l'annulaire ?
R : Ouais, ouais.

Q : De la main gauche ?
R : Ouais, ouais.

Q : Pouvez-vous décrire cette bague ?
R : C'était une énorme perle, elle était tellement grosse !

Q : Autre détail, en particulier, concernant la bague ?
R : Elle avait l'air encore plus grosse, je crois, à cause de la manière dont la main était placée. On aurait dit qu'elle faisait tout le tour, parce que je ne pouvais voir que la plus grosse partie de la perle.

Q : D'autres détails, hormis la perle ?
R : Non, rien que la perle, et la robe que la femme portait. La robe bleue, je l'ai remarquée.

Q : Une nouvelle fois, si vous vous en souvenez, nous vous avons montré un manteau constitué de deux tissus différents, l'extérieur en lin, d'un bleu sombre, et la doublure intérieure, un tissu soyeux, avec différentes nuances de bleu.
R : C'était bien ça, une robe bleue à motifs imprimés.

Q : Le tissu que vous avez vu, celui qui doublait le manteau que nous vous avons montré hier soir, était de la même matière ?
R : La même que la robe.

Q : Avez-vous eu l'impression que cette femme avait bu ?
R : Oui, elle était... oh, je dirais, pas mal éméchée.

Q : Vous diriez qu'elle était pas mal éméchée ?
R : Mouais.

Q : Et pour ce qui est de l'homme ?
R : Non, pas lui. S'il était ivre, ça ne se voyait pas. Il paraissait tout à fait sobre.

Q : Pouvez-vous nous décrire cette femme ?
R : Elle était mince, les cheveux roux foncé coupés court, et très agréable. Une personnalité vraiment plaisante, apparemment. Le genre de personne qu'on regarde deux fois.

Q : Quel âge avait cette femme à votre avis ?
R : Je ne sais pas. Je ne suis pas très douée pour juger de l'âge de quelqu'un.

Q : Si je ne me trompe, vous avez vingt-neuf ans ?
R : Je dirais qu'elle était plus âgée que moi.

Q : De combien d'années ?
R : Alors ça, je ne sais pas.

Q : Eh bien, selon vous, aurait-elle pu avoir quarante ans ?
R : C'est possible.

Q : Je ne veux pas vous mettre de fausses idées dans la tête, je veux votre souvenir le plus net, j'essaie juste de vous aider à vous souvenir un petit peu. L'homme, à quoi ressemblait-il ?
R : Basané, très mince. Visage mince, les cheveux sombres, coiffés plaqués en arrière.

Q : Vous dites des cheveux sombres. Pourraient-ils être brun foncé, ou noirs ?
R : Ils étaient soit noirs, soit brun terriblement foncé.

Q : Vous a-t-il semblé qu'il utilisait une sorte de lotion capillaire qui les tenait plaqués ?
R : Oh, pour les plaquer, peut-être. Je n'ai pas remarqué grand-chose. Il avait vraiment une

épaisse chevelure. Pas vraiment épaisse – le front se dégarnissait un petit peu. Mais il avait malgré tout une belle quantité de cheveux sur le crâne.

Q : Plaqués sur le sommet du crâne ?
R : Oui, oui.

Q : À votre avis, quel âge avait-il ?
R : Une trentaine d'années, peut-être plus proche de la quarantaine.

Q : Entre trente-cinq et quarante ans, peut-être bien ?
R : Ouais.

Q : Quelle pouvait être sa nationalité, à votre avis ?
R : Elle, naturellement, je n'ai pas eu à réfléchir : elle ne pouvait être qu'américaine. Mais pour lui, je dirais grec ou italien.

Q : Grec ou italien. Est-il possible qu'il ait pu être mexicain ou de type hispanique ou latin ?
R : C'est possible. (Temps de réflexion.) Son hâle était... donnait l'impression de ne pas être assez sombre pour un Mexicain. Bien sûr, je sais qu'il y en a beaucoup qui ont la peau claire, mais...

Q : Y avait-il à ce moment-là des détails particuliers quant à la tenue vestimentaire de la femme ?
R : Non, je n'ai pas remarqué. J'ai remarqué la robe qu'elle portait, lorsque je suis allée les servir la première fois. Je sais qu'elle était décolletée parce que la lumière l'éclairait.

Q : À propos de la voiture. Depuis que nous avons eu cette conversation hier soir, avez-vous pensé à quelque chose, n'importe quoi, qui serait susceptible d'identifier la voiture, qui pourrait nous aider ?
R : Non, j'ai repensé à la voiture, hier soir. J'ai pensé également qu'elle devait être immatriculée en Californie. Si les plaques avaient été d'un autre État, je l'aurais remarqué. Nous sommes rémunérées au pourboire, et environ 99 % des voitures extérieures à l'État, elles ne vous donnent jamais rien, alors on les remarque. Et comme je n'ai pas remarqué que la voiture n'avait pas de plaque californienne, il y a des chances pour qu'elle en ait eu une.

Q : Pouvez-vous nous dire si elle avait des ailes cabossées, si la grille de radiateur était cassée, ce genre de détails ? Vous souvenez-vous de quoi que ce soit...
R : (l'interrompant) J'ai simplement remarqué que la peinture, le brillant de la carrosserie, étaient très ternes.

Q : Les avez-vous entendus – une fois qu'ils ont eu terminé leur repas, vous ont payée et sont partis –, les avez-vous entendus ou vus partir ?
R : Non.

Q : Avez-vous, à un moment quelconque, entendu le moteur tourner ?
R : Non, non. Le moteur était à l'arrêt quand je suis passée récupérer le plateau.

Q : Et vous ne les avez pas entendus s'éloigner ?
R : Non.

Q : En d'autres termes, vous ne sauriez dire si le pot d'échappement était bruyant ou quoi que ce soit du même ordre ?
R : Non.

Q : Je crois savoir que vous avez revu la voiture, plus tard. Quand était-ce ?
R : Dimanche matin, après la fermeture du bar. Il devait être 2 heures et quart ou un peu plus, parce que, habituellement, il n'y a vraiment foule que jusque vers 2 heures et quart. Mais d'habitude le parking est plein à 2 heures et quart et ils se sont garés sur l'arrière, presque tout au fond, exactement à l'endroit où l'éclairage donne sur le côté de la voiture, sur la femme. Et je suis retournée à la voiture, et, naturellement, je leur ai demandé s'ils voulaient un menu. C'est elle qui a parlé, elle a dit qu'elle voulait un bol de chili et une tasse de café. Et je suis restée là, à attendre que lui me passe sa commande, et je crois que je ne l'aurais pas remarqué – j'attendais qu'il se décide, et finalement, il a dit « Rien qu'un café ».

Q : Vous avez dit qu'elle a commandé un bol de chili ?
R : C'est ça.

Q : Rien que du chili, ou du chili et des haricots ?
R : Rien que du chili et le café.

Q : Mais il y avait des haricots dans le chili ?
R : Oui, toujours. C'est toujours servi sous forme de chili avec haricots. Nous ne servons pas de chili seul.

Q : Dans quel état se trouvait-elle, à ce moment-là ?
R : Elle était un peu plus ivre que la première fois, mais elle était toujours très agréable. Elle ne râlait pas. Très agréable à servir, gaie, rieuse, et quand j'ai pris le plateau, elle a dit quelque chose – j'ai essayé de me rappeler ce qu'elle a dit, à moi ou à lui, mais je n'arrive pas à me rappeler, ni à qui elle s'adressait, mais elle a dit quelque chose et elle a ri, et je lui ai souri, et je n'ai pas pu me rappeler ce qu'elle avait dit.

Q : Dans quel état étaient ses vêtements, à ce moment-là ?
R : Sa tenue était très bien, excepté le décolleté de la robe. Bien sûr, de la manière dont la robe était coupée, je lui voyais pratiquement tout le sein, d'un côté.

Q : Elle ne portait pas de soutien-gorge ?
R : Non, je n'ai pas vu de soutien-gorge. J'ai vu quelque chose de blanc, que j'ai pris pour une combinaison, garnie d'un peu de dentelle blanche.

Q : Est-ce que ç'aurait pu être son soutien-gorge baissé ?
R : C'est possible mais habituellement il n'y a pas de dentelle sur les soutien-gorge.

Q : Pouviez-vous lui voir les pieds ?
R : Non, je ne pouvais pas voir ses pieds. J'aurais pu, si j'avais regardé, mais je ne l'ai pas fait. Il faut que je passe le bras assez loin à l'intérieur de la voiture, pour servir et reprendre les plateaux.

Q : D'après son apparence, quelle a été, à ce moment-là, votre impression sur ce qu'elle avait pu faire, juste avant de revenir dans votre établissement ?
R : Oh, je ne sais pas. Elle ne paraissait pas très différente de la première fois. J'ai pu la regarder d'un peu plus près parce que j'étais de son côté.

Q : Vu son apparence telle que vous venez de la décrire, l'aspect de ses vêtements, aurait-il été possible qu'ils soient revenus d'une séance de pelotage un peu poussé ?
R : C'est bien possible. Peut-être bien.

Q : À ce moment-là, elle n'a donné aucun signe de malaise, ou de colère, ou quoi que ce soit ?
R : Non, elle se montrait très agréable, très gaie. Elle riait. Cette image d'elle souriante, je m'en souviens très bien, parce qu'elle riait tout le temps.

Q : Lui ne souriait pas du tout ?
R : Non, il donnait l'impression de s'ennuyer à mourir. Sauf qu'il a fallu que j'attende une minute qu'il me paie. La dernière fois que je l'ai servi, j'ai attendu à nouveau, alors je me suis approchée et je lui ai dit à combien se montait l'addition. J'ai dû attendre quelques minutes avant qu'il ait l'argent en main et qu'il me donne un billet de un dollar. Je lui ai rendu sa monnaie et j'ai fait le tour de la voiture. Le pourboire qu'il m'a laissé se trouvait sur le plateau.

Q : Comment vous a-t-il réglée, à chaquc fois ? Les deux fois avec un billet de un dollar ?
R : Je ne me souviens pas de la première fois, mais je me souviens de la deuxième.

Q : Vous souvenez-vous s'il a sorti l'argent de sa poche, ou d'un portefeuille ?
R : Il l'avait à la main, mais il s'est passé quelques minutes avant qu'il me le donne, quand je lui ai dit à combien se montait l'addition.

Q : Aviez-vous déjà vu par le passé l'une ou l'autre de ces personnes ?
R : Pas à ma connaissance. Je ne me rappelle pas les avoir vues avant.

Q : Reste-t-il le moindre doute dans votre esprit, depuis notre toute première conversation, depuis que nous vous avons montré le vêtement et les photos de cette femme, qu'ils appartiennent et qu'ils correspondent à la personne que vous avez servie ce soir-là ?
R : Il n'y a aucun doute.

Q : Si vous revoyiez cet homme, seriez-vous capable de l'identifier ?
R : J'en suis tout à fait sûre. Je me souviens de lui, en esprit. Il n'y a rien de particulièrement frappant chez lui que je pourrais décrire, pas de traits caractéristiques qui le feraient ressortir d'une foule. Mais je sais, dans mon esprit, à quoi il ressemble.

Q : Vous avez dit qu'il avait le visage mince. Était-il extrêmement mince ?
R : Il était comme italien ou grec – un nez comme ça. Et un visage mince, vraiment mince.

Q : Avez-vous eu l'impression qu'il aurait peut-être pu porter de fausses dents ?
R : Non.

Q : Vous savez, parfois, les gens qui ont de fausses dents, qu'elles soient en place ou non, leurs mâchoires ont tendance à s'affaisser, par ici. Avez-vous eu cette impression ?
R : Non.

Q : Rien d'autre que la maigreur ?
R : Non.

PAR LE SGT HALLINEN :

Q : Vous avez probablement énormément réfléchi à tout ceci, depuis que nous vous avons parlé hier. Voudriez-vous décrire, si vous le pouvez, les vêtements de l'homme ?
R : Ils étaient de couleur claire, c'est tout ce dont je me souviens. Une veste, ou un vêtement à manches longues, de couleur claire.

Q : Vous êtes bien certaine de la couleur claire ?
R : Oui, oui.

Q : Un modèle plutôt sport, ou du genre complet classique ?
R : Non, il ne s'agissait pas d'un costume. C'était une sorte de veste. Je dirais que c'était une veste de sport.

Q : Vous ne savez pas la couleur du pantalon ?
R : Non.

Q : Vous souvenez-vous s'il avait une chemise, claire ou foncée ?
R : Il avait une chemise, mais je ne me rappelle pas ce détail. Je ne sais plus si elle était claire ou foncée.

Q : Seriez-vous capable de reconnaître une voiture identique à celle dont nous parlons ?
R : Oh, ouais.

Q : En d'autres termes, vous seriez capable de dire si une voiture ressemble ou pas à celle dont nous parlons ?
R : J'en serais capable, je le saurais. Je ne pourrais probablement pas désigner cette voiture en particulier, parmi d'autres, mais si je voyais une voiture comme celle-là, je le saurais.

Q : Vous avez le sentiment qu'à ce moment-là, vous sauriez, en la voyant, si la voiture que vous avez à l'esprit était bicolore ou non ?
R : Mm... oui.

Q : Avez-vous remarqué si l'une ou l'autre de ces deux personnes ont fumé pendant qu'elles se trouvaient là ?
R : Je ne l'ai jamais remarqué.

Q : Pour en revenir au visage de cet homme, avait-il la peau granuleuse, ou normale, lisse, selon vous ?
R : Elle était lisse, et sombre.

Q : S'agirait-il d'un homme au teint clair ?
R : Non, c'était un homme au teint sombre.

Q : Mais à la peau claire ?
R : Non, sa peau n'était pas claire, mais elle n'était pas sombre non plus. Pas comme quand on voit un Mexicain vraiment basané, vous comprenez. C'était une peau sombre, comme un Italien.

Q : Vous avez déclaré que les cheveux étaient noirs et plaqués en arrière ?
R : Oui, oui.

Q : Et aussi que le front se dégarnissait ?
R : Légèrement. Il se dégarnissait légèrement. Pas beaucoup.

Q : Et une chevelure épaisse cependant ?
R : Oui, les cheveux étaient bien épais sur le sommet du crâne.

Q : Les oreilles avaient-elles quelque chose de caractéristique ?
R : Je ne m'en souviens pas.

Q : Bien visibles, ou...
R : (Secoue la tête de gauche à droite.)

SGT LAWTON : Autre chose. Avez-vous remarqué s'il portait des bijoux quelconques, comme des bagues ?
R : Je ne l'ai pas remarqué.

SGT LAWTON : Merci beaucoup.

FIN DE LA DÉPOSITION À 16 H 15.

Un télex a été lancé à échelle régionale le mercredi soir. Il résumait l'affaire Ellroy, vieille de soixante-douze heures.

Il faisait état des sous-vêtements et du sac à main manquants, du suspect de sexe masculin, de la femme blonde et de l'Olds 55-56. Toutes les agences dc police ayant des renseignements sur le sujet devaient contacter la Criminelle du Shérif ou les services de police d'El Monte.

Un homme de la CHP, la Patrouille des Autoroutes de Californie, a transmis un tuyau par téléphone à 22 h 10. C'est le réceptionniste des services de police d'El Monte qui l'a pris.

L'homme de la CHP connaissait un « gars basané de type latin » avec une Olds bicolore. Le mec traînait du côté de Five Points. Son véhicule avait des plaques de photographe de presse et une antenne fouet. Le basané de type latin n'était pas du genre causant et il aimait intercepter les appels radio de la police. Le gars de la CHP a dit qu'il trouverait le numéro minéralogique et qu'il le transmettrait par téléphone.

Le télex n'a pas tardé à provoquer des réactions. Les femmes mortes de race blanche remuaient les foules.

*
* *

Jeudi matin.

Vickers et Godfrey ont mis un terme à leur quadrillage et ont contacté les dernières personnes qu'ils devaient revoir. Les déplacements de la victime le soir et la nuit du samedi étaient maintenant à moitié esquissés.

Hallinen et Lawton ont adressé une demande de renseignements classée URGENT au Service des cartes grises de Californie. Ils recherchaient des informations sur toutes les Oldsmobile de 55 et de 56, enregistrées au nom de propriétaires de la vallée de San Gabriel. Ils ont adressé une seconde demande URGENT aux Sommiers du Shérif.

Ils souhaitaient avoir photos anthropo et dossiers détaillés relatifs à des criminels sexuels ressemblant à l'homme basané. Leur suspect était vraisemblablement de race blanche, mais il pouvait être d'origine latine. Ils y ont ajouté des notes sur le véhicule du suspect et le crime à proprement parler : coups, strangulation, probablement viol. Leur victime était une Blanche de quarante-trois ans connue pour fréquenter les bars.

Lavonne Chambers et Margie Trawick ont été emmenées au palais de Justice. Un adjoint les a aidées à bâtir des portraits-robots du suspect.

Le portrait-robot était un procédé nouveau. Des témoins sélectionnaient des traits du visage imprimés sur bandes de carton et ils bâtissaient des portraits en les faisant correspondre à leur souvenir. Il y avait des dizaines de mentons, de nez, de bouches, de fronts et de coiffures à partir desquels bâtir. Des techniciens entraînés aidaient les témoins à les assembler.

L'adjoint a travaillé avec Lavonne et Margie séparément. Le résultat a été deux visages identiques – mais très clairement différenciés.

L'homme de Lavonne ressemblait à un type banal au visage hâve. L'homme de Margie avait l'air vicieux.

On a fait venir un portraitiste. Il s'est installé en compagnie des deux témoins et a défini des portraits séparés du suspect. À la troisième esquisse, il a fusionné les traits des deux versions précédentes. Lavonne et Margie sont d'accord : c'est bien le type que nous avons vu.

Le portraitiste a fait des copies ronéotypées du croquis et les a données à Hallinen et Lawton. Lesquels les ont retransmises au Bureau des Informations afin de les inclure dans un communiqué de presse sur l'homicide Ellroy.

Un adjoint a raccompagné Lavonne et Margie à leurs domiciles. Hallinen et Lawton ont pris des dispositions pour interroger les collègues de travail de la victime et procéder à une nouvelle fouille de la maison.

L'affaire était maintenant vieille de quatre jours.

***

Jeudi après-midi.

Jim Bruton a appelé un de ses contacts à la direction des Affaires scolaires d'El Monte. L'homme lui a donné le numéro de téléphone du domicile de Peter Tubiolo.

Bruton a appelé Tubiolo et lui a demandé de venir au poste afin de répondre à quelques questions. Le sujet dont ils devaient discuter était le meurtre de Jean Ellroy.

Tubiolo a accepté de passer l'après-midi même. Il a insisté sur le fait qu'il connaissait à peine la femme en question. Bruton lui a dit qu'il ne s'agissait que d'une procédure de routine et lui a assuré que l'entrevue resterait confidentielle.

Une heure a été fixée. Bruton a appelé Hallinen et Lawton et leur a dit de repartir. Ils ont répondu qu'ils ramèneraient Margie Trawick et la laisseraient jeter un coup d'œil à l'homme.

Peter Tubiolo s'est présenté à l'heure dite. Bruton, Hallinen et Lawton lui ont parlé dans une salle d'interrogatoire avec miroirs sans tain. Tubiolo était massif, le visage rond. Il ne ressemblait en rien à l'homme basané, dans son physique, dans ses manières ou son comportement.

Il était directeur adjoint de l'école primaire Ann Le Gore. Le fils de la victime venait d'y terminer son CM2. C'était un enfant craintif, qui explosait assez vite.

Tubiolo a déclaré qu'il n'avait rencontré Jean Ellroy qu'à une seule occasion. Elle était venue à l'école afin de discuter des mauvais résultats scolaires de son fils et de son incapacité à s'entendre avec les autres enfants. Il n'avait pas eu de « rendez-vous » ni de « relations sociales » avec feu Mme Ellroy. C'était là un comportement qui enfreignait les directives de la direction des Affaires scolaires.

Les flics lui ont dit que le gamin avait prétendu le contraire. Tubiolo s'en est tenu à sa version des faits. Tout ce qu'il savait de la vie privée des Ellroy était que les parents étaient divorcés et que le garçon n'était pas autorisé à voir son père durant la semaine. Mme Ellroy était une belle femme, mais il n'y avait rien de personnel entre eux.

Margie Trawick a observé Tubiolo. Elle l'a regardé en détail à travers le miroir.

Elle a dit aux flics que ce n'était pas le bon mec. Tubiolo a été relâché avec des excuses.

***

Ward Hallinen a eu un tuyau le jeudi soir. Les services de police de West Covina avaient un suspect : une mauvaise graine du cru, du nom de Steve Anthony Carbone.

Hallinen a demandé à Frank Godfrey d'aller vérifier. Godfrey s'est renseigné sur Carbone et est revenu, enthousiaste.

Carbone était américain, blanc, d'origine italienne. Sa DDN – date de naissance – était le 19/02/15. Il mesurait un mètre soixante-quinze, pesait soixante-trois kilos, – yeux noisette, des cheveux noirs plaqués et un front haut. Il était propriétaire d'une berline deux portes Olds de 55, blanc polaire et vert, numéro minéralogique MMT 879.

Il venait de Detroit, Michigan. Il s'était fait coincer trois fois pour exhibitionnisme et attentat à la pudeur : 10/41, 11/41, 8/53. Il était arrivé à West Covina en 57. Au nombre de ses infractions : trois conduites en état d'ivresse et deux agressions à main armée. La dernière en date était caractéristique. Il avait menacé un flic d'une carabine 30.30.

Carbone était vicieux, méchant et agressif. Carbone était connu pour haïr les flics et avoir commis des délits sexuels.

Hallinen et Lawton lui sont tombés sur le râble.

Ils ont demandé aux services de police de West Covina de l'embarquer. Ils ont fait saisir et photographier son Oldsmobile dans le parking du poste de police. Un homme du labo du Shérif l'a passée à la poudre, a recherché d'éventuelles taches de sang et l'a passée à l'aspirateur afin de trouver des fibres ressemblant aux fibres blanches trouvées sur la victime.

Le gars du labo est revenu les mains vides.

Hallinen et Lawton ont cuisiné Carbone. Lequel leur a donné un vague compte rendu de ses faits et gestes la nuit du samedi. Jim Bruton a fait venir Margie Trawick et Lavonne Chambers pour l'identification.

Elles ont déclaré toutes deux que ce n'était pas le type qu'elles avaient vu avec la rouquine.

***

Hallinen et Lawton ont continué à travailler tout le week-end.

Ils ont interrogé les collègues de travail de la victime et n'y ont gagné aucune piste. Ils ont fouillé une nouvelle fois la maison de la victime. Ils ont passé des heures au Desert Inn et parlé à des dizaines de clients. Personne n'a été capable de cadrer la blonde ou le basané.

La Metro a eu un tuyau sur un mec du nom de Robert John Mellon, ancien malade mental originaire du Nord Dakota. Un adjoint a vérifié l'info sur

Mellon en détail et éliminé le tuyau comme sans valeur.

Un homme du nom d'Archie G. Rogers a téléphoné un tuyau aux services de police d'El Monte.

Il a dit qu'un dénommé Bill Owen avait une petite amie qui s'appelait Dorothy. Ils correspondaient en quelque sorte aux deux signalements diffusés dans les journaux – les personnes vues en compagnie de l'infirmière morte.

Owen était peintre et mécanicien. Il avait vécu avec la sœur de M. Rogers. Dorothy fréquentait le Manger et le Wee Nipee Bar. Elle avait passé la nuit du samedi 21 juin dans la voiture de M. Rogers.

Le numéro de téléphone de Dorothy était ED4-6881. Dorothy disait qu'elle avait une nouvelle amie du nom de Jean. Dorothy avait prévu d'emmener Jean au domicile de la sœur de M. Rogers ce samedi soir-là.

M. Rogers trouvait toute l'affaire un peu douteuse.

Les services de police ont retransmis le tuyau à la Metro du Shérif. C'est l'adjoint Howie Haussner – le beau-frère de Jack Lawton – qui s'en est occupé.

Il a obtenu l'adresse de la sœur de Rogers et découvert que le numéro de téléphone de Dorothy correspondait à un certain Harold T. Hotchkiss à Azusa. Il a relié les deux adresses aux noms de William Owen et Dorothy Hotchkiss et a adressé le tout par télex au Bureau des Archives criminelles de Sacramento.

Ce qu'il a obtenu en retour n'était pas concluant.

Le nom de Dorothy Hotchkiss n'a rien donné : pas de casier, non recherchée, pas de mandats à ce nom, aucune trace à l'adresse d'Azusa. « William Owen » est ressorti six fois : différents Owen avec des casiers judiciaires remontant à 39. Aucun des Owen en question n'habitait la vallée de San Gabriel.

Les paperasses Owen-Hotchkiss ont été fourrées dans un classeur accordéon. Le dossier a été archivé sous le numéro Z-483-362.

***

Jean Ellroy a été enterrée le mardi 1er juillet 1958.

Un pasteur appartenant à un organisme de prédicateurs sur demande a assuré un service protestant. Elle a été mise en terre au cimetière d'Inglewood, loin dans la banlieue sud-ouest de L.A.

La sœur et le beau-frère de Jean étaient présents. Quelques personnes d'Airtek sont venues. Armand Ellroy et quelques rares vieux amis de Jean ont assisté au service.

Jack Lawton et Ward Hallinen étaient là.

Le fils de Jean s'était défilé. Il n'était pas venu. Il avait passé la journée à regarder la télé en compagnie de quelques amis de son père.

La pierre tombale portait l'inscription « Geneva Hilliker Ellroy. 1915-1958 ».

La tombe occupait un emplacement en bordure ouest du cimetière. À quelques centimètres d'une rue passante et d'une clôture grillagée.

4

Les origines du LASO, le Bureau du Shérif de L.A., remontaient à l'époque de l'Ouest sauvage. C'était une agence de police baignée d'une nostalgie dix-neuvième siècle. Le LASO faisait siens les modèles de l'Ouest sauvage, sans demi-mesure. Excellente image pour les relations publiques.

Les services du Shérif avaient la charge des prisons du comté et ils patrouillaient le territoire depuis une douzaine de postes annexes. Ledit territoire coupait la cité de Los Angeles et remontait jusqu'à des zones de cambrousse, au nord, au sud et à l'est. Les adjoints patrouillaient le désert, les montagnes et une portion chic de la plage. Leur juridiction couvrait des centaines de kilomètres carrés.

Malibu était un secteur en or. Hollywood Ouest était agréable – le Sunset Strip était toujours en effervescence. L.A. Est était plein de Mexicains pas commodes. Firestone était territoire de couleur d'un bout à l'autre. Temple City et San Dimas étaient situés au cœur de la vallée de San Gabriel. Les adjoints pouvaient remonter jusqu'aux contreforts des collines et tirer les coyotes pour le plaisir.

Le Bureau des inspecteurs du Shérif enquêtait sur les activités criminelles à l'échelle du comté. La Criminelle du Shérif s'occupait des meurtres relevant de nombreux services de pedzouilles. Le Bureau Aero du Shérif surveillait l'espace aérien du comté et organisait les opérations de sauvetage.

Le Bureau du Shérif se développait à la vitesse grand V. En 58 L.A. était une ville-champignon.

Los Angeles était difficile, toujours à la limite de l'explosion. Elle s'était construite sur les arnaques immobilières et les rancœurs raciales. Le Bureau du Shérif de L.A. avait été établi officiellement en 1850. Il avait pour fonction de régir une portion de territoire sans foi ni loi.

Les premiers shérifs du comté étaient élus pour des périodes d'une année. Ils avaient affaire à des Indiens maraudeurs, des bandits mexicains et des Chinois en pleine guerre des gangs tongs. Les *vigilantes* étaient une menace non négligeable. Les Blancs ivres adoraient lyncher les Peaux-Rouges et les *bandidos* basanés.

Le comté de L.A. s'agrandit. Les shérifs élus allaient et venaient. Le contingent d'adjoints assermentés s'accrut, à mesure que le comté prenait de l'expansion. L'aide des civils était souvent requise. Le shérif leur faisait prêter serment comme adjoints et les constituait en police montée provisoire.

Le Bureau du Shérif de L.A. se modernisa. Les voitures remplacèrent les chevaux. On construisit des prisons plus vastes et des annexes supplémentaires. Le Bureau du Shérif de L.A. grandit au point de devenir la force de police la plus importante, dans son genre, de tout le territoire continental des États-Unis d'Amérique.

Le shérif John C. Cline démissionna en 1920. Big Bill Traeger assura le reste de son mandat. Traeger fut élu à trois reprises pour des mandats de quatre ans. Il fut candidat au Congrès en 1932 et remporta l'élection. Le Bureau Directeur du comté nomma Eugene W. Biscailuz shérif.

Biscailuz s'était engagé dans les forces du Shérif en 1907. Il était mi-anglo, mi-basque espagnol. Sa famille était fortunée. Ses racines californiennes remontaient à l'époque des attributions de terres par les Espagnols.

Biscailuz était un administrateur brillant. Sur le plan politique, il était habile et estimé. C'était un génie des relations publiques avec une passion démesurée pour tout ce qui touchait à l'Ouest sauvage.

Biscailuz était un progressiste au petit pied. Certaines de ses vues étaient quasi bolcheviques. Il les exprimait de manière affable et paternaliste. On l'accusa rarement d'hérésie.

Biscailuz mobilisa des forces pour combattre incendies et inondations et mit sur pied le Plan Catastrophes du comté. Biscailuz bâtit le Wayside Honor Rancho et mit en place la politique de réhabilitation qu'il symbolisait. Biscailuz lança un programme de lutte contre la délinquance juvénile.

Biscailuz avait l'intention de rester à son poste un bon bout de temps. Les rituels de l'Ouest de jadis aidaient à assurer ses ré-élections.

Il rétablit les Forces montées provisoires du Shérif. La Force montée défilait dans les parades et recherchait à l'occasion les gamins égarés dans la cambrousse. Biscailuz se faisait souvent photographier en compagnie de sa Force montée. Il chevauchait toujours un étalon Palomino.

Biscailuz patronnait le rodéo annuel du Shérif. Des adjoints en uniforme vendaient les tickets sur tout le territoire du comté. Le rodéo affichait habituellement complet au L.A. Coliseum. Biscailuz s'y présentait en tenue western, y compris les deux six-coups à la ceinture.

Le rodéo rapportait de l'argent, c'était une extravagance de bon aloi. Idem pour le barbecue annuel du Shérif qui servait une moyenne de soixante mille repas.

Biscailuz ouvrit le Bureau du Shérif au grand public. Sa séduction venait d'un mythe qu'il s'était forgé de toutes pièces. Son image et son discours mythiques perpétuèrent son pouvoir. C'était là pur calcul et hypocrisie.

Biscailuz savait que nombre de ses gars appelaient les Nègres des « Négros ». Biscailuz savait que des passages à tabac à l'annuaire téléphonique assuraient des aveux rapides. Biscailuz rafla des Japs et les boucla au Wayside après Pearl Harbor. Biscailuz savait qu'un coup de matraque plate dite « queue de castor » était capable de faire jaillir les yeux du crâne d'un suspect. Biscailuz savait que le travail de police était une profession qui isolait ses membres du reste du monde.

Il offrit donc à ses électeurs l'Ouest sauvage comme mythe utopiste idyllique. Ce qui lui permit d'être réélu à six reprises. Il ne savait pas lui-même jusqu'à quel point il croyait à ses conneries rituelles. Ses gars étaient moins enclins à cacher les choses que leurs rivaux en bleu de l'autre côté de la ville.

William Parker prit la direction du LAPD, le Los Angeles Police Department, en 1950. C'était un génie de l'organisation. Son style personnel était tout à fait à l'opposé de celui de Gene Biscailuz. Parker abhorrait la corruption par l'argent et faisait sienne la violence, comme part essentielle du travail de police. C'était un père fouettard alcoolique dont la mission était de réinstituer une morale d'avant le vingtième siècle.

Biscailuz et Parker dirigeaient des royaumes parallèles. Le mythe de Biscailuz impliquait de manière implicite la participation. Parker coopta un chantre de la télé du nom de Jack Webb. Ils concoctèrent une saga hebdomadaire intitulée *Dragnet* – un mythe sur le crime et son rigoureux châtiment, qui donnait du LAPD une image de mesure et de retenue et lui attribuait des pouvoirs divins. Le LAPD prit son mythe à cœur. Les types se collèrent la tête dans le fion et s'isolèrent du public que Gene Biscailuz enlaçait à pleins bras. Bill Parker haïssait les Nègres et expédiait des nervis à Nègreville pour travailler au corps les propriétaires de boîtes qui acceptaient les Blanches. Gene Biscailuz aimait passer la brosse à reluire à son électorat mexicain. Il était lui-même comme qui dirait un marchand de *tacos*.

Le mythe de Gene Biscailuz se limitait strictement à l'échelon local. Le mythe de Parker se vendait à l'échelle nationale. Les services du Shérif prenaient la mouche devant la célébrité du LAPD. Le LAPD considérait les services du Shérif comme un organisme de cambrousse, division amateur, et se récupérait tout le crédit des opérations menées en collaboration.

Les deux agences étaient divisées par l'idéologie. La topographie les divisait plus encore. Le LAPD insistait sur la densité de population de sa juridiction et les problèmes raciaux, comme autant de preuves de sa supériorité et la justification de sa mentalité d'état de siège. Les services du Shérif mettaient l'accent sur le développement du comté qui croissait comme un champignon.

Il leur fallait apprendre de nouveaux territoires. De nouvelles villes les engageaient pour services contractuels. Ils ne pouvaient tout bonnement pas se permettre de casser les gueules de façon indiscriminée.

Bill Parker eut cinquante-six ans cn 1958. Sa cote d'amour était à la hausse. Gene Biscailuz avait soixante-quinze ans et envisageait de se retirer à la fin de l'année.

Biscailuz s'était engagé dans les forces du Shérif cinquante ans auparavant. Il avait vu les chevaux remplacés par des Ford T, des berlines « Grey Ghost » et des Ford pies. Il avait vu la Los Angeles de l'Ouest sauvage grandir et se réinventer – bien au-delà des limites de sa mythologie.

Il savait probablement que les colons blancs violaient les squaws indiennes. Il savait probablement que les hommes de loi de l'Ouest sauvage étaient des psychopathes et des ivrognes. Il aurait peut-être reconnu le fait que son mythe était essentiellement un rêve pieux mêlé d'alcool de contrebande.

Il aurait peut-être qualifié sa nostalgie d'autosatisfaction. Il savait probablement que l'Ouest sauvage traitait les femmes de façon abominable – alors, et maintenant.

Il savait probablement que les soirées du samedi dans l'Ouest sauvage constituaient un mythe en elles-mêmes. Il aurait peut-être passé cette infirmière rousse par profits et pertes comme une victime du mythe.

5

L'enquête se poursuivait.

Hallinen et Lawton s'y consacraient à plein temps. Jim Bruton restait à bord. Godfrey et Vickers avaient reçu de nouvelles affectations.

Les journaux de L.A. ont passé le portrait du suspect et ont froidement laissé tomber l'histoire. La rouquine n'avait jamais accroché le public comme victime. L'affaire Lana Turner/Cheryl Crane/ Johnny Stompanato accaparait tous les grands titres.

Hallinen et Lawton étaient devenus des habitués du Desert Inn. Ils interrogeaient les clients réguliers et les gens de passage. Ils n'obtenaient aucune piste solide. Ils visitaient les autres bars aux alentours de Five Points de manière répetée. Ils faisaient chou blanc partout.

Les services de police d'El Monte maintenaient la pression. Les patrouilles avaient le portrait-robot et un instantané de la victime. Dans le secteur, les gens gardaient les yeux et les oreilles ouverts.

Les services de police ont reçu un tuyau le jeudi 3 juillet. Un homme disait avoir vu quatre mecs jeter des cannettes de bière dans le Rio Hondo Wash quelques semaines auparavant. Ils étaient arrivés au volant d'une Olds 88, immatriculée HHP 815. L'un des mecs a dit qu'il avait rencart ce soir-là avec une infirmière du nom de Jean.

L'information a été vérifiée. La voiture, identifiée comme un coupé Oldsmobile 53. Immatriculée au nom de Bruce S. Baker, 12060 Hallwood, El Monte. Baker et ses amis ont été interrogés et éliminés comme suspects.

Hallinen et Lawton ont réinterrogé les collègues de travail de la victime et retrouvé ses amis. Tout le monde a maintenu la version d'une Jean Ellroy sérieuse et discrète. Personne n'a fait sortir du chapeau de blonde à queue-de-cheval ou d'homme basané. L'ancien petit ami de Jean, Hank Hart, a été amené au poste et vite relâché. Il était petit et gros et il lui manquait un pouce. Il avait un alibi pour la nuit du 21 juin.

Hallinen et Lawton ont passé en revue les morts récentes par strangulation et ont essayé d'établir une typologie commune. Une affaire du Shérif et deux affaires de la police municipale ont retenu leur attention.

Helene Kelly, DDD 30/10/53, Rosemead. Battue et étranglée manuellement à son domicile. La victime était âgée. Elle n'avait pas été violée. Cela ressemblait à un cambriolage foireux.

Ruth Goldsmith, DDD 5/04/57, District de Wilshire à L.A. La victime avait cinquante ans. On l'avait retrouvée sur le sol de la salle de bains, en partie dévêtue. Elle avait été violée. On lui avait attaché les poignets derrière le dos à l'aide d'un bas nylon. On lui avait fourré une lavette dans la bouche, maintenue en place par un autre bas nylon. La victime était morte d'asphyxie. Son appartement n'était pas sens dessus dessous. Les inspecteurs du LAPD avaient éliminé le cambriolage.

Marjorie Hipperson, DDD 10/06/57, District de

Los Felix à L.A. La victime avait vingt-quatre ans. On l'avait retrouvée dans son lit, la chemise de nuit remontée sur les hanches. Elle avait été violée. Un bas nylon était noué autour du poignet droit. Un second bas nylon était serré autour du cou. Elle avait les lèvres meurtries. On avait retrouvé sous sa tête un bâillon constitué d'une lavette blanche.

Les trois affaires étaient au point mort. Leur *modus operandi* divergeait de celui du meurtre Ellroy plus qu'il ne s'en rapprochait.

Le Bureau des Archives du Shérif a sorti photos anthropo et fichier : une quarantaine d'auteurs de délits sexuels ressemblant à l'homme au teint basané.

La plupart d'entre eux étaient blancs. Une douzaine étaient répertoriés comme « Mexicains de sexe masculin ». Leurs délits sexuels couvraient toute la gamme possible. La plupart d'entre eux étaient en liberté conditionnelle sous l'autorité du comté.

Quelques-uns avaient quitté L.A. Quelques-uns étaient de retour en prison. Hallinen et Lawton ont montré toute la série de photos anthropo à Lavonne Chambers et Margie Trawick. Ils ont fait chou blanc, intégralement.

Ils ont mis les poucettes aux mecs qui ressemblaient le plus au basané, rien que pour être sûrs. Ils les ont trouvés chez eux, ont demandé à leur responsable de conditionnelle de leur secouer les puces. Ils ont fait chou blanc sur toute la ligne.

D'autres agences ont adressé des photos anthropo. Hallinen et Lawton les ont montrées à Lavonne et Margie.

Lavonne et Margie n'ont cessé de dire non. C'était des témoins qui ne tergiversaient pas. Elles savaient ce qu'elles savaient.

Lavonne avait trois mômes d'un mariage raté. Elle se faisait du bon pognon, non déclaré, au drive-in de

Stan. Son petit ami était un adjoint du poste de police de Temple City. Les serveuses de chez Stan nourrissaient les gars de Temple à l'œil – afin qu'ils coursent les resquilleurs et leur fassent cracher leur fric. Les prisonniers de confiance du poste lavaient et polissaient la voiture de Lavonne gratis. Lavonne savait comment s'y prendre avec les flics.

Margie avait une fille de quatorze ans. Son book de mari était mort d'une crise cardiaque en 48. Margie avait claqué le pognon qu'il lui avait laissé et emménagé chez ses parents. Elle ressemblait comme qui dirait à une version brunette de Jean Ellroy. Elle connaissait intimement tous les hauts lieux d'El Monte. Elle n'était pas en bonne santé et se chargeait à la came sur ordonnance médicale.

Ça les bottait, le tralala-témoin, Lavonne et Margie. Hallinen et Lawton les aimaient bien. Ils traînaient toujours autour d'une tasse de café quand ils apportaient leurs photos.

Ils ont eu un tuyau d'après lequel le coiffeur de la victime ressemblait au basané. Ils ont emmené Lavonne au salon de coiffure et lui ont offert un shampoing, couleur et brushing. Lavonne a dit que ce n'était pas le bon mec. Qui plus est, c'était une tante flamboyante.

D'autres tuyaux sont arrivés.

Le 11/07/58 :

Un homme du nom de Padilla a appelé les services de police d'El Monte. Il a déclaré qu'il avait été libéré de la prison du palais de Justice le 30 juin. Il a déclaré avoir vu un homme ressemblant au suspect sortir d'un bar sur South Main Street.

Le 13/07/58 :

Un homme du nom de Don Kessler a appelé le bureau du Shérif de Temple. Il a déclaré qu'il travaillait au El Monte Bowl et avait vu un homme ressemblant au suspect dans son établissement. La mère de M. Kessler avait suivi l'homme jusqu'au Bonnie Rae Bar. L'homme l'avait semée. L'homme était sale et avait l'air d'un Mexicain.

Le 14/07/58 :

Les services du Shérif de Temple ont passé un tuyau à la police d'El Monte, à propos d'un autre type d'apparence sale au El Monte Bowl.

L'homme ressemblait au suspect. L'homme portait un pantalon beige sale. Un agent de police d'El Monte a retrouvé un pantalon identique dans la rue peu de temps après. Il l'a ramassé, rapporté au poste et déposé sur le bureau du capitaine Bruton.

Les services de police d'El Monte avaient la fièvre. La Fièvre de la Blanche morte.

***

La session d'enquête du coroner s'est tenue le mardi 15 juillet. Sous la présidence du docteur Charles Langhauser. Jack Lawton représentait les services du Shérif, comté de Los Angeles.

Six jurés ont écouté l'exposition des faits et des preuves. La session se tenait salle 150, au palais de Justice.

Armand Ellroy a été le premier à témoigner. Il a déclaré qu'il n'avait eu aucune relation récente avec son ex-épouse et qu'il ne l'avait pas vue en chair et en os depuis plus de deux ans. Il a déclaré qu'il avait vu son corps le lundi 23 juin, et confirmé que la victime avait pour nom Geneva Hilliker Ellroy, qu'elle était âgée de quarante-trois ans et native du Wisconsin.

George Krycki a témoigné. Il a décrit une brève conversation qu'il avait eue avec la victime le samedi 21 juin. Jean ne paraissait pas ivre. Il a dit que c'était drôle, « elle avait un visage qui paraissait toujours maquillé ».

Jack Lawton a posé quelques questions à Krycki. Il a mis l'accent sur les amis de la victime.

Krycki a dit qu'il ne connaissait pas ses amis. Son épouse, peut-être, connaissait mieux Mme Ellroy que lui.

Anna May Krycki a déposé. Langhauser lui a fait détailler ses faits et gestes de la soirée du 21 juin et est revenu sur la question des amis de Jean Ellroy. Mme Krycki a dit qu'elle ne connaissait qu'un couple – des gens âgés qui étaient actuellement en voyage en Europe.

Lawton a pris le relais. Il a demandé à Mme Krycki si Jean lui avait jamais demandé des adresses de bars.

Mme Krycki a répondu « si » – mais elle avait dit à Jean qu'il n'existait *aucun* endroit où elle pouvait se rendre non accompagnée. Elle avait effectivement cité le Desert Inn et Suzanne's. C'était des boîtes de nuit connues d'El Monte.

Lawton lui a demandé si elle avait jamais recommandé de restaurants. Mme Krycki a répondu qu'elle avait recommandé Valdez's et Morrow's. La conversation avait eu lieu un mois avant le meurtre. Jean ne lui avait jamais précisé si elle s'était rendue à l'un de ces endroits.

Lawton a demandé à Mme Krycki si celle-ci avait jamais vu Jean ivre. Mme Krycki a répondu : « Jamais ». Lawton lui a demandé si elle avait vu Jean boire, ne fût-ce qu'un verre.

Mme Krycki a révisé son jugement sur Jean, la sobriété incarnée. Elle a dit que Jean se prenait quelques verres de sherry le soir.

Lawton a demandé à Mme Krycki s'il arrivait à Jean de lui confier ses problèmes. Mme Krycki a dit qu'elle mentionnait son ex-mari de temps à autre. Lawton lui a posé la question des amis masculins de Jean. Mme Krycki a nié qu'il en existât.

Le docteur Langhauser a remercié Mme Krycki.

L'adjoint Vic Cavallero s'est présenté à la barre et a décrit la scène du crime au lycée Arroyo.

Margie Trawick a prêté serment.

Elle a décrit les événements dont elle avait été témoin au Desert Inn. Elle a dit que le suspect ressemblait à un homme auquel on aurait arraché toutes les dents. Tellement il avait le bas du visage mince.

Jack Lawton a témoigné. Il a résumé l'affaire Ellroy, maintenant vieille de trois semaines.

Il a déclaré que la victime paraissait ivre au drive-in de Stan. Il a déclaré que plusieurs personnes pensaient avoir vu la victime ce samedi soir-là. Leurs informations n'avaient pas pu être vérifiées. Margie Trawick, Lavonne Chambers et Myrtle Mawby étaient les seuls témoins oculaires dont les déclarations étaient corroborées par les faits.

Il a déclaré qu'ils avaient remonté jusqu'à un bon paquet de suspects. Il a déclaré que tous avaient été innocentés. L'enquête continuait.

Le docteur Langhauser a prié les jurés de se retirer. Ils ont vite rendu leur verdict :

« Asphyxie, due à une strangulation par ligature, infligée à la décédée par une ou plusieurs personnes inconnues du jury à l'heure du verdict. D'après les témoignages présentés à ce jour, nous considérons que les circonstances de la mort en font un homicide, et qu'en conséquence, la ou les personnes inconnues en sont criminellement responsables. »

***

Salvador Quiroz Serena était un ancien machiniste d'Airtek. C'était un Mexicain âgé de trente-cinq ans. Il mesurait un mètre soixante-cinq, pesait soixante-douze kilos, cheveux noirs, yeux bruns. Son pote

Enrique « Tito » Mancilla l'avait cafté et accusé d'avoir trucidé Jean Ellroy. On savait que Serena conduisait une berline Olds de 55.

C'est la Criminelle du Shérif qui a pris l'appel. Hallinen et Lawton étaient injoignables. Le sergent Al Sholund s'est chargé de vérifier le tuyau.

Il a adressé un message par télex au Bureau des Archives de l'État. La réponse est arrivée très vite : Serena était fiché et il y en avait une bonne page : un cambriolage, une agression à main armée, une condamnation pour bigamie. Le suspect était enregistré comme étranger résident et ex-taulard résident.

Sholund a contacté par télex le service des cartes grises de l'État. La réponse est arrivée très vite.

Serena était propriétaire d'un coupé Olds de 54. Dernière adresse connue : 952 Westmoreland, L.A.

L'adresse ne correspondait pas à celle que lui avait donnée Mancilla. Sholund s'est rendu chez Airtek pour mettre Mancilla sur le grill.

Mancilla a dit qu'il connaissait Serena depuis deux ans – pendant et après son passage chez Airtek. Serena était pote avec deux autres mecs d'Airtek : Jim Foster et George Erqueja.

Serena était allé au Mexique récemment. Il était rentré à L.A. le mois dernier. Jim Foster lui avait trouvé une piaule dans son immeuble à Culver City.

Mancilla avait rendu visite à Serena aux environs du 23 juillet. Il a dit : « Tu as entendu ce qui est arrivé à Jean ? » Serena a répondu : « Non. » Mancilla lui a dit que Jean avait été assassinée. Serena n'a pas paru surpris.

Serena a déclaré qu'il avait dansé avec Jean lors d'un pique-nique d'entreprise l'année dernière. Il a dit : « J'aurais pu l'avoir si j'avais voulu. »

Serena a débarqué au domicile de Mancilla sept ou

huit jours plus tard. Il voulait emprunter la voiture de Tito. Mancilla a refusé. Serena est revenu le même soir. Il a dit qu'il déménageait à Sacramento.

Sholund a trouvé Jim Foster et George Erqueja sur place. Leurs récits ont été identiques. Serena a déménagé à Sacramento et trouvé un boulot à l'Aerojet Company. Sholund est retourné au palais de Justice et a rédigé un mémo détaillé à l'intention de Jack Lawton.

Lawton a eu le mémo. Il a appelé Aerojet et parlé au directeur du personnel. L'homme a dit que Salvador Quiroz Serena était très vraisemblablement une recrue récente du nom de Salvador Escalante. Lawton a déclaré qu'il prenait la route pour l'interroger. Il a dit au gars du personnel de garder la chose confidentielle.

Le gars du personnel a répondu qu'il coopérerait. Lawton a appelé Jim Bruton et lui a exposé le cas Escalante. Ils ont décidé de monter jusqu'à Sacramento.

Ils ont pris la route le soir même. Ils sont descendus dans un motel et se sont rendus chez Aerojet le lendemain matin, le 17 juillet.

Le chef de la sécurité leur a donné livraison de Serena alias Escalante. Lawton et Bruton ont emmené le bonhomme au bureau du Shérif, comté de Sacramento, et l'ont passé sur le grill.

Le mec était d'un gabarit costaud. Il ne ressemblait pas vraiment à leur suspect.

Il a dit qu'il s'était marié au Mexique le 3 juillet. Il était retourné en Californie environ trois semaines plus tard. Il avait appris le meurtre par la radio tandis qu'il traversait El Centro. Il était tombé sur Tito Mancilla le lendemain. Ils avaient discuté de l'infirmière qui s'était fait zigouiller.

Il a dit que son épouse était son alibi. Mais elle ne parlait pas anglais.

Bruton a appelé le bureau local de la Patrouille des Frontières et mis la main sur un interprète. Ils ont retrouvé l'homme chez Escalante.

Ils ont parlé à Elena Vivero Escalante. Elle a fourni un alibi convaincant à son époux. Ils se trouvaient au Mexique le 21 juin. Elle n'avait jamais perdu Salvador de vue. Elle a corroboré toutes les déclarations de son mari.

Le suspect a été relâché.

***

La Criminelle du Shérif était une division centralisée. Elle comprenait treize sergents, deux lieutenants et un capitaine. La salle de brigade était située au-dessus de la Morgue du comté. D'où remontaient parfois, par bouffées, des relents de puanteur.

Les meurtres étaient attribués aux enquêteurs à tour de rôle. Il n'existait pas de partenariat établi ; les hommes faisaient équipe selon les besoins du moment. C'était une unité d'élite, aux éléments choisis. Ils s'occupaient des affaires d'extorsion délicates sous les ordres directs du shérif Biscailuz. Gene Biscailuz expédiait ses merdouilles top-secret directement à la Criminelle.

L'unité avait la charge des suicides, des accidents industriels et de trente-cinq à cinquante meurtres par an. Douze annexes et une flopée de villes sous contrat les alimentaient en victimes. La plupart des gars se gardaient une bouteille dans le tiroir. Ils buvaient dans la salle de brigade et se faisaient les bars de Chinatown en rentrant à la maison.

Ward Hallinen avait quarante-six ans. Jack Lawton en avait quarante. Deux styles opposés, qui faisaient des étincelles.

Ward était connu sous le sobriquet de « Silver

Fox », « le Renard d'argent ». C'était un homme de petite taille, les yeux bleu clair, les cheveux gris-blanc ondulés. Il arborait ses complets ajustés mieux qu'un mannequin en vitrine. Il parlait d'une voix douce, avait de l'autorité, était méticuleux. Il n'aimait pas avoir d'arme sur lui et méprisait les côtés rustres et rugueux du travail de police. Il n'aimait pas opérer avec des partenaires impatients et impétueux. Il était marié à la fille de l'ancien shérif Traeger. Ils avaient une fille au lycée et un fils en première année de faculté.

Jack, de taille moyenne, était corpulent et commençait à se dégarnir. Il fonçait, travaillait dur, allait au fond des choses. Quand on cassait les pieds à Jack, il vous envoyait chier en deux secondes. Il adorait les mômes et les animaux. Il avait l'habitude de récupérer chiens et chats trouvés sur les lieux d'un crime. Il s'était fait les dents dans l'Armée de Terre en enquêtant sur les crimes de guerre japonais. Il aimait le sérieux de ses fonctions. Il faisait un juste pendant aux côtés soupe-au-lait et protecteur de sa nature. Il avait une tendance à exploser pour des riens. Il était marié et avait trois jeunes fils.

Ward et Jack s'entendaient bien. Ils cédaient le pas l'un devant l'autre si besoin était. Ils ne laissaient jamais leurs styles conflictuels saloper une affaire.

***

L'affaire Ellroy était au point mort. Que dalle sur la blonde et le basané.

Des convocations devant les tribunaux les ont interrompus. Hallinen s'est ramassé le meurtre d'un Mexicain tué au couteau le 24 juillet.

Un loubard du nom d'Hernandez s'est fait suriner. Trois *pachucos* se sont fait épingler sur les lieux.

Finalement, une histoire entre gangs de mômes ou quelqu'un qui baisait la sœur de quelqu'un.

Les Stups du Shérif ont enregistré un tuyau Ellroy le 1er août. Le tuyauteur était une infirmière du nom de Mme Waggoner.

Elle a déclaré avoir répondu à une petite annonce pour cœurs solitaires et rencontré un Mexicain du nom de Joe le Barbier. Il avait 45 ans, 1,78 m, 90 kg. Il roulait en Buick 55 vert clair. Mme Waggoner avait eu une liaison avec Joe le Barbier. Il avait essayé d'obtenir d'elle qu'elle vole des stupéfiants dans l'hôpital où elle travaillait. Il a reconnu qu'il vendait de la marijuana.

Un adjoint des Stups a bien aimé le côté infirmière. Il a retransmis le tuyau à la Criminelle. Joe le Barbier a été interrogé puis éliminé comme suspect.

Les services de police d'El Monte ont eu connaissance d'un tuyau le 3 août. Deux Mexicains et une Blanche s'étaient présentés en personne pour signaler l'information.

Ils ont déclaré qu'ils étaient en train de boire dans un bar mexicain de Puente. Ils ont rencontré un homme qui leur a offert de les conduire là où ils le désiraient. Il était blanc, entre 25 et 30 ans, 1,72 m, 68 kg, cheveux marron foncé et yeux bleus. Ils sont montés dans sa Chevy Tudor 39.

Ils les a emmenés au San Dimas Wash. Une camionnette à plateau Ford de 46 s'est rangée derrière eux. Le conducteur était blanc, 30 ans, 1,75 m, 80 kg, cheveux blonds et yeux bleus.

Ils étaient tous au bord du Wash. L'homme à la Chevy a agrippé le collier de la femme. Il a dit que si elle ne faisait pas attention, elle se ferait avoir comme l'infirmière à El Monte. Le chauffeur du camion y est allé de son numéro « je hais les Mexicains ». L'un des Mexicains lui est tombé sur le râble.

L'autre Mexicain et la femme se sont échappés. Le premier Mexicain a tabassé le camionneur et les a rejoints.

Les informateurs ont laissé leurs noms auprès de l'agent de jour à la réception. Lequel a tapé un rapport qu'il a placé dans le casier du capitaine Bruton.

L'affaire Ellroy était au point mort. Hallinen a récolté une affaire de madame-surine-monsieur le 29 août.

Lillian Kella a viandé au couteau Adward Kella – blessure fatale, elle ne l'a pas raté. Elle a déclaré qu'il lui avait claqué la tête une fois de trop. L'affaire relevait de la routine de fin d'été.

La patrouille de Temple a enregistré un événement pas très net le 2 septembre. Tout avait commencé devant le Kit Kat Bar d'El Monte.

Deux adjoints ont repéré une femme du nom de Willie Jane Willis. Elle était appuyée contre une cabine téléphonique, complètement étourdie. Le gardien du Kit Kat a dit qu'il avait vu Willie Jane sortir d'un camion à béton jaune. Le chauffeur l'avait coursée autour du camion avant d'abandonner la poursuite et de repartir. Willie Jane a montré aux adjoints la bosse qu'elle avait à la tête.

Les adjoints ont conduit Willie Jane au Falk Medical Center. Un médecin l'a fait allonger sur la table d'examen. Willie Jane s'est mise à délirer. Elle a dit : « Carlos, ne la tue pas. Je l'ai vu la tuer et larguer son corps près de l'école. »

Un adjoint lui a demandé si elle voulait parler du lycée Arroyo. Willie Jane l'a attaqué et a essayé de s'enfuir par une arrière-porte. Les adjoints l'ont rattrapée et placée dans leur voiture de patrouille. Le médecin des urgences était d'avis qu'elle était en pleine planante, chargée de stupéfiants.

Les adjoints ont emmené Willie Jane au poste de

Temple City. En chemin, elle a marmonné de manière hystérique. Les adjoints l'ont entendue dire : « Je l'ai vu la tuer. Il l'a étranglée et a largué son corps près de l'école. J'ai vu le visage de la femme, il était violet, c'était horrible. »

Willie Jane a essayé de sauter de la voiture. Les adjoints l'en ont empêchée. Willie Jane a dit : « Ne me ramenez pas à cette école, je vous en prie, ne m'obligez pas à retourner là-bas. »

Ils sont arrivés au poste. Les adjoints ont escorté Willie Jane à l'intérieur. Un inspecteur l'a interrogée et a transmis un mémo à la Criminelle.

Hallinen et Lawton ont éliminé le tuyau, c'était des conneries.

***

Tuyaux et infos de fêlés se sont arrêtés. L'affaire Ellroy s'est retrouvée aux oubliettes.

Lawton s'est récupéré le 9 octobre un meurtre lié à des rivalités commerciales. Hallinen s'est récupéré une série de madame-tire-sur-monsieur les 12 et 14. Un taré sexuel du nom de Harvey Glatman a été arrêté le 27 octobre.

La Patrouille des Autoroutes l'avait embarqué dans le comté d'Orange. Il se battait avec une femme sur un bas-côté près de la voie express de Santa Ana. Ils étaient tombés de la voiture de Glatman et se disputaient l'arme dont il l'avait menacée. Un mec de la Patrouille des Autoroutes a vu l'incident et procédé à l'arrestation.

La femme répondait au nom de Lorraine Vigil. Elle était mannequin et posait pour des photos déshabillées à L.A. Glatman lui avait fait miroiter une séance de photos, sous le prétexte qu'il possédait un studio à Anaheim.

Glatman a été incarcéré au bureau du Shérif, comté d'Orange. Il a été inculpé de tentative de viol et d'agression à main armée. Des adjoints ont découvert une corde à linge, un appareil photo, plusieurs pellicules et une boîte de balles calibre .32 dans sa voiture. Ils ont passé en revue d'anciens télex et rapports signalant des personnes disparues. Trois déclics pour trois affaires qui pouvaient coller.

Le 1/08/57 :

Un mannequin spécialisé dans les photos déshabillées, du nom de Judy Ann Dull, avait disparu. Elle avait été vue pour la dernière fois en compagnie d'un photographe nommé Johnny Glynn. Ils avaient quitté ensemble l'appartement de Mlle Dull à Hollywood Ouest et on ne les avait jamais revus. Harvey Glatman correspondait au signalement de Johnny Glynn.

Le 8/03/58 :

Une femme du nom de Shirley Ann Bridgeford avait disparu. Elle avait quitté sa maison de la vallée de San Fernando en compagnie d'un dénommé George Williams. On ne les avait jamais revus. Mlle Bridgeford faisait partie d'un club de cœurs solitaires. Williams l'avait contactée par le biais de l'annuaire du club. Harvey Glatman correspondait au signalement de George Williams.

Le 20/07/58 :

Un mannequin spécialisé dans les photos déshabillées du nom d'Angela Rojas alias Rita Mercado avait disparu et on ne l'avait jamais revue.

Harvey Glatman a accepté de subir un test au détecteur de mensonges. L'opérateur lui a posé des questions concernant les trois femmes disparues. Ses réponses et réactions ont révélé qu'il savait des choses louches. Ce que l'opérateur lui a fait remarquer. Glatman a dit qu'il avait tué les trois femmes.

Bridgeford et Rojas relevaient des Personnes disparues du LAPD. Judy Ann Dull relevait du Shérif de L.A. Les flics du comté d'Orange ont transmis l'information aux deux services de police.

Deux inspecteurs du LAPD se sont rendus dans le comté d'Orange. Jack Lawton s'y est rendu comme représentant de la Criminelle du Shérif. Le capitaine Jim Bruton l'a accompagné.

Les interrogatoires ont duré longtemps. Glatman tenait ses détails fin prêts.

Lawton l'a interrogé au sujet de la victime Dull. Le sergent Pierce Brooks l'a interrogé au sujet de la victime Bridgeford. Le sergent E.V. Jackson l'a interrogé au sujet de la victime Rojas.

Glatman a déclaré qu'il avait vu une annonce dans un journal fin juillet 57. Elle proposait des modèles pour séances de photos déshabillées, facturées à l'heure. Il a appelé le numéro cité et parlé à une femme du nom de Betty Carver. Mlle Carver l'a invité à passer pour lui présenter son album.

L'appartement était situé sur North Sweetzer. Glatman est arrivé et a demandé à Mlle Carver si elle était libre pour une séance immédiate. Mlle Carver a dit qu'elle était prise. Glatman a vu une photographie de sa compagne de chambre Judy Dull. Il a demandé si *elle* serait intéressée.

Mlle Carver a dit que c'était probable.

Glatman est parti et a rappelé le lendemain. Il a parlé à Judy Ann Dull et donné comme nom Johnny Glynn. Mlle Dull a accepté une séance de deux heures. Glatman est passé la prendre en voiture chez elle.

Ils se sont rendus à l'appartement de Glatman à Hollywood. Glatman lui a déclaré qu'il voulait vendre quelques clichés *bondage* à *True Detective*. Mlle Dull l'a laissé la ligoter et la bâillonner.

Glatman l'a photographiée. Glatman l'a menacée d'une arme. Glatman l'a pelotée, il l'a violée, il l'a obligée à poser nue, jambes écartées.

Ils ont passé six heures dans l'appartement de Glatman. Judy Ann n'a pas résisté à ses agressions. Glatman a dit qu'en fait, elle était plus que consentante. Elle lui avait déclaré qu'elle était nympho et ne pouvait se retenir quand il y avait des hommes à l'horizon.

Glatman lui a attaché les poignets et l'a menée à sa voiture. Il était 22 h 30.

Il l'a emmenée plein est sur l'autoroute de San Berdoo, à cent quarante kilomètres de L.A. Ils sont arrivés sur une grande zone désertique autour d'Indio. Il a quitté la route et emprunté un chemin isolé. Il a arrêté la voiture et quitté la route à pied en compagnie de la fille. Il lui a attaché les chevilles et l'a allongée au sol, nez dans le sable.

Il lui a noué autour du cou l'extrémité libre de la corde des chevilles. Il lui est monté sur le dos. Il a tiré sur le milieu de la corde et a étranglé la femme. Il a dévêtu le corps, ne laissant que la culotte, et l'a recouvert de sable.

Ses démangeaisons l'ont repris en mars 58. Il a vu une petite annonce d'un club de cœurs solitaires dans le journal. Il s'est rendu au bureau, a payé un droit d'entrée et s'est inscrit. Il a dit s'appeler George Williams.

Le directeur lui a donné quelques numéros de téléphone. Il a pris un rencart avec une fille et s'est rendu chez elle pour voir à quoi elle ressemblait. Elle n'était pas son type. Il a appelé Shirley Ann Bridgeford et ils se sont fixé rencart le samedi soir 8 mars.

Il l'a fait monter dans sa voiture au vu et au su de la foutue famille au grand complet. Il a suggéré une balade plutôt qu'un film. Shirley Ann a accepté.

Glatman l'a emmenée vers le sud, dans le comté de San Diego. Ils ont dîné dans un café et se sont pelotés dans la voiture. Shirley Ann a dit qu'elle devait rentrer.

Glatman a repris la route vers l'est. Ils ont quitté la voie express et se sont garés pour se peloter un peu plus. Glatman a sorti son arme et l'a obligée à s'installer sur la banquette arrière.

Il l'a violée. Il lui a ligoté les mains et l'a fourrée sur le siège avant. Il a repris la route vers l'est et a arrêté la voiture sur un chemin du désert dans une nuit noire d'encre. Il l'a obligée à marcher trois bons kilomètres, l'a attachée comme un veau pour l'abattoir et bâillonnée.

Le soleil s'est levé. Glatman a sorti son appareil photo et son équipement d'éclairage.

Il a étendu une couverture au sol. Il a photographié Shirley Ann ligotée et bâillonnée. Il lui a noué une corde autour du cou jusqu'aux chevilles. Il a tiré sur le milieu de la corde et a étranglé la fille.

Il est retourné à L.A. Il a développé les photos de Shirley. Il les a rangées dans une boîte métallique à côté de ses clichés de Judy.

Ses démangeaisons l'ont repris en juillet. Il a vu dans le journal une annonce pour starlettes dévêtues et appelé le numéro. Angela Rojas l'a invité dans sa piaule/studio sur Pico.

Glatman a débarqué. Angela a dit qu'elle ne se sentait pas bien et lui a demandé de remettre à plus tard. Glatman a accepté. Il est revenu le lendemain soir, sans avoir été invité.

Angela l'a laissé entrer. Glatman a sorti son arme et l'a obligée à entrer dans la chambre. Il lui a ligoté les pieds et les chevilles et l'a tripotée. Il l'a détachée et violée. Il lui a collé son arme dans le dos et l'a fait avancer jusqu'à sa voiture.

Il l'a conduite directement dans le désert. Il a trouvé un coin où se nicher au lever du jour.

Il a campé là avec la fille toute la journée. Il l'a violée et photographiée. Il l'a conduite dans un coin plus isolé à la nuit tombée.

Il lui a dit qu'il voulait prendre quelques photos supplémentaires. Il l'a fait avancer jusque dans la cambrousse et installé appareil et flash.

Il l'a ligotée et bâillonnée et pris quelques clichés. Il l'a placée nez au sol sur une couverture et l'a attachée du cou aux chevilles. Elle s'est débattue en tous sens et s'est étranglée jusqu'à ce que mort s'ensuive. Glatman a balancé quelques broussailles sur le corps et est retourné à L.A.

Lawton a fait état du meurtre Ellroy. Glatman a dit qu'il ne l'avait pas commis. Il ne savait pas où se trouvait El Monte. Il n'avait tué que les trois femmes qui l'avaient fait craquer. Il n'avait pas tué d'infirmière aux cheveux roux.

Glatman a été incarcéré sur une triple inculpation de meurtre au premier degré. Les flics et le procureur du comté d'Orange se sont mis à discuter dossiers et mise en forme.

Judy Ann Dull avait été assassinée dans le comté de Riverside. Shirley Ann Bridgeford et Angela Rojas avaient été assassinées dans le comté de San Diego. Glatman avait agressé Lorraine Vigil dans le comté d'Orange. Harvey était baisé; son procès n'était pas une priorité essentielle.

Glatman avait déjà deux agressions sexuelles à son actif. Il avait passé cinq ans à Sing Sing et deux ans au pénitencier d'État du Colorado. Il avait trente ans et travaillait comme réparateur télé. Il était maigre comme un clou. Il ressemblait à un petit merdaillon sous-alimenté.

Lawton, Brooks et Jackson ont entrepris une tournée des lieux des crimes de Glatman. Photographes, procureurs et divers adjoints du shérif les ont accompagnés. Glatman les a conduits droit aux ossements des victimes Bridgeford et Rojas.

Les restes de Judy Dull avaient été retrouvés en décembre 57. Ils étaient étiquetés « Identité inconnue » dans le bureau du coroner du comté de Riverside.

La visite s'est terminée par l'appartement de Glatman. Les flics ont examiné sa collection de photographies.

Il avait des dizaines de clichés porno commandés par correspondance. Tous représentaient des femmes ligotées et bâillonnées. Il avait des clichés de femmes ligotées et bâillonnées, photographiées à partir de sa propre télé. Glatman a dit qu'il regardait toujours la télé, l'appareil photo sur les genoux. Il se récupérait toujours quelques bons clichés en rab de cette manière.

Il possédait des photos de filles photographiées par lui à Denver. Elles étaient ligotées et bâillonnées, en soutien-gorge et culotte. Il a dit que les filles étaient toutes en vie et intactes.

Il conservait ses photos spéciales dans une boîte métallique. Les flics les ont examinées une à une.

Le soutien-gorge de Judy Dull était baissé sous ses seins. Son bâillon lui aplatissait les joues et déformait tout son visage. Ses poses jambes écartées étaient niaises et obscènes.

Elle n'avait pas l'air d'avoir la trouille. Elle avait l'air d'une adolescente sur le retour. Peut-être se disait-elle qu'elle pourrait rouler ce gugusse dans la farine. Peut-être se disait-elle qu'acceptation égalait maîtrise. Peut-être était-ce une fanfaronnade de pin-up un peu tordue : tous les hommes sont faibles et facilement émus face à la bonne combinaison de chatte et de flatterie.

Angela Rojas avait l'air dans les vapes. Son arrière-plan de désert était superbement éclairé.

Shirley Ann Bridgeford savait que sa vie était finie. L'objectif de Glatman avait saisi ses larmes et ses contorsions, le hurlement que le bâillon dans sa bouche gardait muet.

Les photos ont choqué Jack Lawton. Glatman lui donnait la nausée. Il savait qu'il n'avait pas tué Jean Ellroy.

***

Hallinen et Lawton ont récupéré une affaire commune le 8 novembre. Un homme du nom de Woodrow Harley avait violé sa belle-fille de treize ans avant de l'étouffer d'un oreiller détrempé de chloroforme.

Ils ont passé une semaine à boucler le dossier. Ils ont rendu visite à Armand Ellroy et à son fils juste avant Thanksgiving.

Le garçon avait un peu grandi. Il était très grand pour un gamin de son âge.

Hallinen et Lawton ont emmené Ellroy et son fils jusqu'au drive-in de Tiny Naylor. Le gamin a commandé un mélange de crème glacée. Hallinen et Lawton lui ont fait reprendre tout le topo sur les petits amis de maman.

Il leur a offert une resucée de tout le baratin qu'il leur avait déjà servi. Il n'a pas pu leur sortir de nouveaux étalons.

Ils sont retournés à l'appartement. Ellroy a dit au gamin d'aller jouer dehors. Il fallait qu'il cause à ces messieurs seul à seul.

Le gamin est sorti et il est revenu dans le couloir en catimini. Il a entendu son père discuter avec les flics dans la cuisine.

Son père qualifiait sa mère d'ivrognesse couche-toi-là. Les flics disaient que leur enquête était dans une impasse. Jean était une femme foutrement secrète. Et sa vie semblait tout bonnement n'avoir aucun sens.

II

LE MÔME SUR LA PHOTO

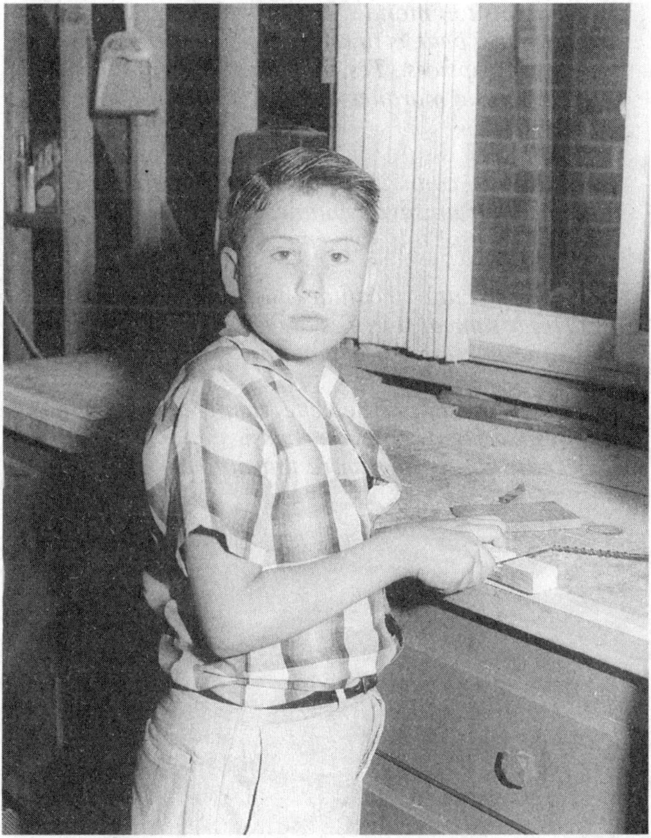

Tu trompais ton monde. Tu te révélais aux autres par bribes, petit à petit, et tu réinventais ton personnage au gré de tes caprices. Tes manières secrètes effaçaient tout moyen de marquer ta mort du sceau de la vengeance.

Je croyais te connaître. Je faisais passer ma haine infantile pour un savoir intime. Je ne t'ai jamais pleurée. J'ai agressé ton souvenir.

Tu affichais une rectitude austère. Tu lâchais les amarres le samedi soir. Tes brèves réconciliations avec toi-même te rendaient chaotique.

Je ne te définirai pas de cette manière. Je ne livrerai pas tes secrets de façon aussi minable. Je veux apprendre où tu as enterré ton amour.

6

Mon père m'a mis dans un taxi à la gare routière d'El Monte. Il a payé le chauffeur en lui disant de me déposer à Bryant et Maple.

Je ne voulais pas rentrer. Je ne voulais pas quitter mon père. Je voulais me casser d'El Monte pour toujours.

Il faisait chaud – peut-être trois degrés de plus qu'à L.A. Le chauffeur a pris Tyler au nord vers Bryant et a coupé à l'est. Il a viré sur Maple et arrêté le taxi.

J'ai vu des voitures de police, des berlines genre voiture officielle rangées le long du trottoir. J'ai vu des hommes en uniforme et des hommes en complet dans ma cour, devant la maison.

J'ai su qu'elle était morte. Ce n'est pas là un souvenir reconstruit ou une intuition rétrospective. Je l'ai su sur l'instant – à l'âge de dix ans – le dimanche 22 juin 1958.

Je me suis avancé dans la cour. Quelqu'un a dit : « Voilà le garçon. » J'ai vu M. et Mme Krycki debout près de leur arrière-porte.

Un homme m'a pris à part et s'est agenouillé pour se mettre à mon niveau. Il a dit : « Fils, ta mère a été tuée. »

Je savais qu'il voulait dire « assassinée ». Je me suis

probablement mis à trembler ou à frissonner ou j'ai un peu vacillé sur mes jambes.

L'homme m'a demandé où était mon père. Je lui ai dit qu'il était reparti à la gare routière. Une demi-douzaine d'hommes m'ont entouré, me serrant de près. Ils se sont mis à genoux et m'ont inspecté de la tête aux pieds.

Ils avaient devant les yeux un gamin sacrément chanceux.

Un flic a filé, direction la gare routière. Un homme muni d'un appareil photo m'a raccompagné jusqu'à la remise à outils de M. Krycki.

Il m'a mis une alêne dans la main et m'a fait prendre la pose devant un établi. Je tenais un petit bloc de bois que je faisais semblant de scier. Je faisais face à l'objectif ; je ne cillais ni ne souriais, je ne pleurais pas, ne trahissais pas mon équilibre interne.

Le photographe s'est posté dans l'embrasure d'une porte. Les flics étaient derrière lui. J'avais un public captivé.

Le photographe a pris quelques clichés et a insisté pour que j'improvise. Je me suis penché sur mon morceau de bois et je l'ai scié, mi-sourire, mi-grimace aux lèvres. Les flics ont ri. J'ai ri. Les ampoules de flash ont crépité.

Le photographe a dit que j'étais courageux.

Deux flics m'ont conduit à une voiture de patrouille et installé sur la banquette arrière. Je me suis glissé jusqu'à la vitre gauche et j'ai regardé au-dehors. Nous avons pris Maple jusqu'à une rue adjacente rejoignant Peck Road, direction sud. J'ai passé la tête par la fenêtre et enregistré de petites choses, tout et n'importe quoi.

Nous avons tourné à l'ouest sur Valley Boulevard avant de nous garer devant le poste de police d'El Monte. Les flics m'ont fait entrer au poste et asseoir dans une petite pièce.

Je voulais voir mon père. Je ne voulais pas que les flics lui fassent du mal.

Quelques hommes en uniforme m'ont tenu compagnie. Ils étaient gentils et déférents devant mon nouveau statut d'orphelin de mère. Ils n'ont pas cessé de me faire la conversation, avec gentillesse, parlant de tout et de rien.

Mon père était passé me chercher le samedi matin. Nous avions pris un bus pour L.A. et nous étions allés voir un film intitulé *Les Vikings*. Tony Curtis s'y faisait couper la main avant d'arborer un protège-moignon en cuir noir. J'en avais fait un cauchemar.

Des flics ne cessaient d'entrer et sortir. Ils n'arrêtaient pas de m'offrir des verres d'eau. J'ai tout bu. J'avais quelque chose à tenir, ça m'occupait les mains.

Deux hommes sont entrés dans la pièce. Les flics gentils sont sortis. Un des hommes était lourd et trapu, presque chauve. Le second avait des cheveux blancs ondulés et des yeux bleu clair. Ils portaient vestes de sport et pantalons de toile.

Ils m'ont posé des questions et noté mes réponses sur de petits calepins. Ils m'ont fait décrire mon week-end avec mon père et m'ont demandé de donner les noms des petits amis de ma mère.

J'ai cité Hank Hart et Peter Tubiolo. Ma mère était sortie avec Hank quand nous étions à Santa Monica. Tubiolo était mon instituteur. Il était sorti avec ma mère au moins deux fois.

J'ai demandé aux hommes si mon père avait des ennuis. Ils m'ont dit que non. Ils ont dit que je serais confié à sa garde.

Le flic aux cheveux blancs m'a donné une sucrerie et m'a dit que je pouvais maintenant voir mon père. Ils m'ont fait sortir de cette petite pièce carrée.

J'ai vu mon père debout dans le couloir. Il m'a vu et il a souri.

J'ai couru droit jusqu'à lui. La collision l'a fait un peu reculer. Il m'a entouré de ses bras, bien serré, comme à son habitude, pour montrer combien il était fort.

* * *

Un flic nous a conduits à la gare routière d'El Monte. Nous avons pris un bus du soir pour Los Angeles.

J'étais assis près de la fenêtre. Mon père avait passé son bras autour de moi. La voie express de San Berdoo était sombre et pleine du scintillement des feux arrière des voitures.

Je savais que j'aurais dû pleurer. La mort de ma mère était un cadeau, et je savais que j'aurais dû payer pour le recevoir. Les flics m'avaient probablement jugé parce que je n'avais pas pleuré à la maison. Si je ne pleurais pas, cela signifiait que je n'étais pas normal. C'est autour de cela que mes réflexions tournaient et retournaient.

J'ai laissé mes nerfs tendus se relâcher. J'ai laissé libre cours à cette putain de sensation démesurée que j'éprouvais depuis des heures.

Ça a marché.

J'ai pleuré. Les larmes ont coulé à flots sur tout le parcours jusqu'à L.A.

Je la haïssais. Je haïssais El Monte. Quelque tueur inconnu venait de m'offrir la belle vie, une vie flambant neuf.

* * *

Elle était fille de fermiers, originaire de Tunncl City, Wisconsin. Je ne me souciais d'elle que par rapport à mon père. Lorsqu'elle a mis un terme au mariage, elle a fait de moi son fils à lui, exclusivement.

Je me suis mis à la haïr afin de prouver mon amour pour mon père. J'avais peur de reconnaître la volonté et le courage énervés, toujours à cran, de cette femme.

On avait, à tort, diagnostiqué un cancer chez mon père en 1956. C'est ma mère qui m'avait appris la nouvelle en gardant pour elle la chute – il s'en sortira – pour ménager ses effets. J'ai pleuré, j'ai frappé de mes poings le canapé du salon. Ma mère m'a calmé et m'a dit qu'il s'agissait d'ulcères, pas de cancer, et que j'avais besoin d'un petit voyage pour me remettre du choc.

Nous sommes partis au Mexique en voiture. Nous avons pris une chambre d'hôtel à Ensenada et mangé de la langouste au dîner, dans un beau restaurant. Ma mère portait une robe laissant une épaule dégagée. Elle avait l'air étonnamment rousse, la peau étonnamment blanche. J'avais conscience qu'elle était en représentation.

Je suis allé me baigner dans la piscine de l'hôtel, le lendemain matin. L'eau était visiblement sale. J'en suis ressorti les oreilles bouchées, avec une migraine qui me battait la tête.

Le mal de tête a migré jusqu'à mon oreille gauche. La douleur s'est localisée et a gagné en intensité. Ma mère m'a examiné et m'a déclaré que j'avais une violente otite.

La douleur était abominable. J'ai pleuré, j'ai grincé des dents à m'en faire saigner les gencives.

Ma mère m'a emmitouflé, installé sur la banquette arrière de sa voiture et nous a conduits au nord, à Tijuana. Là-bas, les pharmacies vendaient médicaments et drogues dures en toute impunité, au comptoir. Ma mère en a trouvé une, a acheté un flacon de pilules, une ampoule de came et une seringue hypodermique.

Elle m'a donné des pilules et de l'eau. Elle a préparé une piqouze qu'elle m'a injectée sur place, dans la voiture. Ma douleur a disparu instantanément.

Nous sommes retournés droit à L.A. La came m'a réchauffé et bercé jusqu'à m'endormir. Je me suis réveillé dans ma chambre et j'ai vu d'étranges nouvelles couleurs s'échapper du papier peint.

Je n'ai pas parlé de l'incident à mon père. Mon omission était instinctive et remontait à un âge précoce. J'y attribuerais un mobile quarante ans après l'événement.

Ma mère m'avait protégé avec une classe folle. Je savais que mon père ne voudrait pas entendre vanter ses qualités. Je me suis plié à ses craintes. Je ne lui ai pas dit qu'elle avait belle allure dans cette robe. Je ne lui ai pas dit à quel point la came avait été agréable. Je ne lui ai pas dit que, pendant un petit moment, ma mère avait été maîtresse de mon cœur.

***

Mes parents excellaient à donner le change. C'était un couple minable de superbe allure, dans le genre de Robert Mitchum et Jane Russell dans *Macao*. Ils sont restés ensemble quinze ans. Ça devait être le sexe, impossible autrement.

Lui était plus âgé de dix-sept ans. Il était grand et bâti comme un lourd-léger. Il était beau à faire pâmer ces dames et possédait une queue impressionnante.

C'était un homme sans envergure qui paraissait, de prime abord, dangereux. Elle avait été séduite par l'emballage physique et le charme qui l'accompagnait, et avait acheté le lot. Je ne sais combien de temps la lune de miel a duré. Je ne sais combien de temps il leur a fallu pour perdre leurs illusions et laisser leur mariage se pourrir doucement de l'intérieur.

Ils étaient venus dans l'Ouest l'un et l'autre à la fin des années trente. Ils s'étaient rencontrés, enflammés, mariés et installés à L.A. Elle était infirmière qualifiée, lui, simple comptable non agréé. Il faisait les inventaires de stocks des drugstores et rédigeait les déclarations d'impôts de gens d'Hollywood. Pendant trois ou quatre ans, il a été l'homme d'affaires de Rita Hayworth et c'est lui qui a réglé les détails de son mariage avec Aly Khan en 1949. Les femmes rousses ont gouverné ses années d'après-guerre.

Je suis arrivé en scène en 48. La nouveauté d'un gamin les a rendus gaga pendant un moment. Ils ont déménagé de Beverly Hills et trouvé un appartement plus grand à Hollywood Ouest. C'était une crèche de style espagnol avec murs en stuc travaillé à la brosse et embrasures de porte voûtées. C'est là que j'ai grandi jusqu'à connaître l'état des choses, un état un peu biaisé, gauchi.

Rita Hayworth a viré mon père vers 52. Il travaillait occasionnellement pour les drugstores et monopolisait le canapé du salon la plus grande partie de la semaine. Il adorait lire et dormir. Il adorait fumer des cigarettes et regarder le sport sur notre télé à écran-bulle. Le canapé était son forum tous usages.

Ma mère se dépêchait d'aller au travail et d'en revenir. Elle avait un boulot à plein temps à l'hôpital St John et faisait en plus la nourrice pour une actrice dipsomane du nom de ZaSu Pitts. C'est elle qui rapportait à la maison l'essentiel de l'argent et elle enquiquinait mon père pour l'inciter à trouver un boulot permanent.

Il s'en débarrassait par de vagues promesses en citant ses relations d'Hollywood. Il était pote avec

Mickey Rooney et un producteur à deux sous du nom de Sam Stiefel. Il connaissait des gens qui avaient du piston. Il pourrait baratiner ses potes et les convaincre de lui trouver un petit boulot en or.

Je passais beaucoup de temps sur le canapé avec mon père. Il me faisait des dessins, il m'a appris à lire quand j'avais trois ans et demi. Nous nous installions côte à côte et nous lisions chacun notre livre.

Mon père avait une préférence pour les romans historiques. J'adorais les histoires d'animaux pour gamins. Mon père savait que je ne pouvais supporter de voir les animaux maltraités ou tués. Il survolait les livres qu'il m'achetait et virait ceux dont il savait que je les trouverais dérangeants.

Mon père avait grandi dans un orphelinat et n'avait pas de famille. Ma mère avait une sœur plus jeune dans le Wisconsin. Mon père haïssait sa belle-sœur et le mari de celle-ci, un marchand de Buick du nom d'Ed Wagner. Mon père disait que l'oncle Ed était un déserteur et un Boche. Lui avait tué des tas de Boches pendant la Première Guerre mondiale et n'avait rien à faire de sa belle-famille.

Les Wagner pensaient que mon père n'était qu'un clodo. Mon père m'avait dit que ma cousine Jeannie avait un jour essayé de m'arracher les yeux. Je ne me souviens pas de cet incident.

Les amis de mes parents se conformaient tous au même modèle : c'était des personnes plus âgées, naïvement impressionnées par le couple. Mes parents avaient belle allure et fricotaient avec les frimeurs-bringueurs d'Hollywood. Ils éblouissaient leur monde de prime abord, et limitaient bagarres, engueulades et chamailleries à l'intimité de leur propre foyer. Ils conservaient une façade de couple uni et réservaient leurs bordées d'injures à un seul et unique témoin : moi.

Leur vie commune n'était qu'une longue escarmouche. Elle attaquait son oisiveté et sa paresse ; lui attaquait ses engnôlades du soir. Leurs prises de bec restaient strictement verbales, et l'absence de violence physique les rendait d'autant plus longues. Ils se disputaient d'un ton mesuré, gueulaient rarement, ne hurlaient jamais. Ils ne cassaient pas de pots de fleurs, ne se jetaient pas d'assiettes à la figure. Leur absence apparente de grand-guignol masquait le fait qu'une volonté commune de raisonner et de se réconcilier n'existait pas. Ils menaient une guerre qu'ils refusaient de laisser éclater. Avec une constance délibérée, ils avaient atteint cet état mesquin des frustrés perpétuellement dévorés de reproches. Leur haine a grandi au fil des années pour culminer en une furie sans éclats.

C'était en 54. J'avais six ans et j'étais en cours préparatoire à l'école primaire d'Hollywood Ouest. Ma mère m'a fait asseoir sur le canapé de notre salon et m'a dit qu'elle divorçait de mon père.

J'ai très mal encaissé. J'ai piqué des colères des semaines durant. Mes numéros d'histrion enfiévré étaient la réaction cumulée à des années de conflit parental merdique et mesquin. La télé m'avait appris que le divorce était définitif et exécutoire. Le divorce stigmatisait les gamins, il les bousillait pour toute leur vie. La mère obtenait la garde de tous les enfants mineurs.

Ma mère a viré mon père de l'appartement. Elle a toléré mon numéro d'enfant blessé quelques semaines, m'a donné une tape sèche sur la tête et m'a dit d'arrêter ça.

J'ai arrêté. Je me suis mis en tête cette idée de môme un peu cinglée : construire avec mon père quelque chose de tout-puissant qui nous isolerait lui et moi.

Ma mère a engagé un avocat et déposé une demande de divorce. Un juge lui a accordé la garde temporaire de l'enfant et m'a autorisé à passer mes week-ends avec mon père. Qui a loué une piaule de célibataire à quelques blocs de son ancien appartement.

Je me suis terré avec lui du vendredi au dimanche pendant des semaines. On faisait cuire des burgers sur une plaque chauffante et on se faisait des repas de Cheez-Whiz et de biscuits secs. On lisait des livres côte à côte, on regardait les rencontres de boxe à la télé. Mon père s'est appliqué à me déverser dans l'esprit son venin contre ma mère.

Il m'a dit que c'était une ivrognesse et une putain. Il m'a dit qu'elle baisait son avocat. Il a dit qu'il avait une chance d'obtenir ma garde, s'il parvenait à prouver que ma mère n'était pas moralement respectable. Il m'a pressé de l'espionner. J'ai accepté de fureter dans les secrets de ma mère.

Mon père a trouvé un boulot dans le centre de L.A. Je me faufilais hors de la maison pour le retrouver sur le chemin du retour, sa journée terminée, chaque fois que je le pouvais. On se donnait rendez-vous dans un drugstore sur Burton Way et Doheny. On mangeait des crèmes glacées et on bavardait un peu.

Ma mère a découvert cette traîtrise. Elle a appelé mon père et l'a menacé de restrictions à son droit de visite. Elle a engagé une baby-sitter pour faire le chien de garde après la classe.

Je n'ai pas pris le bus scolaire le lendemain matin. Je me suis caché dans la cour près de l'appartement de mon père. Je crevais d'envie de voir mon père. J'avais peur des vaccinations prévues à l'école ce jour-là.

Ma mère m'a retrouvé. Elle m'a conduit à l'école et s'est arrangée pour me faire les piqûres elle-même.

Elle m'a vacciné en uniforme d'infirmière. Elle savait se servir d'une aiguille : ça ne faisait pas mal du tout. Elle avait belle allure en coton blanc. Sa tenue faisait ressortir ses beaux cheveux roux.

L'affaire de divorce est passée devant le tribunal. J'ai dû témoigner à huis clos. Il y avait un moment que je n'avais pas vu mon père. Je l'ai repéré à l'extérieur de la salle d'audience et j'ai couru vers lui.

Ma mère a essayé de s'interposer.

Mon père m'a entraîné jusque dans les toilettes pour hommes, il s'est accroupi pour me parler. Ma mère est entrée comme une furie et m'a traîné au-dehors. Mon père a laissé faire. Un homme debout devant un urinoir, la queue à la main, a observé toute la scène.

J'ai témoigné. J'ai dit à un juge bienveillant que je voulais vivre avec mon père. Il en a décidé autrement. Son jugement stipulait un partage du temps semaine/week-end : cinq jours avec elle, deux jours avec lui. Il m'a condamné à une vie dédoublée, partagée entre deux personnes verrouillées par une haine mutuelle et opiniâtre.

J'avais droit aux deux revers de cette haine. Elle était résolument méprisante et s'exprimait de manière éloquente. Ma mère me traçait le portrait d'un père faible, sale, négligé, paresseux, extravagant et plein d'une duplicité mesquine. Mon père résumait la personnalité de ma mère de manière plus concise : c'était une soularde et une putain.

J'ai vécu selon les termes de ce jugement. Les journées de semaine étaient synonymes de corvées fastidieuses. Les week-ends étaient synonymes de liberté.

Mon père me régalait de repas savoureux et m'emmenait voir des films de cow-boys. Il me racontait des histoires de la Première Guerre et me laissait feuilleter ses revues de nanas. Il me disait qu'il avait plusieurs coups juteux en cours. Il réussissait à me convaincre que la grosse fortune était imminente. L'argent à la pelle signifiait avocats de haut vol et gros entregent légal. Ces avocats-là avaient des détectives capables de dénicher des saletés sur la Soularde et la Putain. Ils pourraient lui obtenir ma garde à plein temps.

Ma mère nous a fait déménager dans un plus petit appartement à Santa Monica. Elle a quitté St John's et pris un emploi comme infirmière en entreprise chez Packard-Bell Electronics. Mon père a emménagé dans une crèche à une seule chambre à la limite des districts d'Hollywood et Wilshire. Il ne possédait pas de voiture et notre moyen de transport était le bus. Il approchait de la soixantaine et ressemblait à un gigolo qui avait connu des jours meilleurs. On le prenait probablement pour mon grand-père.

J'ai été transféré dans une école privée qui s'appelait Children's Paradise – le Paradis des enfants. Elle n'était pas reconnue par l'État et délestait ma mère de cinquante sacs par mois. On y larguait les mômes venant de foyers brisés. On y garantissait réussite et bonnes notes, mais les heures d'enfermement s'étiraient quotidiennement de 7 h 30 du matin à 17 heures. Les enseignants étaient, ou criards, ou passifs, complètement étouffés. Mon père avait une théorie concernant les longues heures d'école. Il disait qu'elles étaient calculées pour permettre aux mamans vivant seules de baiser avec leur petit ami après le boulot. Il disait que ce n'était pas si mal.

Le Paradis des enfants occupait un emplacement de choix dans les quartiers ouest. Une cour en terre battue encombrée d'équipements de jeu faisait face à Wilshire Boulevard. La cour avait trois fois la taille du bâtiment principal. Une piscine occupait le flanc ouest.

J'y ai passé mon CE2 et mon CM1 en rêvassant éveillé. Mes capacités en lecture éclipsaient mes retards de compréhension en arithmétique. J'étais grand pour un môme. Je faisais étalage de mon gabarit et me sortais ainsi des petits affrontements entre écoliers, au bluff. C'était la genèse de mon numéro de « Taré », redoutablement efficace.

J'avais peur de toutes les filles, de la plupart des garçons, et d'une frange d'adultes des deux sexes. Ma peur venait tout droit de mon apocalyptique machine à fantasmes. Je savais que toutes choses allaient mal, de chaos en chaos. Ma formation empirique dans le domaine du chaos était d'une validité sans faille.

Mon numéro de Taré me gagnait l'attention à laquelle j'aspirais ardemment et prévenait d'éventuels agresseurs de ne pas déconner avec moi. Je riais quand il n'y avait rien de drôle, me curais le nez et avalais ma morve, et je dessinais des croix gammées sur tous mes cahiers de classe. J'étais le môme-poster idéal pour illustrer le chapitre Si-Vous-Ne-Pouvez-M'Aimer-Remarquez-Moi de tous les bouquins de psychologie enfantile.

Ma mère buvait plus que par le passé. Elle s'enfilait ses whiskys à l'eau le soir et faisait la tronche, devenait mièvre ou se répandait en effusions. Je l'ai trouvée à plusieurs reprises au lit avec des hommes. Les mecs avaient tous cette allure de piliers de bar des années cinquante. Ils vendaient probablement des voitures d'occasion ou les récupéraient pour impayés.

J'ai parlé de ces hommes à mon père. Il m'a dit qu'il avait engagé des privés pour filer ma mère. J'ai commencé à surveiller mes arrières partout où je l'accompagnais.

Ma mère a quitté Packard-Bell et a rejoint Airtek Dynamics. Mon père travaillait en free-lance pour les drugstores. J'ai continué ma scolarité au Paradis des enfants. Mon numéro de Taré me maintenait tout juste à flot.

Mes parents étaient incapables de discuter de manière civilisée. Ils n'échangeaient pas une parole, en aucune circonstance. Leurs expressions de haine m'étaient réservées : *lui*, c'est une mauviette ; *elle*, c'est une soiffarde et une pute. Je croyais mon père. Et rejetais les accusations de ma mère comme du baratin sans fondement. J'étais aveugle au fait que ses bordées d'injures comportaient une plus grande part de vérité.

57 a tiré à sa fin. Ma mère et moi avons pris l'avion pour le Wisconsin à Noël. L'oncle Ed Wagner lui a vendu une Buick rouge et blanc très classe. Nous l'avons ramenée à la maison la première semaine de 58. Nous nous sommes réinstallés dans la routine, travail et école.

À la fin de janvier, ma mère m'a fait asseoir et m'a bien cajolé pour me préparer à un gros mensonge. Elle a dit que nous avions besoin d'un changement de décor. J'avais presque dix ans, et je n'avais jamais vécu dans une maison. Elle a dit qu'elle connaissait un bel endroit du nom d'El Monte.

***

Ma mère mentait mal. Elle avait tendance à enrober ses mensonges de tout un cérémonial et souvent, elle les embellissait avec des préoccupations parentales. Elle sortait toujours ses plus gros mensonges à moitié ivre.

J'étais un bon décodeur de mensonges. Ma mère ne m'accordait guère de crédit pour ce don.

J'ai parlé à mon père du déménagement. Il a trouvé l'idée douteuse. Il a dit qu'El Monte était plein de « dos mouillés ». C'était un trou puant de toute façon. Il s'est dit que ma mère voulait larguer quelque étalon de L.A. Ouest ou qu'elle allait rejoindre quelque merdaillon d'El Monte. On ne se déracine pas, on ne s'installe pas à cinquante kilomètres sans raison, nom de Dieu.

Il m'a dit de rester en état d'alerte. Il m'a dit de la surveiller et de lui signaler toutes ses petites virées de pétasse.

Ma mère a voulu me montrer El Monte. Nous sommes partis jusque-là un dimanche après-midi.

Mon père m'avait prédisposé à haïr et craindre cet endroit. Il m'en avait dressé un portrait exact.

El Monte, c'était le grand vide, baigné de smog. Les gens se garaient sur leur pelouse et lavaient leur voiture au jet, en sous-vêtements. Le ciel était d'un beige carcinogène. J'ai remarqué des tas de *pachucos* à l'air malfaisant.

Nous sommes passés devant notre nouvelle maison. Elle était jolie de l'extérieur, mais plus petite que notre appart' de Santa Monica.

Nous avons bavardé avec notre nouvelle propriétaire, Anna May Krycki. Elle était nerveuse, volubile, le regard vif et fureteur. Elle m'a laissé caresser son chien, un airedale.

Un jardin entourait la maison des Krycki et la nôtre. Ma mère a dit que nous allions pouvoir nous offrir un chien à nous. Je lui ai dit que je voulais un beagle. Elle m'a dit qu'elle m'en offrirait un pour mon anniversaire.

Nous avons rencontré M. Krycki et le fils d'un premier mariage de Mme Krycki. Nous avons visité notre nouvelle maison.

Ma chambre était deux fois plus petite que celle de Santa Monica. On pouvait à peine se glisser dans la cuisine. La salle de bains était étroite et exiguë.

C'était la maison qui justifiait le déménagement. Elle permettait à ma mère de maquiller son Gros Mensonge.

Je le savais à l'époque.

***

Nous avons déménagé au début de février. On m'a inscrit à l'école primaire Ann LeGore et je suis devenu l'espion à plein temps de mon père.

Ma mère buvait encore plus. La cuisine sentait le bourbon Early Times et les cigarettes L&M. Je reniflais les verres qu'elle laissait dans l'évier – pour voir quel attrait il y avait là. L'odeur sirupeuse me donnait des haut-le-cœur.

Elle ne ramenait pas d'hommes à la maison. Mon père se disait qu'elle se tapait des mecs le week-end. Il s'est mis à appeler El Monte « Merde-la-Ville, U.S.A. »

Je tirais le meilleur parti d'un endroit détestable.

J'allais à l'école. Je me suis lié d'amitié avec deux gamins mexicains, Reyes et Danny. Une fois, ils ont partagé un joint avec moi. La tête s'est mise à me tourner, je planais, en extase, comme un débile ; je suis rentré à la maison et j'ai mangé une boîte entière de cookies. Je suis tombé dans les pommes et je me suis réveillé, convaincu que je deviendrais bientôt un drogué à l'héroïne.

L'école était une galère. Mes capacités en arithmétique étaient inférieures à zéro et mes talents en sociabilité, inférieurs à très mauvais. Reyes et Danny étaient mes seuls copains.

Mon père m'a un jour rendu visite lors de la récréation de midi – en violation du jugement de divorce. Un gamin m'a bousculé sans raison. Je lui ai cassé la figure au vu et au su de mon père.

Mon père a été fier de moi. Le gamin m'a cafté à M. Tubiolo, le directeur adjoint. Tubiolo a appelé ma mère et suggéré une rencontre.

Ils se sont rencontrés et ont parlé. Ils sont sortis ensemble plusieurs fois. Je l'ai rapporté en détail à mon père.

Ma mère m'a offert un chiot beagle pour mon dixième anniversaire. Je lui ai donné le nom de Minna et je l'ai étouffée d'amour.

Elle a ajouté au cadeau ce qu'il fallait pour me faire péter les plombs. Elle m'a dit que j'étais un jeune homme maintenant. J'étais assez âgé pour décider avec qui je voulais vivre.

Je lui ai dit que je voulais vivre avec mon père.

Elle m'a giflé et fait tomber du canapé du salon. Je me suis cogné la tête sur la table basse.

Je l'ai traitée d'ivrognesse et de putain. Elle m'a frappé à nouveau. J'ai pris la décision de riposter à la prochaine occasion.

Je pourrais l'assommer d'un coup de cendrier et annuler l'avantage que lui donnait sa taille. Je pourrais lui griffer le visage et réduire sa belle gueule à néant de sorte que les hommes ne voudraient plus la baiser. Je pourrais lui écraser une bouteille de bourbon Early Times sur le crâne.

Elle m'a fait franchir une ligne de démarcation très simple.

Je la haïssais parce que mon père la haïssait. Je la haïssais pour prouver à mon père l'amour que j'avais pour lui.

Elle venait de se gagner ma propre haine, entière et sans limites.

El Monte était un camp de prisonniers. Les week-ends à L.A. étaient des conditionnelles de brève durée.

Mon père m'emmenait voir des films sur Hollywood Boulevard. Nous avons vu *Vertigo* et toute une série de westerns avec Randolph Scott. Mon père m'a mis au parfum sans détour sur Randolph Scott : c'était un homo notoire.

Il m'a emmené près de Hollywood Ranch Market et m'a donné un cours express sur les homos. Il a dit que les pédés portaient des lunettes de soleil miroirs pour prendre discrètement la mesure des renflements de l'entre-deux. Les pédés ne servaient qu'à une seule bonne chose. Leur présence augmentait le lot de femmes disponibles.

Il a voulu savoir si j'aimais déjà les filles.

Je lui ai dit que oui. Je ne lui ai pas dit que les femmes pleinement épanouies m'excitaient plus. Les mères divorcées étaient plus précisément mon type.

Leurs corps offraient toutes ces jolies petites imperfections : jambes épaisses et marques de soutien-gorge me rendaient cinglé. J'aimais tout spécialement les rousses à la peau blanche.

Le concept de maternité m'excitait. J'étais très au courant des choses de la vie, titillé par le fait que la maternité commençait par une séance de baise. Les femmes avec des enfants devaient être douées pour ça. Elles avaient la pratique. Elles développaient un goût pour le sexe durant les saintes épousailles et se retrouvaient incapables de vivre sans, lorsque leurs unions bénies étaient kaput. Leur besoin était sale, honteux et titillant.

Comme ma curiosité.

Notre salle de bains à El Monte était minuscule. La baignoire faisait face à la cuvette des toilettes à angle droit. J'ai entraperçu un soir ma mère qui s'essuyait après la douche.

Elle m'a vu qui regardais ses seins. Elle m'a dit que le bout de son téton droit s'était infecté après ma naissance et avait dû être enlevé. Son ton n'était nullement provocateur. C'était une infirmière diplômée expliquant un fait médical.

J'avais maintenant des images mentales. Je voulais en voir plus.

Je passais des heures dans la salle de bains, feignant de l'intérêt pour un petit sous-marin. J'ai vu ma mère à moitié nue, nue, ou simplement vêtue de sa combinaison. J'ai vu ses seins se balancer. J'ai vu son téton intact se raidir de froid. J'ai vu le rouge entre ses jambes et cette manière dont la vapeur faisait rosir sa peau.

Je la haïssais et je crevais de désir pour elle.

Et alors elle est morte.

7

Lundi 23 juin 1958. Belle journée d'été et le début d'une nouvelle vie ensoleillée.

Un cauchemar m'a réveillé.

Ce n'est pas ma mère qui est apparue. Mais Tony Curtis et son gantelet noir. J'ai chassé l'image et laissé la réalité des choses s'installer en moi.

Mes pleurnicheries étaient derrière moi. J'ai versé quelques larmes dans le bus – et voilà. Ma période de chagrin éploré a duré une demi-heure.

J'ai stocké cette journée-là dans ma mémoire. Elle était d'un bleu de poudre incandescent.

Mon père m'a dit que les Wagner arrivaient dans quelques jours. Mme Krycki avait accepté de s'occuper de mon chien pendant un moment. L'enterrement était prévu pour la semaine suivante, et ma présence n'était pas obligatoire. Le labo criminel du Shérif était d'accord pour refiler la Buick à mon père. Il envisageait de la vendre pour liquider l'emprunt à court terme contracté par ma mère, si les clauses de son testament ne l'interdisaient pas.

Mme Krycki a dit à mon père que j'avais massacré ses bananiers à coups de couteau. Elle exigeait d'être dédommagée. Pronto. J'ai dit à mon père que ce n'était qu'un jeu. Il a dit que ce n'était pas bien important.

Il avait l'air maussade. Je voyais bien qu'il était réellement heureux, dans une sorte d'état de choc extatique comme après un bombardement. Il refermait le livre de son ex par le biais de menus détails.

Il m'a dit de m'amuser un moment. Il lui fallait aller au centre-ville pour identifier le corps.

***

Les Wagner sont arrivés à L.A. quelques jours plus tard. Oncle Ed était maître de lui. Tante Leoda avait un air presque égaré.

Elle idolâtrait sa grande sœur. Un décalage de style séparait les filles Hilliker ; Jean avait pour elle sa beauté, sa chevelure rousse, ses succès masculins. Son mari en jetait superficiellement et il était monté comme un taureau.

Ed Wagner était gras et solide. Il faisait bouillir la marmite. Tante Leoda était une *hausfrau* du Wisconsin. Elle était lente à se mettre en boule et avait la rancune tenace. Sa sœur vivait une vie totalement différente qu'elle trouvait irrésistible. Les détails spécifiques de cette vie-là l'auraient sans nul doute choquée au-delà de tout.

Mon père et moi avons vu les Wagner à plusieurs reprises. Pas un soupçon de haine Ellroy-Wagner n'est remonté à la surface. Ed et Leoda ont attribué le calme de mon état émotionnel au choc. Je n'ai pas dit un mot, j'ai laissé les adultes assurer la conversation.

Nous sommes partis tous les quatre pour El Monte en voiture. Nous nous sommes arrêtés à la maison que nous avons visitée une dernière fois. J'ai serré mon chien contre moi, je l'ai embrassé. Il m'a léché la figure et m'a pissé dessus. Mon père s'est foutu de la gueule des Krycki ; pour lui c'était des tarés. Ed et

Leoda ont emporté les papiers personnels et les souvenirs de ma mère. Mon père a entassé en vrac mes vêtements et mes livres dans des sacs en papier marron.

Nous nous sommes arrêtés au Jay's Market à la sortie de la ville. Une caissière m'a agacé par ses attentions ; elle savait que j'étais le môme de l'infirmière morte. Ma mère avait commencé à me faire une scène dans ce même magasin à peine quelques semaines auparavant.

Quelque chose avait déclenché sa colère à propos de mes faibles progrès scolaires. Elle a voulu me montrer ma destinée potentielle. Elle m'a fait sortir du magasin en quatrième vitesse et m'a conduit jusqu'à Medina Court, le cœur du quartier *taco* d'El Monte.

Des loubards mexicains se baladaient, de cette démarche lisse et élastique que j'admirais tant. Elle voulait que je voie où me mèneraient mes manières de paresseux. Je n'ai pas pris ses avertissements au sérieux. Je savais que mon père ne me laisserait jamais devenir un « dos mouillé ».

***

Je ne suis pas allé à l'enterrement. Les Wagner sont retournés dans le Wisconsin.

Mon père a pris possession de la Buick qu'il a vendue à un mec du voisinage. Il s'était débrouillé pour empocher l'avance versée par ma mère. Tante Leoda est devenue l'exécutrice testamentaire de ma mère. Elle gardait les cordons bien serrés sur une police d'assurance bien dodue.

Une clause de doublement de l'indemnité gonflait la prime jusqu'à vingt bâtons. J'en étais le seul bénéficiaire. Leoda m'a dit qu'elle plaçait mon argent, qui servirait à payer mes études supérieures. Elle a déclaré que je pourrais retirer de petites sommes en cas d'urgence.

Je me suis préparé à jouir de mes vacances d'été.

Les flics sont passés à plusieurs reprises. Ils m'ont fait plancher sur les petits amis et autres relations connues de ma mère. Je leur ai dit tout ce que je savais.

Mon père avait conservé quelques coupures de presse concernant l'affaire. Il m'en a exposé les grandes lignes et m'a pressé de ne pas penser au meurtre proprement dit. Il savait que j'avais une imagination très vive.

Je voulais connaître les détails.

J'ai lu les coupures de presse. J'ai vu une photo de moi devant l'établi de M. Krycki. J'ai pigé en détail le scénario de la Blonde et du Basané. L'intuition qu'il ne s'agissait que d'une histoire de sexe me donnait des frissons, à en avoir la chair de poule.

Mon père a découvert que j'avais parcouru ses coupures de presse. Il m'a servi sa théorie préférée : ma mère s'était dérobée devant une partie à trois avec la Blonde et le Basané. Cela faisait partie d'une énigme plus vaste : pourquoi s'était-elle enfuie à El Monte ?

Je voulais des réponses, mais pas au prix de la présence continuelle de ma mère. J'ai dirigé ma curiosité vers les livres policiers pour enfants.

Je suis tombé sur la série des Hardy Boys et des Ken Holt. La librairie Chevalier les vendait à un dollar pièce. Des adolescents détectives résolvaient des crimes et se liaient d'amitié avec les victimes. Le meurtre était aseptisé et se passait entre les pages. Les gamins détectives venaient de familles aisées et conduisaient des bagnoles au moteur gonflé, des motos ou des vedettes rapides. Les crimes se produisaient en des lieux de villégiature très classe. Tout finissait bien, dans le bonheur et la joie pour tout le monde. Les victimes des meurtres étaient mortes mais s'offraient implicitement un séjour du tonnerre au paradis.

Il s'agissait là d'une formule littéraire réglée d'avance directement à *mon* intention. Elle me permettait de me souvenir et d'oublier dans des proportions égales. Je dévorais ces livres par wagons entiers en restant bienheureusement inconscient de la dynamique interne qui les rendait tellement séduisants.

Les Hardy Boys et Ken Holt étaient mes seuls amis. Leurs copains et copines étaient mes copains et copines. Nous résolvions des mystères déroutants, mais personne n'était trop sévèrement mis à mal.

Mon père m'achetait deux livres tous les samedis. Je les avalais à toute vitesse et passais le restant de la semaine à souffrir des affres du manque. Mon père maintenait la limite à deux livres hebdomadaires, pas plus. J'ai commencé à en voler pour combler mes périodes sans lecture.

J'étais un petit voleur sournois. Je gardais ma chemise sortie du pantalon et fourrais les livres dans ma ceinture. Les gens de chez Chevalier devaient penser que j'étais un mignon petit rat de bibliothèque. Mon père n'a jamais fait de commentaire sur la taille de ma bibliothèque.

L'été 58 a filé comme une flèche. Je pensais rarement à ma mère. Elle était rangée dans sa case et définie par l'indifférence que lui marquait mon père. El Monte était un épisode illogique et aberrant. Elle était *partie*.

Je lui rendais un hommage pervers à travers chaque livre que je lisais. Chaque mystère résolu était mon amour pour elle en ellipses.

Je ne le savais pas alors. Je doute que mon père

l'ait su. Maintenant que sa diablesse rousse était sous terre, il occupait son été à ses combines.

Il avait acheté dix mille « Tote Seats » des surplus jap, à dix cents pièce. C'était des coussins gonflables destinés à garnir les sièges lors d'événements sportifs. Il était convaincu de pouvoir les vendre aux organisations des L.A. Rams et Dodgers. La première fournée le mettrait sur les rails. Il pourrait obtenir des Japonais de mettre les bouchées doubles et de sortir un plus grand nombre de Tote Seats qu'il se ferait régulièrement livrer. À partir de là, ses bénéfices allaient grimper en flèche.

Les Rams et les Dodgers ont rejeté l'offre de mon père. Il était trop fier pour fourguer les Tote Seats dans la rue à la manière d'un camelot. Nos étagères et nos placards étaient bourrés de plastique gonflable. On aurait pu gonfler les coussins et faire flotter la moitié du comté jusqu'à la mer.

Mon père a passé l'aventure Tote Seats par profits et pertes et s'en est retourné à son drugstore. Il se tapait des horaires invraisemblables ; de midi à 2 ou 3 heures du matin. Il me laissait seul pendant son absence.

Notre appart' n'avait pas l'air conditionné, il baignait dans la chaleur estivale. Il commençait à sentir. Minna défiait tout cambriolage, urinait et déféquait un peu partout. Le crépuscule rafraîchissait la maison et atténuait quelque peu la puanteur. J'adorais me retrouver seul dans l'appartement la nuit tombée.

Je lisais et changeais de chaîne à la recherche de programmes policiers. Je feuilletais les revues de mon père. Il était abonné à *Swank*, *Nugget* et *Cavalier*. Ses revues étaient pleines de photos classe et de dessins osés qui me passaient au-dessus de la tête.

Je contemplais les médailles de la Première Guerre mondiale gagnées par mon père – miniatures enchassées sous verre. Leur accumulation le désignait comme un grand héros. Il était né en 1898 et il lui manquait trois mois pour avoir cinquante ans lorsque je suis né. Je n'arrêtais pas de me demander combien de temps il lui restait à vivre.

J'aimais me préparer à manger. Mes repas favoris étaient des hot-dogs cramés sur une plaque à résistance en spirale. Les spaghettis en boîte de ma mère ne leur arrivaient pas à la cheville.

Je regardais toujours la télé toutes lumières éteintes. J'étais devenu accro au canal 13 de Tom Duggan que j'allumais tous les soirs. Duggan était moitié branché à la coule, moitié tribun beuglard d'extrême droite. Il agressait et insultait ses invités et parlait constamment de gnôle. Il se dépeignait comme misanthrope et débauché. Il faisait naître en moi une profonde résonance.

Son émission se terminait vers 1 heure du matin. C'est à ce moment-là que mes rituels de l'été 58 ont commencé à me coller la trouille.

J'étais habituellement trop agité pour dormir. Je me mettais à imaginer la mort de mon père par homicide ou accident de voiture. Je l'attendais dans la cuisine et comptais les voitures qui passaient sur Beverly Boulevard. Je gardais toutes les lumières éteintes – pour montrer que je n'avais pas peur.

Il est toujours rentré à la maison. Il ne m'a jamais dit que rester assis dans le noir était une activité bien étrange.

***

Nous vivions pauvrement. Nous n'avions pas de voiture et circulions en utilisant le réseau de bus de L.A. Notre régime alimentaire n'était que graisses, sucres et féculents. Mon père ne touchait pas à l'alcool, mais il compensait en fumant ses trois paquets de Lucky Strike quotidiens. Nous partagions une unique chambre à coucher avec un chien malodorant.

Rien de tout cela ne me tracassait. J'étais bien nourri et j'avais un père aimant. Les livres étaient mes stimuli et m'offraient un dialogue sublimé sur la mort de ma mère. Je possédais cette capacité tenace et paisible d'exploiter ce que j'avais.

Mon père m'avait laissé le libre usage du quartier. J'ai exploré le voisinage, je l'ai laissé nourrir mon imagination.

Notre immeuble donnait sur Beverly Boulevard et Irving Place. Aux limites de Hollywood et de Hancock Park, alliance de styles significative.

De petites maisons en stuc et des immeubles d'habitation sans ascenseur remontaient vers le nord pour s'arrêter à Melrose Avenue et aux terrains occupés par les Studios Paramount et Desilu. Les rues étaient étroites et rectilignes, comme tracées à la règle. Les façades de style espagnol prédominaient.

De Beverly à Melrose. De Western Avenue à Rossmore Boulevard. Cinq blocs du nord au sud et dix-sept blocs d'est en ouest. Des studios de cinéma jusqu'à des maisons modestes, puis une rangée de magasins et des bars, jusqu'au Country Club de Wilshire. La moitié de mon territoire d'errance – soit une superficie équivalant à la moitié d'El Monte.

La limite est étalait ses maisons à ossature de bois et de nouveaux immeubles d'un goût criard. La limite ouest était une Gold Coast au milieu de L.A. Ça me bottait bien, toutes ces forteresses à étages style Tudor avec portiers et larges entrées. L'Algiers Hotel-Apartments se situait sur Rossmore et Rosewood. Mon père disait que l'endroit était un « baisodrome » réputé. Les chasseurs dirigeaient une écurie de racoleuses de belle allure.

Le flanc nord de mon territoire d'errance était diversifié, topographiquement parlant. J'aimais contempler le panorama qui se déclinait d'ouest en est. Des blocs soigneusement entretenus, de-ci, de-là. D'autres, sales et délabrés. J'aimais la patinoire du Polar Palace à Van Ness et Clinton. J'aimais le El Royale Apartments parce qu'à l'oreille on entendait presque « Ellroy ». L'Algiers était excitant. Toutes les femmes qui entraient et sortaient étaient des racoleuses en puissance.

J'aimais le flanc nord de mon territoire. Parfois il me fichait la trouille ; des mômes en vélo faisaient un écart pour me foncer dessus ou m'adressaient un doigt d'honneur. De petits affrontements me repoussaient vers le sud des jours durant.

Le flanc sud de mon territoire s'étendait de Western à Rossmore et de Beverly à Wilshire Boulevard. La lisière est avait un attrait particulier : la bibliothèque publique sur Council et St Andrews. Comme territoire à explorer, il était négligeable.

J'*adorais* littéralement rôder plein sud et sud-ouest. 1re Rue, 2e Rue, 3e Rue, 4e Rue, 6e Rue, Wilshire, Irving, Windsor, Lorraine, Plymouth, Beachwood, Larchmont, Lucerne, Arden, Rossmore.

Hancock Park.

Vastes maisons Tudor et manoirs à la française. Résidences espagnoles. Larges pelouses en façade, tonnelles, rangées d'arbres le long des trottoirs et une atmosphère de confinement, hors du temps, d'une autre dimension. Un ordre, une aisance parfaitement circonscrits, à quelques blocs de mon domicile croûté de merde.

Hancock Park m'hypnotisait. Le paysage me tenait sous son charme.

Je rôdais dans Hancock Park. Je marchais, je bâillais, je baguenaudais, j'arpentais. J'attachais Minna à sa laisse et la laissais me tirer sur Irving jusqu'à Wilshire trois ou quatre fois par jour. Je traînais dans les boutiques de Larchmont Boulevard et piquais des livres chez Chevalier.

Je me prenais des coups de passion pour des maisons, des filles entraperçues aux fenêtres. Je me construisais des fantasmes élaborés sur Hancock Park. Mon père et moi allions envahir Hancock Park pour en faire notre royaume.

Je ne convoitais pas Hancock Park par quelque douloureux sentiment d'envie. Je possédais les lieux en imagination. Cela me suffisait – et m'a suffi pour un temps.

***

L'été 58 s'est terminé. On m'a inscrit en CM2 à l'école primaire de Van Ness Avenue. Mes déambulations s'en sont trouvées radicalement limitées.

L'école de Van Ness Avenue était distinguée et de bon ton. Personne ne m'offrait de marijuana. Mon institutrice me dorlotait un peu. Elle savait probablement que maman avait été victime d'un meurtre.

Je commençais à devenir vraiment grand. J'avais un langage ordurier et crachais mon charabia obscène dans la cour de récréation. L'expression favorite de mon père était « Va te faire foutre, Fritz ». Son insulte préférée était « Enculé ». J'imitais sa façon de parler, je jouissais de savoir qu'elle pouvait choquer.

J'affinais mon numéro de Taré. Qui me tenait dans une solitude misérable, complètement verrouillé que j'étais, sans porte de sortie, dans ma propre petite tête.

Mes goûts en matière de lecture devenaient plus recherchés. J'avais lu toute la collection des Hardy

Boys et tous les Ken Holt, et j'étais fatigué des intrigues convenues et des épilogues simplistes. Je voulais plus de violence et plus de sexe. Mon père m'a recommandé Mickey Spillane.

J'ai volé quelques livres de poche de Spillane. Je les ai lus et je m'en suis senti émoustillé, la trouille au ventre. Je ne pense pas que je suivais très bien les intrigues – et je savais que cela ne gênait en rien mon plaisir. Ça me bottait, toutes ces fusillades, tout ce sexe et cette ferveur anticommuniste de Mike Hammer. L'ensemble était juste assez ampoulé pour m'empêcher d'être *trop* effrayé. Fondamentalement, ce n'était ni brutal, ni explicite, ni terrifiant – comme ma mère, la Blonde et le Basané.

Mon père m'autorisait plus de liberté. Il m'a dit que je pouvais aller seul au cinéma et sortir Minna tard le soir.

Hancock Park la nuit était un autre monde, un monde à part.

L'obscurité estompait les couleurs. Les lampadaires au coin des rues brillaient de lueurs agréables. Les maisons se changeaient en toile de fond pour fenêtres illuminées.

Je me postais, statue immobile dans les ténèbres, et regardais à l'intérieur des maisons. Je voyais tentures, murs nus, taches de couleurs, formes en mouvement. Je voyais des filles en uniformes d'écoles privées. Je voyais de beaux arbres de Noël.

Ces promenades à des heures tardives me donnaient le frisson et m'excitaient. L'obscurité venait renforcer mes prétentions sur ce territoire et me faisait travailler l'imagination. J'ai commencé à rôder dans les arrière-cours, à regarder par les fenêtres à l'arrière des maisons.

Rôder ainsi était en soi une excitation intense. Les fenêtres arrière m'offraient des visions intimes.

C'était les fenêtres de salles de bains les meilleures. Je voyais des femmes à demi habillées, des femmes et des filles en peignoirs. J'aimais les regarder se pomponner devant leur miroir.

J'ai trouvé un gant de receveur de base-ball sur une table de pique-nique. Je l'ai volé. J'ai trouvé un ballon de football en vrai cuir derrière une autre maison. Je l'ai volé et je l'ai ouvert à l'aide d'un canif pour voir ce qu'il y avait à l'intérieur.

J'étais encore préadolescent. J'étais voleur et voyeur. Je me dirigeais droit vers un rendez-vous brûlant avec une femme profanée.

8

Elle est venue à moi dans un livre. Un cadeau innocent a réduit mon monde en cendres.

Mon père m'a offert le livre pour mon onzième anniversaire. C'était une ode non romancée aux services de police de Los Angeles, le LAPD. Le titre en était *The Badge*, L'Insigne. L'auteur, Jack Webb – la vedette et le cerveau du programme télé *Dragnet*.

Le programme en question se fondait sur les dossiers d'archives du LAPD. Les flics y parlaient d'un ton monocorde et traitaient les suspects avec mépris et sans ménagement. Les suspects y étaient lâches et leur verbiage pompeux. Les flics n'avalaient jamais leurs conneries.

Dragnet était la saga d'existences sans issue, confrontées à l'autorité. Des méthodes policières répressives étaient la garantie d'une L.A. vertueuse. Le feuilleton montrait que la partie qui se jouait était dure et, en filigrane, il suintait l'auto-apitoiement. C'était l'épopée d'hommes isolés dans une profession qui isolait ceux qui la pratiquaient, privés de toute illusion conventionnelle et traumatisés par leur contact quotidien avec la fange. C'était l'angoisse existentielle du mâle des années cinquante – l'aliénation vue comme proclamation d'un service public.

Le livre, c'était le programme télé libéré de ses

entraves. Jack Webb y détaillait les procédures policières et geignait à loisir sur le fardeau qui pesait sur les épaules des mâles de race blanche du LAPD. Il comparait, sans ironie aucune, les criminels aux communistes. Il servait au public des anecdotes de la vraie vie pour illustrer les terreurs et les satisfactions prosaïques du travail de police. Il exposait quelques affaires du LAPD, libérées des contraintes de censure de la télé.

L'explosion d'une bombe incendiaire au Club Mecca était une histoire de première, de nature à enflammer les foules.

Quatre tarés s'étaient fait éjecter d'une taverne du voisinage le 4 avril 1957. Ils étaient revenus avec un cocktail Molotov et avaient cramé le rade dont il n'était rien resté. Six clients étaient morts. Le LAPD avait retrouvé les tueurs en quelques heures. Ils avaient été jugés, reconnus coupables et condamnés à mort.

Donald Keith Bashor cambriolait chez les gens. Il se faisait de petits appartements dans le District de Westlake Park. Deux femmes ont interrompu sa tournée de visites. Bashor les a frappées à mort. Il a été capturé, jugé et reconnu coupable. Il est passé à la chambre à gaz en octobre 57.

Stephen Nash était un psychopathe auquel il manquait des dents. Il en avait après le monde entier. Il a battu un homme à mort et lacéré un garçon de dix ans sous la jetée de Santa Monica. Le LAPD l'a cravaté en 56. Il a craché le morceau et avoué neuf autres meurtres en se nommant lui-même « le Roi des tueurs ». Il a été jugé, reconnu coupable et condamné à mort.

Les récits étaient d'une horreur glacée. Les mauvais avaient l'air stupide, avec des penchants nihilistes.

Stephen Nash tuait par impulsion. Manquait à ses meurtres une volonté calculatrice : ils n'étaient pas perpétrés dans l'optique de créer l'horreur absolue. Nash ne savait pas comment mettre un frein à sa rage pour la changer en gestes symboliques et l'infliger à un être humain. Il lui manquait la volonté, ou le goût, de commettre des meurtres susceptibles d'exercer une grande fascination sur le public.

Le tueur du Dahlia noir savait ce que lui ignorait. Il comprenait la mutilation comme un langage. Il a assassiné une belle jeune femme, s'assurant de ce fait une célébrité anonyme.

J'ai lu le compte rendu de l'affaire Dahlia noir qu'avait fait Jack Webb. Et j'ai plongé au plus profond, emporté par mes émotions.

Le « Dahlia noir » était une fille du nom d'Elizabeth Short. Son corps avait été découvert dans un terrain vague en janvier 1947. L'endroit où son cadavre avait été largué se situait à six kilomètres au sud de mon appartement.

Elizabeth Short avait été sectionnée en deux, à la taille. Le tueur avait récuré le corps jusqu'à le laisser d'une propreté impeccable et il l'avait abandonné, nu. Il l'avait placé à cinq centimètres d'un trottoir, les jambes écartées.

Il a torturé cette femme pendant des jours. Il l'a battue, il l'a tailladée à l'aide d'un couteau affûté. Il lui a écrasé des cigarettes sur les seins et lui a entaillé les commissures des lèvres jusqu'aux oreilles.

Les souffrances d'Elizabeth Short ont été horriblement prolongées. Elle a été maltraitée, violentée, terrorisée d'une manière systématique. Le tueur avait fouillé, sondé ses organes internes, il les avait réarrangés *post mortem*. Le crime était l'expression d'une folie misogyne pure – et donc mûr pour des interprétations erronées.

Betty Short est morte à vingt-deux ans. C'était une môme déjantée qui vivait des fantasmes de môme déjantée. Un journaliste, apprenant qu'elle ne s'habillait qu'en noir, l'a surnommée le « Dahlia noir ». Cette étiquette l'annihilait, elle la calomniait, elle la transformait en fille perdue sanctifiée et en traînée.

L'affaire a eu un retentissement énorme. Jack Webb avait resitué son résumé de douze pages dans la morale du moment : les femmes fatales meurent dans la souffrance et sont complices en attirant sur elles une mort par vivisection. Il n'avait pas compris les intentions du meurtrier, il n'avait pas vu que les manipulations gynécologiques infligées définissaient le crime. Il ne savait pas que le tueur avait une peur horrible des femmes. Il ne savait pas qu'il avait ouvert le Dahlia pour voir ce qui différenciait les femmes des hommes.

Je ne savais pas toutes ces choses à l'époque. Ce que je savais, c'est que j'avais une histoire qui m'attirait et me repoussait à la fois.

Webb décrivait les derniers jours du Dahlia. Elle courait d'un homme à l'autre, elle fuyait un homme puis l'autre, elle pratiquait la discordance mentale au point de frôler la schizophrénie. Elle cherchait un endroit sûr où se cacher.

Deux photographies accompagnaient le récit.

La première montrait Betty Short sur la 39e et Norton. Ses jambes étaient à moitié visibles. Des hommes avec armes et calepins étaient debout au-dessus de son cadavre.

La seconde la montrait dans la vraie vie. Elle portait les cheveux remontés sur le front et coiffés en arrière – comme cette photo de ma mère des années quarante.

***

J'ai lu l'histoire du Dahlia une centaine de fois. J'ai lu le reste de *The Badge* et contemplé les photos. Stephen Nash, Donald Bashor et les incendiaires sont devenus mes amis. Betty Short est devenue mon obsession.

Et mon substitut symbiotique de Geneva Hilliker Ellroy.

Betty fuyait et se cachait. Ma mère s'était enfuie à El Monte pour s'y forger une vie secrète le week-end. Betty et ma mère étaient deux victimes, deux corps largués aux ordures. Jack Webb disait de Betty que c'était une fille facile. Mon père disait de ma mère que c'était une ivrognesse et une putain.

Mon obsession du Dahlia était explicitement pornographique. Mon imagination suppléait aux détails que Jack Webb omettait. Le meurtre du Dahlia était un épigramme sur des existences éphémères et sur la mort, comme châtiment inéluctable d'un trop-plein de sexe. Son statut de crime non résolu était un mur que j'essayais de démolir avec une curiosité d'enfant.

J'appliquai mon esprit à cette tâche. Mes efforts d'explication étaient totalement inconscients. Je me racontais simplement des histoires mentales.

Démarche qui œuvrait à l'encontre du but recherché. Mes récits de mort en plein jour par la scie et le scalpel me donnaient d'abominables cauchemars. Ils étaient dénués de toute ligne narrative – ce que je voyais, c'était Betty qu'on coupait, tailladait, perçait, sondait et disséquait.

Mes cauchemars possédaient une force brute d'une pureté absolue. Des détails précis et saillants jaillissaient droit de mon inconscient comme autant d'explosions. Je voyais Betty tailladée et écartelée sur un chevalet de torture médiéval. Je voyais un homme la vider de son sang dans une baignoire. Je la voyais, bras et jambes écartés, sur un chariot d'hôpital.

À cause de ces scènes, j'avais peur de m'endormir. Mes cauchemars apparaissaient avec régularité ou à des intervalles imprévisibles. Des flashes diurnes venaient s'y ajouter.

J'étais, par exemple, assis en classe. Je m'ennuyais, proie parfaite pour d'étranges errances mentales. Et je voyais des entrailles qu'on fourrait dans une cuvette de toilettes, des instruments de torture prêts à être utilisés.

Je ne faisais pas apparaître ces images volontairement. Elles semblaient jaillir de quelque lieu, bien au-delà de mon vouloir.

Les cauchemars et flashes diurnes ont continué tout le printemps et l'été. Je savais que c'était là une punition divine pour mes maraudes de voyeur et de voleur. J'ai cessé de voler et de faire le voyeur aux fenêtres de Hancock Park. Les cauchemars et les flashes diurnes ont continué.

Je suis retourné à mes habitudes de voleur et de voyeur. Un homme m'a surpris dans sa cour et m'a obligé à m'enfuir. J'ai abandonné complètement mes séances de voyeurisme.

Cauchemars et flashes diurnes ont continué. Leur puissance allait décroissant à force tout bonnement de se répéter. Mon obsession du Dahlia noir a pris de nouvelles formes fantasmatiques.

Je sauvais le Dahlia noir et devenais son amant. Je lui épargnais une vie de coucheries sans lendemain. Je remontais la piste de son assassin que j'exécutais.

C'était des fantasmes forts, fondés sur une structure narrative. Ils ôtaient à mon obsession son côté nauséeux.

Il était prévu que j'entre au lycée en septembre.

Mon père m'a dit que je devais commencer à prendre le bus seul. J'ai exploité cette nouvelle liberté au nom d'une recherche très officielle du Dahlia.

Je descendais en ville par le bus, jusqu'à la Grande Bibliothèque Centrale. Je lisais le *Herald Express* de 1947 sur microfilms. J'ai tout appris de la vie et de la mort du Dahlia noir.

Betty Short venait de Medford, Massachusetts. Elle avait trois sœurs. Ses parents étaient divorcés. Elle avait rendu visite à papa en Californie en 1943. Elle s'est retrouvée accro à Hollywood et aux hommes en uniforme.

Le *Herald* la qualifiait de « fille à plaisir » et d'« entraîneuse ». J'ai décodé les termes pour y lire « putain ». Elle voulait être vedette de cinéma. Elle était fiancée simultanément à plusieurs aviateurs de l'armée. Un mec du nom de Red Manley l'a ramenée de San Diego une semaine avant sa mort. Elle n'avait pas d'adresse précise à Los Angeles. Des mois durant, elle avait erré de pensions de famille en appartements bon marché. Elle fréquentait les bars et se faisait payer verres et dîners par des inconnus. Elle racontait des mensonges démesurés par simple routine. Sa vie était indéchiffrable.

Je comprenais cette vie-là, instinctivement. C'était une collision chaotique avec le désir masculin. Betty Short voulait des hommes force et intensité, mais elle était incapable d'identifier ses besoins. Elle se réinventait perpétuellement avec le panache de la jeunesse et parvenait à se convaincre qu'elle était quelque chose d'original. Elle se trompait dans ses calculs. Elle n'était pas très intelligente, elle n'avait pas conscience de qui elle était. Elle se coulait et se recoulait dans un moule à biscuits fantaisie, pour se plier aux exigences de fantasmes masculins depuis longtemps définis et inscrits dans le cours des choses.

La nouvelle Betty était l'ancienne Betty prise dans l'embuscade d'Hollywood. Elle se transformait en cliché que la majorité des hommes voulait baiser et que quelques-uns voulaient tuer. Elle voulait faire berce-baise, dodo-désir, câlin-caresse avec les hommes. Émanaient d'elle des signaux magnétiques. Elle avait rencontré un homme dont les notions de berce-baise, dodo-désir, câlin-caresse étaient cachées derrière sa rage. Elle n'a rien fait pour encourir la mort, elle est restée elle-même, dans toute la banalité du fait accompli ; elle changeait de personnage pour mieux s'offrir aux hommes.

Le *Herald* a couvert l'histoire du Dahlia douze semaines d'affilée. Il a fait donner l'artillerie lourde sur cette grosse affaire et sa foison de pistes stériles et de suspects tordus. Faux aveux et autres péripéties annexes avaient droit à la première page.

La théorie lesbienne a fait la une un moment. Il était possible que Betty Short ait fréquenté les cercles de gouines. La théorie du film porno eut droit à sa tête d'affiche. Il était possible que Betty Short ait posé pour des photos pornographiques.

Les gens caftaient leurs voisins comme tueurs potentiels. Les gens caftaient l'amant qui les avait délaissés. Les gens se rendaient chez les voyants et cherchaient à communiquer avec l'esprit du Dahlia. La mort d'Elizabeth Short avait inspiré une hystérie mineure.

La Los Angeles d'après-guerre s'était rassemblée autour du corps d'une femme morte. Des hordes de gens étaient tombées sous l'influence du Dahlia. Ils s'étaient tissés au cœur de son histoire de multiples façons, bizarres et fantasmagoriques.

L'histoire m'émoustillait, m'excitait, m'émouvait. Elle me remplissait d'un sentiment d'espoir pervers.

Le Dahlia définissait son temps et son lieu. Elle

réclamait des vies depuis la tombe et exerçait un immense pouvoir.

***

Stephen Nash est passé à la chambre à gaz en août 59. Il a craché un peu de chewing-gum à la figure d'un aumônier juste avant d'être sanglé sur son fauteuil. Il a aspiré les vapeurs de cyanure, le visage barré d'un grand rictus jubilatoire.

Je me suis inscrit au collège John Burroughs quelques semaines plus tard. Harvey Glatman est passé à la chambre à gaz le 18 septembre. J'ai asticoté mon père pour qu'il m'offre une bicyclette. Nous avons arnaqué ma tante d'un billet de cent et acheté une Schwinn Corvette, rouge pomme d'api.

Je l'ai personnalisé, ce vélo, une splendeur. J'ai ajouté un guidon en U, des sacoches en plastique, des garde-boue cloutés de strass et un compteur de vitesse qui s'arrêtait à deux cent quarante. Mon père appelait mon vélo une « charrette à négro ». Il était superbe, mais très lourd et très lent. Je devais monter les côtes à pied en le poussant.

Je possédais maintenant un véhicule. Ma nouvelle école était à cinq kilomètres de l'appart'. Mon territoire d'exploration et d'errance s'est agrandi de manière exponentielle.

Je suis descendu à vélo jusqu'à la 39e et Norton à plusieurs reprises. Des maisons couvraient le terrain vague où avait été retrouvée Betty Short. Je les démolissais en imagination. Je laissais des marques de dérapage sur le trottoir près de ce lieu sanctifié.

J'avais toujours mes cauchemars Dahlia. Je faisais apparaître le Dahlia pour combattre l'ennui de la salle de classe. Je ne cessais de relire *The Badge*. Ainsi, j'étais toujours focalisé sur le crime à L.A.

1949 : scandale de mœurs Brenda Allen. Des call-girls acoquinées à des flics corrompus. Mickey Cohen, truand haut en couleurs. Le meurtre des « Two Tonys » en 1951. Marie McDonald dite « The Body » – le Corps – et son numéro de faux enlèvement. Le scandale des brutalités policières du « Bloody Christmas », le Noël sanglant.

Je me sensibilisais de plus en plus à la presse à scandales. Le crime me survoltait les neurones et me collait la trouille de manière à peu près équivalente. Mon cerveau était une main-courante de poste de police.

J'ai suivi l'affaire Ma Duncan à la télé. Ma Duncan avait un amour possessif pour son fils Frank. Frank avait épousé une jeune infirmière passionnée et rendu Ma jalouse. Ma a engagé deux poivrots mexicains pour effacer l'infirmière. Les deux hommes ont enlevé la femme le 17 novembre 58. Ils l'ont conduite dans les collines de Santa Barbara où ils l'ont étranglée. Ma a roulé les deux mecs sur le paiement du contrat. Ma n'a pas tenu sa langue et a craché le morceau à un ami sur toute l'histoire. La flicaille de Santa Barbara a alpagué Ma et les Mexicains. Ils étaient pour l'instant en pleine bataille juridique.

J'ai suivi l'affaire Bernard Finch/Carole Tregoff. Finch était un médecin play-boy. Tregoff, son aguichante petite amie. Finch avait un cabinet lucratif à West Covina. Son épouse croulait sous le pognon, et Finch était son unique héritier. Finch et Tregoff ont simulé un cambriolage et zigouillé Mme Finch en juillet 59. L'affaire avait fait sensation à l'échelle locale.

J'ai suivi le combat de Caryl Chessman pour échapper à la chambre à gaz. Mon père m'a dit que Chessman avait sectionné d'un coup de dents les tétons d'une femme et qu'il l'avait rendue folle.

Mon père cosignait mon obsession du crime. Il n'essayait jamais de me détourner de mes tendances monomaniaques. Je pouvais lire ce que je voulais et regarder la télé sans limites. Il s'adressait à moi comme à un pote. Il me refilait des ragots de choix, glanés après des années passées comme grouillot de bas étage à Hollywood.

Il m'a appris que Rock Hudson était une tante, que Mickey Rooney irait jusqu'à baiser un tas de bois au cas où, sait-on jamais, un serpent se cacherait à l'intérieur. Rita Hayworth était nympho – il le savait par expérience personnelle.

Nous étions pauvres. Notre appartement puait la crotte de chien. Je mangeais des gâteaux secs avec du lait en guise de petit déjeuner tous les matins, des hamburgers ou de la pizza surgelée pour dîner tous les soirs. Je portais des guenilles. Mon père se parlait à lui-même et disait aux commentateurs télé d'« aller se faire foutre » ou de lui « sucer la pine ». Nous traînions l'un et l'autre dans l'appart' en caleçon. Nous prenions des abonnements à des revues de fesse. De temps à autre, nous nous faisions mordre par notre chien.

J'étais seul. J'étais sans amis. J'avais comme l'intuition que ma vie n'était pas tout à fait cachère.

Mais je *savais* des choses.

***

Mes parents m'avaient prénommé « Lee Earle » Ellroy. Ils m'avaient condamné à bousculer une vie durant des séries de L et de E – et à défaut, à devenir « Leroy ». Je haïssais les noms qu'on m'avait donnés. Je détestais qu'on m'appelle « Leroy ». Mon père admettait que la combinaison « Lee Earle » et « Ellroy » n'était pas de première. Il disait que c'était un nom de mac négro.

Il usait personnellement d'un pseudonyme à mi-temps. Il répondait au nom de James Brady lorsqu'il bossait pour certains drugstores, pour faire de l'évasion fiscale. J'avais pris ma décision très jeune : un jour je larguerais le « Lee Earle » et garderais « Ellroy ».

Mon nom m'attirait ennuis et chagrins à l'école. Les gros bras connaissaient la manière de me chercher des crosses. Ils savaient que j'étais un gamin timide. Ils ne savaient pas que ce « Leroy » qu'ils me balançaient me transformait en Sonny Liston [1].

Il n'y avait pas beaucoup de gros bras au collège John Burroughs. Il a suffi de deux ou trois bagarres pour tuer dans l'œuf l'épidémie Leroy.

John Burroughs était connu sous les initiales J.B. Il se situait sur la 6e et McCadden, la limite sud-ouest de Hancock Park. C'est là que j'ai peaufiné mon savoir et mes compétences tordus.

La population de l'école était à quatre-vingt pour cent juive. Les mômes riches de Hancock Park et la racaille générale constituaient les vingt pour cent restants. J.B. avait une réputation de première. Un paquet de jeunots brillants y étaient inscrits.

Mon père appelait les Juifs les « Déserteurs du porc ». Il disait qu'ils étaient plus malins que la majorité des gens. Il m'a dit de rester vigilant ; les gamins juifs avaient l'esprit de compétition.

Je restais vigilant à l'école. Je manifestais ma vigilance de manière perverse.

Je faisais équipe avec quelques perdants comme moi. Nous introduisions en douce des revues de fesse et nous nous branlions de conserve dans des toilettes voisines. Nous tourmentions un môme attardé du nom de Ronnie Cordero. Je faisais des exposés oraux

1. Champion de boxe poids lourd. *(N.d.T.)*

sur des livres qui n'existaient pas – et j'informais de ma ruse quelques élèves choisis du cours d'anglais. Je me suis fait l'avocat du diable lors d'un débat en classe sur la capture d'Adolf Eichmann. J'ai comparé Eichmann aux Scottsboro Boys [1] et au capitaine Dreyfus.

Je la convoitais ardemment, ma réputation de tourmenteur de Juifs. Je faisais mienne la ligne anti-papiste de ma mère et dénigrais les efforts du président John Kennedy. J'ai salué avec allégresse l'entrée de Caryl Chessman dans la chambre à gaz. J'ai pressé mes camarades de classe de trouver la bombe atomique chouette. J'ai dessiné des croix gammées et des bombardiers Stuka sur tous mes cahiers.

Mes bouffonneries étaient destinées à choquer. Elles étaient inspirées par l'intelligence et l'érudition que je rencontrais dans mon école. Ma ferveur réactionnaire en était la parenté tordue, retournée à l'envers.

Cette intelligence déteignait sur moi. J'obtenais de bonnes notes avec un minimum d'efforts. Mon comptable de père faisait mes devoirs de maths et me préparait mes antisèches pour les compositions. J'étais libre de lire et de perdre en rêves les heures où je n'avais pas école.

Je lisais des romans policiers, je regardais des programmes policiers à la télé. J'allais voir des films policiers. Je construisais des maquettes de voitures que je faisais sauter à l'aide de pétards. Je volais des livres. Je me suis invité de force à un meeting politique antibombe à Hollywood, et j'ai balancé des œufs sur les porteurs de pancartes cocos. Je me forgeais un grand amour vibrant pour la musique classique.

1. Jeunes Noirs des années trente accusés à tort de viol. *(N.d.T.)*

Les cauchemars Dahlia m'arrivaient par paquets intermittents. Mes flashes diurnes se rassemblaient logiquement autour d'une seule image.

Betty Short était épinglée à un panneau-cible tournant. Une main d'homme imprimait un mouvement au panneau et tailladait Betty avec un ciseau à bois.

L'image était vue subjectivement. L'image faisait de *moi* le tueur.

Le Dahlia était toujours avec moi. Des filles de la vraie vie rivalisaient pour gagner mon cœur. Un tueur traquait toutes les filles pour lesquelles j'avais le béguin. Jill, Kathy et Donna vivaient en grand péril.

Mes fantasmes de sauvetage foisonnaient de détails. Mes interventions étaient rapides et brutales. Le sexe était ma seule récompense.

Je suivais Jill, Kathy et Donna dans les environs de l'école. Je me tapissais près de leur domicile le week-end. Jamais je ne leur adressais la parole.

Mon père s'offrait du vrai et du bon. Son pote George m'avait dit qu'il baisait deux caissières du Safeway de Larchmont. Je suis rentré un jour à l'improviste et je l'ai surpris au pieu.

L'après-midi était chaude. La porte de notre appartement était ouverte. J'ai monté la volée de marches de l'escalier extérieur et entendu des grognements. Je suis entré sur la pointe des pieds et j'ai regardé d'un œil furtif sur le seuil de la chambre.

Mon père tirait sa crampe avec une brunette potelée tout en courbes. La chienne était au lit avec eux. Elle évitait leurs jeux de jambes et essayait de dormir sur un matelas agité de soubresauts.

J'ai regardé un moment avant de ressortir au-dehors sur la pointe des pieds.

***

Je commençais à voir clair dans le personnage de mon père. S'il avait *vraiment* gagné toutes ces médailles, il serait aussi célèbre qu'Audie Murphy. S'il possédait *réellement* talent et esprit d'entreprise, nous serions en train de vivre comme des princes à Hancock Park. Il était trop fier pour faire le camelot et vendre ses dix mille Tote-Seats, mais pas trop fier pour escroquer du fric sur la police d'assurance de ma mère.

Mes dents avaient besoin d'être redressées. J'ai tapé ma tante Leoda de l'argent nécessaire pour un traitement orthodontique en surestimant la somme requise. Mon père a payé la facture initiale du dentiste et il a empoché le reste. Il a pris du retard pour les paiements du traitement d'entretien et payé vingt sacs un chirurgien-dentiste de seconde zone pour qu'il me dégage la quincaillerie que j'avais aux dents.

Tante Leoda se faisait facilement arnaquer. Je parvenais régulièrement à la rouler en lui passant de la pommade. Je saccageais mon capital d'études supérieures. L'idée ne me troublait pas d'un iota.

Je haïssais Ed et Leoda Wagner et mes cousines Jeannie et Janet. Mon père avait pour le clan Wagner une haine de première. Ma haine était sa haine copie-carbone.

Leoda croyait que mon père avait tué ma mère. Mon père prenait son pied à cette idée. Il m'a dit que Leoda l'avait soupçonné depuis le début.

Le concept du Papa-tueur me bottait bien. Il pervertissait de manière subversive la conscience d'un père à la nature passive et donnait à ce dernier quelque panache. Il avait tué ma mère pour obtenir ma garde. Il savait que je la haïssais. C'était un tueur et j'étais un voleur.

Mon père me rebattait les oreilles avec les soupçons de tante Leoda. Il jouissait du drame implicite. De nouveau, il m'a poussé vers cette liasse de coupures de journaux.

Je les ai relues. J'ai fait correspondre le visage de mon père à un croquis du Basané exécuté par la police. Il n'y avait pas l'ombre d'une ressemblance. Mon père n'avait pas tué ma mère. Il était avec moi quand le crime avait été commis.

Spade Cooley a battu sa femme à mort en avril 61. Il était complètement camé aux amphétamines. Ella Mae Cooley voulait larguer Spade et rejoindre une secte d'amour libre. Elle voulait se taper des hommes plus jeunes.

J'ai suivi l'affaire. Spade Cooley a plaidé coupable, moyennant un chef d'accusation moins grave, et échappé à la chambre à gaz. Ella Mae s'était fait avoir, on lui avait volé une juste vengeance.

J'avais treize ans. Des femmes mortes me possédaient.

9

Je vivais dans deux mondes.

Des fantasmes compulsifs gouvernaient mon monde intérieur. Le monde extérieur y faisait irruption, bien trop souvent. Je n'ai jamais appris à amasser mes réflexions et à les tenir en réserve pour des moments privés. Mes deux mondes étaient en perpétuel conflit.

Je voulais pénétrer de force le monde extérieur. Je voulais être acclamé par le monde extérieur pour mon sens dramatique. Je savais qu'avoir accès à mes pensées conduirait les gens à m'aimer. C'était là une fatuité adolescente commune.

Je voulais révéler mes pensées au plus grand nombre. J'avais du nez pour l'exhibitionnisme, mais il me manquait la présence du comédien sur scène et la maîtrise de mes effets. Je ne réussissais qu'à être un clown désespéré.

Mon répertoire reflétait mes obsessions privées. J'aimais à dégoiser sur le crime et les démons nazis planqués. J'étais devenu « Kiddie Noir » – le Gamin du noir – à plein temps.

Mes forums étaient les salles de classe et les cours de récréation. Je dégoisais mon baratin devant des gamins bizarros et des professeurs exaspérés. J'y ai appris une vieille vérité de music-hall :

on ne tient un public qu'à la seule condition de le faire rire.

Mes fantasmes étaient sombres et graves. Mes publics avaient un faible seuil de tolérance pour les femmes découpées vives. J'ai appris à digresser en cours d'exposé pour faire marrer la galerie.

Le début des années soixante offrait matière à comique. Je me suis fait l'avocat du diable lors de débats contradictoires sur la bombe A, John Kennedy, les Droits civiques et le tintouin sur le mur de Berlin. Je hurlais « Libérez Rudolf Hess » et prêchais le rétablissement de l'esclavage. Je faisais de méchantes et vicieuses imitations de JFK et réclamais avec force l'annihilation nucléaire de la Russie.

Quelques professeurs m'ont pris à part et m'ont dit que mes petits numéros d'acteur n'étaient pas drôles. C'est *de* moi que riaient mes camarades de classe, ils ne riaient pas *avec* moi. J'ai saisi le message sous-entendu : t'es un gamin complètement disjoncté. Ils avaient saisi mon message dès le début : riez de moi ou avec moi, mais *riez*, c'est tout.

Mes fantasmes facilitaient mes numéros marginaux de comique en solo. Mes fantasmes étaient un pont schizoïde entre mes deux mondes.

Je fantasmais sans fin. Je me levais la tête embrumée de fantasmes et grillais les feux rouges sur mon vélo. Je m'installais au cinéma et laissais mes fantasmes dériver en riffs inspirés des films que je voyais. Je transformais en bouquins passionnants des romans ennuyeux, en y ajoutant des intrigues secondaires impromptues.

L'unique grand thème de mes fantasmes était le CRIME. Mon unique grand héros était moi-même, métamorphosé. Je passais maître au tir, au judo, à la pratique d'instruments musicaux complexes, en une microseconde. J'étais un détective – qui se trouvait être en même temps virtuose du violon et du piano. Je sauvais le Dahlia noir, je faisais évader Rudolf Hess de la prison de Spandau. Je passais en trombe dans des voitures de sport ou des triplans Fokker rouge vif. Mes fantasmes étaient richement anachroniques.

Et saturés de sexe.

Des femmes, modèle Jean Ellroy, se mouraient de désir pour moi. Je prenais des rouquines vers la quarantaine, entrevues dans la rue, et leur donnais le corps de ma mère. Je les fourrais et les fourrageais au cours de mes aventures. J'épousais la dernière copine de classe qui m'ait fait accélérer le palpitant. Je laissais toujours les substituts de Jean Ellroy désespérés.

Mes fantasmes étaient obstinément monochromes. Ils servaient à couvrir et compenser l'ennui des jours de classe et mon existence sinistre à la maison.

J'avais maintenant pigé qui était mon père. J'étais plus grand que lui à quatorze ans, et je me disais que j'étais capable de lui mettre une branlée. C'était un faiblard et un artiste du baratin.

Nous étions liés par une sorte de besoin problématique. « Nous » était tout ce que nous avions. Ce « Truc à la nous » transformait mon père en mollasson gluant. J'avalais son « Truc à la nous » à mes moments de faiblesse et y mettais la bride la majeure partie du temps. L'amour que le vieux avait pour moi était écœurant, complètement à l'opposé de sa vision impie de l'existence. Je l'adorais quand il qualifiait le président Kennedy d'« enculé catholique », je le haïssais quand il pleurait en écoutant l'hymne national. Je trouvais chouettes ses petites escapades de baise à l'hôtel, j'avais des haut-le-cœur quand il embellissait ses exploits de la Première Guerre. J'étais incapable de reconnaître une vérité simple : comme parent unique, la rouquine était une bien meilleure affaire.

La santé du vieux déclinait. Il crachait de gros mollards et vacillait d'un mur à l'autre après des attaques de vertiges. Il se ramassait un petit paquet de pognon au moment des déclarations de revenus, traînassait dans l'appart' et claquait son blé. Il se mettait en quête d'un drugstore quand il en était à ses dix derniers sacs. Sa foi en la richesse éclair continuait à faire rage.

Il avait dirigé un spectacle au Cabaret Concert Theatre. Le spectacle mettait en scène jeunes comédiens et chanteurs. Mon père est devenu très pote avec un comique du nom d'Alan Sues.

Le spectacle a été un foirage complet. Mon père et Alan Sues ont ouvert une boutique de chapeaux. Sues concevait les chapeaux. Mon père tenait les livres de comptes et fourguait ses chapeaux par correspondance. L'entreprise a fait faillite vite fait mal fait.

Mon père repassait sporadiquement à ses petits boulots dans les drugstores. Il arrivait sur ses soixante-cinq ans. Il engloutissait des Alka-Seltzer pour ses ulcères à la même vitesse que ma mère descendait le bourbon. Nous sommes restés complètement fauchés, sans un radis, la majeure partie de 62.

J'escroquais un peu de blé à tante Leoda. Le baratin sur « J'ai besoin d'un appareil dentaire » a fait des merveilles. Des versements de cinquante dollars nous ont maintenus à flot des semaines durant. Je volais mon père pour augmenter mes revenus personnels.

Il m'envoyait acheter notre nourriture. J'en volais la plus grosse partie et empochais le prix des articles. Je portais sur moi une liasse de billets de un dollar dans une pince modèle Las Vegas. Je chevauchais mon vélo ultralourd vers les hauteurs de Hollywood et jusqu'à la plage. Je le prenais pour me rendre à la bibliothèque publique du centre-ville. J'aimais rouler et mettre mes fantasmes en synchro avec les scènes de rue. J'aimais me balader près des endroits où vivaient Jill, Kathy et Donna.

Je volais au cours de mes chevauchées. Je piquais des livres à la Pickwick Shop et chourais des fournitures scolaires au Rexall Drugs. Je volais sans hésitation, sans un frisson de remords.

Je m'ouvrais une voie royale avec mes deux roues. J'étais un mineur mécréant et taré, lâché sur la ville. Je mesurais un mètre quatre-vingt-trois et affichais cinquante-huit kilos sur la balance. Les boutons d'acné constituaient l'essentiel de mon poids. Ma bicyclette super-personnalisée attirait ricanements et sifflets.

Le grand L.A. en général était synonyme de liberté. Mon quartier était synonyme d'autorestriction. Mon monde extérieur immédiat était toujours strictement délimité : de Melrose à Wilshire jusqu'à Western et Rossmore. Ce monde-là était plein de mes pairs de l'ère du baby-boom.

Je voulais être avec eux. J'en connaissais quelques-uns depuis l'école, quelques autres par collisions de voisinage. Je les connaissais tous par leur nom, je connaissais l'essentiel de leur réputation. J'avais un besoin maladif de leur amitié et me dégradais pour l'obtenir.

J'essayais d'acheter leur affection grâce aux Tote-Seats des surplus japonais – pour qu'on me rie massivement au nez. J'invitais quelques mômes dans ma piaule, et je les regardais reculer devant la puanteur des merdes de chien. J'essayais de me conformer à leurs principes de comportement normal et me trahissais par un langage grossier, une mauvaise hygiène et une admiration déclarée pour George Lincoln Rockwell et le Parti nazi américain.

Mes talents d'exhibitionniste étaient purement autodestructeurs. Je n'arrivais pas à mettre un bémol à mon numéro. J'étais programmé pour amuser la galerie et m'aliéner toute amitié. Mes efforts d'adaptation déclenchaient intérieurement un coup de fouet en retour. Je coupais les ponts et restais l'adolescent lépreux que j'étais.

D'autres lépreux trouvaient mon numéro chouette et se rangeaient derrière ma bannière. Je gouvernais ma colonie de lépreux de manière impérieuse. Je ne respectais pas les mômes qui me trouvaient super. Mes amitiés scolaires se consumaient vite. La plupart de mes potes étaient juifs et enclins à se méfier de mes manigances nazies.

Mes amitiés débutaient avec une bonhomie nihiliste et se terminaient avec des coups de poing qui ne faisaient pas grand mal. Je me les gagnais par des tactiques de choc, je les faisais voler en éclats par mon rayonnement de perdant intégral. Ce modèle se répétait sans fin.

Je me suis lié d'amitié avec un gamin du voisinage. Nous avons commencé à nous branler mutuellement. C'était mon premier contact sexuel. Un contact sournois, honteux, excitant, méprisant, à foutre une trouille de tous les diables.

Nous nous branlions l'un l'autre dans sa piaule, dans ma piaule, sur les toits des immeubles. Nous étalions nos *Playboy* et nous les regardions, tout en nous activant. Nous savions que nous n'étions pas des pédés. Il était facile de s'en tenir aux limites de nos masturbations mutuelles.

Je savais que je n'étais pas un homo. Ma vie fantasmatique le prouvait. Je suis allé fouiller dans le rapport Kinsey pour confirmation.

Doc Kinsey qualifiait de banales les expériences homo des jeunes. Il n'est pas parvenu à répondre à mes vraies frayeurs : Est-ce que des branlettes mutuelles pouvaient vous transformer en pédé ? Est-ce que le simple fait de s'y adonner vous stigmatisait de manière évidente ?

J'étais un petit merdaillon toujours en manque de cul. Les branlettes mutuelles valaient mieux que les autobranlettes. Mon ami et moi nous branlions l'un l'autre plusieurs fois par semaine. J'adorais ça, et je haïssais ça. Ça me rendait dingue à lier, putain de merde.

J'avais peur que mon père ne nous surprenne. J'avais peur d'émettre des vibrations pédés. J'avais peur que Dieu ne me transforme en pédé, juste punition pour toutes mes années de vols.

Mes peurs ont gagné en intensité. Je sentais que les gens me sondaient l'esprit. Je réchauffais le brasier de mes rêveries diurnes hétérosexuelles, stratégie destinée à contrecarrer les gens prêts à se brancher sur mes ondes cérébrales.

J'avais peur de parler pendant mon sommeil et ainsi d'alerter le vieux sur mon potentiel pédé. Je rêvais que je passais en jugement pour pédalerie. Ces rêves-là étaient plus effrayants que mes pires cauchemars Dahlia noir.

J'ai arrêté d'aller traîner avec mon ami. Quelques semaines se sont écoulées. Mon ami m'a appelé et m'a demandé de le remplacer pour sa tournée de distribution de journaux du dimanche matin ; il voulait accompagner sa famille au lac Arrowhead.

J'ai accepté. Je me suis réveillé tard le dimanche matin avant de me rendre en vélo jusque chez lui où j'ai viré sa pile de *Herald* dans une poubelle. Mon ami m'a coincé à l'école le lendemain.

J'ai accepté son défi à combattre. J'en ai fixé les règles : six rounds, avec gants de boxe, arbitre et juges. Mon ami les a acceptées.

Nous avions prévu le combat pour le dimanche suivant. Notre volonté destructrice prouvait que nous n'étions pas pédés.

J'ai recruté un arbitre, trois juges et un chronométreur. La pelouse en façade d'Ellie Beers a servi de ring. Quelques spectateurs se sont montrés. Ç'a été l'événement chez les mômes du quartier en cette fin de printemps 62.

Mon ami et moi portions des gants de douze onces. Nous étions l'un et l'autre maigres comme des fils de fer et dépassions le mètre quatre-vingts. Nous n'avions pas la moindre trace de talent comme boxeurs. Pendant six rounds de trois minutes, nous avons soufflé, titubé, fouetté l'air, nous nous sommes foutu sur la gueule des chiquenaudes de minettes. Nous avons terminé déshydratés, pris de vertiges à en tomber par terre, incapables de lever les bras.

J'ai perdu après délibérations. Le combat a eu lieu à peu près à l'époque de la seconde rencontre Emile Griffith – Benny « Kid » Parret. Griffith a mis Parret à mort. Griffith haïssait prétendument Parret. Parret racontait prétendument à qui voulait l'entendre que Griffith était pédé.

Je savais que *moi*, je n'étais pas pédé. Le combat l'avait prouvé. Personne ne venait se brancher sur mes ondes cérébrales pour m'espionner. C'était une putain d'idée complètement stupide.

***

Je vivais d'idées – stupides et autres. J'absorbais les idées de givrés à la pelle. Livres et films m'alimentaient en scénarios à modifier en fonction d'une perspective faussée.

Mon cerveau était une éponge culturelle. J'étais dénué de tout talent interprétatif et ne possédais aucun don pour l'abstraction. J'engloutissais intrigues de fiction, faits historiques et vétilles d'ordre général, et je bâtissais une vision cinglée du monde à partir de bribes de données hétéroclites.

La musique classique me requinquait la cervelle goutte-goutte à goutte. Je me perdais dans Beethoven et Brahms. Symphonies et concertos me touchaient au cœur comme des romans complexes. Crescendos et diminuendos constituaient les lignes de force d'un récit. L'alternance des mouvements rapides et lents me projetait dans une chute libre mentale.

Les informations du soir me fournissaient des faits. Je les tissais en leur donnant une progression linéaire et les plaçais dans un contexte au gré de mes caprices de l'instant. Je reliais des événements sans rapport aucun et consacrais mes héros selon mon bon plaisir pervers. Un braquage de magasin de spiritueux pouvait très bien avoir sa place au milieu des nazis manifestant contre le film *Exodus*. Tous les meurtres étaient attribués au tueur du Dahlia noir – actuellement occupé à traquer Jill, Kathy et Donna. Je dénouais l'écheveau de fils cachés qui reliaient des événements d'apparence disparate. Je travaillais depuis une résidence de Hancock Park. J'étais entouré de larbins – disons Vic Morrow dans *Portrait of a Mobster* ou ce Britannique de grande taille dans *Mr. Sardonicus*.

Je dévalisais la culture populaire et meublais mon monde intérieur de ce bric-à-brac. Je parlais ma propre langue de spécialiste et contemplais le monde extérieur à travers des lunettes à rayons X. Je voyais le crime partout.

Le CRIME était le maillon qui reliait mes mondes intérieur et extérieur. Le crime, c'était le sexe clandestin, la profanation des femmes au gré du hasard.

Le crime était aussi banal et rare qu'un cerveau de gamin en train de bouillonner doucement.

J'étais un anticommuniste engagé et un raciste relativement moins convaincu. Juifs et Nègres étaient des pions dans la Conspiration communiste mondiale. Je vivais selon la logique d'une vérité mise sous séquestre et de programmes d'action cachés. Mon monde intérieur prenait sa réalité grâce à l'obsession, il était aussi curatif que débilitant. Il rendait le monde extérieur prosaïque et rendait mon transit quotidien dans ledit monde à peine supportable.

Le vieux gouvernait mon monde extérieur. Il gouvernait de manière permissive et me maintenait dans certaines limites par d'occasionnels éclats de mépris. Il me disait faible, paresseux, indolent, faux-jeton, fantasque et douloureusement névrosé. Il ne pigeait pas le fait que j'étais son image en miroir.

Je connaissais le bonhomme et ses manières d'être. Il connaissait les miennes. J'ai commencé à l'exclure de mon univers. Par le même processus de dérobade et de dégagement dont j'avais usé avec ma mère.

Quelques gamins du voisinage avaient pigé mon personnage et m'avaient laissé entrer dans leur clique. C'était des exclus doués pour les rapports sociaux. Ils s'appelaient Lloyd, Fritz et Daryl.

Lloyd était un garçon grassouillet, issu d'un foyer brisé. Sa mère était une fêlée de la Science chrétienne. Il parlait le même langage ordurier que moi et adorait tout autant livres et musique. Fritz habitait Hancock Park. Il prenait son pied avec des musiques de films et des romans d'Ayn Rand. Daryl était un casseur de gueules, athlète et nazi sur les bords, d'ascendance à moitié juive.

Ils m'ont laissé entrer dans leur clique. Je suis devenu leur valet, leur fou, leur faire-valoir. Ils pensaient que j'étais une rigolade ambulante à s'en péter les côtes. Ma vie domestique sordide et crapoteuse les choquait et les réjouissait.

Nous allions en vélo au cinéma à Hollywood. J'étais toujours à la traîne d'une centaine de mètres, tellement ma Schwinn Corvette était lourde et difficile à propulser. Nous écoutions de la musique et bavassions sur le sexe, la politique, les livres et nos idées outrancières et grotesques.

Je n'arrivais pas à tenir ma place, intellectuellement parlant. Mon sens du discours obéissait à une directive interne qui le canalisait vers la narration. Mes amis me croyaient moins brillant qu'eux-mêmes. Ils m'asticotaient, ils me charriaient, ils faisaient de moi la cible de leurs plaisanteries.

J'encaissais leurs conneries et venais en redemander. Lloyd, Fritz et Daryl avaient un instinct acéré des faiblesses d'autrui et ils étaient versés dans l'art de faire toujours mieux que le copain. Leur cruauté me faisait mal – mais pas suffisamment pour me faire abandonner leur amitié.

J'avais du ressort, je rebondissais toujours. De petites saillies me faisaient pleurer et me plongeaient dans un chagrin intense pour dix minutes maximum. Les dérouillées émotionnelles laissaient mes plaies cautérisées, prêtes à être rouvertes.

J'étais un cas clinique d'intransigeance adolescente. Je possédais une carte cachée, blindée, en acier poli, aux origines pathologiques mais empiriquement valable : cette capacité à me retirer en moi et habiter un monde que je m'étais mentalement fabriqué.

L'amitié était synonyme d'indignités mineures. Les grosses rigolades avec les mecs impliquaient que j'assume un rôle servile. Le prix à payer paraissait négligeable. Je savais comment moissonner les fruits de la distance et de la séparation.

Je ne savais pas que les prix à payer se cumulaient. Je ne savais pas qu'on payait toujours pour ce qu'on refoulait.

***

J'ai obtenu mon diplôme du collège en juin 62. J'ai lu, volé, je me suis masturbé et j'ai fantasmé pendant tout l'été. Je me suis inscrit au lycée de Fairfax en septembre.

Le vieux avait insisté pour Fairfax. À quatre-vingt-dix pour cent juif et plus sûr que le lycée de Los Angeles – L.A. High School – le bahut où j'étais censé aller. L.A. High était plein de jeunes Nègres durs à cuire. Le vieux s'imaginait qu'ils me tueraient la première fois que j'ouvrirais la bouche. Alan Sues habitait à quelques blocs de Fairfax. Le vieux a emprunté l'adresse d'Alan et a collé son nazi de fils en plein cœur du *shtetl* de L.A. Ouest.

L'expérience culturelle a été dévastatrice.

Le collège John Burrows donnait une impression de sécurité, Fairfax une impression de danger. Lloyd, Fritz et Daryl s'étaient inscrits ailleurs. Mes relations de Hancock Park partaient en prépa universitaire. J'étais un inconnu au milieu d'un putain de pays inconnu.

Les mômes de Fairfax étaient férocement brillants et raffinés. Ils fumaient des cigarettes, conduisaient des voitures. J'ai rangé ma Schwinn Corvette au garage à vélos le premier jour de classe et me suis fait rondement ridiculiser.

Je savais que là, mon numéro ne marcherait pas. J'ai battu en retraite et j'ai reluqué le territoire à bonne distance.

J'ai suivi les cours et j'ai gardé le bec fermé. J'ai viré aux orties mes frusques bon chic bon genre et copié le style vestimentaire des branchés de Fairfax : pantalon collant, chandail en alpaga et chaussures à bouts pointus. Le déguisement n'a pas fonctionné. Je ressemblais à un enfant effrayé mâtiné de chanteur de salon raté.

Fairfax High me séduisait. Fairfax Avenue me séduisait. Je trouvais chouette cette atmosphère insulaire yiddish. Je trouvais chouettes tous ces vieux qui jacassaient à qui mieux mieux dans une langue gutturale foldingue et exubérante. Ma réaction confirmait la théorie du vieux : « Tu ne racontes tes conneries nazies que pour attirer l'attention. »

Ma période pro-juive a duré plusieurs mois. Je travaillais dur à l'école et essayais d'assimiler. La méthodologie m'échappait. Je savais la manière de railler, de provoquer, de me comporter en bouffon et d'une manière générale de me donner en spectacle. Le concept d'un simple contrat social entre égaux m'était totalement étranger.

J'étudiais. Je lisais des chiées de romans policiers, j'allais voir des films policiers. Je fantasmais et suivais les filles à vélo sur le chemin du retour après la classe. Ma phase assimilation commençait à sentir le réchauffé. La magnanimité vous oblige à encaisser des conneries et à vous écraser. J'étais fatigué d'être un Anglo-Saxon blanc protestant à Juive-la-Ville, U.S.A. Je ne pouvais supporter d'être ignoré.

Le Parti nazi américain avait établi un avant-poste à Glendale. La Légion américaine et les Anciens Combattants juifs voulaient les voir partir. J'ai pris ma bicyclette, roulé jusqu'à leur bureau et acheté pour quarante dollars de gâteries haineuses.

J'avais un brassard nazi, plusieurs numéros de la revue *Stormtrooper* – la revue des Sections d'Assaut –, un disque intitulé « Ship Those Niggers Back » – « Renvoyez ces négros chez eux » – par Odis

Cochran and the Three Bigots, quelques dizaines d'autocollants racistes pour pare-chocs et deux cents « Boat Tickets To Africa » – « Billets de bateau pour l'Afrique » – éléments d'un canular donnant à chaque Nègre un aller simple pour le Congo à bord d'une barge faisant eau. J'étais aux anges avec mon nouveau butin. C'était hilarant et super.

J'arborais mon brassard dans l'appart'. J'ai peint des croix gammées sur le bol à eau du chien. Mon père s'est mis à m'appeler « Der Führer » et « espèce d'enculé nazi ». Il s'était procuré une kippa et se la collait sur la tête pour m'asticoter.

Je suis allé jusqu'à la librairie de Poor Richard où j'ai acheté un assortiment de brochures d'extrême extrême droite. Je les ai expédiées aux filles qui m'obsédaient et fourrées dans les boîtes aux lettres de tout Hancock Park. Lloyd, Fritz et Daryl m'ont viré de leur clique avec perte et fracas. J'étais tout bonnement trop bizarre et trop navrant.

Mon père pataugeait en pleine récession côté boulot. Nous n'avons pas pu payer notre loyer et nous nous sommes fait virer de notre appartement. Le propriétaire a dit qu'il allait falloir désinfecter les lieux. Cinq années d'effluves de chien accumulés avaient rendu l'endroit inhabitable.

Nous avons déménagé jusqu'à une crèche meilleur marché à quelques blocs de distance. La chienne s'est mise au boulot. J'ai fait mes débuts dans mon numéro de nazi au lycée de Fairfax.

Mes déclarations en classe m'ont valu mépris et une quantité de rires non négligeable. J'exposais mon intention d'établir un Quatrième Reich en Californie du Sud, de déporter tous les bamboulas en Afrique et de fabriquer génétiquement une nouvelle race maîtresse grâce à ma propre semence. On ne me percevait pas comme une menace. J'étais un Führer d'une inefficacité totale.

J'ai continué. Quelques professeurs ont appelé mon père et m'ont cafté. Le vieux m'a dit de les ignorer.

Le printemps 63 a marqué mon *blitzkrieg*. Je chamboulais les cours, distribuais des tracts de haine et vendais mes Billets de bateau pour l'Afrique dix cents l'unité. Un jeune Juif costaud m'a coincé dans la rotonde et m'a cassé proprement la gueule. J'ai réussi à placer un coup digne de ce nom – et je me suis fait une entorse à tous les doigts de la main droite.

Le passage à tabac était la validation de mon numéro, et il ne m'a pas découragé. Je ne resterais pas ignoré.

*
* *

L'été 63 est passé dans un brouillard. J'ai lu des romans policiers, je suis allé voir des films policiers, j'ai concocté mentalement des scénarios policiers, et j'ai traqué Kathy dans tout Hancock Park. J'ai volé des livres, de la nourriture, des maquettes d'avions en kit et des caleçons de bain « Hang-Ten » que je revendais aux jeunes surfers friqués. J'en bandais un peu moins pour les Nazis. Ce n'était pas drôle sans un public passionné.

Ma mère était morte depuis cinq ans. Je pensais rarement à elle. Son meurtre n'avait pas sa place dans mon panthéon de crimes.

J'avais toujours, de temps à autre, mes cauchemars Dahlia. Je vivais toujours dans l'obsession du Dahlia. Elle était le cœur de mon monde criminel. Je ne savais pas qu'elle était la rouquine métamorphosée.

L'école a repris en septembre. J'ai repris mon numéro nazi. Qui s'est joué devant un public mort d'ennui.

Le décalage entre mon monde intérieur et mon monde extérieur allait s'élargissant. Je voulais larguer l'école à jamais, vivre à plein temps et jusqu'au bout mes obsessions. L'éducation scolaire était inutile. J'étais destiné à devenir un grand romancier. Les livres que j'adorais constituaient mon véritable programme.

Le feuilleton télé *Le Fugitif* a débuté en septembre. Je suis vite devenu accro.

C'était du noir pour grand public. Un médecin fuyait une accusation de meurtre montée de toutes pièces et la chaise électrique. Chaque semaine, il arrivait dans une nouvelle ville. La femme la plus super de la ville tombait amoureuse de lui, immanquablement. Un flic psycho et tatillon poursuivait le docteur. Les représentants de l'autorité étaient corrompus, complètement déformés par leur pouvoir. Chaque épisode grésillait d'aspirations sexuelles. Les vedettes féminines me chopaient les gonades et refusaient de lâcher.

Elles avaient la trentaine, elles étaient plus belles que jolies. Elles réagissaient aux stimuli masculins avec circonspection et ardeur. Le feuilleton puait le sexe. Les femmes étaient complexes, pleines de problèmes. Leurs désirs étaient lourds d'une charge psychique. La télé m'offrait Jean Ellroy tous les mardis soir à 22 heures.

L'automne 63 avançait. Je suis rentré de l'école le 1er novembre et j'ai découvert mon père assis au milieu d'une flaque d'urine et de matières fécales. Il était agité de tics, il pleurait, parlait sans queue ni tête, bavait. Sa musculature ferme s'était amollie et affaissée en l'espace d'une journée.

Le spectacle était horrifiant. Moi aussi, je me suis mis à pleurer et bavasser à tort et à travers. Le vieux se contentait de me regarder. Ses yeux étaient énormes, complètement égarés, incapables de voir.

Je l'ai nettoyé et j'ai appelé le médecin. Une ambulance est arrivée. Deux infirmiers ont transporté en toute hâte mon père au Veterans Administration Hospital, l'hôpital des anciens combattants.

Je suis resté à la maison et j'ai nettoyé les restes de son foutoir. Un médecin m'a appelé et m'a dit que mon père avait eu une attaque. Il n'allait pas mourir et il pourrait bien s'en remettre. Son bras gauche était partiellement paralysé et, pour l'instant, son discours était incompréhensible.

J'avais peur qu'il ne meure. J'avais peur qu'il vive et me tue de ses grands yeux mouillés.

Il a commencé à se remettre. En quelques jours, il avait presque recouvré sa capacité d'élocution. Son bras gauche a retrouvé un peu de mobilité.

Je lui rendais visite tous les jours. Les pronostics étaient bons – mais ce n'était plus le même homme.

Il avait toujours été un artiste du baratin très viril. En l'espace d'une semaine, il s'était transformé en enfant docile. Le changement m'a arraché le cœur.

Il était obligé de lire des manuels de CP pour faire travailler langue et palais en synchronisation. Ses yeux disaient : « Aime-moi, je suis impuissant. »

J'ai essayé de l'aimer. J'ai menti sur mes résultats scolaires et je lui ai dit que je subviendrais à ses besoins quand je serais célèbre comme écrivain. Mes mensonges lui remontaient le moral à la manière dont les siens m'avaient requinqué des années auparavant.

Son état a continué à s'améliorer. Il est rentré à la maison le 22 novembre, le jour où JFK a gagné le gros lot. Il s'est remis à fumer ses deux paquets par jour. Il s'est remis à ses Alka-Seltzer. Il a repris ses vieux discours salaces avec juste un léger accent traînant – mais son putain de regard le trahissait.

Il était terrifié et sans défense. J'étais son bouclier

contre la mort et un lent dépérissement dans quelque hospice. J'étais tout ce qu'il avait.

Le vieux n'a plus touché que les allocations de la Sécurité sociale. Notre style de vie a rétrogradé de manière correspondante. Je volais la plus grande partie de notre nourriture et préparais pratiquement tous nos repas, riches en sel et en cholestérol. Je séchais l'école la plupart du temps et je me suis fait étendre à mon examen de première.

Je savais que mon père était un homme mort. Je voulais simultanément m'occuper de lui et le voir mort. Je ne voulais pas le voir souffrir. Je voulais être seul dans mon monde de fantasmes qui envahissait tout.

Le vieux était maintenant possessif, d'une possessivité étouffante. Il était convaincu que ma simple présence suffisait à écarter attaques et autres actes divins. J'étais irrité par ses exigences. Je tournais en ridicule son discours traînant et brouillé. Je restais dehors tard, à parcourir L.A. en vélo sans destination particulière en tête.

Je n'arrivais pas à échapper à ses yeux. Je n'arrivais pas à nier, putain de merde, leur pouvoir.

Je me suis fait cravater pour vol à l'étalage en mai 64. Un surveillant m'a chopé en train de piquer six caleçons de bain. Il m'a retenu et m'a enquiquiné des heures durant. Il m'a frappé à la poitrine et m'a obligé à signer des aveux. Il m'a relâché à 22 heures, bien au-delà de la limite fixée pour mon retour à la maison.

Je suis revenu à l'appart' en vélo et j'ai vu une ambulance devant l'immeuble. Mon père était sanglé à l'arrière. Le chauffeur m'a dit qu'il venait d'avoir une légère crise cardiaque.

Mon père m'a bombardé des yeux. Qui disaient « Où *donc* étais-tu passé ? »

Il s'est remis et est revenu à la maison. Il a repris ses habitudes, tabac et Alka-Seltzer. Il était fin prêt à mourir. J'étais fin prêt à vivre à *ma* manière. La vie, c'était le show Lee Ellroy. Il se jouait devant des foules peu impressionnées et irritées, à l'école comme au-dehors.

Je provoquais des bagarres avec des mômes plus petits. Je suis entré par effraction dans la remise derrière le Safeway de Larchmont et j'ai volé pour soixante dollars de bouteilles de limonade vides. Je passais des coups de téléphone obscènes. Je provoquais des alertes à la bombe dans tous les lycées du bassin de L.A. J'ai cambriolé un stand de hot dogs, volé de la viande congelée que j'ai balancée dans une bouche d'égout. Je poursuivais mes missions kleptomaniaques et faisais la tête ; je faisais la tête et continuais ma route nazifiée jusqu'à une seconde tentative à l'examen de première.

J'ai eu dix-sept ans en mars 65. J'avais atteint ma taille adulte, un mètre quatre-vingt-sept. Mes jambes de pantalon s'arrêtaient à une dizaine de centimètres au-dessus des chevilles. Mes chemises étaient tachées du sang et du pus de mes explosions de boutons d'acné enkystés. Je voulais ME CASSER.

Le vieux méritait de canner et de se casser lui aussi vite fait – tout comme la rouquine.

Je savais qu'il allait s'accrocher et mourir lentement. Je savais que je ne voulais pas voir ça.

J'ai foutu un chambard nazi en cours d'anglais et me suis fait exclure du lycée pour une semaine. Je suis revenu et j'ai recommencé. J'ai été renvoyé de Fairfax pour de bon.

M'appelaient des lieux lointains. Le Paradis s'ouvrait aux portes du comté de L.A. J'ai dit au vieux que je voulais m'engager dans l'armée. Il m'a donné sa permission et m'a laissé faire.

***

L'armée a été une grosse erreur. Je l'ai compris à l'instant où j'ai prêté serment.

J'ai appelé mon père depuis le centre d'incorporation pour lui dire que j'étais engagé. Il a craqué et s'est mis à sangloter. Une petite voix dans ma tête disait « Tu l'as tué ».

Je suis monté dans un avion en compagnie d'une douzaine d'autres engagés. Nous sommes partis pour Houston, Texas, d'où nous avons pris un vol de correspondance, direction Fort Polk, Louisiane.

C'était au début de mai. Il faisait chaud et humide à Fort Polk, c'était plein d'insectes volants et rampants. Des sergents durs à cuire nous collaient en rangs et nous en faisaient chier à nous haranguer avec leurs conneries.

J'ai su que ma vie en roue libre était finie. J'ai immédiatement voulu ME CASSER.

Un sergent a pris les choses en main et nous a installés dans le cantonnement d'un centre de réception. Je voulais dire « J'ai changé d'avis, s'il vous plaît, laissez-moi rentrer chez moi ». Je savais que j'étais incapable d'encaisser la dureté du travail et de la discipline qui m'attendaient. Je savais qu'il fallait que je me CASSE.

J'ai appelé à la maison. Le vieux était incohérent. J'ai paniqué et j'ai coincé un officier. Il a entendu ce que j'avais à dire, a vérifié qui j'étais et m'a accompagné à l'infirmerie.

Un médecin m'a examiné. J'étais en proie à une agitation frénétique et déjà en représentation. J'avais peur pour mon père et peur de l'armée. Je calculais mes avantages au milieu d'une attaque de panique.

Le docteur m'a injecté une dose d'un puissant tranquillisant. Je suis retourné à mon cantonnement les jambes flageolantes et je suis tombé dans les pommes sur ma couchette.

Je me suis réveillé après la graille du soir. J'étais dans les vapes, les mots se traînaient dans ma bouche. Une idée résistait tant bien que mal.

Tout ce que j'avais à faire, c'était remonter de quelques crans mes craintes concernant la sécurité de mon père.

J'ai commencé à bégayer le lendemain matin. Je me suis montré convaincant dès ma première syllabe emberlificotée. J'étais un acteur de composition qui trouvait son inspiration dans la vraie vie.

Le sergent de ma brigade a avalé mon numéro. J'avais beau être cabotin sur scène, je ne lésinais pas sur les décors. J'ai rédigé un mot pour le sergent et exprimé les graves soucis que je me faisais pour mon père. Le sergent a appelé mon vieux et m'a dit : « Il a pas l'air bien. »

On m'a affecté à une unité : Compagnie A, 2e Bataillon, 5e Brigade d'entraînement. On m'avait catalogué comme un probable givré de la casquette dès mon premier jour en uniforme. Le commandant de la compagnie a entendu mon discours torturé et il a dit que je n'étais pas fait pour cette armée d'hommes.

C'est une peur vraie qui donnait forme à mes interprétations. Un sens dramatique inné l'affûtait. J'aurais véritablement pu *disjoncter* à la seconde. Mon grand corps plein de tics était un fantastique outil d'acteur.

J'ai commencé l'entraînement de base. J'ai enduré deux jours de marche au pas et de baratin militaire. Mes camarades recrues me la jouaient froide et distante : j'étais un taré, je bégayais, je venais tout droit de Mars.

Le commandant de la compagnie m'a convoqué

dans son bureau. Il a dit que la Croix-Rouge me rapatriait chez moi en avion pour deux semaines. Mon père venait d'avoir une nouvelle attaque.

***

Le vieux avait l'air étonnamment bien. Il partageait sa chambre avec quelqu'un qui avait eu le même genre de malaise.

Le mec m'a dit que toutes les infirmières étaient impressionnées par la queue mahousse de papa. Elles en gloussaient et venaient la reluquer pendant qu'il dormait.

J'ai rendu visite à mon père tous les jours, deux semaines durant. Je lui ai dit que je revenais à la maison pour prendre soin de lui. J'étais sincère. Le monde extérieur, le *vrai*, m'avait fait peur au point que j'en aimais de nouveau mon père.

Ma perm a été un pied énorme. J'ai festonné mon uniforme d'insignes de guerre des surplus et me suis trimbalé dans L.A. comme si j'étais le roi Frime. J'arborais des ailes de parachutiste, l'insigne de l'infanterie de combat et quatre rangées de rubans de campagnes. J'étais le deuxième pompe le plus autodécoré de toute l'histoire militaire.

Je suis retourné à Fort Polk fin mai. J'ai repris mon numéro de bégaiement et je l'ai exécuté devant un psychiatre de l'armée. Lequel m'a recommandé pour une libération immédiate. Son rapport faisait état de ma « surdépendance vis-à-vis des figures de soutien », de mes « faibles capacités à réagir en situation de tension » et de mon « inadéquation marquée au service militaire ».

Ma libération a été approuvée. Il faudrait un mois pour régulariser la paperasse.

Je l'avais fait. Je les avais roulés dans la farine, je les avais dupés, je les avais convaincus.

La Croix-Rouge a appelé quelques jours plus tard. Mon père venait d'avoir une nouvelle attaque.

***

Je l'ai revu une toute dernière fois. La Croix-Rouge m'avait rapatrié juste avant son décès.

Il était émacié. Il avait des tubes dans le nez et dans les bras. On l'avait piqué de partout et barbouillé de désinfectant rouge.

J'ai pris sa main droite que j'ai maintenue contre la barre du lit et je lui ai dit qu'il irait bien. Ses derniers mots discernables ont été : « Essaie de lever chaque serveuse qui vient te servir. »

Une infirmière m'a poussé dans une salle d'attente. Un médecin est entré quelques minutes plus tard et m'a dit que mon père était mort.

C'était le 4 juin 65. Il avait survécu à ma mère moins de sept ans.

J'ai marché jusqu'à Wilshire et j'ai pris un bus pour rentrer à mon motel. Je me suis forcé à pleurer – tout comme j'avais fait pour la rouquine.

10

L'armée m'a relâché en juillet. J'ai obtenu une libération générale « Sous Conditions Honorables ». J'étais libre, j'étais blanc, j'avais dix-sept ans. J'étais exempté d'incorporation juste au moment où le Viêt-nam commençait à entrer en ébullition.

Mes camarades recrues allaient entamer une formation supérieure dans l'infanterie afin de servir probablement au Viêt-nam. J'ai esquivé la balle qui m'était destinée avec l'aplomb d'un acteur de composition. J'ai passé mon dernier mois à Fort Polk à dévorer des romans policiers. Je bégayais et traînais autour du mess de la compagnie A. J'avais arnaqué toute l'Armée de Terre des États-Unis.

Je suis revenu à L.A. en avion et j'ai foncé droit vers mon vieux quartier. J'ai trouvé une piaule sur Beverly et Wilton. L'armée m'avait renvoyé dans mes foyers avec cinq cents dollars en poche. J'ai imité la signature de mon père sur ses trois derniers chèques de Sécurité sociale et je les ai encaissés dans un magasin de spiritueux. Mon pécule s'est arrondi jusqu'à atteindre un bâton.

Tante Leoda a promis de me filer un billet de cent par mois. Elle m'a prévenu que l'argent de mon assurance ne durerait pas éternellement. Elle m'a fait bénéficier des subsides de la Sécurité sociale et des

Anciens Combattants, allocations attribuées aux enfants survivants qui prenaient fin le jour de mon dix-huitième anniversaire. Elle a insisté pour que je reprenne l'école. Les étudiants à plein temps pouvaient toucher le pognon jusqu'à l'âge de vingt et un ans.

Elle était heureuse de la mort de mon père. Elle apaisait probablement ainsi son chagrin de la mort de ma mère.

L'école, c'était bon pour les tarés et les handicapés. Mon credo était « Vis libre ou Meurs ».

La chienne était enfermée au chenil. Notre ancien appartement était bouclé et barré de planches. Le propriétaire avait saisi les affaires de mon père en compensation des arriérés de loyer. Ma nouvelle crèche était super. Elle comprenait une salle de bains, une kitchenette minuscule et un salon de neuf mètres carrés avec un lit escamotable. J'ai tapissé les murs d'autocollants d'extrême droite et des posters de la Playmate du mois.

Je me suis baladé en uniforme pendant une semaine. Je me suis posté au-dessus de la tombe de mon père, en paradant dans ma tenue verte de fantassin à laquelle ne manquaient pas un insigne ou une décoration usurpés. J'ai piqué une toute nouvelle garde-robe chez Silverwoods et Desmonds. Dans le plus pur style Hancock Park : chemises en madras, chandails ras du cou, pantalon en velours à fines côtes.

L.A. paraissait belle et lumineuse. Je savais que j'allais poursuivre quelque putain de destinée à tout casser, ici même, dans ma vieille ville natale.

J'ai collé ma cagnotte à la banque et cherché du travail. J'ai trouvé un boulot de distributeur de prospectus et j'ai laissé tomber, mort d'ennui, une semaine plus tard. J'ai trouvé un boulot d'aideserveur au restaurant vedette de L.A., Sizzler Steakhouse, d'où je me suis fait virer pour avoir laissé tomber une chiée de piles d'assiettes. J'ai trouvé un boulot en cuisine dans un Kentucky Fried Chicken, d'où je me suis fait virer pour m'être curé le nez devant les clients.

J'avais occupé trois emplois en deux semaines. J'ai chassé mes échecs d'un haussement d'épaules et opté pour un été d'oisiveté.

Lloyd, Fritz et Daryl m'ont redécouvert. J'avais maintenant une piaule à moi. Ce qui faisait de moi un faire-valoir acceptable.

Ils m'ont à nouveau admis au sein de leur clique. Un môme brillant du nom de George a fait le cinquième. Fritz et George se dirigeaient vers l'USC et Cal-Tech. Lloyd et Daryl avaient encore un an de lycée à se farcir.

La clique se retrouvait chez moi et chez George. Le père de George, Rudy, était policier de la Patrouille des autoroutes et un fêlé d'extrême droite garanti disjoncté. Il s'enivrait tous les soirs et calomniait les libéraux et Martin Luther Bamboula. Mes Billets de bateau pour l'Afrique l'avaient bien botté et il s'était pris pour moi d'un intérêt paternel.

C'était super d'avoir des amis. J'ai claqué ma cagnotte de mille dollars en sorties, à les inviter à manger des steaks et aller au cinéma. Nous roulions à tombeau ouvert dans les rues, dans la Fairlane 64 de Fritz. Les virées en bicyclette étaient du passé.

Je volais la majeure partie de ma nourriture. J'étais à un régime tout steak et piquais T-bones et noix d'entrecôte dans les supermarchés voisins. Deux employés me sont tombés sur le paletot à la sortie du Liquor & Food Mart au début du mois d'août. Ils m'ont collé au sol, ils ont sorti un steak de mon pantalon et appelé les poulets.

Le LAPD est arrivé. Deux flics m'ont conduit au poste de Hollywood, inculpé de vol à l'étalage et remis entre les mains d'un policier de la brigade des mineurs. Le mec a voulu contacter mes parents. Je lui ai répondu qu'ils étaient morts. Il a dit que les gamins n'avaient pas le droit de vivre seuls avant l'âge de dix-huit ans.

Un flic m'a conduit au Service de Délinquance juvénile de Georgia Street. J'ai appelé Lloyd pour lui dire où j'étais. Le flic a enregistré mon dossier d'arrestation et m'a largué dans un dortoir plein de durs à cuire, tous mineurs.

J'avais la trouille. J'étais le plus grand de tout le dortoir – et de toute évidence le plus incapable de se défendre. Il me manquait sept mois pour être majeur. Je me suis dit qu'on allait me coller là tout ce temps.

De petits durs, nègres et mexicains, ont pris ma mesure. Ils m'ont interrogé sur les raisons de mon « plongeon » et ont rigolé de mes réponses. Ils parlaient l'argot des gangsters et j'ai dû subir leurs moqueries car je ne parlais pas leur langage.

Je suis resté calme jusqu'à l'extinction des feux. L'obscurité a fait partir mon imagination au quart de tour. Je me suis vu endurer un catalogue d'horreurs carcérales et j'ai pleuré jusqu'à ce que le sommeil me prenne.

Rudy m'a fait sortir le lendemain. Il avait magouillé pour m'obtenir six mois de mise à l'épreuve et le statut de « Mineur émancipé ». Je pouvais vivre en solo, Rudy faisant office de tuteur.

C'était un marché de première bourre. J'avais besoin d'un billet de sortie de prison et Rudy avait besoin d'un public pour ses tirades. Lloyd, Fritz et Daryl l'écoutaient déclamer avec réticence. J'avalais ses conneries avec désinvolture.

Rudy était très lié à un paquet de flics idéologues

givrés. Ils faisaient circuler des copies ronéotypées du « 23e Psaume du Négro » et du « Manuel d'Assistance sociale de Martin Luther Bamboula ». Nous avons passé des soirées entières à discutailler de tout ça avec Rudy. Les émeutes de Watts nous ont interrompus.

L.A. brûlait. Je voulais tuer tous les émeutiers et transformer moi-même L.A. en Cité des Cendres. Les émeutes m'excitaient et me ravissaient. C'était du crime qui s'écrivait en grand – du crime à grande échelle autour d'une grosse intrigue extrapolable.

Rudy a été appelé en service actif. Lloyd, Fritz et moi sommes allés traîner en périphérie de la zone d'émeutes. Nous avions des pistolets à air comprimé. Nous crachions notre baratin raciste en nous dirigeant au sud jusqu'à ce que les flics nous obligent à rentrer à la maison.

Nous avons répété l'expérience le lendemain soir. L'histoire en direct, c'était sensas. Nous suivions les émeutes depuis les télescopes de Griffith Park et nous avons vu griller des morceaux de Los Angeles. Nous sommes partis en voiture vers la vallée et nous avons vu quelques péquenots brûler une croix au milieu d'un terrain couvert de sapins de Noël.

Les émeutes s'en sont allées en eau de boudin. Elles ont réexplosé dans ma tête et gouverné mes pensées des semaines durant.

J'arrangeais mes histoires depuis des perspectives diverses. Je devenais à la fois flic anti-émeute et provocateur d'émeute. Je vivais des vies complètement foutues en l'air par l'Histoire.

J'étendais mes empathies à qui en voulait. Je distribuais équitablement les zones d'ombre morales. Je n'analysais pas les causes des émeutes ni ne prophétisais leurs ramifications. Ma position publique était « Que les Négros aillent se faire foutre ». Dans le même temps, j'imaginais des récits qui mettaient l'accent sur la culpabilité des flics blancs.

Jamais je ne remettais cette contradiction en question. Je ne savais pas que raconter des histoires était ma seule véritable voie.

La narration était ma seule langue morale. Je ne le savais pas en cet été de 1965.

***

Rudy se fichait bien de ce que je faisais. Mon responsable de mise à l'épreuve m'ignorait. Je continuais à voler et à éviter le travail.

Je mourais du désir d'avoir du temps libre. Le temps libre signifiait le temps de rêver et de cultiver mon sens d'une destinée pleine et riche. Le temps libre signifiait le temps de céder à l'impulsion.

C'était une journée chaude de la mi-septembre. J'ai senti le besoin pressant de m'enivrer.

Je suis descendu jusqu'au Liquor & Food Mart où j'ai volé une bouteille de champagne. Je l'ai emportée jusqu'à Robert Burns Park, j'ai fait sauter le bouchon et englouti tout le liquide.

Je suis devenu extatique. Je suis devenu hyperexpansif. Je me suis invité d'autorité au milieu d'un groupe de filles de Hancock Park et leur ai raconté des mensonges dingues. J'ai eu un grand trou noir et me suis réveillé sur mon lit trempé de vomi.

Je savais que je venais de *découvrir* quelque chose.

Cette découverte m'a excité. Je me suis mis à voler de la gnôle et à faire des expériences.

Les cocktails tout prêts Heublein étaient bons. Je trouvais chouettes les Manhattan sucrés et les whiskys sour acidulés et mordants. La bière étanchait la soif mais manquait de cette capacité qu'a l'alcool fort de vous faire décoller. Le scotch pur était trop fort –

il brûlait à la descente et faisait remonter la bile dans son sillage. J'évitais le bourbon pur et le bourbon à l'eau. Le bourbon me rappelait la rouquine.

Vodka et jus de fruit, c'était super. On passait la barrière vite fait avec un minimum de haut-le-cœur. Le gin, le cognac et les liqueurs soulevaient le cœur sans rien à vomir.

Je buvais pour la stimulation. La gnôle m'expédiait dans la stratosphère.

Elle décuplait ma capacité à inventer des histoires. Elle donnait à mes pensées une dimension physique.

La gnôle me faisait me parler à moi-même. La gnôle me faisait déblatérer mes fantasmes à haute voix. La gnôle me faisait adresser la parole à des dizaines de femmes imaginaires.

La gnôle modifiait mon monde fantasmatique mais ne changeait pas le sujet de fond. Le crime restait mon obsession dominante.

J'avais un gros arriéré de crimes à enjoliver.

Les émeutes de Watts étaient récentes et de première bourre. L'affaire Ma Duncan était de la bonne vieille histoire en or, astucieuse à souhait. J'accompagnais Ma à la chambre à gaz une centaine de fois en imagination.

Doc Finch et Carol Tregoff pourrissaient en prison. Je sauvais Carol des griffes des taulardes gouines et j'en faisais ma nana. Je me faufilais en douce à Chino et je zigouillais Spade Cooley. Ella Mae obtenait enfin sa vengeance. Je commettais les meurtres de Stephen Nash et des cambriolages avec effraction en compagnie de Donald Keith Bashor.

La gnôle me donnait une vraisemblance fondamentale. Les détails clignotaient sur le panoramique de mon cerveau, parés de nouvelles couleurs vives. Des coups de théâtre émergeaient de manière inattendue au fil de la narration.

La gnôle m'offrait le crime en hyperboles, rendu de manière plus subtile. Elle m'offrait le Dahlia noir replacé en un vaste contexte historique.

Je buvais en solitaire et faisais défiler sur mon écran, des heures durant, fantasmes de crime et de crime sexuel. Je buvais en compagnie de Lloyd, que j'avais rendu accro au Dahlia. Nous discutions de l'affaire longuement, et en détail. Mes cauchemars Dahlia occasionnels ont complètement cessé.

Je volais la plus grande partie de l'alcool que je consommais ; puis j'ai trouvé un adulte pour m'en acheter légalement. C'était un poivrot nègre qui vivait sur un talus d'autoroute. Il s'appelait lui-même « Flame-O ». Il disait que les flics lui avaient collé ce sobriquet parce qu'il avait tendance à se cramer quand il se soûlait.

Flame-O m'achetait des bouteilles. Je le payais en petits cruchons de vin Thunderbird. Il m'a dit que j'étais moi aussi de la chair à poivrot. Je ne l'ai pas cru.

Lloyd et Fritz m'ont refait goûter à l'herbe. L'herbe me bottait férocement. Elle ajoutait un côté surréel à mes fantasmes et faisait de la nourriture un plaisir richement sensuel. Je savais qu'elle ne me transformerait pas en camé. Ce n'était qu'une illusion de 1958.

1965 est passée. Une sacrée putain d'année.

***

Rudy m'a jeté. Il a compris que je ne valais pas grand-chose et que je n'étais pas un mec de droite sincère. J'ai eu dix-huit ans en mars 66. J'étais maintenant un adulte, libre d'aller et venir.

Et un voleur au petit pied, sans emploi, sur le point de perdre ses allocations gouvernementales.

J'ai sorti la chienne du chenil et je l'ai ramenée à la maison. Elle s'est immédiatement mise au boulot sur les parquets. J'ai réfléchi à mon avenir. Et j'en ai conclu que je ne pouvais pas vivre sans mon alloc de survie.

Il fallait que je retourne au lycée pour continuer à toucher le blé. Lloyd allait dans un lycée chrétien déjanté. Il fallait cracher cinquante dollars par mois. Mon alloc se montait à cent trente dollars. Je pouvais toujours suivre quelques cours et me récupérer un bénef net de quatre-vingts dollars par mois.

Lloyd et moi avons discuté du problème. Il m'a dit que j'allais devoir plonger dans les bras de Jésus de manière convaincante. J'ai mémorisé quelques versets de la Bible et je suis allé voir le principal de la Culter Christian Academy.

Je lui ai offert un bon numéro d'acteur. Je lui ai joué ma nouvelle foi avec esbroufe, grande pompe et style, en histrion que j'étais. J'étais convaincu de ce que je disais tout le temps que je le disais. Je possédais une âme de caméléon.

Je me suis inscrit à la Culter Academy. L'endroit était bourré de psychos nouveaux chrétiens et de camés mécontents. Je suivais des cours laïques et des groupes d'étude biblique. C'était du baratin mortel, à vous tuer la cervelle, sur toute la ligne. Je savais que je serais incapable d'encaisser ces conneries cinq jours par semaine.

Je fréquentais l'école sporadiquement. Le personnel de Culter m'a un peu lâché les baskets – j'étais un jeune chrétien, tourmenté mais sincère. Je les ai entubés deux mois et j'ai complètement laissé tomber. Ma brève conversion m'a rapporté deux cent soixante dollars net.

Mes subsides gouvernementaux ont cessé. Mon revenu a dégringolé à un billet de cent par mois. Mon loyer se montait à soixante dollars. Je pouvais faire durer les quarante dollars si je volais *toute* ma nourriture et mon alcool en tapant mes amis pour la came.

C'est ce que j'ai fait. J'ai étendu le champ de mes vols à l'étalage et je me suis fait supermarchés et magasins de spiritueux loin au nord et loin à l'ouest. Je n'avais que la peau et les os. Je fourrais steaks et bouteilles dans mon pantalon sans qu'il présente d'excroissances notables. Je portais ma chemise sortie de la ceinture. J'achetais de petits articles pour justifier ma présence dans les magasins.

J'étais un pro.

Lloyd, Fritz et Daryl pouvaient se procurer de la came. Moi pas. J'avais une piaule libre de toute présence adulte, où ils pouvaient se prendre du bon temps. Ils me fournissaient en herbe et en pilules.

Je n'aimais pas le Seconal et le Nembutal. Ces cachets-là me rendaient débile et quasiment catatonique. Le LSD était okay – mais le message transcendental qu'on y accolait me laissait froid. Lloyd et Fritz se tapaient de l'acide et allaient voir des épopées du genre *Spartacus* et *La Plus Grande Histoire jamais contée*. Je les ai plusieurs fois accompagnés, pour me tailler au milieu du film. Sandales et résurrection : Ronfle-la-ville. Je m'installais dans le hall d'entrée et partais en hallucinations sur les filles qui vendaient des confiseries.

Fritz connaissait quelques docteurs Feelgood qui prescrivaient des amphétamines. Les pilules le maintenaient hyperconcentré pendant de longues séances d'étude. L'USC n'était pas facile. Fritz disait que les excitants lui donnaient un avantage.

Il me refourguait son rab. La Dexedrine et le Dexamyl remontaient ma vie fantasmatique de six crans.

Mes capacités romanesques s'en trouvaient multipliées par six. Les palpitations induites par les amphétamines dynamisaient tout le processus.

Pendant les trips, le speed me traversait le cerveau avant de se loger dans mes génitoires vierges.

Le speed, c'était le sexe. Le speed donnait à mes fantasmes de sexe une nouvelle logique cohérente. Le speed me donnait des rouquines d'âge mûr et des filles de Hancock Park. Le speed me donnait des sessions de branlette épiques.

Je m'astiquais la queue de douze à dix-huit heures d'affilée. C'était tellement *bon-on-on*. Je m'allongeais sur le lit, le chien endormi à côté de moi. Je me barattais la bite yeux fermés et lumière éteinte.

Les retombées d'amphétamines mettaient un terme à mes fantasmes. La came passait dans mon organisme et me laissait déprimé et en manque de sommeil. C'est alors que je buvais pour retrouver mes enfers. La gnôle grimpait tandis que les amphètes reculaient. Je tombais toujours dans les pommes en cherchant à me saisir de quelque femme.

***

Fritz a perdu son contact amphètes. J'ai perdu le mien par défaut. Je me rongeais littéralement, affamé que j'étais d'amour vrai et de sexe.

Je voulais une petite amie *et* de la chatte illimitée. La sœur de Fritz m'a arrangé le coup avec son amie Cathy.

Cathy allait à Marlborough, un lycée de jeunes filles très chic. Elle avait un visage banal et était rondelette. Nous sommes allés voir *La Mélodie du bonheur* à notre premier rencart. J'ai menti, j'ai dit à Cathy que j'aimais vraiment le film.

Cathy était nulle pour les rapports sociaux, et elle était affamée d'amour. Je trouvais cela très attirant.

Elle dédaignait les activités associées habituellement aux rencarts amoureux. Elle n'aspirait qu'à l'action, gare-la-bagnole et en avant.

Ce qui signifiait pelotage et baisers sans la langue.

Nous « sommes allés de l'avant » plusieurs soirs de week-end d'affilée. La politique du pas-la-langue/pas-la-peau me rendait fou. Je la suppliais de toucher davantage. Cathy refusait. Je suppliais un peu plus. Cathy m'a servi une grosse diversion.

Elle a mis sur pied toute une série de rencontres avec ses copines de classe. La diversion m'a donné l'occasion de reluquer de l'intérieur quelques crèches juteuses de Hancock Park.

J'aimais l'ameublement chic et rupin. J'aimais les grandes pièces. J'aimais les boiseries et les peintures à l'huile. C'était là mon vieil univers de rôdeur voyeur – de près et dans l'intimité.

Cathy m'a présenté à son amie Anne. Anne mesurait un mètre quatre-vingt-deux, elle était blonde et portait un appareil dentaire. Elle n'avait jamais de rencart.

J'ai appelé Anne et lui ai demandé de sortir avec moi. Nous sommes allés voir un film et nous avons flirté dans Fern Dell Park. Elle m'a lâché un peu de langue. C'était *bon-on-on*.

J'ai appelé Cathy et j'ai rompu. Anne m'a appelé et m'a dit de rester en dehors de sa vie. J'ai appelé la sœur de Fritz, Heidi, et je lui ai demandé de sortir avec moi. Elle m'a répondu d'aller me faire voir. J'ai appelé l'amie de Heidi, Kay, et lui ai demandé de sortir avec moi. Elle m'a dit qu'elle était une chrétienne convaincue et ne sortait qu'avec des gars pris par la grâce.

Je voulais plus d'amour. Je voulais du sexe sans limites d'écolière. Je voulais voir quelques autres crèches de Hancock Park.

Fritz conservait une petite chambre adjacente à son garage. C'est là qu'il gardait ses disques et son bazar stéréo. C'était sa planque. Il n'y laissait jamais entrer ses parents ni sa sœur. Lloyd, Daryl et moi avions les clés.

La chambre était à vingt mètres de l'habitation principale. La maison m'attirait comme un aimant. C'était mon décor favori pour mes fantasmes de sexe.

J'y suis entré par effraction un soir. C'était à la fin de 66.

Fritz et sa famille étaient partis quelque part. Je me suis collé au sol à côté de la porte de cuisine et j'ai passé le bras par la chatière. J'ai fait basculer le pêne intérieur et je me suis introduit dans la maison.

Je l'ai parcourue. J'ai gardé les lumières éteintes et j'ai rôdé, au rez-de-chaussée et à l'étage. J'ai inspecté les armoires à pharmacie, à la recherche de came, et chouré quelques analgésiques. Je me suis servi un double scotch et j'ai avalé les cachets sur place. J'ai lavé le verre que j'avais utilisé et je l'ai remis là où je l'avais trouvé.

J'ai visité la chambre à coucher de Heidi. J'ai savouré l'odeur de ses oreillers, j'ai fouillé son placard et ses tiroirs. J'ai enfoui mon visage dans une pile de lingerie et j'ai volé une culotte blanche.

J'ai quitté la maison sans faire de bruit. Je ne voulais pas bousiller les chances d'une prochaine visite. Je savais que je venais de toucher un nouveau monde secret.

***

Kay habitait juste en face de chez moi. Je me suis introduit chez elle quelques soirs plus tard.

J'ai appelé chez Kay depuis l'arrière-pièce de Fritz et je n'ai pas eu de réponse. Je suis allé jusqu'à la maison et j'ai inspecté les possibilités d'entrée.

J'ai trouvé une fenêtre ouverte qui donnait sur l'allée à voitures. Elle était couverte d'une moustiquaire maintenue en place par des clous repliés. J'ai dégagé deux clous du bas, ôté la moustiquaire et je me suis introduit d'un bond dans la maison.

Le territoire m'était inconnu. J'ai allumé quelques lampes pendant une seconde pour m'acclimater.

Il n'y avait pas de meuble bar. Il n'y avait rien de bon dans l'armoire à pharmacie. Je me suis attaqué au réfrigérateur et je me suis bourré de viande froide et de fruits. J'ai exploré le premier étage comme le rez-de-chaussée et je me suis gardé la chambre de Kay pour la fin.

J'ai fouillé dans ses affaires de classe, je me suis étendu sur son lit. J'ai examiné une malle en osier bourrée de chemisiers et de jupes. J'ai ouvert les tiroirs de commode en les éclairant d'une lampe de chevet tenue en l'air. J'ai volé un soutien-gorge et une culotte assortie.

J'ai remis en place la moustiquaire et replié les clous pour la maintenir. Je suis revenu à la maison à pied en planant très haut.

Le cambriolage, c'était le voyeurisme multiplié par mille.

***

Cathy habitait une grosse maison de style espagnol sur la 2e et Plymouth. C'était depuis longtemps mon amour secret.

Elle était grande et mince. Elle avait les cheveux brun foncé, les yeux bruns et des taches de rousseur. Elle était intelligente, d'un naturel gentil, et gracieuse de la tête aux pieds. J'avais peur d'elle sans aucune raison logique.

Je me suis introduit dans sa maison. C'était un soir très froid, début 67.

J'ai appelé son numéro et je n'ai pas eu de réponse. J'ai marché jusqu'à sa maison ; je n'ai vu ni lumières ni voitures dans l'allée. J'ai fait le tour de la bâtisse et essayé quelques fenêtres à guillotine sur l'arrière. La troisième ou la quatrième n'était pas verrouillée.

Je suis entré d'une traction. J'ai un peu trébuché au rez-de-chaussée avant d'allumer les lumières une fraction de seconde. J'ai trouvé un buffet à alcools et j'ai biberonné une gorgée de toutes les bouteilles qui se trouvaient dessus. J'ai eu un flash d'enfer avec cette gnôle raide et je suis monté au premier.

J'étais incapable de discerner à qui appartenaient les chambres. Je me suis étendu sur tous les lits et j'ai trouvé des sous-vêtements féminins dans une grande armoire et une commode. La taille des soutien-gorge et des culottes m'a emmêlé les idées. J'ai volé deux parures pour être sûr d'en avoir une de Cathy.

J'ai trouvé quelques tranquillisants prescrits par le médecin dans une armoire à pharmacie. J'en ai volé trois que j'ai fait passer avec une liqueur complètement bizarro. Je suis ressorti par cette fenêtre arrière, je suis rentré à la maison en vacillant et je me suis écroulé sur mon lit, dans les vapes.

*
* *

J'ai continué. Et j'y allais avec une retenue tout à fait surprenante.

J'ai cessé d'avaler des cachets sur les lieux. Je ne volais que des trésors de fétichiste. Je suis retourné chez Heidi, Kay et Cathy à intervalles irréguliers pour ne jamais rester dans les maisons plus de quinze minutes. Je renonçais à ma mission si je trouvais mes points d'entrée fermés à double tour.

Ce grand frisson, c'était le sexe et d'autres mondes saisis brièvement. Les détails intérieurs donnaient du corps à mes fantasmes. Le cambriolage me donnait des jeunes femmes et des familles par extrapolation.

J'ai passé l'année 67 de cambriolage en cambriolage. Jamais je ne suis allé m'égarer à l'extérieur de Hancock Park. Je piquais exclusivement au domicile de mes filles-à-rêver.

Heidi, Kay et Cathy. Missy sur la 1re et Beachwood. Julie, trois portes plus loin et en face de la maison de Cathy. Joanne sur la 2e et Irving.

Des mondes secrets.

***

Daryl a déménagé à Portland début 68. Fritz est parti à UCLA. Lloyd était étudiant à L.A. City College. Il était presque aussi défoncé à la gnôle et à la came que moi.

Lloyd avait les couilles que je n'avais pas. Il était porté sur les femmes torturées, collées entre les pattes d'hommes violents. Il essayait de les secourir et se prenait de bagarre avec des raclures de bas étage fourgueurs de came. Il avait un cœur gros comme ça, un cerveau gros comme ça et un sens de l'humour d'un nihilisme caustique. Il vivait avec sa mère fêlée de religion et le second mari de celle-ci, un marchand de primeurs qui possédait deux étals à fruits dans la vallée.

Lloyd avait un penchant certain pour la raclure de Hollywood. Il savait parler aux pseudo-truands et aux hippies. Je l'ai suivi au cours de quelques-unes de ses excursions hollywoodiennes. J'ai ainsi rencontré des racoleurs pédés, des motards et Gene The Short Queen – Gene Le Travelo Minus –, un travesti d'un mètre quarante-cinq. Je traînassais dans Hollywood, prenais des combinaisons de drogues complètement marteaux et me réveillais dans les jardins publics et les champs de pétrole avec leurs « arbres de Noël ».

La période peace-and-love battait son plein. Lloyd avait un pied dans cette porte culturelle-là, l'autre toujours aux limites de Hancock Park. Il était lui aussi en plein dans ses deux mondes. Il posait à Hollywood où il s'achetait sa came, et revenait à la maison vers sa mère cinglée.

Hollywood me fichait la trouille et m'irritait. Les hippies étaient des merdaillons de lopettes. Ils aimaient une musique dégénérée et prêchaient une métaphysique spécieuse. Hollywood était une poche de pus.

Lloyd n'était pas d'accord. Il me disait que j'avais peur du vrai monde. Il me disait que je n'en connaissais que quelques kilomètres carrés.

Il avait raison. Il ne savait pas que je compensais mon absence de connaissance par des choses qu'il ne connaîtrait jamais.

J'ai poursuivi mes cambriolages. Je les entreprenais avec couardise et prudence. Je continuais à lire des romans policiers et à me faire mon cinéma de fantasmes criminels. Je continuais à voler et à ne me nourrir que de steaks. Je vivais avec un billet de cent par mois.

La chienne a disparu. Je suis rentré chez moi, j'ai trouvé ma porte ouverte et Minna partie depuis longtemps. J'ai soupçonné mon propriétaire qui détestait les chiens.

J'ai cherché Minna et j'ai passé une annonce « Chien perdu » dans le *L.A. Times.* Il n'en est rien sorti. J'ai claqué deux mois de loyer en came et je me suis retrouvé à la porte de ma piaule.

Tante Leoda a refusé de m'avancer un peu de pognon. J'ai passé une semaine dans les vapes, dans le repaire de Fritz et je me suis fait expulser par son père. J'ai emménagé dans la chambre de Lloyd et me suis fait expulser par sa mère.

J'ai emménagé dans Robert Burns Park. J'ai volé quelques couvertures dans un casier réservé aux dons de charité et dormi trois semaines sur un tapis de lierre. Un système d'arrosage nocturne me mouillait à intervalles réguliers. J'étais obligé de ramasser mes couvertures et de courir jusqu'à un endroit sec.

La vie en plein air, c'était la merde. Je me suis rendu à l'Agence pour l'emploi de l'État de Californie où j'ai obtenu quelques offres de boulot. Une voyante serbo-croate m'a engagé comme distributeur de prospectus.

Elle s'appelait Sœur Ramona. Elle jetait son dévolu sur les Noirs et Mexicains pauvres et diffusait son message au moyen de tracts ronéotypés. Elle guérissait les malades et dispensait des conseils financiers. Les pauvres s'entassaient devant sa porte. Elle nettoyait tous ces stupides connards de tout ce qu'elle pouvait leur piquer.

Sœur Ramona était une raciste et une fanatique d'extrême droite. Son mari me conduisait dans les quartiers pauvres et me déposait là avec des sacoches à journaux pleines de prospectus. Que je glissais sous les portes et fourrais dans les boîtes aux lettres. Les gamins et les chiens me suivaient. Les adolescents se moquaient de moi et levaient le doigt dans ma direction.

Le mari me donnait deux sacs par jour comme prime déjeuner. Je les dépensais en T-Bird et Moscatel. Flame-O avait raison : j'étais bien devenu poivrot à plein temps.

J'ai amassé un peu de pognon et récupéré ma piaule. J'ai laissé tomber le boulot pour Sœur Ramona. Une relation de lycée m'a présenté une femme qui avait besoin d'un logement. Elle m'a dit qu'elle me dépucellerait en échange d'un toit. J'ai accepté son offre avec empressement.

Elle a emménagé. Elle m'a dépucelé en se forçant. Je ne l'excitais pas et mon dos couvert de cicatrices d'acné lui répugnait. Elle m'a baisé quatre fois et m'a dit que je n'en aurais pas plus. J'étais dingue d'elle et je l'ai laissée rester.

Elle m'ensorcelait. Elle me dominait complètement. Elle est restée avec moi trois mois et m'a annoncé qu'elle était lesbienne. Elle venait de rencontrer une femme et s'installait avec elle.

J'avais le cœur brisé. Je me suis payé une longue bringue à la vodka et j'ai claqué l'argent du loyer. Mon proprio m'a de nouveau expulsé.

Je suis retourné dans Robert Burns Park où j'ai trouvé un coin sec permanent, près d'une remise à outils. J'ai commencé à penser que la vie en plein air n'était pas *si* mal. J'avais un endroit sûr où dormir, et je pouvais traîner avec Lloyd et lire dans les bibliothèques toute la journée. Je pouvais me raser dans les toilettes publiques et prendre une douche de temps à autre chez Lloyd.

J'ai mis ce raisonnement au clair dans ma tête et décidé de l'appliquer. J'ai changé de régime, passant du steak à la charcuterie, et je me suis mis à hanter toutes les annexes de la bibliothèque municipale sur L.A. Je buvais dans les toilettes pour hommes des bibliothèques et j'ai avalé l'œuvre intégrale de Ross Macdonald au cours de mes premières semaines dans les rues. Je gardais un change de vêtements chez Lloyd et y prenais un bain de temps à autre.

C'était l'automne 68. J'ai rencontré un fêlé à la bibliothèque municipale d'Hollywood. Il m'a parlé des inhalateurs Benzedrex.

C'était un produit en vente libre, un décongestionnant contenu dans un petit tube plastique. Les tubes renfermaient un tampon de coton imprégné d'une substance appelée prophylhexedrine. L'utilisateur était censé mettre le tube dans une narine et renifler à plusieurs reprises. Il n'était pas censé *avaler* les tampons et planer à haute altitude dix heures d'affilée.

Les inhalateurs Benzedrex étaient légaux. Ils coûtaient soixante-neuf cents. On pouvait les acheter ou les chourer dans tout L.A.

Le fêlé encamé m'a convaincu d'en voler quelques-uns. L'idée me bottait. Je pouvais ainsi me fournir en speed à la source, sans contacts ni ordonnance médicale. J'ai volé trois inhalateurs dans un drugstore Sav-On et je me suis accroupi pour les faire passer d'un coup de limonade.

Les tampons mesuraient cinq centimètres de long pour un diamètre de cigarette. Ils étaient imbibés d'une solution ambrée à l'odeur nauséabonde. J'en ai avalé un à contrecœur en luttant contre le réflexe de le régurgiter. Il est resté en place et a commencé à faire effet en moins d'une demi-heure.

La planante était *bo-o-o-nne*. À vous péter les neurones en vous agrippant l'entre-deux. C'était aussi bon qu'un trip aux excitants pharmaceutiques.

Je suis retourné à mon coin dans Robert Burns Park et je me suis branlé toute la nuit. Le trip a duré huit bonnes heures et m'a laissé abruti et schizo. Le T-Bird a calmé mes nerfs en pelote et m'a fait doucement glisser vers une nouvelle euphorie.

J'avais trouvé quelque chose. Quelque chose que je pouvais avoir à volonté.

Je me suis mis à la tâche avec ardeur et obstination. J'ai volé des inhalateurs et décollé tous les trois ou quatre jours pendant un mois. Je m'avalais à la régalade des inhalateurs dans les toilettes des bibliothèques et fonçais direction Burns Park, la tête raclant la lune. Les trips de speed en continu me donnaient mes fantasmes de crime et de sexe les mieux structurés. J'ai volé une torche et quelques revues de femmes à poil et je les ai fait entrer dans mon numéro.

La vie en plein air était agréable. J'ai dit à tante Leoda de m'adresser mon billet de cent mensuel aux bons soins de Lloyd. Elle croyait que je pieutais chez un pote. Je ne lui ai pas dit que j'étais maintenant un campeur perpétuel.

J'avais oublié d'introduire le facteur pluie dans mon équation vie en plein air. Quelques crachins m'ont poussé à la recherche d'un abri. J'ai trouvé une maison abandonnée sur la 8e et Ardmore et je m'y suis installé.

C'était une bâtisse à un étage, sans lumière à l'intérieur ni eau courante. Le salon offrait un canapé moisi en faux cuir. Le canapé convenait très bien pour le sommeil et une activité branlette soutenue.

Je me suis installé dans la maison. Je gardais la porte d'entrée déverrouillée et cachais mes affaires dans un placard lorsque je sortais. Je croyais que je me comportais discrètement. Je me trompais.

Ça m'est tombé dessus fin novembre. Quatre flics ont enfoncé la porte à coups de pied et m'ont chargé à la pointe du fusil.

Ils m'ont balancé au sol et passé les menottes. Ils m'ont collé ces gros fusils à pompe calibre douze en pleine figure. Ils m'ont jeté dans une voiture, conduit au poste de Wilshire et inculpé de cambriolage.

***

Mon compagnon de cellule était un Noir qui s'était fait choper pour vol à main armée. Il avait braqué un magasin de spiritueux et s'était enfui sans dommage avant de s'apercevoir qu'il avait laissé tomber son peigne afro sur les lieux. Il y était retourné pour le récupérer. Le propriétaire du magasin l'avait reconnu. C'est là, sur place, que les flics lui avaient serré les miches.

J'avais la trouille. C'était pire qu'à la prison pour mineurs de Georgia Street.

Un inspecteur m'a interrogé. Je lui ai dit que je dormais dans la maison, je ne la cambriolais pas. Il m'a cru et a ramené l'inculpation à violation de domicile sans effraction. Un geôlier m'a conduit du côté délits mineurs de la cage.

Ma peur a un peu baissé d'intensité. Mes compagnons de cellule m'ont dit qu'une violation de domicile, c'était de la merdouille. Je serais probablement relâché à l'audience préliminaire.

J'ai passé le samedi et le dimanche dans la cage de détention provisoire de Wilshire. On nous nourrissait de deux plateaux-repas par jour avec deux tasses de café. J'étais en compagnie d'un paquet d'ivrognes et de tabasseurs d'épouses. Tous, nous mentions sur nos exploits criminels et les femmes que nous avions baisées.

Un bus du Shérif nous a traînés au tribunal tôt le lundi matin. Il nous a déposés à la Division de Lincoln Heights où se trouvait la célèbre cage à poivrots de Lincoln Heights.

C'est là que nous avons attendu de voir le juge. La cage faisait quarante mètres au carré et était bourrée à craquer de raclures de sexe masculin. Les adjoints balançaient à la volée les rations dans la foule. Il fallait batailler pour sa nourriture. J'étais assez grand pour choper ma graille en plein vol.

La journée s'est traînée. Une douzaine de poivrots ont été pris d'attaques. Nous passions devant le juge par groupes de dix environ. Le juge était une femme du nom de Mary Waters. Les mecs de la cage disaient que c'était une vieille connasse méchante comme une teigne.

Je me suis présenté devant elle et j'ai plaidé coupable. Elle a dit que j'avais l'air d'un appelé en fuite refusant l'incorporation. Je lui ai dit que ce n'était pas le cas. Elle a ordonné qu'on me place en détention sans caution, en attendant le rapport détaillé des services de mise à l'épreuve. Je devais être à nouveau présenté au tribunal le 23 décembre.

Nous étions le 2 décembre. J'étais bon pour trois semaines en cabane.

J'ai repris mon sang-froid. Un adjoint m'a entravé à une chaîne d'une douzaine de prisonniers. Un autre adjoint a conduit le troupeau jusqu'à un grand bus noir et blanc.

Le bus nous a emmenés jusqu'à la Prison centrale du comté. C'était un énorme ensemble de bâtiments à un kilomètre et demi au nord-est du centre-ville de L.A. Le processus d'incarcération a duré douze heures.

Des adjoints nous ont fouillés au corps avant de nous asperger d'une solution antipoux. Nous avons échangé nos vêtements civils contre des bleus de prison en toile. On nous a fait une prise de sang et vaccinés contre diverses maladies. Nous avons passé des heures à aller d'un quartier barré de grilles à un autre. Je suis en fait entré dans ma cellule vers 2 ou 3 heures du matin.

C'était une cellule de quatre, occupée en surnombre par six détenus. Un adjoint m'a dit de glisser mon matelas sous la couchette basse de gauche. Je m'y suis installé et je suis tombé dans les pommes : j'étais complètement épuisé.

Je me suis réveillé pour la bouffe de 6 heures. Un adjoint a appelé quelques noms sur un interphone – le mien y compris. On nous « expédiait » à la prison du palais de Justice.

Un détenu m'a dit que c'était là la routine au quotidien. On était incarcéré au « Vieux Comté » avant d'être expédié ailleurs. La prison du palais de Justice était connue sous le nom de « Vieux Comté ».

Un adjoint m'a entravé avec quelques autres mecs. Deux adjoints ont conduit le troupeau jusqu'à une camionnette et nous ont menés au « Vieux Comté ». Nous sommes montés par un ascenseur jusqu'à une cage au douzième étage.

Mon étage était bondé, au double de sa capacité. Un adjoint a dit que les nouveaux devaient dormir sur la passerelle. Il fallait rouler son matelas le matin et errer de cellule en cellule jusqu'à l'extinction des feux.

J'allais avoir droit à vingt jours de ce bazar. Une voix intérieure m'a mis au parfum en me recommandant un comportement élémentaire de survie.

T'es grand, mais t'es pas un dur. T'as commis des délits, mais t'es pas un *vrai* criminel. Fais gaffe à ta manière de faire. Fais gaffe à ce que tu dis. Sois prudent, sois calme, et serre les dents pendant vingt jours.

Je me suis transmis ce message instinctivement. Je n'ai pas verbalisé mes réflexions. Je ne savais pas que ma seule présence hurlait alentour : idiot, minable, taré, gamin incapable.

Je l'ai bouclée. Je me suis programmé pour être stoïque. J'ai essayé de ne pas montrer ma peur de manière trop voyante. Les autres détenus riaient ouvertement rien qu'en me voyant apparaître.

La plupart d'entre eux étaient des criminels attendant de comparaître devant une juridiction supérieure. Ils comprenaient et regardaient de haut la faiblesse masculine.

Ils riaient de ma démarche pleine de tics et ont raccourci mes deux noms pour me donner le sobriquet détesté de « Leroy ». Ils m'appelaient le « Professeur

Foldingue ». Ils n'ont jamais levé le petit doigt sur moi. Ils me considéraient comme indigne de ce genre de mépris.

Lloyd m'a rendu visite. Il a dit qu'il avait appelé ma tante pour lui apprendre que j'étais en prison. L'argent de mon assurance tirait à sa fin. La vieille était malgré tout prête à m'avancer deux cents sacs. Lloyd connaissait une piaule que je pourrais avoir pour quatre-vingts dollars par mois – le Versailles Apartments sur la 6e et St Andrews.

Je décomptais mes vingt jours. Un responsable des mises à l'épreuve est passé me voir. Il a dit que le juge Waters était décidé à me relâcher. J'aurais une condamnation avec sursis et trois ans de mise à l'épreuve. Il allait falloir que je trouve un travail.

J'ai dit que je chercherais un boulot pronto. J'ai promis de prendre le droit chemin par la voie étroite.

Je ne disais pas un mot sur la passerelle – j'écoutais. J'ai ainsi appris que le sirop contre la toux Romilar-CF offrait des planantes de première et que des bandes d'adhésif le long d'une vitre indiquaient la présence d'un signal d'alarme. Le mec du Cooper's Donuts connaissait toutes les meilleures racoleuses noires. On pouvait se procurer de la came dans trois cafés Norm. Celui de Melrose et La Cienega était surnommé le Norm Pédé. Celui de Sunset et Vermont, Normal Norm. Celui du quartier sud, Negro Norm.

La marijuana poussait à l'état sauvage dans certaines parties de Trancas Canyon. Le fils de Ma Duncan était maintenant un avocat criminel célèbre. Doc Finch devait bientôt être mis en conditionnelle. Carol Tregoff était devenue lesbo en taule. Caryl Chessman était une fiotte – tous les mecs de Quentin le haïssaient. Le film de Susan Hayward *I Want To Live* était de la connerie. Barbara Graham avait vraiment tabassé Mabel Manohan à mort.

J'écoutais, j'apprenais. J'ai lu un exemplaire tout abîmé de *Atlas Shrugged*[1] et j'en suis arrivé à la conclusion un peu folle que j'étais un surhomme. Je me suis abstenu de gnôle et de came et j'ai pris cinq kilos de muscle grâce à la nourriture de prison.

Mary Waters m'a relâché deux jours avant Noël. J'ai fauché quelques inhalateurs sur le chemin du retour vers Burns Park.

***

J'ai pris une piaule au Versailles et je me suis engagé auprès d'une agence de travail temporaire. Ils m'ont envoyé faire du tri postal. Mon responsable de mise à l'épreuve trouvait mon emploi satisfaisant. Il aimait mes cheveux courts et mes fringues BCBG. Il m'a dit d'éviter les hippies. Ils étaient tous disjonctés, la tête pleine de substances qui modifiaient le cerveau.

Tout comme moi.

Je faisais mon boulot d'intérimaire du lundi au vendredi. Je me séchais une demi-pinte de scotch pour le petit déjeuner que je faisais descendre au bain de bouche Listerine. J'y allais mollo, tout en douceur et maîtrise, jusqu'au déjeuner avec vin et/ou herbe. Je m'enivrais tous les soirs et m'offrais des voyages à l'inhalateur tous les week-ends.

Le Romilar était une drogue bien adaptée aux cambriolages. Elle rendait les choses banales surréalistes et pleines de vérité cachée. Je m'offrais une super tournée-cambrio après chaque dose. Je me faisais les maisons de Kathy, de Kay et de Missy – en me concentrant sur les armoires à pharmacie. J'avalais toutes les pilules que je pouvais trouver en plus de

1. Roman d'Ayn Rand.

mon sirop anti-tussif. Je tombais dans les vapes et me réveillais sur mon lit deux fois sur trois.

J'aimais avoir l'apparence d'un mec propre sur lui et théoriquement sain. Tous les tarés-camés du L.A. de 69 attiraient les poulets comme des aimants. Ils avaient les cheveux longs, portaient des vêtements de tantouze et rayonnaient de vibrations « Coffrez-moi ». Pas moi. Je me déplaçais dans mes mondes parallèles avec une relative impunité. J'étais doué pour offrir aux gens ce qu'ils voulaient voir.

J'ai eu vingt et un ans en mars. J'ai quitté ma piaule et je me suis installé dans un hôtel bon marché d'Hollywood. J'ai trouvé un boulot intérimaire de longue durée à la station de télé KCOP.

Je travaillais dans la salle du courrier. Les gens répondaient à des annonces offrant des conneries du genre *64 Hits Country* et adressaient billets pliés et pièces de monnaie par poste. Le poids des pièces de vingt-cinq et dix cents trahissait les enveloppes. J'ai commencé à mettre un paquet de pognon à gauche.

J'ai tout claqué en gnôle, came et pizza. J'ai déménagé dans un meilleur appart', une piaule de célibataire sur la 6e et Cloverdale. J'ai craqué pour quelques femmes du quartier et j'ai commencé à les suivre.

L'argent de mon assurance s'est épuisé. Mes vols dans la salle du courrier en couvraient largement la perte. J'ai eu un accrochage avec la camionnette de la compagnie et j'ai dû admettre que je n'avais pas de permis. KCOP m'a viré. J'ai trouvé quelques boulots intérimaires de courte durée et je vivais ultra-bon marché. J'ai enfreint une règle fondamentale lors d'une visite dans la maison de Missy.

J'ai volé tout l'argent contenu dans le sac à main de sa mère. Il n'y avait plus de possibilité de retour dans cette belle et douce maison sur la 1re et Beachwood.

Mes visites d'appart' commençaient à me ficher la trouille plus qu'elles ne m'excitaient. Je sentais que je jouais avec le feu, la loi des probabilités sur les talons. J'étais entré par effraction dans différents lieux, peut-être une vingtaine de fois au total. Mon passage en taule m'avait appris des choses qui alimentaient mon sens de la prudence.

Le cambriolage de maisons était un cambriolage au premier degré. C'était un délit passible du pénitencier. Je savais que j'étais capable d'encaisser un séjour à l'ombre de la prison du comté. Le pénitencier me dévorerait tout entier.

Les meurtres de Tate-LaBianca se sont produits en août. J'en ai ressenti les secousses dans tout Hancock Park.

J'ai remarqué de l'adhésif autour des fenêtres de Kathy. J'ai vu des voitures de patrouilles privées en plus grand nombre. J'ai vu des affichettes de services de sécurité sur les portes d'entrée.

J'ai cessé mes effractions du jour au lendemain. Je n'ai plus jamais recommencé.

J'ai passé l'année qui a suivi dans un état second peuplé de fantasmes. J'ai occupé des emplois temporaires et travaillé dans une librairie pornographique. Le porno hard sous emballage était désormais légal. Des filles hippies sans peintures s'étalaient nues dans les revues en couleurs.

Les filles n'avaient pas l'air fatigué ni dégradé. On avait l'impression qu'elles posaient pour un peu de blé et une bonne rigolade. Elles étaient engagées dans un commerce de basse flatterie. Elles trahissaient leur conscience de la chose par de petites expressions renfrognées très parlantes et des yeux vitreux.

Elles me rappelaient le Dahlia noir – sans le maquillage chargé ni l'attirail noir. Le Dahlia s'était étranglée sur ses illusions cinématographiques. Ces filles-ci vivaient un rêve de pacotille illusoire sur quelque plan métaphysique.

Elles me transperçaient le cœur jusqu'au plus profond. J'étais l'employé de boutique porno prêt à les sauver de la pornographie et à prendre sa récompense sous forme de sexe. J'entassais leurs photos à la manière dont Harvey Glatman entassait les clichés de ses victimes. Je donnais des noms à mes filles et priais pour elles tous les soirs. Je pressais le tueur du Dahlia de les attaquer et je les sauvais alors que sa lame s'abattait. Elles écartaient les jambes et me parlaient, tandis que je planais grâce aux inhalateurs Benzedrex.

Je ne craquais pas pour celles qui avaient des formes parfaites et des visages mutins. J'adorais les sourires qui paraissaient un peu faux et les yeux tristes incapables de mentir. Des traits irréguliers, des seins aux formes étranges me frappaient au plus fort : je recherchais une gravité sexuelle et psychologique.

J'ai volé dans cette boutique jusqu'à plus soif. J'examinais toutes les revues de sexe qui arrivaient et arrachais les photos des femmes les plus salaces. Je travaillais de minuit à 8 heures du matin, piquais dans la caisse et allais dans un bar qui projetait toute la journée des films de chatte à l'air. Je me soûlais et reluquais encore d'autres filles hippies – et j'étudiais toujours plus leurs visages que leurs corps.

Ma saison pornographique a passé trop rapidement. Le patron du magasin a pigé que je piquais et il m'a viré. J'ai repris mes boulots intérimaires, amassé une cagnotte et je me suis offert une bringue gargantuesque de deux mois.

Je me suis enfilé une caisse de vodka, une cargaison de steaks et une tapée d'inhalateurs. Je me suis gorgé de fantasmes, de sexe fantasmatique, de cholestérol et des œuvres de Raymond Chandler, Dashiell Hammett et quelques auteurs policiers bas de gamme. Je suis resté enfermé des jours entiers. J'ai perdu, regagné, reperdu du poids et j'en suis arrivé à un état de frénésie avoisinant la folie.

J'ai entubé mon propriétaire de deux mois de loyer. Il a commencé à cogner à ma porte et à parler d'expulsion. Je n'avais pas assez d'argent pour le museler. J'en avais suffisamment pour me payer une piaule meilleur marché pour un mois.

J'ai trouvé un truc près du studio Paramount. C'était une crèche de bon ton appelée les Green Gables Apartments. Un petit appart' de célibataire se louait soixante dollars par mois – très bon marché pour 1970.

Lloyd m'a aidé à emménager. J'ai entassé mes affaires dans sa voiture et je me suis taillé en douce, le truc classique, tard le soir pour éviter les arriérés de loyer. Je me suis installé aux Gables et j'ai cherché du travail.

Je n'en ai pas trouvé. Le marché des boulots sans qualification tournait au ralenti. Je me suis offert quelques voyages à l'inhalateur et j'ai commencé à voir et à entendre des choses qui pouvaient ou non être vraies.

Le locataire voisin ricanait en me voyant passer dans le couloir. Il cognait à ma fenêtre au cours de mes trips à l'inhalateur. Il savait ce que je faisais. Il désapprouvait. Il lisait sur mes lèvres et déchiffrait tous mes petits riens secrets et salaces. Il lisait mes pensées à travers le mur qui nous séparait.

Il haïssait mes livres porno. Il savait que j'avais assassiné ma mère et tué mon père par négligence. Il était convaincu que j'étais un pervers camé. Il voulait me détruire.

Je décollais et m'écrasais, décollais, m'écrasais, décollais, m'écrasais. Ma paranoïa faisait rage en juste proportion de la came que j'avais dans l'organisme. J'entendais des voix. Les sirènes dans la rue m'adressaient des messages de haine. Je me branlais dans l'obscurité pour tromper le voisin d'à côté.

Il me *connaissait.*

Il me collait des petites bêtes dans le frigo. Il empoisonnait mon vin. Il se branchait sur mes fantasmes qu'il diffusait sur sa télé.

Je me suis taillé au beau milieu d'un trip à l'inhalateur.

J'ai abandonné vêtements et livres de cul. Je suis sorti de l'appartement en courant et j'ai marché d'un pas rapide sur cinq kilomètres direction nord-est. J'ai vu un panneau « à louer » devant une bâtisse sur Sunset et Micheltorena.

J'ai loué une chambre pour trente-neuf dollars par mois. Le bâtiment était crasseux et puait les ordures renversées.

Ma chambre était moitié moins grande qu'une cellule pour six. J'ai emménagé avec les vêtements que j'avais sur le dos et un petit carafon de T-Bird.

Je me suis enfilé quelques inhalateurs le lendemain matin. De nouvelles voix sont venues m'assaillir. Le voisin s'est mis à sortir de mes ouïes d'aération sous forme de sifflement.

J'avais peur de quitter mon lit. Je savais que les résistances chauffantes de ma couverture électrique étaient des microphones. Je les ai arrachées. J'ai pissé dans le lit, j'ai déchiqueté les oreillers. Je me suis fourré des morceaux de mousse dans les oreilles pour étouffer les voix.

Je me suis taillé le lendemain matin. Pour me diriger droit sur Robert Burns Park.

*
* *

À partir de là, tout est allé mal. Tout est allé mal avec une logique autodestructrice.

Tout est allé mal, lentement.

Les Voix venaient et repartaient. Les inhalateurs les laissaient entrer. L'alcool et une sobriété forcée les étouffaient. Je comprenais le problème intellectuellement. Toute pensée rationnelle me désertait à l'instant où je collais ces tampons de coton dans ma bouche.

Lloyd qualifiait les voix de « psychoses d'amphétamines ». Je les qualifiais, moi, de conspirations. Le président Richard M. Nixon savait que j'avais assassiné mes parents et il avait ordonné à des gens de me traquer. J'entendais leurs sifflements par des micros connectés à mon cerveau. J'entendais les Voix. Moi. Et personne d'autre.

Je ne pouvais plus arrêter de prendre des inhalateurs. Cinq années durant, j'ai entendu les Voix.

J'ai passé la majeure partie de ce temps-là dehors. Je vivais dans les parcs, les jardins à l'arrière des maisons et les logements vides. Je volais. Je buvais. Je lisais et je fantasmais. Je marchais dans L.A., du coton fourré dans les oreilles.

Ç'a été une cavale quotidienne. Cinq années durant.

Je me réveillais dehors, quelque part. Je volais de l'alcool et de la viande pour déjeuner. Je lisais dans les bibliothèques. J'allais dans les restaurants, commandais boissons et repas et me taillais sans payer. Je me pointais dans les laveries d'immeubles, fracturais machines à laver et à sécher, et volais les pièces qui s'y trouvaient. Je prenais des inhalateurs et inscrivais quelques bons moments à mon compte avant que les Voix ne viennent me réclamer.

Je marchais.

Wilshire Boulevard descendait droit vers la plage. Je le parcourais, aller et retour, en l'espace d'un trip-inhalateur. Il fallait que je continue à bouger. Le bruit de la circulation détournait les Voix. L'absence de mouvement rendait les Voix cacophoniques.

J'ai fait passer cinq années en marchant. Elles sont passées au ralenti, brouillées et floues. Mes fantasmes les ont parcourues en contrepoint, sur le mode avance rapide. Les scènes de rue servaient de toiles de fond aux Voix et à mon propre dialogue intérieur.

Je ne bafouillais pas, pas plus que je ne trahissais mon état d'esprit ouvertement. J'étais toujours rasé et portais du velours sombre pour masquer la crasse accumulée. Je volais chemises et chaussettes au gré de mes besoins. Je m'aspergeais d'eau de Cologne pour tuer la puanteur de la vie en plein air. Je me douchais de temps à autre chez Lloyd.

Lloyd se dirigeait vers nulle part de son pas tranquille et gentillet. Il buvait, prenait des drogues et s'essayait à la vie d'étudiant. Il flirtait avec le danger et les bas-fonds, et il gardait la maison de maman comme option de rechange.

Lloyd m'a accompagné au cours de quelques méchantes crises de manque. Il semait la confusion dans ma tête avec des petites secousses de vérité. Le LAPD me perturbait et m'infligeait de force des séjours à l'ombre.

Ils m'enquiquinaient et m'arrêtaient. Ils me chopaient pour ivresse, conduite en état d'ivresse, petits vols et violation de domicile. Ils m'incarcéraient comme piéton suspect à une heure avancée de la nuit et me viraient des maisons abandonnées et des containers pour collectes de charité. Ils m'ont détenu dans divers postes de police et expédié aux forces du

Shérif pour un total cumulé de quatre à huit mois à la prison du comté.

La prison était ma retraite de santé. Je m'abstenais de gnôle et de came et faisais trois bons repas par jour. Je faisais des pompes, travaillais comme prisonnier de confiance et regagnais un peu de muscle. Je traînais avec des Blancs stupides, des Noirs stupides et des Mexicains stupides ; j'échangeais avec eux des histoires stupides. Tous, nous avions commis des crimes audacieux, tous nous avions baisé les femmes les plus flamboyantes de la terre. Un vieux poivrot noir m'a dit qu'il avait baisé Marilyn Monroe. J'ai dit : « Sans déconner. Moi aussi, je l'ai baisée ! »

J'ai travaillé aux corvées des Poubelles et Livraisons à la nouvelle prison du comté, à la Bibliothèque du Wayside Honor Rancho. Ma prison préférée était Biscailuz Center. Ils offraient des repas copieux et vous laissaient lire dans les latrines après l'extinction des feux. La prison n'avait rien d'un putain de traumatisme géant.

Je savais la manière de tirer mes petits séjours à l'ombre. La prison me nettoyait l'organisme et me donnait quelque chose à anticiper : ma libération et une dose renouvelée de fantasmes structurés par la gnôle et la came.

Des fantasmes de crime. Des fantasmes de sexe.

La rouquine était morte depuis quinze ans et elle était quelque part, bien loin. Elle m'a surpris en embuscade pendant l'été 1973.

Je vivais dans un hôtel minable. Je m'offrais mes voyages-inhalateurs dans une baignoire commune au bout du couloir de ma chambre. Je faisais couler l'eau chaude et trempais dans la baignoire des heures durant. Personne ne s'en plaignait. La plupart des locataires prenaient des douches.

J'étais dans la baignoire. Je me branlais devant une

cavalcade de visages de femmes plus âgées. J'ai vu ma mère nue, j'ai lutté contre l'image, et j'ai perdu.

J'ai monté un scénario de bric et de broc vite fait.

C'était 58. Ma mère n'était pas morte à El Monte. Ce n'était pas une ivrognesse. Elle m'aimait comme une femme peut aimer un homme.

Nous avons fait l'amour. J'ai senti son parfum et son haleine-cigarette. Son téton amputé m'excitait.

Je dégageais les cheveux qu'elle avait dans les yeux et lui disais que je l'aimais. Ma tendresse la faisait pleurer.

C'était l'histoire la plus aimante et la plus passionnée que j'avais jamais commise. Elle m'a laissé honteux et horrifié devant ce que je portais en moi.

J'ai essayé de revivre l'histoire. Mon esprit ne voulait pas s'y prêter. Toute la came du monde n'arrivait pas à me ramener la rouquine.

Je l'ai abandonnée, une fois de plus.

***

J'ai claqué l'argent de mon loyer et perdu ma chambre d'hôtel. Je me suis réinstallé dans Burns Park.

J'ai fait des voyages-inhalateurs et j'ai livré une guerre contre moi-même. J'essayais de faire réapparaître ma mère et de trouver un moyen de la laisser rester. Mon esprit s'y refusait. Ma conscience fermait tout.

Les Voix se sont faites plus précises. Elles disaient « Tu as baisé ta mère *et* tu l'as tuée ».

Ma dépendance à la prophylhexedrine était énorme. Il me fallait de dix à douze tampons de coton pour décoller. Cette saloperie me bousillait les poumons. Je me réveillais congestionné tous les matins.

J'ai commencé à ressentir des douleurs à la poitrine. Chaque inspiration, chaque battement de cœur m'obligeait à me plier en deux. J'ai pris un bus jusqu'à l'hôpital du comté. Un médecin m'a examiné et m'a dit que j'avais une pneumonie. Il m'a admis dans son service et m'a mis pour une semaine sous antibiotiques. L'infection a été tuée dans l'œuf.

J'ai quitté l'hôpital et je suis retourné à ma vie en plein air, avec gnôle et inhalateurs. J'ai attrapé une nouvelle pneumonie. Elle a guéri. J'ai passé une année à me défoncer au T-Bird et aux inhalateurs et j'ai fini en delirium tremens.

Lloyd vivait à L.A. Ouest. Je campais sur le toit de son immeuble. Les premières hallucinations m'ont chopé dans sa salle de bains.

Un monstre a jailli de la cuvette des toilettes. J'ai rabattu le couvercle et vu d'autres monstres se faufiler au travers. Des araignées me grimpaient sur les jambes. De petites boulettes visqueuses se jetaient sur mes yeux.

J'ai couru dans le salon et allumé toutes les lumières. Les petites boulettes sont devenues fluorescentes. J'ai fait une descente dans la planque à gnôle de Lloyd et j'ai bu jusqu'à l'inconscience. Je me suis réveillé sur le toit – mort de peur.

Je savais qu'il fallait que j'arrête de boire et de prendre des inhalateurs. Je savais qu'ils me tueraient dans un putain de futur tout proche. J'ai volé un carafon de picrate et j'ai fait de l'auto-stop jusqu'à l'hôpital du comté. J'ai séché ma bouteille sur les marches de l'entrée et je me suis livré.

Un médecin m'a expédié dans le service des ivrognes. Il a dit qu'il me mettrait sur la liste des patients en traitement à l'hôpital d'État de Long Beach. Une cure de trente jours me nettoierait les intérieurs et me préparerait à vivre sobre.

Je le voulais. C'était ça ou mourir jeune. J'avais vingt-sept ans.

J'ai passé deux jours dans le service des ivrognes. Ils m'ont défoncé la tête à coups de tranquillisants et de sédatifs. Je ne voyais plus de monstres ni de boules visqueuses. Je voulais m'enfiler de la gnôle à la régalade, et en même temps je voulais arrêter de boire. J'essayais de dormir tous mes tours d'horloge.

On m'a accepté à Long Beach. Il était prévu que j'aille là-bas avec trois autres gars. C'était de vieux ivrognes avec, derrière eux, des années dans le circuit de réhabilitation. C'était des récidivistes alcooliques professionnels.

Nous sommes partis dans un bus de l'hôpital. J'ai bien aimé l'endroit.

Hommes et femmes créchaient en dortoirs séparés. La cafétéria ressemblait à un restaurant. Les salles de loisirs donnaient l'impression de sortir d'un camp de vacances.

Le programme comprenait des réunions des AA et des groupes de thérapie. Les sessions de « dégoisage » n'étaient pas obligatoires. Les patients étaient vêtus de toile kaki et portaient des bracelets numérotés – comme les prisonniers de confiance du système pénitentiaire du comté de L.A.

L'Antabuse était obligatoire. Des infirmières à l'œil de lynx obligeaient les patients à en prendre chaque jour. On tombait mortellement malade si on buvait après cela. L'Antabuse était une tactique-trouille.

J'ai commencé à me sentir mieux. J'analysais mes crises de delirium tremens pour n'y voir que des accidents imprévus dus à ma vie de cinglé. Mes compagnons étaient des ivrognes de tout poil. Les hommes me collaient la trouille. Les femmes m'excitaient. J'ai commencé à penser que je pourrais combattre la gnôle et la came par mes propres moyens.

Le programme a commencé. Je rêvassais au cours des réunions des AA et dégoisais à tout va lors des séances de thérapie de groupe. Je m'inventais des exploits sexuels et orientais mes récits à l'intention des femmes dans la salle. J'ai pigé soudain, au bout d'une semaine ou à peu près : t'es ici rien que pour un lit et trois repas chauds par jour.

J'ai suivi le programme. Je mangeais comme un porc et j'ai pris cinq kilos. Je passais tout mon temps libre à lire des romans policiers.

Je toussais beaucoup. Une infirmière m'a tarabusté. Je lui ai dit que j'avais eu récemment une série d'affections pulmonaires.

Elle m'a fait examiner par un médecin. Il m'a injecté un décontractant musculaire et enfoncé un tube muni d'une lampe-stylo dans la gorge. Il regardait dans un appareil de visée grossissant et déplaçait le petit faisceau à l'intérieur de mes poumons. Il a dit qu'il ne voyait rien d'anormal.

Ma toux a persisté. J'ai enduré le programme et je me suis demandé ce que je pourrais faire pour avoir droit à un deuxième tour de piste. Toutes les options qui s'offraient à moi me faisaient peur.

Je pouvais trouver un boulot minable et rester propre avec l'Antabuse. Je pouvais laisser tomber la gnôle et les inhalateurs et utiliser d'autres drogues. Je pouvais fumer de l'herbe. L'herbe vous donnait de l'appétit. Je pouvais prendre du poids et me faire du muscle. Alors je plairais aux femmes. L'herbe était mon ticket pour une vie saine et normale.

Je ne le croyais pas vraiment.

Les inhalateurs, c'était le sexe. La gnôle, c'était le cœur de mes fantasmes. L'herbe était tout juste bonne pour la rigolade et les rencarts brûlants avec beignets et pizza.

J'ai terminé le programme. J'ai continué à prendre

de l'Antabuse et je suis retourné sur le toit de Lloyd avec trente-trois jours de sobriété derrière moi.

Ma toux empirait. J'avais les nerfs fusillés et une capacité d'attention qui culminait à trois secondes. Je dormais dix heures d'affilée ou alors je me retournais toute la nuit.

Mon corps ne m'appartenait plus.

Le palier sous le toit était mon refuge. J'y avais un joli point de vue près de la sortie de secours. Et c'est là que tout a tourné au plus mal, soudain.

Nous étions à la mi-juin. Je me suis réveillé après un petit somme et j'ai pensé « Il me faut des cigarettes ». Et c'est alors que mon esprit est devenu inerte. Mort. Je n'arrivais plus à me rappeler ni à retrouver cette simple et unique pensée.

Mon cerveau se heurtait à des murs blancs. J'étais incapable de dire cette pensée, de la visualiser, de trouver les mots pour l'exprimer. J'ai passé quelque chose comme une heure à essayer de formuler cette simple et unique pensée.

J'étais incapable de dire mon propre nom. J'étais incapable de penser mon propre nom. J'étais incapable de formuler cette simple et unique pensée ou n'importe quelle autre pensée. Mon esprit était mort. Les circuits de mon cerveau s'étaient déconnectés. J'étais fou, le cerveau mort.

J'ai hurlé. J'ai mis les mains sur les oreilles, fermé les yeux et hurlé jusqu'à l'extinction de voix. Je n'ai pas cessé un instant de lutter pour retrouver cette pensée.

Lloyd est monté au pas de course jusqu'au palier. Je l'ai reconnu. J'étais incapable de retrouver son nom ou mon nom ou cette simple pensée vieille d'une heure.

Lloyd m'a porté au rez-de-chaussée et il a appelé une ambulance. Des infirmiers sont arrivés. Ils m'ont sanglé à un chariot.

Ils m'ont conduit à l'hôpital du comté et m'ont laissé dans un couloir plein de monde. Je me suis mis à entendre des voix. Des infirmières passaient près de moi et me hurlaient à la figure par télépathie. Je toussais, je ruais pour me libérer de mes entraves. Quelqu'un a enfoncé une aiguille dans mon bras.

***

Je me suis réveillé sanglé à un lit. J'étais seul dans une chambre privée.

Mes poignets étaient à vif et ensanglantés. Mes dents me donnaient l'impression d'être presque toutes déchaussées. Ma mâchoire me faisait mal, mes jointures me piquaient, couvertes de petites écorchures. Je portais une blouse d'hôpital. Que j'avais trempée de ma pisse.

J'ai cherché à retrouver cette unique et simple pensée, et je l'ai saisie au premier bond. Je me suis souvenu de mon nom de mac-négro : Lee Earle Ellroy.

Tout m'est revenu. Je me rappelais jusqu'au plus petit détail. Je me suis mis à pleurer. J'ai prié et j'ai supplié Dieu de me laisser garder mon esprit.

Une infirmière est entrée dans la chambre. Elle a défait mes sangles et m'a accompagné jusqu'à une douche. Je suis resté sous l'eau jusqu'à ce qu'elle soit froide. Une autre infirmière a pansé mes coupures et écorchures. Un médecin m'a dit que je devais rester là un mois. J'avais, sur le poumon gauche, un abcès de la taille d'un gros poing d'homme. Il me fallait trente jours d'antibiotiques par intraveineuse.

Je lui ai demandé ce qui avait fait disjoncter mon esprit. Il a dit qu'il s'agissait probablement d'un « syndrome cérébral post-alcoolique ». Des ivrognes sobres pouvaient parfois en faire l'expérience. Il a dit que j'avais de la chance. Certains devenaient cinglés pour de bon.

L'infection de mon poumon pouvait être contagieuse. On me plaçait en isolement pour s'en assurer. On m'a raccordé à un machin goutte-à-goutte et on a commencé à me bourrer d'antibiotiques. On me donnait aussi des tranquillisants pour apaiser ma peur.

Les tranquillos me maintenaient dans le cirage. J'essayais de dormir toute la journée, chaque jour. Un état de conscience normal en période de veille me collait la trouille. Je n'arrêtais pas d'imaginer des dysfonctionnements permanents du cerveau.

Ces quelques heures de folie résumaient ma vie. L'horreur rendait tout ce qui les précédait sans objet.

Je revenais sur cette horreur pendant toutes mes heures d'éveil. J'étais incapable de la laisser partir. Je ne me racontais pas de récit édifiant, pas plus que je ne me réjouissais de ma survie. J'étais simplement occupé à rejouer les moments vers lesquels toute mon existence avait convergé.

L'horreur restait avec moi. Les infirmières me réveillaient d'un sommeil bienheureux pour aller tripoter ce putain de gadget goutte-à-goutte. J'étais incapable de diriger mon esprit sur des fantasmes aux contours familiers. L'horreur m'en empêchait.

J'imaginais une folie permanente. Je me punissais à l'aide de mon cerveau, maintenant en parfait état de fonctionnement.

La peur est devenue insupportable. Je suis sorti de l'hôpital de ma propre initiative, malgré les protestations de mon médecin, et j'ai pris un bus jusque chez Lloyd. J'ai volé une pinte de gin, je l'ai descendue et je suis tombé dans les pommes sur son plancher. Lloyd a de nouveau appelé les infirmiers.

Une autre ambulance est arrivée. Les infirmiers m'ont tiré de mon état second et m'ont fait descendre jusqu'à leur véhicule. Ils m'ont ramené tout droit à l'hôpital. J'ai été réadmis et placé dans une chambre de quatre, dans le service de pneumologie.

Une infirmière m'a raccordé à un nouveau gadget. Elle m'a donné un grand flacon pour y cracher mes expectorations.

J'avais peur d'oublier mon nom. Je l'ai écrit sur le mur derrière le lit comme pense-bête. J'ai écrit, tout à côté : « Je ne deviendrai pas fou. »

11

J'ai passé un mois accroché à une aiguille. Un kinésithérapeute spécialiste des problèmes respiratoires me tapait sur le dos tous les jours. Je lâchais de grosses boules d'expectorations. Je les crachais dans le flacon près de mon lit.

L'abcès est parti. Ma peur est restée.

Mon esprit fonctionnait normalement. Je jouais à des jeux de mémoire pour l'éprouver. Je mémorisais des annonces de revues et les slogans sur les cartons de lait. Je muselais mon cerveau pour lutter contre une folie potentielle.

J'étais devenu fou une fois. La chose pouvait se reproduire.

J'étais incapable de laisser partir ma peur. Je m'en nourrissais jour après jour. Je n'analysais pas les raisons pour lesquelles je m'étais moi-même conduit jusqu'à ce point de disfonctionnement cérébral. Je m'attaquais au problème comme à un phénomène physique.

Mon cerveau me faisait l'impression d'être un appendice extérieur. Le joujou qui m'avait toujours accompagné depuis si longtemps n'était en aucune façon partie intégrante de moi. C'était un spécimen dans une bouteille. Et j'étais le docteur qui en fourrageait l'intérieur à l'aide d'une baguette.

Je savais que la gnôle, les drogues et ma brève période d'abstinence avaient causé cette extinction du cerveau. C'est ce que me disait la part rationnelle qu'il y avait en moi. Ma réaction secondaire dérivait directement de la culpabilité. Dieu m'avait puni pour avoir mentalement baisé ma mère.

Je le croyais. Tant était forte la capacité de transgression de mon fantasme et donc digne de l'intervention divine. Je me torturais avec ce concept. J'ai exhumé l'éthique protestante du Middle-West que ma mère avait essayé de dépasser – et je m'en suis servi en guise d'autoflagellation.

Mon nouveau plaisir mental était l'autopréservation. J'exécutais des acrobaties mentales pour garder à mon esprit sa souplesse. Cela nourrissait ma peur plus que cela n'étayait ma confiance.

Mon abcès au poumon a guéri complètement. Je suis sorti de l'hôpital et j'ai passé un marché avec Dieu.

Je lui ai dit que je ne boirais plus, que je n'avalerais plus d'inhalateurs. Je lui ai dit que je ne volerais plus. Tout ce que je voulais, c'était récupérer mon esprit pour de bon.

***

Le marché a pris tournure.

Je suis retourné sur le toit de Lloyd. Je n'ai pas bu, pas avalé d'inhalateur, pas volé. Dieu a gardé mon esprit en bon état de fonctionnement.

La peur est restée.

Je savais que la chose pouvait se reproduire. Je comprenais le côté grotesque de tous les contrats passés avec Dieu. Des résidus de gnôle et d'inhalateurs pouvaient se tenir tapis dans mes cellules. Le câblage de mon cerveau pouvait court-circuiter et se déconnecter sans prévenir. Mon cerveau pouvait sauter demain ou en l'an 2000.

La peur m'a gardé sobre. La peur ne m'a enseigné aucune morale. Mes journées étaient bien longues, pleines de sueur et d'angoisse. J'ai vendu mon plasma à une banque du sang rue de la débine, et j'ai vécu avec dix dollars par semaine. J'ai hanté les bibliothèques et lu des romans policiers. Je mémorisais des passages entiers pour garder force et allant au fonctionnement de mon esprit.

Un type dans l'immeuble de Lloyd travaillait comme caddy dans un golf. Il m'a dit que ça payait bien et sans impôts. On pouvait travailler ou pas, selon l'envie. Le Country Club de Hillcrest était très classe. Les membres allongeaient de bons pourliches.

Le type m'a amené à Hillcrest. J'ai compris que je venais d'avoir de la chance.

Il s'agissait d'un club juif prestigieux au sud de Century City. Le terrain de golf était vallonné, d'un vert profond. Les caddies se rassemblaient dans la « cahute ». Ils buvaient, jouaient aux cartes, racontaient des histoires obscènes. C'était tous des ivrognes, des camés, d'anciens taulards, des joueurs invétérés. Je savais que je trouverais ma place.

Les tournées des caddies s'appelaient des « boucles ». On appelait également les caddies des « boucleurs ». Je connaissais peau de balle au golf. Le chef caddy m'a dit que j'apprendrais.

J'ai commencé en ne portant qu'un sac. Je suis allé tant bien que mal au bout de ma première douzaine de boucles et je suis passé à deux sacs. Les sacs n'étaient pas si lourds que ça. Dix-huit trous au golf duraient quatre heures. Le salaire standard pour deux sacs était vingt dollars. C'était du bon argent en 1975.

Je travaillais à Hillcrest six jours par semaine. Je

me gagnais un bon salaire quotidien et j'ai pris une chambre au Westwood Hotel. L'endroit était équidistant des country-clubs de Hillcrest, Bel Air, Brentwood et Los Angeles. Les boucleurs en louaient la majorité des chambres. L'endroit était une annexe de la cahute.

Les boucles se sont emparées de ma vie. Leurs rituels ont détourné ma peur et l'ont, petit à petit, fait disparaître.

J'adorais les terrains de golf. C'était là un monde vert, autonome et parfait. Le travail de caddy n'était pas mentalement très exigeant. Je laissais mon esprit vagabonder et gagnais simultanément ma vie.

Le milieu me stimulait. J'inventais des histoires pour les membres du Hillcrest tandis que je marchais à leurs côtés, et sortais mes riffs de gags-saillies aux boucleurs de bas étage. Le choc culturel entre Juifs aisés et caddies un pied dans le ruisseau était un sujet de rigolade permanent. Je me suis lié d'amitié avec un jeune caddy qui suivait à mi-temps des cours à l'université. Nous discutions sans fin des membres du Hillcrest et du métier de caddy.

J'ai passé du temps avec des groupes de gens variés. Je les ai écoutés et j'ai appris la manière de leur parler. Hillcrest me faisait l'effet d'une gare intermédiaire sur la voie de la vraie vie.

Les gens me racontaient des histoires. J'ai suivi un vrai cours sur le folklore des country-clubs. J'ai entendu des récits d'hommes qui étaient partis de rien et s'étaient frayé un chemin à coup de griffes pour sortir de leur *shtetl*, des récits de riches ivrognes qui avaient fini comme caddies. Les parcours de golf ont été une éducation picaresque.

La plupart des boucleurs fumaient de l'herbe. L'herbe ne me collait pas la même trouille que la gnôle et les inhalateurs. J'ai dit adieu à quatre mois de sobriété avec un peu de thaï.

C'était *bon-on-on-on*. C'était le meilleur shit que j'avais jamais fumé. Je me suis mis à en acheter et à fumer tous les jours.

Je me disais qu'il ne me niquerait pas les poumons et ne me verrouillerait pas la tête à double tour. Il ne déclencherait pas de fantasmes incestueux qui mettraient Dieu en rogne. C'était la drogue gérable et acceptable des années soixante.

C'était là mon raisonnement.

J'ai fumé de l'herbe pendant un an et demi. C'était *bon-on-on-on* – mais pas super. C'était comme essayer d'atteindre la lune en Volkswagen.

Je ne buvais pas, je ne prenais pas d'inhalateurs. Je tétais ma marijuana et vivais en fantasmeur à plein temps et plus subtil.

J'emmenais mes fantasmes en plein air. Je les emmenais à Hillcrest ou sur d'autres terrains de golf la nuit. Je sautais la clôture du L.A. Country Club et fantasmarpentais le parcours nord des heures durant.

Je jouais avec tout mon lot d'acteurs de Hillcrest et les agençais pour les faire entrer dans une histoire policière. J'ai élaboré un héros alcoolique. Il sortait des limites tristes de Hancock Park. Il entretenait depuis l'enfance une obsession pour l'affaire du Dahlia noir.

J'y ai introduit l'incendie du Club Mecca et la musique classique. J'y ai introduit le delirium tremens. Mon héros voulait trouver une femme et l'aimer à mort.

Tous les fantasmes accumulés dix-huit années durant étaient venus se télescoper pour devenir cette unique histoire. J'ai commencé à comprendre qu'il s'agissait d'un roman.

Je me suis fait virer de Hillcrest. Le fils d'un membre du club m'a envoyé une vanne devant une femme belle et élégante. Je l'ai allongé sur le green.

Un garde de la sécurité m'a escorté et fait quitter les lieux.

J'étais défoncé à l'herbe. L'herbe m'avait frappé de manière imprévisible.

J'ai trouvé un boulot de caddy au Country Club de Bel Air. Les membres et les boucleurs étaient tout aussi séduisants que l'équipe de Hillcrest. Le terrain de golf était encore plus beau.

Je suis resté défoncé à Bel Air. Je me suis acheté un magnétophone et j'ai passé des heures dans ma chambre, remonté à l'herbe et aux compositeurs romantiques allemands. J'arpentais les terrains de golf la nuit et bataillais avec cette unique histoire naissante.

Lloyd s'est installé au Westwood Hotel. Il avait laissé tomber la gnôle et la came dure et tenait lui aussi avec la marijuana. Il flirtait avec l'idée d'une *réelle* sobriété. Je lui ai dit que je n'étais pas intéressé.

Je mentais.

J'avais presque trente ans. Je voulais faire des choses. Je ne volais plus. Je n'éprouvais plus de désir luxurieux pour ma mère. J'avais récupéré mon cerveau en prêt permanent garanti par Dieu ou d'autres sources cosmiques. Je n'entendais plus de voix. Je n'étais plus aussi foireux que je l'avais été.

Et je n'étais pas un être humain civilisé.

De m'entretenir à la marijuana m'avait bien étoffé physiquement. Je mangeais beaucoup, je trimbalais des sacs de golf et faisais quotidiennement des centaines de pompes. J'étais grand, j'étais fort, j'étais imposant. J'avais des yeux marron en boutons de bottines et je portais des lunettes à monture métallique qui en accentuaient la rondeur. J'étais tout le temps défoncé. J'avais l'air d'un cinglé consumé par son monologue intérieur. Les inconnus me trouvaient dérangeant.

Les femmes me trouvaient un peu effrayant. J'avais essayé de draguer quelques femmes dans les librairies et je leur avais collé une trouille d'enfer. Je savais que j'avais l'air aux abois et négligé de ma personne. Mon niveau d'hygiène était bien au-dessous du minimum vital.

J'étais affamé. Je voulais de l'amour et du sexe. Je voulais donner mes histoires mentales au monde.

Je savais que je ne pourrais jamais avoir ces choses dans mon état présent. Il me fallait renoncer à toute forme de came. Je ne pouvais plus boire. Je ne pouvais plus voler. Je ne pouvais plus mentir. Il fallait que je devienne un enfoiré pincé, coincé, serré et bouclé solitaire. Il me fallait répudier mon ancienne vie. Il me fallait bâtir une nouvelle vie à partir de la simple force desséchée de l'ancienne.

Le concept me plaisait bien. Il séduisait ma nature extrémiste. J'en aimais l'aspect d'auto-immolation. J'en aimais l'air de totale apostasie.

Pendant des semaines, j'ai jonglé avec le concept. Il a étouffé dans l'œuf mes pulsions de raconteur d'histoires, il a rendu âcre mon goût pour la came. Je voulais changer toute mon existence.

Lloyd était devenu propre grâce aux AA. Il m'a dit que l'abstinence totale était meilleure que la gnôle et la came à leur mieux. Je l'ai cru. Il avait toujours été plus intelligent, plus fort et plus débrouillard que moi.

Je l'ai suivi dans sa voie. J'ai dit « Rien à foutre » et je me suis débarrassé de mon ancienne vie d'un haussement d'épaules.

***

Les AA, c'était dingue. Et la fin des années soixante-dix, complè-èèèè-tement marteau. Il s'agissait de rédemption et de sexe et de Dieu et de grandes retombées sur le cul. C'était mon éducation sentimentale et la route qui me ramenait au monde.

J'ai rencontré beaucoup de gens qui avaient vécu ma vie, avec leurs propres variations. J'ai entendu des récits qui dépassaient les miens en horreur pure. Je me suis fait des amis. J'ai appris des préceptes moraux et développé une foi en Dieu exprimée simplement, qui n'était pas plus complexe mais juste aussi sincère que celle d'un gamin au catéchisme.

Mon premier contact a été douloureux. Les réunions des AA me gonflaient. Les gens parlaient dans un charabia ambigu. Je restais uniquement pour tenir des mains de femmes pendant le Notre Père.

Les femmes m'attiraient comme des aimants et me faisaient toujours revenir. J'y retournais « un jour à la fois » pour tenir quelques mains. La luxure et ma volonté apostolique m'ont permis de rester sobre.

Les AA ont eu sur moi un effet subtil. Leurs textes de référence analysaient la dépendance à l'alcool et à la drogue de manière brillante. Je me suis aperçu que j'étais affligé d'une variété de peste commune. Mon histoire était banale une fois replacée dans le contexte. Seuls quelques détails accidentels me rendaient unique. L'analyse donnait aux principes des AA un ressort moral très fort. Je les trouvais totalement crédibles et j'avais confiance en leur efficacité.

Les principes m'ont gagné à leur cause. Les gens m'ont fait capituler.

Je suis devenu très pote avec quelques mecs. Je me décrispais en compagnie des femmes et laissais libre cours à mon ego lors des confessions publiques des AA. Je suis vite devenu un orateur accompli. Mon exhibitionnisme autodestructeur a fait un tour complet sur lui-même.

Les AA du Westside s'éclataient tous azimuts. En

termes démographiques, la population était jeune, blanche et en manque perpétuel de sexe. Gnôle et came étaient *out*. Le sexe était *in*. Le commandement du Westside, c'était : reste sobre, aie confiance en Dieu et baise.

Les gens s'adonnaient à la « Fièvre des bains chauds » après les réunions. Un mec organisait des rencontres échangistes avec sobriété de rigueur. Hommes et femmes se rencontraient lors des réunions et se mariaient à Vegas deux heures plus tard. C'était le règne des soirées-piscine nues. Les femmes draguaient les hommes sans retenue aucune. Annie « Wild Thing » B. – « la Sauvageonne » – montrait ses seins au Deli de Kenny tous les jeudis soir après la réunion d'Ohio Street.

J'ai baisé. J'ai tiré des coups d'une nuit, de deux nuits, de trois nuits, j'ai fait des tentatives forcenées de monogamie pure et dure. J'ai laissé des camés à l'héroïne en désintox s'installer chez moi pendant que j'allais guincher avec des rencarts à une heure avancée de la nuit à la Fièvre des bains chauds. Je me faisais trois cents dollars la semaine sur les terrains de golf et en dépensais la majeure partie en femmes. Je levais des prostituées camées, je les emmenais aux réunions des AA et leur allongeais l'histoire du Dahlia noir pour leur faire abandonner le racolage par la trouille. C'était une vie de libertinage frénétique, souvent joyeuse.

Je vivais la plupart de mes rêves sexuels nourris de came dans une parfaite sobriété.

Le monde de la vraie vie éclipsait mon monde de fantasmes. Le seul fantasme qui persistait encore était cette histoire dont je savais que c'était un roman.

Elle me hantait. Elle envahissait mes pensées à d'étranges moments. Je ne savais pas si j'avais les ressources pour l'écrire. Je jouissais d'une saison de confort. Je ne savais pas que je fuyais de vieilles choses.

Ma mère était morte depuis vingt ans. Mon père, depuis treize. Je rêvais de lui. Je ne rêvais jamais d'elle.

Ma nouvelle vie était intense en ferveur et bien faible en rétrospection. Je savais que j'avais abandonné mon père et hâté son décès, et remboursé la dette par étapes échelonnées. Ma mère, c'était autre chose.

Je ne la connaissais que dans la honte et le mépris. Je l'avais pillée dans un rêve de fièvre, j'avais nié mon propre message de désir et de manque. J'avais peur de lui redonner vie et de l'aimer corps et âme.

J'ai écrit mon roman et je l'ai vendu. Il ne traitait que du crime à L.A. et de moi. J'avais peur de traquer la rouquine et de révéler ses secrets au grand jour. Je n'avais pas rencontré l'homme qui allait la ramener à moi.

III

STONER

Tu étais un fantôme. Je t'ai trouvée dans les ombres, j'ai essayé d'arriver jusqu'à toi par les chemins terribles. Tu ne m'as pas censuré. Tu as résisté à mes assauts et tu m'as laissé me punir.

Tu m'as fait. Tu m'as donné forme. Tu m'as donné pour présence un spectre à brutaliser. Jamais je ne me suis interrogé sur la manière dont tu hantais les autres. Jamais je n'ai remis en question la propriété exclusive que j'avais de ton esprit.

Je voulais te garder mienne sans partage. Je te reconstruisais de façon perverse avant de t'enfermer, inaccessible, là où les autres ne pouvaient te toucher. Je ne savais pas que ce simple égoïsme ôtait toute validité à ma volonté de possession.

Tu vis en dehors de moi. Tu vis dans les pensées enfouies d'inconnus. Tu vis au travers de ta volonté de cacher et dissimuler. Tu vis au travers de ta volonté de m'échapper.

Je suis déterminé à te trouver. Je sais que je ne peux le faire seul.

12

Ses fantômes étaient tous des femmes. Elles couraient dans ses rêves, interchangeables.

La décomposée, en bordure de la Route 126. La serveuse dans la marina. L'adolescente restée muette après avoir été violée et brutalisée.

La logique du rêve déformait les détails. Les victimes se déplaçaient entre les lieux des crimes et affichaient des signes de mort contradictoires. Parfois elles reprenaient vie. Elles paraissaient plus vieilles ou plus jeunes, ou exactement telles qu'elles étaient lors de leur chute.

Daisie Mae avait été sodomisée comme Bunny. Karen encaissait les coups de matraque qui avaient fait tomber Tracy à genoux. La matraque était de fabrication maison. Les tueurs avaient fourré des billes de roulements dans un morceau de tuyau d'arrosage dont ils avaient fermé les extrémités à l'adhésif.

Les résurrections instantanées étaient déconcertantes. Les femmes étaient censées rester mortes. Le meurtre les lui ramenait. Son amour commençait à l'instant où elles mouraient.

***

Il rêvait beaucoup. Il abandonnait la poursuite et traversait comme une période de retrait précoce. Il était temps de se dégager. Il avait donné tout ce qu'il avait. Il voulait se tirer, sans équivoque possible.

Il laissait des dettes impayées. Karen lui adressait des rappels. Il lui avait failli parce que les pistes n'étaient pas là, parce que d'autres meurtres l'obligeaient à se disperser. Il était une victime de la confusion et du hasard – tout comme elle.

Il allait essayer de la rembourser jusqu'au dernier *cent* avec l'amour qu'il portait toujours en lui.

*
* *

Il s'appelait Bill Stoner. Il avait cinquante-trois ans, il était inspecteur de la Criminelle, Service du Shérif du comté de Los Angeles. Il était marié et avait deux fils jumeaux, âgés de vingt-huit ans.

C'était la fin du mois de mars 94. Il quittait le boulot à la mi-avril. Il avait servi trente-deux ans et il y avait quatorze ans qu'il travaillait à la Criminelle. Il prenait sa retraite avec le grade de sergent et vingt-cinq années d'ancienneté dans le grade. Sa pension lui permettrait de vivre agréablement.

Il quittait le boulot intact. Il n'était pas ivrogne, il n'était pas obèse à force d'alcool et de repas-camelote. Il y avait plus de trente ans qu'il vivait avec la même femme et c'est avec elle qu'il avait franchi les mauvaises passes. Il n'avait pas pris le chemin que tant de flics avaient emprunté. Il ne jonglait pas avec une famille et une série de petites amies dans le milieu de la police où l'égalité des sexes était le nouveau mot d'ordre.

Il ne se cachait pas derrière le boulot ni ne se délectait d'une vision sombre du monde. Il savait que l'isolement donnait naissance au ressentiment et à l'apitoiement sur soi-même. L'ambiguïté était partie intégrante du travail de police. Les flics mettaient au point des codes simples afin d'assurer fermement leurs assises morales. Lesdits codes réduisaient des problèmes complexes à des épigrammes-coups de poing. Chaque épigramme se réduisait à ceci : les flics savent des choses que les autres ne savent pas. Chaque épigramme servait à embrouiller autant qu'à éclaircir.

La Criminelle lui avait enseigné cette leçon. Qu'il avait apprise petit à petit. Il avait mené à bien des affaires grosses comme des maisons jusqu'au bon verdict et ne comprenait pas pourquoi les meurtres avaient eu lieu. Il en était arrivé à se méfier des réponses et solutions simples et à exulter lorsqu'il en trouvait, chose rare, qui tenaient la distance. Il avait appris à réserver son jugement, mettre son ego sous clé et faire venir à lui les gens. C'était là un superbe outil d'inquisiteur. Il lui permettait de prendre du recul. Il l'aidait à assouplir son caractère et mettre les rênes à une attitude merdique en dehors du boulot.

Les dix-sept premières années de son mariage ont été une guerre d'embuscades. Il combattait Ann. Elle le combattait. La guerre, par chance et grâce à un sens partagé des limites, est restée verbale. Ils étaient l'un et l'autre volubiles et grossiers, et donc à égalité. Leurs exigences étaient également égoïstes. Ils apportaient à leur guerre des réserves égales d'amour.

Il avait grandi comme inspecteur de la Criminelle. Ann avait grandi comme infirmière diplômée. Elle avait choisi sa carrière tardivement. Leur mariage avait survécu parce qu'ils avaient l'un et l'autre grandi dans le commerce de la mort.

Ann avait pris sa retraite de bonne heure. Elle souffrait d'hypertension et de méchantes allergies. Leurs mauvaises années avaient laissé des traces sur elle.

Et sur lui.

Il était épuisé. Des centaines de meurtres, et ce dur bout de chemin avec Ann, cela faisait beaucoup pour un seul homme. Il voulait tout laisser tomber.

Il savait la manière de laisser filer. Son commerce de mort lui avait enseigné cela. Il voulait être mari et père à plein temps. Il voulait voir Ann et les garçons de près et en permanence.

Bob dirigeait un magasin Ikea. Il était marié à une femme solide et avait une petite fille encore bébé. Bob suivait une route toute tracée. Bill Junior posait plus de problèmes. Il faisait des haltères, allait à l'université et travaillait comme videur. Il avait un fils de son ex-petite amie japonaise. Bill Junior était un môme brillant et un connard invétéré.

Il adorait ses petits-enfants à en mourir. La vie était un pied fantastique, à vous emporter la tête.

Il avait une belle maison dans le comté d'Orange. Il était en bonne santé, avait de l'argent de côté. Son mariage allait bien et il entretenait un dialogue privé avec des femmes mortes. C'était sa manière à lui de vivre le syndrome *Laura*.

Les inspecteurs de la Criminelle adoraient le film *Laura*. Un flic devient obsédé par une femme victime d'un meurtre et découvre qu'elle est toujours vivante. Elle est belle et mystérieuse. Elle tombe amoureuse du flic.

La plupart des flics de la Criminelle étaient des romantiques. Ils déboulaient dans des existences dévastées par le meurtre et dispensaient conseils et réconfort. Ils prenaient sous leur aile des familles entières. Ils rencontraient les sœurs et les amies de leurs victimes et succombaient à la tension sexuelle, accompagnement brûlant et électrique de la perte. Ils envoyaient promener leur mariage en s'abritant derrière des situations dramatiques.

Il n'était pas cinglé à ce point ni accro à la théâtralité. Le revers de *Laura*, c'était *Assurance sur la mort*. Un homme rencontre une femme et balance sa vie à l'égout. Les deux scénarios étaient également niais et complaisants.

Les femmes mortes lui enflammaient l'imagination. Il les honorait par de tendres pensées. Il ne les laissait pas gouverner son existence.

Il devait bientôt prendre sa retraite. Tout défilait vite, clair et lumineux dans sa tête.

Il lui fallait se rendre au bureau. Un homme devait le retrouver à 9 heures. Sa mère avait été assassinée quelque trente années auparavant. L'homme voulait voir son dossier.

***

Le tremblement de terre de janvier avait démoli le palais de Justice. La Criminelle du Shérif avait déménagé à la City of Commerce, à une heure de distance, au nord du comté d'Orange.

Il a pris la 405 jusqu'à la 710. Les trajets sur voies rapides constituaient la moitié de tout déplacement relatif à un homicide. Ces trajets sur autoroutes l'épuisaient.

Le comté de L.A. était vaste, d'une grande variété topographique, uniquement traversé par des voies rapides. Les voies rapides rationalisaient l'élimination des cadavres. Les tueurs avaient vite fait d'atteindre quelque canyon éloigné où ils se dépêchaient de larguer leurs victimes. Les voies rapides et leurs talus étaient des zones de largage quatre étoiles. Il classait les voies rapides par catégories selon le nombre de corps largués par le passé et le potentiel de largage. À L.A. chaque section d'autoroute se signalait par un corps qui y avait été largué, ou comme itinéraire vers les lieux d'un crime. Chaque rampe d'accès, chaque rampe de sortie le conduisait vers quelque meurtre.

Les corps avaient tendance à s'entasser dans les pires endroits du comté. Il connaissait le moindre kilomètre de voie rapide qui reliait chacune des villes merdiques sous contrat avec la Criminelle du Shérif. Le kilométrage parcouru s'accumulait et faisait peser la fatigue sur ses miches déjà bien lasses. Il voulait quitter pour toujours l'Autoroute des Zones de Largage.

Le trajet du comté d'Orange jusqu'au centre de L.A. faisait cent soixante kilomètres. Il habitait dans le comté d'Orange parce que ce n'était plus le comté de L.A., cette vaste carte quadrillée de meurtres présents et passés. La plus grande partie du comté d'Orange était blanche, d'un conservatisme monolithique. Il y avait trouvé sa place de manière superficielle. Les flics étaient des tisons du diable sous le masque de conservateurs. Il aimait l'atmosphère que dégageait le comté d'Orange. Les gens étaient scandalisés par les saloperies qui étaient son lot quotidien. Le comté d'Orange le faisait se sentir légèrement faux-jeton. Les flics se regroupaient en masse dans des endroits comme le comté d'Orange pour y vivre l'illusion de temps meilleurs passés à jamais, et prétendre qu'ils étaient quelqu'un d'autre. Nombre d'entre eux avaient un lourd bagage réactionnaire. Lui avait largué le sien depuis bien longtemps.

Il vivait là où il vivait afin que ses deux mondes demeurent séparés. La voie rapide était à la fois symbole et symptôme. Il serait toujours occupé à aller et venir, toujours au pas de course – d'une manière ou d'une autre.

***

La Criminelle du Shérif opérait depuis un complexe industriel donnant sur cour. Elle était coincée entre une manufacture d'outillage et une fabrique de puces pour ordinateurs.

L'installation était temporaire. Ils étaient censés emménager bientôt dans des locaux définitifs. Le palais de Justice dégoulinait de classe. L'endroit n'avait rien de flic, ni de près ni de loin.

L'extérieur : du stuc blanc banal. L'intérieur : cloisons sèches d'un blanc banal. La salle principale abritait une centaine de bureaux collés les uns aux autres. L'endroit ressemblait à la façade d'une entreprise de vente par téléphone.

Le service des Homicides Non Résolus occupait un secteur à part, séparé par des cloisons. Une salle d'archives le jouxtait, les murs doublés d'étagères. Les étagères étaient bourrées de dossiers d'homicides non résolus.

Chaque dossier était marqué de la lettre Z suivie de six chiffres. Stoner a retrouvé le Z-483-362 et l'a rapporté à son bureau.

Il avait passé sept ans aux Non Résolus. L'unité avait un mandat simple : reprendre les dossiers Z, vérifier s'il existait des pistes utilisables et évaluer toute nouvelle information concernant les meurtres non résolus. Le boulot relevait des relations publiques et de l'étude anthropologique.

Les flics des Non Résolus élucidaient rarement les meurtres. Ils recevaient et vérifiaient les tuyaux téléphoniques, lisaient attentivement les dossiers et devenaient accros à des meurtres anciens. Ils effectuaient des vérifications sur d'anciens suspects et parlaient à d'anciens inspecteurs. Les Non Résolus impliquaient beaucoup de travail de bureau. S'y trouvaient mutés des hommes déjà âgés, avant leur départ en retraite.

Stoner avait reçu son ordre d'affectation encore jeune. Le capitaine Grimm avait un boulot spécial pour lui. Grimm pensait que l'enquête sur le meurtre du Cotton Club pouvait être reprise. Il avait dit à Stoner de s'y consacrer à plein temps.

Il lui avait fallu quatre ans. C'était une affaire gratifiante, à grosse publicité, de celles qui font les grandes carrières.

Elle l'avait pris aux tripes. Elle avait rajouté un bon nombre de kilomètres à son compteur autoroutier.

Stoner a feuilleté le dossier Z qu'il venait de sortir. La photo d'autopsie était sinistre. Les clichés du lycée Arroyo étaient tout aussi laids. Il préparerait d'abord son bonhomme au choc.

Des flics passaient devant son bureau et le narguaient sur sa retraite. Son partenaire Bill McComas venait de subir un quadruple pontage. Les gars voulaient un rapport sur son état de santé.

Mac était tout juste tiré d'affaire. Il devait prendre sa retraite le mois suivant – rien moins qu'intact.

Stoner a renversé son fauteuil en arrière et s'est mis à rêver. Il voyait toujours des choses, claires et lumineuses, en accéléré.

***

C'était un gamin de Californie. Sa famille s'était tirée de Fresno pour débarquer à L.A. pendant la guerre. Ses parents se chamaillaient comme chien et chat. Ça le foutait en rogne et fichait la trouille à ses sœurs.

Il avait grandi à South Gate. Du stuc d'après-guerre, plat, sous la chaleur. Où régnaient les bouseux transplantés d'Oklahoma. Ils aimaient les bagnoles au moteur gonflé et la musique *hillbilly*. Ils bossaient en usine et récoltaient des chèques de paie à l'unisson du boom économique. L'ancien South Gate avait donné naissance à des conservateurs à col bleu. Le nouveau South Gate générait des camés.

Il avait grandi accro aux filles et au sport, en nourrissant quelque vague désir d'aventure. Son père était contremaître à l'usine Proto-Tool. Beaucoup de travail pour une paie symbolique et le degré zéro de l'aventure. Il avait lui aussi essayé Proto-Tool. C'était à mourir d'ennui et le corps y souffrait. Il avait essayé la fac en envisageant une carrière d'enseignant. L'idée ne l'excitait pas vraiment.

Ses sœurs avaient épousé des flics. Il avait un beau-frère dans les services de police de South Gate et un autre dans la Patrouille des Autoroutes. Ils lui racontaient des histoires passionnantes. Leurs récits rejoignaient des idées qu'il retournait déjà dans sa tête.

Il voulait de l'aventure. Il voulait aider les gens. Il avait passé l'examen d'entrée dans les services de police du Shérif, comté de Los Angeles, le lendemain de son vingt et unième anniversaire.

Il avait réussi. Il avait passé avec succès les épreuves physiques et l'enquête de moralité sur lui et sa famille. Il avait été affecté à la classe de décembre 61 de l'Académie du Shérif.

Le service manquait de bras. On l'avait pré-affecté à la prison du palais de Justice. Il y avait rencontré du jour au lendemain des criminels renommés.

Il avait rencontré John Deptula. John le Dingue avait cambriolé un bowling et réveillé un homme à tout faire du nom de Roger Alan Mosser, qui vivait sur les lieux. Deptula a battu Mosser à mort et charrié son cadavre jusque dans la forêt nationale de Los

Angeles. Il a décapité Mosser et fourré sa tête dans une cuvette de toilettes portable. Ward Hallinen avait résolu l'affaire pour la Criminelle du Shérif.

Il avait rencontré Sam LoCigno. LoCigno avait descendu Jack Whalen le Régulateur. C'était un contrat. Ça s'était produit au restaurant Rondelli en décembre 59. Le contrat avait été bousillé dans les grandes largeurs.

Son étage était occupé par des travelos et des voleurs à main armée méchants comme des teignes. Il les écoutait, il apprenait des choses. Il était entré à l'Académie et avait avalé un cours de quatre mois sur la justice criminelle. Il avait rencontré une belle blonde du nom d'Ann Schumacher. Elle travaillait à l'usine Autonetics à Downey. Ils ont fait le projet de sortir le soir de la remise de son diplôme.

Il a obtenu son diplôme de l'Académie en avril 62. Il a emmené Ann au Crescendo sur le Sunset Strip, là où ça balançait bien. Ann avait belle allure. Il avait belle allure. Il portait un .38 à canon court. Il avait vingt et un ans et rien au monde ne l'aurait démonté.

Il voulait travailler comme patrouilleur en voiture et faire ses rondes. Les services de police disposaient d'unités de patrouilles dans quatorze postes. Il voulait de l'action à plein temps.

Il avait eu droit au service des détenus.

On l'a affecté au Wayside Honor Rancho. À quelque cent kilomètres de l'endroit où il créchait. Son poste marquait le début d'une longue et désagréable relation avec les voies rapides.

Wayside lui avait fait perdre un peu de sa jeunesse. Vite et brutalement. Wayside constituait une excellente formation sur le système judiciaire américain d'avant la cassure.

Wayside abritait des détenus condamnés à une peine d'incarcération par le comté et le surplus des prisonniers du palais de Justice partant pour la taule. Blancs, Nègres et Mexicains se haïssaient, mais s'abstenaient d'entrer en guerre raciale. Wayside était un rouage efficace dans un système opérationnel. Le système fonctionnait parce que le nombre des criminels était loin de crever le plafond et que la plupart d'entre eux ne faisaient pas usage de violence. L'héroïne était la grande méchante drogue du moment. L'héroïne était une épidémie de came bien circonscrite. L'héroïne vous poussait à commettre effractions et cambriolages, et à coller votre petite amie sur le trottoir pour financer votre dose quotidienne. L'héroïne vous faisait roupiller. L'héroïne ne vous faisait pas disjoncter et découper votre petite amie en morceaux – comme le crack vingt ans plus tard. Le système fonctionnait parce que petits criminels et contrevenants plaidaient coupable la majeure partie du temps et ne déposaient pas, par simple routine, des recours en appel devenus une vraie plaie. Le système fonctionnait parce que les séjours à l'ombre d'avant la cassure étaient acceptables. C'était des criminels d'avant la psy. Ils acceptaient l'autorité. Ils savaient qu'ils étaient de la fange et de la raclure parce qu'ils le voyaient à la télé et le lisaient dans les journaux. Ils étaient verrouillés, prisonniers d'un jeu truqué. L'autorité gagnait habituellement. Ils prenaient plaisir à des triomphes mesquins et se délectaient des machinations de la partie qui se jouait. Et la partie qui se jouait se résumait à être au parfum. Être au parfum et fataliste, c'était cool. Si on parvenait à ne pas aller jusqu'à la chambre à gaz, le pire qu'on pouvait attendre était un séjour au pénitencier. Un séjour à l'ombre d'avant la cassure, c'était acceptable. On pouvait y siffler de la gnôle maison, y baiser les fiottes dans le cul. Le système fonctionnait parce que l'Amérique n'avait pas encore eu à se confronter aux émeutes raciales, assassinats, conneries écologistes, confusion des sexes, prolifération des drogues, maniaques des armes, psychoses religieuses, le tout lié à une implosion des médias et à l'émergence d'un culte de la victime – une traversée de vingt-cinq années de poisse semeuse dc discorde, qui avait eu pour résultat un scepticisme de masse débilitant.

Il était devenu flic exactement au bon moment. Il avait pu rester fidèle à des notions simples avec une conscience claire. Il avait pu casser des gueules en toute impunité. Il avait pu remettre à plus tard certains aspects de son éducation de flic et gagner ses galons d'inspecteur de la Criminelle.

En 1962, il avait gobé les belles paroles. Il savait que le système fonctionnait. Le service des détenus était acceptable. Il se prenait un pied assez tordu auprès des détenus. Qui jouaient leur rôle conformément au scénario de l'époque. Tout comme les geôliers eux aussi.

Il a épousé Ann en décembre 62. Il a obtenu son transfert au Poste de Norwalk un an plus tard. Il a passé son premier anniversaire de mariage dans une voiture de patrouille. Ann s'est sentie blessée et a fait la gueule.

Ils ont commencé à se disputer. Ann voulait tout son temps à lui. Il voulait tout son temps à elle, et synchro avec ses propres occupations. Les services du Shérif réclamaient la majeure partie de son temps. Il fallait que quelque chose cède.

Ils se disputaient. Son mariage a pris la tournure de celui de ses parents avec plus de volume sonore et des « Va te faire foutre » en pagaille. Ann souffrait d'un complexe d'abandon. Sa mère l'avait quittée et s'était collée avec un voleur à main armée. Le mec avait emmené maman avec lui pour une virée de braquages à travers tout le pays. Il était visible qu'Ann avait eu une enfance complètement bousillée.

Ils se disputaient. Ils se réconciliaient. Ils se disputaient. Il résistait à des tas de femmes pourchasseuses de flics, toujours prêtes à lui offrir un peu de cul facile. En cas de divorce, le LASD – Los Angeles Sherif Department - serait mis au banc des accusés avec lui.

Il adorait le travail de patrouille. Il en adorait le flot d'événements inattendus et le mélange quotidien de nouveaux individus plongés dans les ennuis. Norwalk était un « poste pour civilisés ». La population était blanche, le rythme lent. L'asile de dingues du comté était sur le trajet de sa ronde. Les cinglés se taillaient dans la nature et faisaient des coups pendables, complètement nus. Les adjoints de Norwalk faisaient le taxi pour les cinglés. Ils passaient leur temps à ramener des cinglés égarés à l'asile.

Il avait apprécié son temps de service à Norwalk. Le système fonctionnait et le crime restait dans des limites acceptables. Quelques mecs parmi les plus âgés voyaient se profiler des temps difficiles. La Décision Miranda [1] faisait tout foirer. L'équilibre du pouvoir avait basculé, passant des flics aux criminels suspects. Fini le temps où l'on obtenait les aveux grâce aux cages à suées ou à coups d'annuaire dans les reins.

Personnellement il n'était pas partisan de ces procédés. Il ne portait pas sur lui de gants de frappe en cuir noir, la paume alourdie de poids de seize onces. Ce n'était pas un type violent. Il essayait de raisonner avec les turbulents et ne se battait que lorsqu'il y était obligé.

Il avait fait un tonneau au volant de sa voiture de patrouille, au cours d'une poursuite, et avait failli

1. Décision de la Cour suprême qui est entrée en vigueur en 1966. Elle prévoit que l'inculpé a le droit de garder le silence et de se faire représenter par un avocat. *(N.d.T.)*

mourir sur place. Il s'était colleté avec un adolescent sniffeur de colle et ramassé quelques coups bien sonnés dignes d'un poids lourd. Il avait répondu à un appel signalant un accident et était tombé sur un carambolage entre deux véhicules. Un homme était mort dans son camion. Sa tête s'était écrabouillée sur le cadran de la radio et avait monté le son à fond. On entendait la chanson *Charade* à des blocs à la ronde.

Norwalk lui avait offert quelques moments sauvages et débridés. Mais c'était de la catégorie amateurs comparé à Watts en août 65.

Ann était enceinte de huit mois. Ils étaient en voiture et se dirigeaient vers le nord, sur la voie express de Long Beach. Ils surplombaient une vue panoramique. Ils ont vu une douzaine de brasiers.

Il a quitté la voie express et appelé le poste de Norwalk. Le commandant lui a dit de s'équiper et de se présenter à Harvey Aluminium. Harvey était en plein conflit entre direction et personnel. Le LASD y avait déjà installé un poste de commandement.

Il a déposé Ann pour se diriger à toute blinde vers Harvey. Le parking était bondé de voitures pies et d'adjoints en tenue anti-émeutes. Le poste de commandement répartissait des unités de quatre hommes. Il a pris un fusil de chasse calibre douze et trois équipiers temporaires.

Le boulot consistait en services de douze heures. Le boulot consistait à choper pillards et pyromanes. Le boulot consistait à patrouiller Watts et Willowbrook – le point chaud de tout ce vaudou négro.

Il y a plongé en plein jour. La température tournait autour de trente-deux degrés. Les incidents faisaient monter la chaleur. Son équipement anti-émeute en rajoutait encore un peu. L.A. Sud n'était que chaleur et frénésie.

Les pillards nettoyaient les magasins de spiritueux.

Les pillards sifflaient la gnôle de marque sur place. Les pillards poussaient leurs chariots dans les rues. Les chariots étaient bourrés ras la gueule de gnôle et de postes télé.

Des coups de feu claquaient continuellement. Impossible de dire qui tirait sur qui. La Garde nationale était de sortie en force. Ses membres avaient l'air jeunes, stupides, morts de trouille, et de toute évidence, la détente les démangeait.

Il était impossible de patrouiller de façon logique. Trop de choses vous arrivaient dessus trop vite. Il fallait piquer les pillards au hasard. Il fallait travailler au bol, à l'inspiration. On ne pouvait pas juger de la direction des coups de feu. On ne pouvait pas faire confiance aux gars de la Garde, capables de vous arroser de balles et de vous tuer par ricochet.

Le désordre était tel qu'il était impossible à contenir. Il augmentait en proportion directe des efforts déployés par la police pour le maîtriser. Un adjoint essayait de repousser la populace. Un pillard lui a agrippé son fusil. Le coup est parti et a fait voler la cervelle de son équipier.

Et ça continuait, encore et encore. Les actions se dispersaient et se reconcentraient de manière inattendue. Il s'est coltiné ce boulot trois jours entiers. Il a coursé et chopé des dizaines de pillards, il a perdu des kilos, sous la chaleur permanente et les surcharges d'adrénaline.

L'émeute proprement dite est morte de sa belle mort par une sorte d'épuisement général. Peut-être que la chaleur a ôté toute ardeur aux émeutiers. Ils avaient fait comprendre ce qu'ils avaient à dire. Ils avaient illuminé leurs existences merdiques. Ils s'étaient gorgés d'un butin bon marché en se convainquant qu'ils gagnaient plus qu'ils ne perdaient.

Les flics ont perdu leur pucelage collectif.

Quelques-uns ont nié ce fait. Ils ont attribué l'émeute à une série spécifique d'événements d'origine criminelle. Leur logique de cause à effet n'est pas allée plus loin.

Nombre de flics se sont mis en mode défaillance. Les Négros indisciplinés étaient des Négros indisciplinés. Leurs tendances criminelles innées devaient maintenant être réprimées avec encore plus de rigueur.

Lui savait que rien n'était aussi simple. L'émeute lui avait enseigné que la répression était futile. On ne réduit pas son propre univers en cendres sans bonne raison. On ne pouvait pas boucler les gens ou les tenir à distance. Plus on s'y essaierait, plus le chaos prendrait le pas sur l'ordre. Cette révélation lui excitait les neurones en même temps qu'elle lui fichait la trouille.

Les jumeaux sont nés un mois après l'émeute. Son mariage a tourné sans heurts pendant un moment. Il a préparé l'examen de sergent en travaillant à la patrouille de Norwalk. Il réfléchissait aux leçons de Watts.

Il vivait dans deux mondes. Le monde de sa famille échappait à tout contrôle. Les leçons de Watts ne marchaient pas à la maison. Il savait la manière de traiter les criminels. Il était incapable de traiter avec la femme à l'humeur versatile qu'il aimait.

La nouveauté des gamins a commencé à s'estomper. Ils se sont remis à se disputer. Ils se disputaient devant les garçons et culpabilisaient.

Il est passé sergent en décembre 68 et a été transféré au Poste de Firestone. Firestone était un secteur à haute densité de population et de criminalité, entièrement noir. Le rythme du boulot était frénétique. Il a appris à travailler au triple du régime Norwalk.

Il était responsable de patrouille. Il courait d'appel urgent en appel urgent chaque fois qu'il était de service. Firestone, c'était came, vols à main armée, appels pour brutalités domestiques. Firestone était déjà une zone d'émeutes en 65. Là-bas, les gens donnaient au quotidien leur propre version des révélations post-émeutes. Firestone, c'était les parties de craps et les armes à même les trottoirs. Firestone, c'était le gamin grimpé dans le sèche-linge qui s'était fait brûler et essorer jusqu'à ce que mort s'ensuive. Firestone, c'était le chaos en décélération. Firestone pouvait s'embraser et exploser vite fait.

Il y est resté quatre ans. Il a terminé son passage obligé aux patrouilles pour entrer à la brigade des inspecteurs. Il a un peu travaillé aux relations publiques avec la communauté. Tout ce qui pouvait jeter un pont entre flics et civils était bon pour les affaires. Le LAPD avait fait foirer à jamais les relations flics-civils, de manière irrémédiable. Il ne voulait pas que les services du Shérif suivent leurs traces. Il a obtenu son détachement aux véhicules volés. Il y a acquis et maîtrisé de solides talents d'enquêteur, en se délectant de la nature très spécifique du boulot. Le vol était un crime net, clair et sans surprise. On en revenait toujours à un viol de propriété privée. Ce n'était que des problèmes isolés qui se résolvaient par la capture de coupables bien précis. Il n'avait plus à agrafer de gamins inoffensifs pour possession de marijuana. Il n'avait plus à arbitrer de conflits domestiques ni à dispenser de conseils matrimoniaux comme s'il savait de quoi il parlait.

Le travail d'inspecteur-enquêteur était sa vocation. Il en possédait le talent social et le tempérament. Le travail de patrouille était un sprint hors d'haleine sans ligne d'arrivée bien déterminée. Le travail d'enquêteur obéissait à un rythme très paisible en comparaison. Il se branchait au cœur des suspects, d'homme à homme, et se nourrissait de leur savoir qu'il faisait sien. Il s'est enfoncé dans les profondeurs de la matrice flic-criminel.

Il était arrivé à Firestone comme simple policier. Il en est reparti inspecteur. Il est passé au Service des Affaires Internes et s'est mis à traquer d'autres flics.

Des flics qui volaient de l'argent. Des flics qui appuyaient un peu trop fort sur leurs matraques. Des flics qui prenaient de la came. Des flics qui se branlaient dans les cinémas pornos. Des flics qui taillaient des pipes aux détenus dans les cellules de détention provisoire du comté. Des flics qui se faisaient cafter pour des infractions imaginaires, par pure rancune.

Le SAI était brutal. Son territoire moral, défini de manière brumeuse. Il n'aimait pas harceler des collègues flics. Il recherchait la vérité inhérente à chaque situation et mettait l'accent sur les circonstances atténuantes. Il éprouvait de l'empathie pour quelques hommes très tordus. Il savait comment le boulot pouvait miner des contrats familiaux. Un nombre appréciable de flics de sa connaissance étaient des alcooliques opérationnels. Ils n'étaient ni meilleurs ni pires que les flics accusés de fumer de la came.

Lui savait la manière de traiter ses propres manques. Qu'il utilisait afin d'en illustrer quelques grands principes fondamentaux. *Tu* ne voles pas, *tu* n'utilises pas de came, *tu* ne t'engages pas dans des activités perverses. *Tu* n'exploites pas ton statut de flic pour obtenir des gains illégaux. Il faut que *tu* imposes ces limites aux flics sur lesquels *tu* enquêtes.

Moralement, les principes tenaient la route. C'était une façon de simplifier dictée par l'ego.

Son mariage était au point mort. Il voulait se tirer. Ann voulait se tirer. Ils attendaient respectivement que l'autre trouve un peu de tripes et y mette un terme. Ils ont acheté une maison et planté leurs crocs l'un dans l'autre plus profond encore. Il luttait contre une pulsion persistante à courir les femmes.

Il a quitté le SAI en 73. Il a rejoint la brigade du poste de Lakewood et a passé deux ans dans la section vol et cambriolage de véhicules. Il est passé à la Metro en 75.

La Metro opérait à l'échelle du comté tout entier. Il dirigeait une équipe de surveillance composée de cinq hommes, sur tout le territoire du comté. Le comté de L.A. a pris pour lui des dimensions plus vastes. Il a vu le crime qui prospérait dans des zones pauvres où les gens avaient juste assez de pognon pour un peu de came et des crèches bon marché. Le paysage de ces zones-là était plat et pollué. Les gens vivaient le sordide au quotidien. Ils allaient d'une ville brouillasseuse à l'autre comme des rats dans un labyrinthe. Les voies rapides les faisaient tourner en cercles. Les drogues étaient un circuit fermé de brèves extases et de désespoir. Cambriolages et vols étaient des crimes subordonnés à la drogue. Le meurtre, un sous-produit banal né de la consommation et du trafic de drogues illégales. La répression du trafic de drogue était un circuit fermé futile. L'usage de la drogue était une réaction de folie, totalement compréhensible, à une existence passée dans le comté de L.A., le trou du cul du monde. Il a appris ces choses-là en roulant sur les voies express surélevées.

Il a travaillé aux Fraudes en 78 avant de passer au VOIT en 79. VOIT correspondait à « Violent Offender Impact Team », Équipe de choc anti-criminels violents. Il s'agissait d'une petite unité dont le mandat était d'appréhender les voleurs à main armée en série. Le boulot recoupait en partie celui de la Criminelle.

Ann s'est senti une vocation. Elle y a obéi instinctivement. Elle est entrée à l'école d'infirmières et y a excellé. Sa poussée d'indépendance a fait renaître leur mariage.

Il respectait la profession de sa femme. Il respectait sa volonté d'embrasser une carrière à l'âge de quarante ans. Il aimait la manière dont la vocation d'Ann venait se tisser avec sa nouvelle vocation.

Il voulait travailler à la Criminelle du Shérif. Il voulait enquêter sur des meurtres. Il le voulait, avec un sens passionné de l'engagement.

Il a demandé le remboursement de quelques services rendus et a obtenu son transfert. Qui l'a conduit au corps abandonné en bord de route et au corps dans la marina. Qui l'a conduit à la fille restée muette après avoir été violée et brutalisée.

Ses fantômes.

13

Très tôt, il avait appris certaines choses sur le meurtre. Il avait appris que les hommes tuaient avec moins de provocation que les femmes. Les hommes tuaient parce qu'ils étaient ivres ou défoncés ou parce qu'ils étaient en rogne. Les hommes tuaient pour de l'argent. Les hommes tuaient parce que d'autres hommes les faisaient se sentir femmelettes.

Les hommes tuaient pour impressionner d'autres hommes. Les hommes tuaient de manière à pouvoir en parler. Les hommes tuaient parce qu'ils étaient faibles et paresseux. Le meurtre apaisait leur soif de luxure du moment et rétrécissait leur éventail de choix à quelques options compréhensibles.

Les hommes tuaient pour qu'on cède. La salope refusait de leur tailler une pipe ou de leur donner son argent. La salope avait fait trop cuire le steak. La salope avait râlé lorsqu'ils avaient échangé les bons d'épargne contre de la came. La salope n'appréciait pas qu'ils aillent peloter sa fille de douze ans.

Les hommes ne tuaient pas les femmes parce qu'ils étaient systématiquement martyrisés par le sexe féminin. Les femmes tuaient les hommes parce que les hommes les baisaient dans les grandes largeurs, de manière répétée et sans prendre de gants.

C'était, de son point de vue, une règle obligée. Il

ne voulait pas que la règle fût vraie. Il ne voulait pas voir les femmes comme une race entière de victimes.

La question du libre arbitre le rendait perplexe. Nombre de femmes victimes de meurtre se plaçaient délibérément en position de danger et elles cosignaient passivement leur arrêt de mort. Il ne voulait pas concéder ce point. Il avait un faible pour les femmes, toutes les femmes. Un faible énorme, aléatoire et essentiellement idéaliste. Qui lui avait permis de rester fidèle quand son mariage tournait mal.

Sa première victime a été une femme.

C'est Billy Farrington qui l'a mis dans le bain à la Criminelle du Shérif. Billy était noir, une vraie gravure de mode. Billy arborait des complets sur mesure, sur les lieux de crimes pleins de cadavres en train de se purger de leurs gaz fermentés et de leurs matières fécales. Billy lui a enseigné la manière de lire la scène d'un crime, lentement et méthodiquement.

Billy avait cinquante-cinq ans, il arrivait au terme de sa carrière dans les forces de l'ordre. Billy avait accumulé les jours de congé. Billy l'a laissé travailler sur l'affaire Daisie Mae en solo.

Il s'agissait d'un corps largué à Newhall. Un homme avait repéré un paquet en train de se consumer et éteint les flammes. Il avait appelé le poste du Shérif de Newhall. Le commandant de poste avait appelé la Criminelle.

Stoner a répondu et est arrivé sur place. Il a délimité les lieux du crime et examiné le corps.

La victime était tout habillée. Elle était blanche et âgée. Son visage était déformé. Elle avait presque l'air d'une mongolienne.

Elle était enveloppée dans un drapeau américain et quelques couvertures de bébé. Le paquet était saucissonné avec du fil électrique. Les couvertures avaient été imbibées d'essence ou d'un produit inflammable et délétère similaire. La femme donnait l'impression d'avoir reçu quelques coups de gourdin sur la tête.

Stoner a arpenté le secteur. Il n'a pas vu la moindre trace de pas ou de pneus, ni d'instrument contondant abandonné. Le secteur était vallonné et couvert de broussailles. Le tueur avait probablement transporté le corps jusque-là depuis une route d'accès proche.

L'équipe du coroner est arrivée. Ils ont inspecté les vêtements calcinés de la victime.

Ils n'ont trouvé aucun élément d'identification. Stoner a découvert un collier à maillons en or. Qui ressemblait à un symbole de paix ou un genre de relique bizarroïde.

Stoner l'a ensaché. L'équipe du coroner a emporté le corps.

Stoner s'est rendu au palais de Justice et a vérifié les rapports récents signalant des personnes disparues. Rien ne correspondait à son Inconnue anonyme. Il a fait diffuser une demande d'information par télex. Celle-ci mettait l'accent sur le collier de la victime en disant que la femme était peut-être mentalement attardée. Il a appelé le Bureau des Renseignements et leur a dit de passer un message concernant son Inconnue.

Les infos de Channel 7 ont passé un spot télévisé ce soir-là. Stoner a reçu un coup de fil quelques minutes plus tard.

Un homme lui a dit qu'il avait fabriqué le collier. Le pendentif était un symbole des AA. Il vendait ses colliers lors des réunions des AA à Long Beach.

Stoner a fait un dessin du collier et a rédigé en légende les données qu'il possédait sur l'affaire. Il a ajouté son nom et son numéro au Bureau. Il a ronéotypé une centaine d'exemplaires qu'il a distribués à toutes les réunions des AA du quartier de Long Beach.

Un dénommé Neil Silberschlog a vu les tracts et l'a appelé. Il a dit que la victime ressemblait apparemment à une vieille habituée des AA. Elle était connue sous le nom de Daisie Mae. Elle était avec un jeune gars du nom de Ronald Bacon. Silberschlog habitait près de chez Bacon. Bacon conduisait l'Impala 64 de Daisie Mae. On ne voyait plus Daisie Mae depuis des jours. Silberschlog était d'avis que tout ça sentait le roussi.

Stoner s'est rendu à Long Beach et y a rencontré l'informateur. Silberschlog a identifié une photo de morgue de la victime. Il a dit qu'elle n'était pas simple d'esprit. C'était juste une vieille ivrognesse hargneuse.

Daisie Mae habitait tout près. Silberschlog a conduit Stoner à la piaule de la femme.

C'était un trou à rats. Une vieille pocharde dénommée One-Eye Betty – Betty N'a-Qu'un-Œil – était vautrée dans la pièce en façade. Betty a dit qu'elle avait vu la voiture de Daisie Mae devant chez Ronnie Bacon. Ronnie avait la montre de Daisie Mae. Il en avait changé le bracelet et l'avait offerte à sa petite amie âgée de seize ans. Ronnie venait de se faire cravater pour avoir cambriolé un drugstore. Il se trouvait à la prison principale du comté de L.A.

Stoner s'est rendu à la prison où il a interrogé Ronald Bacon. Il avait vingt-cinq ans, c'était de l'ordure blanche des pieds à la tête. Il a déclaré aller aux AA pour l'amitié. Il connaissait Daisie Mae – mais, sûr et certain, il ne l'avait pas tuée.

Stoner est retourné à Long Beach. Il a fouillé chez Bacon et trouvé un bidon à essence vide. Un voisin lui a déclaré que Bacon lui avait vendu un canapé trempé de sang.

Stoner est allé revoir Betty N'a-Qu'un-Œil. Elle lui a fait le récit du dernier jour de Daisie Mae sur cette terre.

Daisie venait de toucher son chèque d'allocations de l'assistance. Elle voulait s'acheter un poste de télé. Betty N'a-Qu'un-Œil et Ronald Bacon ont voulu l'aider à dépenser son argent. Ils l'ont emmenée en voiture en quête d'une télé bon marché.

Ils étaient dans la voiture de Daisie Mae. Bacon a fait encaisser son chèque à Daisie Mae contre du bon argent. Betty N'a-Qu'un-Œil est rentrée chez elle. Bacon et Daisie sont repartis ensemble.

Stoner a demandé un mandat d'arrêt au nom de Ronald Bacon. Un adjoint du procureur a écouté ses arguments et établi un mandat pour homicide. Bacon a été placé en détention pour répondre d'une inculpation de meurtre au premier degré.

Une femme a appelé Stoner au Bureau. Elle lui a dit que sa fille était sortie avec Ronald Bacon. Bacon avait écrit à sa fille une lettre très suspecte.

Une lettre au ton pleurnichard. Bacon disait qu'il venait de voler de l'argent et qu'il se trouvait « là, dans la voiture avec elle ». Il avait battu une vieille femme à mort. Il commençait à chercher un peu de réconfort avant d'aller cramer le corps.

Un expert-graphologue a examiné la lettre et confirmé que Bacon l'avait bien écrite. Bacon a été jugé, reconnu coupable et condamné à la prison à vie sans possibilité de conditionnelle. Stoner avait résolu son premier meurtre. Il lui avait appris que les hommes tuaient les femmes et couraient vers d'autres femmes par apitoiement sur eux-mêmes.

***

Un homme de Norwalk a abattu son épouse. Il visait au-dessus de sa tête et la balle lui est arrivée juste entre les deux yeux. L'homme relâchait juste un peu les soupapes. Il avait planqué ses pousses de marijuana avant de signaler l'accident. Stoner l'a épinglé pour meurtre au second degré. Il en a appris que les hommes tuaient les femmes par ennui.

Une Noire a tué son mari avec une arme à feu. Une fois son acte commis, elle a passé un coup de fil au poste de Lennox et laissé un message anonyme parlant d'un rôdeur. Le répartiteur a envoyé une voiture près de son immeuble. Les adjoints n'ont pas vu trace de rôdeur. La femme a rappelé le poste de Lennox. Elle a dit au répartiteur qu'elle avait abattu son mari par erreur. Il l'avait surprise en rentrant par la fenêtre sans prévenir. Elle l'avait pris pour un rôdeur. Elle ne savait pas que tous les appels qui arrivaient au poste étaient enregistrés.

Le répartiteur a appelé la Criminelle du Shérif et expliqué la situation. Stoner s'est rendu sur les lieux du crime et il a coincé la femme. Celle-ci a reconnu avoir abattu son mari avant de passer son premier coup de fil. Elle a déclaré qu'il la battait. Elle lui a montré ses hématomes pour preuve. Stoner l'a arrêtée et a donné le nom du mari aux inspecteurs de la brigade de Lennox. Les gars étaient bien contents qu'elle ait effacé le salopard. Ils s'apprêtaient à le choper pour une série de vols.

Stoner a interrogé les voisins de la femme. Lesquels ont déclaré que le braqueur battait sa femme régulièrement. Il paressait dans son appart' pendant qu'elle travaillait. Il dépensait son argent en alcool et en came.

La femme est restée en détention. Stoner s'est rendu auprès du procureur et a parlé de circonstances atténuantes. Le procureur a accepté de requérir pour une inculpation de moindre gravité.

La femme a été libérée avec mise à l'épreuve. Elle

a appelé Stoner et l'a remercié pour sa gentillesse. Il en a appris que les femmes tuaient les hommes quand le tout dernier coup sur la tête les faisait basculer un rien du mauvais côté.

***

À la Criminelle, on apprenait à mesure qu'on avançait. L'affaire Dora Boldt avait été un lourd apprentissage.

Il a hérité de l'affaire avec Billy Farrington. Billy s'est tiré une nouvelle fois en vacances et lui a refilé le bébé, de quoi devenir cinglé. Le boulot a été une tornade de deux semaines.

Dora et Henry Boldt vivaient dans la division de Lennox. Ils étaient blancs et tenaient bon dans un quartier noir. Ils étaient frêles et avaient presque quatre-vingts ans.

Leur fils avait découvert leurs corps.

Dora était morte dans le couloir du salon. Elle avait la tête enveloppée d'un oreiller. Détrempé de sang et de liquide céphalo-rachidien.

Henry était dans la chambre. Il était encore en vie. Quelqu'un l'avait battu et assommé à coups de pied.

La maison était mise à sac. Les fils du téléphone étaient coupés. Le fils avait couru chez le voisin et appelé Police Secours.

Des unités de patrouille sont arrivées. Une ambulance est arrivée. Henry Boldt a repris conscience. Un adjoint lui a demandé de lever un doigt si le ou les tueurs étaient blancs et deux doigts s'ils étaient noirs. Henry a levé deux doigts. L'ambulance l'a emporté.

Stoner et Farrington sont arrivés. Une équipe du labo a débarqué. Tout le monde pensait la même chose.

Deux mecs. Ils avaient tabassé la vieille dame à

mort. Ils avaient fait ça avec leurs poings, leurs pieds et des torches.

Les mecs du labo ont passé la poudre à empreintes. Ils ont trouvé des marques de gants à travers toute la maison. Stoner a découvert un morceau de fromage à moitié mangé sur le sol de la cuisine. Un photographe a mis le pied dessus et détruit les empreintes de dents.

Stoner a questionné la famille de Dora Boldt. Laquelle a fait l'inventaire de la maison et l'a aidé à dresser une liste des objets volés. Ils lui ont donné les numéros de série d'un vase en porcelaine et d'un téléviseur volés.

Billy Farrington est parti en vacances. Stoner s'est rendu à la brigade des inspecteurs de Lennox, à la brigade du poste d'Inglewood et au Bureau du LAPD à L.A. Ouest. Il a parlé à une douzaine de flics spécialisés dans les cambriolages. Il a parlé à quelques types de la Criminelle du LAPD. Il leur a parlé de son affaire. Ils lui ont décrit quarante vols avec effraction similaires, accompagnés de trois meurtres.

Les victimes étaient des femmes âgées de race blanche. Elles avaient été battues à mort. Les responsables coupaient toujours les fils du téléphone et se servaient dans le réfrigérateur. Ils frappaient leurs victimes à coups de gourdin. Ils mettaient leurs maisons à sac et volaient leurs voitures une fois sur trois. Toutes les victimes étaient blanches, d'un âge avancé. Toutes les voitures étaient abandonnées dans un rayon proche de L.A. Ouest. Tous les passages à tabac témoignaient d'une grande sauvagerie. Une femme avait perdu un œil. Les criminels exécutaient leur coup toutes les trois ou quatre nuits.

Stoner a répertorié les crimes et rédigé un rapport détaillé. Il a fait diffuser un bulletin urgent à l'échelle du comté. Il est retourné auprès des brigades de Lennox, Inglewood et L.A. Ouest et y a exposé toutes les informations obtenues. Tout le monde a été du même avis : il fallait passer à l'action immédiatement.

Les services de police de Beverly Hills ont appelé Stoner. Ils avaient vu son bulletin. Ils avaient deux suspects à lui offrir.

Ils s'appelaient Jeffrey Langford et Roy Benny Wimberly. Noirs, sexe masculin, entre vingt et trente ans. Les services de police de Beverly Hills les avaient arrêtés pour deux cambriolages. Ils avaient été condamnés à trois ans au pénitencier d'État. Ils étaient peut-être sortis de prison à l'heure actuelle.

Stoner a appelé le Bureau d'État des Conditionnelles et le Service d'État des Cartes grises. Il a appris que Wimberly et Langford avaient été libérés sous condition un mois avant le début des cambriolages. Langford habitait à L.A. Ouest, près de l'endroit où étaient abandonnées les voitures volées.

Stoner a fait appel à une équipe de la Metro et a placé les deux suspects sous surveillance. Wimberly et Langford se sont baladés trois jours durant dans la jeep de Langford. Ils passaient et repassaient devant deux maisons de L.A. Ouest et une maison de Beverly Hills. Des maisons habitées par des personnes âgées de race blanche.

Stoner a fait appel au LAPD. Un flic des Cambriolages du nom de Varner a placé des équipes de surveillance sur les deux maisons de L.A. Ouest. Stoner a fait appel à la police de Beverly Hills. Ils ont placé une équipe sur la maison située dans leur juridiction et fait déménager les occupants âgés.

Stoner couvrait deux maisons. Il a fait déménager les occupants de la maison n° 1. Les gens de la maison n° 2 ont refusé de partir. Varner a barré de planches les ouvertures du salon où il a posté deux flics armés de fusils. Les occupants ont accepté de se terrer sous surveillance policière vingt-quatre heures sur vingt-quatre.

Wimberly et Langford ont commencé à s'intéresser à la maison n° 2 exclusivement.

Stoner savait qu'ils frapperaient bientôt. Il a fait préparer un hélicoptère et deux équipes de surveillance dans les rues, et il a fait distribuer des talkies-walkies. Le domicile de Langford était couvert. La maison n° 2 était couverte. Il était prévu que l'hélico prenne les suspects en filature à distance de sécurité. Stoner a installé un P.C. au poste de Lennox. Il était directement relié à la maison n° 2 et aux unités mobiles.

Les suspects ont quitté le domicile de Langford à 1 heure du matin le 3/07/81.

Ils se sont rendus dans l'allée derrière la maison n° 2. L'hélico suivait le moindre de leurs mouvements.

Ils ont garé leur jeep. Ils se sont dirigés à pied vers la maison n° 2 et ont franchi la haie arrière d'un bond. Ils ont sectionné les fils extérieurs du téléphone. Ils ont commencé à forcer à la pince les fenêtres de la chambre sur l'arrière.

Les fenêtres étaient barrées de planches. C'était les deux vieux qui avaient voulu prendre une précaution supplémentaire. Ils avaient oublié de prévenir les flics.

Wimberly et Langford cherchaient toujours à s'introduire à l'intérieur. Les talkies-walkies de la maison n° 2 ne répondaient plus. Stoner a contacté ses unités mobiles. Celles-ci étaient garées à un bloc de la maison n° 2.

Wimberly et Langford cherchaient toujours une voie d'accès. Ils continuaient à faire un putain de boucan. Ils étaient téméraires et stupides. La Grande Vue d'Ensemble leur échappait complètement.

Un pétard a explosé quelque part dans le bloc. Les unités mobiles ont cru qu'il s'agissait d'un coup de feu. Ils ont mis phares et sirènes plein pot et sont tombés droit sur Wimberly et Langford.

Wimberly et Langford se sont enfuis. Les unités mobiles ont bloqué l'allée et les ont appréhendés.

Stoner les a interrogés au poste de Lennox. Ils refusaient d'avouer les cambriolages ou les meurtres. Stoner leur a appris que Henry Boldt était décédé. Ils n'ont pas eu de réaction. Stoner leur a dit qu'il les avait alpagués pour cinq meurtres au total. Ils l'ont joué sur le mode renfrogné pendant tout l'interrogatoire.

Billy Farrington est rentré de vacances. Il a aidé Stoner à interroger les suspects. Langford a traité Billy de « négro ». Stoner s'est interposé et a empêché les choses de s'envenimer.

Wimberly et Langford refusaient de passer aux aveux. Stoner a fouillé chez eux. Des camions ont emporté des marchandises volées. Stoner a procédé à une perquisition au domicile des parents de Wimberly. Il y a récupéré tondeuses à gazon, produits de beauté et un miroir plaqué or. Il y a retrouvé le vase en porcelaine de Dora Boldt. Il ne portait pas d'empreintes digitales. Le numéro sur le fond n'était pas un numéro de série. Le vase en porcelaine n'avait aucune valeur comme preuve.

Les marchandises volées ont été entreposées à Parker Center. Les victimes les ont identifiées. Wimberly et Langford ont été inculpés sur dix-huit chefs de cambriolage au premier degré. Aucun article identifiable volé chez les Boldt ou dans les maisons des autres femmes assassinées n'avait été récupéré. Stoner ne pouvait pas inculper Wimberly et Langford de meurtre. Il aurait tué le foutu photographe qui avait écrabouillé ce morceau de fromage.

Wimberly et Langford ont été jugés et reconnus coupables. Langford en a pris pour dix-sept ans. Wimberly, de vingt à vingt-cinq ans. Langford a été vite libéré sous caution. Les fédés l'ont chopé avec deux kilos de cocaïne. Langford a été condamné à perpétuité sans possibilité de conditionnelle.

Stoner était prêt à confondre des meurtriers récidivistes, et il avait dû se contenter de cambriolages premier degré. L'affaire Wimberly-Langford l'a laissé tendu et inquiet pour ses parents. Wimberly et Langford avaient grandi dans une famille de classe moyenne. Ils n'avaient pas été maltraités à la maison. Stoner a appris que les hommes tuaient des femmes pour des tondeuses à gazon et des vases de porcelaine.

***

Un homme a kidnappé une femme de soixante ans. Il a essayé de l'obliger à retirer de l'argent à des distributeurs ATM. La femme n'a pas cessé de taper le mauvais code. L'homme a fini par se sentir frustré et l'a tuée d'une balle.

Il a largué son corps sur le parking d'une église. Il a volé les cartes de crédit et acheté une paire de bottes Kinney pointure 44. Les forces du Shérif, comté de Riverside, se sont lancées à sa poursuite sur la base d'un ancien mandat de recherche pour violation de conditionnelle. Il a entendu qu'on frappait à sa porte. Il s'est caché dans le lit sous sa petite amie de cent cinquante kilos.

Les flics de Riverside l'ont chopé deux jours plus tard. Il leur a dit qu'il savait des choses sur un meurtre du comté de L.A. Un motard lui avait dit qu'il avait dessoudé une vieille bonne femme avant de larguer le cadavre derrière une église. Il pouvait leur retrouver le motard – s'ils le laissaient sortir.

Les flics de Riverside ont appelé Stoner et lui ont rapporté l'histoire. Stoner leur a demandé si l'homme portait des bottes Kinney pointure 44. Les flics ont confirmé. Stoner a dit qu'il arrivait avec un mandat d'amener pour meurtre.

L'homme est passé aux aveux. La section Vols du Shérif l'a épinglé pour plusieurs hold-up. Sa petite amie faisait le chauffeur. L'homme a refusé de manger le morceau pour elle. Les hommes tuaient les femmes et se faisaient tout sucre tout miel pour elles en un battement de cœur.

Un Cambodgien a emménagé aux Hawaiian Gardens. Il avait deux mômes d'un précédent mariage. Sa première épouse était morte au cours de la guerre. Il avait deux mômes de sa femme actuelle. C'était des Cambodgiens-Américains durs à la tâche.

L'homme a appris que sa femme le trompait. Il l'a poignardée avant de se poignarder à son tour. Stoner a appris que les hommes tuaient les femmes afin de faciliter leur propre auto-destruction.

Un drogué à la poussière d'ange est sorti traîner en peignoir de bain. Il a forcé l'entrée d'une caravane et poignardé un vieil homme dans les yeux. Des adjoints ont suivi les traces sanglantes jusqu'à sa crèche. Le môme essayait d'évacuer son peignoir dans la cuvette des toilettes. Il a dit qu'il ne savait pas pourquoi il était sorti.

Stoner s'est dit qu'il devait chercher une femme.

***

Karen Reilly était un corps largué. Un mec a crevé un pneu sur la voie express 126 et il a vu son enjoliveur partir dans un champ. Il est allé le récupérer. Il a senti une odeur de cadavre et failli trébucher sur Karen.

Elle était en état de décomposition avancée et dévorée par les animaux. Des bestioles lui avaient mangé l'os hyoïde. Il n'y avait aucun moyen de déterminer si elle avait été étranglée. Il n'y avait aucun moyen de procéder à des tests sérologiques ou toxicologiques. Il n'y avait aucun moyen de déterminer les causes de la mort.

Stoner et Farrington ont examiné les lieux du crime. La température avoisinait les quarante degrés. Ils ont trouvé quelques bijoux sur le corps et les ont répertoriés.

Stoner a vérifié les rapports signalant des personnes disparues. Il a trouvé un cas du LAPD vieux de deux semaines et a contacté les deux inspecteurs chargés de l'affaire. Ils lui ont dit que son décomposé pouvait bien être la fille qu'ils recherchaient. Ils ont pris les bijoux trouvés sur le cadavre et les ont montrés aux parents de Karen Reilly. Ses parents l'ont identifiée.

Deux détectives privés travaillaient déjà sur l'affaire. Les parents de Karen les avaient engagés quelques jours après la disparition de leur fille. Ils ont rencontré Stoner et Farrington et leur ont fourni un rapport sur les progrès de leur enquête.

Karen Reilly avait dix-neuf ans. Elle aimait l'alcool et les jeunes loulous un peu louches. Elle habitait chez ses parents dans la partie chic de Porter Ranch.

Elle s'était engagée auprès d'une agence de travail temporaire. Elle avait rencontré un jeune mâle latino du nom de John Soto. Soto travaillait à l'agence. Il vivait avec sa concubine, son fils, son frère Augie et la petite amie de celui-ci âgée de seize ans. Karen baisait John Soto. Les parents de la fille désapprouvaient cette liaison.

Karen se trouvait chez elle juste avant sa disparition. Elle buvait de la gnôle avec une amie. Elle s'était torchée. Elle s'était mise à délirer contre John Soto et son « épouse ». Elle avait dit que c'était des parents minables. Qu'elle voulait secourir leur enfant.

Karen avait quitté la maison, seule. Sa mère et son père ne l'avaient jamais revue.

Les frères Soto ont fourni le reste de l'histoire.

Karen est allée jusqu'à une rue commerçante et elle a fait du stop. Deux mecs l'ont prise en voiture. Le conducteur lui a demandé son numéro de téléphone. Karen le lui a donné. Les mecs l'ont déposée devant l'immeuble des frères Soto.

Les Soto l'ont fait entrer. Karen a agressé verbalement la concubine de John avant de s'enfuir de l'appartement en courant. La concubine l'a pourchassée. Elles ont échangé des insultes sur le trottoir à 2 heures du matin. John Soto est descendu au pas de course. Il a fait remonter sa femme. Augie Soto et sa petite amie sont sortis et ont parlé à Karen. Karen a dit qu'elle allait faire du stop pour rentrer chez elle ou se rendre à Los Banos Lake.

Augie et sa petite amie sont remontés. John leur a donné les clés de sa voiture et leur a dit de retrouver Karen. Il était 2 heures trente du matin.

Augie et son amie ont quadrillé le quartier à vitesse de croisière. Ils n'ont pas repéré Karen. Ils se sont rendus au magasin du coin. Ils ont discuté le coup avec un employé. Ils sont restés jusqu'à l'aube. Ils n'ont jamais revu Karen.

Les parents de Karen ont appelé les Soto de manière répétée. John Soto leur a donné la même version qu'aux inspecteurs. Le frère de Karen a défoncé la porte des Soto et frappé John et Augie. Lesquels s'en sont tenus à l'histoire qu'ils avaient racontée à la police. La famille Reilly était convaincue que les frères Soto avaient tué Karen. Les inspecteurs n'étaient pas d'accord. Ils étaient d'avis que Karen avait fait du stop et était tombée sur quelque taré à la tête brûlée.

Stoner a interrogé les parents et le frère de Karen. Ceux-ci condamnaient les Soto. Stoner a interrogé les frères Soto et leurs compagnes. Tous s'en sont tenus à leur histoire. Stoner a interrogé l'employé du magasin. Il a contredit la version d'Augie quant à leur discussion jusqu'à une heure avancée de la nuit.

Augie disait qu'ils étaient passés vers 3 heures du matin. L'employé a déclaré qu'ils étaient arrivés à 5 heures. Stoner est retourné voir John et Augie et leur a demandé de passer au détecteur de mensonges. Les frères ont accepté.

John a passé le test avec succès. Le test d'Augie n'a pas été concluant. L'épouse de John et la petite amie d'Augie ont refusé de passer au détecteur.

La mère de Karen Reilly a appelé Stoner. Elle a dit que le petit ami de lycée de Karen avait essayé de kidnapper sa fille quelques mois auparavant. Il avait empoigné Karen un jour qu'il était chez eux et l'avait forcée à monter dans sa voiture. La mère de Karen s'était interposée. Le garçon était reparti.

Stoner a interrogé l'ex-petit ami. Lequel a déclaré être toujours amoureux de Karen. Il ne voulait pas la voir traîner avec des ramasseurs de fayots de bas étage. Il avait obligé Karen à monter dans sa voiture pour la convaincre et lui mettre un peu de plomb dans la tête. Le gamin a accepté de passer au détecteur de mensonges. Sa mère est intervenue et a refusé son autorisation.

Stoner est retourné au magasin. Il a découvert que l'employé était parti à Vegas et s'était fait refroidir dans une histoire de drogue qui avait mal tourné.

D'autres homicides se sont produits. Ils exigeaient

une attention rapide. L'affaire Karen Reilly était pleine de suspects impossibles à inculper. La cause de la mort n'était pas clairement définie.

Admettons que les fils Soto aient roulé le détecteur de mensonges. Admettons que l'ancien petit ami ait tué Karen. Admettons qu'un homme l'ait prise en stop. Ils se partagent un peu de mauvaise came et Karen succombe à une overdose. L'homme déshabille le corps et le largue dans la nature. Un pervers fait monter Karen dans sa voiture. Il la viole et la descend pour se couvrir d'une arrestation pour viol. Un tueur en série était en liberté, il étranglait des autostoppeuses. Disons qu'il était tombé sur Karen.

Stoner s'est mis au travail sur de nouvelles affaires. Il travaillait sur l'affaire Reilly dans ses rêves.

Il voyait Karen vivante et Karen toute ratatinée, rougie et noircie à cause de la chaleur et de la décomposition. Il voyait les manières dont elle avait pu être tuée. Il se réveillait toujours au moment où il essayait de repérer avec exactitude l'instant où elle avait franchi cette ligne.

Le type du magasin l'avait vue baiser John Soto sur la banquette arrière de sa voiture. La voiture faisait ressort, là-devant, dans le parking. La femme de John était tombée en plein milieu du spectacle et avait fait un foin de tous les diables.

Karen avait invité Augie Soto à Los Banos Lake. Augie avait débarqué avec quelques potes. La tante et l'oncle de Karen avaient refusé de les laisser entrer dans leur chalet. Karen avait campé dehors avec ses amis mexicains.

Karen buvait trop. Karen adorait choquer ses amis et ses parents coincés. La vie de Karen suivait un schéma prévisible, celui de la jeune rebelle.

Elle était ivre en quittant la maison. Elle venait d'annoncer ses nouvelles ambitions de carrière à une amie, ivre elle aussi. Elle voulait être racoleuse. Elle avait quitté la maison pour secouer les puces à des parents indignes et sauver leur enfant négligé.

Les idées se mélangeaient dans sa tête, elle était stupidement candide. Elle avait dix-neuf ans. Elle aurait pu se dégager de cette spirale mortelle aussi facilement qu'elle avait franchi cette ligne.

Stoner ne parvenait pas à la laisser s'en aller.

Les filles rebelles et stupides avaient des choix limités. La vie favorisait les garçons rebelles et stupides. Les filles rebelles et stupides répugnaient et émoustillaient tout à la fois. Leur numéro était destiné à ce vaste monde toujours partant pour les ignorer. Parfois l'homme qu'il ne fallait pas entrait dans leur jeu, un peu trop parfaitement incarné.

Stoner a appris que les hommes tuaient les femmes parce que le monde voulait ignorer le meurtre et fermait les yeux.

***

Il a travaillé sur des dizaines d'homicides. Il a maintenu un taux de réussite salutaire. Il passait du temps auprès des familles des victimes. Il négligeait sa propre famille. Ses fils grandissaient vite. Il a passé la moitié de leurs anniversaires sur des lieux de crimes. Le taux de criminalité du comté de Los Angeles ne cessait d'augmenter. Il abattait de la paperasse en retard et restait bloqué dans les embouteillages d'autoroute. Il récupérait de nouveaux meurtres, jonglait avec les anciens, répondait à des appels de suicides, d'accidents du travail. Il a résolu dix-neuf affaires sur vingt et une en une année civile. Il travaillait avec de bons partenaires et faisait la moitié du boulot. Il travaillait avec de mauvais partenaires et se payait tout le boulot. Certaines affaires lui excitaient les neurones. Certaines l'ennuyaient à mourir. Il a travaillé sur un million de crimes où papa-tue-maman et maman-tue-papa. Il a travaillé sur deux millions de meurtres de bar entre Mexicains, où les quarante témoins oculaires se trouvaient tous aux toilettes et prétendaient n'avoir rien vu. Certaines affaires le faisaient méditer sur des putains de sujets complètement déments. Certaines le faisaient roupiller comme un gros repas et un mauvais film. Il a remonté toutes les pistes dans l'affaire du « Night Stalker » – le « Chasseur de nuit ». Il a résolu l'affaire Mini-Manson et fait tomber quelques méchants qui tuaient des racoleurs pédés. Les meurtres s'accumulaient. Au point de lui coller un Syndrome d'Épuisement du Chasseur de Meurtres. Il est parti en vacances et a souffert du Syndrome de Manque du Chasseur de Meurtres. Il travaillait sur toutes ses affaires avec la même volonté d'engagement, il ne faisait le tri que dans son cœur et dans sa tête. Les rendez-vous au tribunal s'accumulaient. Ils couvraient un échantillonnage varié de meurtres. Certains étaient récents, d'autres anciens. Certains lui excitaient les neurones. D'autres l'ennuyaient à mourir. Il jonglait avec un large éventail de faits et se plantait rarement quand il témoignait devant la Cour.

Il a passé huit années sur les Autoroutes de Largage. Il n'avait aucun désir d'en sortir. Son seul et unique rêve était simple et globalement un peu bêta.

Il voulait limiter ses meurtres à lui à un nombre restreint et significatif.

***

Il l'a réalisé, son rêve. Il l'a réalisé parce que Bob Grimm avait une idée dingue qui lui démangeait le cul. Grimm voulait résoudre l'affaire du Cotton Club. Il a fait transférer Stoner au sein de l'unité des Non Résolus au début de 87.

Stoner a protesté contre son transfert. Les Non Résolus, c'était un boulot de vieux. Il n'avait que quarante-six ans. Il voulait travailler sur des affaires fraîches. Grimm lui a répondu de la fermer et de faire ce qu'on lui ordonnait.

L'affaire du Cotton Club était célèbre. La victime était un dégueulasse du nom de Roy Radin qui gravitait dans le show-biz. Il avait été tué en 83. Sa mort était censément due à des trafics de came et magouilles hollywoodiennes. Au centre de toute l'histoire, un film merdique intitulé *The Cotton Club*.

Grimm a annoncé à Stoner qu'il travaillerait avec Charlie Guenther. C'était une bonne nouvelle. C'était Guenther qui avait *réellement* résolu l'affaire Charles Manson. Il travaillait sur l'enquête Gary Hinman pour la Criminelle du Shérif et avait agrafé deux tarés du nom de Mary Brunner et Bobby Beausoleil. Ils avaient écrit « Pig » et « Political Piggy » sur les murs de Hinman après avoir tué ce dernier. Des slogans similaires étaient gribouillés sur les lieux des crimes Tate-LaBianca. Guenther s'était rendu auprès du LAPD et leur avait exposé en détail l'affaire Hinman. Brunner et Beausoleil se trouvaient en détention au moment des crimes Tate-LaBianca. Guenther a dit au LAPD d'aller contrôler leurs copains au Spahn Movie Ranch. Le LAPD a ignoré les conseils de Guenther. Ils ont résolu l'affaire Tate-LaBianca par pur coup de bol quelques mois plus tard.

Guenther se trouvait en vacances pour l'instant. Grimm a dit à Stoner de s'acclimater au service et d'étudier le dossier originel du Cotton Club. Stoner a examiné d'anciens dossiers pour comprendre la *ges-*

talt des Non Résolus. Quelque chose l'a conduit à Phyllis (Bunny) Krauch – DDD 12/07/71.

L'affaire avait acquis une relative notoriété. Un journaliste la lui avait racontée des années auparavant. L'affaire Bunny Krauch avait fait des dégâts à la Criminelle du Shérif.

Bunny West avait eu une jeunesse dorée à Pasadena. Elle avait épousé un dénommé Robert Krauch à la fin des années cinquante et avait eu quatre enfants de lui. Krauch était journaliste pour le *L.A. Herald*. Son père était un grand ponte du journal.

Bunny Krauch était belle. Elle avait un cœur en or, elle était pathologiquement gaie. Robert Krauch était possessif et il avait mauvais caractère. Tout le monde aimait Bunny. Personne n'aimait Robert.

Les Krauch se sont installés à Playa Del Rey au début des années soixante. Ils ont acheté une belle maison face à la plage. Robert Krauch s'est pris de querelle avec un voisin et a cassé le nez du bonhomme. Robert s'est fait une mauvaise réputation. Les gens le considéraient comme excentrique. Il chevauchait sa bicyclette dans Playa Del Rey et rayonnait de vibrations hostiles.

Marina Del Rey était la nouvelle enclave *in*. Elle se situait à moins de deux kilomètres de Playa. On y trouvait des pontons à bateaux, des yachts et plein de bars et de restaurants très mode.

Le Charlie Brown's s'est ouvert en 68. C'était un bar-restaurant indépendant avec une clientèle très avant-garde. Les serveuses étaient toutes des canons sexy. Elles portaient décolletés et robes courtes. Le patron avait un faible pour les L.A. Lakers. Il faisait de la lèche aux joueurs et s'arrangeait pour que ses filles sortent avec eux. Le Charlie Brown's est devenu un lieu favori des amateurs de sport.

Bunny Krauch y a trouvé un emploi de serveuse.

Elle était de service le soir et finissait aux alentours de minuit. Elle s'est mise à vivre une existence séparée, à deux kilomètres de sa famille.

Ça chauffait très fort au Charlie Brown's. Les serveuses passaient leur temps à éviter les mains baladeuses. Bunny Krauch se faisait palper et peloter tous les soirs.

Il y avait ce fameux Don, le Roi des Peloteurs. Il était exterminateur de vermine. Il n'était pas beau, la cinquantaine bien avancée. Les serveuses le méprisaient. Il est devenu l'amant de Bunny Krauch. Personne ne comprenait ce qu'ils faisaient ensemble.

Don avait vingt ans de plus que Bunny. Don était dégoûtant. Don était un pinceur de fesses et un ivrogne notoire.

La liaison a duré trois ans. Don et Bunny se retrouvaient dans un motel sur Admiralty Way. Ils se retrouvaient au Charlie Brown's et dans d'autres restaurants de la marina. Ils n'étaient pas discrets. Les amis de Bunny étaient au courant. Pas Robert Krauch.

Robert a subi une vasectomie. Bunny a dit qu'elle voulait continuer à prendre la pilule. La pilule lui permettait d'avoir des règles régulières.

Robert n'a pas compris.

Bunny est morte dans sa voiture. Celle-ci était garée dans un cul-de-sac près du Charlie Brown's. Quelqu'un l'avait étranglée. On avait noué deux serviettes du restaurant autour de son cou et on avait tiré. On l'avait violée et sodomisée. Sa robe était remontée, son chemisier arraché et ouvert. Elle avait quitté le Charlie Brown's à minuit et était morte peu de temps après. Elle était morte dans sa tenue de serveuse.

Un garde d'une patrouille privée l'avait découverte. La Criminelle du Shérif a pris le relais.

Don avait un alibi. Robert Krauch a déclaré qu'il dormait à son domicile lorsque le meurtre s'était produit. Un témoin a aperçu un homme à bicyclette près des lieux du crime. Robert Krauch a dit que ce n'était pas lui. Robert Krauch a dit qu'il ne savait pas que sa femme le trompait.

Le garde de la patrouille était un suspect brûlant comme un fer rouge. Une femme avait déclaré que cet homme et son cousin l'avaient violée et sodomisée deux années auparavant. C'était sa parole contre la leur. Les flics avaient cru les deux hommes. L'affaire n'était pas allée plus loin.

Des inspecteurs ont mis la pression sur le garde. Lequel a nié les violences sexuelles et le meurtre de Bunny Krauch. Il est passé au détecteur de mensonges et a brillamment triomphé de l'épreuve.

On a affecté une demi-douzaine d'inspecteurs à l'enquête. Des dizaines d'autres se sont portés volontaires. L'affaire a vite fait fureur dans les rangs de la Criminelle du Shérif. La victime était une beauté, le milieu très libéré. C'était *Laura,* remis au goût du jour dans un contexte de promiscuité sexuelle. Bunny Krauch ensorcelait tous les mecs. Ils voulaient tous retrouver son meurtrier et la lui mettre jusqu'au trognon. Ils voulaient rencontrer toutes les filles du Charlie Brown's. Ils voulaient secouer la marina jusqu'aux fondations.

Ils se sont attaqués au quartier sans prendre de gants. Ils ont retourné le Charlie Brown's de fond en comble, ils ont harcelé jusqu'au dernier tous les tarés qui avaient jamais peloté Bunny Krauch. Ils ont interrogé les L.A. Lakers et les copines serveuses de Bunny. Ils ont mis la pression sur les types aux mains baladeuses et les criminels sexuels répertoriés. Ils ont pourchassé le fantôme de Bunny.

Certains se sont mis à boire. D'autres sont tombés

amoureux. D'autres encore ont tiré leur coup le plus simplement du monde. Quelques-uns ont fait le grand plongeon, avec sexe et meurtre pour alibi, et ont balancé leur vie de famille aux chiottes pour des femmes qu'ils venaient de rencontrer.

Bunny Krauch a jeté un sort maléfiquc à la Criminelle du Shérif. Stoner l'a aimée pour cela. Il était désolé que d'autres femmes s'en trouvent blessées. Il savait comment garder les choses en droite ligne. Il savait comment garder scellée à l'intérieur de lui cette chose qu'il éprouvait pour les femmes.

Il a craqué brutalement pour Bunny. Il souhaitait que les mecs ayant fait le grand plongeon sachent aimer comme lui savait aimer.

***

Le déclic s'est fait avec Charlie Guenther. L'un et l'autre aimaient bosser à plein régime.

Ils ont lu le dossier du Cotton Club séparément et ensemble. Ils ont parlé à l'enquêteur qui vivait encore et ont mis les faits à plat.

Tout avait commencé comme une affaire de personnes disparues relevant du LAPD. L'assistant de Roy Radin a signalé la disparition de son patron. Radin habitait dans une résidence hôtelière à Hollywood Ouest. Il a franchi le seuil de sa porte le 13/05/83. Il est parti dans une limousine en compagnie d'une fourgueuse de coke dénommée Laney Jacobs. Radin et Jacobs se faisaient la gueule. Jacobs croyait que Radin avait obtenu d'un des mignons qu'elle avait sous son aile de lui voler un peu d'argent et de came. Radin et Jacobs étaient acoquinés avec un producteur sur le retour du nom de Robert Evans. Ils se chamaillaient à propos du projet de film *Cotton Club*. Que des conneries pleines d'aigreur.

Radin et Jacobs se rencontraient pour discuter et régler leurs différends. Ils étaient censés dîner au La Scala de Beverly Hills. Radin craignait un tour de cochon. Il a dit à son pote Demond Wilson de filer la limousine de Laney. Wilson était acteur, il avait eu ses jours de gloire. Il avait été la vedette du programme télé *Sanford and Son*.

Radin s'est séparé de Laney. Wilson a loupé sa filoche. Radin a disparu de la surface de la terre.

Le LAPD a été incapable de retrouver Laney Jacobs. Bob Evans ne savait pas où était Roy Radin. Le LAPD avait catalogué Radin comme encoké fugueur d'une nuit. Ils se disaient qu'il referait surface tôt ou tard. Ils ont laissé tomber l'enquête.

Radin a refait surface, cinq semaines plus tard. Mort. Un campeur a découvert son corps dans Caswell Canyon près de Gorman. Le cadavre était en état de décomposition avancée. Des plombs de chasse étaient éparpillés alentour. Quelqu'un avait fourré de la dynamite dans la bouche de Radin *post mortem*. L'explosion n'avait pas réussi à détruire les dents. Les techniciens du labo criminel sont parvenus à identifier le corps grâce à sa dentition.

Gorman se trouvait dans le comté de L.A. Carlos Avila et Willy Ahn ont pris l'affaire en main pour la Criminelle du Shérif.

Ils ont étudié les dossiers des personnes disparues du LAPD. Ils ont acquis la certitude que Laney Jacobs était une fourgueuse de coke à grande échelle. Ils ont appris qu'elle était très copine avec un gros bras dénommé Bill Mentzer. Ils ont localisé Jacobs à Aspen, Colorado. Ils ont décidé de ne pas lui tirer sur la laisse immédiatement. Ils n'arrivaient pas à localiser Mentzer.

Des mois ont passé. Willy Ahn est tombé malade. Il a appris qu'il avait au cerveau une tumeur maligne.

Malgré tout il a travaillé sur l'affaire Radin. Carlos Avila a consulté l'ordinateur du LAPD et appris que Bill Mentzer était soupçonné d'un meurtre commandité récemment.

La victime s'appelait June Mincher. C'était une Noire, laide, pesant cent kilos. La plupart des gens la prenaient pour un travelo ou un homme. C'était une prostituée, une artiste de l'extorsion et elle dirigeait une entreprise de sexe par téléphone.

Elle avait planté ses griffes dans une famille aisée. Le petit-fils était un de ses michés. La famille a engagé un détective privé du nom de Mike Pascal pour lui donner une leçon. Pascal a refilé le boulot à Bill Mentzer. Mentzer a tabassé à coups de canon de pistolet June Mincher et un miché qu'elle baisait dans sa piaule de pute. Mincher a continué à enquiquiner la famille. Elle a été tuée par balle le 3/05/84. Mentzer était leur suspect numéro un. Ils avaient de la merde en barre en guise de preuve.

Avila n'arrivait pas à localiser Mentzer. Des mois ont passé. Avila a travaillé sur de nouveaux meurtres, et il revenait à l'affaire Radin quand sa charge de travail se faisait moins pesante. Willy Ahn était maintenant gravement malade.

Un flic des stups du LAPD du nom de Freddy McKnight a lâché, par vantardise, des infos à un type du bureau du procureur. McKnight a dit qu'il avait des tuyaux de première main sur l'affaire Roy Radin. Il allait en personne résoudre une grosse affaire du Shérif.

L'homme du procureur a appelé Bob Grimm. Grimm a appelé son contact haut placé au LAPD et lui a dit de presser McKnight pour obtenir des infos. Ça a marché. McKnight a raconté son histoire à Grimm et Avila.

McKnight avait une balance dénommée Mark Fogel. Il avait chopé Fogel avec une grosse cargaison de la coke de Laney Jacobs. Fogel dirigeait un service de voitures avec chauffeur. Bill Mentzer et un mec du nom de Bob Lowe travaillaient pour lui à mi-temps comme chauffeurs. Fogel a dit que Mentzer et Lowe étaient dans le coup pour le dessoudage de Radin. Fogel s'est contenté de tuyauter McKnight sur une grosse livraison de coke. Mentzer et Lowe en apportaient deux kilos à l'aéroport de L.A. Il s'agissait de la came de Laney Jacobs. McKnight était décidé à alpaguer Mentzer et Lowe immédiatement, à LAX [1].

Avila s'est joint à l'équipe d'arrestation. L'agrafage s'est déroulé en douceur. Ils ont arrêté Mentzer et Lowe, avec deux kilos de came. Mentzer et Lowe ont refusé de discuter du meurtre Radin. Ils se sont dépêchés de se faire libérer sous caution.

Mentzer et Lowe partageaient un appartement dans la vallée. Avila a obtenu un mandat et a perquisitionné. Il a trouvé un instantané représentant Mentzer et deux inconnus, dans le désert. L'endroit ressemblait à celui où l'on avait découvert le corps de Roy Radin. Avila a trouvé des titres de propriété de voiture. Laney Jacobs avait donné à Bob Lowe une Cadillac, le jour même de la disparition de Roy Radin.

Avila est retourné sur les lieux du meurtre de Radin. La photo avait été prise exactement à cet endroit. Avila a présenté la photo à ses témoins. Personne ne connaissait les deux hommes qui étaient avec Mentzer.

Willy Ahn est décédé. Mentzer et Lowe ont échappé à l'inculpation pour trafic de came à cause d'un défaut de procédure lors de l'arrestation. Avila a affronté le procureur. Celui-ci a lu son résumé de l'affaire Radin et a refusé de poursuivre. Il a dit que le dossier était trop faible.

1. Aéroport de Los Angeles. *(N.d.T.)*

Avila a hérité de nouveaux meurtres. Il représentait le dossier Radin au bureau du procureur de temps à autre. Personne ne voulait poursuivre. Deux ans et quelques mois se sont écoulés.

***

Stoner savait qu'ils pouvaient en finir avec cette affaire. Il leur suffisait de faire parler les bonnes personnes.

Tout était là.

Radin avait disparu dans une limousine. Mentzer et Lowe conduisaient des limousines à mi-temps. Mentzer travaillait pour Laney Jacobs. Laney haïssait Roy Radin. Mentzer était un torpédo amateur.

Stoner voulait passer à l'action. Guenther a voulu qu'il étudie d'abord une autre affaire. L'histoire Tracy Lea Stewart était la bête noire de Guenther. Il connaissait les tueurs. Il voulait la peau du principal responsable avant de prendre sa retraite. Il voulait que Stoner devienne accro à Tracy.

Stoner a lu le dossier. Il s'est retrouvé accro, instantanément.

Tracy Stewart avait dix-huit ans. Elle habitait avec ses parents et son petit frère à Carson. C'était une fille paisible et timide qui s'effrayait facilement.

Elle avait disparu le 8/09/81. Elle a rencontré un dénommé Bob à Redondo Beach ce jour-là. Bob avait environ vingt et un ans. Il était beau gosse. Il a invité Tracy à sortir. Tracy lui a dit de l'appeler.

Bob a appelé à 18 heures. Il a suggéré une balade en voiture et quelques parties de billard dans un chouette bowling. Tracy a dit d'accord. Bob a dit qu'il arrivait tout de suite. Tracy a dit à sa mère qu'elle sortait avec un ami. Sa mère lui a dit de téléphoner à la maison au moins une fois.

Bob est passé prendre Tracy. Tracy a appelé sa mère une heure plus tard. Elle appelait depuis un bowling à Palos Verdes. Elle a dit qu'elle serait de retour à la maison vers minuit ou 1 heure du matin.

Elle n'est pas rentrée. Ses parents ont attendu. Ils ont appelé le poste du Shérif de Carson au matin.

Un adjoint s'est rendu au bowling. Il a parlé à plusieurs personnes de service ce soir-là. Elles se souvenaient de Tracy et de Bob. Elles ne savaient pas qui était Bob.

L'affaire est repassée aux Personnes Disparues du Shérif. Le sergent Cissy Kienest a interrogé les amis de Tracy et des dizaines d'habitués de la plage. Personne ne connaissait Bob. Personne n'avait vu Tracy ni Bob la nuit du 8/09/81.

Les parents de Tracy ont distribué des prospectus et passé des annonces dans les journaux. Tracy restait introuvable. L'affaire est restée en sommeil pendant quatre ans.

Un dénommé Robbie Beckett a agressé sa petite amie en 1985. Il a été arrêté à Aspen, Colorado. Il a été condamné à deux ans au pénitencier d'État du Colorado. C'est le sergent Gary White qui s'est occupé de l'affaire pour les services de police d'Aspen.

White et Beckett avaient des relations cordiales. Robbie a déclaré à White qu'il voulait obtenir une réduction de peine en échange d'infos concernant un meurtre commis à L.A. En août 81. La victime, une fille qu'il avait prise en voiture. Son premier ou deuxième prénom était Lee. Il avait oublié son nom de famille.

White a répondu qu'il ne pouvait rien promettre. Robbie lui a malgré tout sorti son histoire.

Son père s'appelait Bob Beckett Senior. Il habitait avec lui à Torrance – non loin de Redondo Beach et

Palos Verdes. Son père était un artiste. Il dirigeait une école d'art ringarde et se faisait du pognon en extra comme homme de main. Il ramassait de l'argent pour des mecs liés à la pègre de San Pedro. Son père mesurait un mètre quatre-vingt-dix, pesait cent vingt kilos. Son père pratiquait le karaté. Son père appartenait à la Société pour les Anachronismes créatifs – un groupe où les gens vivaient leurs conneries médiévales timbrées. Son père traînait avec un mec genre tantouzard du nom de Paul Serio. Paul Serio était une grosse huile dans la société des timbrés. Son père avait quarante-cinq ans aujourd'hui. Son père était un méchan-an-ant salopard.

Son père avait une petite amie nommée Sharon Hatch. Celle-ci avait rompu en mai 81. Bob Beckett Senior était devenu cinglé. Il a traqué Sharon, il l'a menacée. Il a dit à Robbie de rassembler quelques motards et de violer la fille à la chaîne.

Robbie adorait et craignait son père. Robbie détestait le voir blessé et en colère. Il a rassemblé quelques mecs pour violer Sharon. Il a annulé l'opération au dernier moment. Robbie aimait bien Sharon. Il ne voulait pas lui faire de mal. Il s'est dit que son père finirait bien par dépasser ses envies de vengeance.

Bob Beckett Senior a continué d'être blessé et en colère. Il a laissé tomber sa fixation Sharon et s'en est fabriqué une nouvelle. Il a dit à Robbie de lui trouver une fille jeune. Il pourrait malmener la fille et fléchir Sharon de cette manière.

Robbie a freiné des quatre fers. Il s'est dit que son père finirait bien par dépasser sa fixation fille jeune. Bob Beckett Senior a persisté. Robbie a cédé.

Il a rencontré cette fille Lee à la plage. Il a obtenu son numéro de téléphone. Il l'a appelée et l'a invitée à sortir. Il l'a emmenée dans un bowling où il a fait quelques parties de billard avec elle. Ils se sont embrassés et ont bu de la bière. Il lui a dit qu'il devait s'arrêter quelque part avant de la ramener chez elle.

La fille a dit d'accord. Robby l'a emmenée jusqu'à l'appartement de son père. Les lumières étaient éteintes. Bob Beckett Senior attendait dans la chambre. Robbie a laissé la fille dans le salon et il est entré. Son père a demandé : « Tu m'as rapporté quelque chose ? » Robbie a livré la fille.

Bob Beckett Senior l'a pelotée et l'a violée. Robbie s'est saoulé à mort dans le salon. Bob Beckett Senior a passé deux ou trois heures seul avec la fille.

Il lui a dit qu'il la ramènerait chez elle. Il lui a dit de prendre une douche d'abord. Il l'a enfermée dans la salle de bains. Il a dit à Robbie qu'ils allaient devoir la tuer.

Robbie ne voulait pas la tuer. Bob Beckett Senior s'est saisi d'une matraque fabrication maison et a insisté. Robbie a cédé.

Bob Beckett Senior a déverrouillé la salle de bains et dit à la fille de s'habiller. Ce qu'elle a fait. Robbie et Bob Beckett Senior l'ont conduite jusqu'à leur camion. Il était 2 heures, 2 heures et demie du matin.

Robbie a donné un grand coup de matraque. La matraque a heurté une branche. Le coup a étourdi la fille et lui a labouré le visage. Robbie a été incapable de se trouver assez de tripes pour la frapper à nouveau.

Bob Beckett Senior l'a frappée et l'a balancée à l'arrière de la camionnette. Il y est entré à son tour et l'a épinglée au sol avec les genoux. Il l'a étranglée à mains nues et lui a passé un sac poubelle en plastique sur la tête.

Ils ont conduit le corps vers le sud sur la voie rapide 405. Ils ont pris des routes invraisemblables jusqu'en pleine cambrousse. Ils ont largué la fille dans des buissons près d'une clôture.

Ils sont rentrés à la maison et ont piqué une suée à l'idée d'être découverts. Les journaux ont diffusé quelques articles sur des personnes disparues. Bob Beckett Senior a dit à Robbie de désosser la camionnette. Robbie a remplacé les panneaux et acheté un nouveau jeu de pneus. Pas un flic ne s'est montré. Robbie s'est dit que les coyotes avaient dévoré le corps.

Robbie a vécu dans la trouille pendant un moment. Il a quitté l'appartement de son père et s'est installé chez sa mère. Bob Beckett Senior a donné la camionnette au frère de Robbie, David. Le temps a passé, lentement. Bob Beckett Senior a épousé une dénommée Cathy. Cathy avait deux filles. Bob Beckett Senior a commencé à tripoter celle qui avait douze ans.

Robbie a raconté à quelques amis ce qui s'était passé. Ceux-ci ont pensé qu'il racontait des craques. Robbie était un engnôlé, un bagarreur et parfois racoleur pédé. Ses amis ne le voyaient pas en fournisseur de victime de meurtre.

Bob Beckett Senior a déménagé à Aspen. Il a trouvé un boulot auprès de son vieil ami karatéka Paul Hamway. Robbie est parti à Aspen et s'est installé non loin de son père.

Gary White a acheté la plus grande partie de l'histoire. Robbie lui a jeté un petit os à ronger. Il a dit que son père avait exécuté un contrat en Floride. Il en connaissait les détails – mais refusait de les divulguer.

Gary White a appelé la Criminelle du Shérif. Il a rapporté le récit de Robbie à Charlie Guenther.

Guenther a consulté le Service des Personnes Disparues. Cissy Kienest lui a dit que « Lee » pourrait bien être Tracy Lea Stewart. Guenther a envoyé une photo de Tracy Stewart à Aspen. Gary White a mélangé le cliché à une douzaine d'autres représentant des jeunes femmes. Il a montré le tout à Robbie Beckett. Robbie a désigné Tracy.

White a appelé Charlie Guenther et lui a appris qu'il avait touché le gros lot. Guenther et Cissy Kienest ont pris l'avion pour Aspen.

Bob Beckett Senior a rendu visite à Robbie en prison. Robbie lui a dit qu'il l'avait balancé pour l'histoire de la fille morte. Bob Beckett Senior l'a convaincu de se rétracter. Il lui a servi menaces et récriminations en mettant l'accent sur la bonne vieille loyauté père-fils. Robbie a dit amen à papa, comme il l'avait toujours fait.

Charlie Guenther et Cissy Kienest ont essayé d'interroger Robbie. Robbie a pissé à reculons. Il a déclaré que l'histoire qu'il avait racontée à White était de la connerie. Il n'a pas voulu faire de déposition officielle la confirmant. Il ne voulait pas témoigner contre son père.

Robbie ne voulait pas bouger. Impossible de l'arrêter, pas plus que Bob Beckett Senior, sans une déclaration sous serment et un minimum d'arrangement officiel avec le bureau du procureur de L.A.

White a offert une petite piste annexe à Guenther. La belle-fille de Papa Beckett venait de l'accuser de l'avoir caressée. Elle avait raconté la chose à une conseillère du service social. Ce n'était pas encore un acte criminel.

Guenther a décidé d'aller emmerder Bob Beckett Senior. Il l'a trouvé et l'a asticoté avec l'histoire de sa belle-fille. Beckett a fait jouer ses muscles et est resté de glace. Guenther voulait lui rentrer dans le lard. Bob Beckett Senior l'avait probablement senti.

Tout cela était vieux de dix-huit mois.

Stoner a lu le dossier Stewart une demi-douzaine de fois. L'affaire pouvait se travailler autant que le meurtre Cotton Club. Ils savaient qui avait tué Tracy. Ils savaient qui avait tué Roy Radin. Et pour l'instant, ils ne pouvaient rien faire. Pas le moindre putain de truc.

Charlie l'avait rendu accro à Tracy Stewart. Bob Grimm l'avait rendu accro au Cotton Club. Il avait un partenaire brillant. Deux affaires, ce n'était pas beaucoup, c'était possible.

Ils allaient devoir faire parler certaines personnes.

***

Ils savaient que les ex-épouses étaient bonnes parleuses. Ils savaient que Bill Mentzer avait une ex-femme du nom de Deedee Mentzer Santangelo. Son père était un membre influent du syndicat des camionneurs. Ils l'ont contacté. Ils lui ont dit qu'ils enquêtaient sur l'ex de Deedee, la raclure.

Le vieux haïssait Mentzer. Il a appelé Deedee et lui a dit de coopérer. Stoner et Guenther ont rencontré la fille. Elle a déclaré que son ex passait son temps à tirer dans Caswell Canyon. Elle a examiné la photo trouvée par Carlos Avila. Elle a identifié les deux hommes debout à côté de Mentzer.

L'un s'appelait Alex Marti. Il venait d'Argentine. C'était un mec violent, qui fichait la trouille. Deedee l'avait vu provoquer des bagarres. Elle avait peur de lui.

L'autre était un ex-flic du nom de Bill Rider. Il était jadis très pote avec Larry Flynt, le roi du porno. Il avait épousé la sœur de Flynt. Il avait travaillé comme chef de la sécurité de Flynt. Rider était aujourd'hui de retour en Ohio. Il était en procès contre Flynt pour litiges.

Stoner a trouvé le numéro de Rider et l'a appelé. Il a dit à Rider qu'il avait besoin de savoir le lieu exact où la photo avait été prise. C'était en rapport avec une enquête en cours sur un homicide. Rider a dit qu'il y réfléchirait et rappellerait Stoner.

Il a rappelé le lendemain. Il faisait la gueule. Il avait parlé à Deedee Mentzer Santangelo. Il savait que les flics en avaient après Bill Mentzer. Stoner aurait dû se montrer régulier avec lui.

Stoner lui a fait son numéro d'excuses. Rider a dit qu'il acceptait de venir si les services du Shérif lui payaient son billet d'avion et son hôtel. Bob Grimm a dit O.K. pour la dépense. Rider a pris l'avion et vu Stoner et Guenther. Il a tout de suite placé quelques bribes d'infos sur le meurtre Mincher et l'affaire Radin.

Il a conduit Stoner et Guenther jusqu'à Caswell Canyon. Il a dit que Mentzer et Lowe s'étaient vantés du dessoudage de Radin. Alex Marti était avec eux pour faire le boulot. Marti était une fiotte psycho à tendances nazies. Il vendait maintenant de la came depuis une crèche de Beverly Hills.

Rider s'est mis à dégoiser en tous sens et à jouer au mec qui regrettait. Il a dit qu'il avait peur de Mentzer et Marti. Il avait une famille. Mentzer et Marti le savaient. Stoner a dit qu'il pouvait lui offrir une protection. Stoner a présenté à Rider le fond de l'affaire.

Rider devait faire parler Mentzer et Lowe. Et ils devaient s'entretenir dans un lieu fermé, facile à équiper en mouchards.

Rider a dit qu'il rentrait chez lui et qu'il réfléchirait à la question. Gary White a appelé Charlie Guenther et lui a annoncé quelques bonnes nouvelles.

Robbie Beckett était sorti de prison. Il s'était fait choper pour une nouvelle agression et risquait cette fois deux ans fermes. Robbie a appelé White. Robbie a dit qu'il ferait une déposition officielle et la signerait. Robbie a fait sa déposition. Robbie a balancé Papa Beckett pour Tracy Stewart et bien plus encore.

***

Robbie Beckett était pris d'une logorrhée suicidaire. Il s'est décrit comme l'esclave à plein temps de son père et, une fois seulement, son complice dans un meurtre. Le meilleur marché qu'il pouvait espérer obtenir pour avoir livré Bob Beckett Senior sur un plateau était une inculpation de meurtre au deuxième degré, assortie d'une peine de prison allant de vingt ans à perpétuité. Sa seconde condamnation pour agression lui aurait coûté cinq ans net. Robbie avait réduit toute sa vie en cendres pour baiser Papa Beckett.

Robbie a mis son histoire par écrit. Il y a collé l'histoire de Bob Beckett Senior et du meurtre Susan Hamway.

Bob Beckett Senior travaillait pour Paul Hamway. Susan Hamway était l'épouse de Paul. Ils étaient brouillés et se livraient une vraie guerre pour le divorce. Susan vivait à Fort Lauderdale, Floride. Elle avait la garde de leur petite fille de dix-huit mois.

Paul haïssait Susan. Il a demandé à Bob Beckett Senior si celui-ci connaissait des tueurs professionnels. Bob Beckett Senior a répondu qu'il ferait le coup pour dix mille dollars.

Paul Hamway lui a donné le feu vert. Il y a ajouté une clause.

Il fallait que quelqu'un l'appelle une fois le coup fait. Il se débrouillerait alors pour aller secourir sa fillette.

Bob Beckett Senior a appelé Paul Serio et arrangé un rendez-vous à Miami. Serio a pris l'avion. Bob Beckett Senior l'a retrouvé. Il apportait un couteau, une arme à feu et un godemichet. Ils ont loué une voiture et se sont rendus au domicile de Susan Hamway.

Ils ont frappé à la porte. Susan a ouvert. Elle a reconnu l'ami de son mari, Bob Beckett Senior.

Susan a laissé entrer les deux hommes. Son bébé dormait dans sa chambre.

Bob Beckett Senior l'a frappée à la tête avec son arme. Paul Serio l'a étranglée avec le fil du téléphone. Bob Beckett Senior l'a poignardée dans le dos avec un couteau de cuisine. Serio a aidé Bob à ôter les vêtements de la femme et à lui enlever sa culotte. Ils n'ont pas trouvé le cran de lui fourrer le godemichet dans le vagin.

Le bébé a continué à dormir pendant le meurtre. Paul Serio et Bob Beckett Senior ont quitté la maison en plein jour.

Ils se sont dirigés vers une voie sur berge près de Miami Beach. Ils ont balancé leurs armes. Bob Beckett Senior a appelé Paul Hamway et lui a annoncé que son ex était morte. Il a dit qu'il avait fait passer ça pour un crime sexuel de hasard.

Hamway était censé appeler une des voisines de Susan et lui faire part de son inquiétude quant à l'endroit où se trouvait Susan. La voisine découvrirait le corps. La voisine lui donnerait un alibi et secourrait sa fille.

Serio a repris l'avion pour L.A. Bob Beckett Senior s'en est retourné à Aspen par avion. Personne n'a secouru le bébé.

Le bébé est mort de faim. La fillette s'était arraché de grosses poignées de cheveux avant d'expirer. Ce sont les services de police de Fort Lauderdale qui ont mené l'enquête sur le meurtre Hamway. Ils ont fait porter le chapeau à un attardé mental qui vivait non loin.

Il s'appelait John Purvis. Il a été jugé, reconnu coupable et condamné à perpétuité. Sa condamnation était assortie d'une clause stricte de non conditionnelle.

Stoner et Guenther ont pris l'avion pour Aspen. L'avocat de Robbie Beckett a refusé qu'ils interrogent son client. Il voulait d'abord obtenir du procureur un marché par écrit. Stoner a appelé l'adjoint du procureur, Dale Davidson. Davidson a contacté l'avocat de Robbie et proposé une inculpation de meurtre au second degré – si Robbie témoignait contre Bob Beckett Senior. L'avocat a accepté le marché. Il a dit à Robbie de ne pas renoncer à ses droits d'extradition pour l'instant. Il lui a dit de se trouver un bon avocat à L.A. Robbie a dit qu'il ne bougerait pas et attendrait les instructions.

Stoner et Guenther ont pris l'avion pour Miami. Ils cherchaient Laney Jacobs et sont revenus les mains vides. Ils sont partis pour Fort Lauderdale et ont enquêté sur l'affaire Susan Hamway.

Le procureur était maintenant juge. Il a reconnu que le dossier établi contre John Purvis n'était pas très solide. Stoner et Guenther lui ont raconté l'histoire de Robbie Beckett. Le juge a dit qu'il jetterait un coup d'œil au dossier. Stoner et Guenther ont repris l'avion pour L.A.

Un inspecteur de Fort Lauderdale a appelé Stoner. Il lui a donné quelques détails sur l'enquête Hamway. Stoner a pigé le topo : les flics avaient sorti des aveux bidon d'un suspect mentalement déficient.

Stoner a exposé la version de Robbie Beckett. L'inspecteur a paru scandalisé. Il n'a pas voulu s'engager sur une éventuelle réouverture de l'affaire Hamway.

Stoner et Guenther ont parlé à l'ex-épouse de Papa Beckett et à sa fille Debbie. L'ex a déclaré que

Papa n'arrêtait pas d'enquiquiner David Beckett. Il voulait que son fils largue la camionnette qu'il lui avait donnée. Elle a dit que David avait refusé.

Debbie Beckett était atteinte du sida. Elle a dit que son père était brutal avec elle. Elle a dit qu'il battait David et Robbie régulièrement. Elle a dit qu'il régnait par la terreur.

La camionnette était d'une importance cruciale. Stoner et Guenther ont retrouvé David Beckett et essayé de l'amadouer. Son père lui avait dit de brûler la camionnette. David avait dit non. Stoner et Guenther se sont saisis de la camionnette. Une équipe du labo l'a passée au peigne fin. Ils n'ont trouvé ni cheveux, ni sang, ni fibres de vêtements attribuables à Tracy Lea Stewart.

Stoner et Guenther ont interrogé Mark Fogel. Il a désigné Laney Jacobs comme une importante fourgueuse de coke tout en jouant au grand muet au sujet du meurtre de Roy Radin. Stoner et Guenther se sont rendus à Taft, Californie. Ils ont annoncé aux parents de Tracy Lea Stewart que leur fille était morte.

Les parents ont eu du mal à l'accepter. Ils ont voulu des détails. Que Stoner et Guenther leur ont fournis. Mme Stewart a dit qu'elle renouvelait le permis de conduire de Tracy tous les ans. Stoner a déclaré qu'ils essaieraient de récupérer le corps.

Leurs deux affaires étaient au point mort. Le meurtre Radin remontait presque à un an. Ils attendaient que Bill Rider les aide à piéger leurs suspects. Ils attendaient que Robbie Beckett fasse jouer son droit d'extradition.

Stoner et Guenther ont une nouvelle fois retrouvé la trace de Laney Jacobs. Elle avait épousé un dealer de came du nom de Larry Greenberger. Ils habitaient à Okeechobee, Floride. Stoner et Guenther ont décidé de laisser Laney tranquille.

Ils ont localisé un réseau de ses associés trafiquants de came. La plupart ont accepté de parler. Ils ont dit que Laney était vaniteuse, superficielle, avare, impitoyable et retorse. C'était de la fange du « Panhandle » de Floride. C'était l'ambition vulgaire personnifiée. Elle avait débuté comme secrétaire d'un avocat spécialisé dans le trafic de came. Elle a rencontré des fourgueurs, les a baisés, et a appris le métier. Elle était fêlée de chirurgie esthétique. Elle s'était fait refaire le visage et la plus grande partie du corps selon des indications très précises.

Elle bourdonnait dans la tête de Stoner. Elle y a rejoint Bunny Krauch et Tracy Stewart.

Bunny essayait de vivre deux vies, séparées de deux kilomètres. Son tyran de mari l'avait conduite à croiser la route d'un tueur inconnu. Tracy était la quintessence de la femme victime. On l'avait tuée pour le sexe, comme un objet jetable. Laney était moins qu'une merde de serpent. Elle avait tué un homme pour de l'argent et deux secondes au générique d'un film.

Robbie Beckett a demandé à être extradé. Gary White l'a accompagné jusqu'à L.A. en avion. Stoner et Guenther étaient à l'arrivée. Ils ont dit à Robbie qu'ils voulaient retrouver le corps de Tracy. Robbie a examiné des cartes des comtés de Riverside et de San Diego. Il a désigné quelques lieux précis.

Stoner et Guenther l'ont emmené. Le périple a duré quatorze heures. Robbie a inspecté des lieux et des paysages, et déclaré qu'il n'était pas sûr. Ils n'ont rien repéré, ni débris de vêtements ni restes humains. Stoner et Guenther ont conduit Robbie à la prison principale du comté et l'ont fait incarcérer.

Robbie a parlé à son défenseur commis d'office. L'avocat a rencontré Dale Davidson. Ils ont passé un marché officiel. Stoner et Guenther étaient libres d'aller coffrer Bob Beckett Senior.

Gary White a fait une vérif auprès des services du gaz et de l'électricité et l'a localisé. Il habitait à Tustin avec sa nouvelle épouse. Tustin, c'était le comté d'Orange. Stoner a appelé les services de police de Tustin et demandé trois unités de patrouille en renfort.

L'arrestation a été un non-événement.

Stoner et Guenther ont frappé à la porte. Ils ont demandé à Frau Beckett où était Bob Beckett Senior. Bob Beckett Senior est sorti et a présenté les poignets pour qu'on lui passe les menottes.

Stoner et Guenther l'ont conduit à la prison principale du comté. Guenther était aux anges. Il devait bientôt prendre sa retraite. Il avait épinglé Papa Beckett dans la dernière ligne droite.

L'affaire Stewart était close. L'affaire du Cotton Club était au point mort. L'enquête était vieille de quatorze mois.

Bill Rider a appelé Stoner. Il a déclaré qu'il habitait à San Pedro. Il voulait aider la Criminelle du Shérif. Il voulait passer du temps avec Stoner et Guenther pour voir s'il pouvait leur faire confiance.

L'entreprise a duré trois mois. Au cours desquels Stoner et Guenther ont rencontré Rider deux douzaines de fois. Rider a fourni de petits tuyaux sur Mentzer et Marti. De bonnes infos générales. Ce n'était pas des informations cruciales.

Rider a dit qu'il détenait l'arme qui avait tué June Mincher. Il l'avait prêtée à Mentzer et l'avait récupérée quelques jours plus tard. Il ne savait pas qu'elle allait servir à commettre un meurtre.

Il a laissé Stoner et Guenther emprunter l'arme. Ils l'ont apportée au labo criminel et ont effectué des tests balistiques. Ils ont comparé les balles aux balles du meurtre Mincher. Elles correspondaient parfaitement.

Charlie Guenther a pris sa retraite. Carlos Avila l'a remplacé. Stoner et Avila sont allés voir Bob Grimm et lui ont expliqué le marché de Rider.

Rider était « consultant sécurité ». Il devait gagner sa vie. Il devait rester planqué pour éviter les représailles de Mentzer et Alex Marti. Rider était essentiel à l'affaire. Il méritait un chèque de salaire mensuel.

Grimm a parlé au shérif Block. Block a dit O.K. pour trois mille dollars par mois. Rider a pris l'argent. Il a été d'accord pour donner officiellement les tueurs du Cotton Club.

Rider a signé une déposition officielle. Il a étalé tout ce qu'il savait des meurtres Mincher et Radin. L'étape suivante était le piège policier, l'incitation aux aveux en direct.

Rider a appelé Bob Lowe dans le Maryland. Bob y était barman intérimaire. Rider a jeté un peu de poudre et beaucoup de brume aux yeux de Lowe. Il a dit qu'il venait à Washington pour effectuer un travail de surveillance. Il avait besoin d'un homme en renfort. Lowe a dit qu'il adorerait lui donner un coup de main.

Stoner, Avila et Rider ont pris l'avion pour le Maryland. La police d'État du Maryland a collé des mouchards dans la voiture et la chambre d'hôtel de Rider. Rider a appelé Lowe pour régler les détails du « travail de surveillance ». Lowe a répondu qu'il était occupé et a recommandé son pote Bob Deremer. Stoner et Avila ont sauté au plafond. Rider a dit qu'ils devraient malgré tout mettre Deremer sur écoute. Parce qu'il avait jadis créché chez Bill Mentzer. Les deux mecs étaient très liés pendant toute la période Cotton Club/June Mincher. Deremer pourrait cracher des morceaux pas inintéressants.

Rider a effectué deux pseudo-boulots de surveillance en compagnie de Deremer. La police d'État a mis sur écoutes une voiture et organisé la surveillance d'une chambre d'hôtel. Deremer a révélé que Mentzer avait exécuté le contrat Radin. Il avait reçu en paiement dix-sept bâtons et une Cadillac.

Deremer a dit qu'il avait baladé Mentzer en voiture après le meurtre Mincher. Rider lui a demandé combien il avait touché. Deremer lui a répondu trois mois de loyer gratis.

Rider a fait cracher le morceau à Bob Lowe dans un bar. Il était équipé de mouchards. Lowe lui a dit qu'il avait fait le chauffeur pour Mentzer à deux reprises. Il avait vu Mentzer dessouder la Négresse obèse. Ils ont abattu Radin avec des têtes creuses calibre .22. Des .22 explosées ressemblaient à des plombs de chasse. Ils ont balancé les armes dans un lac près de Miami – à près de cinq mille kilomètres de Caswell Canyon.

Stoner et Avila sont repartis pour L.A. Ils étaient obligés de laisser les choses se tasser pendant un moment. Ils ne pouvaient forcer la main à Rider et le transformer en bulldozer, à monter une écoute après l'autre. Il lui fallait entrer en rapport avec leurs suspects à un rythme tranquille et vraisemblable.

Les mois se sont traînés. John Purvis était toujours en prison. Robbie Beckett et Papa Beckett étaient engagés dans leurs manœuvres respectives d'avant-procès. Les flics de Fort Lauderdale attendaient que Robbie témoigne. Un témoignage convaincant innocenterait John Purvis. Ils pourraient alors se mettre aux basques de Papa Beckett et de Paul Serio. Ils pourraient les épingler pour le meurtre de Susan Hamway.

Robbie Beckett et Papa Beckett étaient incarcérés dans deux prisons différentes. Ils se sont rencontrés à l'occasion d'un transfert au tribunal qui avait foiré. Papa a pu parler à Robbie. Il l'a convaincu de retirer sa déposition sous serment. Robbie a appelé Dave Davidson et lui a dit que le marché était à l'eau. Il ne témoignerait pas contre son père. Davidson a dit à Robbie qu'il serait jugé pour meurtre au premier degré. Robbie a répondu que ça lui était égal.

Le bureau du procureur a perdu contre Bob Beckett Senior. Il a été relâché.

Stoner et Avila ont interrogé deux douzaines de personnes proches de Mentzer et de Jacobs. Stoner et Avila ont délibérément évité Mentzer et Jacobs.

Ils ont mené leurs interrogatoires. Ils ont reconstruit l'histoire du Cotton Club en partant des fondations.

Le père de Roy Radin produisait des spectacles à quatre sous. Il était mort jeune. Roy avait repris l'entreprise à l'âge de dix-sept ans. Il était devenu riche avec sa propre variante grossière de la même activité.

Il montait des spectacles pour la police, les œuvres sociales. Lesdits spectacles avaient pour vedettes des types complètement lessivés comme Milton Berle et Joey Bishop. Les bénéfices des spectacles de charité étaient soumis à une stricte réglementation d'État. Radin enfreignait ces lois. Il prenait un pourcentage d'honoraires scandaleusement élevé et détournait l'argent réservé aux œuvres de charité.

Radin pesait cent cinquante kilos. Radin était accro à la cocaïne. Radin organisait des soirées complètement dingues dans sa propriété de Long Island. Radin avait failli s'attirer de très gros ennuis aux environs de 78.

Une actrice du nom de Melanie Haller avait quitté une de ses soirées d'une démarche chancelante. Elle était à moitié nue et défoncée à s'en faire péter la caboche. Elle a raconté aux flics que Radin et quelques autres zozos l'avaient violée à la chaîne. Les flics ont enquêté. Ils ont coincé Radin sur une accusation de détention d'armes. Radin a payé une amende et cessé d'organiser des soirées fêlées. Il a été pris d'une envie de faire son trou dans le bizness du cinéma et il est parti dans l'Ouest en 82.

Il a rencontré Laney Jacobs à une soirée. Il a commencé à lui acheter sa coke. Laney utilisait un service de limousines en partie propriété de Bob Evans. Elle avait son chauffeur préféré, un dénommé Gary Keys. Keys a dit à Laney qu'Evans cherchait de l'argent. Il voulait faire un film sur le Cotton Club, la boîte de nuit de Harlem célèbre dans les années trente. Laney a dit à Keys qu'elle avait de l'argent à investir dans un bon projet de film.

Laney travaillait pour un magnat de la coke du nom de Milan Bellachaises. Lequel l'avait expédiée à L.A. pour y organiser la distribution sur la côte Ouest. Le passeur de coke de Laney était un péquenot dénommé Tally Rogers. Ils vendaient trente kilos par mois. Ils se faisaient mensuellement un demi-million de dollars de bénéfices.

Laney prenait de la coke. Elle voulait être productrice de cinéma. Gary Keys a informé Bob Evans qu'elle avait de l'argent à claquer.

Laney et Bob se sont rencontrés. Ils ont commencé à bringuer et à baiser. Laney a loué un appartement à Beverly Hills et l'a transformé en crèche à orgies.

Evans a dit à Laney que le *Cotton Club* était un truc à gros budget. Il lui fallait minimum cinquante millions de dollars. Laney a dit qu'elle connaissait un certain Roy Radin. Le mec avait plein de pognon et il voulait faire son trou dans le cinéma. Evans lui a dit d'organiser une rencontre. Laney a eu vite fait de s'exécuter.

Radin a pigé le topo. Il a dit à Evans qu'il vendrait sa maison et irait taper quelques investisseurs riches à crever. Evans a promis à Laney cinquante mille dollars d'honoraires pour avoir monté le coup.

Radin a contacté un ami banquier à Porto Rico. Le banquier était proche du gouverneur de région. Il a enflammé le gouverneur pour le projet du *Cotton Club*. Il lui a demandé cinquante millions de dollars d'argent gouvernemental. Le gouverneur a dit qu'il n'en lâcherait que trente-cinq. Radin a accepté les termes du marché. Il a pris l'avion pour New York afin d'en discuter avec Bob Evans.

Ils se sont retrouvés dans l'appartement d'Evans. Laney a débarqué. Elle a dit à Radin qu'elle toucherait cinq pour cent des bénéfices du *Cotton Club* pour avoir organisé toute l'affaire. Radin n'a pas été d'accord sur le pourcentage. Evans a pris le parti de Laney. Radin a piqué une rogne et a claqué la porte.

Laney est retournée à New York. Elle est tout de suite tombée au beau milieu d'un autre chambard.

Tally Rogers voulait plus d'argent. Il mulait la came sur toute la côte et touchait proportionnellement des clopinettes. Laney a refusé de lui augmenter sa commission.

L'épouse de Tally, Betty Lou, a débarqué. Elle est arrivée du Tennessee par avion sans avoir été annoncée. Laney lui a montré quelques endroits branchés bringue à L.A. Tally a convaincu Laney de la conduire à Vegas.

Laney et Betty Lou se sont taillées. Tally a fait une descente dans le garage de Laney. Il lui a volé douze kilos de coke et deux cent cinquante mille dollars en liquide.

La bonne a appelé Laney. Elle lui a dit qu'elle avait vu Tally fouiner dans son garage. Tally a appelé Betty Lou et lui a dit de disparaître. Betty Lou a pris un taxi pour l'aéroport de Vegas.

Laney est revenue à L.A. Elle a téléphoné à Milan

Bellachaises. Il lui a ordonné de récupérer la came et le pognon.

Laney connaissait un dénommé Bill Mentzer qui avait la réputation d'être prêt à tout pour de l'argent. Laney a appelé Mentzer et l'a engagé pour retrouver Tally Rogers.

Mentzer a rameuté Alex Marti et Bob Lowe. Ils ont pris l'avion pour Memphis et kidnappé le meilleur ami de Tally. L'ami en question leur a montré les endroits que fréquentait Tally. Ils ne l'ont pas repéré. Ils ont relâché son ami et sont repartis pour Miami. Ils ont discuté du problème Tally avec Milan Bellachaises. Aucun des trois hommes n'a trouvé d'idée constructive.

Mentzer a pris contact avec Mike Pascal. Il lui a donné les noms des amis proches de Tally et dit de vérifier leurs listes d'appels longue distance. Ils obtiendraient peut-être ainsi une piste pour retrouver Tally.

Pascal a rappelé Mentzer deux jours plus tard. Il savait que Mentzer voulait des résultats. Il savait que Laney haïssait Roy Radin. Il savait que Radin bringuait avec Tally Rogers.

Pascal a menti à Mentzer. Il lui a dit que Tally avait appelé Radin juste après avoir volé l'argent et la came. Radin téléphonait beaucoup aux Bahamas. Tally devait se cacher là-bas.

Mentzer est reparti à L.A. Laney était à L.A. Milan Bellachaises lui a dit d'obéir aux ordres de Mentzer. Radin était à L.A. Laney l'a joint. Elle l'a accusé de lui avoir volé sa came et son argent. Elle a dit qu'il essayait de la baiser sur son pourcentage du *Cotton Club*.

Radin a nié le vol. Il a dit qu'il ne savait pas où se trouvait Tally Rogers. Il disait la vérité.

Mentzer a expliqué son plan à Laney :

Laney fait monter Radin dans une limousine sous un prétexte quelconque. Bob Lowe est au volant. Elle dit à Lowe de s'arrêter pour acheter des cigarettes. Une voiture les file. Mentzer et Marti en sortent d'un bond, et dans le même élan, ils montent dans celle de Laney qui se tire. Les gars emmènent Radin quelque part et le torturent jusqu'à ce qu'il en chie. Il parle quand la douleur devient insupportable.

L'histoire du Cotton Club était ridicule et mesquine. Les tueurs, des clowns. La victime, un tas de merde qui en voulait toujours plus. Les seconds rôles de la pièce, des raclures parasites.

Stoner poursuivait sa quête de Bunny Krauch et Tracy Stewart.

***

Mentzer et Marti étaient à L.A. Lowe était dans le Maryland. Laney était à Okeechobee, Floride, en compagnie de Larry Greenberger. Stoner et Avila ont augmenté la pression.

Bill Rider a appelé Mentzer et lui a appris qu'il se trouvait à L.A. Il l'a invité à passer à l'Holiday Inn. La chambre de Rider était sur écoutes. Stoner et Avila étaient postés dans la chambre voisine.

Rider a parlé de sa plainte en justice contre Larry Flynt. Mentzer a parlé du kidnapping Radin.

Trois voitures pies s'étaient rangées derrière la limousine. Mentzer avait bien cru qu'ils étaient cuits. Marti avait collé son arme dans l'entre-deux de Radin. Mentzer avait collé son arme dans la bouche de Radin. Les pies les avaient doublés à toute vitesse – ah ! ah ! ah !

Mentzer est passé à d'autres sujets. Stoner et Avila avaient besoin d'autres bavardages compromettants. Ils ont été obligés de remettre Rider et Mentzer sur écoutes.

Ils ont décidé d'organiser un achat de came. Ils ont fait entrer les Stups du Shérif dans le coup et mis au point un plan d'action.

Ils ont équipé de mouchards une chambre au Holiday Inn de Long Beach. Rider a appelé Mentzer. Il a dit qu'il avait un achat de came en vue et qu'il lui fallait un garde du corps. Il a offert deux cents dollars à Mentzer. Mentzer a accepté le boulot.

Ils ont orchestré toute la vente de came dans un parking près de l'hôtel. Ils se sont servis de came authentique. Les adjoints du Shérif ont joué les fourgueurs. Rider a fait monter Mentzer dans sa chambre une fois l'affaire conclue. Stoner et Avila étaient à leurs écouteurs dans la pièce d'à côté.

Mentzer s'est mis à déblatérer non-stop.

Il disposait d'un chargement d'armes et d'explosifs C-4 planqués dans une consigne publique. Ils avaient descendu Roy Radin avec des .22 à tête molle. Ces crétins de flics croyaient qu'il avait été tué au fusil de chasse.

Le C-4 était de la combustion pure. Une consigne représentait un risque pour le public. Stoner voulait que cette saloperie ne soit plus un danger. Il a donné à Rider un vieux coffre-fort et lui a dit d'appeler Mentzer. Rider a appelé Mentzer et lui a offert le coffre-fort. Mentzer a accepté le cadeau. Rider et Mentzer ont transporté le coffre jusqu'à la consigne et ont placé les armes et le C-4 à l'intérieur. Rider portait un mouchard sur lui.

Mentzer a dit que Larry Greenberger était mort. Il s'était tiré une balle par accident. La chose s'était passée à Okeechobee. Mentzer estimait que l'affaire n'était pas claire.

Stoner a appelé les flics d'Okeechobee. Eux aussi pensaient que l'affaire n'était pas claire. Laney Jacobs se cachait derrière le paravent de ses conseils juridiques. Stoner savait qu'elle avait abattu Greenberger.

Les flics d'Okeechobee ont rappelé Stoner. Ils lui ont dit que Laney Jacobs était en fuite. Stoner a commencé à remonter sa piste grâce à ses reçus de cartes de crédit.

L'heure était venue de frapper fort.

Stoner s'est rendu auprès du substitut du procureur du district, David Conn. Il lui a raconté toute l'histoire. Il lui a passé les enregistrements Rider-Lowe et Rider-Mentzer. Conn lui a donné le feu vert.

Les chefs d'inculpation ont été établis. Les mandats, obtenus. Stoner a concocté un plan avec les flics d'Okeechobee.

Ils ont dit qu'ils l'aideraient à épingler Laney Jacobs. Ils appelleraient son avocat, arrangeraient une entrevue et promettraient de ne pas l'arrêter pour le meurtre de Larry Greenberger. Ils diraient qu'ils voulaient seulement l'interroger. Ils l'interrogeraient et l'arrêteraient sur la base d'un résumé des charges retenues contre elle en Californie. Ils la placeraient en détention pour les services du shérif du comté de L.A.

C'était un putain de plan génial.

Stoner a installé un poste de commandement, à mi-chemin entre la maison de Marti et l'appartement de Mentzer. Stoner tenait deux équipes des brigades spéciales prêtes pour la descente.

Carlos Avila a pris l'avion pour le Maryland afin d'arrêter Bob Lowe. Bob Deremer était à bord d'un camion, sur un boulot de convoyage. Personne ne savait où il se trouvait.

2 octobre 1988.

Les flics d'Okeechobee arrêtent Laney Jacobs. Les équipes des brigades spéciales tombent simultanément sur Mentzer et Marti.

Ils coupent leurs lignes téléphoniques et transfèrent les appels en circuit fermé. Ils disent à Mentzer et Marti de regarder par la fenêtre, qu'ils voient tous les flics armés. Mentzer et Marti regardent par la fenêtre et sortent les mains en l'air.

Des équipes de fouille se déploient. Des chiens renifleurs de came et de bombes les accompagnent. Elles défoncent la maison de Marti et l'appartement de Mentzer.

Carlos Avila tombe sur le râble de Bob Lowe. Les flics locaux chopent Bob Deremer à Lafayette, Indiana.

Deremer demande son extradition. Il est transporté à L.A. et passe en audience préliminaire pour complicité. Laney Jacobs et Bob Lowe refusent d'être extradés. Ils restent en détention dans l'Est.

Carlos Avila est épuisé. Bill Stoner est épuisé. Il est toujours accro à Tracy Lea Stewart. Et il bande toujours à l'idée de se faire Bob Beckett Senior.

***

Laney Jacobs a demandé son extradition à Noël. Elle a été transportée à Los Angeles et incarcérée au Sybil Brand Institute for Women. Robbie Beckett est passé en jugement en février 89.

Le procès a duré une semaine. Le jury est resté une heure absent. Robbie a été reconnu coupable et condamné à l'emprisonnement à vie. Papa Beckett était libre comme l'air. John Purvis était toujours en prison. Les flics de Fort Lauderdale avaient laissé tomber l'affaire Hamway.

Que John Purvis aille se faire foutre. Il était déjà condamné. Ils n'avaient toujours rien qui tienne contre Papa Beckett, Paul Serio et Paul Hamway. Ils avaient besoin de Robbie Beckett. Robbie refusait de trahir son père.

Il a fallu trois ans pour juger l'affaire du Cotton Club. Audiences préliminaires, présentation de motions et sélection des jurés ont duré des mois. Le procès a duré quatorze mois. La phase du verdict a traîné en longueur. Carlos Avila a pris sa retraite. Bill Stoner travaillait à plein temps pour l'accusation. Il a sillonné le pays en avion. Il a interrogé une centaine de témoins. Il a inscrit à son compteur des milliers de kilomètres aériens et des milliers de kilomètres d'autoroute. L'affaire du Cotton Club a dévoré quatre ans et demi de son existence.

Le jury s'est réuni le 22/07/91. Mentzer, Marti, Lowe et Jacobs ont été reconnus coupables. Lowe a été condamné à perpétuité. Mentzer, Marti et Jacobs ont été condamnés à perpétuité sans possibilité de conditionnelle. Stoner ne savait toujours pas pour quelle raison exacte ils avaient tué Roy Radin.

Mentzer a dit que leurs projets de torture avaient foiré. Marti a asticoté Radin dans la limousine. Marti n'a pas cessé de le traiter de Juif obèse. Marti l'a abattu à l'instant où ils sont arrivés à Caswell Canyon.

Marti a fait un récit différent. De même que Lowe. Stoner était au-delà de tout cela : il ne s'en souciait plus.

Un flic de Fort Lauderdale a appelé Stoner en janvier 93. Il lui a dit que la mère de John Purvis venait d'engager un avocat. L'avocat devait passer à la télévision en fin de soirée. Il avait l'intention de déclencher un grand chambard. Les services de police de Fort Lauderdale rouvraient le dossier.

Stoner lui a souhaité bonne chance. Les flics de Fort Lauderdale ont repris l'enquête et ils ont fait fausse route pour la seconde fois.

Ils se sont trompés dans l'identification de Paul Serio. Ils ont confondu le pote de Papa Beckett et un tueur de Vegas qui portait le même nom. Ils croyaient que le type de Vegas avait aidé Paul Hamway à organiser l'élimination de Susan. Ils ont offert impunité pleine et entière à Papa Beckett s'il témoignait contre les deux hommes. Papa Beckett a accepté le marché et a témoigné devant un grand jury de Floride. Le grand jury a délivré des inculpations à l'encontre de Paul Hamway et Paul Serio. Papa Beckett a dit aux flics que son Paul à lui n'était pas un tueur à gages de Vegas. Son Paul était enseignant et vivait au Texas.

John Purvis a été libéré. Les flics de Fort Lauderdale ont chopé le vrai Paul Serio. Serio a contredit le compte rendu qu'avait fait Papa Beckett du meurtre Hamway et chargé Papa en le rendant seul et unique coupable. Le témoignage de Serio était inutile. Papa Beckett ne pouvait plus être poursuivi.

John Purvis a participé, en compagnie de sa mère et de son avocat, à l'émission télévisée de Phil Donahue. Donahue a diffusé un sujet bien musclé. Il s'agissait des aveux de Papa Beckett enregistrés par les flics de Fort Lauderdale.

Il y a là Papa Beckett. Il montre aux flics la manière dont il a étranglé Sue Hamway. Il y a là Papa Beckett – impossible de le poursuivre en justice. Papa s'était tiré, libre comme l'air, de l'affaire Stewart. Papa se sortait comme une fleur de l'histoire Sue Hamway et de la mort du bébé.

Robbie Beckett a vu l'émission depuis la prison de Folsom. Il a vu Papa Beckett qui interprétait le meurtre Hamway avec un brio authentique. Il a vu les yeux de Papa. Il savait que Papa revivait le moment où il avait tué Tracy.

Robbie a appelé Bill Stoner et lui a dit qu'il voulait parler. Stoner et Dale Davidson ont pris l'avion pour Folsom. Robbie leur a fait une déposition officielle et il a accepté de témoigner contre son père. Il leur a dit que cette fois, il ne se dégonflerait pas. Stoner et Davidson l'ont cru.

Davidson a rédigé un mandat. Il inculpait Robert Wayne Beckett du meurtre de Tracy Lea Stewart. Stoner a retrouvé Papa Beckett à Las Vegas. Il a fait appel à une équipe des services de police de Vegas spécialisée dans la recherche de fugitifs et a arrêté Papa Beckett dans la cour de son domicile.

Papa a voulu passer un marché. Stoner lui a dit d'aller se faire foutre. Papa a vu un juge. Le juge a dit pas de caution. Les tribunaux de L.A. se sont retrouvés brutalement engorgés. L'enculé ne passerait pas en jugement avant 1995.

***

Stoner se laissait souvent aller à ses rêveries éveillées. Il voyait des choses qui défilaient vite, claires et lumineuses. Il passait beaucoup de temps avec ses femmes mortes.

Il était épuisé. Encore un mois avant qu'il ne prenne sa retraite. Une drôle de petite réflexion ne cessait de lui trotter dans la tête.

Il n'était pas certain de pouvoir abandonner définitivement la poursuite.

IV

GENEVA HILLIKER

Tu n'attends plus que de t'enfuir. Tu es fin prête. Le temps et le secret jouent pour toi. Le temps favorise toujours les fuyards. Leurs traces disparaissent. Il est impossible de dire comment ils se sont cachés avant de disparaître.

Tu ne veux pas que je sache. Ta vie secrète a été conçue pour tenir certains hommes à l'écart. Tu as fui des hommes, tu as couru vers d'autres, tu t'es réduite à n'être plus rien. Tu possédais la ruse du fuyard, tu portais le camouflage du fuyard. Ta passion de fuyarde t'a tuée.

Tu ne peux pas me fuir. Je t'ai fuie trop longtemps. Et c'est ici que j'impose, par force, la confrontation avec une fuyarde.

Le temps est venu maintenant. Il est nôtre.

14

J'ai pris l'avion pour L.A. afin d'y voir le dossier du meurtre de ma mère. Mes motivations étaient, au mieux, ambiguës.

Nous étions en mars 94. Jean Ellroy était morte depuis trente-cinq ans et neuf mois. J'avais quarante-six ans.

Je vivais dans le Connecticut chic. J'avais une grande maison, comme celles où je pénétrais jadis par effraction. Je suis parti un jour en avance et j'ai pris une suite à l'hôtel Mondrian. Je voulais m'attaquer au dossier la tête claire et le cœur froid.

Tout avait commencé six semaines auparavant. Mon ami Frank Girardot m'a appelé. Il a dit qu'il écrivait un article sur d'anciens meurtres de la vallée de San Gabriel. L'article devait être publié dans le *San Gabriel Valley Tribune* et le *Pasadena Star-News*. Il mettrait l'accent sur cinq meurtres non résolus – celui de ma mère compris. Il mettrait l'accent sur le service des Non Résolus du Shérif.

Frank verrait le dossier du meurtre de ma mère. Il lirait les rapports et verrait les photos des lieux du crime. Il verrait Jean Ellroy morte.

L'idée m'a frappé immédiatement. Elle m'a frappé vite et fort, à deux niveaux distincts.

Il fallait que *moi*, je voie ce dossier. Il fallait que

j'écrive à propos de cette expérience et que je publie l'article dans un grand magazine. Il me ferait de la publicité pour mon prochain roman.

J'ai appelé mon directeur littéraire à *G.Q.* et lui ai présenté la chose. Il a sauté sur l'idée et en a parlé à son patron. Le patron m'a donné le feu vert. J'ai appelé Frank Girardot et lui ai demandé de présenter l'idée à ses hommes des Non Résolus. Frank a contacté le sergent Bill McComas et le sergent Bill Stoner. Ceux-ci ont dit que je pourrais voir le dossier.

J'ai fait mes préparatifs pour le voyage. Le grand tremblement de terre a frappé L.A. et m'a retardé des semaines durant. Le palais de Justice était condamné. La Criminelle du Shérif a déménagé. Tous les dossiers étaient bloqués en transit. Le retard m'a donné le temps de danser avec ma rouquine.

Je savais que l'heure était venue de l'affronter. Une vieille photo m'en a donné la raison.

Mon épouse a trouvé la photo dans les archives d'un journal. Elle en a acheté un tirage et l'a fait encadrer. Je me tiens devant l'établi de George Krycki. C'est le 22/6/58.

On ne peut pas saisir l'état d'esprit qui est le mien. Il est possible que je m'ennuie. Il est possible que je sois trop choqué pour réagir. Je ne laisse rien paraître.

C'est ma vie au niveau zéro. Je suis trop étourdi, trop soulagé, trop perdu dans mes calculs pour laisser transparaître ne serait-ce que des signes de simple chagrin.

Cette photo avait trente-six ans. Elle définissait ma mère comme un corps sur une route et une source d'inspiration littéraire. Je ne pouvais séparer le *moi* du *elle*.

***

J'aime à me terrer dans les suites d'hôtels. J'aime à éteindre les lumières et remonter l'air conditionné. J'aime les espaces confinés, à température régulée. J'aime à m'asseoir dans l'obscurité et laisser mon esprit battre la campagne. Je devais rencontrer Bill Stoner le lendemain matin. J'avais une soirée à tuer et pas le moindre désir d'aller traîner dans L.A. J'ai commandé au service d'étage un dîner et un grand pot de café. J'ai éteint les lumières et j'ai laissé la rouquine m'emmener en voyage.

Je savais des choses nous concernant. J'en sentais d'autres intuitivement. Sa mort avait corrompu mon imagination et m'avait offert des cadeaux exploitables. L'exemple négatif de la rouquine m'avait enseigné l'autosuffisance. Au plus fort de mon autodestruction, j'avais en moi un instinct de conservation. Ma mère m'a donné ce cadeau et cette malédiction : l'obsession. Celle-ci a débuté comme curiosité en lieu et place d'un chagrin d'enfant. Elle s'est épanouie, en quête d'un savoir obscur, avant de se muer en une abominable soif de stimulation mentale et sexuelle. Mes pulsions obsessionnelles ont failli me tuer. La rage de vouloir transformer mes obsessions en quelque chose de bon et d'utile m'a sauvé. J'ai survécu à la malédiction. Le cadeau a pris sa forme ultime et définitive dans le langage.

La rouquine m'a branché sur le sexe et la mort. Elle a été la première femme, sur le chemin qui menait à la femme brillante et courageuse que j'ai épousée. Elle m'a offert une énigme permanente comme source de méditation et d'apprentissage. Elle m'a offert le temps et le lieu de sa mort, deux éléments à partir desquels extrapoler. Elle était le centre, réduit au silence, du monde fictif que j'avais créé, comme du monde joyeux dans lequel je vivais – et à ce jour, je l'avais reconnue d'une manière somme toute superficielle.

J'ai écrit mon deuxième roman – *Clandestin* – en 80. Il a été ma première tentative d'affrontement avec Jean Ellroy. J'ai fait d'elle une ivrognesse torturée, au passé hyperboliquement torturé, chez les bouseux du Wisconsin. Je lui ai donné un fils de neuf ans et un ex-mari malfaisant qui ressemblait physiquement à mon père. J'ai ajouté dans le tas des détails autobiographiques et replacé le plus gros du livre au début des années cinquante afin de mettre l'accent sur une intrigue secondaire relative à la grande peur rouge. *Clandestin* était un hommage superficiel à Jean Ellroy. Il concernait *entièrement* son fils âgé de trente-deux ans. Le héros était un jeune flic ambitieux. Dont l'ambition était de baiser des femmes et réussir à tout prix. J'étais un jeune écrivain ambitieux. Je brûlais de réussir.

La réussite impliquait deux choses. Il fallait que j'écrive un grand roman criminel. Il fallait que je m'attaque à l'histoire qui occupait le centre de mon existence.

Et c'est ce que j'ai décidé de faire. J'ai effectivement mis en œuvre ma résolution consciente d'une manière inconsciente. *Clandestin* était plus riche et plus complexe que mon premier roman. La mère et le fils y étaient puissamment campés. Seule une comparaison avec la vraie vie pouvait prouver qu'ils n'atteignaient pas au but fixé.

Ils n'étaient pas ma mère et moi. C'était deux personnages de fiction et de substitution. Je voulais les écarter du chemin et poursuivre ma route. Je croyais pouvoir dépeindre ma mère en touches froides et la bannir de cette manière. Je croyais pouvoir virer quelques secrets d'enfance et m'estimer quitte par jeu d'écriture. Jean Ellroy n'était pas ma victime de meurtre préférée. Elizabeth Short l'était. J'ai largué la rouquine pour le Dahlia. Une nouvelle fois.

Je n'étais pas encore prêt pour Elizabeth. Je voulais m'attaquer à elle en romancier aguerri. Je voulais d'abord donner une plus grande ampleur à mon dialogue avec les femmes.

Je me suis taillé de L.A. en 81. L.A. était trop familière et trop facile. Les AA étaient trop faciles. Je voulais me débarrasser une bonne fois de tous ces gens accros à la thérapie et à la religion en douze étapes. Je savais que j'étais capable de rester sobre à tout jamais. Je voulais me tirer des pattes de L.A. vitesse grand V, et limiter ma perception de L.A. à la ville de fiction que je portais dans ma tête. *Brown's Requiem* sortait en octobre. *Clandestin* devait être publié en 82. J'avais terminé un troisième livre. Je voulais repartir à zéro en un nouveau lieu sexy.

J'ai déménagé à Eastchester, État de New York – trente kilomètres au nord de la Pomme. J'ai trouvé un appartement en sous-sol et un boulot de caddy au Country Club de Wykagyl. J'avais trente-trois ans. Je ne me prenais pas pour la moitié d'une merde. Je voulais faire mes preuves à New York. Je voulais me plonger dans l'abîme du Dahlia et trouver dans la vraie vie la femme transcendantale dont je savais que jamais je ne la trouverais à L.A.

New York était un cristal de méthadone pure. La ville était la trame parfaite de mon style de vie à cheval sur deux mondes. J'écrivais dans ma piaule et me coltinais des sacs de golf pour maintenir mon compte bancaire à flot. Manhattan était à un battement de cœur de distance. Manhattan était plein de femmes provocantes.

Mes amis masculins dédaignaient mon goût en la matière. Artistes de cinéma et mannequins de mode me laissaient mort d'ennui. Ce qui me bottait, c'était les femmes de carrière habillées en femmes d'affaires. Ça me bottait, la couture de jupe sur le point de craquer à cause de sept ou huit kilos en trop. Ça me bottait, les personnalités austères. Ça me bottait, des opinions sur le monde et la vie radicales et hors des sentiers battus. Je méprisais les dilettantes, carriéristes, rock'n'rolleuses, fêlées de thérapie, idéologues déjantées et toutes femmes qui n'incarnaient pas une vision saine de cet équilibre entre protestantisme du Middle West et débauche libertine que j'avais hérité de Jean Ellroy. Ça me bottait, les femmes distinguées, bien faites, beaucoup plus que les femmes que d'autres hommes jugeaient belles. Ça me bottait, la ponctualité et la passion, que je considérais comme deux vertus égales. J'étais un zélote moralisateur et prompt à s'ériger en juge, porté par une double dynamique : ce que le temps m'avait fait perdre, la vie allait me le faire regagner. J'attendais de mes femmes qu'elles se plient à mon rythme de travail forcené et se soumettent à la force charismatique que je croyais posséder, et qu'elles me baisent jusqu'au coma, et qu'elles m'obligent à me soumettre à leur charisme et à leur rectitude morale, en toute égalité.

C'était cela que je voulais. Et ce n'est pas ce que j'ai eu. Mes aspirations étaient quelque peu déraisonnables. Je les révisais chaque fois que je rencontrais une femme avec laquelle je voulais coucher.

Je remodelais ces femmes à l'image de Jean Ellroy sans gnôle, sans coucheries, sans meurtre. J'étais un ouragan qui balayait leurs existences. Je prenais le sexe et j'entendais leurs histoires. Je leur racontais mon histoire. J'ai essayé de faire marcher une série de brefs accouplements et d'autres plus prolongés. Jamais je n'ai essayé aussi fort que les femmes avec lesquelles je me trouvais.

Petit à petit, j'ai appris des choses. Jamais je n'ai rabaissé mes aspirations romantiques. J'étais un merdaillon au petit pied, le type qui casse et se casse, un bourreau des cœurs sous des dehors de douceur convaincante. C'est moi qui tranchais dans le vif et mettais un terme à mes liaisons. Ça me bottait, les femmes qui pigeaient mon numéro et faisaient tomber le couperet les premières. Jamais je n'ai tranché dans le vif de mes aspirations romantiques. Toujours je suis resté pur et dur sur l'amour. J'éprouvais des remords vis-à-vis des femmes que j'avais baisées et dupées. Le temps passant, je me suis attaqué aux femmes avec moins de férocité. J'ai appris à déguiser ma faim. Cette faim est passée droit dans mes livres. Lesquels sont devenus de plus en plus obsessionnels.

Je brûlais la passion d'une vie au brasier de trois flammes.

Ma mère. Le Dahlia. La femme dont je savais que Dieu me la donnerait un jour.

J'ai écrit quatre romans en quatre ans. Je tenais mes mondes séparés, Eastchester d'un côté, Manhattan de l'autre. J'ai progressé, chaque fois un peu plus. Je suis devenu le centre d'un culte de fidèles et je me suis constitué un press-book quatre étoiles. Mes revenus d'écrivain ont augmenté. J'ai pris ma retraite de caddy. Je me suis enfermé un an et j'ai écrit *Le Dahlia noir.*

L'année a passé vite. Je vivais en compagnie d'une morte et d'une douzaine d'hommes mauvais. Betty Short me tenait et me gouvernait. J'ai bâti son personnage à partir de diverses tendances du désir masculin et j'ai essayé de dépeindre l'univers masculin qui avait consacré sa mort. J'ai écrit la dernière page et j'ai pleuré. J'ai dédié le livre à ma mère. Je savais que je pouvais nouer Jean à Betty et toucher le filon d'or vingt-quatre carats. J'ai financé ma propre tournée de promotion commerciale. Le lien qui les unissait toutes deux, je l'ai rendu public. J'ai fait du *Dahlia noir* un best-seller national.

J'ai raconté l'histoire Jean Ellroy-Dahlia des dizaines et des dizaines de fois. Je l'ai réduite à des octets sonores, je l'ai vulgarisée pour en favoriser l'accès au plus grand nombre. Je m'y suis attaqué avec une rigueur dépourvue de passion. Je m'y dépeignais en homme formé par deux femmes assassinées, et qui vivait aujourd'hui bien au-dessus de ces choses-là. Mes numéros médiatiques en imposaient de prime abord ; avec le recul, ce n'était que bagout désinvolte. Ils exploitaient la profanation de ma mère et me permettaient de réduire ainsi sa mémoire à des proportions acceptables et faciles à manipuler.

Le Dahlia noir a été le livre de ma percée littéraire. C'était pure passion obsessionnelle et élégie à la mémoire de ma ville natale. Je voulais rester dans les années quarante et cinquante. Je voulais écrire de plus gros romans. Je sentais l'appel d'hommes mauvais qui faisaient des choses mauvaises au nom de l'autorité. Je voulais pisser sur le mythe du noble solitaire et exalter des flics merdeux qui cherchaient à baiser les sans-droits. Je voulais canoniser la L.A. secrète que j'avais pour la première fois entrevue le jour où la rouquine était morte.

Le Dahlia noir était derrière moi. Ma tournée de promotion avait mis un terme à un transit de vingt-huit années. Je savais qu'il me fallait surpasser ce livre. Je savais que je pouvais retourner à L.A. dans les années cinquante et récrire ce vieux cauchemar selon mes propres critères. C'était mon premier monde privé. Je savais que je pouvais en extraire les secrets et leur donner une toile de fond. Je pouvais revendiquer l'époque et le lieu. Je pouvais fermer à jamais ce cauchemar et me contraindre à en trouver un autre.

J'ai écrit trois suites au *Dahlia noir* et j'ai appelé l'ensemble de l'ouvrage *Le Quatuor de L.A.* Ma réputation critique et mon image publique ont fait boule de neige. J'ai rencontré une femme, je l'ai épousée et j'ai divorcé moins de trois ans plus tard. Je pensais rarement à ma mère.

J'ai refermé la L.A. des années cinquante et je l'y ai laissée pour la troquer contre l'Amérique de l'époque Jack Kennedy. Ce bond a élargi mon champ géographique et thématique et m'a poussé jusqu'à mi-chemin d'un nouveau roman échevelé. La L.A. des années cinquante était derrière moi. Pas Jean Ellroy. J'ai rencontré une femme. Elle m'a poussé vers ma mère.

Cette femme s'appelait Helen Knode. Elle écrivait pour un torchon gauchiste appelé le *L.A. Weekly*. Nous nous sommes rencontrés. Accouplés. Mariés. L'amour était d'outrance et d'extravagance. C'était une reconnaissance mutuelle tournant à six mille tours.

Nous nous sommes épanouis. C'était de mieux en mieux. Helen était hyperbrillante. Helen, c'était droiture élevée et rire sacrilège. Nos imaginations entraient en fusion-collision.

Helen était obsédée par la question complexe du rapport homme-femme. Elle la disséquait, en faisait la satire, la dé/reconstruisait. Elle en blaguait et tournait en dérision ma perception mélodramatique du sujet.

Elle recadrait ma mère en gros plan. Elle l'appelait « Geneva ». Nous concoctions des scénarios mettant en scène ma mère et quelques hommes adulés de l'époque. Nous en avons rigolé comme des fous. Nous mettions Geneva au lit avec Porfirio Rubirosa avant de faire la critique de l'Amérique misogyne. Geneva remettait Rock Hudson dans le chemin du droit sexe. Geneva subjuguait JFK par son aura-sexe et le transformait en monogame. Nous délirions de saillies improvisées sur Geneva et le pendouillard monolithique de mon papa. Nous nous demandions pourquoi bordel de merde je n'avais pas épousé une femme rousse.

Helen a trouvé cette photo. Helen a insisté pour que je l'examine. Elle était l'avocat et l'agent provocateur de ma mère.

Elle me connaissait. Elle citait un dramaturge mort et disait que j'étais une balle, sans rien d'autre qu'un avenir. Elle comprenait mon absence d'auto-apitoiement. Elle savait pourquoi je méprisais tout ce qui aurait pu limiter ma course acharnée vers l'avant. Elle savait qu'une balle n'a pas de conscience. Elles filaient à toute vitesse, laissant derrière elles les choses du passé, et elles manquaient leurs cibles aussi souvent qu'elles les touchaient.

Elle voulait que je connaisse ma mère. Elle voulait que je découvre qui elle était et pourquoi elle était morte.

15

Je me suis garé devant le Bureau de la Criminelle. J'ai bu un peu de café dans la voiture et j'ai retardé le moment. J'ai pensé aux photos de la scène du crime.

J'allais la voir morte. J'allais la revoir pour la première fois depuis que je l'avais vue vivante. Je n'avais gardé aucune photo d'elle. Tout ce que j'avais, c'était des portraits mentaux d'elle, vêtue et nue.

Elle était grande. J'étais grand. J'avais ses traits et le teint de mon père. Mes cheveux grisonnaient et se dégarnissaient. Elle était morte avec une crinière de cheveux roux brillants.

J'ai gravi les marches et j'ai sonné. Un haut-parleur au-dessus de la porte a crachoté. J'ai demandé le sergent Stoner.

Un déclic à la serrure, et la porte s'est ouverte. Bill Stoner s'est avancé et s'est présenté.

Il atteignait le mètre quatre-vingts pour quatre-vingts kilos. Il avait le cheveu brun clairsemé et une grosse moustache. Il portait un complet sombre sur chemise et cravate à rayures assorties.

Nous nous sommes serré la main avant de nous diriger vers les Non Résolus. Stoner a sorti un exemplaire de mon livre *White Jazz*. Il m'a demandé pourquoi tous les flics étaient des racketteurs et des pervers. Je lui ai répondu que les bons flics faisaient de la mauvaise fiction. Il m'a montré la photo de la jaquette. Mon bull-terrier était vautré sur mes genoux.

Il a dit que le chien ressemblait à un cochon blanchi à la javel. J'ai dit qu'il s'appelait Barko. C'était un enfoiré intelligent. Il me manquait. Mon ex-épouse en avait obtenu la garde.

Stoner a éclaté de rire. Nous nous sommes assis à des bureaux adjacents. Il m'a passé une chemise-accordéon de couleur brune.

Il a dit que les clichés du lieu du crime étaient explicites. Il m'a demandé si je voulais les voir.

J'ai dit oui.

Nous étions seuls dans le bureau. Nous avons commencé à bavarder.

J'ai dit que j'avais fait un peu de taule dans le comté, dans les années soixante et soixante-dix. Nous avons discuté des mérites et des inconvénients du Biscailuz Center et du Wayside Honor Rancho. J'ai dit que j'avais bien aimé les poivrons farcis servis le midi à la prison du comté. Stoner a dit qu'il en avait mangé pendant son affectation à Wayside.

Il avait une voix douce d'inquisiteur. Il entrecoupait ses monologues de brèves pauses. Il ne coupait jamais la parole. Il vous regardait dans les yeux, sans ciller.

Il savait la manière de faire sortir les gens de leur coquille. Il savait la manière d'extraire les détails intimes. Je sentais qu'il menait la danse. Je n'ai pas résisté. Je savais qu'il avait épinglé mon côté exhibitionniste.

Je tergiversais. La chemise brune me fichait la trouille. Stoner me menait droit vers elle.

Nous avons bavardé. Nous avons échangé des récits sur le crime à L.A. Les perceptions de Stoner étaient d'une lucidité aiguë, dénuée de l'idéologie policière communément admise. Il qualifiait le LAPD d'institution raciste et dévidait ses anecdotes avec un sens très vif du drame et du thème. Il disait « putain » aussi banalement que moi et usait de grossièretés pour accentuer ses effets. Il m'a décrit l'affaire Beckett et mené droit au cœur des terreurs de Tracy Stewart.

Nous avons parlé deux heures. Nous avons stoppé pratiquement au même instant, comme à un signal.

Stoner a quitté la pièce. J'ai cessé de tergiverser.

La chemise contenait des enveloppes, des télex, des notes en désordre gribouillées sur des feuilles en désordre. Elle contenait un « Livre bleu » de la Criminelle du Shérif. Le livre couvrait cinquante pages. Il contenait des rapports dactylographiés classés par ordre chronologique.

Le rapport sur le cadavre. Le rapport du coroner. Les rapports sur les suspects innocentés. Trois interrogatoires retranscrits mot à mot.

Le Livre bleu était fragile et moisi. Deux noms étaient tapés à la machine sur la couverture. Je ne les ai pas reconnus. Sergents John G. Lawton et Ward E. Hallinen.

Les hommes qui m'avaient demandé qui ma mère baisait. L'un d'eux m'avait acheté une sucette il y avait un million d'années de ça.

Le dossier était très mal tenu. Il débordait de petites fiches en vrac qu'on y avait fourrées avant de les oublier. Cet aspect souillon m'a offensé et m'a frappé par sa valeur symbolique. J'avais devant moi l'âme perdue de ma mère.

J'y ai imposé l'ordre. J'ai constitué une rangée de piles bien nettes. J'ai repoussé l'enveloppe marquée « Photos Scène Crime » sur le côté. J'ai commencé à feuilleter la première série de rapports du Livre bleu et j'ai remarqué d'étranges détails.

Mon adresse à El Monte était 756 Maple. Deux témoins avaient vu ma mère au Desert Inn. Le nom m'a pétrifié. Les journaux avaient dit qu'elle fréquentait un bar local. Ils ne s'étaient jamais montrés plus précis.

J'ai feuilleté quelques rapports. Un témoin du Desert Inn qualifiait l'homme qui accompagnait ma mère de Mexicain. Ce détail m'a surpris. Jean Ellroy était de droite et obsédée par les apparences. Je n'arrivais pas à l'imaginer en public avec un *cholo*.

J'ai feuilleté la fin du livre et vu deux lettres manuscrites. Deux femmes caftaient leur ex-mari. Elles écrivaient à John Lawton et exposaient leurs raisonnements.

La femme numéro un avait écrit en 1968. Elle disait que son ex travaillait avec Jean à l'usine Packard-Bell. Il avait des liaisons, avec Jean et deux autres femmes de chez Packard-Bell. Il s'était comporté de manière suspecte après le meurtre. La femme numéro un lui avait demandé où il était ce soir-là. Il l'avait frappée en lui disant de la fermer.

La femme numéro deux avait écrit en 1970. Elle disait que son ex avait une dent contre Jean Ellroy. Jean avait refusé de faire suivre une demande de dommages pour accident du travail qu'il avait soumise. Ce qui l'avait fait « complètement disjoncter ». La femme numéro deux ajoutait un post-scriptum : son ex avait fait cramer un magasin de meubles. Lequel avait repris une salle à manger pour impayés et fait « disjoncter » l'ex une nouvelle fois.

Les deux lettres étaient pleines de rancœur. John Lawton avait joint un mémo à la lettre numéro deux. Le mémo disait que les deux tuyaux avaient été vérifiés et jugés non valides.

J'ai zigzagué au fil du livre. J'ai saisi quelques petits éclairs de données.

Harvey Glatman avait été interrogé et éliminé comme suspect. Je me souvenais du jour où il était passé à la chambre à gaz. Une femme, témoin du Desert Inn, n'était pas d'accord avec l'info sur le « Mexicain ». Elle disait que le type avec la blonde et la rouquine était un « Blanc basané ». Ma mère travaillait à Airtek Dynamics depuis septembre 56. Je croyais qu'à l'époque, elle était encore chez Packard-Bell. Le rapport d'autopsie signalait la présence de sperme dans le vagin de ma mère. Il n'était pas fait état de contusions internes ou d'abrasions vaginales. Aucune hypothèse privilégiant le viol plutôt que des rapports mutuellement consentis n'était émise. Ma mère avait ses règles. Le médecin légiste avait trouvé un tampon dans son vagin.

Les faits me frappaient en rafales. Je savais qu'il me fallait contenir le tir de barrage. J'ai sorti stylo et calepin et je suis passé aux transcriptions des dépositions. La première a failli me faire passer par la putain de fenêtre.

Lavonne Chambers servait les voitures chez Stan, un drive-in situé à cinq blocs du Desert Inn. Elle avait servi ma mère et son compagnon à deux reprises, le samedi soir et le dimanche matin.

Elle disait que l'homme était grec ou italien. Il conduisait une Olds, de 55 ou 56. Il avait amené ma mère vers 22 h 20. Ils avaient mangé dans la voiture. Ils discutaient. Ils étaient partis et revenus vers 2 h 15 du matin.

L'homme était calme et renfrogné. Ma mère était « plutôt excitée ». Elle « papotait avec entrain ». Le haut de sa robe avait glissé, laissant un sein à moitié découvert. Elle avait l'air « légèrement débraillée ». L'homme se comportait avec elle « comme s'il s'ennuyait à mourir ».

C'était de nouveaux renseignements brûlants. Qui envoyaient ma vieille théorie à tous les diables.

Je pensais que ma mère avait quitté le bar en compagnie du Basané et de la Blonde. Lesquels avaient essayé de l'obliger à une partie à trois. Elle avait résisté. Les choses avaient très mal tourné.

Il « s'ennuyait ». Elle était « débraillée ». Il l'avait probablement baisée et voulait la larguer. Elle en voulait davantage.

Je fréquentais jadis le drive-in de Stan, en face du lycée de Hollywood. Les serveuses portaient des uniformes rouge et blanc. Le « Krazy Dog » était super. Les burgers et le poulet frit étaient réputés.

J'ai lu la déposition trois fois. J'en ai noté les faits saillants. J'ai serré les dents et ouvert la première enveloppe.

Celle-ci contenait trois clichés. J'ai vu Ed et Leoda Wagner, aux environs de 1950. J'ai vu mon père à l'âge de quarante-cinq ou quarante-six ans. Les photos étaient étiquetées « Sœur de la vict. et mari » et « Ex-mari de la vict. » Mon père était beau et paraissait en pleine forme physique.

La troisième portait la mention « Vict., août 57 ».

Elle était vêtue d'une robe blanche. Je m'en souvenais. Elle tenait un verre et une cigarette. Elle avait les cheveux relevés – comme à son habitude. Les gens s'amusaient derrière elle. On aurait dit un pique-nique d'entreprise.

Elle n'avait pas belle allure. Le visage était hagard et bouffi. Elle paraissait plus âgée que ses quarante-deux ans et quatre mois. Elle avait l'air d'une ivrognesse essayant de faire bonne figure, sans y parvenir. La photo contredisait l'image que je gardais en mémoire.

Cette image-là n'était que vœu pieux exaucé. J'avais figé ma mère en son cadre, la quarantaine lascive. Les traits du visage affichaient force et non dissipation. Cette photo n'était qu'aspiration brûlante enterrée au plus profond. J'avais succombé à cette image et je lui avais fait l'amour lors de ces rares et précieux moments fantasmatiques.

J'ai ouvert la seconde enveloppe. J'ai vu deux portraits-robots du Basané. Le portrait n° 1 montrait un gugusse maigrelet. Le portrait n° 2 montrait un sadique aux traits similaires.

J'ai ouvert la troisième enveloppe. Elle contenait trente-deux clichés anthropo. Trente-deux hommes répertoriés comme responsables de délits sexuels. Certains étaient blancs, d'autres latins. Ils ressemblaient tous au portrait-robot.

On les avait interrogés et innocentés. Ils avaient tous cette allure de pervers dégueulasses et malsains aveuglés par le flash. Ils portaient, pendue au cou, une pancarte remontant à de précédentes arrestations pour crimes sexuels. Les pancartes en question dressaient la liste de leurs dates d'arrestations et divers numéros du code pénal. Les dates couvraient les années 39 à 57. Les numéros répertoriaient viols, mutilations sexuelles et une demi-douzaine de délits passifs. La plupart des hommes étaient négligés. Quelques-uns grimaçaient encore comme s'ils venaient d'être frappés par un annuaire téléphonique. Globalement, ils dégageaient une malfaisance répugnante. On aurait cru un chancre vénérien ou une tache de foutre sur un mur de chiottes.

J'ai ouvert la dernière enveloppe. J'ai vu ma mère morte près du lycée Arroyo.

Elle avait les joues bouffies. Ses traits s'étaient épaissis. Elle ressemblait à une malade endormie.

J'ai vu le cordon et le bas nylon serrés autour de son cou. J'ai vu les piqûres d'insectes sur ses bras. J'ai vu la robe qu'elle portait. Je m'en souvenais. J'ai regardé les photos noir et blanc et je me suis souvenu que la robe était bleu clair et bleu foncé.

La robe descendait normalement sous le genou. Quelqu'un la lui avait remontée au-dessus des hanches. J'ai vu ses poils pubiens. J'ai vite détourné la tête et changé l'image en brouillard.

La dernière photo était un cliché d'autopsie. Ma mère était sur le dos, allongée sur une table de morgue. Sa tête était redressée, maintenue par un bloc de caoutchouc noir.

J'ai vu son téton gauche déformé et le sang séché sur ses lèvres. J'ai vu une incision abdominale suturée. On l'avait probablement ouverte sur les lieux mêmes du crime. On avait probablement fait une analyse du foie avant qu'elle ne soit complètement refroidie.

J'ai examiné toutes les photos des lieux du crime. J'en ai mémorisé les détails. Je me sentais parfaitement calme. J'ai tout remis dans la chemise que j'ai tendue à Stoner.

Il m'a accompagné jusqu'à ma voiture. Nous nous sommes serré la main et dit au revoir. Stoner n'a pas été très expansif. Il savait que j'étais bien loin quelque part.

***

Je me suis couché tôt ce soir-là. Je me suis réveillé bien avant l'aube. J'ai vu les photos avant même d'ouvrir les yeux.

J'ai senti un petit rouage se mettre en place avec un déclic. Comme on dit « Oh ! » pour marquer une révélation importante.

Maintenant tu sais.

Tu croyais savoir. Tu avais tort. Maintenant, tu sais, pour de vrai. Maintenant, tu vas là où elle te mène.

Ils étaient retournés au drive-in de Stan. Il était

2 h15 du matin. Lui s'ennuyait. Ils venaient de copuler. Lui voulait larguer cette femme désespérée et continuer sa vie. L'explosion s'était produite parce qu'elle en voulait PLUS. Plus de sexe ou d'attention masculine. La promesse d'une prochaine fois avec fleurs et lieu de rendez-vous plus chic.

J'avais confiance dans ma nouvelle théorie. Elle faisait naître en moi cette grosse vague d'amour pour ma mère.

J'étais son fils. J'étais accro au PLUS aussi viscéralement qu'elle. L'époque et les préjugés en faveur des hommes m'avaient avantagé. J'avais pu boire et baiser avec une aisance et un assentiment dont elle n'avait même jamais rêvé. La chance et la circonspection du lâche m'avaient sauvé. Je voyais la route qu'elle avait descendue. Elle m'avait nourri par force de cet instinct de survie qu'elle n'était jamais parvenue à développer pour elle-même. Sa douleur avait été plus grande que la mienne. Elle définissait le fossé qui nous séparait.

***

Je suis retourné dans le Connecticut et j'ai rédigé mon article pour *G.Q.* Rien de bien cathartique. Il n'a pas déplacé le petit rouage. Ma mère se trouvait toujours là, avec moi.

C'était des retrouvailles, des embrassades maladroites. C'était une avance sans souci des conséquences. C'était un rendez-vous arrangé avec une inconnue que Helen et Bill Stoner m'avaient collée dans les pattes.

Maintenant, tu vas là où elle te mène.

Le concept me brouillait la tête. J'ai fait promesse de tout mon dévouement avec une foi aveugle.

16

Elle me montrait la voie de ses secrets. À m'indiquer ainsi le chemin, elle me raillait et me provoquait tout à la fois. Elle me mettait au défi de découvrir comment elle avait vécu, comment elle était morte.

J'ai décidé de développer mon article de *G.Q.* en le multipliant par cinquante pour le transformer en livre. Mon éditeur a accepté l'idée. Bill Stoner prenait sa retraite en avril. J'ai pris contact avec lui et lui ai fait une offre.

J'ai dit que je voulais reprendre l'enquête sur le meurtre de ma mère. Je lui paierais un pourcentage sur l'avance de mon livre et prendrais tous les frais à ma charge. Nous ferions équipe en essayant de retrouver le Basané – mort ou vif. Je savais que les probabilités de réussite se perdaient dans la stratosphère. Je m'en fichais. La rouquine était ma cible première.

Stoner a dit oui.

L'article de *G.Q.* a été publié en août. Il mettait l'accent sur ma mère et moi, et sur cette passion luxurieuse que nous avions en partage : en vouloir toujours PLUS. J'ai remis mon roman et loué un appartement à Newport Beach, Californie. Stoner a dit que le boulot pourrait durer un an ou plus.

J'ai pris l'avion le premier lundi de septembre. Les

passagers de mon vol discutaient d'O.J. Simpson non-stop.

L'affaire était vieille de trois mois. Déjà, c'était le meurtre de femme le plus important de tous les temps. Le Dahlia noir avait été une histoire énorme et essentiellement liée à L.A. L'affaire Simpson a eu vite fait de l'éclipser. Une affaire gigantesque. C'était un numéro épique d'artiste en représentation. C'était un cirque multimédia, mis en scène de manière trompeuse, et fondé sur l'hypothèse branlante d'un meurtre par coups et blessures, perpétré par un inconnu qui aurait saboté le boulot et pris la fuite. Tout le monde savait que O.J. était le coupable. Les experts y sont allés de leur refrain contredisant le consensus et se sont creusé la cervelle à rechercher vérité cachée et précédents empiriques. Les écrivaillons des médias ont enfoncé le clou de la vérité avec plus de force. Ils voyaient l'affaire O.J. comme un microcosme crasse. Une histoire de cocaïne et de seins siliconés. De narcissisme de clubs de gym, d'esclavage mutuel sous forme de pensions alimentaires mensuelles à cinq zéros. Le public bas de gamme définissait le crime. Ils voulaient tous le style de vie clinquant d'O.J. Ils ne pouvaient pas l'avoir. Ce show moralisateur et puant, qui leur disait que ce style de vie était vénal, leur suffisait.

O.J. et le Basané. Nicole et Geneva.

Ma mère était une femme très réservée. J'étais un m'as-tu-vu et un vieux routier de l'opportunisme. J'avais toujours un besoin maladif d'attention. Mon instinct me disait qu'il n'en avait jamais été ainsi pour elle. Je voulais l'offrir au monde. On pouvait me qualifier de violeur de mémoire avec pour preuve mes exploits passés.

On aurait raison. On aurait tort. Je plaiderais coupable en m'abritant derrière ma passion de fraîche date.

Elle était morte. Elle ne ressentait plus. Il était ridicule de se demander si elle comprendrait ou non. J'avais ce côté minable qui me poussait à tout montrer, tout dire. Elle était le cœur de mon histoire.

La question ne laissait pas de me troubler. Je respectais l'intimité de ma mère et j'étais partant pour la détruire. Je ne voyais qu'une seule issue.

Il me fallait me soumettre à son esprit. Si je la blessais, je sentirais sa réprobation.

***

Stoner m'attendait à l'aéroport. Nous sommes allés droit vers le lycée Arroyo.

C'était ma seconde visite. On m'y avait déjà filmé une fois. Pendant toute l'interview, j'avais baratiné comme une fleur. Je n'avais pas vu les photos. J'étais incapable d'indiquer avec précision où situer ma mère.

Stoner s'est garé près de l'endroit. Il faisait chaud et humide. Il a mis la climatisation en marche et remonté les vitres.

Il a dit qu'il fallait que nous parlions de ma mère. Que nous en parlions en termes sincères, sans prendre de gants. Je lui ai dit que j'étais capable d'encaisser. Il a dit qu'il voulait reconstituer le crime comme il pensait que les choses s'étaient déroulées.

J'ai parlé de ma nouvelle théorie. Stoner a dit qu'il ne marchait pas.

Il a dit que le Basané voulait un peu de chatte. Jean avait ses règles et se refusait. Ils se pelotaient et se caressaient. Le Basané voulait PLUS. Jean voulait calmer ses ardeurs. Elle a dit, retournons au drive-in de Stan.

Ils sont retournés chez Stan. Lavonne Chambers les a servis une nouvelle fois. Jean était à moitié ivre et gaie. Le Basané voulait baiser et faisait la gueule. Il connaissait cette ruelle discrète près du lycée Arroyo.

Ils ont fini leur en-cas. Le Basané a suggéré une balade en voiture. Jean a dit d'accord. Le Basané l'a conduite tout droit là-bas et il a exigé de la baiser.

Jean a dit non. Il en a résulté une dispute. Le Basané a frappé Jean à la tête à cinq ou six reprises. Il s'est servi de ses poings ou d'un petit outil métallique qu'il avait dans la voiture.

Jean s'est évanouie. Le Basané l'a violée. L'absence d'abrasions vaginales s'expliquait par la lubrification naturelle. Ils s'étaient pelotés et tripotés un petit moment auparavant. Jean en avait été excitée. Elle était encore mouillée. Le Basané l'a pénétrée sans résistance. Le viol à proprement parler a été maladroit et frénétique. Le coroner a trouvé un tampon au fond de la cavité vaginale. Le pénis du Basané l'y avait repoussé.

Jean est restée inconsciente. Le Basané s'est vidé les couilles et il a paniqué. Il se trouvait coincé dans sa voiture avec une femme évanouie. Elle pouvait l'identifier et le faire épingler pour viol. Il a décidé de la tuer.

Il avait une cordelette dans sa voiture. Il en a entouré le cou de Jean et il l'a étranglée. Le cordon s'est cassé. Il a ôté le bas gauche de Jean et s'en est servi pour l'étrangler. Il a traîné le corps hors de la voiture et l'a balancé dans le lierre. Il s'est dépêché de quitter le coin.

J'ai fermé les yeux et je me suis rejoué toute la reconstitution. Je me suis repassé quelques gros plans graphiques.

J'ai commencé à trembler. Stoner a coupé la climatisation.

17

Mon appartement était meublé. Les fauteuils et le canapé étaient recouverts de tissu synthétique anti-taches. L'agence de location fournissait draps, couvertures et ustensiles de cuisine. Le locataire précédent m'avait laissé une bombe insecticide et de l'eau de cologne Old Spice.

Les gens de l'agence ont installé un téléphone. J'y ai branché un répondeur. La crèche était bas de gamme comparée à mon niveau de vie actuel. Le salon et la chambre étaient petits. Les murs, blancs et nus. J'avais loué l'appart' au mois avec tacite reconduction et pas de préavis. Je pouvais me tailler du jour au lendemain.

J'ai emménagé. Très vite, Helen a commencé à me manquer.

L'endroit ressemblait à un habitacle, idéal pour les obsessions. Les volumes étaient étriqués et faisaient un peu caverne. Je pouvais fermer les rideaux. Je pouvais éteindre les lumières et traquer la rouquine dans les ténèbres. Je pouvais acheter un lecteur-CD et quelques compacts. Je pouvais écouter Rachmaninov et Prokofiev et me laisser partir en vrille sur les envolées lyriques dissonantes.

La maison de Bill se trouvait à vingt minutes de là. Bill avait un insigne de police en tant que réserviste et un permis de port d'armes. Il travaillait pour le bureau du procureur, sur commissions temporaires. Ils étaient en train de bâtir leur dossier contre Bob Beckett Senior. Bill avait carte blanche à la Criminelle du Shérif. Il avait accès à tous les dossiers et au matériel de communication. Il disposait du dossier Jean Ellroy en prêt permanent. Il a dit qu'il fallait en étudier jusqu'au dernier petit bout de papier.

J'ai acheté un grand tableau de liège que j'ai cloué au mur de mon salon. J'ai emprunté quelques photos du dossier et fait un collage.

J'ai punaisé deux clichés de ma mère en août 57. J'ai punaisé le portrait malfaisant du Basané. J'ai mis un point d'interrogation sur un Post-it que j'ai placé au-dessus des trois photos. J'ai sélectionné cinq photos anthropo de pervers que j'ai disposées sous ma galerie de portraits.

Mon bureau faisait face à mon tableau d'affichage. Je pouvais lever les yeux et voir ma mère dans les vrilles de sa dégringolade. Je pouvais voir le résultat final. Je pouvais rayer de ma mémoire le souvenir d'elle plus jeune et plus douce.

***

Bill m'a appelé. Il m'a demandé de le retrouver à l'Académie du Shérif. Il voulait me montrer quelques pièces à conviction.

J'ai pris la voiture et je l'ai retrouvé au parking. Bill m'a dit qu'il avait des nouvelles fraîches.

Le sergent Jack Lawton était décédé en 1990. Ward Hallinen était toujours vivant, il habitait dans le comté de San Diego. Il avait quatre-vingt-trois ans. Bill lui avait parlé. Il ne se souvenait plus du tout de l'affaire Ellroy. Bill lui a expliqué notre situation. Hallinen a commencé à se passionner et lui a dit d'apporter le dossier. Un détail pourrait éventuellement réveiller sa mémoire.

Nous nous sommes avancés jusqu'à l'entrepôt des pièces à conviction. Un petit bureau le jouxtait. Trois employés s'y trouvaient. Ils étaient plongés dans quelque conversation sur l'actualité. Un Blanc disait qu'O.J. était coupable. Deux Noirs n'étaient pas d'accord. Bill a sorti son insigne et signé un formulaire.

Un employé nous a emmenés à l'entrepôt. Il faisait une chaleur d'enfer dans cet espace à peu près aussi vaste que deux terrains de football placés côte à côte. S'y alignaient d'épais rayonnages en acier.

Le plafond montait à dix mètres. Les étagères couraient jusqu'au sommet. J'ai vu vingt ou trente rangées bourrées de paquets plastifiés.

Bill m'a laissé. Je me suis posté à côté d'un bureau près de la porte. L'employé m'a apporté un paquet. Il était marqué Z-483-362.

Le plastique était transparent. J'ai vu à l'intérieur quatre sachets plastique. J'ai ouvert le sac-enveloppe et posé les sachets sur le bureau.

Le plus petit d'entre eux contenait des échantillons de poussières et de fibres. Une étiquette en précisait l'origine : « Oldsmobile 1955/NPR-558 26/6/58 ». Le deuxième sachet contenait trois petites enveloppes. Elles étaient scellées. Elles portaient le nom de ma mère et le numéro de dossier Z. Le contenu en était dressé sous forme de liste :

– ongles vict. (échantillon)
– cheveux vict. (échantillon)
– poils pubiens vict. (échantillon).

Je ne les ai pas ouverts. J'ai ouvert le troisième sachet et j'ai vu la robe et le soutien-gorge que ma mère portait à sa mort.

La robe était bleu pâle et bleu foncé. Le soutien-gorge était blanc avec liséré de dentelle. Je les ai pris en main et portés à mon visage.

Je ne sentais pas son odeur. Je n'arrivais pas à percevoir le corps que les vêtements avaient couvert. Je le voulais pourtant. Je voulais reconnaître son parfum et toucher ses contours.

J'ai passé la robe sur mon visage. J'étais en sueur à cause de la chaleur. J'ai un peu mouillé la doublure de transpiration.

J'ai reposé la robe et le soutien-gorge. J'ai ouvert le quatrième sachet. J'ai vu le cordon et le bas nylon.

Ils étaient entortillés l'un à l'autre. J'ai vu les fibres du cordon à l'endroit où il avait cédé autour du cou de ma mère. Les deux boucles étaient intactes. Elles formaient des cercles parfaits dont le diamètre n'excédait pas sept centimètres et demi. Tant la gorge de ma mère avait été serrée, jusqu'à cette dimension. Tant la force qui l'avait privée de son souffle avait été intense.

J'ai pris les liens entre mes doigts. Je les ai regardés, je les ai retournés entre mes mains. J'ai mis le bas contre mon visage et j'ai essayé de retrouver l'odeur de ma mère.

18

J'ai pris la voiture ce soir-là et je suis allé à El Monte. La chaleur et l'humidité ne faisaient qu'empirer.

La vallée de San Gabriel avait toujours été un four. Ma mère était morte lors d'une vague de chaleur en début d'été. Il faisait aujourd'hui exactement aussi chaud.

J'ai suivi un vieil instinct de retour au bercail. J'ai baissé les vitres et j'ai laissé l'air chaud entrer dans la voiture. Je suis passé devant le poste de police d'El Monte. Il était là, exactement au même emplacement qu'en 1958. Le bâtiment avait un aspect différent. Il avait peut-être subi un ravalement de façade. Ma voiture me faisait l'effet d'une putain de machine à remonter le temps.

J'ai tourné au nord sur Peck Road. Je me souvenais d'un long retour à pied après une séance de cinéma. J'étais resté jusqu'au bout des *Dix Commandements*. J'étais rentré à la maison et j'avais trouvé ma mère complètement imbibée.

J'ai viré à l'ouest, à Peck et Bryant. J'ai vu un magasin 7-Eleven à l'angle sud-ouest. La clientèle était latine. L'homme au comptoir, asiatique. À El Monte, les Blancs avaient depuis longtemps disparu. J'ai emprunté Maple et je me suis garé contre le trottoir, à l'opposé de mon ancien domicile.

C'était ma troisième visite en trente-six ans. Des gens des médias m'accompagnaient lors des deux premières. Chaque fois, je m'étais montré hâbleur. J'avais indiqué les anachronismes et déblatéré sur ce que les locataires ultérieurs avaient fait subir aux lieux. Cette fois, c'était ma première visite nocturne. L'obscurité masquait les changements et me rendait la maison telle qu'elle était alors. Je me souvenais de la nuit où j'avais contemplé un orage depuis la fenêtre de la chambre de ma mère. Je m'étais allongé sur son lit, j'avais éteint les lumières pour mieux voir les couleurs. Ma mère était sortie. Elle m'avait déjà surpris une fois dans sa chambre et réprimandé. Je me faufilais dans sa chambre à coucher et inspectais son tiroir à dessous chaque fois qu'elle se taillait pour la soirée.

Je suis reparti par Peck Road pour rejoindre Medina Court. Le quartier s'était délabré de façon exponentielle par rapport à 58. J'ai vu, sur une longueur de trois blocs, quatre types qui revendaient de la came sur le trottoir. Ma mère m'avait conduit dans Medina Court quelques semaines avant sa mort. J'étais un gamin paresseux. Elle voulait me montrer mon avenir de « dos-mouillé » anglo-saxon.

El Monte était maintenant une ville de merde. El Monte était déjà une ville de merde en 1958. C'était une ville de merde décente, bien ancrée dans son époque. La came était clandestine. Les armes étaient rares. El Monte avait une population dix fois inférieure à celle d'aujourd'hui, un taux de criminalité trente fois moins important.

Jean Ellroy était une victime d'El Monte, mais une victime anormale et illogique. El Monte avait séduit les côtés beuglant-bon marché de sa nature. Elle croyait avoir trouvé un endroit où se cacher. Un endroit qui satisfaisait ses critères de sécurité. S'y trouvait inclus un terrain de jeux pour le week-end. Elle en verrait le danger aujourd'hui. Elle ne s'y aventurerait pas. En 58, elle y avait amené ses propres dangers.

Elle avait recherché cet endroit. Elle en avait fait son monde à part. Il se trouvait à vingt-trois kilomètres de ma L.A. imaginaire comme de la vraie.

El Monte me fichait la trouille. C'était le pont entre mes deux mondes séparés, vraie vie et fiction. C'était une zone, parfaitement circonscrite, de vide et d'horreur aléatoire dans toute sa plénitude.

Je me suis rendu au 11721 Valley. Le Desert Inn était maintenant un restaurant qui s'appelait Valenzuela. C'était une bâtisse blanche en adobe avec un toit en terre cuite.

Je me suis garé à l'arrière. Ma mère avait garé sa Buick sur le même emplacement ce soir-là.

Je suis entré dans le restaurant. J'ai été choqué par ce que j'ai eu devant les yeux.

Une salle étroite en forme de L. Un comptoir de service face à la porte. Le restaurant ressemblait exactement à l'image de mes fantasmes, celle à laquelle je m'étais raccroché trente-six années durant.

Les box. Le plafond bas. La base du L sur ma droite. Tout coïncidait avec ma vieille gravure mentale.

Peut-être m'avait-elle amené dans cet endroit. Peut-être avais-je vu une photo. Peut-être venais-je tout bonnement de pénétrer au sein d'une matrice psychique étrange et singulière.

Je suis resté sur le seuil et j'ai regardé autour de moi. Toutes les serveuses et tous les clients étaient latins. J'ai eu droit à une douzaine de regards putain-mais-t'es-qui-toi ?

Je suis retourné à ma voiture. J'ai remonté Valley jusqu'à Garvey. J'ai roulé doucement dans le parking à l'angle nord-est.

C'est là que le drive-in de Stan était installé alors. S'y trouvait aujourd'hui un café abandonné. Le drive-in de Stan était situé à six blocs du Desert Inn. Le Desert Inn était situé à deux kilomètres et demi du 756 Maple. Le 756 Maple était situé à deux kilomètres et demi du lycée Arroyo.

Tout était resserré, circonscrit au même quartier.

Je suis parti pour le lycée Arroyo. Le ciel était d'un noir brumeux. Je ne voyais pas les montagnes à trois kilomètres au nord.

Je me suis garé sur King's Row. J'ai mis pleins phares et j'ai cadré les lieux du crime.

Je me suis placé dans la perspective du Basané. J'ai transféré ma rage d'en savoir PLUS sur sa propre rage de baiser ma mère. J'ai mis toute ma fureur à aller au-delà de mon passé dans sa fureur à lui, celle qui lui avait fait détruire la résistance de ma mère. J'ai pigé sa détermination, ses yeux injectés de sang. Je ne comprenais pas sa volonté d'infliger la douleur dans sa quête de plaisir.

Je me suis rappelé un triste incident. Il s'était produit en 71 ou 72.

Il était 2 ou 3 heures du matin. Je venais de m'envoyer mes inhalateurs dans Robert Burns Park. J'ai cru entendre une femme hurler.

Je n'étais pas tout à fait sûr. J'étais complètement remonté aux amphétamines. J'entendais les Voix.

Le hurlement m'a fichu la trouille. Je savais qu'il provenait des appartements côté ouest du parc. Je voulais fuir et me cacher. Je voulais sauver la femme. J'ai hésité et j'ai couru en direction du cri.

J'ai escaladé la clôture du parc. J'ai fait beaucoup de bruit.

J'ai regardé par une fenêtre brillamment éclairée. J'ai vu une femme qui enfilait un peignoir. Elle a regardé dans ma direction. Elle a éteint la lumière et hurlé. Le hurlement ne ressemblait en rien à celui que j'avais cru entendre. J'ai replongé d'un bond dans le parc et descendu Beverly Boulevard au pas de course. Les Voix m'ont suivi. Elles m'ont dit de retrouver la femme et de l'assurer que je n'avais pas de mauvaises intentions. J'ai compris que le premier hurlement n'était pas un hurlement. C'était une femme qui faisait l'amour.

Je me suis soûlé le lendemain matin. Les Voix se sont atténuées. Je ne me suis jamais excusé auprès de la femme.

L'incident m'a fait froid dans le dos. J'avais fichu la trouille à cette femme. Je savais qu'elle ne comprendrait jamais mes bonnes intentions.

***

Je suis retourné à Newport Beach. J'ai consulté mon répondeur. Bill Stoner m'avait laissé un message.

Il disait qu'il avait des nouvelles urgentes. Il disait de rappeler à n'importe quelle heure.

Je l'ai appelé. Bill a annoncé qu'il avait retrouvé un vieux dossier qui l'avait laissé sur le cul.

Il était daté du 23/1/59. La victime s'appelait Elspeth « Bobbie » Long. Elle avait été tabassée. Elle avait été étranglée à l'aide d'un bas nylon. On l'avait larguée sur une route à La Puente, à six kilomètres d'El Monte. L'affaire Long et l'affaire Ellroy se ressemblaient en tous points comme deux jumelles.

19

Un oiseau de nuit avait passé un coup de fil. La permanence de San Dimas l'avait enregistré à 2 h 35 du matin.

Le type a dit qu'il était en train de chasser le raton laveur. Il a vu un corps au bord de la route, à l'intersection de Don Julian et de la 8e. Il s'appelait Ray Blasingame. Il habitait et travaillait à El Monte. Il appelait depuis une station-service sur Valley et la 3e.

Le policier de permanence a contacté une unité en patrouille. L'adjoint Bill Freese et l'adjoint Jim Harris sont partis pour Valley et la 3e. Ils ont suivi Ray Blasingame jusqu'au site de largage. Le mec conduisait un pick-up Ford avec quatre chiens à ratons à l'arrière.

L'endroit était retiré. La route était pavée de cailloux concassés. Un épaulement en terre et une clôture de barbelés la délimitaient. La route menait à une station de pompage.

Il faisait froid. Il faisait nuit. On voyait les collines de Puente plein sud. Valley Boulevard n'était qu'à huit cents mètres au nord.

La femme gisait visage vers le ciel. Elle était étendue de tout son long, à même la terre, entre la route et la clôture. Elle portait un chandail gris anthracite et noir, une jupe noire et des chaussures noires à bout ouvert. Un manteau rouge couvrait ses jambes. Une broche représentant un jockey sur son cheval était épinglée à son épaule gauche. Un sac à main en plastique était posé contre la clôture.

Elle était blanche. De taille moyenne. Les cheveux blonds coupés court. Elle avait entre quarante-cinq et cinquante ans.

Son visage était meurtri. Un bas nylon lui enserrait le cou.

Harris a contacté par radio le poste de San Dimas. Le standardiste a appelé la Criminelle du Shérif. Le lieutenant Charles McGowan, le sergent Harry Andre et le sergent Claude Everly ont pris la route. Un lieutenant des patrouilles et un adjoint spécialiste des empreintes sont arrivés deux minutes plus tard.

Andre avait vu la scène du crime Ellroy. Il a dit à Everly que celle-ci lui paraissait similaire. Le meurtrier de Jean Ellroy avait balancé le manteau de la victime sur ses jambes. Ce type-là avait fait la même chose.

Une voiture de la morgue est arrivée. Une voiture-photo est arrivée. Un assistant du coroner a inspecté le corps. Un adjoint photographe a éclairé la scène et pris ses clichés.

Le gars de la morgue a noté des signes de *rigor mortis* précoce. La tête et la nuque de la victime étaient raides. Everly a soulevé les vêtements et examiné les dessous. La femme portait une combinaison rouge, un soutien-gorge rouge et une gaine-culotte rouge. Elle avait les jambes nues.

Andre a vidé son sac à main. Il a trouvé une paire de lunettes, 1 dollar 32, un paquet de Camel, une brosse à cheveux, une paire de gants bleu clair en laine ou en laine mélangée, un porte-clés en plastique, un stylo-bille, un miroir de poche et un portefeuille en cuir marron orné d'un cheval blanc et argent en relief. Le portefeuille contenait des instantanés de la victime, une souche de ticket de bus, une coupure d'un bulletin de courses hippiques ainsi que des cartes d'identité aux noms d'Elspeth Evelyn Long et Bobbie Long. Les cartes donnaient des adresses à La Nouvelle-Orléans, Miami et Phoenix, Arizona. Les cartes donnaient comme dates de naissance de la victime 10/7/06 et 10/7/13. Une carte d'assurance donnait une adresse à L.A. : 22311/2 52e Rue Ouest. La carte était datée du 18/2/57.

L'équipe de la morgue a enlevé le corps. Andre a appelé la Criminelle du Shérif. Il a dit au répartiteur d'envoyer quelques gars à l'adresse de la victime. Everley a pris sa torche et fouillé les lieux. Il n'a pas repéré de traces de pneus ni d'arme jetée après usage.

Ray Blasingame est rentré chez lui. L'homme aux photos a pris quelques clichés supplémentaires. Le soleil s'est levé. Andre et Everley ont arpenté la route à la lumière du jour.

Ils n'ont rien remarqué de neuf.

***

La victime habitait un petit immeuble. Son appartement était au rez-de-chaussée sur l'arrière. Ward Hallinen, Ray Hopkinson et Ned Lovretovich ont tout retourné.

Ils ont réveillé le gérant, insigne à la main. Il les a laissés entrer dans l'appartement avant de retourner se coucher. Ils ont fouillé les deux pièces. Ils ont trouvé une boîte de bas nylon et une pile de dollars et demi-dollars en argent. Ils ont trouvé une pile d'articles de journaux sur les courses hippiques. Ils ont trouvé un appareil photo avec le compteur arrêté sur 6. Ils ont trouvé un carnet d'adresses. Ils ont trouvé un chèque de salaire d'un montant de 37 dollars. Il était daté du 21/1/59. Il était émis par Bill's Cafe, 1554 West Florence Avenue. Ils ont trouvé quelques programmes de courses de chevaux, des bulletins hippiques, des lettres d'un pronostiqueur.

L'appartement était propre. Les affaires de la victime étaient soigneusement rangées. Les bas allaient tous par paires.

Ils ont pris l'appareil photo et le carnet d'adresses. Ils ont réveillé le gérant pour lui dire de garder l'endroit fermé à clé. Il a dit qu'ils devraient interroger une femme du nom de Liola Taylor. Elle habitait l'appartement voisin. Lui-même connaissait à peine Bobbie Long. Liola la connaissait mieux.

Ils ont trouvé Liola Taylor et l'ont interrogée. Elle leur a dit que Bobbie Long vivait dans l'appartement d'à côté depuis environ quatre ans. Elle travaillait dans un restaurant sur Florence. Elle connaissait des tas d'hommes. Ce n'était pas une femme facile. Elle aimait la compagnie des hommes. Elle sortait avec un mec riche. Elle disait qu'elle en voulait à son argent. Elle n'avait jamais mentionné son nom. Elle n'avait jamais mentionné sa propre famille.

Hallinen, Hopkinson et Lovretovich se sont rendus au Bill's Cafe. Ils ont parlé au patron, William Shostal. Celui-ci a déclaré que Bobbie Long était une bonne serveuse. Elle était sympathique. Elle adorait les courses de chevaux. On la voyait souvent avec une serveuse du nom de Betty Nolan.

Shostal a donné l'adresse de Betty aux flics. Ils y sont allés et ont interrogé la femme.

Elle a déclaré qu'elle avait vu Bobbie au travail le mardi. C'était il y a trois jours. Bobbie avait dit qu'elle irait aux courses jeudi. C'était hier. Bobbie connaissait un type du nom de Roger. Bobbie connaissait un type qui travaillait à la crémerie Challenge. Betty a dit qu'elle ne connaissait pas leur nom de famille. Elle ne connaissait aucun « mec riche ». Un type avait conduit Bobbie au travail il y a deux semaines. L'homme avait les cheveux noirs plaqués et une moustache. Il conduisait une voiture turquoise et blanche. Betty a dit qu'elle ignorait son nom. Elle ne l'avait jamais vu auparavant ni depuis. Elle a dit aux flics de contacter Fred Mezaway, le cuisinier du Bill's Cafe. Fred avait donné sa paie à Bobbie mercredi ou jeudi.

Hallinen a appelé Bill Shostal et obtenu l'adresse de Mezaway. Shostal a dit qu'il devait être rentré. Hallinen, Hopkinson et Lovretovich se sont rendus à l'adresse indiquée et ont interrogé Mezaway.

Il a dit qu'il avait eu l'intention de déposer le chèque de Bobbie tôt dans la soirée de mercredi. Il s'était retrouvé engagé dans une partie de cartes et avait reporté sa petite course à plus tard. Il avait déposé le chèque le jeudi matin. Bobbie l'avait grondé. Elle lui avait dit qu'il n'avait pas à jouer aux cartes.

Mezaway a dit que Bobbie avait des tas de rencarts. Il était incapable de donner les noms. Elle devait trois cents dollars à un bookie. Il ne connaissait pas le nom du bookie. Il ne connaissait pas de « mec riche », ni de mec du nom de Roger, ni encore de mec aux cheveux noirs luisants et plaqués, ni de mec qui travaillait à la crémerie Challenge.

Les flics sont retournés à l'appartement de Bobbie Long. Ils ont passé en revue son carnet d'adresses et ont commencé à appeler ses amis. Il y a eu toute une série d'appels sans réponse. Ils ont joint une femme du nom de Freda Fay Callis. Freda Fay leur a dit qu'elle avait vu Bobbie mardi. Elles s'étaient retrouvées et étaient passées chercher leur amie Judy Sennett. Elles avaient déposé Bobbie chez son médecin.

Bobbie souffrait de fortes migraines. Elle s'était cogné la tête contre un distributeur de thé glacé au travail. Le médecin lui avait fait une radio du crâne et une prise de sang.

Les trois femmes étaient parties pour Rosemead. Elles avaient déposé Judy chez son gendre. Freda Fay avait ramené Bobbie à L.A. pour la déposer devant chez elle. Bobbie l'avait appelée hier matin. Elle avait dit qu'elle allait aux courses. Freda Fay avait répondu qu'elle était fauchée et avait décliné l'invitation.

Freda Fay a expliqué que Bobbie était une fanatique des hippodromes. C'était une habitude chez elle de prendre le bus pour Santa Anita. Parfois elle rencontrait des inconnus et se faisait ramener. Bobbie était sympathique. Elle n'était pas folle des hommes. Elle aimait les hommes qui avaient de l'argent. Freda Fay ne connaissait aucun « mec riche » ni aucun mec du nom de Roger. Elle ne connaissait pas le bookie de Bobbie. Elle ne connaissait pas de mec aux cheveux plaqués ni de mec qui travaillait à la crémerie Challenge.

Les flics ont passé d'autres coups de fil. Ils ont joint l'amie de Bobbie, Ethlyn Manlove. Elle a dit que Bobbie n'avait jamais mentionné de famille. Bobbie lui avait dit qu'elle avait été mariée il y a bien longtemps. Elle s'était mariée à La Nouvelle-Orléans et avait divorcé à Miami. Ethlyn Manlove a dit que Bobbie avait des tas de rencarts. Elle était incapable de donner les noms. Elle ne connaissait aucun « mec riche ». Elle ne connaissait pas le bookie de Bobbie. Elle ne connaissait pas de mec aux cheveux plaqués ni de mec qui travaillait à la crémerie Challenge. Le nom de « Roger » l'a titillée. Roger était peut-être ce type marié avec lequel Bobbie sortait en copine.

Il était 2 heures du matin. Le meurtre Long a fait

les journaux de l'après-midi. Un homme est entré au poste du LAPD de la 77e Rue. Il a déclaré s'appeler Warren William Wheelock. On l'appelait « Roger ». Il avait appris le meurtre de Bobbie Long par les journaux. Il connaissait Bobbie. Il s'était dit que les flics pourraient vouloir lui parler.

Le sergent de la réception a appelé la Criminelle du Shérif. Le commandant de poste a appelé l'appartement de Bobbie Long et a parlé à Ray Hopkinson. Hopkinson a appelé la 77e Rue et parlé à Warren William Wheelock.

Wheelock a déclaré avoir rencontré Bobbie à l'Hippodrome de Hollywood Park en mai 58. Il a dit qu'il était passé à son appartement mercredi matin, il y avait deux jours. Il avait invité Bobbie à San Diego. Il y allait en compagnie de son épouse. Bobbie lui avait répondu non. Elle a dit qu'elle avait l'intention d'aller aux courses jeudi. Wheelock et son épouse étaient descendus à Dago. Ils rendaient visite au beau-frère du mari. Ils étaient allés aux jeux de *jai alai* à T.J. Il avait un billet pour le septième jeu, daté d'hier soir.

Wheelock a dit qu'il ne connaissait pas le bookie de Bobbie. Il ne connaissait pas de « mec riche » ni de mec aux cheveux plaqués ni de mec qui travaillait à la crémerie Challenge. Hopkinson l'a remercié en disant qu'il reprendrait contact.

Hallinen, Hopkinson et Lovretovich se sont rendus au palais de Justice. Ils ont vérifié le ticket de bus trouvé dans le sac à main de Bobbie Long. Lovretovich a appelé la Régie des Transports de L.A. Il a expliqué son cas et lu les numéros du ticket. Son correspondant a procédé à quelques vérifications et l'a rappelé. Il a dit que le billet avait été vendu hier, le 22/1/59. Il avait été acheté sur la 6e et Main, au centre-ville. La souche était en fait la partie non utilisée du billet. Quelqu'un avait pris un bus de la ligne M pour l'Hippodrome de Santa Anita et n'était pas revenu par le bus.

Hallinen s'est rendu à pied à la morgue. L'assistant du coroner Don H. Mills lui a exposé le résultat de l'autopsie.

Bobbie Long était morte d'asphyxie brutale. Son crâne était fracturé en quatre endroits. Une des fractures ouvertes était en forme de croissant. Bobbie avait pris quelques méchants coups à la tête. Le tueur pouvait l'avoir frappée d'une clé recourbée. Sa sixième vertèbre cervicale était fracturée et s'était détachée. Bobbie avait partiellement digéré les haricots, riz et maïs contenus dans son estomac. Elle avait du sperme dans le vagin. L'extérieur de ses parties génitales n'était ni meurtri ni écorché. Son taux d'alcoolémie était de zéro. Elle était parfaitement sobre au moment de sa mort.

Ce soir-là, un avis a été diffusé par télex.

AVIS N° 76 23/1/59 DOSSIER N° Z-524-820

DEMANDE DE RENSEIGNEMENTS SUR MEURTRE

URGENT

DÉCOUVERTE À APPROX 2.30 DU MATIN 23/1/59 VICTIME BOBBIE LONG FB 45-50 1M64 60KG YEUX BLEUS CHEVEUX BLONDS COURTS DÉCOLORÉS. VÊTUE CHEMISIER NOIR ET ANTHRACITE, JUPE NOIRE EN FEUTRINE, MANTEAU LONG ROUGE VIF AVEC BIJOU FANTAISIE (CHEVAL) ÉPINGLÉ ÉPAULE GAUCHE. LES DESSOUS DE LA VICTIME, GAINE-CULOTTE, SOUTIEN-

GORGE ET COMBINAISON ÉGALEMENT ROUGE VIF. PORTAIT CHAUSSURES NOIRES À BOUT OUVERT ET SAC À MAIN NOIR. VICTIME TROUVÉE GISANT SUR LE DOS À CÔTÉ D'UN CHEMIN D'ACCÈS EN TERRE PRÈS D'UNE STATION DE POMPAGE NON LOIN DE DON JULIAN ROAD ET LA 8e AVENUE, ZONE LA PUENTE, TOUT HABILLÉE, ÉTRANGLÉE PAR UN BAS NYLON. A AUSSI ÉTÉ FRAPPÉE SUR LA TÊTE PAR UN INSTRUMENT LAISSANT DES TRACES EN FORME DE CROISSANT. AVAIT EU RAPPORT SEXUEL OU AVAIT ÉTÉ VIOLÉE. ÉTAIT AUX COURSES DE SANTA ANITA LE 22/1/59. CONTENU DU SAC : LUNETTES ET CIGARETTES CAMEL, PLUS ACCESSOIRES FÉMININS HABITUELS. VOITURE DU SUSPECT PEUT PORTER TACHES DE SANG. VÉRIFIEZ SVP VOS FICHES D'INTERROGATOIRES DE TERRAIN POUR L'APRÈS-MIDI ET LE SOIR JUSQU'À MINUIT LE 22/1/59.

À L'ATT. POSTE TEMPLE
POSTE SAN DIMAS
SERVICES POLICE VALLÉE SAN GABRIEL
PAT. AUTOROUTE VALLÉE SAN GABRIEL

CONTACTER MCGOWAN, ANDRE, EVERLEY, QG DB DÉTACHEMENT CRIMINELLE, DOSSIER Z-524-820

PETER J. PITCHESS, SHÉRIF DC SNDG 18.00 H.

Ward Hallinen a retrouvé Harry Andre et Claude Everley au Bureau. Ils ont discuté de l'affaire Long, vieille de quatorze heures. Tous étaient d'avis qu'elle ressemblait à l'affaire Ellroy.

Jean Ellroy avait probablement été violée. Bobbie Long s'était très probablement engagée dans un rapport sexuel de son plein gré. Ses dessous étaient bien en place. Ce détail impliquait du sexe librement consenti.

Les deux femmes présentaient des plaies à la tête. Les endroits où les corps avaient été largués étaient séparés de dix kilomètres. Santa Anita était situé à trois bons kilomètres au nord du lycée Arroyo. Les deux victimes étaient divorcées. Les scènes des deux crimes paraissaient quasiment identiques. Le tueur Ellroy avait jeté le manteau de la victime sur ses jambes. Le tueur Long avait fait la même chose. Bobbie Long était blonde. Jean Ellroy avait été vue en compagnie d'une femme blonde. Jean Ellroy avait mangé du chili au drive-in de Stan. Bobbie Long avait mangé de la nourriture mexicaine. Le laps de temps qui séparait les deux homicides était de sept mois et un jour.

Le tueur Ellroy s'était servi d'un cordon *et* d'un bas nylon. Le tueur Long ne s'était servi que d'un bas. Les bas nylon étaient des instruments banals de strangulation. Le *modus operandi* était peut-être le lien entre les deux meurtres. Peut-être ne l'était-il pas.

* * *

Andre et Everley ont appelé tous les services de police dans la vallée de San Gabriel. Ils ont exposé leur affaire. Ils ont demandé aux responsables des patrouilles de vérifier les fiches d'interrogatoires de terrain et les rapports de la circulation. Bobbie était sortie avec un homme la veille au soir. Ils cherchaient à savoir si on ne l'avait pas aperçue.

Ils ont pris une photo d'identité dans le portefeuille de Bobbie Long. Ils ont quadrillé bars et restaurants près du lieu de largage. Ils ont fait quelques rades le long de Valley Boulevard. Ils ont essayé le French Basque, Tina's Cafe, le Blue Room, le Caves Cafe, Charley's Cafe et le Silver Dollar Cafe. Ils ont fait chou blanc.

Ils sont arrivés au Canyon Inn. Ils ont entendu un type qui parlait de leur affaire avec beaucoup trop d'ardeur. Ils l'ont coincé. Le type était ivre. Il essayait d'impressionner quelques femmes.

Andre et Everley ont laissé tomber et sont rentrés chez eux. Ward Hallinen a déposé l'appareil photo de Bobbie Long au labo criminel et dit à un technicien de développer la pellicule. Ned Lovretovich a travaillé tard au Bureau. Il a appelé les noms trouvés dans le carnet d'adresses de Bobbie Long.

Il a vu Edith Boromeo. Elle a dit connaître Bobbie depuis une vingtaine d'années. Elles avaient travaillé toutes les deux comme serveuses à La Nouvelle-Orléans. Bobbie avait épousé un chauffeur de camion de blanchisserie. Il la battait. Elle ne se souvenait plus de son nom. Elle ne connaissait pas le bookie de Bobbie ni aucun « mec riche » ou aux cheveux plaqués ou travaillant à la crémerie Challenge.

Il a vu Mabel Brown. Elle a dit avoir travaillé comme serveuse avec Bobbie. Bobbie avait son franc-parler et ne mâchait pas ses mots. Elle était allée un certain nombre de fois aux courses avec Bobbie. Bobbie claquait tout son argent en paris et ne participait jamais aux frais d'essence. Bobbie acceptait tout le temps d'être ramenée chez elle par des inconnus. Elle ne connaissait pas le bookie de Bobbie. Elle ne connaissait aucun « mec riche ». Elle ne connaissait aucun type aux cheveux plaqués. Elle ne connaissait aucun type travaillant à la crémerie Challenge.

Il a vu Bill Kimbrough. Il lui a dit qu'il était propriétaire d'une épicerie près de l'appartement de Bobbie Long. Il avait vu Bobbie à l'arrêt de bus hier. Elle était seule. Elle a dit qu'elle se rendait aux courses.

Lovretovich est retourné à l'appartement de Bobbie Long. Il l'a repassé à la fouille. Il a trouvé deux bouteilles d'alcool planquées sous l'évier de la cuisine.

***

L'affaire Bobbie Long était vieille d'un jour. Tout le monde pensait la même chose.

Bobbie avait rencontré un taré aux courses. Il lui avait préparé à bouffer dans sa piaule ou alors il l'avait emmenée au restaurant. Il l'avait baisée dans sa crèche ou alors dans un motel, ou bien il l'avait violée sur les lieux du crime avant de l'obliger à remettre ses dessous. Ils allaient devoir quadriller Santa Anita. Ils allaient devoir faire la tournée de tous les restaurants et motels de la vallée de San Gabriel.

Andre et Everley sont partis pour l'hippodrome. Ils ont contacté le patron de la concession commerciale et lui ont montré la photo de Bobbie Long. Le type a dit qu'elle avait un air familier. Il avait vu une fille comme ça jeudi. Elle embrassait un mec aux cheveux blonds dégarnis avec un gros nez bulbeux. Elle portait un ensemble sombre. Mais pas de manteau. Il y avait cinq vestiaires à l'hippodrome. Peut-être avait-elle mis son manteau au vestiaire.

Santa Anita était vaste et étendu. Le type de la concession en a fait faire le tour à Andre et Everley. Ils se sont tapé tous les vestiaires, bars, guichets de paris et cafétérias. Ils ont montré la photo de Bobbie

Long. Une douzaine de personnes ont dit qu'elle leur était familière.

Andre a appelé le Bureau. Blackie McGowan lui a appris qu'ils avaient reçu un tuyau au petit matin. Quelqu'un avait trouvé un bas nylon dans un complet au pressing Bedon à Rosemead. Le gars avait lu le journal du matin. Il savait que Bobbie Long avait été étranglée. Il s'est dit que le bas manquant devait bien se trouver quelque part. Il a appelé le poste de Temple City. Une unité de patrouille est passée prendre le bas et l'a vite transmis au labo criminel du Shérif. Un technicien l'a examiné et comparé au bas qui avait étranglé Bobbie Long. Les bas provenaient de deux paires différentes.

Andre et Everley sont retournés au Bureau. Ils ont convoqué leur dessinateur, Jack Moffett. Ils lui ont dit de dessiner Bobbie Long dans son ensemble noir et rouge un peu m'as-tu-vu. Ils lui ont dit de faire ça en couleurs et d'en tirer quelques clichés sur papier glacé.

Moffett s'est mis au travail. Andre a appelé la Metro et sollicité deux adjoints. Le sergent de garde a envoyé Bill Vickers et Frank Godfrey. Ils avaient quadrillé bars et restaurants pour l'affaire Jean Ellroy. Andre leur a dit de couvrir la vallée de San Gabriel. Tous les restaurants servant de la nourriture mexicaine et tous les motels. Rechercher les couples qui étaient arrivés jeudi soir. Obtenir le numéro d'immatriculation de leur véhicule et contacter le Service des Cartes grises. Obtenir tous les renseignements possibles. Contacter les propriétaires des véhicules répertoriés et découvrir avec qui ils couchaient. Les employés du motel devaient noter les numéros d'immatriculation quand les clients passaient à la réception. Obtenir ces renseignements et remonter la piste.

Vickers et Godfrey ont pris la route. Ward Hallinen est parti pour El Monte. Il a trouvé Margie Trawick. Il lui a montré une photo de Elspeth « Bobbie » Long. Margie a dit non. Ce n'était pas la femme qu'elle avait vue en compagnie de Jean Ellroy.

Claude Everley a appelé le labo criminel. Il a dit à un technicien de photographier les vêtements de Bobbie Long et d'en faire quelques clichés couleur brillants. L'homme a dit qu'il avait développé la pellicule trouvée dans l'appareil photo de Bobbie Long. Il y avait six clichés au total. On voyait Bobbie seule et Bobbie en compagnie de quelques autres femmes. Un cliché montrait une femme et une Olds 56 bicolore.

Everley l'a dit à Andre. Andre a dit que le suspect Ellroy conduisait une Olds bicolore. Everley a rappelé le type du labo. Il lui a dit de transmettre la photo de la voiture au Bureau de Renseignements. Ils pourraient la faire passer dans les journaux de L.A. Ils pourraient peut-être identifier la voiture de cette manière-là.

Andre a bien aimé l'info voiture. Il s'est dit que c'était le même mec qui avait étranglé Bobbie et cette infirmière rouquine.

***

Vickers et Godfrey ont quadrillé motels et restaurants. Andre et Everley ont quadrillé l'hippodrome tout le week-end. Ned Lovretovich a appelé les noms figurant dans le carnet d'adresses de Bobbie Long. Tous ont répondu la même chose.

Bobbie adorait les courses de chevaux. Bobbie se contentait de peu. Bobbie dédaignait toute forme de sexe. Bobbie avait été mariée, de deux à quatre fois. Personne ne savait quand, où, ni avec qui. Personne ne connaissait son bookie. Personne ne connaissait le « mec riche » ou le mec aux cheveux plaqués ou celui qui travaillait à la crémerie Challenge.

Blackie McGowan a affecté quatre inspecteurs supplémentaires. Il leur a dit de consacrer tout leur temps au quadrillage. La vallée de San Gabriel était vaste et pleine de motels-baisodromes.

Un tuyau est tombé le lundi 26/1/59. Le tuyauteur dirigeait une fabrique de fourrage à La Puente.

Il a indiqué un chauffeur de camion. Le mec bavassait à tout-va. Il disait qu'il avait baisé une fille sur la 8e et Don Julian. Il disait qu'il l'avait baisée su-peeer. Il l'avait baisée tôt vendredi matin.

Le chauffeur était mexicain. Il habitait à Beaumont.

Harry Andre a appelé les services de police de Beaumont et leur a dit de boucler le gars. Ce qu'ils ont fait. Andre et Everley sont partis pour Beaumont et ont passé le bonhomme sur le gril.

Il leur a dit qu'il avait sauté la fille tôt le *jeudi* matin. Elle s'appelait Sally Ann. Il l'avait rencontrée au Tina's Cafe sur Simpson et Valley. Il était allé dans l'appart' de la fille avant de la baiser. C'était sur la 8e Avenue. Il avait vu le nom « Vasquez » sur la boîte aux lettres.

L'homme a maintenu son histoire. Il a dit que son pote Pete pouvait la confirmer. Pete habitait à La Puente.

Andre et Everley sont allés à La Puente. Ils ont interrogé Pete. Ils ont trouvé la maison avec la boîte aux lettres « Vasquez ». Ils ont parlé à Sally Ann. Ils ont innocenté le Mexicain.

Un tuyau est arrivé le mardi 27/1/59. Un homme du nom de Jess Dornan a dénoncé son voisin Sam Carnes.

Sam se comportait bizarrement ces derniers temps.

Sam était un fêlé des courses. Sam avait bousillé le capitonnage de sa voiture deux jours avant. Peut-être essayait-il d'éliminer des taches de sang.

Andre a interrogé Sam Carnes. Sam avait un alibi pour la nuit de jeudi dernier.

Vickers et Godfrey ont quadrillé. Andre et Hallinen ont quadrillé. Le sergent Jim Wahlke et l'adjoint Cal Bublitz ont quadrillé. Ils ont fait le El Gordo Restaurant, le Panchito's Restaurant, le El Poche Restaurant, le Casa Del Ray Restaurant, le Morrow's Restaurant, le Tic-Toc Restaurant, le Country Kitchen, le Utter Hut, Stan's Drive-In, Rich's Cafe, le Horseshoe Club, le Lucky X, Belan's Restaurant, le Spic & Span Motel, le Rose Garden Motel, le End-of-the-Trail Motel, le Fair Motel, le El Portal Motel, le 901 Motel, le Elmwood Motel, le Valley Motel, le Shady Nook Cabins, le 9331 Motel, le Santa Anita Motel, le Flamingo Motel, le Derby Motel, le Bradson Motel, le El Sorrente Motel, le Duarte Motel, le Filly Motel, l'Ambassador Motel, le Walnut Auto Court, le Welcome Motel, le Wonderland Motel, le Sunkist Motel, le Bright Spot Motel, le Home Motel, le Sun View Motel, le Mecca Motel, le El Bardo Motel, le Scenic Motel, le La Bonita Motel, le Sulite Motel, le El Monte Motel, le Troy Motel, le El Campo Motel, le Garvey Motel, le Victory Motel, le Rancho Descanso Motel, le Rainbow Motel, le Mountain View Motel, le Walnut Lane Motel, le Covina Motel, le La Siesta Motel, le Stam-Marr Motel et le Hialeah Motel.

Ils ont obtenu des informations embrouillées et pas d'information du tout. Ils ont vérifié cent trente cartes grises. Ils ont interrogé des couples mariés, des couples d'une nuit, des couples adultères, des couples prostituée-client. Ils n'ont pas réussi à localiser certaines personnes. Ils ont établi une liste substantielle de noms appelés et innocentés. Ils n'ont pas réussi à choper un seul suspect digne de ce nom.

Un tuyau est arrivé le mercredi 28/1/59. Une femme du nom de Viola Ramsey a cafté son mari.

L'homme s'appelait James Orville Ramsey. Il avait abandonné Mme Ramsey le mois dernier. Il l'avait appelée la nuit dernière. Il avait dit « Si tu veux vraiment me chercher des crosses, nom de Dieu, tu vas te retrouver les miches à côté de la serveuse dans les collines de Puente. Si tes amis ne te voient plus pendant trois ou quatre jours, dis-leur qu'ils trouveront ton cul dans le sable à côté du sien. »

James Orville Ramsey avait trente-trois ans. Il était cuistot. Mme Ramsey a dit qu'il haïssait les serveuses. Il disait que c'était des minables et des bonnes à rien. Il aimait les courses de chevaux et la nourriture mexicaine. C'était un ivrogne. Il avait fait de la prison pour cambriolage et vol de voitures qualifié. Il aimait les femmes plus âgées. Il avait menacé de tuer Mme Ramsey et de « cracher dans son sang ». Il conduisait une Chevy 54 à deux portes. Il avait occupé son dernier emploi au Bowling de Five Points à El Monte. Il vivait à la colle avec une fille de dix-neuf ans du nom de Joan Baker. Elle était serveuse au Happy's Cafe. Mme Ramsey, elle, était serveuse au Jack's Bar à Monterey Park.

Claude Everley a interrogé James Orville Ramsey. Le tuyau n'était que des conneries dictées par la rancune.

Les journaux de L.A. ont passé la photo de la voiture le jeudi 29/1/59. Ils ont diffusé un communiqué d'accompagnement demandant des renseignements et donné le numéro de téléphone de la Criminelle du Shérif. L'affaire Long était vieille de six jours. Elle n'allait absolument nulle part.

Andre et Everley ont à nouveau quadrillé l'hippodrome. Une serveuse du comptoir à café a déclaré qu'elle avait vu Bobbie Long la semaine dernière. Elle n'avait pas voulu faire la queue. Elle avait été très grossière.

Une autre serveuse a raconté la même histoire. Bobbie n'avait pas fait la queue. Elle avait été grossière. Elle avait refusé d'attendre son tour comme tout le monde.

Une caissière a dit qu'elle avait vu Bobbie la semaine dernière. Elle avait encaissé un gagnant à son guichet. Elle avait l'air d'avoir « picolé ».

Un gardien de la sécurité a affirmé avoir vu Bobbie jeudi dernier. Elle était seule.

Un barman a dit qu'il avait servi Bobbie la semaine dernière. Elle était « à moitié ivre ».

Un chauffeur de bus a dit avoir vu une femme ressemblant à Bobbie Long la semaine dernière. Elle était montée dans une Ford 53 avec deux Nègres. La voiture était bleu poudre. La portière passager grinçait.

***

Les types du labo ont fait du bon boulot. Ils ont suspendu le manteau, le chemisier et la jupe de Bobbie Long sur cintres et en ont fait des clichés couleur. Ward Hallinen en a emporté deux douzaines d'exemplaires et il a pris la route de la vallée de San Gabriel. Il en a laissé au poste du Shérif de Temple City, au poste du Shérif de San Dimas, et aux services de police de Baldwin Park, Arcadia et El Monte. Il a parlé à cinq lieutenants de brigades. Il leur a demandé d'organiser des quadrillages séparés dans leurs juridictions respectives. Ils ont répondu qu'ils essaieraient de caser ça dans leur emploi du temps.

Ethlyn Manlove est venue au Bureau jeudi après-midi. Ray Hopkinson l'a interrogée. Un sténographe a transcrit sa déposition.

Elle a dit que Bobbie Long mentait sur son âge. Que Bobbie Long s'était mariée deux fois. Bobbie avait épousé un type à La Nouvelle-Orléans et un type à Abilene, Kansas. Elle ne connaissait pas leurs noms. Bobbie avait deux frères et une sœur. Elle ne connaissait pas leurs noms. Elle a dit que Bobbie n'avait nul besoin d'amour ou de sexe. Bobbie adorait l'argent. Bobbie était « très mercenaire ».

Hopkinson a demandé à Mlle Manlove si Bobbie aurait accepté de monnayer des rapports sexuels. Elle a affirmé que oui. Elle a indiqué qu'un capitaine de la marine avait « entretenu » Bobbie pendant la Seconde Guerre mondiale. Il lui payait ses vêtements et son loyer. Il lui adressait deux cent cinquante dollars par mois.

Mlle Manlove a dit que Bobbie aurait exigé un *bon* prix. Elle aurait bien demandé vingt-cinq ou cinquante dollars pour le coup. Peut-être avait-elle levé le mec. Peut-être que le mec l'avait entubée. Bobbie avait piqué une rogne. Le mec l'avait tuée pour lui fermer le bec et garder son argent.

Hopkinson a dit que c'était possible.

***

Une femme a appelé la Criminelle du Shérif le vendredi 30/1/59. Elle s'est présentée comme Mme K.F. Lawter et a dit qu'elle avait vu la photo dans les journaux. La femme était son ancienne locataire Gertrude Hoven. Gertrude avait habité dans un immeuble dont elle était propriétaire.

Ward Hallinen a joint Mme Lawter. Celle-ci a déclaré que Gertrude Hoven habitait maintenant à

San Francisco. La photo avait été prise à l'extérieur de son immeuble dans le quartier de Crenshaw. L'Oldsmobile appartenait à Mme Henry S. Nevala. Laquelle vivait toujours dans l'immeuble.

Hallinen a appelé Mme Nevala. Celle-ci a dit qu'elle se souvenait de l'incident. Bobbie Long avait pris la photo. Elle s'était montrée impertinente. Bobbie aurait dû demander la permission.

Ils ont discuté de Bobbie Long. Mme Nevala a dit que Bobbie pariait auprès d'un bookie du nom d'Eddie Vince. Eddie opérait depuis un restaurant sur la 54e et Crenshaw. Il était mort dans un accident de voiture l'année dernière. Un autre gars avait repris son boulot.

L'affaire Long était vieille d'une semaine. Elle partait en tous sens, chaque nouveau renseignement menait à un cul-de-sac.

***

Ils ont innocenté les types des motels. Ils ont vérifié tous les rapports de meurtres par strangulation remontant à cinq ans et se sont retrouvés les mains vides. Ils ont embarqué quelques-uns des tarés sexuels de l'affaire Ellroy et les ont repassés au gril. Ils ont repassé au gril vingt-deux contrevenants sexuels nouvellement répertoriés. Ils se sont retrouvés les mains désespérément vides.

D'autres meurtres se sont produits. L'équipe Bobbie Long s'est séparée. Les hommes ont travaillé sur de nouvelles affaires, récoltant de temps à autre un nouveau tuyau sur Bobbie Long.

C'est grâce à un tuyau qu'ils ont identifié le type de la crémerie Challenge. Il s'appelait Tom Moore. Il travaillait à la crémerie Challenge la nuit où Bobbie s'était fait étrangler.

Ils ont reçu un tuyau le 14/2/59. Deux adjoints de East L.A. ont chopé un clown du nom de Walter Eldon Bosch. Le type se terrait dans une chambre de motel. Il s'y branlait et passait des coups de téléphone obscènes. Ils ont vérifié son emploi du temps et l'ont innocenté.

Ils ont reçu un tuyau le 17/2/59. La patrouille de Norwalk a chopé un type du nom d'Eugene Thomas Friese. Deux adjoints l'ont surpris alors qu'il entraînait une femme dans une allée. Il était fiché pour un viol remontant à 1951. On l'a soumis au détecteur de mensonges sur l'affaire Bobbie Long. L'opérateur a qualifié le test de « non concluant ».

Ils ont reçu un tuyau le 29/3/59. C'est la brigade de Temple City qui l'a enregistré. Une femme du nom de Evelyn Louise Haggin a déclaré qu'un dénommé William Clifford Epperly l'avait kidnappée, violée et obligée à des perversions sexuelles. Harry Andre a interrogé Evelyn Louise Haggin. Elle a dit qu'Epperly l'avait étranglée jusqu'à l'inconscience. Elle ne portait pas de marques au cou. Elle a dit qu'elle avait eu deux ou trois rapports sexuels avec Epperly avant que celui-ci la viole. Andre a questionné Epperly. Il lui a dit qu'il venait de faire un an à la prison du comté. Il était resté en détention du 20/2/58 au 8/2/59. Andre a eu confirmation des dates et innocenté Epperly.

Ils ont retrouvé l'associé d'Eddie Vince et l'ont innocenté. Ils ont remonté la piste de Bobbie Long jusqu'à La Nouvelle-Orléans et Miami sans obtenir de réponses concrètes. L'affaire Long a fait long feu et est restée au point mort.

Ils ont reçu un tuyau le 15/3/60. Deux tarés ont kidnappé une adolescente. Ils l'ont obligée à monter dans leur camion et emmenée au fin fond de la cambrousse. Ils l'ont violée, sucée et obligée à leur tailler une pipe. Ils l'ont relâchée. Elle a raconté à ses parents ce qui s'était passé. Ceux-ci ont appelé le poste de San Dimas. La fille a parlé à deux inspecteurs de brigade. Elle a décrit ses assaillants. Le signalement d'un des types semblait correspondre à celui d'un déjanté du cru, Robert Elton Van Gaasbeck. Les inspecteurs ont emmené la fille près de l'endroit où créchait Van Gaasbeck. Elle a identifié Van Gaasbeck et son pick-up Ford 59. Van Gaasbeck a cafté son pote Max Gaylord Stout.

Harry Andre a cuisiné Van Gaasbeck et Stout par acquit de conscience. Il les a innocentés pour Bobbie Long et Jean Ellroy.

Ils ont reçu un tuyau le 29/6/60. Un Mexicain avait essayé de violer une femme dans un camp de caravanes à Azusa. Le nom de la victime était Clarisse Pearl Heggesvold.

Le Mexicain est entré dans la caravane de la femme qu'il a ensuite traînée à l'extérieur. Il l'a entraînée derrière la caravane et lui a arraché robe et combinaison. Il a dit « Je vais m'en payer une tranche ». La victime s'est mise à hurler. Sa voisine Sue Sepchenko est accourue. Elle s'est mise à frapper le Mexicain à coups de manche à balai. Le Mexicain a relâché Clarisse Pearl Heggesvold et s'est précipité sur Sue Sepchenko. Clarisse Pearl Heggesvold a ramassé quelques briques de 10 sur 15 qu'elle a lancées sur la voiture du Mexicain – une Buick rouge et blanche de 55 à deux portes, numéro de plaque MAG-780. Elle a cassé le pare-brise et deux vitres latérales. Le Mexicain a couru vers sa voiture et s'est échappé. Sue Sepchenko a appelé le poste du Shérif de San Dimas. Elle a signalé l'incident et donné le numéro d'immatriculation du suspect. Des adjoints des patrouilles sont remontés jusqu'au propriétaire, qu'ils ont arrêté : Charles Acosta Linares, alias « Rex ».

C'est Al Sholund qui s'est chargé de vérifier le tuyau. Il a passé Linares sur le gril et l'a vite innocenté. Linares était obèse et de toute évidence psychotique.

Ils ont reçu un tuyau le 27/7/60. Un dénommé Harrisson Woodin est entré par effraction dans une maison de La Puente, complètement nu. Il a vu Donna Mae Hazleton et Richard Lambert Olearts endormis sur le canapé du salon. Donna Mae et Richard se sont réveillés. Woodin s'est enfui. Richard a appelé le poste de San Dimas. Des adjoints des patrouilles ont retrouvé Woodin et l'ont arrêté. Woodin a dit qu'il buvait des coups avec l'ex-mari de Donna Mae. Il savait que Donna Mae était une divorcée brûlante. Il s'était dit qu'il pourrait entrer dans la maison et avoir des relations sexuelles avec elle. Sa propre femme était enceinte et ne pouvait pas le satisfaire.

Claude Everley a interrogé Woodin. Il l'a innocenté en un temps record.

***

Une femme a été étranglée dans Baldwin Park en mai 62. L'affaire est restée non résolue. Il s'agissait d'une strangulation à mains nues, qui ressemblait à du boulot vite fait, serre-kiki et tire-toi. Ça ne ressemblait pas aux meurtres de Jean Ellroy et de Bobbie Long.

Une tentative de viol s'est produite le 29/7/62. La victime s'appelait Margaret Jane Telsted. Le violeur s'appelait Jim Boss Bennett. Ils s'étaient rencontrés au Torch Bar à Glendora.

Bennett et Mlle Telsted ont bu de la bière ensemble. Bennett a invité Mlle Telsted dans sa piaule à La Puente. Ils s'y sont rendus dans la voiture de la femme. Ils ont pris une bière dans la cuisine.

Bennett a fait entrer Mlle Telsted dans la chambre et l'a jetée sur le lit. Il a dit « Allez, te fais pas prier, tu sais ce que je veux. T'as été mariée. » Mlle Telsted a dit « Je ne suis pas une roulure. » Bennett l'a frappée violemment à la poitrine, lui a arraché son pantalon de cuir, son chemisier, sa culotte. Il s'est dévêtu et a dévoilé son intimité. Il a dit qu'il voulait un rapport sexuel. Il a jeté Mlle Telsted au sol. Il lui a écarté les jambes de force et il est parvenu à la pénétrer en partie. Mlle Telsted s'est débattue. Bennett lui a cogné la tête par terre. Il n'est pas parvenu à la pénétrer complètement.

Mlle Telsted s'est enfuie dans une pièce du fond où elle a vu un homme endormi sur le lit. Elle a couru dans la cuisine. Bennett l'a arrêtée. Elle a dit qu'elle se soumettrait à un acte sexuel s'il la laissait s'habiller et déplacer sa voiture. Elle a dit que son ex-mari était peut-être en train de rôder dans le coin. Elle voulait camoufler sa présence.

Bennett a dit O.K. Mlle Telsted s'est rhabillée et elle est sortie. Bennett l'a suivie. Mlle Telsted a bondi dans sa voiture. Bennett a essayé de la retenir. Le chien de Bennett est sorti de la maison en courant et s'est mis à grogner contre lui. Bennett a battu en retraite. Le chien a sauté dans la voiture et s'est assis à côté de Mlle Telsted. Elle s'est rendue au poste de police de West Covina et a signalé l'incident. Elle a emmené le chien chez elle.

Les flics de West Covina ont appelé les services du Shérif de San Dimas et retransmis la plainte. Deux inspecteurs ont agrafé Jim Boss Bennett. Ils l'ont ramené au poste de San Dimas et passé sur le gril. L'homme a contesté le récit de Mlle Telsted. Il a dit qu'il ne l'avait jamais vraiment pénétrée. Les inspecteurs l'ont mis en cellule. Les inspecteurs ont décortiqué le bonhomme en détail. Il leur paraissait ressembler à un vieux portrait-robot. Ils ont appelé la Criminelle du Shérif et lui ont livré le bonhomme comme étant soupçonné de meurtre.

Ward Hallinen s'est rendu au poste de San Dimas. Il s'est placé derrière un miroir sans tain et a observé Jim Boss Bennett. Bennett ressemblait au suspect du meurtre Jean Ellroy. Hallinen a fait des vérifications au Service des Cartes grises et aux Sommiers.

Il a obtenu deux réponses rapides.

Bennett n'avait pas de véhicule immatriculé à son nom. Bennett était fiché et le dossier faisait deux pages.

Il avait quarante-quatre ans. Il était né à Norman, Oklahoma. Ses premières condamnations pour agressions remontaient à 1942. Il s'était fait choper pour conduite en état d'ivresse le 16/3/57 et le 7/7/57. La seconde arrestation s'était produite près de Baldwin Park.

Bennett conduisait une Merc' 47. Il a failli labourer six piétons devant le Dancing Jubilee. Une voiture de patrouille s'est lancée à sa poursuite. Il a gravi un talus de terre au volant de son véhicule. Il a arrêté la voiture, en est sorti tant bien que mal et a failli tomber par terre. Deux adjoints l'ont attrapé. Il a résisté, s'est débattu et il a fallu faire usage de la force pour le menotter.

Bennett s'était fait choper pour voies de fait le 22/2/58. L'arrestation avait eu lieu à la salle des Anciens Combattants de Baldwin Park tout proche.

Bennett dansait avec une dénommée Lola Reinhardt. Il s'est mis à hurler sur Mlle Reinhardt sans raison apparente. Il lui a dit qu'il voulait partir tout de suite. Mlle Reinhardt a refusé. Bennett l'a traînée au-dehors et l'a fourrée dans sa voiture.

Il l'a giflée en lui hurlant à la figure. Il a dit « Je te tuerai ou c'est toi qui me tueras ». Un dénommé Lester Kendall s'est approché de la voiture. Bennett a passé un bras autour du cou de Mlle Reinhardt et il a essayé de l'étrangler. Kendall a agrippé Bennett. Mlle Reinhardt s'est libérée. Quelqu'un a appelé le Shérif de Temple City. Une voiture de patrouille est arrivée. Un adjoint a arrêté Jim Boss Bennett.

Hallinen a passé Bennett au crible auprès des compagnies de service public. Il a trouvé six adresses avant celle qu'il occupait aujourd'hui.

Il avait habité Baldwin Park, El Monte et La Puente. Son parcours professionnel était émaillé de grandes périodes d'inactivité entre deux boulots. Il avait travaillé à Hallfield's Ceramics. Il avait travaillé à United Electrodynamics. Il avait été ouvrier, conducteur de tracteur, monteur électricien. Il avait épousé Jessie Stewart Bennett. Ils avaient une vie commune en pointillés.

Hallinen a interrogé Bennett. Il n'a jamais fait état de Bobbie Long ni de Jean Ellroy. Il a mis sur le tapis l'épisode Anciens Combattants. Bennett a contredit la déposition de Lola Reinhardt. Il a dit qu'un cinglé lui avait démoli sa voiture avec une bouteille de Coca. Un autre mec lui avait explosé le pare-brise d'un coup de poing. L'histoire de Bennett n'avait aucun sens.

Hallinen a décidé d'organiser une séance de retapissage. Cinq hommes en ligne.

Il a appelé Margie Trawick et lui a dit de se tenir prête. Il a retrouvé Lavonne Chambers à Reno, Nevada. Elle distribuait les cartes dans un casino. Elle a accepté de rentrer en avion. Hallinen a dit que les services du Shérif prendraient tous les frais à leur charge.

Il a trouvé quatre détenus du comté qui ressemblaient au portrait-robot. Ils ont accepté de se prêter à la séance de retapissage.

Lavonne a débarqué. Hallinen est passé la prendre et l'a conduite au poste de Temple City. Margie Trawick est arrivée.

Cinq hommes se tenaient debout dans une salle d'interrogatoire. Jim Boss Bennett était le deuxième dans la file.

Margie et Lavonne se tenaient derrière une paroi vitrée sans tain. Elles ont examiné les hommes séparément.

Margie a dit « Le numéro deux, c'est son image. Le visage ressemble au visage que j'ai vu cette nuit-là. Ses cheveux ressemblent aux cheveux de l'homme, son visage et sa chevelure me paraissent un peu moins gros. Il a un air familier, comme l'homme que j'ai vu cette nuit-là ».

Lavonne a indiqué le numéro deux. Elle a dit « Pour moi, c'est lui, l'homme que j'ai vu avec la femme rousse ».

Hallinen a parlé séparément à Lavonne et Margie. Il leur a demandé si elles étaient absolument certaines. Elles ont tergiversé, tâtonné, avancé puis reculé, avant de dire pas absolument.

Hallinen les a remerciées pour leur honnêteté. Bennett était un bon hybride, à la fois suspect sérieux et coup de hasard. Il ressemblait au portrait-robot. Il n'avait pas l'air grec ni italien, encore moins latin. Il avait l'air d'une raclure blanche maigrelette.

Ils ne pouvaient pas le garder plus longtemps. Ils ne pouvaient pas l'inculper de meurtre. La tentative de viol n'était pas suffisante. La plaignante était un pilier de bar. Ils allaient être obligés de relâcher Jim Boss Bennett.

Ils l'ont relâché. Pour Hallinen, il demeurerait un suspect valable.

Il a questionné l'épouse de Bennett et les relations connues du bonhomme. Ils ont dit que Jim était un sale type, mais pas un être abominable. Il ne leur a jamais dit que Jim était soupçonné de meurtre sexuel.

Il n'avait pas de preuves. Il disposait de deux identifications peu fiables. Il a collé Bennett au trou sur une accusation bidon d'agression. Il voulait le faire suer et le passer au gril.

Bennett a été libéré sous caution. Hallinen a décidé de tout laisser tomber. Ennuyer délibérément un suspect était une tactique qui vous retombait toujours sur le nez. Le harcèlement était le harcèlement. Les suspects coriaces le méritaient. Bennett n'était pas de cette eau-là. Lavonne et Margie étaient dignes de foi. Lavonne et Margie n'étaient pas tout à fait sûres d'elles.

C'était le 1/9/62. L'affaire Long n'avançait pas. L'affaire Ellroy était vieille de quatre ans, deux mois et dix jours.

20

La digression Bobbie Long m'a engourdi les sens. J'ai passé quatre jours en solitaire avec le dossier.

J'ai placé trois photos de la scène du crime sur mon tableau de liège. J'ai placé un cliché de Bobbie Long vivante à côté d'un cliché de ma mère. J'ai punaisé une photo anthropo de Jim Boss Bennett. J'ai disposé le collage autour de trois clichés de Jean Ellroy morte.

L'effet en était plus brutal que choquant. Je voulais saper le statut de victime de ma mère et avoir un regard objectif sur sa mort. Il y a le sang sur ses lèvres. Il y a sa toison pubienne. Il y a le cordon et le bas autour de son cou.

J'ai contemplé le tableau de liège. J'ai acheté un nouveau tableau que j'ai placé à côté du premier. J'ai punaisé tous les clichés des scènes de crimes Long et Ellroy en ordre contrasté. J'ai mémorisé les ressemblances et les différences.

Deux liens sur Jean. Un seul lien sur Bobbie. Le sac à main près de la clôture en barbelé. Le buisson de lierre et le chemin de terre près de la station de pompage. Les deux manteaux jetés de manière identique.

Ma mère faisait son âge, voire plus. Bobbie Long paraissait plus jeune que son âge. Jim Boss Bennett avait l'air trop péquenot pour être le Basané.

J'ai étudié le dossier Long. J'ai étudié le dossier Ellroy. J'ai lu les Livres bleus Long et Ellroy, tous les rapports, toutes les notes en vrac contenues dans les deux chemises. J'ai contemplé mon étalage mural. Je voulais dés-érotiser ma mère et m'habituer à la voir morte. J'ai associé les deux affaires et j'ai bâti chronologies et lignes narratives à partir de données parcellaires.

Ma mère a quitté la maison entre 20 heures et 20 h 30. Elle a été vue au Manger Bar « entre 20 heures et 21 heures ». Elle était seule. Le Manger Bar était proche du Desert Inn et du drive-in de Stan. Ma mère et le Basané sont arrivés chez Stan peu de temps après 22 heures. Lavonne Chambers les a servis. La Blonde est arrivée avec eux. Michael Whittaker s'est joint à eux sans y être invité. Margie Trawick a observé le groupe. Elle a quitté le Desert Inn à 23 h 30. Ma mère, le Basané, la Blonde et Mike Whittaker étaient toujours assis ensemble. Ma mère, le Basané et la Blonde sont partis aux alentours de minuit. Une serveuse du nom de Myrtle Mawby a vu ma mère et le Basané au Desert Inn aux alentours de 2 heures du matin. Ils sont partis. Ils sont arrivés chez Stan aux environs de 2 h 15. Lavonne Chambers les a de nouveau servis. Ils sont repartis en voiture aux environs de 2 h 40. Le corps de ma mère a été découvert à 10 h 10 au matin. Sa voiture a été retrouvée derrière le Desert Inn.

Tout cela était vérité d'évangile confirmée par témoins. Les lacunes chronologiques formaient des vides théoriques. La chronologie Bobbie Long était simple. Bobbie était allée à l'hippodrome de Santa Anita. Son corps avait été retrouvé à La Puente, à treize kilomètres au sud-est.

Elle a rencontré un homme aux courses. Il lui a payé un repas, l'a baisée et l'a tuée. C'était vérité d'évangile non confirmée par témoins. J'y croyais. Stoner y croyait. Nous étions dans l'impossibilité de fournir des preuves. Les flics avaient opéré sur cette hypothèse de départ en 59. Elle était incontestable aujourd'hui. La dernière nuit qui avait vu ma mère vivante défiait toute interprétation stricte.

Elle a quitté la maison au volant de sa voiture. Elle était seule au Manger Bar. Elle a rencontré le Basané quelque part. Elle a laissé sa voiture quelque part avant de monter dans celle de l'homme. Lavonne Chambers les a servis, dans sa voiture à lui. Ils ont quitté le drive-in. Ils sont allés au Desert Inn. Ils ont pris la Blonde en route. Ils sont retournés chez Stan dans la voiture de l'homme. La voiture de ma mère a été découverte derrière le Desert Inn.

Elle avait pu retrouver le Basané chez lui, dans son appart'. Elle avait pu le retrouver dans un bar. Elle avait pu y laisser sa voiture. Ils sont allés chez Stan dans sa voiture à lui. Elle avait pu récupérer sa voiture ensuite. Il avait pu faire monter la Blonde. Elle avait pu faire monter la Blonde. Ils avaient pu retrouver la Blonde devant le Desert Inn. Ils étaient ensemble au Desert Inn. Ils étaient repartis ensemble. Ils avaient pu se rendre quelque part en groupe. La Blonde avait pu repartir seule. Ma mère et le Basané avaient pu s'embrasser et se peloter dans sa voiture à lui comme dans sa voiture à elle, derrière le Desert Inn. Ils avaient pu se rendre dans son appart' à lui. Ils avaient pu s'embrasser et se peloter dans le parking du Desert Inn avant le petit dernier pour la route à 2 heures du matin. Elle avait pu refuser de se prêter au sexe dans sa voiture à lui, comme dans sa voiture à elle. Elle avait pu le rembarrer dans son appart'. Ils avaient pu se rendre chez la Blonde. Et c'est là qu'elle avait pu le rembarrer. Ils sont retournés au Desert Inn. Ils avaient pu partir du domicile de la Blonde comme du domicile du Basané comme de n'importe quel bar ou d'une quelconque rue sombre de la vallée de San Gabriel. Ma mère avait pu laisser sa voiture au domicile de la Blonde ou au domicile du Basané. Elle avait pu la laisser en l'un ou l'autre de ces deux endroits au cours d'un quelconque des blancs de son emploi du temps reconstitué. Le Basané avait pu récupérer la voiture après avoir tué ma mère. Il avait pu la larguer dans le parking du Desert Inn à 3 heures ou 4 heures du matin. La Blonde avait pu la larguer. Ils avaient pu se suivre l'un l'autre, en convoi. Ils avaient pu se tirer dans la voiture de la Blonde ou celle du Basané.

Il est 2 h 40 du matin. Ma mère et le Basané quittent le drive-in. La voiture de ma mère est garée derrière le Desert Inn ou ailleurs. Lui s'ennuie et il fait la tête. Elle est à moitié ivre et parle beaucoup. Ils vont chez l'homme, ou chez la Blonde, ou au lycée Arroyo, ou ailleurs, *quelque part*. Elle le rembarre une nouvelle fois ou elle dit la chose à ne pas dire ou elle le regarde de travers ou elle le met en rage d'un geste à peine perceptible.

Peut-être était-ce un viol. Peut-être était-ce du sexe consenti. Peut-être que la reconstitution de Stoner tenait la route. Peut-être que ma théorie du PLUS s'accordait avec les faits. Peut-être qu'à un moment de la soirée, ma mère s'était refusée à une partie à trois. Peut-être que Lavonne Chambers et Margie Trawick se trompaient dans leurs heures et qu'elles avaient fait foirer tout moyen d'établir une quelconque chronologie précise. Peut-être que Myrtle Mawby se trompait d'heure. Peut-être que ma mère et le Basané avaient quitté le Desert Inn avec la Blonde et n'étaient pas revenus pour le dernier verre de 2 heures du matin. On avait un tueur et une victime. On avait une femme non identifiée. On avait trois témoins femmes et un témoin homme, ivre. On avait un laps de temps de sept heures et une série d'événements prosaïques, géographiquement localisés, qui avaient débouché sur un meurtre. On pouvait extrapoler à partir des faits établis et interpréter le prélude d'une infinité de manières.

Peut-être avait-elle rencontré le Basané et la Blonde ce soir-là. Peut-être les avait-elle déjà rencontrés lors d'une virée dans les boîtes. Peut-être les avait-elle rencontrés séparément. Peut-être était-ce la Blonde qui lui avait arrangé le coup auprès du Basané. Peut-être que la Blonde était une vieille amie. Peut-être était-ce la Blonde qui l'avait pressée de partir pour El Monte. Peut-être que le Basané était un ancien amant qui venait en redemander.

Peut-être était-il un ancien employé de Packard Bell ou d'Airtek. Peut-être était-il une ancienne passion rencontrée dans un bar, qui repassait dans sa vie. Peut-être avait-il tué Bobbie Long sept mois après avoir tué ma mère.

Il n'y avait pas de téléphone au 756 Maple. Les flics n'avaient pas pu vérifier les appels longue distance de ma mère. Peut-être avait-elle appelé la Blonde ou le Basané ce soir-là, ou à un moment ou à un autre, au cours des quatre mois qu'elle avait vécus à El Monte. Tous les appels à l'extérieur de l'agglomération proprement dite d'El Monte se seraient vus sur sa facture de téléphone. Peut-être la Blonde avait-elle vécu à Baldwin Park ou West Covina. Peut-être le Basané avait-il vécu à Temple City. Les flics n'ont jamais retrouvé le sac à main de ma mère. Elle avait bien son sac à main ce soir-là. Le Basané s'est débarrassé du sac à main. Peut-être son nom se trouvait-il dans le carnet d'adresses. Peut-être que le nom de la Blonde s'y trouvait aussi.

C'était en 1958. La plupart des gens avaient le téléphone. Pas ma mère. Elle se cachait à El Monte.

J'ai étudié le dossier de ma mère. J'ai étudié le dossier Long. J'ai relevé des faits étranges et une omission flagrante.

Ma mère a laissé un verre non terminé dans la cuisine. Peut-être que la Blonde l'avait appelée en lui suggérant une petite virée. Peut-être que notre maison étriquée lui est soudain apparue comme une prison et l'a forcée à se casser en vitesse. Peut-être que Bobbie Long picolait en douce. Un flic avait retrouvé deux bouteilles dans la cuisine. J'avais toujours cru que ma mère s'était battue avec l'homme qui l'avait tuée. J'avais toujours cru que les flics avaient retrouvé des lambeaux de peau sanguinolents sous ses ongles. Le rapport d'autopsie n'en disait absolument rien. C'était un embellissement héroïque, de mon seul fait. J'avais projeté ma mère dans le rôle d'une tigresse rouquine et j'avais porté cette image-là en moi pendant trente-six années.

Jean et Bobbie. Bobbie et Jean.

Deux victimes de meurtre. Des scènes de crime quasiment identiques, séparées de quelques kilomètres. Un fort consensus à la Criminelle du Shérif.

Les gars étaient convaincus qu'un seul homme avait tué les deux femmes.

Stoner penchait pour cette hypothèse. Moi aussi, avec une réserve. Je ne voyais pas le Basané comme un tueur en série.

Je me suis obligé à prendre du recul face à ce jugement. Je savais que mes arguments de rejet étaient en partie esthétiques. Les tueurs en série m'ennuyaient et m'agaçaient prodigieusement. En termes statistiques, ils étaient une rareté dans la vraie vie et une plaie médiatique. Romans, films et programmes télévisés célébraient leur monstruosité et exploitaient leur potentiel pour faire naître des intrigues au suspense simpliste. Les tueurs en série étaient des entités malfaisantes autonomes. Ils faisaient d'admirables cibles pour des flics-clichés au point de rupture. La plupart avaient souffert de traumatismes horribles dans leur enfance. Les détails se prêtaient à du bon drame psy populaire et leur ajoutaient un certain panache de victimes. Les tueurs en série étaient des envapés qui baisaient les orbites des victimes en restant, au fond d'eux-mêmes, des enfants complètement ravagés. Ils faisaient peur sur l'instant, pour être jetés au rancart aussi facilement qu'une boîte de pop-corn vide. Leurs pulsions hyperboliques aspiraient lecteurs et spectateurs et les tenaient à distance, au sein même de leurs délices vampiriques. Les tueurs en série étaient tout sauf prosaïques. Ils étaient branchés, ils étaient insaisissables, ils étaient super. Ils baratinaient en jargon nietzschéen. Ils étaient plus sexy que cet enfoiré tordu de la tête qui avait tué deux femmes par luxure et panique en pressant, là où il fallait, une détente qui n'avait servi que deux fois.

Je m'étais moi aussi fait du pognon sur le dos des tueurs en série. Depuis trois romans maintenant, je les avais délibérément mis au placard. C'était de la bonne illustration de terrain. À tout autre point de vue, c'était de la merde débile, littérairement parlant. Je ne croyais pas qu'un tueur en série eût assassiné ma mère et Bobbie Long. Je n'étais pas certain que le même homme eût effacé les deux femmes. Le Basané s'est montré en public avec la Blonde et ma mère. Sa fureur a semblé grandir à mesure que la nuit avançait. Il connaissait le lycée Arroyo. Il habitait probablement la vallée de San Gabriel. Les psychopathes calculateurs ne chient pas là où ils mangent.

La Blonde connaissait le Basané. Elle savait qu'il avait tué ma mère. Il l'avait probablement menacée et obligée à garder le silence. Bobbie Long n'était pas la Blonde. Bobbie Long n'était qu'une victime de bas étage, attendant l'accomplissement de sa destinée.

Elle était minable et mesquine. Elle en voulait. Elle avait un passé peu glorieux avec les hommes et se délectait de triomphes mesquins sur la gent masculine. Elle ouvrait toujours trop sa putain de gueule.

Peut-être avait-elle rencontré le Basané aux courses. Il avait tué cette foutue infirmière l'année dernière et il avait le ciboulot encore un peu déconnecté. Il avait emmené Bobbie dîner quelque part. Il l'avait appâtée et fait venir jusqu'à sa piaule où il avait mis la chatte au menu. Bobbie avait exigé une rétribution. Il avait refusé. Son ciboulot avait disjoncté pour de bon.

Peut-être avait-il appris sa leçon auprès de la rouquine. Peut-être l'avait-elle déconnecté de manière irrévocable. Peut-être l'avait-elle fait sortir de son placard secret en lui révélant que viol et sexe consensuel étaient incomplets sans strangulation. Peut-être était-il devenu tueur en série.

Peut-être que Jean et Bobbie l'avaient déconnecté de la même manière. Peut-être avait-il tué ces deux femmes pour retourner se terrer dans quelque trou noir psychique. La strangulation avec un bas féminin était un *modus operandi* courant. Le Basané a étranglé ma mère à l'aide d'un cordon et d'un bas. Bobbie Long a été étranglée avec un lien unique.

Peut-être ont-elles été tuées par deux hommes différents.

J'ai volontairement pris du recul face à cette hypothèse. Stoner m'avait averti de ne pas me verrouiller sur une théorie unique ou une reconstitution hypothétique.

J'ai passé quatre jours en solitaire face aux dossiers. Je me suis enfermé à double tour et concentré sur les rapports, bribes de notes et photos sur mes tableaux de liège. Stoner avait des doubles des Livres bleus Long et Ellroy. Nous nous appelions trois ou quatre fois par jour pour discuter preuves matérielles et logique générale des deux affaires. Nous étions d'accord sur le fait que Jim Boss Bennett n'était pas le Basané. Il était trop engnôlé et trop foireux, à l'évidence, pour séduire des femmes après une longue soirée ou une journée aux courses. Jim Boss Bennett était un engnôlé complet. Il courait ouvertement les femmes alcoolos. Il les trouvait dans les lieux de débine bas de gamme. Pour lui, le Desert Inn était classe. Il fréquentait les bars à bière et à vin qui servaient de l'Eastside Old Tap Lager et du T-Bird sur glace. Stoner disait qu'il s'agissait probablement d'un violeur de longue date. Il n'avait pas pénétré Margaret Telsted. Il avait probablement pénétré une douzaine d'autres femmes. Il avait probablement loupé quelques viols par impuissance alcoolo et manque de stratégie. Ma mère aimait bien les ringards. Elle avait des principes égalitaristes. Jim Boss Bennett avait le cul trop dépenaillé, il était bien trop pathétique pour elle. Elle, ce qui la bottait, c'était les raclures viriles à l'odeur musquée. Jim Boss Bennett manquait de musc et il avait de l'odeur à revendre. Il n'était pas son type.

Nous avons discuté des deux femmes qui avaient dénoncé leur ex-mari. La femme numéro un s'appelait Marian Poirier. Son ex chasseur de chattes s'appelait Albert. Il était censé avoir eu des liaisons avec Jean Ellroy et deux autres femmes de chez Packard-Bell Electronics.

Mme Poirier a reconnu qu'elle n'avait pas de preuves. Elle a dit que son mari connaissait deux autres femmes assassinées. Elle a dit que c'était « trop pour une simple coïncidence ». Elle n'a pas donné les noms des mortes. Jack Lawton lui a écrit une lettre en lui demandant de les nommer. Mme Poirier a répondu par courrier en ignorant la question de Lawton. Stoner a éliminé la femme. Il a dit qu'elle lui faisait l'effet d'une presque givrée.

La femme numéro deux s'appelait Shirley Ann Miller. Son ex s'appelait Will Lenard Miller. Will avait prétendument tué Jean Ellroy. Will avait prétendument lâché « Je n'aurais pas dû la tuer » dans son sommeil une nuit. Will avait prétendument repeint sa Buick bicolore quelques jours après le meurtre. Will avait prétendument fait cramer un entrepôt de meubles en 1968.

J'ai trouvé tout un paquet de notes sur Will Lenard Miller. La plupart remontaient à 1970. J'ai vu le nom de Charlie Guenther une demi-douzaine de fois.

Guenther était l'ancien partenaire de Stoner. Bill a dit qu'il vivait près de Sacramento. Il a dit qu'il faudrait aller le voir et lui repasser les infos Miller.

Nous avons discuté de Bobbie Long et de ma mère. Nous avons essayé de tendre un fil pour relier leurs deux existences.

Elles travaillaient à quelques kilomètres l'une de l'autre. Elles fuyaient des mariages ratés. Elles étaient secrètes et autonomes. Elles étaient distantes et superficiellement ouvertes et affables.

Ma mère était une ivrognesse. Bobbie était une joueuse forcenée. Le jeu ennuyait ma mère. Le sexe laissait Bobbie de glace.

Elles ne s'étaient jamais rencontrées de leur vivant. Toutes nos connexions n'étaient que pure fiction spéculative.

J'ai passé quelque temps avec Bobbie. J'ai éteint les lumières du salon et je me suis allongé sur le canapé avec des photos d'elle et de ma mère. J'étais tout à côté d'un interrupteur mural. Je pouvais réfléchir dans l'obscurité et allumer pour regarder Bobbie et Jean.

J'acceptais mal Bobbie. Je ne voulais pas la voir me distraire de ma mère. Je tenais la photo de ma mère pour maintenir Bobbie à sa place. Bobbie était une victime annexe.

Bobbie bouscule tout le monde pour arriver la première devant le comptoir de la cafétéria. Bobbie parie jusqu'à l'endettement et charrie un ami qui joue aux cartes. Le jeu était une obsession minable. Le grand frisson, c'était le risque d'auto-annihilation et la tentative hasardeuse d'atteindre à la transcendance à travers l'argent. L'obsession du sexe était de l'amour divisé par mille ou dix mille. Les deux compulsions conduisaient à l'humiliation. Les deux compulsions conduisaient à la destruction. Le jeu était toujours une question d'abnégation et d'argent. Le sexe était une prédisposition hormonale stupide et parfois la voie d'accès au grand méchant amour.

Jean et Bobbie étaient tristes et solitaires. Jean et Bobbie étaient toutes deux accrochées à flanc de montagne. On pouvait passer au tamis toutes les bribes de données disparates de leurs dossiers et dire qu'elles étaient la même femme.

Je n'y croyais pas. Bobbie cherchait le gros lot. Jean cherchait à se cacher et se sortir d'elle-même, et peut-être à s'abandonner à quelque chose de neuf, d'étrange, de meilleur.

Bobbie Long n'était pas vraiment au centre de mes préoccupations. Elle était la victime d'un meurtre plus ou moins lié à celui de Jean et une piste, possible ou probable, pour atteindre le psychisme dégénéré du Basané. Il n'y avait pas de témoins oculaires dans l'affaire Long. Les amis de Bobbie avaient la cinquantaine avancée en 1959, ils étaient probablement tous morts aujourd'hui. Le Basané était probablement mort. C'était probablement un pilier de bar qui brûlait la chandelle par les deux bouts. Probable qu'il fumait. Probable qu'il buvait du whisky ou de l'alcool de grain. Peut-être qu'il avait crevé d'un cancer en 1982. Peut-être qu'il vivait accroché à un masque à oxygène dans la pittoresque La Puente.

J'étais assis dans le noir, les deux portraits-robots à la main. J'allumais les lumières et les regardais de temps à autre. J'ai violé la règle de Stoner et j'ai reconstruit le Basané.

Bill voyait en lui un vendeur au bagout onctueux. Je le voyais, moi, en col bleu retors. Il faisait de petits boulots pour arrondir ses fins de mois. Il bossait le week-end, dans son Olds délabrée de 55 ou 56. Il avait une trousse à outils sur le siège arrière. Elle contenait une longueur de cordelette.

Il avait trente-huit ou trente-neuf ans. Il aimait les femmes plus âgées que lui. Elles savaient à quoi s'en tenir d'un côté et, de l'autre, tombaient dans le piège de la romance bon marché. Il les haïssait autant qu'il les aimait. Il ne se demandait jamais pourquoi il en était ainsi.

Il rencontrait des femmes dans les bars et les boîtes de nuit. Il avait battu quelques femmes au fil des années. Elles avaient dit des choses ou fait des choses qui lui hérissaient le poil. Il avait pris quelques femmes à la dure. Il leur fichait la trouille et parvenait à les convaincre de lui céder avant qu'il ne les prenne de force. Il était pointilleux. Il était prudent. Il savait se faire charmeur.

Il habitait la vallée de San Gabriel. Il aimait les lieux nocturnes. Il aimait cette dimension de villes-champignons en perpétuelle croissance. Il rêvassait beaucoup. Il pensait à faire mal aux femmes. Il ne se demandait jamais pourquoi il pensait à des conneries aussi clairement déjantées.

Il avait tué cette infirmière en juin 58. La Blonde l'avait bouclée. Il avait vécu la trouille au ventre pendant six semaines, six mois ou un an. Sa peur avait fini par perdre de son intensité. Il chassait des femmes, baisait des femmes, battait des femmes une fois de temps en temps.

Il a vieilli. Ses pulsions sexuelles se sont apaisées. Il a cessé de chasser, baiser, tabasser des femmes. Il songeait à cette infirmière qu'il avait tuée, jadis, il y avait longtemps. Il n'éprouvait aucun remords. Il n'avait jamais tué d'autre femme. Il n'avait rien d'un psychopathe en furie. Les choses n'avaient jamais échappé à son contrôle comme ce fameux soir avec l'infirmière.

Ou bien :

Il a levé Bobbie Long à Santa Anita. L'infirmière était morte depuis sept mois. Il avait levé quelques femmes entre-temps. Il ne leur avait pas fait de mal. Il se disait que l'infirmière était un accident, la fêlure d'un instant.

Il a baisé Bobbie Long. Elle a dit quelque chose ou fait quelque chose. Il l'a asphyxiée et largué son cadavre. Il a vécu mort de trouille un putain de long moment. Il avait peur des flics et de la chambre à gaz, et il avait peur de lui-même. Il vivait avec la peur. Il a vieilli avec elle. Il n'a jamais tué d'autre femme.

J'ai appelé Stoner et raconté mes reconstitutions. Il a trouvé la première plausible et rejeté la seconde. Il a dit on ne tue pas deux femmes pour se contenter d'en rester là. Je n'étais pas d'accord. J'ai dit à Bill qu'il était par trop lié à l'empirisme flic. J'ai dit que la vallée de San Gabriel était un *deus ex machina.* Les gens qui venaient s'assembler là en troupeaux s'y assemblaient pour des raisons inconscientes qui dépassaient la mise en œuvre consciente de toute logique et rendaient tout possible. La région définissait le crime. La région était le crime. On avait deux meurtres sexuels et un ou deux meurtriers sexuels dont le comportement échappait au comportement habituel d'un tueur sexuel. La région expliquait tout. La migration inconsciente vers la vallée de San Gabriel expliquait tous les actes absurdes et meurtriers qui s'y produisaient. Notre travail était d'épingler trois personnes au milieu de cette migration.

Bill a écouté mon baratin et a parlé en termes précis. Il a dit qu'il nous fallait passer le dossier de ma mère au peigne fin et nous mettre à chercher d'anciens témoins. Il fallait faire des vérifications auprès du Service des Cartes grises et des archives criminelles. Il fallait évaluer l'enquête de 1958. Il fallait suivre les traces de ma mère depuis son berceau jusqu'à son assassinat. Les enquêtes criminelles déviaient la majeure partie du temps dans de bien étranges directions. Il nous fallait dominer notre masse de renseignements et nous tenir toujours prêts à rebondir.

J'ai dit que j'étais prêt, maintenant.

Bill m'a répondu d'éteindre la lumière et de me remettre au travail.

21

Ward Hallinen avait quatre-vingt-trois ans. Je l'ai vu et je me suis immédiatement souvenu de lui.

Il m'avait donné une sucette au poste d'El Monte. Il s'asseyait toujours à la gauche de son partenaire. Mon père admirait ses costumes.

Ses yeux bleus m'ont ramené en arrière. Je me souvenais de ses yeux et de rien d'autre. Il était frêle aujourd'hui. Sa peau était couverte de lésions rouges et roses. Il avait quarante-six ou quarante-sept ans en 1958.

Il nous attendait devant sa maison. Une bâtisse pseudo-ranch ombragée. Un joli morceau de terrain jouxtait sa maison. J'ai vu une grange et deux chevaux qui broutaient.

Nous nous sommes serré la main. Stoner m'a présenté. J'ai dit quelque chose du genre « Comment allez-vous, monsieur Hallinen ? » Ma mémoire tournait vite, un peu faussée. Je voulais rallumer sa mémoire. Stoner avait dit qu'il était peut-être sénile. Peut-être ne se souvenait-il pas de l'affaire Ellroy.

Nous sommes entrés dans la cuisine pour nous asseoir. Stoner a placé notre dossier sur une chaise vide. J'ai regardé Hallinen. Il m'a regardé. J'ai mentionné la sucette. Il a dit qu'il ne s'en souvenait pas.

Il s'est excusé pour sa mauvaise mémoire. Stoner a

fait une blague sur ses propres facultés qui dépérissaient et sur son âge avancé. Hallinen lui a demandé son âge. Bill a dit « Cinquante-quatre ». Hallinen a éclaté de rire en se claquant les cuisses.

Stoner a cité quelques anciens de la Criminelle du Shérif Hallinen a dit que Jack Lawton, Harry Andre et Claude Everley étaient décédés. Blackie McGowan était décédé. Le capitaine Etzel et Ray Hopkinson étaient décédés. Ned Lovretovich était toujours dans le coin. Lui-même était à la retraite depuis bien longtemps. Il n'était pas sûr de la date. Il avait travaillé un peu pour des services de sécurité privés et s'était mis à élever des chevaux de course. Il avait un sacré nombre d'années de service. Il touchait une jolie pension grâce au comté de L.A., sa vache à lait.

Stoner a ri. J'ai ri. L'épouse de Hallinen est entrée. Stoner et moi nous sommes levés. Frances Traeger Hallinen nous a dit de nous asseoir.

Elle avait l'air alerte et en forme. C'était la fille du vieux shérif Traeger. Elle s'est assise et a balancé quelques noms.

Stoner a balancé quelques noms. Hallinen en a balancé quelques-uns. Les noms ont fait jaillir quelques histoires. Je me suis offert un petit voyage organisé en nostalgie-flic.

J'ai reconnu quelques noms. Une centaine d'adjoints avaient laissé de petites notes dans les dossiers Ellroy et Long. J'ai essayé de me faire une image de Jim Wahlke et Blackie McGowan.

Frances Hallinen a ressorti l'affaire Finch-Tregoff. J'ai dit que je l'avais suivie quand j'étais gamin. Ward Hallinen a dit que c'était la plus grosse affaire de sa carrière. J'ai mentionné quelques détails. Il ne s'en souvenait pas.

Frances Hallinen s'est excusée et elle est sortie.

Bill a ouvert le dossier. J'ai désigné les chevaux à l'extérieur, et je suis passé à l'affaire Bobbie Long et à Santa Anita. Hallinen a fermé les yeux. Je l'ai vu lutter pour tout faire revenir à sa mémoire. Il a dit se souvenir d'être allé à l'hippodrome. Il a été incapable de rajouter un détail plus précis.

Bill lui a montré les photos du lycée Arroyo. J'ai décrit la scène du crime en parallèle. Hallinen a fixé les clichés. Son visage s'est crispé, il luttait. Il a dit qu'il *croyait* se souvenir de l'affaire. Il a dit qu'il *croyait* avoir eu un très bon suspect.

J'ai parlé de Jim Boss Bennett et de la séance de retapissage de 62. Bill a sorti un paquet de clichés anthropo de Jim Boss Bennett. Hallinen a dit qu'il ne se souvenait pas du retapissage. Il a fixé les clichés trois bonnes minutes.

Son visage s'est tordu. Il a pris les photos dans une main et verrouillé l'autre sur la table de cuisine. Il a ancré ses deux pieds au sol. Il luttait de toutes ses forces contre son impuissance.

Il a souri avant de dire qu'il n'arrivait pas à resituer le bonhomme. Bill lui a tendu le Livre bleu Ellroy et lui a demandé de feuilleter les rapports.

Hallinen a lu le rapport sur la découverte du cadavre et le rapport d'autopsie. Il a lu les transcriptions des dépositions des témoins. Il lisait lentement. Il a dit qu'il se rappelait quelques autres affaires sur lesquelles il avait travaillé avec Jack Lawton. Il a dit que le nom de la sténographe lui était familier. Il a dit qu'il se souvenait de l'ancien chef de la police d'El Monte.

Il a contemplé les photos de la scène du crime. Il a dit qu'il savait qu'il était passé là. Il m'a jeté un regard qui disait : c'est ta mère, ça – comment peux-tu regarder ces photos ?

Bill lui a demandé s'il avait conservé ses anciens

calepins. Hallinen a répondu qu'il les avait balancés quelques années auparavant. Il a dit qu'il était désolé. Il voulait nous aider. Son esprit le lui refusait.

J'ai fait signe à Bill de laisser tomber. Nous avons rassemblé nos dossiers et dit au revoir. Hallinen s'est à nouveau excusé. J'y suis allé de mon baratin le-temps-nous-aura-tous. Je me suis senti condescendant.

Hallinen a dit qu'il était désolé de ne pas avoir épinglé le salopard. J'ai dit qu'il avait été confronté à une victime très rusée. Je l'ai remercié pour tous ses efforts et sa gentillesse.

***

Nous sommes repartis, Bill et moi, pour le comté d'Orange. Nous avons discuté de nos projets tout au long du chemin. Bill a dit que nous allions devoir combattre une cavalerie de mémoires défaillantes. Nous allions nous adresser à des gens qui avaient une bonne quarantaine en 1958. Nous allions passer au tamis des trous de mémoire, des souvenirs chronologiquement faussés. Les personnes âgées inventaient des choses inconsciemment. Elles voulaient faire plaisir et impressionner. Elles voulaient faire la preuve de leur solvabilité en termes de souvenirs.

J'ai parlé des calepins de Hallinen. Bill a dit que notre dossier n'était pas très riche en rapports complémentaires. Hallinen et Lawton avaient travaillé sur l'affaire tout l'été. Ils avaient probablement rempli six calepins. Il nous fallait reconstituer leur enquête initiale. Ils avaient pu interroger le Basané sans que, jamais, le déclic se fasse pour qu'ils le considèrent suspect. J'ai demandé à Bill si Jack Lawton était marié. Bill a dit que oui. Deux de ses fils avaient un moment travaillé comme adjoints. Jack travaillait toujours avec son vieux partenaire Billy Farrington. Billy saurait si l'épouse de Jack était toujours vivante. Il pourrait la contacter et voir si elle avait conservé les calepins de Jack.

L'affaire des carnets me paraissait presque un coup d'épée dans l'eau. Bill était d'accord. J'ai dit que tout nous ramenait à la Blonde. Elle connaissait le Basané. Elle savait qu'il avait tué Jean Ellroy. Elle ne s'était jamais présentée à la police. Elle avait peur des représailles ou elle avait quelque chose à cacher. J'ai dit qu'elle avait probablement dû manger le morceau malgré tout. Elle avait raconté ce qui s'était passé. Elle s'était vantée d'avoir été si proche d'un meurtre, ou alors elle avait arrangé son histoire pour la transformer en mise en garde. Le temps avait passé. Sa peur s'était atténuée. Elle avait parlé aux gens. Deux personnes, six personnes, dix personnes connaissaient l'histoire ou des éléments de l'histoire.

Bill a dit qu'il nous fallait rendre notre affaire publique. J'ai dit que la Blonde avait raconté à des gens qui avaient raconté à des gens. Bill a dit que pour ce qui était de récupérer de la pub, putain, je savais y faire. J'ai dit qu'il faudrait installer une ligne-tuyaux avec appel gratuit dans mon appart'. Bill a dit qu'il appellerait la compagnie du téléphone et réglerait la question.

Nous avons discuté de l'affaire Long. Bill a dit qu'il fallait téléphoner au bureau du coroner et voir s'ils avaient conservé les échantillons de sperme prélevés sur Bobbie Long et ma mère. Il connaissait un labo qui faisait des tests ADN pour deux mille dollars. Ils pourraient déterminer de façon absolue si Bobbie Long et ma mère avaient eu des relations sexuelles avec le même homme.

J'ai demandé à Bill de classer l'affaire Long sur l'échelle des priorités. Il a dit : bas de l'échelle. Un mec avait levé Bobbie Long. C'est le hasard qui l'avait tuée. Ma mère *connaissait* probablement la Blonde et le Basané. Elle connaissait au moins l'une de ces deux personnes *avant* ce soir-là.

J'ai mentionné la voiture du Basané et les fiches perforées IBM dans le dossier. On aurait dit que les flics n'avaient vérifié les immatriculations que pour la vallée de San Gabriel. Lavonne Chambers avait parlé d'une Olds de 55 ou 56. Je m'étais imaginé que les flics allaient vérifier les immatriculations pour tout le putain d'État. Bill a dit que la carte perforée prêtait à confusion. Les affaires d'homicide étaient pleines d'incohérences bizarres.

J'ai dit que tout ramenait à la Blonde. Bill a dit « Cherchez la femme ».

***

Nous avons pris l'avion pour Sacramento le lendemain matin. Un vol qui suivait de mauvaises nouvelles.

Bill a appelé le bureau du coroner. Ils ont répondu qu'ils avaient balancé nos plaquettes de sperme. Ils balançaient régulièrement les anciennes pièces à conviction. Ils avaient besoin d'espace pour stocker les nouvelles.

Nous avons loué une voiture pour nous rendre au domicile de Charlie Guenther. Bill avait appelé Guenther la veille au soir pour lui annoncer notre venue. Il lui avait posé quelques questions préliminaires. Guenther lui avait répondu que l'affaire lui était vaguement familière. Il a dit que le dossier pourrait peut-être lui rafraîchir la mémoire.

Nous avons emporté le dossier. J'ai emporté cinquante questions en puissance.

Guenther était chaleureux. Il portait ses soixante-cinq ans comme s'il allait en avoir quarante. Il avait belle allure. Il avait les cheveux gris-blanc et les yeux bleus comme Ward Hallinen. Il nous a offert un topo haineux contre O.J. Simpson en lieu et place des salutations convenues. Il s'est attaqué à notre affaire sans attendre.

Bill lui en a exposé les points clés. Guenther a dit qu'il s'en souvenait, maintenant. Il avait pris l'affaire avec son partenaire Duane Rasure. Une femme avait dénoncé son ex-mari. Ils avaient enquêté sur le bonhomme. Ils n'avaient pas réfuté ni confirmé sa culpabilité.

Nous nous sommes assis à une table basse. J'ai vidé l'enveloppe Will Lenard Miller. Elle contenait trois photos de Will Lenard Miller, des rapports des services du Shérif, comté d'Orange, des copies des déclarations d'impôts de Will Lenard Miller pour 1957, 1958 et 1959, des avis de prélèvements à la source des impôts sur le revenu pour 1957, 1958 et 1959, une facture de compagnie financière datée du 17/5/65, un télex des services du Shérif, comté d'Orange, adressé aux services de police d'El Monte daté du 4/9/70, une mise sous séquestre de la maison signée par Will et Shirley Miller en date du 9/1/57, un inventaire de la main de Charlie Guenther, une page de notes détaillant le casier judiciaire de Will Lenard Miller : deux accusations pour chèques sans provision en 67 et 69, plus un faux de carte de crédit en 70 et une lettre d'avocat datée du 3/11/64 ; elle détaillait également de prétendues blessures subies le 26/3/62 par Will Lenard Miller pendant qu'il travaillait à la C.K. Adams Machine Shop, un ordre de mise à l'épreuve du tribunal municipal, comté d'Orange, en date du 22/11/67 et un rapport de passage au détecteur de mensonges de Will Lenard Miller, daté du 15/9/70.

Nous avons regardé les paperasses. Nous avons mis de côté les déclarations de revenus. Nous avons regardé les photos de Will Lenard Miller.

Il avait les cheveux bruns, il était fortement charpenté. Il avait les traits lourds et brutaux. Il ne ressemblait pas au Basané.

Guenther a examiné son inventaire. Il a dit que ces notes relevaient d'une procédure standard. Il avait toujours fait ainsi lorsqu'il reprenait de vieilles affaires. Rien n'a ravivé ses souvenirs. La liste n'était qu'un pense-bête personnel.

Nous avons lu la lettre de l'avocat. Elle détaillait les plaintes de Will Lenard Miller concernant son accident du travail.

Miller avait fait une chute et s'était bousillé le genou gauche. Il avait commencé à avoir des éblouissements et des pertes de connaissance. Il était tombé et s'était bousillé la tête. Ses blessures physiques avaient bousillé son équilibre psychologique.

J'ai mentionné un rapport du Livre bleu. Shirley Miller disait que ma mère avait refusé de faire suivre une demande de dommages suite à un accident, que son mari lui avait soumise. Elle disait que ce refus « avait fait disjoncter Miller ».

Guenther a dit que Miller était une foutue mauviette. Bill a dit qu'il n'avait pas le type latin, aucun doute là-dessus.

Nous avons examiné l'ordre de mise à l'épreuve. Will Lenard Miller avait fait quelques chèques sans provision. Il avait écopé d'une amende de vingt-cinq dollars et de deux ans de mise à l'épreuve. Il avait dû restituer les articles achetés. Il avait dû consulter un conseiller financier. Il devait obtenir une autorisation pour tout achat excédant cinquante dollars.

Nous étions tous d'accord.

Will Lenard Miller n'était qu'un tas de merde minable.

Nous avons vérifié ses déclarations de revenus. Elles ont confirmé notre jugement.

Will Lenard Miller passait très vite d'un boulot à un autre. Il avait travaillé dans neuf ateliers de mécanique différents au cours de trois années civiles.

Nous avons lu les rapports du Shérif, comté d'Orange. Nous avons replacé toute l'histoire dans sa juste perspective.

C'était la fin du mois d'août 70. Les flics du comté d'Orange se sont mis à la recherche de Will Lenard Miller. Ils voulaient le cravater sur mandat pour infraction à sa mise à l'épreuve. L'adjoint J.A. Sidebotham a parlé à Shirley Ann Miller. Celle-ci a déclaré avoir rompu avec Will Lenard Miller un an auparavant. Elle a déclaré qu'il avait incendié un entrepôt de meubles en 1958. Elle a déclaré qu'il avait assassiné une infirmière du nom de Jean Ellroy en 1958.

Jean travaillait chez Airtek Dynamics. Elle sortait avec Will Lenard Miller. Elle avait rejeté une demande de prise en charge médicale soumise par Will Lenard Miller. Ce qui avait mis Will Lenard Miller en fureur. Will Lenard Miller ressemblait à la photo du suspect. Les journaux disaient que le suspect conduisait une Buick. Will Lenard Miller conduisait une Buick de 52 ou 53. Il l'avait repeinte quelques jours après le meurtre. La compagnie de meubles McMahon avait repris du mobilier acheté par Will Lenard Miller. Quelqu'un avait incendié leur entrepôt quelques semaines plus tard. Shirley Miller avait lu l'article dans les journaux. Elle l'avait montré à Will Lenard Miller. Will Lenard Miller avait dit « C'est moi qui ai fait ça ». Will Lenard Miller était un malade mental, il était « psy ».

Sidebotham a appelé la police d'El Monte. On lui a dit que Jean Hilliker était Jean Hilliker Ellroy. C'est le Shérif de L.A. qui avait la responsabilité de l'affaire. Les services de police d'El Monte lui avaient prêté main-forte.

Sidebotham a arrêté Will Lenard Miller. Il l'a inculpé pour infraction à sa mise à l'épreuve et l'a bouclé à la prison du comté d'Orange. La police d'El Monte a contacté la Criminelle du Shérif. L'adjoint Charlie Guenther et le sergent Duane Rasure ont reçu l'ordre de rouvrir le dossier Jean Ellroy.

Guenther et Rasure ont interrogé Shirley Ann Miller. Elle leur a raconté la même histoire qu'à l'adjoint Sidebotham. Guenther et Rasure ont questionné plusieurs employés d'Airtek. Les services de police d'El Monte ont affecté deux flics pour les assister. Le sergent Marv Martin et l'inspecteur D.A. Ness ont interrogé d'autres employés d'Airtek. Guenther, Rasure, Martin et Ness ont interrogé Will Lenard Miller. Will Lenard Miller a dit qu'il n'avait pas tué Jean Hilliker. Will Lenard Miller a passé avec succès l'épreuve du détecteur de mensonges.

Guenther a dit que tout lui revenait en mémoire. Il se souvenait de Will Lenard Miller. Ils l'avaient passé au gril à la prison du comté d'Orange. Il avalait des pilules à cause de problèmes cardiaques. Il avait une gueule à faire peur. Ils ont voulu l'emmener à L.A. pour le passer au détecteur de mensonges. Le procureur a refusé de le laisser partir. Guenther a dit qu'il ne faisait pas confiance à l'opérateur du détecteur de mensonges du comté d'Orange. Il estimait que le test n'avait pas été concluant.

Nous avons examiné la transcription du test.

RE – WILL LENARD MILLER

SUJET : Implication dans la mort de JEAN ELLROY en juin 1958, El Monte.

Examen au détecteur de mensonges de WILL LENARD MILLER

par FREDERICK C. MARTIN, opérateur du détecteur de mensonges, Bureau du Procureur.

15 septembre 1970.

Pendant l'interrogatoire d'avant-test, après avoir discuté avec MILLER des circonstances entourant le décès de JEAN ELLROY, après lui avoir montré une photographie de quatre hommes et quatre femmes assis autour d'une table, MILLER a déclaré qu'il ne reconnaissait aucune des personnes en question – en particulier ELLROY. En outre, il a ajouté qu'il ne l'avait jamais personnellement rencontrée ou vue de sa vie. Il a déclaré qu'elle lui était familière uniquement parce que son épouse travaillait à l'usine où ELLROY était infirmière, et qu'ELLROY donnait des médicaments à son épouse. Il a déclaré qu'il avait pris conscience de ces faits lors de conversations entre lui et son épouse et aussi parce qu'il avait remarqué son nom sur les flacons de médicaments.

Une série de tests-profils physiques et psychologiques a été effectuée sur MILLER, et il a été déterminé à partir de ces tests que MILLER était un sujet capable de subir l'examen.

La série de questions significatives qui suit, ainsi que les réponses qui en ont résulté, ont été utilisées lors de l'examen.

1 – Avez-vous personnellement rencontré une des femmes qui se trouvent sur la photo que je vous ai montrée ? RÉPONSE : Non.

2 – Avez-vous tué JEAN ELLROY en juin 1958 ? RÉPONSE : Non.

3 – Vous êtes-vous débarrassé du corps de JEAN ELLROY dans un champ d'El Monte en juin 1958 ? RÉPONSE : Non.

4 – Avez-vous abattu JEAN ELLROY par balle jusqu'à ce que mort s'ensuive ? RÉPONSE : Non.

Il n'y a pas eu de réactions indiquant une volonté de tromperie lors des questions significatives ci-dessus, posées à MILLER. La question n° 4 sert de vérificateur ; l'acte présupposé ne s'est jamais produit, réellement ou prétendument.

FREDERICK C. MARTIN, opérateur du détecteur de mensonges, Bureau du Procureur.

pc
Dicté le 16.9.70.

Bill a dit que ça ressemblait à un test incomplet. Guenther a dit que Miller n'avait jamais été un suspect très sérieux. J'ai dit que Shirley Miller s'était trompée dans les faits.

C'était elle qui travaillait à Airtek. Et non pas Will Lenard. Il n'y avait pas de déclarations de revenus d'Airtek. Ma mère conduisait une Buick. Pas le Basané. Que Miller ait repeint la voiture ne signifiait rien.

Bill a dit qu'il appellerait Duane Rasure et les deux flics d'El Monte. Ils auraient peut-être de plus amples renseignements. Guenther a dit qu'il nous fallait trouver la Blonde. Sans elle, nous étions baisés jusqu'à l'os.

*
* *

Nous avons repris l'avion pour le comté d'Orange. Bill m'a appelé le lendemain matin.

Il a dit qu'il avait parlé à Rasure et aux flics d'El Monte. Rasure se souvenait de l'affaire. Il a dit qu'il avait discuté avec quatre ou cinq employés d'Airtek. Les gens avaient dit que Will Lenard Miller travaillait effectivement à Airtek. Ils étaient incapables de le rattacher à Jean Ellroy d'une quelconque manière. Rasure a qualifié l'histoire Miller de fiasco.

Marv Martin se souvenait de l'affaire. Il a dit qu'il en avait discuté avec Ward Hallinen dans les années soixante-dix. Ward était venu au poste d'El Monte. Ils avaient parlé de Will Lenard Miller. Hallinen ne savait pas que Miller existait. Martin a lancé une bombe. Il a dit qu'il croyait que Will Lenard Miller s'était pendu dans sa cellule juste après qu'ils l'avaient interrogé. D.A. Ness a dit que Marv avait tout faux. Que Miller avait eu une crise cardiaque et qu'il était mort dans sa cellule.

L'annonce du prétendu suicide m'a choqué. Bill a dit qu'il n'y croyait pas. Quelqu'un aurait placé une note à ce sujet dans le dossier de ma mère. Il a dit qu'il venait d'appeler Louie Danoff au Bureau. Louie a promis qu'il appellerait les services du Shérif, comté d'Orange. Les agences de police conservaient les dossiers de leurs prisonniers décédés en détention.

J'ai qualifié Will Lenard Miller de coup d'épée dans l'eau à distance intergalactique. Bill a dit que j'étais optimiste. Il a dit qu'il valait mieux retourner au Bureau et passer quelques témoins à l'ordinateur.

*
* *

J'ai apporté une liste. Bill m'a montré trois terminaux d'ordinateurs.

L'un était branché sur le DOJ, le ministère de la Justice de l'État de Californie. Il fournissait statistiques personnelles, pseudonymes et numéros de Sommiers indiquant les possesseurs de casiers judiciaires. L'autre était relié au Service des Cartes grises de l'État de Californie. Il fournissait dossiers d'infractions routières, statistiques personnelles, adresses passées et adresse présente du sujet. L'ordinateur *reverse book* stockait les statistiques de huit États de l'Ouest. On fournissait le nom du sujet. On obtenait en retour une adresse et un numéro de téléphone.

J'ai rencontré Louie Danoff et John Yarbrough. Ils travaillaient au service des Non Résolus. Danoff a affirmé que Will Lenard Miller ne s'était pas suicidé dans la prison du comté d'Orange. Il venait de parler à son contact au comté d'Orange. L'homme avait vérifié et dit impossible. Bill a demandé à Yarbrough de retrouver Lavonne Chambers. Elle avait vingt-neuf ans en 1958. Elle était employée dans un casino du Nevada en 1962.

J'ai consulté ma liste de témoins.

M. et Mme George Krycki, Margie Trawick, Jim Boss Bennett, Michael Whittaker, Shirley Miller, Will Lenard Miller, Peter Tubiolo. Margie Trawick était née le 14/6/22. Jim Boss Bennett était né le 17/12/17. Michael Whittaker avait vingt-quatre ans en 1958. Je savais que les âges des témoins allaient rétrécir notre champ de recherches.

Bill a commencé par les Krycki. Il n'a rien eu du Service des Cartes grises ni du DOJ de l'État. Il a obtenu une réponse du *reverse book*. George et Anna May Krycki habitaient à Kanab, Utah. L'ordinateur a imprimé leurs adresse et numéro de téléphone.

Bill a entré le nom de Jim Boss Bennett. Il a eu une

réponse du DOJ de l'État. La sortie d'imprimante indiquait que le dossier Sommiers de Jim Boss Bennett avait été éliminé.

Bill a dit que Jim Boss Bennett était probablement mort. Le DOJ éliminait les personnes décédées de son ordinateur central. Bill voulait obtenir confirmation de la mort de Bennett. Il a dit qu'il connaissait un gars susceptible de vérifier les registres de la sécurité sociale.

Nous avons entré Peter Tubiolo. Nous avons eu confirmation du Service des Cartes grises. Tubiolo avait soixante-douze ans aujourd'hui. Il vivait à Covina.

Nous avons entré Shirley Miller. Nous avons eu confirmation du SCG. Son adresse correspondait à une adresse dans le dossier de Will Lenard Miller. Un astérisque et le mot « décédée » figuraient sous l'adresse.

Nous avons entré Will Lenard Miller. Nous avons eu une réponse du DOJ et un listing apuré. Bill a dit que le salopard était mort.

Nous avons entré Margie Trawick. Nous avons obtenu trois réponses négatives. Je me rappelais que Margie était mariée et divorcée ou veuve. Son nom de jeune fille était Phillips.

Bill a entré « Margie Phillips » et la DDN que nous avions calculée. Il n'a rien eu au SCG ni au DOJ. Le *reverse book* nous a fourni un long listing. Margie Phillips était un nom courant.

Nous avons entré Michael Whittaker. Nous avons obtenu confirmation au SCG et au DOJ pour un Michael *John* Whittaker. Nous avons obtenu une adresse de 1986 à San Francisco. Le listing DOJ donnait un numéro de Sommiers et 1/1/34 comme date de naissance.

J'ai ouvert ma serviette et rapidement consulté le

Livre bleu Ellroy. Le second prénom de Whittaker était John.

Bill a noté le numéro de Sommiers et l'a donné à une employée. Celle-ci a dit qu'elle demanderait une copie de la fiche de Whittaker et son adresse actuelle.

John Yarbrough s'est avancé. Il a tendu un mémo à Bill. Il a dit qu'il avait appelé un type aux services de police de Vegas. Le type a appelé un type à la commission des Jeux du Nevada. Ils ont trouvé le dossier de Lavonne Chambers au casino. Ils ont appelé le Service des Cartes grises de l'État du Nevada et on leur a tout déballé sur la dame.

Lavonne Chambers était aujourd'hui Lavonne Parga. Elle venait de renouveler son permis de conduire. Elle habitait Reno, Nevada.

22

Bill voulait tomber sur Lavonne bille en tête, sans prévenir. Il ne voulait pas téléphoner et solliciter une entrevue. Il voulait lui tomber dessus avant qu'elle ait eu le temps de réfléchir et de préparer ses réponses.

Nous avons pris l'avion pour Reno. Nous avons pris deux chambres dans un Best Western. L'employé de la réception nous a donné une carte routière. Nous avons loué une voiture et pris la route, direction le dernier domicile connu de Lavonne Chambers.

Il était situé à l'extérieur de Reno proprement dit. Le quartier était semi-rural et semi-délabré. Tout le monde avait un camion ou un *mobil-home* 4 × 4. Les véhicules avaient l'air en bon état. Les maisons avaient l'air décrépit.

Nous avons frappé à la porte de Lavonne Chambers. Un homme a ouvert. Bill lui a présenté son insigne et expliqué notre situation. L'homme a dit que Lavonne était sa mère. Elle se trouvait à Washoe, au centre médical du comté. Elle souffrait de méchantes crises d'asthme.

L'homme se souvenait du meurtre. C'était un marmot à l'époque. Il a dit qu'il appellerait sa mère et la préparerait.

Il nous a donné des indications pour trouver l'hôpital. Nous y sommes arrivés en moins de dix minutes. Une infirmière nous a accompagnés à la chambre de Lavonne Chambers.

Elle était assise sur le lit. Elle avait un tube à oxygène dans le nez. Elle n'avait pas l'air malade. Elle avait l'air costaud et dur.

Elle a eu l'air de tomber des nues.

Bill et moi nous sommes présentés. Bill a fait état de ses liens avec la police. J'ai dit que j'étais le fils de Jean Ellroy. Lavonne Chambers m'a dévisagé. J'ai effacé trente-six années du corps et du visage de cette femme et je l'ai remise en uniforme rouge et blanc de chez Stan. Je me sentais un peu chancelant. Je me suis assis sans y être invité.

Bill s'est assis à côté de moi. Le lit était à quelques dizaines de centimètres devant nous. J'ai sorti un calepin et un stylo. Lavonne a dit que ma mère était belle. Elle avait la voix assurée. Sa respiration n'était ni haletante ni rauque.

Je l'ai remerciée. Elle a dit qu'elle se sentait coupable, sacrément coupable. Les serveuses étaient censées noter les numéros de plaques minéralogiques. Cette procédure aidait les flics à appréhender les resquilleurs. Elle n'avait jamais noté ce fameux numéro de plaque. Ma mère et l'homme avaient l'air respectable. Jamais elle n'avait autant regretté quelque chose.

Je lui ai demandé si elle se souvenait bien de cette soirée. Elle a dit qu'elle s'en souvenait très bien. Il lui arrivait souvent de se rejouer ses souvenirs comme un disque rayé. Elle voulait être sûre de se souvenir de tout.

Bill lui a posé quelques questions d'ordre général. Je savais qu'il la testait. Les réponses de Lavonne collaient avec les grandes lignes du dossier.

Bill a dit revenons en arrière. Lavonne a dit O.K. Elle a commencé par décrire ma mère et le Basané. Elle a dit que ma mère avait les cheveux roux. Elle a dit qu'elle avait servi ma mère et le Basané à deux reprises. Elle ne parvenait pas à replacer leurs visites dans un ordre chronologique. Les flics pensaient que le tueur était du coin. Elle n'avait pas cessé de regarder alentour tous les soirs où elle était de service au drive-in. Elle s'en était usé les yeux.

Bill a mentionné le meurtre de Bobbie Long. Lavonne a répondu qu'elle n'était pas au courant. J'ai dit que le même homme avait peut-être tué Bobbie Long. Lavonne m'a demandé quand elle avait été tuée. J'ai dit le 23/1/59. Lavonne a dit qu'elle avait vu la police tout cet été-là. Ils ne l'avaient plus recontactée avant le mois de janvier.

Bill a mentionné la séance de retapissage de 62. Les souvenirs de Lavonne étaient en contradiction avec les faits enregistrés dans le Livre bleu. Elle a dit qu'il n'y avait eu qu'un seul homme à identifier. Elle a dit qu'elle était le seul témoin. Elle a confirmé sa déclaration première du Livre bleu. Elle ne savait pas si l'homme qu'elle avait vu ce soir-là était l'homme qui accompagnait ma mère.

Bill lui a montré deux clichés anthropo de Jim Boss Bennett. Elle a été incapable de situer Jim Boss dans un contexte quelconque. Je lui ai montré les deux portraits-robots. Elle a tout de suite fait le lien.

Bill a dit revenons en arrière. Lavonne a dit O.K. Elle nous a ramenés aux événements de cette nuit-là. Je l'ai interrompue par des questions d'ordre spatial. Je voulais savoir exactement où elle se tenait chaque fois qu'elle avait vu le Basané. Lavonne a dit que les clients faisaient un appel de phares pour demander l'addition. J'ai vu des voitures, des faisceaux de pleins phares, j'ai vu Lavonne qui plaçait les plateaux et des flashes de deux secondes où un homme de profil s'apprêtait à tuer une femme.

J'ai mentionné la voiture du Basané. Bill m'a interrompu. Il a demandé à Lavonne si elle s'y connaissait en voitures à l'époque. La plupart des serveuses connaissaient marques et modèles. Est-ce que c'était son cas ?

Lavonne a dit qu'elle n'était pas très savante question voitures. Elle n'était pas très douée pour distinguer les marques et les modèles. J'ai vu où Bill voulait en venir. J'ai demandé à Lavonne comment elle avait identifié la voiture du Basané.

Lavonne a dit qu'elle avait entendu un bulletin d'informations à la radio. La morte ressemblait à la rouquine qu'elle avait servie le samedi soir. Elle avait longtemps retourné la question. Elle avait essayé de se rappeler la voiture occupée par la rouquine. Elle en avait parlé à son patron. Il lui avait montré différentes voitures. C'est ainsi qu'elle était parvenue à une identification.

J'ai regardé Bill. Il m'a fait signe de laisser tomber. Il a tendu à Lavonne un exemplaire du Livre bleu sur Jean Ellroy et lui a demandé de lire sa déposition. Il a dit que nous allions repasser pour en discuter.

Lavonne nous a dit de revenir après dîner. Elle nous a dit d'éviter les salles de jeu. On ne peut tout bonnement jamais gagner contre un casino.

***

Nous avons mangé des steaks dans un restaurant du Hilton de Reno. Nous avons eu une discussion poussée sur la question de la voiture.

J'ai dit que l'identification de la voiture par Lavonne n'était peut-être pas tout à fait claire. Son patron avait pu lui emmêler les idées. Sa déposition du Livre bleu était tranchée et définitive. Le Basané conduisait une Olds 55 ou 56. Peut-être Lavonne s'était-elle trompée de voiture. Peut-être que l'identification était erronée dès le départ. Peut-être que Hallinen et Lawton avaient pigé ce détail. Peut-être cela expliquait-il le petit nombre de cartes perforées dans le dossier.

Bill a dit que c'était possible. Les témoins réussissaient à se convaincre que certaines choses étaient vraies et se tenaient à leurs dépositions contre vents et marées. Je lui ai demandé si nous pouvions consulter d'anciennes archives d'immatriculation de voitures. Il a dit non. Ces renseignements n'étaient pas informatisés. Il y avait longtemps que les archives rédigées main avaient été détruites.

Nous avons terminé notre dîner avant de nous promener dans le casino. J'ai eu une furieuse envie de lancer des dés de craps.

Bill m'a expliqué la manière de parier. Les combinaisons étaient trop compliquées. J'ai dit « Rien à foutre » et j'ai posé cent dollars sur la ligne passe.

Le lanceur a fait quatre passes d'affilée. J'ai gagné 1 600 dollars.

J'ai donné cent dollars au croupier et encaissé le reste de mes jetons. Bill a dit que je devrais changer de nom pour m'appeler Bobbie Long Junior.

***

Lavonne nous attendait. Elle a dit avoir lu sa vieille déposition. Qui n'avait pas réveillé de nouveaux souvenirs.

Je l'ai remerciée pour le zèle dont elle avait fait preuve – à l'époque et aujourd'hui. Elle a dit que ma mère était vraiment très belle.

***

Le voyage à Reno m'avait enseigné certaines choses. J'ai appris à parler d'une voix modérée. J'ai appris à mettre un frein à un langage du corps agressif.

Stoner était mon professeur. Je sais que je donnais forme à mon personnage de détective en suivant ses directives à la lettre. Il connaissait la manière de mettre son ego en retrait et de faire en sorte que les gens lui disent des choses. Je voulais développer ce talent. Je voulais le développer vite. Je voulais que les personnes âgées me disent des choses avant qu'elles meurent ou deviennent séniles.

Une journaliste du *L.A.Weekly* m'a appelé. Elle voulait faire un article sur la nouvelle enquête. Je lui ai demandé si elle y ajouterait un numéro de téléphone vert, une ligne-tuyaux. Elle a dit que oui.

Le contact de Bill à la sécurité sociale s'est signalé. Il a dit que Jim Boss Bennett était mort de mort naturelle en 1979. Billy Farrington s'est signalé. Il a dit que la veuve de Jack Lawton était toujours vivante. Elle a promis de fouiller son garage pour tenter de retrouver les vieux calepins de Jack et de nous appeler si elle les trouvait. L'employée du Bureau s'est signalée. Elle a dit qu'elle avait reçu la fiche de Michael Whittaker. Il y en avait dix pages. Elle nous en a donné les détails.

Ils étaient horribles et pathétiques. Whittaker avait soixante ans. C'était un envapé, un camé qui se piquait depuis trente ans. Il avait dansé avec ma mère au Desert Inn.

Bill a dit qu'il était probablement à Frisco ou en taule quelque part. J'ai dit qu'il était peut-être mort du sida ou d'usure générale. Bill a demandé à l'employée de faire une vérification auprès du gaz et de l'électricité. Il voulait épingler Whittaker. Il fallait que nous le trouvions. Il fallait que nous trouvions Margie Trawick.

J'ai sorti notre listing *reverse book*. J'ai dit que je pourrais appeler toutes nos Margie Phillips. Bill a dit que nous devrions d'abord vérifier auprès des employeurs.

J'avais mémorisé le nom et l'adresse. Margie Trawick travaillait chez Tubesales – 2211 Tubeway Avenue. Bill a consulté un Thomas Guide. L'adresse était à cinq minutes.

Nous nous y sommes rendus. C'était un grand entrepôt couplé à un immeuble de bureaux. Nous avons trouvé la chef du personnel. Nous lui avons parlé. Elle a consulté ses dossiers. Elle a dit que Margie Trawick avait travaillé là de 56 à 71. Elle a dit que tous les dossiers personnels étaient strictement confidentiels.

Nous avons insisté. La femme a soupiré et noté le numéro de téléphone du domicile de Bill. Elle a dit qu'elle appellerait d'anciens employés et les interrogerait au sujet de Margie.

Bill et moi sommes revenus au Bureau. Nous avons consulté le Livre bleu Ellroy et trouvé trois autres noms à vérifier.

Roy Dunn et Al Manganiello, deux barmans du Desert Inn. Ruth Schienle, la directrice du personnel d'Airtek.

Nous avons passé les noms à l'ordinateur des cartes grises. Nous avons obtenu quatre Roy Dunn, aucune Ruth Schienle et un Al Manganiello à Covina. Nous avons passé les noms à l'ordinateur du DOJ. Trois réponses négatives. Nous avons passé Ruth Schienle au *reverse book* et obtenu une possibilité dans l'État de Washington.

Bill a appelé Al Manganiello. Il n'a obtenu qu'une

sonnerie de téléphone prolongée. J'ai appelé Ruth Schienle. Une femme a répondu.

Elle avait vingt-huit ans et n'était pas mariée. Elle n'avait pas de parente du nom de Ruth Schienle.

Bill et moi sommes repartis pour le comté d'Orange. Nous nous sommes séparés pour la journée. J'ai pris le dossier. Je voulais en connaître jusqu'au dernier mot. Je voulais établir des liens que personne n'avait jamais vus.

Bill m'a appelé ce soir-là. Il a dit que Margie Trawick était morte en 1972. D'un cancer généralisé. Elle était assise dans un fauteuil d'institut de beauté et s'était effondrée suite à une hémorragie cérébrale.

* * *

Nous avons retrouvé la trace de Michael Whittaker à San Francisco. Nous l'avons localisé dans un rade de bas étage du quartier de Mission. Bill l'a appelé. Il a dit qu'il voulait discuter du meurtre Ellroy. Whittaker a dit « Tout ce que j'ai fait, c'est de danser avec elle ! »

Nous avons pris un taxi jusqu'à son hôtel. Whittaker n'y était pas. L'employé de la réception a dit qu'il s'était tiré avec son épouse quelques minutes auparavant. Nous avons attendu dans le hall d'entrée. Camés et racoleuses passaient et repassaient. Ils nous jetaient des regards étranges. Ils s'asseyaient et se mettaient à bavasser. Nous avons eu droit à une douzaine de sorties sur O.J. Simpson. Il y avait un double consensus : O.J. s'était fait entuber et O.J. avait eu raison d'effacer la salope.

Nous avons attendu. Il y a eu du chambard dans le lotissement de l'autre côté de la rue. Un jeune Noir y est entré en courant et a arrosé le terrain de jeux avec une sorte d'arme d'assaut.

Personne n'a été blessé. Le môme s'est enfui. On aurait dit un enfant, aux anges d'avoir pu essayer un nouveau jouet. Les flics sont arrivés et ont fouiné un peu. L'employé de la réception a dit que des trucs comme ça se produisaient tous les jours. Parfois les petits empaffés se tiraient les uns sur les autres.

Nous avons attendu six heures durant. Nous sommes allés jusqu'à une boutique à beignets nous prendre un café. Nous sommes revenus. L'employé de la réception a dit que Mike et son épouse venaient de remonter en douce.

Nous sommes montés. Nous avons frappé à la porte. Je faisais la gueule et j'étais crevé. Whittaker nous a laissés entrer.

Il était tout en os sur un ventre en barrique. Il portait les cheveux à la mode motard, en queue-de-cheval. Il n'avait pas l'air d'avoir la trouille. Il paraissait affaibli. On aurait dit un taré venu à San Francisco se trouver de la came et vieillir aux frais de l'assistance sociale.

La pièce faisait 2,5 × 3,5 mètres maxi. Le sol était couvert de flacons de pilules et de romans policiers en poche. L'épouse de Whittaker pesait bien cent cinquante kilos. Elle était vautrée sur un convertible étroit. La pièce sentait mauvais. J'ai vu par terre des insectes rampants et une colonne de fourmis le long des plinthes. Bill a désigné les livres et dit « Peut-être que t'as des fans, là ».

J'ai ri. Whittaker s'est allongé sur le lit. Le matelas s'est affaissé jusqu'à toucher le sol.

Il n'y avait pas de chaises. Il n'y avait pas de salle de bains. L'évier dégageait une odeur d'urinoir.

Bill et moi étions postés près de la porte. Un courant d'air soufflait dans le couloir extérieur. Whittaker et son épouse nous l'ont joué obséquieux. Ils se sont mis à justifier leur vie et les flacons de pilules qu'ils n'avaient pas pris la peine de dissimuler. Je les ai interrompus. Je voulais en venir à ce fameux soir et entendre la version de Whittaker. Sa déposition officielle n'avait ni queue ni tête. Je voulais lui planter un poignard incandescent dans la matière grise.

Bill savait que je commençais à perdre patience. Il m'a fait signe, laisse-moi-parler. Je me suis reculé pour rester dans l'encadrement de la porte. Bill a commencé à étaler son baratin je-ne-suis-pas-ici-pour-vous-juger-je-ne-vous-veux-pas-d'ennuis. Il a roulé Whittaker et sa femme dans la farine comme un seul homme.

Bill a parlé. Whittaker a parlé. Sa femme a écouté et regardé Bill. J'ai écouté et regardé Whittaker.

Il lui a récité son catalogue de quarante-quatre arrestations. Il avait fait de la taule pour toutes les inculpations-came possibles et imaginables.

Bill l'a fait revenir à juin 58. Bill l'a accompagné doucement jusqu'au Desert Inn ce fameux soir. Whittaker a dit qu'il y était allé en compagnie « d'un gros Hawaïen qui connaissait le karaté ». Le gros Hawaïen « a cassé la gueule à quelques mecs ». C'était des conneries pures et simples.

Il ne se souvenait pas de la Blonde ni du Basané. Il ne se souvenait pas très bien de la victime. Il a parlé de son arrestation pour ivresse un peu plus tard dans la soirée. Il a dit que les flics l'avaient interrogé le lendemain soir du meurtre et une nouvelle fois, deux jours et quelque plus tard. Il était sous méthadone maintenant. La méthadone lui déglinguait la cervelle. Il n'était allé qu'une seule fois dans ce bar de bouseux. Il n'y était jamais retourné. Cet endroit lui portait la guigne. Il avait un pote du nom de Spud à l'époque. Il connaissait ces mecs, là, les frères Sullivan. Ils venaient de sa ville natale, McKeesport, Alabama. Son propre frère était mort d'une cirrhose. Il avait deux sœurs, Ruthie et Joanne...

J'ai fait signe à Bill de laisser tomber. Il a acquiescé et a signifié à Whittaker d'y aller plus doucement maintenant.

Whittaker a cessé de parler. Bill a dit qu'il était temps d'aller à l'aéroport. Il m'a désigné du doigt en disant que j'étais le fils de la morte. Whittaker y est allé de ses « ooh » et « aah ». Sa femme nous a fait un grand numéro de stupéfaction. Je me suis un peu ramolli et je leur ai glissé cent dollars. C'était du fric gagné au craps.

***

Billy Farrington nous a fait son rapport. Il a dit que Dorothy Lawton n'avait pu retrouver les calepins de Jack. Il a dit qu'il contacterait les fils de Jack pour voir s'ils les avaient.

J'ai fait brancher une ligne d'appel gratuit sur ma ligne normale. J'ai changé le message de mon répondeur. Il disait : « Si vous disposez de renseignements sur le meurtre de Geneva Hilliker Ellroy, le 22 juin 1958, laissez s'il vous plaît un message après le bip. » J'avais deux numéros de téléphone et un répondeur. Chaque correspondant entendrait le message.

Un producteur du programme *Day One* m'a appelé. Il a dit qu'il avait lu mon article de *G.Q.* Il avait discuté avec certaines personnes de *G.Q.* et entendu parler de la nouvelle enquête. Il voulait y consacrer une partie de son émission sous forme de film. Lequel serait diffusé sur la télé nationale à une heure de grande écoute.

J'ai dit oui. Je lui ai demandé s'il passerait notre ligne-tuyaux. Il a dit oui.

J'ai commencé à me sentir un peu nauséeux. La rouquine sortait de l'ombre pour se retrouver sous le regard du grand public. Elle avait vécu dans le secret et le cloisonnement et fuyait les démonstrations publiques. La publicité était notre chemin le plus direct vers la Blonde. Il me fallait justifier mes propres démonstrations publiques de cette manière.

Bill et moi avons passé quatre jours avec la journaliste du *L.A. Weekly*. Nous avons passé une semaine avec l'équipe de *Day One*. Nous les avons emmenés au lycée Arroyo et au Valenzuela, et à la vieille maison basse en pierre sur Maple. Nous avons mangé des tas de saloperies mexicaines. Les gens du Valenzuela se sont demandé qui diable nous étions et pourquoi nous étions toujours là avec des caméras, ce vieux dossier et toutes ces photos sanglantes en noir et blanc. Ils ne parlaient pas anglais. Nous ne parlions pas espagnol. Nous laissions des pourboires extravagants en faisant du Valenzuela notre QG à El Monte. Bill et moi appelions l'endroit le Desert Inn. C'était ça, son vrai et juste nom. J'ai commencé à adorer l'endroit. Cette première visite nocturne m'avait fichu la trouille. Les visites qui ont suivi m'ont touché tout en douceur et harmonie. Ma mère avait dansé en ce lieu. C'est avec elle que je dansais maintenant. Cette danse, c'était toute une réconciliation.

Nous avons rencontré l'homme qui était propriétaire de notre ancienne maison. Il s'appelait Geno Guevara. Il avait acheté la maison en 77. Un prédicateur la lui avait vendue. Les Krycki étaient déjà partis depuis longtemps.

Geno adorait les gens des médias. Il les laissait piétiner son jardin et prendre des photos. J'ai passé un moment à l'intérieur de la maison. On l'avait modifiée et agrandie. J'ai fermé les yeux et abattu les modifications. Je me suis tenu dans ma chambre et dans la chambre de ma mère telles qu'elles étaient alors. J'ai senti sa présence. J'ai senti son odeur. J'ai senti le bourbon Early Times. La salle de bains était intacte, telle qu'elle était en 1958. J'ai vu ma mère nue. Je l'ai vue se passer une serviette entre les jambes.

Le lycée Arroyo est devenu un lieu public de mise en scène. L'équipe de *Day One* nous y a filmés, Bill et moi. La photographe du *L.A. Weekly* a pris ses propres clichés du lieu du crime. Des écoliers bourdonnaient comme des mouches. Ils voulaient connaître toute l'histoire. Ils ont ri et essayé de se serrer dans le champ des caméras. Nous sommes passés à Arroyo cinq à six fois au cours de deux semaines médiatiques. Les visites me faisaient l'effet de violations et de banalisations. Je ne voulais pas que cet endroit perdît de son pouvoir. Je ne voulais pas transformer King's Row en route d'accès commune et en arrêt quotidien sur la piste publicitaire de ma vie.

El Monte devenait gentiment familière. La métamorphose était prévisible et, l'un dans l'autre, dérangeante. Je voulais qu'El Monte restât elliptique. Je voulais la voir se cacher de moi et m'enseigner sa manière de se cacher. Je voulais fertiliser mes peurs anciennes, qu'elles me servent de leçons. Je voulais m'échouer dans les quelques kilomètres carrés d'El Monte. Je voulais me construire un instinct de chasseur d'hommes à partir de cet isolement.

Bill et moi avons terminé notre premier tour médiatique. Nous avons retrouvé Peter Tubiolo, Roy Dunn et la fille d'Ellis Outlaw, Jana. Ils nous ont ramenés à El Monte en 1958.

Tubiolo avait aujourd'hui soixante-douze ans. Il avait alors exactement la moitié de son âge actuel. Il se souvenait de moi. Il se souvenait de ma mère. C'était, à l'époque et aujourd'hui encore, un homme solidement bâti et sympathique. J'aurais été capable de le désigner au milieu d'une file de cinquante hommes alignés pour une séance de retapissage. Il avait vieilli mais on le reconnaissait sans la moindre difficulté.

Il a été chaleureux. Il a été affable. Il a dit qu'il n'était jamais sorti avec ma mère. Il n'avait jamais compris où les flics avaient pêché cette idée dingue.

C'est moi qui leur avais dit. C'était vrai. Je l'avais vu faire monter ma mère dans sa Nash bleue et blanche. J'ai parlé de la Nash. Tubiolo a dit qu'il adorait cette voiture. Je n'ai pas contesté ce qu'il prétendait concernant ma mère. Les flics à l'époque l'avaient innocenté. Son apparence, ses manières candides l'innocentaient aujourd'hui. Il était veuf. Il était sans enfants. Il avait l'air prospère et paraissait heureux. Il avait quitté l'école Anne LeGore en 59. Il était devenu un gros ponte dans les rouages du comté de L.A. Il avait une belle vie. Il lui restait probablement quelques belles années devant lui.

Il a dit qu'il n'était jamais allé au Desert Inn ou chez Stan. J'ai dit que j'étais un gamin toujours à cran. Il a dit que les gamins mexicains de Medina Court avaient une combine à l'époque. Ils viraient leurs chaussures et venaient à l'école pieds nus. Les mômes étaient obligés de porter des chaussures à l'école. C'était une règle absolue. Tubiolo passait son temps à renvoyer chez eux les mômes pieds nus. Mes amis Reyes et Danny pratiquaient cette combine. J'avais fumé un joint avec eux. C'était din-in-ingue, coco. J'avais vu *Les Dix Commandements* avec eux. J'avais rigolé de tout le baratin sacré. Reyes et Danny m'avaient obligé à la fermer. Ils étaient catholiques. Ma mère haïssait les catholiques. Elle disait qu'ils prenaient leurs ordres à Rome. Le Basané était un Blanc de type latin. Il était probablement catholique. Tous mes circuits mentaux sont revenus à cette nuit-là.

Roy Dunn et Jana Outlaw nous ont ramenés au Desert Inn.

Nous les avons interrogés chez eux. Dunn vivait à Duarte. Jana Outlaw vivait à El Monte. Ils étaient de la vallée de San Gabriel, pour toujours.

Dunn se souvenait du meurtre. Pas Jana. Elle avait neuf ans à l'époque. Dunn buvait souvent un coup avec Harry Andre. Harry fréquentait le Playroom Bar. Dunn travaillait au Playroom et au Desert Inn. Ellis Outlaw payait un bon salaire. Ellis était mort en 1969, il s'était étranglé sur une bouchée de nourriture. Il était déjà à moitié mort à cause de la gnôle. Myrtle Mawby était morte. L'épouse d'Ellis était morte. Le Desert Inn a tourné à plein pendant dix ans. Ce putain de rade a roulé sur l'or, Spade Cooley y avait joué – des années avant qu'il tabasse sa femme à mort. Ellis y avait fait venir des artistes de couleur. Joe Liggins et quelques clones des Ink Spots ont joué au Desert Inn. Le Desert Inn servait de façade à une officine de paris. Ellis organisait des parties de cartes et servait de l'alcool après les heures légales. Des racoleuses bossaient au bar. La nourriture était bonne. Ellis nourrissait les flics d'El Monte à un tarif généreusement réduit. Il a vendu le Desert Inn à un dénommé Doug Schoenberger. Doug a rebaptisé l'endroit The Place. Il a laissé fleurir jeux d'argent, paris et prostitution. Doug était très pote avec un ex-flic d'El Monte, Keith Tedrow. Keith avait vu la scène du crime Jean Ellroy. Il a fait courir une rumeur stupide sur le corps de Jean Ellroy. Il a dit que le tueur avait sectionné un téton d'un coup de dents. Il a rejoint les rangs des services de police de Baldwin Park. Il a été assassiné en 71. Il était dans sa voiture en stationnement. Une femme a tiré sur lui. Elle a plaidé la folie et s'en est tirée sans dommages. Apparemment tout laissait à penser que Keith essayait de la forcer à lui tailler une pipe. Doug Schoenberger a vendu The Place et déménagé en Arizona. Il a été assassiné au milieu des années quatre-vingts. Le crime est resté sans solution. Le fils de Doug était le suspect numéro un.

Roy et Jana connaissaient le Desert Inn. Ils le connaissaient sous toutes les coutures. Mais question renseignements fiables, ils étaient un peu courts.

Il nous fallait des noms.

Il nous fallait les noms d'anciens habitués du Desert Inn, des piliers de bars de la vallée de San Gabriel. Il nous fallait trouver qui ils connaissaient en 1958. Il nous fallait établir un réseau d'amitiés et de connaissances. Il nous fallait trouver des noms correspondant aux signalements de la Blonde et du Basané. Il nous fallait créer des cercles de noms concentriques allant toujours s'élargissant. Il nous fallait trouver deux noms, dans un lieu bien vaste, à une époque lointaine.

Roy et Jana nous ont donné trois noms :

Une ancienne serveuse du Desert Inn employée dans un Moose Lodge local. Une ancienne patineuse de chez Stan. Un ancien barman du Desert Inn.

Nous avons trouvé la serveuse et la patineuse. Elles savaient que dalle sur l'affaire Jean Ellroy et ont été incapables de nous fournir des noms. Roy et Jana s'étaient trompés d'époque et de lieu. La patineuse travaillait au Simon's Drive-In. La serveuse avait connu The Place, pas le Desert Inn. Elle connaissait une clientèle beaucoup plus jeune.

Bill et moi avons parlé du Desert Inn. Nous l'avons replacé dans le contexte de la fin juin 58.

Ellis Outlaw était sur le point d'accomplir une peine d'emprisonnement pour conduite en état d'ivresse. Il avait pour clients des péquenots du cru, des preneurs de paris illégaux, hors champs de courses. Il avait pour clients des truands du cru et des mecs gravitant dans leur orbite, qui avaient de petites conneries à cacher aux flics. Margie Trawick n'avait vu la Blonde et le Basané qu'une fois. Myrtle Mawby ne les avait vus qu'une fois. Margie travaillait à temps partiel. Myrtle travaillait à temps partiel. Le Basané était probablement un mec du cru. Le Desert Inn était, dans le coin, le rade en vogue. Le Basané pouvait être passé un peu plus tôt ce soir-là et avoir laissé son image dans une centaine de banques de souvenirs. Hallinen et Lawton avaient pratiquement campé au Desert Inn tout l'été. Ils avaient pris des noms qu'ils avaient laissés dans leurs calepins personnels. Certaines personnes leur avaient peut-être menti. Certaines personnes avaient peut-être su la vérité. La Blonde devait peut-être de l'argent à Ellis Outlaw. Le Basané pouvait avoir dit à certaines personnes que l'infirmière était une foutue allumeuse. Certaines personnes pouvaient avoir compris que la connasse n'avait eu que ce qu'elle méritait. Certaines personnes pouvaient avoir menti aux flics.

Bill et moi étions d'accord.

Notre crime se cantonnait à d'étroites limites. La Blonde et le Basané avaient eu de la chance, ils étaient passés entre les mailles du filet.

Il nous fallait découvrir deux noms et les relier à une fuyarde qui se cachait.

23

Kanab, Utah, se situait juste au-dessus de la frontière de l'Arizona. L'avenue principale courait sur trois blocs. Les hommes du coin portaient bottes de cow-boy et parka nylon. Il faisait dix degrés de moins qu'en Californie du Sud.

Le trajet nous avait fait franchir Las Vegas et un paysage de douces collines. Nous avons pris deux chambres dans un Best Western où nous nous sommes mis au pieu de bonne heure. Nous devions voir George et Anna May Krycki au matin.

Bill avait appelé Mme Krycki deux jours auparavant. J'avais écouté sur le poste de la chambre. Mme Krycki avait la voix criarde en 1958. À l'entendre, elle était toujours aussi criarde aujourd'hui. Mon père se fichait toujours de ses mains aux gestes saccadés.

Elle n'en croyait pas ses oreilles que les flics remettent sur le tapis une affaire aussi ancienne. Elle a parlé de moi comme de « Leroy Ellroy ». Elle a dit que j'étais un gamin agité de tics nerveux. Son mari avait tenté d'enseigner à Leroy Ellroy la manière de pousser un balai. Leroy Ellroy avait tout bonnement été incapable d'apprendre.

Mme Krycki a accepté d'être interrogée. Bill a dit qu'il arriverait avec un collègue. Il n'a pas dit que son collègue était Leroy Ellroy.

Bill s'est fichu de ma poire deux jours d'affilée. Il m'appelait Leroy. Il répétait sans cesse « Où est ton balai ? » Mme Krycki avait dit aux flics que Jean Ellroy ne buvait jamais. J'étais rentré un soir et j'avais trouvé ma mère et Mme Krycki beurrées.

La maison des Krycki à Kanab ressemblait à leur maison d'El Monte. Elle était petite, banale, bien tenue. M. Krycki balayait l'allée à voitures. Je me rappelais son attitude générale plus que son visage. Bill a dit qu'il possédait une superbe technique de balayage.

Nous sommes sortis de la voiture. M. Krycki a laissé tomber son balai et s'est présenté. Mme Krycki est sortie. Elle avait vieilli de la même manière que Peter Tubiolo. Elle avait l'air pleine de force et de santé. Elle s'est avancée jusqu'à nous et a envahi notre espace vital à tous deux. Elle nous a accueillis avec force salutations en accéléré et gestes agités, de ceux qu'aimait à caricaturer mon père.

Elle nous a fait entrer. M. Krycki est resté à l'extérieur avec son balai. Nous nous sommes assis dans le salon. Le mobilier était recouvert de tissu aux motifs criards et mal assortis. Écossais, rayures, motifs géométriques et dessins cachemire bataillaient les uns contre les autres. Il en ressortait un effet global d'agitation.

Bill a donné son nom et montré son insigne. J'ai donné mon nom. J'ai laissé passer un temps et j'ai dit que j'étais le fils de Jean Ellroy.

Mme Krycki nous a fait quelques grands gestes et s'est assise sur les mains. Elle a dit que j'avais tellement grandi. Elle a dit que j'étais l'enfant le plus agité de tics qu'elle avait jamais vu. Je n'étais même pas capable de pousser un balai. Et Dieu sait que son mari avait tenté de me l'apprendre. J'ai dit que le balai n'avait jamais été mon fort. Mme Krycki n'a pas ri.

Bill a dit que nous voulions parler de Jean Ellroy et de sa mort. Il a dit à Mme Krycki d'être absolument sincère.

Mme Krycki s'est mise à parler. Bill m'a fait signe, laisse-la-parler.

Elle a dit que l'arrivée en masse de Mexicains les avait fait partir, George et elle, d'El Monte. Les Mexicains avaient détruit la vallée de San Gabriel. Son fils Gaylord habitait aujourd'hui à Fontana. Il avait quarante-neuf ans. Il avait quatre filles. Jean avait les cheveux roux. Elle faisait cuire du pop-corn et le mangeait à la cuillère. Jean avait répondu à une petite annonce dans les journaux et loué leur petite maison à l'arrière. Jean avait dit « Je crois que c'est un endroit sûr ici ». Elle était d'avis que Jean se cachait à El Monte.

Mme Krycki a cessé de parler. Bill lui a demandé d'expliquer sa dernière remarque. Mme Krycki a dit que Jean était cultivée et raffinée. Elle avait un niveau trop élevé pour El Monte. Je lui ai demandé pourquoi elle pensait cela. Mme Krycki a dit que Jean lisait des livres condensés publiés par le Reader's Digest. Elle détonnait à El Monte. Elle n'était pas à sa place. Elle était venue à El Monte pour quelque mystérieuse raison.

Bill lui a demandé les sujets de conversation qui intéressaient Jean. Mme Krycki a répondu qu'elle parlait de ses aventures à l'école d'infirmières. Je lui ai demandé de détailler ces aventures. Elle a dit que c'était tout ce dont elle se souvenait.

J'ai interrogé Mme Krycki sur ma mère et les hommes. Elle a dit que Jean sortait pratiquement tous les samedis soir. Elle ne ramenait jamais d'hommes à la maison. Elle ne se vantait jamais à propos des hommes. Elle ne parlait en fait jamais des hommes. J'ai interrogé Mme Krycki sur ma mère et l'alcool. Elle a contredit toutes ses anciennes déclarations.

George a un jour senti chez Jean une haleine qui empestait l'alcool. Il a trouvé deux bouteilles vides dans les buissons à l'extérieur de la maison. Jean rapportait des bouteilles chez elle, enveloppées de sacs en papier marron. Jean avait l'air fatiguée la majeure partie du temps. Ils soupçonnaient Jean d'être une grosse buveuse.

Mme Krycki a cessé de parler. Je l'ai regardée bien en face et j'ai hoché la tête. Elle nous a offert un riff de gestes rapides en figures libres.

Jean avait un téton déformé. Elle avait vu le corps de Jean à la morgue. On l'avait recouverte d'un drap. Ses pieds ressortaient. Elle les avait reconnus. Jean se promenait toujours pieds nus dans la cour. Les flics lui avaient bien fait augmenter sa facture de téléphone. Ils n'avaient jamais proposé de payer leurs coups de fil.

Mme Krycki a cessé de parler. Bill l'a fait doucement revenir aux 21 et 22 juin 58. Son récit a corroboré nos rapports du Livre bleu. M. Krycki est entré. Bill lui a demandé de faire appel à ses souvenirs concernant ces deux jours. M. Krycki a fait, pour l'essentiel, le même récit. Je lui ai demandé de décrire ma mère. Il a dit que c'était une belle femme. Elle n'avait pas le genre El Monte. Anna May la connaissait bien mieux.

M. Krycki ne paraissait pas à son aise. Bill a souri et lui a dit que nous étions à court de questions. M. Krycki a souri et il est sorti.

Mme Krycki a dit qu'il y avait une chose qu'elle n'avait jamais racontée aux flics.

J'ai acquiescé. Bill a acquiescé. Mme Krycki a commencé à parler.

C'était arrivé vers 52. Elle habitait Ferris Road à El

Monte. Gaylord avait six ou sept ans. Elle s'était séparée de son premier mari.

Elle faisait ses courses dans un magasin du quartier. Une famille du nom de LoPresti en était propriétaire. Et il y avait ce jeune garçon préposé à l'emballage qui lui jouait Cupidon. Il disait que son oncle Joe voulait l'inviter à sortir. Il en avait sacrément envie. John LoPresti avait une trentaine d'années à l'époque. Il était grand. Il avait les cheveux bruns, un teint olivâtre.

Elle est sortie avec lui. Il l'a emmenée au Coconino Club. Ils ont dansé. Il était bon danseur. Il était « doucereux et calculateur ».

Ils ont quitté le Coconino. Ils sont partis sur les collines de Puente. LoPresti a arrêté la voiture et a eu quelques gestes très osés. Elle lui a dit de cesser. Il l'a giflée. Elle est sortie de la voiture. Il l'a rattrapée et l'a poussée sur la banquette arrière.

Il a tenté de lui arracher ses vêtements. Elle a résisté. Il a eu un orgasme et s'est essuyé le pantalon à l'aide de son mouchoir. Il a dit « T'as de l'énergie à revendre » et « T'as plus rien à craindre maintenant ». Il l'a reconduite chez elle. Il ne l'a plus touchée. Elle n'a pas appelé les flics. Elle était en pleine embrouille avec son ex et se battait pour la garde de l'enfant. Elle ne voulait pas faire de scandale et ternir sa réputation. Elle a revu LoPresti à deux reprises.

Elle se promenait. Il est passé en voiture et l'a saluée. Il lui a demandé si elle voulait monter. Elle l'a ignoré.

Elle l'a revu deux années plus tard. Elle était au Coconino en compagnie de George. LoPresti l'a invitée à danser. Elle l'a ignoré. Elle a mis en garde Jean Ellroy à son sujet – juste avant qu'elle ne sorte ce samedi soir-là.

Son récit sonnait juste dans toute sa laideur. La

conclusion sonnait faux. Elle paraissait artificielle et la coïncidence un peu grosse.

LoPresti habitait le quartier. LoPresti était italien. LoPresti était un prédateur de boîtes de nuit. J'ai fermé les yeux, j'ai rejoué la scène dans les collines de Puente. J'y ai ajouté une voiture d'époque et les vêtements à la mode du moment. J'ai mis le visage du Basané sur John LoPresti.

Nous tenions un vrai suspect.

***

Nous sommes repartis vers le comté d'Orange. Nous avons discuté de John LoPresti non-stop. John était, en 52, un agresseur sexuel aux coups foireux. Donnez-lui six ans pour affiner son numéro et vieillir en plus tordu. Bill était d'accord. LoPresti était notre premier suspect bien brûlant.

Le trajet en voiture nous a pris treize heures. Nous sommes arrivés aux alentours de minuit. Nous avons dormi pour récupérer de la fatigue du voyage avant de prendre la route d'El Monte.

Nous sommes passés au musée d'El Monte. Nous avons consulté les annuaires d'El Monte pour l'année 1958. Nous avons trouvé huit magasins dans les Pages jaunes.

Jay's sur Tyler. Jay's sur Central. Le Bell Market sur Peck Road. Crawford's Giant Country Store sur Valley. Earp's Market et le Foodlane sur Durfee. Le Tyler Circle sur Tyler. Fran's Meats sur Garvey.

Pas de LoPresti Market. Pas de rubrique magasins de spécialités italiennes.

Nous avons consulté les Pages blanches. La plupart des noms de particuliers étaient suivis d'addenda entre parenthèses. Les parenthèses donnaient les professions et les prénoms des épouses. Nous sommes passés à la lettre L et avons tapé juste par deux fois.

LoPresti, John (Nancy) (Machiniste) – 10806 Frankmont.

LoPresti, Thomas (Rose) (Vendeur) – 3419 Maxson.

Frankmont était proche du 756 Maple. Maxson était proche de Stan et du Desert Inn.

Nous sommes allés au Bureau. Nous avons passé les quatre LoPresti à l'ordinateur des cartes grises et du DOJ. Nous avons fait chou blanc pour Thomas et Rose. Nous avons eu des réponses pour John et Nancy.

Nancy avait un permis de conduire de Californie valide. La sortie d'imprimante nous donnait son adresse actuelle et son ancienne adresse sur Frankmont à El Monte. Elle était née le 16/8/14. John habitait à Duarte. J'ai montré quelques chiffres bizarres à côté de son nom. Bill a dit que l'adresse correspondait à un parc de caravanes. John avait soixante-neuf ans. Il avait les yeux bleus. Il mesurait un mètre quatre-vingt-deux et pesait quatre-vingt-seize kilos.

J'ai fait remarquer sa taille et son poids. Bill a fait remarquer son âge et la couleur de ses yeux. L'enculé ne correspondait pas au signalement du Basané.

***

Duarte se situait à cinq kilomètres au nord d'El Monte. Le parc à caravanes était d'une laideur à chier. Les caravanes, vieilles, abîmées par les intempéries. Elles étaient collées les unes aux autres, sans espace de séparation.

Nous avons trouvé le numéro 16 et appuyé sur le vibreur. Un vieil homme a ouvert la porte. Il correspondait bien aux données de notre permis de conduire. Il avait les yeux bleus, des traits épais. Son visage le disculpait.

Bill lui a présenté son insigne en lui demandant son nom. L'homme a répondu John LoPresti. Bill a dit que nous avions quelques questions à poser concernant un ancien meurtre. John a dit entrez donc. Il n'a pas tiqué ni tressauté, il ne s'est pas reculé ni mis à trembler, il n'a pas admis ni nié sa culpabilité.

Nous sommes entrés dans sa caravane. L'intérieur devait faire trois mètres de large maxi. Les murs étaient décorés des pages centrales de *Playboy*. Elles étaient élégamment montées et plastifiées d'un vernis très brillant.

John s'est assis dans un vieux fauteuil à dossier inclinable. Bill et moi nous sommes assis sur le lit. Bill a rapidement esquissé l'affaire Jean Ellroy. John a dit qu'il ne s'en souvenait pas.

Bill a dit que nous cherchions à retrouver les anciens habitants d'El Monte. Nous voulions nous faire une idée des soirées de la fin des années cinquante. Nous savions qu'il habitait Frankmont.

Joe a dit que ce n'était pas lui. Ça, c'était feu son oncle John et sa tante Nancy. Lui habitait La Puente à l'époque. El Monte était son lieu de bringue. Son oncle Tom possédait un commerce à El Monte. El Monte était le coin où ça bougeait.

Je lui ai demandé où il traînait ses guêtres. John a répondu le Coconino et le Desert Inn. Il lui arrivait d'aller au Playroom. Qui se situait derrière le drive-in de Stan. Ils y servaient des dosettes de whiskey pour vingt-cinq cents.

Bill lui a demandé s'il avait jamais été arrêté. John a dit qu'il s'était fait choper pour conduite en état d'ivresse. J'ai fait le sceptique. J'ai dit quoi d'autre ? John a dit qu'il s'était fait choper en 1946. Quelqu'un avait dit qu'il avait fait des trucs dégueulasses, des saloperies.

J'ai dit quel genre de saloperies ? Il a dit que quelqu'un avait glissé un livre cochon sous la porte d'une bonne femme. C'est lui qu'on avait rendu responsable.

Bill a dit que nous avions besoin de noms. Nous voulions retrouver les anciens habitués de l'époque qui fréquentaient le Desert Inn. Nous voulions retrouver jusqu'au dernier pilier de bar à être jamais venu à Five Points.

John a allumé une cigarette. Il a dit qu'il se faisait opérer à cœur ouvert demain. Il avait besoin de tous les plaisirs qu'il pouvait s'offrir.

J'ai dit donnez-nous quelques noms. John a lâché huit ou dix prénoms. J'ai dit donnez-nous des noms entiers. Joe a dit « Al Manganiello ». Bill a dit que nous étions à sa recherche. John a dit qu'il travaillait au Country Club de Glendora.

J'ai insisté pour obtenir d'autres noms. Bill a insisté pour obtenir d'autres noms. Nous avons récité la liste de tous les lieux de sortie d'El Monte en lui disant de faire correspondre quelques noms à des lieux précis. Joe a été incapable de nous refiler le moindre nom.

Je voulais jouer au con et l'emmerder jusqu'à l'os.

J'ai dit on nous a laissés entendre que vous étiez un Don Juan de première auprès de ces dames. John a dit que c'était exact. J'ai dit on nous a laissés entendre que vous aimiez *vraiment bien* les femmes. Joe a dit oh, ouais alors. J'ai dit on nous a laissés entendre que vous vous ramassiez la chatte à la pelle. Joe a dit qu'il en avait eu plus que sa part. Bill a dit on nous a laissés entendre que vous aviez malmené une femme dénommée Anna May Krycki et que vous aviez déchargé prématurément.

Joe s'est mis à trembler et à tressauter, à battre en retraite en niant sa culpabilité. Nous l'avons remercié et nous sommes sortis.

24

Nous avons travaillé sur l'affaire. Nous avons sondé les cavernes à souvenirs incertains. Nous avons engrangé des renseignements. Nous avons excavé des noms.

Nous avons extirpé prénoms, noms de famille, surnoms, noms entiers, et les signalements correspondants et non correspondants. Nous avons trouvé des noms dans le dossier. Nous avons obtenu des noms auprès d'anciens flics. Nous avons obtenu des noms auprès de piliers de bars et bringueurs d'El Monte aujourd'hui vieillards. Nous avons travaillé sur l'affaire huit mois durant. Nous avons cultivé des noms, nous avons récolté des noms. Nous n'avons pas créé de cercles concentriques allant s'élargissant, nom après nom. Nous étions confrontés à un vaste espace et à un vaste bloc de temps perdu.

Nous avons poursuivi.

Nous avons trouvé l'ancien adjoint Bill Vickers. Il se souvenait des deux quadrillages. Ils pensaient à l'époque avoir un tueur responsable de deux meurtres. Ils se disaient que le même type avait étranglé l'infirmière et l'habituée des courses. Nous lui avons demandé des noms. Il n'en avait aucun.

Nous avons retrouvé Al Manganiello. Il nous a donné les mêmes noms que nous avaient donnés Roy

Dunn et Jana Outlaw. Il nous a parlé d'une ancienne serveuse de drive-in à Pico Rivera. Nous avons trouvé la femme. Elle était sénile. Elle ne se souvenait pas de la fin des années cinquante.

Nous avons trouvé les fils de Jack Lawton. Ils ont dit qu'ils chercheraient les calepins de Jack. Ils ont cherché. Ils ne les ont pas trouvés. Ils se sont dit que papa avait dû les jeter.

Nous avons trouvé l'ancien capitaine du LASD Vic Cavallero. Il se souvenait de la scène du crime Jean Ellroy. Il ne se souvenait pas de l'enquête ni du meurtre Bobbie Long. Il a dit qu'il avait chopé un mec à la fin des années cinquante. Le mec appartenait au LAPD. Il descendait Garvey à fond. Il y avait une femme avec lui. Elle servait les automobilistes du drive-in de Stan. Elle avait dit que le flic l'avait tabassée. Elle avait refusé de porter plainte. Le flic était gras et blond. Cavallero a dit que c'était un connard de première. Il ne se souvenait pas de son nom.

Nous avons trouvé l'ancien flic d'El Monte Dave Wire. Nous lui avons demandé des noms. Il a dit qu'il avait un suspect. Un dénommé Bert Beria. Il était mort aujourd'hui. C'était un ancien flic réserviste d'El Monte. Bert était un poivrot. Bert était un fêlé. Bert tabassait son épouse et roulait comme un dingue au volant de sa voiture de police sur la voie express de San Berdoo. Bert ressemblait à ces vieux portraits-robots de l'époque. Bert buvait au Desert Inn. Bert était capable de vous violer votre tortue préférée. Wire nous a dit d'aller vérifier côté Bert. Wire a dit que nous devrions questionner l'ex-épouse de Keith Tedrow, Sherry. Sherry connaissait la vie des bars d'El Monte.

Nous avons trouvé Sherry Tedrow. Elle nous a donné trois noms. Nous avons recherché deux barmaids du Desert Inn et un loulou obèse du nom de

Joe Candy. C'est Joe qui avait financé Doug Schoenberger. Joe lui avait prêté de l'argent pour acheter le Desert Inn.

Nous avons fait quelques vérifications à l'ordinateur. Joe Candy et la barmaid numéro un étaient décédés. Nous avons trouvé la barmaid numéro deux. Elle travaillait au The Place, pas au Desert Inn. Elle connaissait que dalle à l'El Monte de la fin des années cinquante.

Nous avons parlé au chef de la police d'El Monte, Wayne Clayton. Il nous a montré un instantané de Bert Beria pris en 1960. Le bonhomme ne ressemblait pas au Basané. Il était trop vieux et trop chauve. Clayton a dit qu'il avait chargé deux inspecteurs d'enquêter sur ce vieux Bert. Il nous a présenté le sergent Tom Armstrong et l'agent John Eckler. Nous leur avons exposé notre affaire et donné une photocopie du Livre bleu. Ils ont vérifié leurs dossiers archivés au poste. Ils ont estimé qu'ils pourraient peut-être trouver un dossier Jean Ellroy séparé qu'auraient constitué les services de police d'El Monte.

Ils ont trouvé un numéro de dossier. Ils ont découvert que le dossier avait été détruit vingt ans auparavant.

Armstrong et Eckler ont interrogé la veuve et le frère de Bert Beria. Lesquels ont catalogué Bert comme misanthrope et tas de merde intégral. Ils ne pensaient pas qu'il ait tué Jean Ellroy.

Nous avons trouvé la fille de Margie Trawick. Elle se souvenait de l'affaire. Elle avait quatorze ans. Nous lui avons demandé des noms. Elle n'en avait pas.

Nous avons trouvé un adjoint qui connaissait les ordinateurs en long, en large et en travers. Il avait sur sa machine personnelle un *reverse book* pour cinquante États. Il y a entré le nom de Ruth Schienle. Il a obtenu une longue sortie sur l'imprimante. Bill et moi avons appelé dix-neuf Ruth Schienle. Aucune n'était notre Ruth Schienle. Aucune ne connaissait notre Ruth Schienle. Les femmes étaient difficiles à retrouver. Elles se mariaient et divorçaient. On les perdait derrière leur changement d'état civil.

Nous sommes revenus au Livre bleu Ellroy. Nous en avons extrait quatre noms. Nous avons noté « Tom Baker », « Tom Downey » et « Salvador Quiroz Serena ». Tous ont été disculpés. Serena travaillait à Airtek. Il avait dit qu'il « aurait pu se faire » ma mère. Nous avons trouvé le nom de « Grant Surface ». Il avait subi des tests au détecteur de mensonges les 25/6 et 1/7/59. Les résultats avaient été « non concluants ». Des « difficultés psychologiques » avaient fait foirer les tests. Nous avons passé Baker, Downey, Serena et Surface au *reverse book* sur cinquante États et sur les ordinateurs des cartes grises et du DOJ. Nous n'avons rien obtenu sur Surface et Serena. Nous avons ramassé une chiée de tuyaux sur Baker et Downey. Nous avons appelé tous les Baker et Downey. Nous n'avons pas trouvé nos Baker et Downey.

Bill a appelé Rick Jackson à la Criminelle du LAPD. Jackson a vérifié tous les meurtres avec viol et strangulation, et coups de matraque et strangulation remontant à la période Ellroy/Long. Il a trouvé deux affaires au LAPD. Elles avaient été résolues et les assassins retrouvés.

La victime numéro un s'appelait Edith Lucille O'Brien. Elle avait été tuée le 18/2/59. Elle avait quarante-trois ans. On l'avait matraquée avant de la larguer sur une colline de Tujunga. Son pantalon était à l'envers. Son soutien-gorge était remonté. Ça ressemblait à un meurtre sexuel frénétique.

Edith O'Brien rôdait dans les bars de Burbank et Glendale. Elle levait des hommes pour le sexe. On l'avait vue pour la dernière fois à la Bamboo Hut sur San Fernando Road. Elle était partie avec un homme. L'homme conduisait une Olds de 53. L'homme était revenu à la Bamboo Hut, seul. L'homme avait bavardé avec un autre homme. Il a dit qu'Edith était dehors, dans sa voiture. Elle avait renversé des spaghettis sur le siège avant. Les deux hommes se sont rapprochés et ils ont commencé à se murmurer à l'oreille. L'homme à la voiture est resté au comptoir. L'autre est sorti.

Le coroner a dit que le tueur avait attaché serrés les poignets de la victime. Il avait probablement frappé celle-ci à coups de clé en croix. Le LAPD a chopé un dénommé Walter Edward Briley. Lequel a été jugé et reconnu coupable. Il avait vingt et un ans. Il était grand, lourdement charpenté. Il a été condamné à une peine d'emprisonnement à perpétuité. Il a obtenu sa mise en liberté conditionnelle en 1978.

Un dénommé Donald Kinman a violé et étranglé deux femmes. Les victimes avaient pour noms Ferne Wessel et Mary Louise Tardy. Elles étaient mortes respectivement le 6/4/58 et le 22/11/59. Kinman a rencontré la victime numéro un dans un bar. Il a loué une chambre d'hôtel dans laquelle il a tué la femme. Il a rencontré la victime numéro deux dans un bar. Il l'a tuée dans une caravane du parc à caravanes de son père. Il a laissé ses empreintes sur les lieux des deux crimes. Il s'est livré à la police et est passé aux aveux. Kinman était trapu, les cheveux bouclés. Kinman a été jugé pour deux accusations de meurtre. Kinman a été envoyé en prison pour vingt et un ans.

Kinman ne collait pas à mon idée. Il faisait tout l'effet d'un mec qui avait tué deux fois, et c'était tout.

Il était plus instable que le Basané. Il était purement auto-destructeur. Je voyais l'alcool comme déclencheur. La dose de gnôle requise et les femmes requises avaient croisé son chemin par deux fois. Il a dit « Je ne sais pas ce qui m'a pris, mais c'était juste comme quelque chose que j'étais obligé de faire ».

Bill et moi avons débattu du Basané tueur en série. Bill était pour. J'étais contre. Nous nous sommes renvoyé la balle cent mille fois. Bill a dit que nous devrions contacter un spécialiste en profils psychologiques.

Carlos Avila travaillait pour le DOJ de l'État. Il enseignait les procédures d'établissement de profils. Il donnait des séminaires. Il avait travaillé à la Criminelle du Shérif pendant neuf ans et connaissait notre environnement géographique. Il fallait lui demander d'établir un profil sur les affaires Ellroy et Long.

Bill a appelé Carlos Avila. Nous lui avons prêté nos dossiers. Il les a étudiés et a rédigé un rapport.

SUJET INCONNU
GENEVA « JEAN » HILLIKER ELLROY : VICTIME (DÉCÉDÉE)
ALIAS JEAN ELLROY
22 JUIN 1958
ELSPETH « BOBBIE » LONG : VICTIME (DÉCÉDÉE)
23 JANVIER 1959
SERVICES DU SHÉRIF, COMTÉ DE LOS ANGELES
LOS ANGELES, CALIFORNIE
HOMICIDE (ANALYSE D'ENQUÊTE CRIMINELLE)

L'analyse d'enquête criminelle qui suit a été préparée par le spécialiste en profils d'enquêtes criminelles Carlos Avila, consultant privé, en collaboration avec l'agent spécial Sharon Pagaling, ministère de la Justice de Californie, Bureau d'Investigation. Cette analyse se fonde sur une étude exhaustive des documents que nous ont soumis William Stoner, retraité, ancien sergent des services du Shérif, comté de Los Angeles, et James Ellroy, fils de la victime

Jean Ellroy. Les conclusions sont le résultat du savoir et des renseignements tirés des expériences personnelles d'enquêteurs, et de la formation universitaire de ces analystes criminels ainsi que des recherches qu'ils ont conduites.
Ceci ne se substitue pas à une enquête approfondie et bien menée, et cette analyse ne saurait être considérée comme exhaustive. Les renseignements fournis se fondent sur l'étude, l'analyse et la recherche d'affaires criminelles similaires aux affaires soumises par le sergent Stoner des services du Shérif, comté de Los Angeles (retraité).
Deux crimes distincts ont été étudiés pour cette analyse. Du fait de l'étude des données fournies et de la discussion des deux affaires signalées, cette analyse s'attachera à décrire un type de personnalité particulier, susceptible d'avoir causé le décès des victimes Ellroy et Long.

VICTIMOLOGIE

L'examen du milieu socio-culturel des victimes est un aspect significatif du processus d'analyse. Leur vulnérabilité à devenir victimes d'un crime violent a été examinée parallèlement à une étude de leurs styles de vie, comportements, histoires personnelles et habitudes sociales/sexuelles. Plus précisément, quel risque encouraient-elles de devenir les victimes d'un crime violent.
La victime Jean Ellroy était une femme de race blanche, âgée de quarante-trois ans, un mètre soixante-trois et demi pour un poids approximatif de cinquante-huit kilos, à la chevelure rousse. Elle était divorcée et avait emménagé avec son fils mineur, dans une maison de location bien tenue d'El Monte, Californie, en 1958. Elle était employée comme infirmière d'entreprise à Los Angeles depuis 1956. La victime Ellroy était physiquement séduisante et aimait fréquenter les boîtes de nuit proches, lors des week-ends, tandis que son fils rendait visite à son père. Ses propriétaires ont décrit Ellroy comme une locataire tranquille qui semblait aimer sa vie solitaire avec son fils. On l'a décrite comme peu loquace quant à sa vie personnelle et ayant

peu d'amis intimes. Après sa mort, ses propriétaires ont signalé la découverte de bouteilles d'alcool vides, dans les buissons près du domicile de la victime et dans le conteneur à ordures.
Les propriétaires d'Ellroy ont déclaré avoir vu cette dernière quitter sa résidence au volant de sa voiture, aux environs de 20 heures, le samedi 21 juin 1958. Des témoins ont déclaré avoir vu Ellroy plus tard pendant cette même soirée, en compagnie d'un adulte non identifié de sexe masculin, dans un restaurant drive-in aux environs de 22 heures ; dans une boîte de nuit-dancing aux environs de 22 h 45 ; et finalement de retour au restaurant drive-in aux environs de 2 h 15 le lendemain matin. Son corps a été découvert devant un lycée tout proche, le 22 juin 1958 aux environs de 10 heures. Le quartier où la victime fut aperçue en dernier lieu a été décrit comme ayant un « faible taux de criminalité » sans antécédents d'enlèvements, agressions sexuelles ni crimes similaires.
La probabilité pour Ellroy de devenir la victime d'un crime violent s'est trouvée accrue par ses habitudes personnelles, à savoir la fréquentation des boîtes de nuit, les rencontres avec des personnes qu'elle ne connaissait pas bien et la consommation de boissons alcoolisées. À la date de sa mort, son niveau de risque s'est accru plus encore, eu égard aux circonstances spécifiques : une femme seule avec un homme dans une voiture.
La victime Bobbie Elspeth Long était une femme de race blanche âgée de cinquante-deux ans, un mètre soixante-deux, pour un poids approximatif de cinquante-huit kilos, dont les cheveux étaient blonds décolorés. Elle était divorcée et vivait seule à Los Angeles, dans un deux pièces bien tenu qu'elle louait depuis quatre ans. Long était employée comme serveuse dans un restaurant proche où elle tenait le poste de nuit. Diverses personnes parmi les familiers de Long ont dit que celle-ci aimait parier sur les hippodromes et qu'elle était en dette auprès d'un bookmaker. Elle a été décrite comme secrète pour ce qui touchait à sa vie personnelle et son histoire familiale. Long mentait habituellement sur son âge et il a été déterminé à sa mort qu'elle était de huit ans plus âgée que ce qu'elle prétendait souvent. Il a été établi que Long aimait se faire escorter en

société par des hommes divers, mais on l'a décrite comme peu susceptible de s'engager sexuellement, sauf si elle était convaincue que le contact s'avérerait lucratif pour elle d'une manière ou d'une autre. Une fouille de l'appartement de Long, après le décès de celle-ci, a révélé des bouteilles d'alcool cachées. Long a été décrite comme ayant une personnalité affirmée et extravertie.

Le corps de Long a été découvert aux environs de 2 h 30 le vendredi 23 janvier 1959, gisant sur le bas-côté d'une route de la ville de La Puente. La veille, Long avait pris un bus pour l'hippodrome de Santa Anita où des témoins ont déclaré l'avoir vue parier lors de diverses courses au fil de la journée. Les familiers de Long croyaient tout à fait possible qu'elle eût accepté d'être raccompagnée chez elle par un inconnu rencontré aux courses à condition qu'elle ait trouvé l'individu acceptable.

Le quartier dans lequel Long fut aperçue pour la dernière fois a été décrit comme ayant un « faible taux de criminalité » sans antécédents d'enlèvements, agressions sexuelles ni crimes similaires.

La probabilité pour Long de devenir la victime d'un crime violent s'est trouvée accrue par la personnalité affirmée de Long, sa fréquentation obligée du monde des paris et l'état d'endettement qui s'ensuivait, ainsi que par son peu de réticence à se faire raccompagner par des inconnus.

Globalement, en nous fondant sur les circonstances des deux affaires détaillées ci-dessus, nous sommes d'avis que le criminel connaissait dans une certaine mesure les deux victimes, socialement parlant, et qu'au départ, pendant une période de temps indéfinie, les victimes ont délibérément accepté sa compagnie.

RAPPORT DU MÉDECIN LÉGISTE

Les rapports du médecin légiste ont établi l'étendue des blessures infligées aux victimes et il n'est nul besoin de réitérer le détail de ces blessures. Cependant, nous nous intéresserons à quelques points précis à prendre en compte dans l'analyse globale de ces crimes.

Le pathologiste a établi la cause de la mort de la victime Ell-

roy comme étant l'asphyxie, due à un étranglement par ligature. La victime présentait également de profondes lacérations du cuir chevelu et une petite écorchure à la paupière supérieure droite ; le frottis vaginal a été positif, révélant la présence de spermatozoïdes. La victime se trouvait en fin de phase menstruelle. Les tests toxicologiques ont révélé qu'elle avait un taux d'alcoolémie de 0.8 g.
La cause de la mort de la victime Long a été également l'asphyxie due à un étranglement par ligature. Cependant, la victime Long présentait une fracture du crâne avec contusions cérébrales, résultat de profondes lacérations causées par un choc violent. Ces lacérations avaient une forme de croissant aux bords nettement tranchés. La victime présentait également une fracture au niveau de l'espace intervertébral de la sixième cervicale.
Les deux victimes ont été étranglées à l'aide de bas nylon. En plus du bas nylon, la victime Ellroy portait un lien de type « corde à linge » noué serré autour du cou. Le vagin de la victime Long contenait également des spermatozoïdes. Son taux d'alcoolémie était de zéro.

ANALYSE DE LA SCÈNE DU CRIME

Même s'il ne sera fait aucune tentative pour reconstruire des scénarios chronologiquement précis de ces deux meurtres, certaines observations relatives aux scènes des crimes et à leur signification seront décrites pour autant qu'elles se relient au criminel. Examinées individuellement, les deux scènes de crimes ne fournissent pas une abondance de pièces à conviction en pathologie criminelle. Néanmoins, à l'analyse, le comportement affiché par le criminel sur les lieux des crimes devient plus significatif.
La victime Ellroy a été aperçue vivante pour la dernière fois vers 2 h 15-2 h 30 le 22 juin 1958, en compagnie d'un sujet de sexe masculin avec lequel elle avait été vue précédemment dans la soirée.
On l'a découverte par la suite à 10 heures le même jour gisant sur le bas-côté couvert de lierre de la voie d'accès à un lycée de la ville d'El Monte. La victime était habillée. Néanmoins son slip avait disparu et son soutien-gorge était

défait et remonté autour du cou. Le bas gauche était tiré jusqu'à la cheville, l'autre étant noué autour de son cou, de même qu'une longueur de corde. Le manteau de la victime avait été placé sur la partie inférieure de son corps.
Il apparaît que la victime avait eu des rapports sexuels librement consentis bien que se trouvant en période de menstruation. Un tampon périodique a été découvert dans le vagin de la victime au moment de l'autopsie.
Peu après la conclusion du rapport sexuel, le criminel a frappé violemment la victime à l'aide d'un objet contondant, facilement accessible, après quoi il a noué le cordon et finalement le bas de la victime. Du fait d'une absence évidente de blessures susceptibles d'être portées lors d'une lutte, il est peu probable qu'il y ait eu au départ défense de la part de la victime. Selon les déclarations des témoins, la victime paraissait à l'aise avec le criminel et il est plus que vraisemblable d'envisager qu'elle n'a jamais perçu le criminel comme présentant pour elle une menace physique.
Après avoir quitté le drive-in, le criminel s'est très probablement dirigé vers l'endroit où la victime a été découverte. Le criminel était un familier des lieux et il les a sélectionnés pour leur situation à l'abri des regards et parce qu'ils servaient d'« allée aux soupirs », environnement dans lequel son véhicule ne détonnerait pas nécessairement.
L'acte sexuel s'est logiquement produit à l'intérieur du véhicule du criminel, avec pour conséquence que le slip de la victime est resté dans le véhicule, parce que la victime n'a jamais eu l'occasion de le remettre. Quelles que puissent être les circonstances ayant déclenché la colère du criminel, celles-ci sont postérieures à la remise en place du tampon vaginal par la victime.
Une fois la victime étranglée, le criminel l'a sortie du véhicule et a abandonné le corps sur le lierre. Au cours de l'opération, le collier de perles de la victime s'est brisé et est tombé sur la chaussée. Le dernier acte du criminel a été de placer le manteau de la victime sur la partie inférieure du corps de celle-ci.
Concernant la mort de la victime Bobbie Long, et en l'absence de toute déclaration de témoins éventuels, la chronologie précise des événements ayant conduit à la

mort ne peut être établie avec le moindre degré de spécificité ni/ou de détail ; en conséquence, il ne sera fait aucune tentative pour reconstituer le crime. Il existe cependant certains facteurs relatifs à la scène du crime qui suggèrent des actions bien précises.
Un ticket-retour d'autobus, trouvé dans le sac à main de la victime, étaye les déclarations des témoins selon lesquelles la victime avait l'intention de se rendre aux courses de chevaux de Santa Anita, le 22 janvier 1959.
En présumant que la victime se soit bien rendue aux courses hippiques, elle peut y avoir rencontré le criminel ce jour-là, et même avoir accepté d'être raccompagnée chez elle en voiture parce qu'elle connaissait le criminel depuis quelque temps. Dans la mesure où la victime acceptait d'être accompagnée par des hommes qu'elle ne connaissait pas particulièrement, il ne semble pas qu'elle ait fait grand cas de sa sécurité personnelle.
La victime était très réservée quant à sa vie personnelle, mais le peu que l'on sait d'elle indique qu'elle était prête à prendre tout ce qu'un homme avait à offrir.
Il apparaît que la victime a consommé un repas mexicain au début de la soirée comme le confirme le rapport d'autopsie. Il apparaît que la victime a eu des rapports sexuels librement consentis avec le criminel. Elle était entièrement vêtue, à l'exception de ses bas, et ses vêtements étaient intacts et non déchirés.
La victime a été découverte gisant sur le bas-côté herbeux d'un chemin de terre, à cent cinquante mètres de l'intersection avec une route importante de la ville de La Puente. Elle gisait sur le dos et la partie inférieure de son corps était couverte de son manteau (point de similitude avec la victime Ellroy). Il apparaît également qu'elle a été abandonnée à même le sol après sa mort.
La mort de la victime Long s'est produite à bien des égards de la même manière que la mort de la victime Ellroy. Après des relations sexuelles librement consenties, qui peuvent s'être déroulées également dans le véhicule du criminel, la victime Long a été violemment frappée à la tête à de nombreuses reprises, par un objet contondant, un objet dont le criminel disposait à portée de main. Une fois les coups assénés, le criminel a pris ce qui était peut-être un des bas

de la victime, l'a placé autour du cou de la victime, et l'a étranglée.
Le criminel a alors sorti la victime de son véhicule et a jeté le corps et le sac à main sur l'accotement herbeux. Une fois encore, le dernier acte du criminel a été de placer le manteau de la victime sur la partie inférieure du corps de celle-ci, point de similitude avec ce qui s'est produit pour la victime Ellroy.
La distance entre l'endroit où a été découvert le corps de la victime Ellroy et celui de la victime Long est approximativement de sept kilomètres. Le corps de la victime Ellroy a été découvert approximativement à deux kilomètres cinq du lieu où on l'avait vue danser et manger avant sa mort. Ce lieu était à moins d'un kilomètre cinq de l'endroit où le corps de la victime Long a été découvert.
Dans les deux cas qui nous occupent, le vol ne semble pas avoir été le mobile du meurtre. Nous croyons que dans le cas de la victime Ellroy, le criminel a simplement oublié de se débarrasser du sac à main de la victime avant de s'en aller. Les rapports sexuels, les traumatismes violents causés par objet contondant suivis de strangulation à l'aide des bas nylon des victimes, ainsi que le bas du corps recouvert, semblent être la signature du criminel ou sa carte de visite.

CARACTÉRISTIQUES ET TRAITS DISTINCTIFS DU CRIMINEL

Statistiquement, les crimes violents sont de nature uniraciale, Blanc sur Blanc, Noir sur Noir. En conséquence, sans preuve physique nous permettant d'établir le contraire, nous considérerons le criminel comme un sujet blanc de sexe masculin.
En référence à l'âge du criminel, un certain nombre de faits se rapportant au crime sont pris en compte. Les âges des victimes, la maîtrise ou l'absence de maîtrise dont le criminel a fait montre, le degré de traumatismes infligé, les pièces à conviction emportées ou laissées derrière lui, autant que l'interaction sexuelle avec la victime, si tant est qu'il y en ait eu une, sont autant de facteurs importants. Nous fondant sur ces facteurs, nous estimons que le crimi-

nel doit être proche de la quarantaine. L'âge, cependant, est l'une des catégories les plus difficiles à évaluer, dans la mesure où âge chronologique et âge émotionnel sont deux critères tout à fait différents. Dans la mesure où nous évaluons l'âge en nous fondant sur le comportement, lequel est directement le résultat d'une maturité émotionnelle et mentale, aucun suspect ne devrait se voir éliminé sur l'unique critère de l'âge.

Le criminel est, selon toute vraisemblance, capable d'avoir des relations avec les femmes. Nous estimons cependant qu'il est célibataire, et même marié, il est à supposer que son mariage a été difficile et vraisemblablement perturbé par des crises diverses au nombre desquelles la violence domestique pourrait être comptée. Le criminel peut avoir vécu avec une femme dans une relation de concubinage, il aurait toutefois poursuivi ses rencontres sexuelles avec d'autres femmes.

Nous estimons l'intelligence du criminel à un niveau moyen ou supérieur à la moyenne ; il est allé au bout de ses études secondaires et a été capable d'études universitaires. Il est plus que probable qu'il occupe un emploi et sa carrière professionnelle sera en accord avec son cursus scolaire.

En toute vraisemblance, le criminel est suffisamment familier du territoire où ont été découverts les corps des victimes pour savoir que les lieux où il a disposé les cadavres étaient « raisonnablement sûrs ». Notre expérience dans l'analyse de cas similaires nous incite à penser que des criminels de ce type disposent les cadavres de leurs victimes en des lieux auxquels ils sont, jusqu'à un certain degré, associés et/ou qu'ils connaissent plus ou moins. En conséquence, le criminel vivait, travaillait ou passait fréquemment sur les lieux où les victimes ont été trouvées. S'il avait été vu, il aurait été à même de fournir une explication logique de sa présence sur les lieux.

Le criminel portera attention à son apparence et à sa tenue vestimentaire, et il sera en bonne condition physique. Dans la mesure où les scènes de crimes reflètent la personnalité et le style de vie du criminel, nous estimons que le criminel est un être méthodique et proprement mis. Il a peu d'amis proches, mais de nombreuses connaissances.

Il est fréquemment impulsif et cherche l'auto-satisfaction immédiate. C'est un « loup solitaire » plutôt qu'un solitaire. Le criminel apparaîtra confiant sans être ouvertement macho aux yeux de ses pairs. Dans ses rapports avec les femmes, il cherchera le rôle dominant et s'avérera un individu très maître de lui. Le criminel pourrait éventuellement essayer de donner de lui l'image de quelqu'un de passif. Il éviterait de se présenter aux yeux d'autrui comme ayant un tempérament explosif ou un comportement agressif par nature. Des épisodes d'explosions comportementales s'entremêlent à une indifférence aux autres. Il aura montré de l'agressivité dans ses rapports à autrui.
Le criminel consommera des boissons alcoolisées et pourra faire éventuellement usage de drogues, sans jamais aller jusqu'au point d'une incapacité totale. Il n'y a aucune indication d'un usage excessif d'alcool ou de drogue à la période des crimes, bien qu'il ait pu user de l'une ou de l'autre de ces substances pour atténuer ses inhibitions.
Le criminel possède probablement un véhicule en bon état, correspondant au niveau économique des personnes que les victimes avaient fréquentées par le passé. Le criminel aime conduire et serait à même de voyager hors de ses lieux immédiats de résidence pour chercher quelque distraction.
Nous ne pensons pas que le criminel ait un passé criminel étendu. Cependant, il peut avoir été arrêté pour désordres ou agressions domestiques.
Les armes de choix du criminel sont censément des objets déjà à portée de main ; un outil en forme de croissant vraisemblablement rangé dans sa voiture ; un morceau de ficelle ; et les bas nylon des victimes. Tout ceci, juxtaposé au fait que le criminel a frappé chaque victime de manière répétée à la tête afin de s'en rendre maître, montre que les meurtres n'ont probablement pas été prémédités pendant un laps de temps significatif avant d'être finalement perpétrés.

COMPORTEMENT APRÈS LE CRIME

Au vu du laps de temps écoulé depuis que ces crimes ont été commis, le comportement après l'acte, qui est souvent l'élément le plus enrichissant de l'analyse, prendra dans le cas présent une signification moindre. Nous analyserons plus précisément dans cette partie le comportement qui se serait produit une fois les crimes perpétrés.
Le criminel, à l'issue de ses crimes, est logiquement rentré chez lui ou il s'est dirigé vers quelque lieu sûr. Il a très vraisemblablement sali ses vêtements et son véhicule du fait des coups violents assénés aux victimes et du sang menstruel de la victime Ellroy.
Ayant commis chaque fois ce qu'il considérait comme un meurtre sans témoins, le criminel ne s'est guère soucié de ses actes, pas plus qu'il n'a dû vivre en état de tension pendant un temps donné. Il a pu feindre la maladie afin d'essayer de s'isoler du monde, et il se peut qu'il se soit fait porter malade au cours des jours qui ont suivi, s'il était prévu qu'il se rende au travail. Hormis cette mise en retrait volontaire au départ, la routine quotidienne de votre criminel a dû se modifier de manière significative.
Il a dû éviter les endroits où il avait été aperçu avec chacune des victimes dans les heures qui ont précédé la mort de celles-ci. Parmi ces endroits se trouve le Desert Inn, le drive-in et le restaurant mexicain où lui et la victime Long se sont rendus le soir de la mort de cette dernière.
Il peut avoir manifesté un intérêt pour les bulletins d'informations télévisées relatives aux meurtres, mais logiquement, il ne s'est pas engagé personnellement dans les investigations policières. Il est peu probable qu'il ait avancé volontairement des théories sur ce qui s'était passé. Il aurait prétendu n'avoir desdits crimes qu'une connaissance de seconde main, obtenue grâce à des amis dans les médias.
Une fois que les enquêtes ont commencé à se tasser, le criminel aura été rassuré de n'avoir pas été aperçu en compagnie des victimes et de n'être pas soupçonné. Il ne devait ressentir aucune culpabilité ni remords pour ce qu'il avait fait. Ces femmes étaient considérées comme « bonnes à jeter » et il avait justifié en esprit le fait qu'elles

étaient, en quelque sorte, coupables de l'avoir conduit à commettre cet acte. Son seul souci concernait sa personne et l'effet que ces crimes pourraient avoir sur sa vie. À ce stade, il avait probablement oublié la plupart des détails de ces incidents.

À moins que le criminel n'ait été arrêté et incarcéré pour une période de temps prolongée, nous sommes d'avis qu'il a dû continuer à tuer, dans cet État, ou sinon dans d'autres.

Carlos Avila, consultant
Spécialiste en profils d'enquêtes criminelles

Avila pensait que nous avions un tueur en série. Il pensait que ma mère avait baisé le Basané de son plein gré. Dans une certaine mesure, il ne s'engageait guère :

« *Il apparaît* que la victime avait eu des rapports sexuels librement consentis. »

« Quelles que puissent être les circonstances ayant déclenché la colère du criminel, celles-ci sont postérieures à la remise en place du tampon vaginal par la victime. »

Bill et moi avons discuté du profil sur le plan général, et plus particulièrement de la théorie d'un acte sexuel librement consenti opposée à celle du viol. Nous étions d'accord sur l'évaluation par Avila de la psychologie du tueur. Bill acceptait sa conclusion selon laquelle il s'agissait d'un tueur en série. Je la contestais. Je n'en concédais qu'un seul point. Il était possible que ma mère eût été la première victime d'une chaîne de crimes commis par un tueur en série. Carlos Avila était un expert reconnu en criminologie. Pas moi. Je me méfiais de sa conclusion car celle-ci se fondait sur la connaissance cumulée d'affaires criminelles similaires et de leurs arrière-plans pathologiques communs. Je me méfiais de ses restrictions logiques et du savoir condensé qui l'incitaient à en arriver à cette conclusion. Ladite conclusion sapait ma loi fondamentale du meurtre. Une passion criminelle qui tirait sa source de frayeurs longtemps contenues, remontées momentanément à la conscience par cette alchimie unique qu'établissaient tueur et victime. Deux états inconscients qui s'imbriquent au plus serré et créent un point de fusion révélateur. Le tueur sait. Le tueur va de l'avant. « C'était juste comme quelque chose que j'étais obligé de faire. » La victime nourrit le tueur de ce savoir. Les victimes femmes envoient des signaux avec des sémaphores sexuels. Regardez ce vernis à ongles écaillé. Regardez combien l'acte d'amour paraît sordide deux secondes après avoir joui. Le sémaphore sexuel n'est qu'un infratexte misogyne. Tous les hommes haïssent les femmes pour des raisons vraies et avérées qu'ils partagent au quotidien sous forme de blagues et de traits d'esprit. Maintenant tu sais. Tu sais que la moitié du monde fermera les yeux et pardonnera ce que tu es sur le point de faire. Regarde les poches sous les yeux de la rouquine. Regarde ses vergetures. Regarde-la qui remet en place son bouchon à connasse. Elle est en train de te coller du sang sur toutes tes housses de sièges.

Il l'a tuée, cette nuit-là. Il n'aurait pas pu tuer n'importe quelle autre femme. Il ne cherchait pas une femme à tuer ce soir-là. Elle, de son côté, n'aurait pas pu inciter n'importe quel autre homme à monter jusqu'à ce point de fusion révélateur. Leur alchimie les liait et les excluait mutuellement.

Bill pensait qu'il s'agissait d'un viol. Je pensais qu'il s'agissait d'un viol. Bill a dit que nous devions garder l'esprit ouvert. J'ai embrassé momentanément la théorie du tueur en série. J'ai demandé à Bill si nous pouvions consulter les archives, à échelle de l'État voire du pays, et répertorier les meurtres par strangulation pendant la période qui nous intéressait. Il a dit que la plupart des archives n'étaient pas informatisées. Des tas de dossiers classés manuellement avaient déjà été détruits. Il n'existait pas de moyen systématique d'accéder à ces renseignements. Le grand ordinateur du FBI ne stockait pas de données aussi vieilles. La publicité restait encore notre meilleure arme. L'article du *L.A. Weekly* sortait à la mi-février. Il était prévu que *Day One* soit diffusé en avril. Quelques vieux flics liraient peut-être l'article ou verraient l'émission. Ils pourraient nous appeler et dire « J'ai eu une affaire comme celle-là... »

Nous avons mis le profil de côté. Nous sommes partis en chasse d'autres noms.

Nous avons trouvé un vieux médecin. Son cabinet se trouvait près du Desert Inn. Il nous a donné le nom de Harry Bullard. Harry était propriétaire du Coconino. Il a parlé des frères Pitkin. Ils étaient propriétaires de quelques stations-service près de Five Points.

Nous avons trouvé les frères Pitkin. Ils ne nous ont offert aucun nom. Ils nous ont dit que Harry Bullard était décédé.

Nous voulions déclencher un raz-de-marée de noms. Nous étions en manque de noms et déterminés de façon opiniâtre à en trouver. L'enquête était maintenant vieille de trois mois et demi.

***

Helen est venue pour Noël. Nous avons passé le réveillon en compagnie de Bill et d'Ann Stoner. Bill et moi avons discuté de l'affaire près du sapin. J'ai ignoré tous les petits bavardages faciles sur les vacances. Helen connaissait l'affaire jusqu'au plus petit détail. Nous en avions parlé tous les soirs pendant plus de trois mois. Elle m'avait envoyé poursuivre un fantôme aux cheveux roux. Elle ne traitait pas le fantôme en rivale ou en menace. Elle suivait son évolution à travers mes réflexions et parlait de théorie de meurtre et de reconstitution avec la même précision que Bill et moi. Helen déconstruisait Geneva. Elle m'avait mis en garde de ne pas la juger ni de l'idéaliser. Helen tournait en dérision les appétits de Geneva. Helen arrangeait le coup à Geneva auprès de politiciens douteux et récoltait quelques rires faussement indignés. Bill Clinton quittait Hillary pour Geneva et se rétamait à l'élection de 96. Hillary s'installait à El Monte et se mettait à baiser Jim Boss Bennett. Le Basané était une huile du Mouvement pour le Droit à la Vie. La Blonde avait un enfant de l'amour, né de Newt Gingrich [1].

Bill a passé une semaine avec sa famille. J'ai passé une semaine avec Helen. Nous avons mis temporairement l'affaire entre parenthèses. J'ai commencé à ressentir les effets du manque. J'ai parlé au patron de la Criminelle du Shérif et suis parti en visites actives.

Je portais un biper. Il a sonné et on m'a dirigé sur les lieux de deux crimes. Je suis tombé sur deux meurtres entre gangs. J'ai vu des taches de sang, des orifices de balles, des familles éplorées. Je voulais écrire un essai pour une revue. Je voulais plaquer avec violence cette nouvelle horreur mécaniste sur ma vieille horreur sexualisée. Mes pensées ne voulaient pas prendre. J'ai eu droit à deux victimes de sexe masculin. J'ai regardé les giclées de liquide céphalo-rachidien et j'ai vu ma mère sur King's Row. J'ai regardé le cadavre d'un mec, membre d'un groupe de violeurs à la chaîne, et j'ai vu mon père

1. Membre de la chambre des Représentants qui professe des opinions d'extrême droite. *(N.d.T.)*

immobile et content de lui au poste d'El Monte. La vieille brigade criminelle du Shérif comptait quatorze hommes. Aujourd'hui la brigade était l'équivalent d'une division entière. Le comté de L.A. avait enregistré quarante-trois homicides en 1958. Le comté de L.A. en avait eu cinq cents cette année. La Criminelle du Shérif était une unité de toute première catégorie. Ses membres s'étaient donné pour nom les « Bulldogs ». La salle de brigade de la Criminelle du Shérif était un putain d'enclos à Bulldogs. Y régnait tout un bazar Bulldog. L'endroit était submergé de paperasses encombrant les bureaux et marquées d'emblèmes Bulldogs. Une plaque couvrait le mur de façade. Y étaient inscrits les noms de tous les inspecteurs ayant travaillé dans cette unité.

Les nouveaux Bulldogs pratiquaient le mélange des races et des sexes. Ils étaient confrontés à du meurtre high-tech, à la responsabilité devant le public, la polarisation raciale, la surpopulation et un domaine d'attributions de plus en plus restreint. Les anciens Bulldogs étaient des Blancs, la bouteille dans le tiroir du bureau. La cote était toujours en leur faveur. Ils étaient confrontés à du meurtre à faible technicité dans une société aux strates définies, où la ségrégation était de rigueur. Tout le monde les respectait ou les craignait. Ils pouvaient user de méthodes de coercition en toute impunité. Ils pouvaient monter leurs combines, à cheval sur deux mondes, sans craindre que les deux mondes ne se chevauchent. Ils pouvaient travailler sur des meurtres à Négroville ou chez les dos mouillés d'El Monte et rentrer à la maison vers le monde sûr dans lequel ils planquaient leurs familles. C'était des hommes intelligents, des hommes de mission et de passion, des hommes sensibles aux tentations des lieux de luxe et de luxure que leur offrait leur monde de policiers en service. C'était des hommes intelligents. Ce n'était pas des penseurs qui avaient le don de prescience ni les futuristes d'une contre-utopie. Ils ne pouvaient pas prévoir que leur monde de policiers en service allait un jour engloutir leur monde sûr. Il y avait quatorze Bulldogs en 1958. Il y en avait cent quarante aujourd'hui. Ce nombre accru disait bien qu'il n'existait pas de lieu où se cacher. Ce nombre accru resituait ma vieille horreur dans son contexte. Il impliquait que ma vieille horreur avait encore un peu de poids. Ma vieille horreur vivait dans des mémoires pré-tech. La Blonde avait parlé à des gens. Les bavardages entre deux clients de bar sur leur tabouret se pratiquaient encore. Des souvenirs signifiaient des noms.

***

Les vacances se sont terminées. Helen est rentrée. Bill et moi nous sommes remis au travail.

Le chef Clayton nous a donné quelques noms. Le directeur du musée d'El Monte nous a donné quelques noms. Des noms que nous avons vérifiés. Ils ne nous ont menés nulle part. Nous sommes allés dans les deux bars d'El Monte toujours en activité depuis 1958. C'était à l'époque des rades de péquenots de la cambrousse. C'était aujourd'hui des rades à Latinos. Ils avaient changé de mains une douzaine de fois. Nous avons essayé de remonter jusqu'aux propriétaires de 1958. Nous sommes tombés sur des dossiers manquants. Nous sommes tombés sur des noms manquants.

Nous sommes partis à la chasse aux noms sur toute la vallée de San Gabriel. Les gens venaient s'installer dans la vallée et il était rare qu'ils en repartent. Parfois ils déménageaient jusqu'à des villes infectes comme Colton et Fontana. Bill m'obligeait à conduire tous les jours. C'était les trajets sur autoroute qui l'avaient mis en retraite. Je l'avais démis de sa retraite. Ce qui signifiait qu'il fallait que je joue les chauffeurs. Ce qui signifiait qu'il fallait que j'encaisse des insultes, vu mes piètres talents de conducteur.

Nous avons roulé. Nous avons parlé. Nous avons dérivé de notre affaire pour finir par englober tout l'univers criminel. Nous avons roulé sur les voies express et dans les rues. Bill indiquait les sites de largage des cadavres et partait en longues tirades sur d'anciennes affaires. J'ai décrit mes pathétiques exploits criminels. Bill a décrit ses années de patrouille avec un zèle picaresque. Nous adorions l'un et l'autre les surcharges en testostérone. Nous nous délections l'un et l'autre de récits sur l'énergie mâle détournée. Nous voyions l'un et l'autre ce qu'elle cachait. Nous savions l'un et l'autre qu'elle avait tué ma mère. Bill voyait la mort de ma mère dans son contexte le plus large. Je l'en aimais d'autant plus.

Il a plu comme vache qui pisse tout janvier. Nous avons attendu que passent les embouteillages des heures de pointe et les inondations d'autoroutes. Nous avons fréquenté le Pacific Dining Car et dîné de steaks énormes. Nous avons discuté. J'ai commencé à m'apercevoir à quel point nous détestions l'un et l'autre désordre et laisser-aller. C'était ce que j'avais vécu, vingt bonnes années durant. Bill l'avait vécu, une fois sa vie de flic arrivée à son terme. Laisser-aller et désordre pouvaient offrir sensualité et séduction. Nous le savions l'un et l'autre. Nous comprenions l'un et l'autre cet élan. Qui nous ramenait à la testostérone. Il fallait maîtriser. Il fallait affirmer. Tout devenait dingue et vous forçait à capituler et à baisser les bras. Le plaisir bon marché était une tentation détestable. Gnôle, came, sexe de hasard vous renvoyaient une version bon marché du pouvoir que vous étiez déterminé à abandonner. Ils détruisaient votre volonté de vivre une vie honnête. Ils étaient l'étincelle du crime. Ils détruisaient toute relation sociale. La dynamique entre temps perdu et temps regagné m'avait enseigné cela. Les grands pontes rendaient pauvreté et racisme responsables du crime. Ils avaient raison. Je voyais pour ma part le crime comme un fléau moral aux origines totalement empathiques. Le crime, c'était l'énergie mâle détournée. Le crime était une aspiration de masse à l'abdication béate. Le crime était une aspiration romantique ayant mal tourné. Le crime était le laisser-aller et le désordre du manque individuel à l'échelle épidémique. Le libre arbitre existait. Les êtres humains étaient meilleurs que les rats de labo réagissant à des stimuli. Le monde était un lieu complètement foutu. Nous étions néanmoins tous responsables.

Je le savais. Bill le savait. Il tempérait ce savoir par un sens de la charité plus grand que le mien. Je me jugeais sans concessions et transférais sur autrui les critères de mon jugement sur moi-même. Bill croyait plus que moi aux circonstances atténuantes. Il voulait que je me force à une plus grande compassion vis-à-vis de ma mère.

Il me trouvait trop dur à son égard. Il aimait la franchise dont je faisais montre dans mes rapports de partenaire à partenaire et détestait mon manque de sentimentalisme dans mes liens de fils à mère. J'ai dit que j'essayais d'endiguer sa présence. Je dialoguais avec elle. Un dialogue essentiellement intérieur. Mon mode extérieur n'était que critique et évaluation pseudo-objective. En mon for intérieur, elle m'occupait tout entière. Elle me contrariait et me vampait. J'enfilais une blouse blanche et traitais d'elle publiquement en termes cliniques. J'émettais des commentaires à l'emporte-pièce pour provoquer des réactions à l'emporte-pièce. Nous avions établi une relation à deux visages. Nous étions comme deux amants contrariés vivant dans deux mondes différents.

Je savais que Bill avait un faible pour elle. Il n'avait pas succombé avec la même violence que pour Phyllis « Bunny » Krauch. Ce n'était pas un fantasme de résurrection. On ne pouvait pas le comparer à son désir intense de voir Tracy Stewart et Karen Reilly exhumées par-delà leur statut de victimes. Il tombait au cœur des vides laissés par la rouquine. Il voulait résoudre l'énigme que représentait sa personnalité autant qu'il voulait retrouver son assassin.

Nous avons roulé. Nous avons parlé. Nous sommes partis à la chasse aux noms. Nous sommes partis sur des chemins de traverse anthropologiques. Nous sommes allés chez le vendeur de voitures qui faisait face à l'emplacement du Desert Inn. Nous avons relevé quelques noms et avons pu remonter jusqu'aux propriétaires de 58. Le fils de l'ancien propriétaire possédait une franchise Toyota. Il nous a donné quatre noms. Deux avaient fini à la morgue, les deux autres vendaient des voitures à Azusa et Covina. Bill avait l'intuition que le Basané était vendeur de voitures. Nous avons travaillé sur cette intuition pendant dix jours d'affilée. Nous avons discuté avec une chiée d'anciens vendeurs de voitures. C'était tous de vieux fossiles du cru.

Aucun d'eux ne s'est souvenu de notre affaire. Aucun ne s'est souvenu du Desert Inn, de ses guinches et de ses plaisirs. Aucun n'avait même jamais bouffé chez Stan. Ils ne donnaient pas l'impression d'avoir des existences bien nettes. La plupart étaient même complètement abrutis. Tous ont nié savoir quoi que ce soit des bars d'El Monte et de la bringue qui s'y déroulait.

Nous avons roulé. Nous avons parlé. Nous avons fait la chasse aux noms. Nous sommes rarement sortis de la vallée de San Gabriel. Chaque nouvelle piste comme chaque tangente nous y ramenaient tout droit. J'ai appris tous les itinéraires autoroutiers depuis Duarte jusqu'à Rosemead ou Covina et même jusqu'à Glendora. J'ai appris en détail tous les itinéraires routiers qui menaient à El Monte ou qui en partaient. Nous passions toujours par El Monte. C'était le chemin le plus court conduisant à la voie express 10, direction est, et la voie express 605, direction sud. El Monte est devenu un lieu d'une familiarité totale. Le Desert Inn était devenu Valenzuela. La nourriture n'était pas bonne. Le service, indifférent. C'était un vide-ordures graillonneux avec orchestre mariachi. Les visites répétées ont tué ce rade dans mon esprit. Il a perdu de son impact et de son charme. Il n'existait plus comme chaperon veillant sur mes rencarts mentaux avec ma mère. Il ne restait plus qu'un seul champ de force magnétique à El Monte. C'était King's Row la nuit.

Je me retrouvais parfois dans l'impossibilité d'y pénétrer. Je m'y rendais en voiture vers minuit et trouvais la grille verrouillée. King's Row était une voie d'accès au lycée. Elle n'existait pas pour m'injecter une nouvelle dose d'horreur.

Parfois je trouvais la grille ouverte. J'y pénétrais en voiture et me garais, tous phares éteints. Je restais là, assis. Je me prenais des frayeurs. J'imaginais toutes sortes d'horreurs de 1995 et restais là à attendre qu'elles se produisent. Je voulais me mettre en danger physique au nom de ma mère. Je voulais sentir la peur qui avait été la sienne en ce lieu. Je voulais que sa peur se fonde avec la mienne et se métamorphose. Je voulais pousser mes frayeurs jusqu'à atteindre un état avancé de conscience et y trouver de nouvelles perceptions lucides.

Ma peur atteignait toujours son apogée puis diminuait. Jamais je ne suis parvenu à un état d'effroi suffisamment intense pour remonter jusqu'à cette nuit-là.

***

Le *L.A. Weekly* est sorti. L'article Ellroy-Stoner était superbement fait. Il présentait les affaires Ellroy et Long jusqu'au plus petit détail significatif. Il mettait l'accent sur la Blonde. Il omettait le fait que ma mère avait été étranglée par deux ligatures distinctes. Il déclarait que ma mère n'avait été étranglée qu'à l'aide d'un bas de soie. L'omission était essentielle. Elle devait nous aider à éliminer les fausses confessions et confirmer les aveux légitimes. Les faits véritables avaient déjà été publiés dans *G.Q.* et d'anciens articles de journaux. L'omission du *L.A. Weekly* était une mesure transitoire, un expédient commode.

Ils ont publié notre numéro de ligne-tuyaux en gros caractères gras.

Les coups de fil ont commencé à arriver. Je gardais mon répondeur branché vingt-quatre heures sur vingt-quatre. J'écoutais mes messages régulièrement et notais l'heure exacte à laquelle chaque appel était arrivé. Bill a dit que les factures téléphoniques des numéros verts identifiaient tous les numéros des correspondants qui appelaient. Nous pouvions repérer l'heure précise des appels suspects et retrouver les numéros grâce à nos factures mensuelles.

Quarante-deux personnes ont appelé et raccroché

le premier jour. Deux voyants ont appelé en offrant leurs services. Un homme a appelé en disant qu'il pouvait organiser une séance de spiritisme et faire apparaître l'esprit de ma mère pour une somme insignifiante. Un connard du ciné-biz a appelé pour dire qu'il verrait bien ma vie en film à gros budget. Une femme a appelé pour dire que son père avait tué ma mère. Quatre personnes ont appelé pour dire que c'était O.J. Simpson le coupable. Un vieux pote m'a appelé pour me demander de lui prêter du fric.

Vingt-neuf personnes ont appelé et raccroché le lendemain. Quatre voyants ont appelé. Deux personnes ont appelé et dénoncé O.J. Neuf personnes ont appelé pour me souhaiter bonne chance. Une femme a appelé pour me dire que mes livres étaient sexy et-si-on-se-voyait-tous-les-deux ? Un homme a appelé pour me dire que mes livres étaient racistes et homophobes. Trois femmes ont appelé pour me dire que leur père avait peut-être pu tuer ma mère. Deux d'entre elles ont dit que leur père les avait agressées sexuellement.

Les coups de fil se sont poursuivis.

De nouveaux correspondants ont raccroché avant de parler. Nous avons reçu de nouveaux appels O.J. Nous avons reçu de nouveaux appels de voyants et de nouveaux vœux de bonne chance. Nous avons reçu deux appels de femmes souffrant du syndrome de refoulement du souvenir. Elles ont dit que leur père avait abusé d'elles. Elles ont dit que leur père avait tué ma mère. Nous avons reçu trois coups de fil de la même femme. Elle a dit que son père avait tué ma mère et le Dahlia noir.

Personne n'a appelé pour dire qu'il connaissait la Blonde. Personne n'a appelé pour dire qu'il connaissait ma mère. Aucun ancien flic n'a appelé pour dire je l'ai chopé, cet enfoiré de Basané.

Le nombre de coups de fil a diminué de jour en jour. J'ai réduit ma liste de numéros à rappeler. J'ai éliminé les cinglés, les médiums, la dame au Dahlia noir. Bill a rappelé les femmes qui avaient cafté leur père et leur a posé quelques questions genre passe-ou-casse.

Leurs réponses ont innocenté les pères. Les pères étaient trop jeunes. Les pères se trouvaient en prison en 1958. Les pères ne ressemblaient pas au Basané.

Les femmes voulaient parler. Bill a dit qu'il les écouterait. Six femmes ont raconté la même histoire. Leur père battait leur mère. Leur père les avait agressées sexuellement. Leur père claquait l'argent du loyer. Leur père triquait pour les filles mineures. Leur père était mort ou réduit à l'état de loque abominable par l'alcool.

Les pères correspondaient à un modèle. Les femmes correspondaient à un modèle. Elles étaient entre deux âges et suivaient une thérapie. Elles se définissaient en termes thérapeutiques. Elles vivaient thérapie, parlaient thérapie et usaient d'un jargon thérapeutique pour exprimer leur sincère conviction que leur père avait vraiment pu tuer ma mère. Bill a enregistré trois entretiens. Je les ai écoutés. J'ai été convaincu par tous les reproches spécifiques d'abus sexuel. Les femmes avaient été trahies, on avait abusé d'elles. Elles savaient que leur père était fondamentalement un violeur et un tueur. Elles croyaient que la thérapie leur offrait des dons de prescience surnaturelle. C'était des victimes. Elles voyaient le monde en termes de prédateur-victime. Elles me voyaient en victime. Elles voulaient créer des familles prédateur-victime. Elles voulaient me revendiquer comme frère et consacrer ma mère et leur père comme nos parents dysfonctionnels. Elles croyaient que la force traumatique qui donnait forme à leur prescience dépassait la logique pure et simple. Peu importait que leur père ne ressemblât pas au Basané. Le Basané avait pu déposer ma mère au Desert Inn. Leur père avait pu s'emparer d'elle et l'enlever dans le parking. Leur chagrin incluait tout, tout ensemble. Elles voulaient qu'il fût rendu public. Elles rédigeaient l'histoire orale des mômes ravagés de notre époque. Ellcs voulaient y inclure mon histoire. Elles recrutaient pour leur chapelle.

Elles m'émouvaient et me collaient la trouille. J'ai repassé les bandes et j'ai mis le doigt sur la source de ma frayeur. Les femmes parlaient avec une satisfaction béate. Elles étaient prisonnières et satisfaites de leur statut de victimes.

Les appels sur la ligne-tuyaux sont morts de leur belle mort. Le producteur de *Day One* m'a appelé. Il a dit qu'il ne pouvait pas diffuser mon numéro vert. Cela violait leur cahier des charges. L'invité sur le plateau dirait quelques mots à cet effet à la fin de notre reportage. Il dirait aux tuyauteurs potentiels d'appeler la Criminelle du Shérif. Il ne donnerait pas le numéro de téléphone de la Criminelle du Shérif.

J'ai fait la gueule. Bill a fait la gueule. Les exigences de leur cahier des charges foutaient en l'air tout accès à une information à l'échelle nationale. La Criminelle du Shérif n'était pas un numéro à appel gratuit. Des personnes douteuses appelleraient un numéro gratuit. Des personnes douteuses n'appelleraient pas les poulets. Pauvres et personnes démunies appelleraient un numéro gratuit. Pauvres et personnes démunies n'iraient pas appeler l'interurbain.

Bill avait prévu cinq cents appels sur la ligne-tuyaux. Il a prédit dix coups de fil à la Criminelle du Shérif.

J'ai passé une semaine seul avec le dossier Jean

Ellroy. J'ai lu tous les rapports et les notes en vrac des dizaines et des centaines de fois. Je me suis rabattu sur un unique petit détail.

Airtek Dynamics appartenait au Pachmyer Group. Pachmyer et Packard-Bell étaient phonétiquement similaires. J'avais toujours pensé que ma mère avait travaillé chez Packard-Bell jusqu'en juin 58. Le Livre bleu disait que non. J'avais pu imaginer Packard-Bell quarante ans auparavant. C'était peut-être un virus de mémoire dyslexique.

Bill et moi avons discuté de ce point. Il a dit que nous devrions contacter ma famille du Wisconsin. Oncle Ed et Tante Leoda étaient peut-être toujours en vie. Ils éclairciraient le détail Packard-Bell. Ils auraient peut-être d'autres noms. Ils avaient peut-être le livret de condoléances de ma mère. Pouvaient s'y trouver quelques noms. J'ai dit que j'avais parlé aux Wagner pour la dernière fois en 78. J'avais appelé Leoda et je m'étais excusé pour toutes les fois où je l'avais arnaquée. Nous nous étions disputés. Elle avait dit que mes cousines Jeannie et Janet étaient mariées et pourquoi je ne l'étais pas, moi ? Elle m'avait traité avec condescendance. Elle avait dit que le travail de caddy n'avait pas l'air bien excitant.

J'avais viré les Wagner de ma vie à l'époque. Je les avais virés de manière définitive. J'ai dit à Bill que je ne voulais pas les contacter maintenant. Il a dit tu as la trouille. Tu ne veux pas revivre en Leroy Ellroy ne serait-ce que deux secondes. J'ai dit tu as raison.

Nous sommes partis à la chasse aux noms. Nous avons trouvé une femme âgée de quatre-vingt-dix ans. Elle était pleine d'allant et lucide. Elle connaissait El Monte. Elle nous a donné quelques noms. Nous avons remonté leur piste jusqu'à la morgue.

J'ai passé deux semaines seul avec les dossiers Ellroy et Long. J'ai inventorié jusqu'au plus petit mot sur le plus petit bout de papier. Mon inventaire couvrait soixante et une pages. J'en ai fait une photocopie que j'ai donnée à Bill. J'avais trouvé une petite note chiffonnée qui nous avait échappé à tous les deux.

C'était une note de quadrillage de terrain. J'ai reconnu l'écriture de Bill Vickers. Vickers a parlé à une serveuse du Mama Mia Restaurant. Elle a vu ma mère au restaurant « aux environs de 20 heures » le samedi soir. Elle était seule. Elle s'est postée dans l'entrée et a regardé autour d'elle « comme si elle cherchait quelqu'un ».

J'ai repris mon inventaire. J'ai trouvé une note d'accompagnement. Elle disait que Vickers avait appelé la serveuse du Mama Mia. Elle avait parlé d'une femme rousse. Vickers avait dit qu'il apporterait une photo de la victime. La note que je venais de trouver était la note de complément. La serveuse avait regardé la photo. Elle avait dit que la femme rousse était ma mère.

C'était une piste essentielle dans la reconstitution de ses faits et gestes.

Ma mère « cherchait quelqu'un ». Bill et moi avons extrapolé sur ce « quelqu'un ». Elle cherchait la Blonde et/ou le Basané. Au moins l'une de ces relations existait avant ce soir-là.

L'émission *Day One* est passée à la télévision. Le reportage Ellroy-Stoner avait de l'impact et allait droit au but. Le metteur en scène avait resserré l'histoire en dix minutes de temps d'antenne. Il y avait placé la Blonde. Il y a montré les portraits-robots du Basané. Diane Sawyer a dit aux tuyauteurs potentiels d'appeler la Criminelle du Shérif.

La dame du Dahlia noir a appelé. Quatre autres femmes ont appelé et dit que leur père avait pu tuer ma mère. Un homme a appelé et cafté son père. Un homme a appelé et cafté son beau-père.

Nous avons rappelé les auteurs des appels. Leurs renseignements étaient cent pour cent bidon. J'ai passé une nouvelle semaine en compagnie des dossiers Ellroy et Long. Je ne suis pas parvenu à établir de nouvelles liaisons. Bill a fait du rangement au Bureau. Il a trouvé une enveloppe marquée Z-483-362.

Elle contenait :

– une carte de visite au nom de John Howell, de Van Nuys, Californie.

– le livret de crédit-auto de Jean Ellroy. Elle avait adressé son dernier paiement le 5/6/58. Ses remboursements se montaient à 85,58 dollars par mois.

– un chèque annulé de 15 dollars. Le chèque était daté du 15/4/58. Jean Ellroy avait signé le chèque le jour de son quarante-troisième anniversaire. Un dénommé Charles Bellavia l'avait endossé.

– une feuille de bloc-notes au bord gommé avec une note au recto. La note disait : « Nikola Zaha. Petit ami de vict. ? Whittier ».

Nous avons passé les noms à l'ordinateur. Rien au DOJ. Rien aux cartes grises sur Zaha. Nous avons eu des réponses au Service des Cartes grises pour John Howell et Charles Bellavia. C'était des vieillards aujourd'hui. Bellavia habitait à L.A. Ouest. Howell habitait Van Nuys. Bellavia était un nom rare. Nous nous sommes dit que nous tenions notre bonhomme. Nous savions que nous avions le bon John Howell. Son adresse actuelle était à quelques numéros près celle de sa carte de visite.

Nous avons cherché des Zaha sur le *reverse book*. Nous en avons trouvé deux à Whittier. Zaha était un nom rare. Whittier touchait la vallée de San Gabriel. Les deux Zaha étaient probablement parents de notre Zaha.

Je me suis souvenu de l'ancien petit ami de ma mère Hank Hart. Je les avais surpris au lit ensemble. Hank Hart n'avait qu'un seul pouce. J'avais surpris ma mère au lit avec un autre homme. Je ne connaissais pas le nom du gars. Je ne connaissais pas le nom de Nikola Zaha.

Nikola Zaha pouvait être un témoin crucial. Il pouvait peut-être expliquer le départ précipité de ma mère pour El Monte.

Bill et moi sommes partis pour Van Nuys. Nous avons trouvé la maison de John Howell. La porte était grande ouverte. Nous avons trouvé Howell et son épouse dans la cuisine. Une infirmière préparait leur déjeuner.

M. Howell était branché sur un respirateur. Mme Howell était assise dans un fauteuil roulant. Ils étaient vieux et frêles. Ils donnaient l'impression de n'avoir plus longtemps à vivre.

Nous nous sommes adressés à eux tout en douceur. L'infirmière nous a ignorés. Nous avons expliqué notre situation en leur demandant de repenser loin en arrière. Mme Howell a été la première à établir un lien. Elle a dit que sa mère était mon ancienne babysitter. Sa mère était morte depuis quinze ans. Elle avait quatre-vingt-huit ans. J'ai bataillé pour retrouver le nom de la femme. Je l'ai ressorti.

Ethel Ings. Mariée à Tom Ings. Immigrants gallois. Ethel vénérait ma mère. Ethel et Tom se trouvaient en Europe en juin 58. Ma mère les avait conduits au *Queen Mary*. Mon père avait appelé Ethel pour lui dire que ma mère était morte. Ethel en avait été toute chamboulée.

M. Howell a dit qu'il se souvenait de moi. Mon nom était Lee – et non James. Les flics avaient trouvé sa carte de visite au domicile de ma mère. Ils l'avaient interrogé. Ils s'étaient montrés méchants et brutaux.

L'infirmière a indiqué sa montre et levé deux doigts. Bill s'est penché vers moi. Il a dit « Des noms ».

J'ai vu un carnet d'adresses sur la table de cuisine. J'ai demandé à M. Howell si je pouvais le consulter. Il a acquiescé. J'ai feuilleté le carnet. J'ai reconnu un nom.

Eula Lee Lloyd. Notre voisine d'à côté – vers 54. Eula Lee était l'épouse d'un dénommé Harry Lloyd. Elle habitait Hollywood Nord aujourd'hui. J'ai mémorisé son adresse et numéro de téléphone.

L'infirmière a tapoté sa montre. Mme Howell tremblait. M. Howell haletait en quête d'un peu d'air. Nous avons, Bill et moi, dit au revoir. L'infirmière nous a raccompagnés en claquant la porte derrière nous.

⁂

J'ai pu entrevoir mes propres défauts de mémoire. Je ne me souvenais pas d'Eula Lee Lloyd. Je ne me souvenais pas d'Ethel et Tom Ings. L'enquête était vieille de neuf mois. Mes trous de mémoire étaient peut-être des obstacles à notre progression. J'ai retrouvé un souvenir. Je suis allé jusqu'au bateau en compagnie de Tom, d'Ethel et de ma mère. C'était la fin du mois de mai ou le début de juin 58. Je croyais que j'avais réussi à figer cette époque sous l'objectif d'un microscope. Je croyais que je disposais de tous les détails à fins d'analyse. Les Howell m'avaient montré qu'il n'en était rien. Ma mère avait pu dire des choses. Ma mère avait pu faire des choses. Elle avait pu citer des noms de gens. Les flics m'avaient interrogé et ré-interrogé. Ils voulaient piéger mes souvenirs récents. Il fallait que je piège mes souvenirs anciens. Il fallait que je me partage en deux.

L'homme de quarante-sept ans devait interroger le garçon de dix ans. Elle vivait dans mon champ de connaissances. Il fallait que je revive avec elle. Il me fallait exercer une pression mentale extrême pour aller vers notre passé partagé. Il fallait que je place ma mère dans des lieux imaginaires et que j'essaie d'extraire des souvenirs vrais au travers d'une expression symbolique. Il me fallait revivre mes fantasmes incestueux, les replacer dans leur contexte et les embellir au-delà de la honte et du sens des limites qui les avaient toujours bridés. Il fallait que je me mette à la colle avec ma mère. Il me fallait m'étendre dans le noir avec elle et y aller...

***

Je n'étais pas encore prêt. Il me fallait d'abord dégager un bloc de temps. Il me fallait retrouver la piste de Lloyd, Bellavia et Zaha et voir où ils allaient m'emmener. Je voulais aller à ma mère avec une pleine cargaison de munitions-souvenirs. Le procès Beckett approchait. Bill serait, tous les jours et toute la journée, assis à la table de l'accusation. Je voulais voir le procès. Je voulais regarder Papa Beckett et jeter un sort à son âme méprisable. Je voulais voir Tracy Stewart obtenir sa vengeance, aussi tardive et peu satisfaisante qu'elle fût. Bill a dit que le procès durerait probablement deux semaines. Il se conclurait probablement fin juillet ou début août. Je pourrais alors me coller au pieu avec la rouquine.

***

Nous disposions de trois noms brûlants. Nous leur avons donné la chasse à plein temps.

Nous avons appelé Eula Lee Lloyd sans obtenir de

réponse. Nous avons frappé à sa porte sans obtenir de réponse. Nous l'avons appelée, nous avons frappé à sa porte trois jours durant sans obtenir de réponse. Nous avons parlé à sa propriétaire. Elle a dit qu'Eula Lee se terrait quelque part en compagnie d'une sœur malade. Nous avons expliqué notre situation. Elle a dit qu'elle parlerait à Eula Lee tôt ou tard. Elle lui dirait que nous voulions bavarder. Bill lui a donné son numéro de téléphone personnel. Elle a dit qu'elle nous ferait signe.

Nous avons frappé à la porte de Charles Bellavia. Son épouse a répondu. Elle a dit que Charles était allé faire des courses. Charles avait des problèmes cardiaques. Il faisait une petite promenade tous les jours. Bill lui a montré le chèque annulé. Il a dit que la femme qui avait rédigé le chèque avait été assassinée deux mois plus tard. Il lui a demandé pourquoi Charles Bellavia avait endossé le chèque. Elle a dit que ce n'était pas la signature de Charles. Je ne l'ai pas crue. Bill ne l'a pas crue.

Elle nous a dit de partir. Nous avons essayé de l'amadouer. Elle n'a pas mordu à l'hameçon. Bill m'a touché le bras pour me signifier c'est-l'heure-de-battre-en-retraite.

Nous avons battu en retraite. Bill a dit qu'il refilerait le chèque aux services de police d'El Monte. Tom Armstrong et John Eckler pourraient se faire le vieux Bellavia.

Nous sommes partis à la poursuite de Nikola Zaha.

Nous sommes allés jusqu'à Whittier pour essayer la première adresse de Zaha. Une adolescente était seule à la maison. Elle a dit que Nikola était son grand-père. Il était mort depuis bien longtemps. L'autre Zaha du coin était l'épouse divorcée de son oncle.

Nous nous sommes rendus à l'autre adresse Zaha.

Nous avons frappé à la porte. Personne n'a répondu. Nous sommes allés au poste d'El Monte afin de déposer le chèque auprès d'Armstrong et Eckler.

Nous sommes repartis pour le comté d'Orange et nous sommes séparés pour la journée. Je suis allé jusqu'à un magasin Home Depot où j'ai acheté un autre tableau de liège. Je l'ai installé sur mon mur de chambre.

J'ai dessiné un graphique des heures comprises entre samedi soir et dimanche matin. Il commençait au 756 Maple à 20 heures. Il se terminait au lycée Arroyo à 10 h 10 du matin. J'ai placé ma mère heure par heure autour de Five Points. J'ai dessiné des points d'interrogation pour repérer les blocs de temps dont on ne savait rien. J'ai situé sa mort à 3 h 15 du matin. J'ai punaisé le graphique au tableau. J'ai agrafé un cliché explicite de la scène du crime à 3 h 20.

J'ai contemplé le graphique deux bonnes heures. Bill a appelé. Il a dit qu'il avait parlé au fils de Nikola Zaha et à son ex-belle-fille. Ils ont déclaré que Zaha était décédé en 63. Il avait la quarantaine. Il avait eu une crise cardiaque. C'était un ivrogne et un cavaleur finis. Il était ingénieur. Il avait travaillé dans tout un tas d'usines près du centre de L.A. Il était possible qu'il eût travaillé à Airtek Dynamics. Le fils et son ex ne connaissaient pas le nom de Jean Ellroy. Le fils a dit que son papa était un cavaleur discret. Bill a obtenu deux signalements de Zaha. Lequel paraissait l'antithèse du Basané.

Bill a dit bonne nuit. J'ai raccroché et contemplé mon graphique.

***

Armstrong et Eckler nous ont contactés. Ils ont dit qu'ils avaient parlé à Charles Bellavia. Celui-ci a déclaré que la signature sur le chèque n'était pas la sienne. Il n'était pas convaincant. Il a dit qu'il était propriétaire d'une affaire de camions-repas en 58. Ses camions servaient les usines du centre de L.A. Armstrong avait une théorie. Il partait de l'hypothèse que Jean Ellroy avait acheté de la bouffe. Elle avait donné un chèque au type du camion-repas et reçu en retour dix ou douze sacs en liquide. Bellavia a dit qu'il ne connaissait pas Jean Ellroy. C'était convaincant. Le gars du camion avait donné le chèque à Bellavia. Lequel l'avait endossé et déposé sur son compte professionnel.

La propriétaire d'Eula Lee Lloyd s'est manifestée. Elle a dit qu'elle avait parlé à Eula Lee. Eula Lee se souvenait de Jean Ellroy et de son assassinat. Elle a dit qu'elle n'avait rien à nous dire. Sa sœur était malade. Il fallait qu'elle s'occupe d'elle. Elle n'avait pas le temps de discuter d'anciens homicides.

Bill a commencé à préparer le procès auprès du procureur de l'affaire Beckett. Je me suis terré avec le dossier Jean Ellroy. La ligne-tuyaux sonnait de manière sporadique. Je recevais des coups de fil O.J. et des appels de médiums. Quatre journalistes ont appelé en deux semaines. Ils voulaient faire un article sur la quête Ellroy-Stoner. Ils ont tous promis d'inclure notre numéro vert. J'ai pris rendez-vous avec des reporters du *L.A. Times*, de la *San Gabriel Valley Tribune*, d'*Orange Coast Magazine* et le *La Opinión*.

Nous avons reçu un tuyau brûlant. Une femme avait lu tardivement le *L.A. Weekly* et nous avait téléphoné. Elle s'appelait Peggy Forrest. Elle avait emménagé à El Monte en 1956. Ce n'était pas une voyante. Elle ne pensait pas que son père avait tué ma mère. Elle habitait à un peu moins de deux kilomètres de Bryant et Maple – à l'époque comme aujourd'hui.

Elle a laissé un message provocateur. Bill l'a appelée et arrangé une entrevue. Nous nous sommes rendus à son domicile. Elle habitait dans Embree Drive qui donnait sur Peck Road. C'était juste au nord de mon ancienne maison.

Peggy Forrest n'avait pas une once de graisse et allait sur ses soixante-dix ans. Elle nous a fait asseoir dans son arrière-cour et nous a raconté son histoire.

On a découvert l'infirmière un dimanche matin. C'était à la radio. Willie Stopplemoor a frappé à sa porte. Elle voulait en parler. Willie était le diminutif de Wilma. Willie était mariée à Ernie Stopplemoor. Ils avaient deux fils prénommés Gailard et Jerry. Gailard fréquentait le lycée Arroyo. Ernie et Wilma avaient entre trente-cinq et quarante ans. Ils étaient originaires de l'Iowa. Ils habitaient sur Elrovia. Elrovia était tout près de Peck Road.

Willie était tout agitée. Elle a dit que les flics recherchaient Clyde « Stubby » Green. Ils avaient trouvé le manteau de Stubby sur le corps de l'infirmière. L'infirmière vendait de la came à Stubby.

Stubby Green habitait face au domicile de Peggy Forrest. C'était un cambrioleur et un fourgueur de came. Il travaillait dans un atelier de mécanique avec Ernie Stopplemoor. Stubby mesurait un mètre soixante-dix-huit, il était râblé. Il était coiffé en brosse courte. Il avait la trentaine à l'époque. Stubby était marié à Rita Green. Ils étaient originaires du Vermont ou du New Hampshire. Rita était blonde. Elle portait une queue-de-cheval. Stubby et Rita faisaient la tournée des bars. Stubby était une « légende d'El Monte » avec une « réputation de mauvais garçon ». Stubby et Rita avaient un fils du nom de Gary et une fille du nom de Candy. Tous deux fréquentaient l'école primaire de Cherrylee. Ils avaient six ou sept ans en 1958. Peggy avait vu Stubby rentrer en douce chez lui un matin. Il transportait des chemises, des complets et des vestes de sport. Elle s'était dit qu'il venait de commettre un cambriolage. Willie Stopplemoor n'a plus reparlé de Stubby ni de l'infirmière. Peggy avait tout oublié. Le plus beau de toute l'histoire était ceci :

Les Green s'étaient barrés pour une destination inconnue quelques semaines après le meurtre. Ils avaient retiré leurs enfants de l'école. Ils avaient laissé tomber leur crédit et leur maison. Ils n'étaient jamais revenus à El Monte. Les Stopplemoor avaient fait la même chose. Ils s'étaient cassés sans prévenir. Ils n'avaient rien dit à quiconque de l'endroit où ils avaient l'intention d'aller. Ils avaient tout bonnement disparu.

J'ai demandé à Peggy de décrire Ernie Stopplemoor. Elle a dit qu'il était très grand et dégingandé. Willie Stopplemoor était trapue, le visage banal. Bill a mentionné l'atelier de mécanique. Peggy a dit qu'elle n'en connaissait pas le nom. C'était quelque part dans la vallée de San Gabriel.

J'ai demandé à Peggy des noms. Je lui ai demandé de relier quelques noms à l'incident Green. Elle a répondu que son père lui avait dit quelque chose. Il avait dit que Bill Young et Margaret McGaughey connaissaient l'infirmière assassinée.

Bill a fait répéter son histoire à Peggy Forrest. Elle a tout raconté à l'identique avec la même précision. J'ai noté tous les noms, les âges, les signalements. J'ai rédigé une liste de priorités et souligné quatre choses.

Musée d'El Monte : vérifier annuaires 58.

Vérifier ceux de 59 – voir si les Green et Stopplemoor avaient bien quitté El Monte.

Vérifier registres scolaires – enfants Green et Stopplemoor.

Vérifier Green et Stopplemoor à échelle nationale – essayer de les localiser.

Ça ressemblait à quelque chose. J'aimais bien la façon dont ça se resserrait autour des lieux.

***

J'ai montré ma liste à Bill. Il a dit que c'était bien. Nous avons discuté de l'histoire Green/Stopplemoor. J'ai dit que le truc du manteau était de la connerie. Les flics avaient trouvé le manteau de ma mère sur son cadavre. Bill a dit que le truc de la came était de la connerie. Jean n'avait probablement pas accès à des stupéfiants susceptibles d'être revendus. J'ai dit que j'aimais bien l'aspect géographique. Elrovia était à un bloc de Maple. J'ai commencé à élaborer des théories. Bill m'a dit d'arrêter. Il nous fallait d'abord obtenir plus de faits.

Nous sommes passés au musée d'El Monte. Nous avons consulté les annuaires téléphoniques. Nous avons trouvé un Clyde Greene sur Embree en 1958. Sa femme était enregistrée sous le nom de Lorraine et non Rita. Nous avons vérifié les annuaires 59, 60 et 61. Il n'y avait pas de Clyde ni de Lorraine répertoriés. Nous avons trouvé les Stopplemoor sur Elvoria les quatre années.

Bill a appelé Tom Armstrong. Il lui a raconté l'histoire et donné les noms et âges approximatifs des quatre gamins Green et Stopplemoor. Les Stopplemoor étaient probablement restés dans les environs d'El Monte. Les Green s'étaient peut-être taillés fissa. Armstrong a dit qu'il vérifierait dans les archives scolaires appropriées. Il essaierait de déterminer si les Green et les Stopplemoor avaient retiré leurs mômes de l'école.

Bill a appelé le chef Clayton et Dave Wire. Il a cité les noms d'Ernie Stopplemoor et Clyde « Stubby » Green, la « légende d'El Monte ». Les noms n'ont pas éveillé de souvenirs. Clayton et Wire ont promis d'appeler quelques anciens flics et de nous recontacter.

Ils ont appelé quelques anciens flics. Ils nous ont recontactés. Personne ne se souvenait d'Ernie Stopplemoor ni de Clyde « Stubby » Green.

Nous avons passé les Green, les Stopplemoor et leurs gamins dans les ordinateurs des cartes grises et du DOJ de l'État ainsi qu'au *reverse book* des cinquante États. Nous avons passé le nom « Rita Greene » et le nom « Lorraine Greene ». Nous n'avons obtenu qu'un nombre bien limité de Greene. Nous les avons tous appelés. Aucun d'eux n'a manifesté de comportement suspect. Aucun d'eux n'a dit avoir jadis vécu à El Monte. Aucun des Clyde ne répondait au surnom de « Stubby ». Aucun des Gary et Candy n'avait de papa du nom de Clyde ni de maman du nom de Lorraine ou Rita.

Nous avons épinglé trois Stopplemoor dans l'Iowa. Ils étaient de la famille du vieux Ernie. Ils ont dit qu'Ernie et Wilma étaient décédés. Leur fils Jerry était décédé. Leur fils Gailard vivait en Caroline du Nord.

Bill a obtenu le numéro de Gailard et l'a appelé. Gailard ne se rappelait pas la famille Green ni le meurtre Jean Ellroy ni rien d'autre hormis les voitures gonflées et les nanas d'El Monte. Il n'a paru nullement suspect. Mais bien plutôt somnambulesque.

Armstrong nous a obtenu les archives scolaires. Elles prouvaient que les Stopplemoor étaient restés à El Monte. Elles prouvaient que les Green avaient retiré leurs gamins de l'école en octobre 58. Stubby ne s'était pas taillé en juillet. Peggy Forrest s'était trompée sur ce point.

Nous avons essayé de trouver Bill Young et Margaret McGaughey. Nous avons échoué. Nous avons complètement laissé tomber cette piste annexe.

Nous avons rencontré la journaliste du *L.A. Times*. Nous lui avons montré le dossier. Nous lui avons montré El Monte. Nous l'avons emmenée chez Valenzuela, à Arroyo, au 756 Maple. Elle a dit qu'elle était surchargée de travail en retard. Elle ne pourrait peut-être pas sortir son article avant Labor Day.

Bill a repris son travail préparatoire pour le procès. Je suis retourné au dossier. Le dossier était une voie d'accès à ma mère. J'allais bientôt partir me cacher avec elle. Le dossier m'y préparait. Je voulais aller à sa rencontre avec des faits établis et des rumeurs qui s'accordent avec mon imagination. Le dossier sentait le vieux papier. Je pouvais transformer cette odeur en parfum renversé, en sexe, en elle.

Je me suis terré en compagnie du dossier. Mon appartement n'était pas climatisé, il y régnait une chaleur estivale. Je contemplais mon tableau de liège. Je me faisais livrer mes repas. Je téléphonais chaque soir à Helen et à Bill et à personne d'autre. Je gardais le répondeur branché. Une tapée de médiums et de guérisseurs de l'âme ont appelé en disant qu'ils pouvaient m'aider. J'ai effacé les messages. J'ai concocté quelques idées complètement givrées et j'ai appelé Bill pour les lui transmettre. J'ai dit que nous pourrions diffuser une grande annonce dans les journaux et demander des renseignements sur la Blonde et le Basané. Bill a répondu que cela ne ferait qu'attirer encore plus de tarés, de débiles et de mystiques. J'ai dit que nous pourrions offrir une grosse récompense pour le même renseignement. Elle galvaniserait tous les piliers de bar qui avaient entendu l'histoire de la Blonde. Bill a répondu qu'elle galvaniserait jusqu'au dernier enculé voulant se faire du pognon dans le comté de Los Angeles. J'ai dit que nous pourrions examiner tous les annuaires téléphoniques de 58. Nous pourrions consulter les annuaires d'El Monte, Baldwin Park, Rosemead, Duarte, La Puente, Arcadia, Temple City et San Gabriel et noter tous les noms masculins à consonance grecque, italienne et latino-caucasienne, les passer au contrôle DOJ et SCG et reprendre à partir de là. Bill a dit que c'était une idée tordue. Cela prendrait un an et n'aurait pour résultat que des conneries et une complexification catastrophique.

Il a dit que je devais lire le dossier. Il a dit que je devais penser à ma mère. J'ai dit que c'était ce que je faisais. Je n'ai pas dit qu'une part de moi fuyait, comme elle fuyait elle-même. Je n'ai pas dit que mes suggestions cinglées étaient une sorte de tentative désespérée pour l'éviter.

La contre-enquête Jean Ellroy avait dix mois d'existence.

25

Papa Beckett ressemblait au Père Noël. C'était de la mauvaise graine, dure et brutale, en 1981. Aujourd'hui, c'était le papy de tous les petits avec sa barbe blanche. Il avait un problème cardiaque. Il s'était converti à l'Église des nouveaux chrétiens.

Il est passé en jugement à la Division 107, Cour Supérieure du Comté de L.A. Le juge Michael Cowles présidait. L'adjoint au procureur Dale Davidson représentait le comté. Un avocat du nom de Dale Rubin représentait Papa. La salle d'audience était lambrissée de bois et agréablement climatisée. L'acoustique était bonne. Les bancs du public étaient durs et manquaient de confort.

Le procès d'O.J. Simpson se déroulait quatre portes plus loin. L'entrée était bondée de 8 heures du matin jusqu'à la fermeture, tous les jours. Nous étions au dixième étage. À chaque montée, l'ascenseur affichait complet. L'immeuble des Cours criminelles était un centre de divertissement multiplex. Il offrait une attraction choc et quelques petits numéros de tribunal-salon annexes. Des équipes des médias, manifestants et vendeurs de T-shirts encerclaient l'immeuble. Les manifs pro-O.J. étaient noires. Les anti-O.J. étaient blanches. Les mecs à T-shirts étaient des deux races. Le parking était plein de camions de télé et de paraboles photo montées sur trépied réfléchissant le soleil. Il n'y avait pas classe. Des tas de gens amenaient leurs gamins.

Le procès Beckett était zéro, question box-office. Que Papa Beckett aille se faire foutre. Papa était de la petite bière, une raclure. C'était un abruti avec un accordéon et une perruque ringarde. La Salle principale était quatre portes plus loin. O.J. Simpson, c'était le « Rat Pack » à lui tout seul, la Bande des Quatre [1] au temps de sa splendeur. Que Tracy Stewart aille se faire foutre. Nicole Simpson avait de plus grosses doudounes.

Papa Beckett était assis avec Dale Rubin. Bill Stoner était assis avec Dale Davidson. Le jury était assis le long du mur de droite et voyait le spectacle de côté. Le juge était assis sur son piédestal et voyait le spectacle directement. Je me suis assis contre le mur du fond.

Je m'y suis assis tous les jours. Les parents de Tracy Stewart étaient assis devant moi. Nous ne nous sommes jamais adressé la parole.

Charlie Guenther est venu en avion pour le procès. Gary White est venu en avion depuis Aspen. Bill restait près des Stewart. Il voulait les accompagner pendant le procès et les aider à récupérer les restes de leur fille. Papa Beckett a dit qu'il se souvenait du site du largage. Il a dit aux flics de Fort Lauderdale qu'il enverrait aux Stewart un mot anonyme en leur révélant le lieu. Il ne l'avait pas encore fait. Il n'avait rien à y gagner. Le geste, légalement parlant, pourrait lui exploser à la figure. Les Stewart voulaient enterrer leur fille. Ils savaient probablement que tout le concept d' « affaire close » était de la connerie. Leur fille avait un jour disparu. Ils voulaient probablement

1. Allusion à Frank Sinatra et à ses acolytes. *(N.d.T.)*

organiser une réunion de famille et marquer son existence d'un morceau de terre et d'une pierre.

Bill était d'avis qu'ils ne trouveraient jamais le corps. Sa lueur d'espoir était une façade. Robbie Beckett avait déclaré qu'ils avaient conduit Tracy au sud et largué son corps près d'une clôture. Personne n'avait retrouvé le cadavre. Le cadavre aurait dû être retrouvé. Le cadavre avait pu être retrouvé et il y avait eu erreur dans l'identification. Le cadavre avait pu être enterré sous un autre nom. Papa avait dit à Robbie de désosser l'intérieur de sa camionnette quelques jours après le meurtre. C'était un acte irrationnel. Qui, implicitement, contredisait le compte rendu que Robbie avait fait du meurtre. Ils avaient frappé Tracy à coups de matraque. Papa l'avait étranglée. Ils avaient fait un minimum de boucherie.

Le corps aurait dû être retrouvé.

Ils avaient pu découper Tracy dans la camionnette. Ils avaient pu la larguer morceau par morceau en divers endroits.

Bill était d'avis qu'on ne saurait jamais. Robbie s'en tiendrait à son récit. Papa n'enverrait jamais le petit mot. La clôture d'une affaire était de la connerie. Papa serait reconnu coupable. Le juge n'imposerait pas la peine de mort. Il leur fallait un cadavre. Il leur fallait prouver que Papa avait violé Tracy. Robbie avait dit que Papa avait violé Tracy. Ce n'était pas une preuve suffisante. Robbie avait dit qu'il n'avait pas violé Tracy. Bill ne le croyait pas.

Charlie Guenther a témoigné. Il a exposé son enquête sur Tracy Stewart dans le cadre des personnes disparues. Il a décrit le travail de Gary White pour les services de police d'Aspen. Il a consulté un calepin et donné dates et lieux avec précision. Papa Beckett ne le quittait pas des yeux. Dale Rubin a contesté quelques dates, quelques lieux. Guenther les a confirmés après avoir consulté ses notes. Papa regardait toujours. Papa portait une chemise de sport à manches longues et un pantalon de toile. Ses fringues mettaient en valeur sa blanche chevelure et ses lunettes. Ses compagnons de cellule devaient probablement l'appeler « Papy ».

Gloria Stewart a témoigné. Elle a décrit la vie de Tracy et les événements ayant précédé sa disparition. Tracy était craintive et timide. Tracy avait eu des problèmes au lycée et abandonné prématurément ses études. Tracy sortait rarement. Tracy faisait les courses et répondait au téléphone pour ses parents. Tracy restait beaucoup à la maison.

Dale Davidson était gentil. Il était déférent dans sa manière de poser les questions. Dale Rubin a interrogé le témoin. Il a laissé entendre que Tracy menait une existence de cloîtrée extrêmement névrotique. Le côté précautionneux de son exposé a donné l'impression qu'il n'était pas convaincu par sa propre argumentation. J'ai observé le jury. J'ai fourragé à l'intérieur de leurs têtes. Je savais qu'ils trouvaient ces insinuations déraisonnables. Tracy avait été assassinée. Sa vie domestique n'avait rien à voir à l'affaire.

Davidson était gentil. Rubin était presque poli. Gloria Stewart a été féroce.

Elle a tremblé. Elle a pleuré. Elle a regardé Papa Beckett. Elle a sangloté, elle a toussé, elle s'est embrouillée dans ses paroles. Son témoignage disait ce n'est jamais terminé. Sa haine remplissait la salle. Elle avait vu le procès de Robbie. Elle avait assisté à la condamnation de Robbie. C'était juste un moment transitoire dans sa haine. C'était ici un autre de ces moments. Ce n'était rien, comparé à la force accumulée de la haine qu'elle entretenait chaque jour. Elle a quitté le box des témoins. Elle a obliqué vers la table de la défense et regardé Papa Beckett sous le nez. Elle s'est mise à trembler. Elle est allée jusqu'à son banc et s'est assise. Son mari a passé un bras autour de ses épaules.

Je n'avais jamais ressenti de haine semblable à la sienne. Jamais je n'avais eu de cible en chair et en os.

***

Le procès Beckett s'est poursuivi. Le procès Simpson s'est poursuivi quatre portes plus loin. J'ai vu Johnnie Cochran tous les jours. C'était un homme de petite taille, toujours tiré à quatre épingles et habillé à la perfection. Il s'habillait mieux que Dale Davidson et Dale Rubin.

Sharon Hatch a témoigné. Elle était la régulière de Papa Beckett en 81. Elle a dit qu'elle avait largué Papa. Papa avait disjoncté. Il la menaçait, elle et ses mômes. Sharon Hatch a regardé Dale Davidson. Papa a regardé Sharon Hatch. Elle a dit que Papa ne l'avait jamais frappée. Il ne l'avait jamais menacée avant qu'elle le largue. J'ai suivi la logique de Davidson. Il était en train d'établir l'état psychologique de Papa avant et après la rupture. Papa était calme avant. Papa a pété les plombs après. Je me méfiais de cette optique avant-après. C'était une mise en accusation codée jouant sur la cause et l'effet et qui prenait pour cible une femme innocente. L'optique choisie pouvait toucher les hommes du jury droit aux gonades. Ils pourraient compatir au sort de Papa. Le pauvre gars s'était fait baiser par une connasse au cœur de glace. J'ai regardé Sharon Hatch. J'ai essayé de la lire à livre ouvert. Elle semblait passablement intelligente. Elle savait probablement que Papa avait pété les plombs bien avant leur rupture. C'était un gros bras qui faisait dans la récupération d'impayés.

Il était fétichiste des armures. Sa chevalerie à l'égard des femmes était un symptôme de sa haine des femmes. C'était un psychopathe sexuel en hibernation. Il savait qu'il voulait violer et tuer les femmes. La rupture lui a offert une justification. Elle se fondait pour un tiers sur la fureur et pour deux tiers sur l'auto-apitoiement. Il était impossible de faire remonter sa haine à l'égard de tout un sexe au seul moment où Sharon Hatch lui avait dit « Casse-toi, mon mignon ». Papa Beckett œuvrait déjà à atteindre son point de fusion révélateur. Il ressemblait en cela au Basané, au printemps de 58. J'ai éprouvé une petite bouffée d'empathie pour le Basané. J'ai éprouvé une énorme bouffée de haine pour Papa Beckett. Ma mère avait quarante-trois ans. Elle avait la repartie méchante. Elle était capable de remettre les hommes faibles à leur place. Tracy Stewart était totalement impuissante. Papa Beckett l'avait piégée dans sa chambre. Elle était l'agneau dans l'abattoir de Beckett.

Dale Davidson et Sharon Hatch ont fait du bon travail ensemble. Ils ont représenté Papa Beckett comme un fusible sur le point de lâcher. Dale Rubin a soulevé quelques objections. Le juge Cowle en a retenu certaines et rejeté d'autres. Les objections relevaient de points juridiques et me sont passées au-dessus de la tête. J'étais de retour à South Bay en 1981. J'étais à un demi-pas de cette nuit, vingt-trois ans auparavant.

***

Le juge a demandé une suspension d'audience. Papa s'est rendu à son box-cellule à l'extérieur du tribunal. Deux flics en civil ont fait entrer Robbie. Il était menotté et entravé. Il portait un bleu de prisonnier. Les flics l'ont fait asseoir dans le box des témoins et lui ont ôté menottes et entraves. Il a vu Bill Stoner et Dale Davidson et les a salués du geste. Ils se sont avancés jusqu'à lui. Tout le monde s'est mis à sourire et à bavarder.

Robbie était un dur à cuire. Il était grand et large d'épaules. Sa masse de graisse corporelle devait tourner aux environs de 0,05 %. Il avait de longs cheveux bruns et une longue moustache pendante. À le voir, il devait lever ses cent cinquante kilos de fonte et courir le cent yards en neuf secondes six.

L'audience a repris. Les flics en civil se sont assis près du box des jurés. Un huissier a fait entrer Papa. Il s'est assis à côté de Dale Rubin.

Robbie a regardé Papa. Papa a regardé Robbie. Ils se sont jaugés du regard avant de détourner les yeux.

L'huissier a fait prêter serment à Robbie. Dale Davidson s'est approché de la barre des témoins. Il a posé à Robbie quelques questions préliminaires.

Robbie parlait en fanfaron. Il était ici pour se libérer d'une rancune parricide. Il rajoutait à plaisir des expressions du genre « ch'sais pas » et « y avait pas ». Il disait par là : Je sais de quoi il retourne et j'en ai rien à foutre. Ce qui impliquait : Je suis moi et c'est mon père qui a fait de moi celui que je suis.

Papa observait Robbie. Les Stewart observaient Robbie. Davidson a ramené Robbie à Redondo Beach, à la maison de Tracy et à l'appartement de Papa. Dale Rubin a soulevé plusieurs objections. Le juge les a acceptées ou rejetées. Rubin avait l'air sidéré. Il était incapable de faire dévier de sa course l'énergie vitale de Robbie. Robbie a commencé à regarder droit vers Papa.

Davidson a travaillé lentement et délibérément. Il a fait revenir Robbie exactement à l'instant *précis*. Robbie s'est mis à bredouiller et à pleurer. Il a accompagné Tracy jusque dans la chambre. Il l'a donnée à Papa. Papa a commencé à la toucher...

Robbie a perdu le fil. Il bredouillait et s'emmêlait. Dale Davidson l'a interrompu. Il a suspendu ses questions pendant un laps de temps superbement calculé. Il a demandé à Robbie si celui-ci était maintenant à même de parler. Robbie s'est essuyé la figure et a acquiescé. Davidson lui a offert un peu d'eau et dit de poursuivre. Robbie s'est attaqué à son histoire avec méthode, comme un acteur chevronné.

Il s'est soûlé. Papa a violé Tracy. Papa a dit : Faut qu'on la tue. Ils ont fait descendre la fille au rez-de-chaussée. Il l'a frappée de sa matraque...

Robbie s'est remis à bredouiller. Il bredouillait au moment voulu. Personne ne le lui indiquait. Il s'est lancé dans un numéro de gros bou-hou intérieurs jusqu'à s'en étrangler. Il a pleuré sur sa propre vie gâchée. Il n'avait pas l'intention de tuer de fille cette nuit-là. C'était son père qui l'y avait obligé. Il ne pleurait pas sur la fille qu'il avait tuée. Il pleurait sur sa propre perdition.

Robbie était bon. Robbie comprenait le sens du déplacement dramatique. Il allait chercher loin ce bon vieil apitoiement sur soi-même et s'arrachait quelques larmes en touchant ainsi la bonne vieille corde du quêteur de rédemption, *molto bravissimo*. Il était mauvais – mais pas aussi mauvais que son père. Sa personnalité pitoyable et sa remarquable imitation de remords lui donnaient instantanément charisme et crédibilité. J'ai refait un voyage dans le temps jusqu'au 9/8/81. Un homme devait tuer une femme. Un fils devait faire plaisir à son père. Papa ne tuait les femmes qu'en présence d'autres hommes. Papa avait besoin de Robbie. Papa ne pouvait pas tuer Tracy sans lui. Robbie savait ce que Papa voulait. Est-ce que tu l'as violée, toi aussi ? Est-ce que tu l'as violée parce que Papa l'avait violée et que tu le haïssais et que tu ne pouvais supporter l'idée qu'il prenne plus de plaisir que toi ? Est-ce que tu l'as violée parce que tu savais que Papa allait la tuer et dans ce cas, un viol de plus, est-ce que ça comptait ? Est-ce que tu as étalé quelques sacs poubelles avant de la démembrer à l'arrière de la camionnette ?

Davidson a guidé Robbie dans le récit du reste de cette nuit et du premier nettoyage d'urgence. Robbie s'en est tenu à son histoire, si souvent racontée et officiellement enregistrée. Davidson l'a remercié et l'a remis aux bons soins de Dale Rubin. Robbie a été lui-même. C'était maintenant Robbie contre Papa – sans un cul consommable et bon à jeter pour venir déformer la foutue grande question.

Rubin a essayé de discréditer Robbie. Il a dit : N'avez-vous pas ramené Tracy à la maison pour votre propre usage ? Robbie a nié. Rubin a repris la question de manière répétée en la reformulant. Robbie a nié de manière répétée. Robbie levait la voix à chaque dénégation. Robbie n'était plus que fierté maintenant. Toujours en position assise, il se pavanait. Il disait « Non » avec des inflexions exagérées et remuait la tête de haut en bas comme s'il s'adressait à un putain de débile mental. Rubin a demandé à Robbie s'il se bagarrait à l'époque. Robbie a dit qu'il avait le sang vif. Il aimait casser des gueules. Il avait appris ça de son père. Tout ce qu'il savait de mal, il l'avait appris de son père. Rubin a demandé à Robbie s'il tabassait ses petites amies. Robbie a dit non. Rubin a manifesté son incrédulité. Robbie a dit à Rubin qu'il pouvait en penser ce qu'il voulait nom de Dieu. Robbie hochait la tête un peu plus fort chaque fois qu'il disait « Non ». Rubin a insisté. Robbie a persisté avec un talent bien supérieur. Il avait au moins dix manières de dire « Non » à son répertoire.

Il fixait Papa Beckett. Il souriait à Dale Rubin. Ses sourires disaient : Tu ne peux pas gagner parce que je n'ai rien à perdre.

Papa Beckett gardait les yeux rivés sur ses mains. Il a relevé la tête et, à plusieurs reprises, son regard est venu chercher celui de Robbie par provocation. Il a toujours baissé les yeux le premier. Il ne baissait pas les yeux de peur ou de honte. Il baissait les yeux parce qu'il était fatigué. Il avait le cœur en mauvais état. Il était trop vieux pour jouer à des jeux de l'esprit avec de jeunes taulards fougueux et fringants.

Robbie a passé une journée et demie à la barre. On l'a interrogé, on l'a contre-interrogé, on l'a dorloté, on l'a harcelé. Il a encaissé. Il a supporté. Il n'a jamais fléchi. Jamais il n'a donné l'impression de perdre pied. C'était de l'art parricide en représentation. Robbie était toute bravoure. Robbie chantait du grand opéra. Robbie en surestimait probablement l'effet sur son père. Papa Beckett bâillait beaucoup.

Davidson a soulevé l'affaire Sue Hamway. Robbie a dit à la cour ce qu'il savait. Davidson a soulevé la question de Paul Serio. Robbie l'a dépeint comme une pédale et le faire-valoir de Papa Beckett. Rubin a repris Serio. Robbie a caricaturé les gestes et l'allure de la folle en les intégrant dans ses numéros de hochements de tête. Rubin était incapable d'ébranler Robbie. Sa haine emplissait la salle. C'était une haine infantile générique, devenue raisonnée avec le temps. Robbie avait le rôle vedette dans l'histoire de sa propre vie. Tracy Stewart jouait le premier rôle féminin, celui de l'ingénue. Robbie n'éprouvait rien pour elle. Ce n'était qu'une petite garce qui avait allumé deux hommes et fait que les choses avaient tourné au désastre.

Robbie a achevé son témoignage. Le juge a ordonné une suspension d'audience. J'ai failli applaudir.

***

La première ex-épouse de Papa a témoigné. Elle a dit que Papa était un papa abominable. Il était brutal avec Robbie, David et Debbie. David Beckett a témoigné. Il a montré Papa du doigt devant la cour en le qualifiant de « tas de merde ». Dale Rubin a soumis David à un contre-interrogatoire. Il a dit : N'avez-vous pas été reconnu coupable d'abus sexuels sur enfants ? David a répondu que si. Il a montré Papa du doigt et dit que c'était lui qui lui avait enseigné cela. Il n'a pas précisé davantage. Debbie Beckett ne pouvait pas témoigner. Elle était morte du sida, suite à l'usage de drogues par intraveineuses.

Paul Serio a témoigné. Il a décrit le rôle qu'il avait joué dans le meurtre de Susan Hamway. Il a rejeté toute la responsabilité sur Papa. Il ne savait pas qu'il s'agissait d'un meurtre sur contrat. Il pensait que c'était une extorsion pour dettes. Papa a refroidi Sue Hamway en solo. Papa a sorti un godemiché et dit : On va faire passer ça pour un meurtre sexuel.

Serio a émis quelque regret pour le bébé de Sue Hamway. Le bébé était mort de faim tandis que Sue Hamway se décomposait.

Bill Stoner a témoigné. Il a décrit l'enquête sur Beckett en démarrant au premier jour. Il était calme et plein d'autorité. Il contrebalançait le cabotinage de Robbie. C'était un évaluateur indépendant convoqué pour inventaire et estimation globale des coûts. Dale Rubin a essayé de lui faire perdre son calme. Il a échoué.

La défense a appelé trois témoins. Deux anciens potes de Robbie ont témoigné. Ils ont déclaré que Robbie aimait frapper des inconnus sans raison. Rubin tenait ses témoins bien en main. Ils ont dressé un joli tableau. Le Robbie d'avant Tracy était impétueux, d'une violence imprévisible. La révélation manquait d'impact. En ayant frappé le premier, Robbie la rendait nulle et non avenue. Robbie avait dressé le même tableau. Mais il l'avait dressé avec une plus grande emphase dramatique et à la première personne.

Rubin a appelé son dernier témoin. Un autre vieux pote a témoigné. Il a déclaré que Robbie avait dit avoir violé Tracy Stewart. Je l'ai cru. Je n'arrivais pas à lire ce que pensait le jury. Je me disais que leur réaction était : Et après ? Robbie est déjà derrière les barreaux. On ne peut pas discréditer Robbie. Il vous a volé la vedette avec son auto-immolation. Nous sommes fatigués. Nous voulons rentrer à la maison. Merci pour la balade. Nous souffrons du mal du jury, c'est le contrecoup. Nous nous sommes bien amusés. C'était plus chouette et moins longuet que le bazar Simpson. Nous avons eu droit à du sexe et de la discorde familiale. Nous avons évité les conneries scientifiques et les délires spécieux sur la race. La petite attraction de salon a complètement étouffé le spectacle de la Grande Salle.

Le procès était presque terminé. Bill a prédit un rapide verdict de culpabilité. Gloria allait pouvoir se dresser dans la salle d'audience et affronter Papa Beckett. Elle allait pouvoir l'agonir d'injures. Elle allait pouvoir supplier pour le corps de Tracy. La Confrontation avec la Victime était maintenant un truc légal. Elle promouvait les droits de la victime et une purification psychologique. J'ai dit à Bill que je ne voulais pas voir les péroraisons finales ni la confrontation avec les Stewart. Papa allait se mettre à bâiller. Gloria irait de sa tirade et continuerait à pleurer. La loi sur la confrontation avait été votée par des abrutis scotchés toute la journée devant la télé. Je ne voulais pas voir l'audition de Gloria. Je ne voulais pas la voir en victime professionnelle. Bill ne nous avait jamais présentés. Il ne lui avait jamais dit qui j'étais, ni qui j'avais perdu en juin 58. Il savait que nous n'aurions rien à nous dire. Il savait que je n'avais jamais eu aussi mal qu'elle.

***

Le procès Beckett a duré deux semaines. Bill et moi nous y rendions tous les jours, chacun de notre côté. Bill est sorti avec Dale Davidson et Charlie Guenther presque tous les soirs. De temps à autre, ils retrouvaient Phil Vanatter. Vanatter était aujourd'hui célèbre. Il travaillait sur l'affaire de meurtre du siècle. L'équipe Beckett est sortie pour célébrer la fin du procès. Vanatter les a accompagnés. Bill m'a invité. J'ai décliné l'offre. Je n'étais pas flic ni adjoint du procureur. Je ne voulais pas parler boutique avec des pros. Je ne voulais pas m'épancher en commisérations ou discuter des aspects grotesques de l'affaire Simpson. J'étais un peu à court d'indignation d'homme blanc. Le LAPD avait aveuglément tapé sur les Noirs pendant plus de cinquante ans. Mark Fuhrman [1], c'était un Jack Webb avec des crocs de vampire. L'ADN était d'une précision et d'une confusion inattaquables. Les complots racistes avaient davantage de poids. Bill le savait. Il était trop courtois pour le balancer à la figure de Phil Vanatter. Marcia Clark avait besoin d'un Robbie Beckett noir. Un Robbie noir pourrait inculper O.J. grâce à leurs racines communes. La justice, c'était politique et théâtre. O.J. Simpson n'était pas Emmett Till ou les Scottsboro Boys. Le statut de victime était exploitable. Je n'étais pas Gloria Stewart.

1. Policier ayant témoigné contre O.J. Simpson. Il a été démoli par la défense pour avoir tenu des propos ouvertement racistes. *(N.d.T.)*

Je suis parti pour L.A. Ouest. Je voulais trouver une cabine téléphonique privée et appeler Helen. Je voulais lui parler de Tracy et de Geneva.

Je me souvenais de la batterie de cabines de l'hôtel Mondrian. C'était l'heure de pointe. Sunset Boulevard était probablement embouteillé. J'ai obliqué au nord sur Sweetzer. J'ai traversé Santa Monica Boulevard et j'ai vu où j'étais.

Je traversais une zone à meurtres.

Karyn Kupcinet était morte au 830 et quelque North Sweetzer. C'était fin novembre 63. Jack Kennedy était mort depuis quatre ou cinq jours. Quelqu'un avait étranglé Karyn dans l'appartement qu'elle occupait. Elle était nue. Son salon, un vrai foutoir. Elle gisait sur le canapé, le nez dans les coussins. C'est la Criminelle du Shérif qui s'était occupée de l'affaire. Ward Hallinen en avait été chargé. Ils ont enquêté sur le petit ami acteur de Karyn et sur l'un des voisins de Karyn un peu déjanté. Le père de Karyn était Irv Kupcinet. C'était un homme de télé célèbre pour son *talk-show* et pour ses rubriques dans la presse écrite de Chicago. Karyn était partie pour L.A., elle voulait réussir comme actrice. Son papa la portait à bout de bras. Elle n'arrivait à rien. Son petit copain et ses amis réussissaient. Karyn avait quelques kilos de trop pour être mince. Elle prenait des pilules amaigrissantes afin de contrôler son poids et planer. Charlie Guenther pensait qu'elle était morte accidentellement. On avait trouvé un livre sur la table basse près de son cadavre. Un livre sur la danse, le corps nu. On pouvait danser à la manière des nymphes sylvestres et se libérer de ses inhibitions. Guenther était d'avis qu'elle était défoncée. Elle dansait complètement nue. Elle était tombée et s'était fracturé l'os hyoïde sur la table basse. Elle s'était traînée sur le canapé pour y mourir. Bill pensait qu'elle avait été assassinée. Ce pouvait être le petit copain, le voisin déjanté ou un quelconque taré qu'elle avait levé dans un bar. Ils ont reçu des tas de tuyaux en 63. Ils en recevaient toujours. Un mec du FBI avait téléphoné récemment pour fournir un tuyau. Il a dit qu'il l'avait obtenu sur un enregistrement d'écoutes. Un mec de la pègre disait qu'il savait le fin du fin de l'affaire. Karyn était occupée à tailler une pipe à un mec et elle s'était étranglée à mort sur sa bite.

J'ai tourné vers l'ouest, à Sweetzer et Fountain. J'ai vu l'immeuble El Mirador. Judy Dull y habitait. Elle avait dix-neuf ans. Elle avait déjà un mari dont elle était séparée et un môme. Elle posait pour des photos déshabillées. C'est Harry Glatman qui l'avait découverte. Glatman était un des suspects Jean Ellroy. Jack Lawton l'avait disculpé pour Ellroy et épinglé pour Dull.

J'ai tourné au nord sur La Cienega. L'appartement de Georgette Bauerdorf se situait exactement là. Georgette Bauerdorf avait été assassinée le 12/10/44. Un homme avait pénétré dans sa piaule. Il lui avait fourré un rouleau de pansement dans la bouche avant de la violer. Elle s'était étouffée jusqu'à ce que mort s'ensuive. On n'avait jamais retrouvé le tueur. Ray Hopkinson avait été chargé de l'enquête. Georgette avait dix-neuf ans – comme Judy Dull. Georgette avait de l'argent – comme Karyn Kupcinet. Georgette était volontaire à la cantine des United Service Organizations. Sa famille était à New York. Ses amis disaient qu'elle était nerveuse et fumait trop. Elle vivait seule. Il lui prenait parfois des envies soudaines d'aller rouler dans L.A.

Karyn marchait à la came et se cachait derrière l'argent de son père. Judy fuyait, trop de vie trop vite. Georgette était prise de fièvres à rester trop longtemps inactive et se jetait au cou des soldats à la cantine des USO. Tracy se cachait dans sa propre maison. C'est là que Robbie était passé la prendre. Jean avait choisi la mauvaise ville pour se cacher.

Je voyais leurs visages. Je les rassemblais en cliché de groupe. J'ai fait de ma mère leur mère. Je l'ai placée au milieu du cadre.

Dis-moi pourquoi.

Dis-moi pourquoi ç'a été toi et pas quelqu'un d'autre.

Ramène-moi en arrière et montre-moi comment tu en es arrivée là.

26

Ma mère disait qu'elle avait vu les Fédés descendre John Dillinger. Elle était étudiante à l'école d'infirmières de Chicago. Dillinger a été tué le 22/7/34. Geneva Hilliker avait dix-neuf ans à l'époque. Mon père disait qu'il avait été l'entraîneur de Babe Ruth. Il avait une vitrine pleine de médailles qu'il n'avait pas vraiment gagnées. Les histoires de ma mère étaient toujours plus plausibles. Elle était plus désespérée et plus anxieuse d'impressionner. Elle mentait pour obtenir ce qu'elle voulait. Elle comprenait les limites de la vraisemblance. Elle pouvait s'être trouvée à trois blocs du Biograph Theater. Elle pouvait avoir entendu des coups de feu. Elle avait très bien pu franchir le pas entre son et vision par pure imagination. Elle avait très bien pu rajouter les détails devant ses bourbons à l'eau et se convaincre de leur véracité. Elle avait très bien pu me raconter l'histoire en toute bonne foi. Elle avait dix-neuf ans à l'époque. Elle cherchait peut-être à signifier : regardez combien j'étais brillante et prometteuse.

Mon père mentait. Ma mère trichait. Je les ai connus six ans ensemble et quatre ans séparés. J'ai passé sept années supplémentaires avec mon père. Il citait ma mère à comparaître et il la descendait en flammes. Ses histoires exagéraient son importance, elles étaient pleines de rancune. Ses histoires étaient suspectes. Il a diffamé ma mère au gré de ses caprices pendant les sept dernières années de sa vie.

J'étais resté en contact avec ma tante Leoda. Elle m'avait dit des choses sur Geneva. Elle encensait Geneva. Elle en chantait les louanges. J'étais incapable de me souvenir de la moindre chose qu'elle eût dite. Je haïssais Leoda. J'étais l'arnaqueur et elle, le pigeon avec le pognon.

J'avais des mensonges à partir desquels reconstruire. Je ne pouvais pas les rejeter. Je voulais bâtir ma propre perception à partir de points de vue contradictoires. J'avais ma propre mémoire. Elle était en bon état de fonctionnement. Je l'avais soumise à l'épreuve du feu après le procès Beckett. Je me suis souvenu des noms d'anciens camarades de classe. Je me suis souvenu de tous les jardins et de toutes les geôles où j'ai pu un jour pieuter. Ma vie chronologique avec ma mère était définie en diagrammes précis, année après année. Je me souvenais des noms d'anciens revendeurs de came et de tous mes professeurs de lycée. Mon esprit était affûté. Ma mémoire était solide. Je pouvais compenser les défaillances de mes synapses par des riffs de fantasmes. Je savais faire défiler des scènes de remplacement dans ma tête. Et si elle avait fait ça. Peut-être bien qu'elle avait fait ça. Elle aurait pu réagir de cette manière. La vérité littérale était cruciale. Elle pourrait bien s'offrir en quantités limitées. Ma mémoire n'était pas refoulée. Ma mémoire pouvait manquer de souplesse.

Je n'avais pas de photos de famille. Je n'avais pas de photos d'elle à dix ans, vingt ans et trente ans. Je ne savais pas grand-chose de nos ancêtres. Elle n'avait jamais mentionné ses parents ni ses oncles et tantes préférés.

J'avais une forte volonté mentale. Je me souvenais de mes réflexions vieilles d'années-lumière. Je savais dénuder mon cerveau strate par strate, comme une mine à ciel ouvert, et me rejouer mes pensées de jadis la concernant. Mon imagination pourrait peut-être m'aider. Elle pourrait peut-être me gêner. Elle pourrait se fermer à des points d'articulation salaces. Je devais me montrer explicite. Je devais bien cela à ma mère. Il me fallait l'emmener plus loin.

Bill se trouvait à L.A. Il attendait le verdict Beckett. Je lui ai dit que je voulais me tirer un moment. Il a dit qu'il comprenait. Il avait Tracy Stewart plein la tête.

J'avais passé l'épreuve du feu et j'étais prêt. J'ai débranché le téléphone et éteint les lumières. Je me suis allongé sur le lit et j'ai fermé les yeux.

***

Elle était originaire de Tunnel City, Wisconsin. Tunnel City était un arrêt de chemin de fer et guère plus. Elle est partie pour Chicago. Elle est partie pour San Diego. Mon père disait qu'il l'avait rencontrée au Del Corronado Hotel. Il disait que c'était en 1939. Il disait qu'ils avaient écouté ensemble la retransmission du second combat Louis-Schmeling. Le combat avait eu lieu en 38. Elle avait vingt-trois ans à l'époque. Lui en avait quarante. Il était sapé comme un prince. Il a porté des costumes d'avant-guerre tout le temps que je l'ai connu. Ses complets avaient l'air incongru en 1960. Ils se sont dépenaillés de plus en plus au fur et à mesure que notre niveau de vie a décliné. Ils étaient mode en 38. Il avait belle allure. Elle est tombée follement amoureuse. Il avait une femme-enfant brûlante et passionnée qu'il croyait pouvoir tenir en laisse à jamais. Il l'a probablement amenée aux corridas de T.J. Il parlait couramment l'espagnol. Il commandait en espagnol tous les plats qu'elle choisissait. Elle ne parlait pas espagnol. Il l'a emmenée au Mexique pour lui faire la cour et la tenir sous son emprise. Ils sont descendus en voiture à Ensenada. Elle m'a emmené à Ensenada en 1956. Elle portait une robe blanche laissant une épaule nue. Je l'ai observée en train de se raser les aisselles. Je voulais l'embrasser à cet endroit. Il l'a saoulée aux margaritas. Elle n'était pas encore ivrogne alors. Il versait le sel, pressait le jus de citron sur sa main à elle et léchait. Il était d'une attention désespérée. Elle n'avait pas encore compris son jeu. Elle l'a compris avec le temps. Je travaillais sur une dynamique temps perdu/temps regagné. Elle voyait ses années perdues comme impossibles à regagner. Elle rendait mon père responsable de cette perte. Elle a rabaissé ses ambitions. Les bourbons à l'eau rendaient les mécanos-étalons contrôlables et pleins d'attraits. Elle ne s'est jamais demandé pourquoi elle recherchait tant les faiblards et les minables.

Elle avait un port de tête superbe. Elle paraissait plus grande que sa taille attestée par le rapport d'autopsie. Elle avait de grandes mains et de grands pieds. Elle avait les épaules délicates. Je voulais embrasser son cou, sentir son parfum, prendre par-derrière ses seins dans la coupe de mes mains. Elle portait « Tweed ». Elle en conservait un flacon sur sa table de nuit à El Monte. J'en ai un jour versé sur un mouchoir que j'ai emporté à l'école.

Elle avait de longues jambes. Elle avait des vergetures sur le ventre. Les photos d'autopsie étaient choquantes et instructives. Ses seins étaient plus petits que dans mon souvenir. Elle était mince de buste, épaisse à partir des hanches. Ma mémoire de son corps remontait à mon très jeune âge. J'avais retravaillé ses mensurations. J'avais modifié ses contours pour les faire correspondre à mon goût des femmes au corps salace et excitant. J'avais grandi avec cette vision de nudité et je l'avais acceptée comme un fait établi. Ma mère vraie était, dans sa chair et dans ses os, une femme bien différente.

Mes parents se sont mariés quelque part. Ils se sont installés à L.A. Il disait qu'ils avaient un appart' sur la 8e et New Hampshire. Elle bossait comme infirmière. Il est allé à Hollywood. Ils ont déménagé pour le 459 North Doheny Drive. C'était Beverly Hills. L'adresse était plus chicos que la piaule. Ma mère disait que ce n'était qu'un petit appartement, sans plus. Mon père a déniché un boulot auprès de Rita Hayworth. Je suis né en mars 48. Mon père a réglé les détails du mariage de Rita avec Aly Khan. L'histoire Hayworth était vraie. J'ai trouvé le nom de mon père dans deux biographies de Hayworth.

Nous avons déménagé au 9031 Alden Drive. C'était au-delà de la limite Hollywood Ouest. Nous habitions un immeuble de style espagnol. C'est là qu'habitaient Eula Lee Lloyd et son mari. Habitait là aussi une dame célibataire. Elle idolâtrait ma mère. Mon père disait que c'était une gouine. Mon père avait la tête farcie de gouines. Il disait que Rita Hayworth était la cible de toute une tapée de gouines. Je suis censé avoir rencontré Rita Hayworth devant un stand de hot-dogs. C'était en 50 ou 51. Je suis censé avoir renversé sur elle du jus de raisin. Rita était censée être nympho. Mon père avait la tête farcie de nymphos. Il disait que tous les grands acteurs étaient des pédales. Il avait la tête farcie de pédales. Rita a viré mon père. Il s'est mis à dormir toute la journée. Il dormait sur le canapé comme le Dagobert de la bande dessinée. Ma mère lui disait de trouver un boulot. Il disait qu'il avait des relations. Il attendait la bonne occasion. Ma mère venait du Wisconsin rural. Elle ne savait rien de rien du piston et des relations. Elle a mis un terme à son mariage.

Mes souvenirs couraient chronologiquement en ligne droite. Mes fantasmes couraient comme ajouts et portes de sortie. Je croyais que j'allais quadriller ma carte-mémoire. Je croyais que je tomberais sur des détails de la vraie vie. J'étais sur le chemin de la remémoration. J'avais fait revenir le parfum Tweed et quelques instantanés de l'époque. Je me diffusais un organigramme linéaire que je connaissais déjà.

J'ai rétrogradé. La rouquine s'est dévêtue. Elle avait son corps de la vraie vie, son visage de quarante-deux ans. Je ne pouvais pas pousser plus loin.

Ce n'est pas que j'en avais peur. Je ne voulais pas, tout simplement. Cela ne me paraissait pas nécessaire.

J'ai laissé mon esprit s'égarer. J'ai pensé à Tracy Stewart. J'avais vu le vieil appartement de Papa Beckett. J'y étais allé en compagnie de Bill et Dave Davidson. J'avais vu les lieux clés de Beckett. J'ai vu le salon, la chambre, l'escalier qui menait à la camionnette. J'ai fait gravir ces marches à Robbie et à Tracy. Je suis passé de ma mère nue à Robbie et Tracy en six battements de cœur. Robbie a fait entrer Tracy dans la chambre. Robbie l'a offerte à Papa.

J'ai arrêté là. Je n'avais pas peur. Je savais que je pouvais en faire quelque chose d'horrifiant. Je ne croyais pas pouvoir en apprendre quoi que ce soit.

J'ai laissé mon esprit s'égarer. Je suis retourné en 55. Je remontais le temps qui se dévidait. J'ai décidé de laisser filer sans intervenir.

Mon père était parti. C'était elle et moi, et personne d'autre. Je l'ai vue, en crêpon de coton blanc. Je l'ai vue en peignoir bleu marine. Je l'ai placée au lit avec quelques étalons de la chaîne de montage.

J'ai affublé les mecs de bananes et de cicatrices de coups de couteau. Ils ressemblaient à Steve Cochran dans *Private Hell 36*. J'essayais d'atteindre à l'hyperbole. Je croyais que des détails horribles pourraient peut-être faire revivre des souvenirs horribles. Je voulais établir le graphique de la sexualité de la rouquine depuis mon père jusqu'au Basané. Mon père était un faible. Il avait le corps d'un dur de dur et une âme de midinette. Ma mère l'avait viré de sa vie pour se mettre à exister de manière minimaliste. Tous les hommes étaient faibles, certains étaient faibles et attirants. On ne pouvait pas se rendre maître de leur faiblesse. On pouvait limiter la conscience qu'on en avait et l'abstraire, par euphémismes successifs, au-delà de toute reconnaissance. On pouvait faire entrer des hommes dans son existence à doses limitées. Je ne voyais pas une cavalcade de mâles se presser à sa porte. Je l'avais prise en flagrant délit à deux reprises. Mon père disait qu'elle était une pute. Je le croyais. Je percevais son penchant pour le sexe. Je filtrais ma conscience de la chose à travers le désir luxurieux que j'éprouvais moi-même pour elle. Elle avait vécu quinze années avec mon père. Elle avait succombé à une image. Elle avait gagné en sagesse. La désillusion a été une illumination. Elle allait vers les hommes avec un point de vue totalement masculin et sans illusion. On pouvait maîtriser les hommes. Le sexe et l'alcool étaient le moyen de les maîtriser. Elle avait tiré la chasse sur quinze années de sa vie. Elle savait qu'elle était complice par passivité. Elle méprisait sa propre faiblesse et sa propre stupidité. Elle voyait dans les hommes ringards son lot de consolation. Elle voyait en moi sa rédemption. Elle m'envoyait à l'église et me faisait étudier. Elle prêchait assiduité et discipline. Elle ne voulait pas que je devienne l'image de mon père. Elle ne m'étouffait pas d'amour au point de me transformer en pédale des années cinquante, comme dans les livres. Elle vivait dans deux mondes. C'était moi qui marquais la ligne de séparation. Elle croyait que son système à deux mondes pouvait durer dans le temps. Elle s'était trompée. Elle ne savait pas que le refoulement ne fonctionnait jamais. Ici, elle avait les hommes et l'alcool. Là, elle avait son petit garçon. Elle s'est partagée jusqu'au point de rupture. Elle a vu ses deux mondes se brouiller l'un dans l'autre. Mon père me jetait à la figure le monde de bastringue de ma mère. C'était plus que de la propagande contre elle. Il m'enseignait la haine d'elle tous les week-ends. Elle le méprisait tous les jours de la semaine. Elle me nourrissait de ce mépris avec moins de virulence que lui ne me nourrissait de haine. Elle prêchait énergie au travail et détermination. C'était une ivrognesse et une pute, donc une hypocrite. Le monde qu'elle avait bâti autour de moi n'existait pas. Mes yeux étaient des rayons X qui me donnaient accès à son monde caché.

Je l'ai surprise au lit avec un homme. Elle a tiré le drap pour masquer ses seins. Je l'ai surprise au lit avec Hank Hart. Ils étaient nus. J'ai vu une bouteille et un cendrier sur la table de nuit. Elle nous a fait partir pour El Monte. J'ai vu une pute en cavale. Elle s'était peut-être enfuie pour créer un espace entre ses deux mondes. Elle a dit que nous partions pour mon bien et ma sécurité. Elle a couru trop vite et s'est trompée dans sa lecture d'El Monte. Elle l'avait vu comme une zone tampon. Un bon endroit pour faire la fête le week-end. Un bon endroit pour élever un petit garçon.

Elle a essayé de m'enseigner des choses. Je les ai apprises, tardivement. Je suis devenu discipliné, méticuleux, diligent, déterminé, bien plus qu'elle ne l'aurait jamais espéré. J'ai dépassé tous ses rêves de succès. Je n'ai pas pu lui offrir une maison et une Cadillac et lui exprimer ainsi ma gratitude à la manière d'un nouveau riche.

Nous avons voyagé dans le temps. Nous avons couvert nos dix années ensemble. Nous avons fait des bonds irréguliers d'avant en arrière. Les vieux souvenirs jouaient comme des contrepoints. Chaque image éclair de Jean-la-rouquine-dissolue faisait naître une image en contrepoint. Voilà Jean ivre. Voilà Jean et son fils ingrat. Il est tombé d'un arbre. Elle lui enlève les échardes des bras. Elle lui frotte les plaies à l'hamamélis. Elle tient une pince à épiler sous une loupe.

Nous avons voyagé dans le temps. Dans le noir, j'ai perdu le cours du temps réel. Cet équilibre a tenu bon. Je me suis trouvé à court de souvenirs et j'ai ouvert les yeux.

J'ai vu mon graphique mural. J'ai senti mon oreiller mouillé de sueur.

J'ai coupé ma machine à remonter le temps. Je ne voulais plus emmener ma mère nulle part. Je ne voulais pas la placer au milieu de paysages fictifs ni envelopper mes révélations pour en dire que c'était cela, le résumé de sa vie. Je ne voulais pas éliminer ma mère de mes tablettes sous prétexte de complexité et d'ambiguïté. Je ne voulais pas la rouler en ne lui rendant pas suffisamment.

J'avais faim, j'étais agité. Je voulais respirer l'air pur, regarder des gens vivants.

***

J'ai roulé jusqu'à un centre commercial. Je suis allé dans un snack et j'ai pris un sandwich. L'endroit était bondé. J'ai observé les gens. J'ai observé des hommes et des femmes ensemble. J'ai cherché les séductions. Robbie avait dragué Tracy en public. Le Basané avait emmené Jean chez Stan. Harvey avait frappé à la porte de Judy et lui avait donné une impression de sécurité.

Je n'ai rien vu de suspect.

J'ai cessé ma surveillance. Je suis resté assis, immobile. Des gens traversaient mon champ de vision. Je me sentais léger et plein d'allant. Je planais comme après un trop-plein d'oxygène.

L'idée m'est venue doucement.

Le Basané était hors sujet. Il était mort ou il ne l'était pas. Nous le trouverions, ou nous ne le trouverions pas. Nous ne cesserions jamais de chercher. Il n'était qu'un panneau indiquant la route à suivre. Il m'obligeait à me dépasser et à donner à ma mère son juste dû.

Elle était mon salut, pas moins.

27

Le jury a rendu son verdict. Papa Beckett est tombé pour le meurtre de Tracy Stewart. Bill a dit qu'il aurait perpétuité incompressible. Gloria Stewart lui a fait face. Elle l'a supplié de lui redonner le corps de sa fille et a insulté Papa de noms abominables. J'ai dit qu'il n'y avait pas de corps et que l'affaire ne serait jamais close. Papa a eu perpète. Gloria a eu perpète elle aussi, avec Papa et Robbie.

Bill a organisé une petite fête dans son jardin. Il a appelé ça une petite fiesta d'avant la Fête du Travail. C'était en fait une soirée d'adieu à Papa Beckett.

J'y ai assisté. Dale Davidson et son épouse y ont assisté. Vivian Davidson était adjointe au procureur. Elle connaissait l'affaire Beckett dans ses plus petits détails. Quelques autres procureurs sont arrivés. Gary White et son amie sont arrivés. Le père de Bill a fait son apparition. Les voisins de Bill sont venus. Tout le monde a mangé hot-dogs et hamburgers et parlé meurtre. Les flics et les procureurs étaient soulagés que le foutoir Beckett fût terminé. Les non-flics et les non-procureurs pensaient que cela signifiait affaire close. Je voulais trouver l'idiot qui avait inventé le concept même d'affaire close et le lui fourrer dans le cul. Tout le monde parlait d'O.J. Tout le monde y allait de son solo sur le verdict potentiel et ses ramifications potentielles. Je n'ai pas beaucoup parlé. J'étais à ma propre soirée avec la rouquine. Elle était d'humeur joueuse. Elle me piquait des chips dans mon assiette. Nous échangions de petites blagues à nous.

J'ai regardé Bill qui retournait ses burgers et bavardait avec ses amis. Je savais qu'il était soulagé. Je savais que son soulagement remontait à l'arrestation de Papa Beckett. Il était parvenu à stopper Papa dans ses futures tentatives de meurtres de femmes. C'était là une solution hypothétiquement sans danger ni implications. Le verdict de culpabilité était plus ambigu. Papa était vieux et infirme. Ses jours de viol et de meurtre étaient passés. Robbie était encore dans la force de l'âge où on-viole-tue-et-tabasse-les-femmes. Il venait de donner une représentation éblouissante qui avait aidé la justice dans l'affaire opposant le comté de L.A. à Robert Wayne Beckett Senior. Il y avait gagné des amis dans les forces de l'ordre. Il avait commis un parricide en leur nom. Cela faisait bien sur son dossier détenu. Cela pourrait peut-être servir à influencer une libération conditionnelle anticipée.

Bill était toujours sur son Autoroute des Zones de Largage. Il purgeait jusqu'au bout sa propre condamnation à perpétuité. Il avait choisi le meurtre. C'est le meurtre qui m'avait choisi. Il est venu au meurtre par devoir moral. Je suis venu au meurtre en voyeur. Lui est devenu voyeur. Il était bien obligé de regarder. Il était bien obligé de savoir. Il a succombé à des séductions répétées. Mes séductions commençaient et s'arrêtaient avec ma mère. Bill et moi étions coaccusés. Nous étions traduits devant le Tribunal de la Préférence aux Victimes de Meurtre. Les victimes femmes avaient notre faveur. Pourquoi sublimer ses pulsions luxurieuses lorsqu'on peut les utiliser comme outils de perception ? La plupart des femmes étaient tuées pour le sexe. C'était là notre justification du voyeurisme. Bill était enquêteur professionnel. Il savait la manière de regarder, de trier, de prendre du recul vis-à-vis de ses trouvailles et de retrouver sa maîtrise professionnelle. Je pouvais esquiver ces contraintes. Je n'étais pas obligé de bâtir un faisceau de preuves acceptables par un tribunal. Je n'étais pas obligé d'établir des mobiles cohérents et explicables. Je pouvais me vautrer dans la vie sexuelle de ma mère et la vie sexuelle d'autres femmes mortes. Je pouvais les cataloguer et les révérer comme des sœurs en horreur. Je pouvais regarder, trier, comparer, analyser et bâtir mon propre ensemble de liens sexuels et non sexuels. Je pouvais les déclarer valides à l'échelle de tout un genre, et attribuer à la vie et à la mort de ma mère un vaste échantillonnage de détails. Je ne poursuivais pas de suspects en cours d'activité. Je ne poursuivais pas de faits destinés à se conformer à quelque thèse préétablie. Je poursuivais du savoir. Je poursuivais ma mère comme vérité. Elle m'avait enseigné des vérités dans une chambre obscure. Je voulais lui rendre la pareille. Je voulais honorer en son nom les femmes assassinées. L'entreprise paraissait globalement grandiose et égocentrique. Elle disait que ce qui m'attendait, c'était perpète sur les Autoroutes de Largage. Elle replaçait cet instant passé dans le snack en perspective parfaite. Elle m'indiquait maintenant une seule direction.

Il fallait que je connaisse sa vie à la manière dont je connaissais sa mort.

***

J'ai gardé cette idée en moi. Je m'y suis accroché. Je l'ai tenue en mon havre privé. Nous nous sommes remis au travail.

Nous avons rencontré les journalistes de *La Opinión, Orange Coast* et du *San Gabriel Valley Tribune*. Nous leur avons fait visiter El Monte. Le *L.A. Times* est sorti. Nous avons reçu un total de soixante coups de fil. On nous a raccroché au nez sans mot dire, nous avons reçu des appels de voyants, des appels-gags sur O.J., des appels pour nous souhaiter bonne chance. Deux femmes ont téléphoné pour nous dire que leur père pouvait avoir tué ma mère. Nous avons répondu à ces coups de fil-là. Nous avons eu droit à de nouveaux récits d'abus sexuels sur enfants. Nous avons innocenté les deux pères.

Une jeune femme a appelé. Elle a dénoncé une vieille femme. Elle a dit que la vieille avait vécu à El Monte. Elle travaillait chez Packard-Bell aux environs de 1950. Elle était blonde. Elle avait une queue-de-cheval.

Nous avons retrouvé la vieille femme. Elle ne s'est pas comportée de manière suspecte. Elle ne se souvenait pas de ma mère. Elle a été incapable de situer ma mère chez Packard-Bell Electronics.

La Opinión est sorti. Nous avons eu zéro appel. *La Opinión* était rédigé en espagnol. *La Opinión* était une tentative hasardeuse, un coup d'épée dans l'eau.

Le *San Gabriel Valley Tribune* est sorti. Nous avons reçu un total de quarante et un appels. On nous a raccroché au nez. Nous avons eu des appels-gags O.J. Un homme a appelé. Il a dit qu'il avait été un flambeur branché d'El Monte, dans le temps. Il avait connu un flambeur basané à la fin des années cinquante. Le flambeur basané créchait dans une station-service sur Peck Road. Il ne se souvenait plus du nom du flambeur en question. La station-service avait depuis longtemps disparu. Il connaissait des tas de flambeurs à El Monte en 58.

Nous avons rencontré le flambeur. Il nous a donné

quelques noms. Nous les avons donnés à Dave Wire et au chef Clayton. Ils se souvenaient de quelques-uns d'entre eux. Ils ne ressemblaient pas *au* Flambeur Basané. Nous avons testé les noms sur nos trois ordinateurs. Nous n'avons pas eu de réponses positives, à l'échelle de l'État comme à celle du pays.

Un journaliste de l'Associated Press m'a appelé. Il voulait faire un article sur la quête Ellroy-Stoner. Un article à diffusion nationale. Il y inclurait notre numéro vert. J'ai dit banco.

Nous l'avons emmené à El Monte. Il a rédigé son article. Il est sorti dans de nombreux journaux. Les rédacteurs en chef l'ont massacré. La plupart ont coupé l'info sur le numéro vert. Nous avons reçu très peu d'appels.

Trois médiums ont appelé. La dame Dahlia noir a appelé. Personne n'a appelé pour dire qu'il ou elle connaissait la Blonde. Personne n'a appelé pour dire qu'il ou elle connaissait ma mère.

Nous avons retesté les noms clés à l'ordinateur. Nous voulions couvrir nos enjeux. Nous pensions pouvoir toucher quelques nouvelles banques de données. Ça n'a pas été le cas. Ruth Schienle et Stubby Green étaient décédés ou effectivement insaisissables. Salvador Quiroz Serena était peut-être retourné au Mexique. Nous n'arrivions pas à trouver Grant Surface. Il était passé deux fois au détecteur de mensonges en 59. Sans résultat, ni succès, ni échec. Nous voulions contester les résultats non concluants.

Bill a misé sur un coup de dés et appelé Duane Rasure. Rasure a retrouvé ses notes sur Will Lenard Miller et nous les a expédiées par Federal Express. Nous avons lu les notes. Nous avons trouvé six noms Airtek. Nous avons trouvé deux survivants. Ils se souvenaient de ma mère. Ils ont dit qu'elle avait travaillé à Packard-Bell avant de venir à Airtek. Ils ne connaissaient pas le nom de Nikola Zaha. Ils n'ont pas pu identifier les anciens petits amis de ma mère. Ils nous ont donné d'autres noms de chez Airtek. Ils ont dit que Ruth Schienle avait divorcé et épousé un dénommé Rolf Wire. Rolf Wire était apparemment décédé. Nous avons passé Rolf et Ruth Wire dans nos trois ordinateurs sans résultat. Nous avons passé les nouveaux noms Airtek. Nous n'avons rien obtenu. Nous nous sommes rendus au bureau central du Pachmyer Group. Bill a dit qu'ils ne nous laisseraient pas consulter leurs dossiers personnels. J'ai dit demandons. Je ne poursuivais pas de nouvelles pistes menant au Basané. Je poursuivais de nouvelles pistes menant à ma mère.

Les gens de Pachmyer ont été obligeants. Ils ont dit que la division Airtek avait bu la tasse en 59 ou 60. Tous les dossiers Airtek avaient été détruits.

J'ai oublié le professionnalisme, j'ai très mal pris cette perte. Ma mère avait commencé à travailler à Airtek en octobre 56. Je voulais la connaître à cette époque-là.

La contre-enquête Jean Ellroy avait treize mois d'existence.

***

O.J. Simpson a été acquitté. L.A. l'a joué apoplectique. Les médias sont devenus fous avec les « ramifications potentielles ». Tous les meurtres se ramifiaient. Demandez donc à Gloria Stewart et Irv Kupcinet. L'affaire Simpson allait handicaper les survivants immédiats. L.A. s'en remettrait. Un homme encore plus célèbre allait trucider une femme encore plus belle tôt ou tard. L'affaire révélerait en microcosme un mode de vie encore plus sexy et plus ridicule. Les médias allaient reconstruire à partir d'O.J., extrapoler et faire de l'affaire un événement encore plus important.

Je voulais rentrer à la maison. Je voulais voir Helen. Je voulais rédiger ce mémoire. Des femmes mortes me retenaient. Elles étaient mortes à L.A. et me disaient de rester dans le coin encore un moment. J'étais usé par le travail d'enquêteur-détective. J'avais la cervelle frite jusqu'aux yeux à force de passages négatifs à l'ordinateur et de faux renseignements. J'avais la rouquine à l'intérieur de moi. Je pouvais l'emporter. Bill pourrait poursuivre de nouvelles pistes et traquer les faits de sa vie en mon absence. Je suis resté un peu pour tenter le coup avec quelques fantômes flambant neufs.

J'ai fait quatre trajets en solo jusqu'au Bureau. J'ai ressorti de vieux Livres bleus et je les ai lus de la première à la dernière page. J'ai étudié exclusivement les copies carbone. Louie Danoff était en train de réorganiser le système des dossiers Z. Les chemises accordéon étaient maintenant stockées à Biscailuz Center. Je n'avais pas de photos des scènes des crimes. Mon cerveau les a filmées. J'ai lu les rapports de découverte des corps, les rapports d'autopsie, les rapports sur les antécédents et j'ai fait défiler sur l'écran de mon cerveau ma propre histoire de vivisection sur femmes. J'ai regardé. J'ai trié. Je me suis vautré. Je n'ai pas comparé ni analysé à la manière dont je croyais pouvoir le faire. Les femmes ressortaient toutes comme autant d'individualités. Elles ne me ramenaient pas à ma mère. Elles ne m'enseignaient rien. Je ne pouvais pas les protéger. Je ne pouvais pas venger leur mort. Je ne pouvais pas les honorer au nom de ma mère parce que je ne savais pas vraiment qui elles étaient. Je ne savais pas qui elle était. J'avais quelques vagues idées et une putain de grosse envie d'en savoir plus.

J'ai commencé à me faire l'effet d'un pilleur de tombes. Je savais que j'étais usé et épuisé par la mort. Je voulais trouver quelques pistes sur la rouquine. Je voulais accrocher encore quelques renseignements, les amasser et les rapporter à la maison. J'ai réfléchi à quelques mesures désespérées pour ne pas quitter L.A. J'ai songé à des annonces dans les journaux, des pubs-infos à la télé, des messages sur serveurs informatiques. Bill a dit que tout ça, c'était des conneries de givré. Il a dit que nous ferions mieux de nous attaquer aux Wagner du Wisconsin. J'ai dit que j'avais la trouille. Il n'a pas insisté. Ce n'était pas la peine. Il savait que ma mère avait fait de moi un être unique. Il savait que je l'enlaçais à pleins bras et la faisais mienne, égoïstement. Les Wagner avaient leur propre droit à la réclamer. Ils pourraient peut-être disputer le mien. Ils pourraient peut-être m'accueillir à bras ouverts et essayer de me transformer en un zombie docile au sein d'une grande famille. Ils avaient un droit sur ma mère. Je ne voulais pas partager le mien. Je ne voulais pas rompre le charme d'elle et moi ni ce qu'elle avait fait de moi.

Bill avait raison. Je savais qu'il était temps de rentrer à la maison.

***

J'ai emballé mes tableaux de liège et mes graphiques et je les ai expédiés dans l'Est. Bill a transféré le numéro de notre ligne-tuyaux sur un service répondeur. J'ai emporté le dossier avec moi, à la maison.

Bill est resté sur l'affaire. Il a perdu un partenaire et en a gagné un. Joe Walker était analyste criminel. Il appartenait aux services du Shérif de L.A. Il connaissait intimement le réseau d'ordinateurs des services des forces de l'ordre. Il était complètement shooté à l'affaire Karen Reilly. Il pensait que c'était un tueur en série de race noire qui avait effacé Karen Reilly. Il voulait travailler sur l'affaire Jean Ellroy. Bill lui a dit qu'il pouvait.

Bill me manquait. Il était devenu mon plus proche ami. Quatorze mois durant, il m'avait chaperonné. Il m'avait lâché la bride au parfait moment d'impasse. Il m'a renvoyé avec ma mère et ma revendication inaboutie.

Je n'ai pas cloué mes tableaux de liège au mur chez moi. Ce n'était pas la peine. Elle était toujours là, avec moi.

Orange Coast est sorti. *Orange Coast* était un petit canard du comté d'Orange. L'article était bon. Ils ont donné notre numéro vert. Nous avons reçu cinq appels. Deux médiums ont appelé. Trois personnes ont appelé pour nous souhaiter bonne chance.

Les vacances se sont terminées. Une productrice télé m'a appelé. Elle travaillait pour le programme *Unsolved Mysteries* – Mystères Non Résolus. Elle savait tout de la quête Ellroy-Stoner. Elle voulait consacrer un volet de l'émission à l'affaire Jean Ellroy. Ils mettraient en scène ce fameux samedi soir et incluraient une demande de renseignements spécifiques. Le programme élucidait des crimes. Les personnes âgées le regardaient. D'anciens flics le regardaient. La chaîne disposait de sa propre ligne-tuyaux et employait des opératrices vingt-quatre heures sur vingt-quatre. Ils diffusaient les épisodes durant l'été. Ils adressaient par FedEx tous les tuyaux reçus au plus proche parent de la victime et à l'inspecteur responsable de l'enquête.

J'ai dit oui. Le producteur a dit qu'ils voulaient filmer en extérieurs, sur les lieux mêmes du crime. J'ai dit que je viendrais. J'ai appelé Bill et lui ai transmis la nouvelle. Il a dit que c'était une chance fabuleuse. J'ai dit qu'il nous fallait rendre notre téléfilm le plus dense possible. Il fallait le sursaturer de détails sur l'existence de ma mère. Je voulais que les gens appellent et disent : « J'ai connu cette femme. »

***

Les Wagner verraient peut-être l'émission. Ils pourraient peut-être, qui sait, être révoltés par le portrait de ma mère. Elle envoyait son fils à l'église. Et son fils se servait de sa mort pour faire de l'argent. Il la transformait en femme fatale, ringarde et bon marché. Gamin, il était artiste de l'arnaque. Aujourd'hui, il ruinait une réputation. Il diffamait sa mère. Il s'était trompé en faisant le bilan de la vie de sa mère, et il en offrait au monde une comptabilité erronée. Il revendiquait son droit de propriété sur elle à partir de souvenirs déformés et des mensonges de son bon à rien de père. Il donnait, délibérément et à jamais, une représentation fausse de sa mère, pour une putain d'éternité.

Je suis retourné à cette chambre dans les ténèbres et à cette révélation au snack. Au nouvel équilibre des souvenirs. À l'implication de Bill. Au lien exclusif que je ne trancherais pas. Les Wagner verraient peut-être l'émission. Ils n'avaient jamais vu, ou réagi au livre que j'avais dédié à ma mère. C'était des coincés du Middle West. Pas très branchés médias. Ils étaient peut-être passés à côté de moi sans me voir dans les journaux et les revues. Leoda me sous-estimait. Je la haïssais pour cela. Je voulais lui coller en pleine figure ma mère de la vraie vie et lui dire vois comment elle était, et vois combien je la révère malgré tout. Elle pourrait me remettre à ma place, de quelques mots glacés. Elle pourrait dire tu ne nous as pas parlé. Tu n'es pas remonté jusqu'à ta mère de Tunnel City, Wisconsin. Tu as fondé ton portrait sur des données insuffisantes.

Je ne voulais pas revenir si loin en arrière, pas tout de suite. Je ne voulais pas rompre le lien. Je ne voulais pas perturber le noyau de sexualité qui définissait encore ce lien. Les morts appartiennent à ceux, parmi les vivants, qui les réclament de la manière la plus obsessionnelle. Elle était mienne tout entière.

***

Ils ont filmé notre séquence en quatre jours. Ils nous ont filmés, Bill et moi, au poste d'El Monte. J'ai rejoué le moment où j'étais entré dans la salle des pièces à conviction. J'ai ouvert un sachet en plastique. J'en ai retiré un bas de soie.

Ce n'était pas *le* bas. Quelqu'un avait entortillé et noué un vieux bas. Je n'ai pas sorti de pseudo-cordon. Nous avions omis le détail de la double ligature.

Le metteur en scène m'a félicité pour mon numéro d'acteur. Nous avons tourné la scène très vite.

L'équipe était super. Toujours prête à la rigolade. Le tournage donnait l'impression d'être une soirée en l'honneur de Jean Ellroy.

J'ai rencontré l'acteur qui incarnait le Basané. Il m'appelait Petit Jimmy. Je l'appelais Merdaillon. Il était maigre, l'air méchant. Il ressemblait aux portraits-robots. J'ai rencontré l'actrice qui incarnait ma mère. Je l'appelais Ma'an. Elle m'appelait Fils. Elle avait les cheveux roux. Elle faisait plus Hollywood que campagne du Wisconsin. Je la blaguais. Je disais : « Ne va pas courir les hommes pendant que je serai parti ce week-end. » Elle disait : « Casse-toi, Jimmy. J'ai besoin de faire de l'exercice ! » Ma'an et le

Basané en rigolaient. Nous nous sommes bien marrés dans notre numéro. Bill est passé tous les jours. Il a pris un pied complet.

Ils ont filmé la séquence du Desert Inn dans un bar un peu louche de Downey. Le décor semblait anachronique. J'ai rencontré l'actrice qui jouait la Blonde. C'était l'incarnation d'un gibier facile de bar louche. Le Basané était sur son trente et un. Il portait une veste en soie marbrée et un pantalon assorti. Ma mère portait une imitation de la robe dans laquelle on l'avait retrouvée.

Ils ont filmé la dynamique du trio. Le Basané avait l'air d'être le mal incarné. Ma mère paraissait en trop bonne santé. La Blonde jouait juste, un peu trouble. Je voulais un tableau bien noir. Ils ont tourné une scène d'ouverture fidèle.

Nous nous sommes déplacés un peu plus loin dans la rue, au Harvey's Boiler. J'ai vu vingt voitures d'époque alignées. Le Harvey's Boiler était le drive-in de Stan. Un second rôle devait jouer le rôle de Lavonne Chambers et servir les plateaux.

Le Basané et ma mère sont montés dans une Olds 55. Lavonne leur a apporté les menus. Leurs micros étaient branchés, ils étaient prêts à jouer. Le producteur m'a donné un casque. J'ai écouté leur dialogue et quelques petits bavardages pris au hasard. Le Basané jouait le coup à fond pour draguer maman.

Ils ont filmé le meurtre à l'endroit où il s'était réellement produit. L'équipe avait pris le contrôle du lycée Arroyo. On a fait venir camions-caméras, camion-son, cantine et caravane d'habillage. Quelques habitants du cru sont passés. J'ai compté un moment jusqu'à trente-deux personnes.

Ils ont installé les lampes à arc. King's Row est devenu hallucinatoire. Les Olds de 55 sont venues se ranger. Un prélude chaste au meurtre et un meurtre simulé ont été tournés. J'ai assisté vingt-cinq fois au prélude, au meurtre, au largage du corps. Ce n'était pas douloureux. J'étais maintenant un pro du meurtre. J'étais plus que le fils d'une victime, et moins qu'un inspecteur de la Criminelle.

Ils ont filmé deux scènes dans mon ancienne maison. Ils ont payé des honoraires à Geno Guevara pour l'utilisation du lieu. J'ai rencontré l'acteur qui jouait mon rôle quand j'étais môme. Il me ressemblait, c'était moi à dix ans. Il portait des vêtements comme les miens le 22/6/58.

Les services de police d'El Monte ont bloqué Bryant et Maple. L'équipe a habillé la rue de trois voitures d'époque. Le chef Clayton a débarqué. Des spectateurs se sont matérialisés. Un taxi des années cinquante s'est matérialisé. Le metteur en scène a répété le plan où le môme Ellroy reçoit le flic qui lui apprend la nouvelle.

Il a réglé les détails de la scène d'arrivée. Le taxi est venu se ranger. Le garçon est sorti. Le flic lui a dit que sa mère était morte. Trente ou quarante personnes regardaient.

Ils ont filmé et re-filmé la scène. On s'est passé le mot. J'étais le môme du taxi, à une demi-vie de là. Les gens m'ont montré du doigt. Les gens m'ont salué du geste.

Ils ont filmé une scène domestique dans notre vieille cuisine. La cuisine était habillée de neuf, style années cinquante. Ma mère portait un uniforme blanc. Je portais la tenue que j'avais en arrivant. Ma mère m'a appelé dans la cuisine et m'a dit de manger mon dîner. Je me suis affalé dans un fauteuil et j'ai ignoré la nourriture. C'était de la bonne télé standard, saine et proprette. Bill a dit qu'ils auraient dû me filmer en train de regarder à l'intérieur de la robe de ma mère.

Nous nous sommes séparés pour le déjeuner. Une cantine est arrivée. Service pour vingt, effectué par les machinistes sur la pelouse de façade de Geno Guevara. Le buffet s'étirait jusqu'à la rue. Quelques péquenots du coin se sont chopé une assiette et ont participé à la fête sans y être invités.

Je me suis assis à côté d'un parfait inconnu. J'ai adressé une prière à la rouquine. J'ai dit : Tout ça, c'est pour toi.

28

La fête s'est achevée. Je suis rentré à la maison. Le téléfilm était programmé pour le 23/3/96.

Bill et moi avons surchargé nos interviews de détails. Nous avons mis l'accent sur Airtek. Nous avons mis l'accent sur le nom de jeune fille de ma mère, « Jean », diminutif de « Geneva ». Nous étions des pros maintenant. Nous étions passés maîtres dans l'art du temps de parole. Nous avions l'occasion de toucher un large public. Nous voulions le stimuler et le provoquer au moyen de détails précis et simplement énoncés.

Elle était là, quelque part. Je la sentais. J'avais passé un mois à anticiper le moment, avec calme. J'ai laissé de côté la Blonde et le Basané. Elle était là, quelque part. Des gens allaient appeler et dire qu'ils l'avaient connue.

Bill était reparti pour le comté d'Orange. Il travaillait avec Joe Walker. Ils se préparaient à une moisson de noms. L'émission allait nous donner une chiée de noms comme jamais. Des noms du cru. Des noms à l'échelle du pays. Des noms d'informateurs, des noms potentiels pour la Blonde et le Basané. Des noms à vérifier, des noms avec des casiers judiciaires à contrôler. Des noms à contacter, des noms à rejeter, des noms à examiner de plus près et à comparer à d'autres noms, des noms à éliminer parce qu'ils n'avaient aucun sens.

Des noms.

Les anciens amants qu'elle avait eus. Ses anciens collègues. Ses anciens confidents. Les gens qui avaient entrevu le schéma auquel obéissait sa fuite.

Des noms.

Bill y était prêt. Il a mandaté Joe Walker en renfort.

Vérifie les archives officielles. Suis les pistes papier, attaque les banques de données. Emmène-nous de Tunnel City à El Monte.

Joe a dit qu'il vérifierait les archives de mariages et de divorces. Bill a dit qu'il contrôlerait les annuaires téléphoniques. Il a dit que nous devrions aller dans le Wisconsin. J'ai dit pas encore. Il voulait court-circuiter ma revendication d'exclusivité. Je voulais piller nos nouveaux noms et la renforcer.

***

J'ai regardé l'émission à la maison. Bill l'a regardée au central téléphonique, près du studio. Louie Danoff s'est joint à lui. Ils s'étaient retrouvés avec des flics d'autres reportages filmés.

Le décor était digne de l'ère spatiale. Une douzaine d'opératrices recevaient les appels et tapaient simultanément les tuyaux sur des ordinateurs. Les flics pouvaient lire les écrans et écouter les appels brûlants au casque. Les tuyauteurs ont appelé très vite. Ils avaient vu l'émission. Ils avaient reconnu des suspects. Ils avaient reconnu des êtres chers disparus ou autres vieilles connaissances. Ils appelaient parce qu'un reportage leur avait titillé la corde sensible. Ils appelaient parce qu'un reportage les avait fait disjoncter.

J'ai regardé l'émission en compagnie d'Helen. Le reportage Jean Ellroy était de première. Le meilleur numéro depuis celui de Robbie Beckett *live*. Le récitant était Robert Stack. Je l'ai vu et j'ai éclaté de rire. J'avais fait le caddy pour lui à plusieurs reprises au Country Club de Bel-Air. Les scènes dramatiques étaient impressionnantes. Le metteur en scène avait trouvé un juste équilibre. Il avait tenu compte des tranches d'âge des téléspectateurs. Le meurtre faisait froid dans le dos, sans plus. Il ne scandaliserait pas les personnes âgées ni ne choquerait plus que de raison les tuyauteurs potentiels. J'étais bien. Bill était bien. Robert Stack mettait l'accent sur la piste Airtek. Les renseignements justes et choisis sont bien passés. Les vraies photos de ma mère et du Basané sont bien passées. L'histoire a été simplement et proprement racontée.

Les téléphones se sont mis à sonner.

Un homme d'Oklahoma City, Oklahoma, a appelé. Il a dit que le Basané ressemblait à un mec du nom de Bob Sones. Bob avait assassiné son épouse Sherry et s'était suicidé. C'était fin 58. Le crime avait eu lieu à Hollywood Nord. Un homme de Centralia, Washington, a appelé. Il a dit que son père était le Basané. Son père mesurait un mètre quatre-vingt-quinze et pesait cent dix kilos. Son père portait une arme et des tas de munitions. Un homme de Savage, Minnesota, a appelé. Il a dit que le Basané ressemblait à son père. Son père habitait El Monte à l'époque. Son père était violent et grossier. Son père avait fait de la prison. Son père était joueur et il courait les femmes. Un homme de Dallas, Texas, a appelé. Il a dit que le Basané lui était familier. Il ressemblait à un ancien voisin d'il y avait bien longtemps. Le type avait une épouse blonde. Il conduisait une Buick bleue et blanche. Un homme de Rochester, New York, a appelé. Il a dit que son grand-père était le Basané. Papy était à l'hospice. L'homme en a fourni l'adresse et le numéro de téléphone. Une femme de Sacramento, Californie, a appelé. Elle a dit que le Basané ressemblait à un médecin de la ville. Le docteur vivait avec sa mère. Le docteur haïssait les femmes. Le docteur était végétarien. Une femme de Lakeport, Californie, a appelé. Elle a dit que le Basané ressemblait à son ex-mari. Son ex courait les femmes. Elle ne savait pas où il se trouvait aujourd'hui. Une femme de Fort Lauderdale, Floride, a appelé. Elle a dit que sa sœur avait été assassinée. Elle a dit qu'elle lisait beaucoup de romans criminels. Une femme de Covina, Californie, a appelé. Elle a dit que sa sœur avait été violée et étranglée à El Monte. C'était arrivé en 1992. Un homme de Huntington Beach, Californie, a appelé. Il a dit qu'il voulait parler à Bill Stoner. Bill est venu en ligne. L'homme a raccroché. Une femme de Paso Robles, Californie, a appelé. Elle a dit que le Basané lui paraissait familier. Elle avait rencontré un homme dans son genre en 1957. Il voulait du sexe. Elle avait dit non. Il avait dit qu'il voulait la tuer. Il habitait Alhambra à l'époque. Un homme de Los Angeles, Californie, a appelé. Il a dit que sa grand-mère connaissait Jean Ellroy. Elles étaient amies. Sa grand-mère habitait dans le comté d'Orange.

L'opératrice a fait signe à Bill d'approcher. Bill a consulté l'écran. L'opératrice a prié l'homme de rester en ligne. L'homme a raccroché.

La dame Dahlia noir a appelé. Elle a dit que son père avait tué Jean Ellroy et le Dahlia noir. Une femme de Los Angeles, Californie, a appelé. Elle a dit que le Basané ressemblait à son père. Son père était décédé en août 58. Une femme de Los Angeles, Californie, a appelé. Elle a dit que la Blonde lui paraissait familière. Elle avait connu un couple à la fin des années cinquante. Le mari était italien. La femme était blonde. Lui travaillait dans une usine de missiles. Elle travaillait dans un studio de danse. Il s'appelait Walley. Elle s'appelait Nita. Une femme de Phoenix, Arizona, a appelé. Elle a dit que le Basané ressemblait à son oncle décédé. Il habitait L.A. en 1958. Une femme de Pinetop, Arizona, a appelé. Elle a dit que le Basané ressemblait à un jeune garçon basané qu'elle avait connu. Le garçon basané avait seize ans en 1958. Une femme de Saginaw, Michigan, a appelé. Elle a dit que le Basané ressemblait à son ex-mari. Son ex avait disparu. Elle ne savait pas où il se trouvait. Une femme de Tucson, Arizona, a appelé. Elle a dit être psychologue. Elle a dit que James Ellroy était très en colère. Il revivait la mort de sa mère pour se punir. Il n'avait pas été là pour elle. Il se sentait coupable. Il avait besoin d'être soigné. Une femme de Cartwright, Oklahoma, a appelé. Elle a dit que le Basané ressemblait à l'ex-mari de sa mère. Il l'avait violée et avait essayé de tuer sa mère. C'était un démon. Il était chauffeur de poids lourds. Il conduisait des Buick. Il prenait des femmes à bord et narguait sa mère. Elle ne savait pas s'il était toujours vivant. Une femme de Benwood, Virginie Ouest, a appelé. Elle a dit qu'un homme les avait poursuivis, elle et son frère, à Los Angeles. Elle avait six ans. L'homme avait les cheveux sombres et de belles dents. Il conduisait un camion. Il lui avait ôté ses vêtements, il l'avait pelotée et embrassée. Elle l'avait revu dans un jeu télévisé quelques années plus tard. C'était peut-être le Groucho Marx Show. Une femme de Westminster, Maryland, a appelé. Elle a dit que le Basané ressemblait à un dénommé Larry. Larry avait quarante ans aujourd'hui. Le Basané était peut-être son père. Un homme de New

Boston, Texas, a appelé. Il a dit que l'oncle de sa femme s'était installé au Texas en 1958. Il ressemblait au Basané. Il avait commis des abus sexuels sur enfants. Il était mort il y a dix ans. Il était enterré à Comway, Arkansas.

***

Nous avons entassé. Nous avons enregistré baratin et insinuations. Il s'agissait d'un programme familial. Nous avons répertorié quelques traumatismes familiaux. Pas un employé d'Airtek n'a appelé. Pas un ex-flic n'a appelé. Pas un ex-amant, pas un ex-collègue, pas une ex-confidente n'a appelé. Les Wagner n'ont pas appelé. Le seul à avoir passé un coup de fil un peu brûlant avait raccroché. Je me sentais comme un petit minable martyrisé par sa nana. Elle m'avait posé un lapin, j'étais cocu, elle m'avait laissé tomber. J'attends à côté du téléphone. J'attends qu'une femme appelle, une femme spéciale ou n'importe quelle femme.

Le producteur a dit que nous recevrions d'autres coups de fil. Bill avait toutes les listes des tuyaux et les numéros à rappeler. Il a vérifié le tuyau Bob et Sherry Sones. Il n'a pas trouvé trace de l'affaire. Il a appelé la femme de Paso Robles. Ils ont discuté du Bellâtre Basané d'Alhambra. Le Bellâtre Basané était trop jeune. Ce ne pouvait être le Basané. Le tuyau était crevé. Tous nos tuyaux étaient crevés.

De nouveaux tuyaux sont arrivés. Bill et moi avons reçu les listes par FedEx.

Un homme d'Alexandria, Virginie, a appelé. Il a dit que le Basané ressemblait à son frère. Son frère mesurait un mètre quatre-vingt-cinq, il n'avait pas un pouce de graisse. Il avait fait de la taule à la prison d'État de Chino. Un homme d'Espanola, Nouveau-

Mexique, a appelé. Il a dit qu'il vivait à El Monte, en 1961. Le Basané lui paraissait très familier. Une femme de Jackson, Mississippi, a appelé. Elle a dit que son père avait tué quelqu'un en 1958. Il avait fait un séjour à Alcatraz. Il avait des tatouages sur l'avant-bras droit et pas d'index à la main droite. Il avait essayé de tuer sa mère. Il conduisait une Chevy bleue. La dame Dahlia noir a appelé. Elle a dit que son père avait tué ma mère et le Dahlia noir. Une femme de Virginia Beach, Virginie, a appelé. Elle a dit qu'elle connaissait le Basané. Il travaillait au centre commercial Lynn Haven, à Lynn Haven, Virginie.

Une femme de La Puente a appelé. Elle s'appelait Barbara Grover. Elle a dit qu'elle était l'ex-belle-sœur d'Ellis Outlaw. Ellis était marié à Alberta Low Outlaw. Ellis et Alberta étaient décédés. Barbara Grover avait épousé Reuben, le frère d'Alberta. Il ressemblait au Basané. C'était un ivrogne et un pervers. Il traînait au Desert Inn. Il avait été assassiné à L.A. en 1974.

Bill a appelé Barbara Grover. Elle a dit que Reuben traînait chez Stan. Il avait été opéré d'une mastoïdite. Il avait, de ce fait, le maxillaire fin comme le Basané.

Bill a rencontré Barbara Grover en personne. Elle a dit qu'elle avait connu Reuben Low en 1951. Il avait vingt-quatre ans. Elle en avait seize. Il sortait avec sa mère. Il a laissé tomber la mère. Il s'est mis avec elle. Ils se sont mariés le 10/5/53. Sa mère vivait avec eux. Reuben avait des relations sexuelles avec la mère. Reuben les insultait, les violentait. Reuben achetait des voitures et ne réglait pas les échéances. Reuben était brutal. Il avait un jour essayé de la tuer avec une bouteille de bière. Il aimait les armes et les voitures. Il courait les femmes. Il avait des goûts sexuels étranges. Il rentrait à la maison, le visage toujours couvert de griffures. Il détestait travailler. Il assurait de temps en temps l'entretien de distributeurs automatiques. Il avait perdu l'extrémité de son index droit dans un accident du travail. Elle avait quitté Reuben au début des années soixante. Il s'était fait tuer dix ou douze ans plus tard. Il vivait dans L.A. Sud. Il revenait d'un magasin de spiritueux et rentrait chez lui. Deux mômes noirs l'avaient volé et suriné.

Reuben n'avait jamais dit avoir tué une femme. Les Outlaw ne lui avaient jamais dit qu'il avait fait ça. Peut-être avait-il tué Jean Ellroy. Peut-être les Outlaw le savaient-ils. Peut-être le protégeaient-ils.

Barbara Grover a montré une photo à Bill. Le jeune Reuben Low avait l'air du Basané jeune. Il avait l'air de sortir de sa campagne. Il n'avait pas le type latin. On voyait bien qu'il lui manquait un doigt.

Bill a appelé la Criminelle du LAPD. Un ami lui a sorti le dossier Reuben Low. Décédé le 27/1/74. Les tueurs avaient été capturés et reconnus coupables.

Bill et moi avons discuté de Reuben Low. J'ai dit que Margie Trawick avait dû le connaître. C'était un habitué du Desert Inn. Il avait une difformité physique. Bill a dit que Hallinen et Lawton l'auraient épinglé. Ils lui avaient probablement fait cracher ce qu'il savait avant de l'innocenter.

Nous l'avons rayé de notre liste de suspects. C'était le seul enfoiré de notre liste de suspects. Nous avons reçu un autre tuyau par FedEx.

Un homme de Somerset, Californie, a appelé. Il s'appelait Dan Jones. Il a dit qu'il travaillait à Airtek en 1957. Il connaissait ma mère. Il l'aimait bien. Il avait une photo d'elle.

Bill a appelé Dan Jones. Il a dit que Jean était connue comme « Hilliker » à Airtek. Il a dit qu'il avait quitté Airtek au début de 58. Il n'avait jamais parlé aux flics. Il ne savait pas avec qui Jean sortait.

Il a donné à Bill quelques noms d'Airtek. Bill a fait une recherche sur la Californie. Il a trouvé onze membres d'Airtek en Californie du Sud.

Dan Jones m'a envoyé quatre instantanés couleur. Je suis remonté dans le temps jusqu'à Noël 57.

Le réveillon de Noël Airtek.

Tout le monde buvait. Tout le monde fumait. Tout le monde faisait la fête. Ma mère apparaissait sur une photo.

Elle était debout près du bar. Elle portait un uniforme blanc et un coupe-vent qui lui arrivait aux hanches. Je ne voyais pas son visage. J'ai reconnu ses jambes et ses mains. Elle tenait un verre et une cigarette. Un homme se penchait pour l'embrasser. Il avait la main gauche près de son sein droit.

Bill a interrogé les gens d'Airtek. La plupart se souvenaient de ma mère. Bill a rédigé les textes des entrevues et me les a envoyés. Les détails m'ont fait complètement décoller.

Airtek, c'était Romance-Ville. Les gens d'Airtek travaillaient dur et bringuaient deux fois plus dur. Les gens venaient à Airtek. Ils attrapaient le virus Airtek et larguaient maris et femmes. Le virus Airtek était violent. C'était la grippe du boogie-woogie. Il y avait à Airtek un club d'échanges d'épouses. Jean s'était cassée de Packard-Bell et était venue à Airtek. Ruth Schienle et Margie Stripp y étaient venues elles aussi. Margie était aujourd'hui décédée. Ruth avait disparu. Jean était belle, c'était une dame. Elle buvait trop. Elle le savait. Elle buvait trop par rapport aux normes Airtek. Les normes Airtek étaient très permissives. Elle buvait au Julie's Restaurant près du Coliseum. Elle traînait pour boire à l'heure du déjeuner. Nick Zaha travaillait à Airtek. Il avait une liaison avec Jean. Les hommes d'Airtek buvaient sec. Jean leur faisait des piqûres de vitamine B-1 pour leurs gueules de bois. Les mômes d'Airtek avaient organisé une veillée funèbre pour Jean. Ils avaient joué et rejoué la chanson de Johnny Mathis « Chances Are ». Jean s'est enivrée lors d'une petite fête Airtek et elle a grimpé sur la plateforme d'un chariot élévateur qui l'a hissée jusqu'au sommet du toit de l'entrepôt principal. Jean a dit à un mec qu'un autre mec lui cherchait des crosses. Elle n'a pas cité son nom. Elle s'est fait tuer une semaine plus tard. Will Miller travaillait à Airtek. C'était un gars sacrément gentil. Un type d'Airtek est parti pour l'Europe deux semaines avant le meurtre. Jean lui a demandé de lui envoyer une bouteille de Chanel N° 5. Jean était gentille. Jean travaillait dur. Les cheveux roux de Jean étincelaient après trois bourbons à l'eau.

C'était elle qui étincelait maintenant. Je voulais plus. Nous étions ensemble dans une voiture arrêtée. Elle se trouvait là, contrainte et forcée. Je ne pouvais pas la câliner ou la stimuler pour en avoir plus. D'autres qu'elle allaient devoir me le donner.

Je ne savais pas comment en avoir plus. Bill a travaillé de son côté et m'a montré.

Joe Walker a vérifié tous les Hilliker du Wisconsin. Il a trouvé un Leigh Hilliker à Tomah. Tomah était tout près de Tunnel City. Bill a appelé Leigh Hilliker. Il avait quatre-vingt-quatre ans. C'était le cousin germain de ma mère. Il a dit que Leoda Wagner était décédée. Ed Wagner était hospitalisé à Cross Plains, Wisconsin. Jeanne Wagner était aujourd'hui Jeanne Wagner Beck. Elle habitait à Avalanche, Wisconsin. Elle avait un mari et trois mômes. Janet Wagner était aujourd'hui Janet Wagner Klock. Elle habitait à Cross Plains. Elle avait un mari et quatre mômes. Leigh Hilliker connaissait l'histoire Ellroy-Stoner. Il avait vu l'émission *Day One* l'année dernière. Bill lui a demandé si les Wagner étaient au courant. Il a répondu qu'il ne savait pas. Il avait leurs adresses et numéros de téléphone. Il n'avait pas gardé le contact. Il ne les avait pas appelés pour leur parler de l'émission.

Bill a obtenu le numéro de Janet Klock et le numéro d'Ed Wagner à l'hôpital. Il les a appelés. Il leur a expliqué ce que nous faisions. Ils ont été totalement abasourdis et absolument enchantés. Ils croyaient que j'étais mort depuis quinze ans dans quelque ruisseau de L.A.

Oncle Ed avait quatre-vingts ans. Il souffrait d'insuffisance cardiaque. Leoda était décédée depuis sept ans. Elle avait eu un cancer. Janet avait quarante-deux ans. Elle était administratrice de la municipalité de Cross Plains, Wisconsin. Elle a dit qu'elle avait quelques photos adorables. Sa mère les lui avait données. Tante Jean était belle. Elle a dit que les photos remontaient à son enfance.

Elle a dit que Tante Jean avait été mariée une première fois. Le mariage avait été très bref. Elle avait épousé un jeune homme du nom de Spalding. C'était l'un des héritiers de la fortune des Spalding, articles de sport.

Bill m'a appelé et m'a annoncé la nouvelle. J'ai été plus que stupéfait. Bill a dit que nous devions aller dans le Wisconsin. Il a insisté sur le côté famille. J'ai accepté d'y aller. Le côté famille n'a pas pesé sur ma décision. Ce sont les photos et la rumeur à propos des Spalding qui m'ont convaincu.

C'était plus. C'était elle.

29

Ed Wagner est décédé. Nous avons reporté notre voyage dans le Wisconsin.

Ed était vieux et malade. Il n'était pas à un stade terminal. Sa mort était inattendue. Les sœurs Wagner l'ont enterré à côté de Leoda. Le cimetière était à cent mètres de l'arrière-porte de Janet.

Je ne le connaissais pas. Je l'avais vu au total une douzaine de fois. J'avais faït mien le discours féroce de mon père contre lui. C'était un Boche et un déserteur. L'accusation n'était pas très solide. Ed m'avait toujours bien traité. Je ne l'avais jamais appelé. Je voulais le voir. Je lui devais des excuses. Je voulais les lui présenter en face.

J'ai appelé les sœurs Wagner. Nous avions établi des projets de voyage avant la mort de leur père. Au début, nous étions nerveux. Nous nous sommes décrispés. Janet a dit que Leoda aurait été tellement fière de moi. Je n'étais pas d'accord. Je voulais détruire l'image qu'elle s'était faite de sa sœur. Janet a dit que Leoda n'admettait pas qu'on salisse Geneva. Ed avait l'esprit plus ouvert. Il avait une vue plus équilibrée. Jean buvait trop. Elle avait des problèmes. Elle ne partageait jamais ses problèmes.

J'ai parlé franchement. Mes cousines ont fait de même. J'ai décrit la vie et la mort de ma mère en termes très durs. Elles ont dit que j'avais brisé le cœur de Leoda. J'ai dit que j'avais essayé de me rabibocher avec elle dix-huit ans auparavant. J'avais critiqué ma mère sans prendre de gants. Leoda avait été choquée. J'avais fichu en l'air ma tentative de réconciliation.

Jeannie avait quarante-neuf ans. Elle dirigeait une serre. Son mari était professeur d'université. Ils avaient deux fils et une fille. Janet avait épousé un charpentier. Ils avaient trois fils et une fille. Je les avais vus pour la dernière fois à Noël 66. Leoda m'avait fait venir dans le Wisconsin par avion. L'arnaqueur débarquait, et la cible n'était pas au parfum.

Leoda s'est vite mise au parfum. Elle a mis ses filles au parfum. Leoda était pleine de rancœur méchante. Pas ses filles. Elles ont accueilli mon retour à bras ouverts. Jeannie était réservée. Janet était enthousiaste. Elle a dit qu'elle ne savait pas grand-chose du mariage Spalding. Elle savait que ledit mariage avait rendu l'âme très vite. Elle ne connaissait pas le lieu du mariage ni les circonstances entourant l'annulation ou le divorce. Elle ne connaissait pas le prénom de Spalding. Janet avait quatre ans en juin 58, Jeannie, presque douze. Leoda avait dit que Tante Jean était partie faire des courses et avait été kidnappée. La police avait retrouvé son corps le lendemain matin. Leoda avait abrégé la mort de ma mère de la même manière qu'elle avait expurgé sa vie.

Janet m'a envoyé une copie de l'arbre généalogique Hilliker. J'en ai été surpris. Je croyais que mes grands-parents étaient des immigrants allemands. Je ne sais où j'avais pris cette idée. Mes ancêtres avaient des noms anglais. Ma grand-mère s'appelait Jessie Woodard Hilliker. Elle avait une sœur jumelle du nom de Geneva. L'arbre généalogique donnait des Hilliker, Woodard, Smith, Pierce et Linscott. Leur arrivée en Amérique était vieille de cent cinquante ans.

Ed et Leoda étaient décédés. Ils ne pouvaient plus me disputer ma revendication. J'aurais combattu la revendication de Leoda avec tact. Mes cousines ne connaissaient guère ma mère. Je pouvais leur faire une place. Je pouvais partager ma mère avec elles, superficiellement. Je pouvais garder pour moi seul son cœur de ténèbres.

***

Cross Plains était un faubourg de Madison. Bill et moi avons atterri à l'aéroport de Madison.

Janet nous attendait. Elle avait amené son mari, son plus jeune fils et sa fille. Je ne l'ai pas reconnue. Elle avait douze ans en 66. Je n'ai pas vu la moindre ressemblance Hilliker.

Brian Klock avait quarante-sept ans. Nous avions en partage le même jour de naissance. Janet a dit que Leoda priait pour moi le jour de l'anniversaire de Brian. C'était mon anniversaire. Elle ne l'oubliait jamais. Brian était petit et râblé. Tous les Klock étaient petits et râblés. Mindy Klock avait seize ans. Elle jouait du piano classique. Elle a dit qu'elle me jouerait du Beethoven. Casey Klock avait douze ans. Il avait tout l'air d'un môme exubérant. Les mâles Klock avaient des cheveux superbes. J'ai fait part de mon sentiment d'envie. Brian et Casey ont ri. Bill s'est mêlé au groupe avec aisance. Jamais je n'ai connu d'être plus sociable.

Les Klock nous ont conduits à un Holiday Inn. Nous les avons invités à dîner au rez-de-chaussée. La conversation s'est déroulée à bâtons rompus. Bill a décrit notre enquête. Mindy m'a demandé si je connaissais des vedettes de cinéma. Elle a parlé de ses passions du moment. Je lui ai dit qu'ils étaient homosexuels. Elle ne m'a pas cru. J'ai passé en revue quelques ragots hollywoodiens. Janet et Brian ont ri. Bill a ri et a dit que je ne racontais que des conneries. Casey se curait le nez et jouait avec sa nourriture.

Nous avons passé un bon moment. Janet nous a donné lc programme du lendemain. Nous allions nous rendre à Tunnel City et Tomah. Nous devions prendre Jeannie en route. J'ai parlé des photos. Elle a dit qu'elle les avait chez elle. Nous pourrions les voir à la première heure le lendemain matin.

Nous avons traîné à table. La nourriture était étrange. Chaque plat nous arrivait accompagné de saucisse et de fromage fondu. Je me suis dit qu'il devait s'agir d'une aberration régionale. Les Klock avaient un accent provincial. Tous leurs mots s'accompagnaient d'une inflexion montante. Ed et Leoda parlaient de cette manière-là. Leurs voix me revenaient du néant. Je n'arrivais pas à me rappeler la voix de ma mère.

Nous avons parlé d'elle. Janet et Brian se montraient révérencieux. Je leur ai dit de se décoincer un peu.

***

Les photos étaient vieilles. On les avait collées dans des albums ou sorties d'enveloppes. Je les ai examinées à la table de cuisine de Janet. La fenêtre de la cuisine donnait sur les tombes des Wagner en contrebas.

La plupart des photos étaient noir et blanc et teintées sépia. Quelques-unes étaient en couleurs fin des années quarante. J'ai d'abord regardé mes ancêtres.

Je me suis fait une idée de Tunnel City, Wisconsin. J'ai vu des rails de chemin de fer sur tous les clichés de plein air.

Mes arrière-grands-parents. Un couple victorien sévère. Ils posaient sévèrement. Les instantanés pris sur le vif n'existaient pas. J'ai vu la photo de mariage des Hilliker-Woodard. Early avait l'air d'un jeune homme plein d'allant. Jessie était frêle et adorable. Son portrait mêlait une version de mon visage et du visage de ma mère, plus quelques traits dont nous n'avions pas hérité. Elle portait des lunettes. Elle avait nos petits yeux. Elle avait donné à ma mère ses épaules délicates et sa peau douce et blanche.

J'ai vu ma mère. Je l'ai suivie depuis la petite enfance jusqu'à l'âge de dix ans. Je l'ai vue avec Leoda. Leoda regardait sa sœur aînée avec de grands yeux. Chaque photo était le témoignage cadré de son adulation. Geneva portait des lunettes. Elle avait des cheveux roux clair. Elle souriait. Elle avait l'air heureuse. Les décors intérieurs, en arrière-plan, étaient chiches. Elle avait grandi dans une maison sans chichis. Les décors de plein air étaient beaux et rudes. L'ouest du Wisconsin était d'un vert sombre, flamboyant, ou enneigé et dénudé avec quelques arbres morts.

J'ai fait un bond en avant. Il le fallait bien. Il n'y avait pas de photos de ma mère adolescente. J'ai fait un saut de dix ans en avant. J'ai vu Geneva à vingt ans. Ses cheveux étaient plus foncés. Elle avait une beauté sévère et implacable qui vous clouait sur place.

Elle portait ses cheveux en chignon. Elle les séparait par une raie médiane. C'était une coiffure vieillotte. Elle l'arborait avec une assurance impérieuse. Elle savait l'air qu'elle devait avoir. Elle savait la manière de maîtriser son image.

Elle paraissait fière. Elle paraissait déterminée. Elle donnait l'impression de penser à quelque chose.

J'ai fait un bond en avant. J'ai vu trois clichés couleurs d'août 47. Ma mère était enceinte de deux mois. Elle était avec Leoda. L'une des photos était coupée. Leoda avait probablement interdit mon père de séjour. Ma mère avait trente-deux ans. Ses traits avaient pris leur place, résolument. Elle portait toujours son chignon. Pourquoi jouer à la frivole et mettre en danger son image de marque ? Elle souriait. Elle n'était pas distraite. Elle n'affichait plus cette fierté farouche.

J'ai vu un instantané noir et blanc. Mon père avait écrit la date au dos. J'ai reconnu son écriture. Il avait rédigé un petit mot sous la date.

« La perfection. Et qui suis-je pour dorer le lis ? »

C'était août 46. C'était Beverly Hills. Ce ne pouvait être ailleurs. Une piscine. Quelques *cabanas* style château français. Une scène de fête du ciné-biz. Ma mère était assise sur un transat. Elle portait une robe d'été. Elle souriait. Elle avait l'air délicieusement satisfaite.

Elle était avec mon père à ce moment-là. Il était employé par Rita Hayworth.

J'ai vu d'autres photos noir et blanc. Remontant toutes au milieu des années quarante. J'ai reconnu le décor extérieur commun. C'était le 459 North Doheny. Ma mère portait une robe de couleur claire. Elle portait des chaussures-sandales. La robe était parfaite pour elle. Un modèle classe dernière mode à petit budget. Elle posait avec assurance. Elle arborait une coiffure d'un style différent. Son chignon était à tresses épinglées sur les côtés. Je n'ai pas pu déchiffrer son visage.

J'en suis arrivé aux photos les plus stupéfiantes. C'était des photographies posées, agrandies au format portrait.

Ma mère était assise sur une palissade ou elle posait debout à côté. Elle avait vingt-quatre ou vingt-cinq ans. Elle portait une chemise à carreaux, un coupe-vent, un pantalon de cheval et des bottes lacées jusqu'aux genoux. Elle avait une alliance au doigt. Les photos semblaient avoir été prises pendant une lune de miel, sans le mari. Mon père ou le dénommé Spalding se trouvaient quelque part hors-champ. Ça, c'était Geneva Hilliker. Ça, c'était ma mère sans le nom de famille d'un homme. Elle était trop fière pour se plier. Les hommes venaient à elle. Elle ramenait ses cheveux en chignon, l'image de la compétence, de la beauté, de la rectitude. Elle était là-bas avec un homme. On la voyait seule. Elle défiait toute appropriation par quiconque, présente ou passée.

***

Tunnel City et Tomah étaient à trois heures au nord-ouest. Nous nous y sommes rendus dans la camionnette de Brian Klock. Brian et Janet étaient assis à l'avant. Bill et moi, à l'arrière.

Nous avons pris les petites routes. Le Wisconsin défilait, en cinq couleurs fondamentales. Les collines étaient vertes. Le ciel était bleu. Les granges et les silos, rouges, blancs et argent.

Le paysage était beau. Je l'ai ignoré. J'avais en équilibre sur les genoux un paquet de photos. Je les regardais. Je les examinais sous différents angles. Je les examinais sous des rais de lumière bizarres. Bill m'a demandé si j'allais bien. Je lui ai dit je ne sais pas.

Nous sommes passés prendre Jeannie. Je l'ai reconnue. Elle avait mes yeux marron en boutons de bottine. Les boutons de bottine nous venaient de Jessie Hilliker, le marron de nos pères respectifs.

Jeannie trouvait toute cette affaire Ellroy dérangeante. Son père était décédé trois semaines auparavant. Bill et moi apportions le drame, elle n'en avait pas besoin. Elle était distante. Elle n'était pas grossière ni inhospitalière. Bill l'a interrogée sur le meurtre. Elle a répété l'histoire de Leoda mot pour mot. Ses parents ne parlaient jamais du meurtre. Leoda donnait des réponses évasives. Elle mentait sur la mort de sa sœur et reconstruisait la vie de sa sœur en conséquence.

Nous avons traversé le Wisconsin-cambrousse. J'ai parlé à Jeannie, j'ai regardé les photos. Jeannie s'est un peu laissée aller. Elle s'est mise à l'unisson de ce périple par la route. J'ai posé quelques photos contre la vitre et fait des juxtapositions.

Nous sommes passés devant une base militaire. J'ai vu un panneau indiquant Tunnel City. Janet a dit que les tombes étaient juste en bordure de la grand-route. Elle s'y était rendue une fois par le passé. Elle connaissait les emplacements clés des Hilliker.

Nous nous sommes arrêtés au cimetière. Trente mètres de côté. Laissé à l'abandon. J'ai regardé les pierres tombales. J'ai fait correspondre les noms à l'arbre généalogique. J'ai vu des Hilliker, des Woodard, des Linscott, des Smith et des Pierce. Leurs dates de naissance remontaient à 1840. Earle et Jessie étaient enterrés ensemble. Lui était décédé à l'âge de quarante-neuf ans. Elle, à cinquante-neuf. Ils étaient morts jeunes. Leurs tombes étaient très négligées.

Nous sommes entrés dans Tunnel City. J'ai vu les voies de chemin de fer et le tunnel ferroviaire. Tunnel City s'étendait sur quatre rues en largeur et une longueur de cinq cents mètres. La ville était bâtie le long d'un contrefort de collines. Les maisons étaient en brique et vieux bardeaux. Quelques-unes étaient joliment entretenues. D'autres, non. Certaines pelouses étaient tondues. D'autres, couvertes de carcasses de voitures et de vedettes à moteur. Il n'y avait pas de centre-ville. Il y avait une poste et une église méthodiste. Ma mère avait fréquenté cette église. Elle était aujourd'hui barrée de planches. La gare de chemin de fer était cadenassée. Janet nous a montré la vieille maison des Hilliker. On aurait dit un abri antiaérien surélevé. De la brique rouge, sur huit mètres au carré.

J'ai regardé la ville. J'ai regardé les photos.

Nous sommes allés à Tomah. Nous sommes passés devant une pancarte signalant la Pépinière Hilliker. Janet a dit que les enfants de Leigh en étaient propriétaires. Nous sommes entrés dans Tomah. Janet a dit que les sœurs s'étaient installées là en 1930. Tomah était une ville située dans une autre dimension. Un décor de cinéma d'avant-guerre. Les enseignes Pizza Hut et Kinko étaient les seuls signes de l'époque actuelle. La rue principale s'appelait Superior Avenue. Des rues résidentielles venaient la recouper. Les parcelles étaient grandes. Les maisons étaient toutes en bardeaux blancs. La maison Hilliker était à deux blocs de l'avenue. Elle était décorée et remise à neuf, transformée en anachronisme. Ma mère avait habité cette maison. Elle avait acquis sa beauté sévère dans cette jolie petite ville.

Nous nous sommes garés, nous avons regardé la maison. J'ai regardé les photos. Bill les a regardées. Il a dit que Geneva était la plus belle fille de Tomah, Wisconsin. J'ai dit qu'elle n'en pouvait plus d'attendre de la quitter pour toujours.

***

Nous sommes retournés à Avalanche. Nous avons dîné chez Jeannie. J'ai fait la connaissance du mari de

Jeannie, Terry, et de ses deux fils. Sa fille était à l'université.

Terry avait les cheveux longs et une barbe. Il ressemblait à l'Unabomber. Les garçons avaient dix-sept et douze ans. Ils voulaient entendre des histoires de flics. Bill y est allé de ses riffs, d'anecdotes en anecdotes, et m'a libéré de la pression sociale. Je suis passé au mode spectateur. Les photos étaient dans la camionnette. J'ai résisté à l'envie violente de me casser de cette soirée et de me terrer avec elles.

Jeannie s'est laissée aller un peu plus. Bill et moi avions envahi sa vie de manière inattendue, un peu forcée. Nous la distrayions. Les choses collaient bien entre nous, son mari et ses enfants. Nous avions gagné en crédibilité.

La soirée s'est terminée à 11 heures. J'étais crevé, j'étais pressé. Bill était cuit. Je savais qu'il avait atteint la zone rouge.

Les Klock nous ont reconduits au Holiday Inn. Nous avons bu un dernier café et pris l'avion. J'ai dit qu'il nous faudrait revenir à Chicago et dans le Wisconsin. Passer à l'école d'infirmières de Geneva et à Tomah. Il faudrait retrouver d'anciennes camarades de classe, d'anciens amis, des Hilliker survivants. Bill était d'accord. Il a dit qu'il devrait faire le voyage en solo. Les gens pourraient se fermer comme des huîtres devant le fils de Geneva. Il voulait les voir parler en toute franchise.

J'ai été d'accord. Bill a dit qu'il réglerait les détails et reprendrait l'avion vers l'est.

Je savais que je ne dormirais pas. J'avais les photos là-haut. Mon esprit battait la campagne. Bill m'a demandé à quoi je pensais.

J'ai dit : Je hais le Basané maintenant.

***

Je suis rentré à la maison. Bill est rentré à la maison. Il a réglé les détails de ses visites à Tomah et Chicago. Joe Walker a retrouvé le dossier de divorce de mes parents. Il a retrouvé leur certificat de mariage et quelques vieux annuaires. Il nous a apporté quelques grosses surprises. Bill a pris l'avion pour l'est. Il a vérifié les archives des journaux. Il a parlé à Leigh Hilliker, à son épouse, à trois femmes de quatre-vingts ans. Il a parlé au directeur du West Suburban College of Nursing, l'école d'infirmières. Il a pris des notes rigoureuses. Il a repris l'avion pour rentrer. Il a retrouvé la camarade de Geneva à l'école d'infirmières. Il m'a envoyé ses notes et ses réflexions. Joe Walker m'a adressé les siennes. J'ai lu. J'ai lu, avec les photos devant moi. Janet a trouvé d'autres photos. J'ai vu Geneva portant des lunettes de soleil et un ensemble chemise-pantalon. Je l'ai revue en bottes et pantalon de cheval. L'enquête devenait cohérente. Papiers, dossiers et photographies reconstituaient une vie en ellipses.

30

Gibb Hilliker était fermier et maçon. Il avait épousé Ida Linscott et eu quatre garçons et deux filles. Ils avaient prénommé les garçons Vernon, Earle, Hugh et Belden. Ils avaient appelé leurs filles Blanche et Norma. Ida avait porté des enfants de 1888 à 1905.

Ils habitaient Tunnel City. Deux lignes de chemin de fer traversaient la ville. C'était le comté de Monroe. Les principales industries étaient l'abattage du bois et les fourrures. Le tir à la colombe était très prisé. C'était un sport et un métier. La chair des volatiles était populaire à l'époque. Le comté de Monroe était plein de gibier à plume comestible. Le comté de Monroe était plein d'Indiens bagarreurs. Ils adoraient boire et foutre la merde.

Earle Hilliker adorait boire et foutre la merde. Earle était obstiné. Earle explosait pour un rien. Il est parti pour le Minnesota et a trouvé un boulot dans une ferme. Il a rencontré une fille du nom de Jessie Woodard. Il l'a épousée. Il existait peut-être entre eux des liens de consanguinité. La rumeur a persisté. Earle a ramené Jessie à Tunnel City. Ils ont eu une fille en 1915. Ils l'ont appelée Geneva Odelia Hilliker.

Earle a été nommé gardien conservateur d'État

pour le comté de Monroe, Wisconsin. C'était en 1917. Il était *ranger* forestier. Il attrapait les braconniers et leur faisait passer un mauvais quart d'heure. Il engageait des Indiens pour éteindre les incendies de forêts. Lesquels prenaient son argent et achetaient de l'alcool. Ils allumaient de nouveaux incendies pour se faire plus d'argent. Earle aimait la bagarre. Il était capable de se prendre deux hommes. N'importe qui, mais de race blanche. Il ne déconnait pas avec les Indiens. Ils se battaient en traîtres. Ils se serraient les coudes. Ils avaient la rancune tenace et vous tombaient dessus par-derrière.

Earle et Jessie ont eu une autre fille. Leoda Hilliker est née en 1919.

Jessie a élevé les filles. Elle était gentille, parlait d'une voix douce. Geneva était une enfant brillante. Elle est devenue une adolescente brillante et pensive. Elle était paisible et sûre d'elle-même. Elle avait ce petit *je ne sais quoi* [1] des petites villes.

Elle réussissait bien à l'école. Elle excellait en sport. Elle était plus mûre que d'autres gamines de son âge.

C'était en 1930. Les Hilliker se sont installés à Tomah.

Earle buvait sec. Il dilapidait son argent et payait ses factures avec retard. La Dépression battait son plein. Vernon Hilliker a fait faillite et perdu sa ferme laitière. Earle l'a engagé. Il en a fait un garde forestier et l'a laissé diriger le bureau du comté de Monroe. Vernon faisait tout le travail. Earle buvait et jouait aux cartes toute la journée. Vernon a dit à Earle de faire gaffe. Earle l'a ignoré. Le patron du service de la Conservation du patrimoine naturel est passé à Tomah. Il a trouvé Earle ivre. Il l'a démis de ses fonctions et l'a transféré aux *rangers* de Bowler. Il

1. En français dans le texte.

a donné le poste d'Earle à Vernon. Earle a très mal encaissé. Il a rompu tout contact avec Vernon et la famille de Vernon. Earle s'est installé à Bowler. Jessie a refusé de l'accompagner. Elle est restée à Tomah. Ses filles sont restées avec elle. Geneva a grandi aux côtés de Norma, la sœur d'Earle.

Norma avait neuf ans de plus que Geneva. C'était la plus belle femme de Tomah. Geneva était la plus belle fille. Norma était mariée à « Pete » Pedersen. Pete était propriétaire du drugstore de Tomah. Il avait quinze ans de plus que Norma. Il lui a construit un salon de beauté. Norma s'en occupait pour rire. Norma et Pete avaient de l'argent. Ils donnaient de l'argent à Earle et Jessie. Norma était, localement, *une cause célèbre* [1]. Le bruit courait qu'elle avait une liaison avec un ministre du culte méthodiste. Le bruit courait qu'il avait quitté Tomah et s'était suicidé. Norma et Geneva se comportaient comme deux sœurs ou deux grandes amies. Elles ne se comportaient pas comme tante et nièce. Elles s'entendaient comme larronnes en foire.

Geneva était maintenant une jeune femme assurée. Elle allait au bal. Earle est revenu de Bowler et a joué au chaperon. Il n'aimait pas voir d'autres hommes renifler autour de sa fille.

Geneva a obtenu son diplôme de fin d'études secondaires en juin 34. Elle voulait être infirmière qualifiée. Elle a choisi une école de formation près de Chicago. Norma a dit qu'elle lui paierait ses études et prendrait les frais à sa charge. Geneva a postulé au West Suburban College. Elle a été acceptée. Elle a laissé sa mère et sa petite sœur à Tomah. Elle a laissé son père ivrogne à Bowler. Elle n'est plus revenue que pour de courtes visites.

Elle s'est installée à Oak Park, Illinois. Elle a rac-

1. En français dans le texte.

courci son nom en Jean. Elle a trouvé une chambre dans le dortoir de West Suburban. Elle était dans la même piaule qu'une dénommée Mary Evans, elles ont partagé la même chambre pendant six mois. Elles ont pris deux chambres contiguës et partagé la même salle de bains pendant deux ans. Elles sont devenues très proches. Mary avait un amant médecin. Jean aimait le côté sauvage et incontrôlé de Mary. Mary aimait le côté sauvage et incontrôlé de Jean. Jean sortait avec des garçons et ne rentrait pas pour l'heure du couvre-feu. On aurait dit qu'elle s'était enfuie loin d'une petite ville et de sa petite vie pour se payer un petit coup de folie. Mary et Jean ont mis au point une technique pour faire le mur. Elles ont tripatouillé la serrure de la porte ouvrant sur l'escalier de secours. Elles ont pu, dès lors, se tailler du dortoir et revenir en douce par-derrière sans être repérées. Mary pouvait voir son médecin. Jean pouvait rencontrer des hommes et se laisser aller. Jean était calme et réservée la plupart du temps. Elle aimait lire. Elle aimait rester assise et rêvasser tout éveillée. Jean avait une autre facette. Mary l'a vue se développer en elle. C'était la Jean sans lunettes. Jean a commencé à boire beaucoup. Jean buvait *tout le temps*. Jean sortait pour boire et rentrait après le couvre-feu. Elle s'asseyait sur la cuvette des toilettes et faisait pipi pendant une éternité. Elle était rentrée un soir et avait pris possession de la salle de bains. Elle a allumé une cigarette et l'a laissée tomber dans la cuvette. Quelques feuilles de papier hygiénique se sont enflammées et lui ont roussi le derrière. Jean a ri à n'en plus pouvoir.

Jean aimait à se renfermer. Jean était secrète et gardait ses projets pour elle. Elle ne parlait jamais de ses parents. Sa tante Norma lui rendait visite. Ses parents ne sont jamais venus la voir. Mary pensait que c'était bizarre. Jean aimait les gens plus âgés. Elle aimait les hommes plus âgés. Elle aimait avoir pour amies des femmes plus âgées. Jean est devenue l'amie intime d'une infirmière du nom de Jean Atchinson. Jean Atchinson avait dix ans de plus que Jean. Jean Atchinson ne sortait pas avec des hommes. Jean Atchinson était complètement absorbée par Jean Hilliker. Elle la suivait partout. Tout le monde en parlait. Tout le monde pensait qu'elles étaient lesbiennes et amantes. Mary pensait que Jean Atchinson était une gouine. Jean Hilliker aimait trop les hommes pour être gouine.

Jean est tombée amoureuse d'un dénommé Dan Coffey. Dan avait vingt-cinq ans. Jean en avait vingt. Dan était diabétique et alcoolique irrécupérable. Jean se faisait du souci pour lui. Elle buvait en sa compagnie pratiquement tous les soirs. Elle l'a vu tous les soirs pendant une année et demie. Jean s'est confiée à Mary. Jean a dit qu'elle buvait trop.

Jean savait garder aux choses de sa vie leur juste équilibre. C'était une bonne étudiante infirmière. Elle apprenait vite. Elle accomplissait sa tâche avec conscience, elle était gentille avec ses patients. Elle était capable de rentrer tard et d'être parfaite le lendemain. Jean était compétente, capable, volontaire.

Dan Coffey l'a quittée. Jean l'a très mal vécu. Elle s'est renfermée et s'est mise à courir les hommes. Elle aimait les petites brutes. Certains parmi eux ressemblaient à des gangsters ou à de la graine de truands.

Jean a obtenu son diplôme en mai 37. Elle était maintenant infirmière qualifiée. Elle a trouvé un emploi à plein temps à West Suburban. Elle a quitté le dortoir. Jean Atchinson a trouvé un appartement à Oak Park. Elle a demandé à Jean et Mary Evans d'emménager avec elle. Mary avait sa propre chambre. Jean en partageait une avec Jean Atchinson. Elles dormaient dans le même lit.

Le petit ami de Mary a trouvé à Jean un boulot de chien de garde. Elle était chargée de conduire un couple d'ivrognes à New York City. La femme était atteinte d'un cancer. Son mari voulait l'emmener en Europe avant qu'elle passe l'arme à gauche. Jean était censée veiller à leur sobriété et les conduire jusqu'au bateau.

Le boulot était chiant comme tout. Les poivrots allaient s'égarer à chaque arrêt sur le trajet. Jean a trouvé des bouteilles dans leurs bagages et elle les a vidées. Les poivrots ont joué les pique-assiettes, ils se sont fait payer des coups à boire. Jean a capitulé. Elle les a encouragés à s'enivrer jusqu'à l'inconscience sur le quai. Le mari a dit qu'il avait une suite réservée à son nom. Elle pourrait s'y reposer avant de reprendre la route de Chicago.

Jean a trouvé l'hôtel et a pris la chambre. Elle y a rencontré un artiste. Il a dessiné au fusain un nu de Jean. Ils ont passé quelques jours ensemble sans retenue ni contrainte. Jean a appelé Jean Atchinson et Mary Evans et leur a dit de venir jusqu'à la Grosse Pomme. Elles pourraient s'installer dans sa suite jusqu'à ce qu'on les vire. Jean Atchinson et Mary ont rameuté une troisième infirmière du nom de Nancy Kirkland. Nancy avait une voiture. Elles sont arrivées à New York et ont fait une bringue à tout casser avec Jean. Elles ont bringué quatre ou cinq jours durant.

Les filles sont reparties pour Chicago. Mary a quitté l'appartement. Son petit ami l'a installée dans un logement individuel. Jean Atchinson a vu une annonce pour un concours de beauté *glamour*. Il était patronné par Elmo Beauty Products. Les produits Elmo voulaient trouver quatre femmes. Ils voulaient couronner les « plus charmantes » : une blonde, une brune, une grisonnante et une rouquine. Ils voulaient leur faire fête et les envoyer à Hollywood. Jean Atchinson a envoyé un bulletin de participation et une photo de Jean Hilliker. Elle n'en a rien dit à Jean. Elle savait que Jean ne serait pas d'accord.

Jean a gagné le concours. Elle était maintenant la « plus charmante rouquine d'Amérique ». Elle a piqué une crise de furie contre Jean Atchinson. Sa colère s'est calmée. Elle a pris l'avion pour L.A. le 12/12/38. Elle a rencontré les autres plus charmantes dames. Elles ont passé une semaine à L.A. Elles étaient installées à l'Ambassador Hotel. Elles ont eu mille dollars chacune. Elles ont visité. Des dénicheurs de talent les ont étudiées sur toutes les coutures. Jean a fait un bout d'essai. Le journal de Tomah a passé un article sur la « rouquine la plus charmante ». C'était une « jeune dame très séduisante, tranquille et sans prétentions ».

Jean est retournée à Chicago. Le voyage avait été très agréable. Elle s'était fait un peu d'argent. Elle aimait bien la Californie. Elle s'était bien amusée lors du bout d'essai, sans plus. Elle ne voulait pas être vedette de cinéma.

C'était en 1939. Jean a eu vingt-quatre ans en avril. Tante Norma a largué son mari. Elle s'est mise avec un autre pasteur du coin. Ils ont quitté Tomah pour toujours. Norma a perdu contact avec Jean. Elles ne se sont jamais revues. Jean a perdu contact avec Mary Evans. Elles ne se sont jamais revues. Leoda Hilliker a épousé Ed Wagner le 7/6/39. Jean était présente au mariage à Madison, Wisconsin. Jean avait un ou des amants à ce moment-là. Elle est tombée enceinte. Elle a appelé le petit ami de Mary et lui a demandé de la faire avorter. Il a refusé. Jean s'est avortée elle-même. Elle a tué le fœtus et déclenché une hémorragie. Elle a appelé le petit ami de Mary. Il l'a soignée. Il n'a pas signalé l'avortement à la police.

Jean est partie pour Los Angeles. Peut-être est-ce là qu'elle a rencontré Spalding. Ils se sont mariés quelque part. Ce n'était pas à Chicago. Ce n'était pas dans le comté de L.A. ni d'Orange ni de San Diego ni de Ventura ni de Las Vegas ni de Reno. Bill Stoner a vérifié les registres de mariages dans tous ces endroits. Janet Klock a retrouvé quelques anciennes petites notes. Qui se référaient aux portraits pris sur la clôture. C'était ma mère qui avait rédigé les notes. Elle a dit que les photos avaient été prises près de Mount Charleston, Nevada. Ma mère faisait référence à « nous ». Elle portait une alliance. On aurait dit des photos de lune de miel. Le mariage Hilliker-Spalding n'avait pu être confirmé. Leoda n'avait jamais rencontré Spalding. Les amis de Jean n'avaient jamais rencontré Spalding. Personne ne connaissait son prénom. Deux hommes étaient héritiers-prétendants à la fortune des Spalding, bâtie sur les articles de sport. L'un avait trouvé la mort pendant la Première Guerre mondiale. Le fils survivant s'appelait Keith Spalding. Bill Stoner n'a pas pu établir de lien entre lui et ma mère. Il était possible qu'elle l'eût épousé. Il était possible qu'elle eût épousé un Spalding sans aucun lien de sang avec ces Spalding. Le mariage a été bref. Cinq témoins ont confirmé ce fait ou cette rumeur. Bill a retrouvé une Geneva Spalding dans l'annuaire téléphonique 1939 de L.A. La profession indiquée était « Bonne de maison ». Son adresse était le 852 Bedford à Los Angeles Ouest. Les annuaires 1939 avaient été diffusés en 40. Elle avait eu le temps d'épouser M. Spalding et d'en divorcer. Elle avait eu le temps de trouver un emploi et un appartement personnel.

Earle Hilliker est décédé en 1940. Il a passé l'arme

à gauche après une pneumonie. Jean Hilliker figurait dans l'annuaire de 41. Elle était sténographe. Elle habitait au 854 South Harvard. Elle a déménagé plus à l'est, dans le district de Wilshire. Elle s'employait probablement à obtenir son certificat d'exercice en tant qu'infirmière.

Et un rendez-vous avec mon père.

Mon père était venu s'installer à San Diego après la Première Guerre mondiale. C'est lui qui me l'avait dit. C'était un menteur. Tout ce qu'il déclarait était suspect. Bill Stoner a vérifié les anciens annuaires téléphoniques de San Diego. Il a retrouvé mon père dans l'annuaire 26. Sa profession déclarée était aide-comptable du comté. Il a gardé cet emploi jusqu'en 1929. Il était vendeur en 1930. Il dirigeait un hôtel en 31. Il a travaillé à l'U.S. Grant Hotel les quatre années qui ont suivi. Il était détective et aide-comptable. Il a changé d'emploi en 35. Il est devenu vendeur. Il travaillait pour A.M. Fidelity. Son nom n'apparaissait pas dans les annuaires 36 ou 37. Il réapparaissait en 37 dans l'annuaire de L.A. Sa profession n'était pas précisée. Il habitait au 2819 Leeward. Il était inscrit dans l'annuaire à la même adresse pour 38 et 39. Le 2819 Leeward était L.A. Central. Il se situait à six bons kilomètres à l'est de l'adresse de Geneva Spalding. L'annuaire 40 donnait comme adresse de mon père le 2845 27e Ouest. L'annuaire 41 le situait au 408 South Burlington. L'adresse se situait à deux kilomètres cinq cents de l'adresse Jean Hilliker.

Mon père a épousé une femme à San Diego le 22/12/34. La femme s'appelait Mildred Jean Freese. Elle venait du Nebraska. Mon père l'a « délibérément abandonnée » le 5/6/41. Elle a demandé le divorce le 11/9/44. Elle disait que mon père la traitait « de manière cruelle et inhumaine, ce qui avait déclenché chez la plaignante détresse et souffrances mentales graves, avec pour conséquences qu'elle était devenue extrêmement nerveuse, sujette à des douleurs physiques qui l'ont conduite jusqu'à la maladie ».

Mon père a reçu une citation à comparaître devant la cour. Il ne s'est pas présenté. Un jugement par défaut a été rendu en date du 20/11/44. Le divorce a été prononcé définitivement le 27/11/45. Le mariage n'avait pas donné d'enfants. Le jugement final ne mentionnait pas de pension alimentaire.

Le nom de mon père apparaissait dans l'annuaire 41. Il a abandonné son épouse le 5/6/41. Mildred Jean Ellroy apparaissait dans l'annuaire 42. Elle habitait au 690 $^1/_2$ South Catalina. Jean Hilliker était dans l'annuaire 42. Elle était enregistrée comme infirmière. Elle habitait au 548 $^1/_4$ South New Hampshire. C'était à trois blocs du 690 $^1/_2$ South Catalina. Mon père disait qu'il avait vécu avec ma mère sur la 8e et New Hampshire. Il disait qu'ils vivaient là au moment du bombardement de Pearl Harbor. Sa mémoire était un peu défaillante. Ils habitaient à trois blocs au nord de la 5e et New Hampshire.

Bill et moi avons reconstruit la succession probable des événements.

Mon père a rencontré la rouquine en 1941. Il l'a rencontrée à L.A. Il a abandonné son épouse. Il s'est installé avec Jean Hilliker. Il fuyait une femme. Il a couru vers une autre. La femme avec laquelle il avait rompu a abandonné l'appart' qu'elle partageait avec lui. Elle s'est installée dans un immeuble, à trois blocs du nid d'amour de son mari. Pure coïncidence, ou alors geste délibéré de pur dépit.

Peut-être traquait-elle mon père.

Peut-être s'était-elle installée à trois blocs de distance pour se punir elle-même.

Peut-être s'était-elle installée là pour voir la rouquine et se frotter les mains. Elle savait quel homme était mon père. Elle savait ce qui attendait la rouquine.

Il n'y a pas eu d'annuaire de L.A. jusqu'à la fin de la guerre. Les annuaires 46 et 47 étaient manquants. Les annuaires de Beverly Hills étaient manquants. Impossible d'établir précisément à quel moment s'était faite l'installation au 459 North Doheny.

Ils se sont mis à la colle quelque part. Le divorce Spalding a été effectif en 39 ou 40. Celui de mon père, fin 45. Ils ont été alors libres de se marier.

Ils se sont mariés dans le comté de Ventura. Le 29/8/47. Ma mère avait trente-deux ans. Elle était enceinte de deux mois et demi. Le certificat de mariage donnait une adresse commune. C'était le 459 North Doheny. Le certificat stipulait qu'il s'agissait d'un second mariage pour les deux parties.

Je suis né en mars 48. Jessie Hilliker est décédée en 50. Elle a eu une attaque et a cassé sa pipe. Mes parents se sont installés au 9031 Alden Drive. Le mariage a mal tourné. Ma mère a demandé le divorce le 3/1/55.

Elle parlait de « cruauté extrême ». Elle citait comme biens de la communauté du mobilier et une voiture. Elle stipulait sa volonté d'avoir ma garde à plein temps.

Mon père a accepté ses conditions. Il a signé un acte de partage des biens le 3/2/55. Elle obtenait la voiture et les meubles. Elle avait ma garde pendant l'année scolaire et une partie des vacances. Il avait droit à deux visites hebdomadaires et une partie des vacances. Il devait payer les honoraires d'avocat de ma mère et verser cinquante dollars mensuels de pension alimentaire pour l'enfant.

Une audience a été fixée au 28/2/55. Mon père a été convoqué. Il ne s'est pas présenté. L'avocat de ma mère a déposé un procès-verbal pour non-comparution. Mon père m'a dit qu'elle baisait son avocat.

L'arrêté pour non-comparution a été rendu le 30/3/55. Il était provisoire. Le divorce ne serait effectif qu'un an plus tard. Ma mère a déposé plainte contre mon père pour dommages simples. Il devait comparaître devant la cour le 11/1/56. La plainte se fondait sur des accusations précises.

Ma mère disait que mon père m'avait ramené à la maison un soir de Thanksgiving. Il était resté posté à la porte d'entrée. Il l'avait espionnée. Il avait pénétré de force dans l'appartement le 27/11/55. Il avait fouillé ses placards à vêtements et les tiroirs de son bureau. Il l'avait coincée au Ralph's Market sur la 3e et San Vicente. Il lui avait hurlé des insultes à la figure pendant qu'elle faisait ses courses. L'incident s'était produit fin novembre 55.

Mon père a pris un avocat. Il a rédigé un mémoire et contré les demandes de ma mère. Il disait que le mode de vie de ma mère était défavorable à mon développement moral et social. Mon père craignait pour ma santé et ma sécurité.

Mes parents ont vu un juge. Il a nommé un assesseur-femme et lui a dit d'enquêter sur les accusations proférées.

La femme a interrogé mon père. Il a dit que Jean était une bonne mère cinq jours par semaine. Elle buvait deux tiers d'une bouteille de vin tous les soirs et « se déchaînait » le week-end. Il a dit que c'était une folle du sexe. Son goût pour la boisson allait de pair avec sa folie sexuelle. Il a dit qu'il ne l'avait pas espionnée ce soir-là. Il avait ramené son fils à 17 h 15. Jean avait ouvert la porte. Elle avait les cheveux emmêlés. Elle empestait l'alcool. Un mec du nom de Hank Hart était assis à la table de cuisine. Il était en maillot de corps. Une bouteille de champagne, trois cannettes de bière, une bouteille de vin et une bouteille de whiskey étaient bien en évidence.

Il a quitté l'appartement. Il a décidé de rendre visite à quelques amis du quartier. Il est repassé devant l'appartement. Il a entendu son fils hurler. Il a entendu du « fracas ». Il s'est approché de la fenêtre de cuisine et a regardé dans la pièce. Il a vu son fils entrer dans la salle de bains et prendre un bain. Il a vu Jean et Hank Hart allongés sur le canapé du salon. Ils ont commencé à s'embrasser. Hart a glissé la main sous la robe de Jean. Son fils est entré dans le salon en pyjama. Il a regardé la télé. Hank Hart l'a taquiné. Il est parti se coucher. Hank Hart a ôté son pantalon. Jean a soulevé sa jupe. Ils ont fait l'amour sur le canapé.

Mon père a dit qu'il était entré dans la maison. Il a appelé ma mère. Il lui a demandé si elle n'avait pas honte. Jean a répondu qu'elle faisait ce qui lui plaisait. Il n'avait pas rudoyé Jean au Ralph's Market. Il avait ramené son fils à la maison quelques jours après Thanksgiving. Jean n'était pas là. Son fils lui avait montré comment pénétrer dans l'appartement. Il lui avait ouvert une porte-fenêtre. Il avait pénétré dans l'appartement. Il n'avait pas fouillé dans les vêtements de Jean ni ouvert les tiroirs de son bureau. Il n'avait jamais insulté Jean en termes orduriers. C'est elle qui lui avait téléphoné et l'avait traité de noms orduriers.

L'assesseur a parlé à Ethel Ings qui a déclaré que Jean était une excellente mère. Jean la payait soixante-quinze cents de l'heure. Elle s'occupait du fils de Jean. Jean ne laissait jamais son fils seul à la maison. Il allait dans une église luthérienne tous les dimanches. Jean n'élevait jamais la voix avec lui. Elle n'utilisait jamais de gros mots.

L'assesseur a parlé à la directrice du Paradis des enfants. Elle a déclaré que Jean était une excellente mère. Le père dorlotait l'enfant et ne l'encourageait pas à étudier. Le père se servait de l'enfant. Il s'en servait pour atteindre la mère. Il l'appelait tous les soirs et lui posait des questions sur sa mère. Il lui disait de répondre par oui ou non quand sa mère était dans les parages.

L'assesseur du juge a parlé à Eula Lee Lloyd. Celle-ci a confirmé que Jean était une excellente mère. M. Ellroy n'était pas un bon père. Elle avait vu M. Ellroy à plusieurs reprises ces temps derniers. Il était accroupi devant les fenêtres de l'appartement de Jean. Il espionnait.

L'assesseur du juge a parlé à ma mère. Celle-ci a contredit le compte rendu qu'avait fait mon père de ses faits et gestes. Elle a nié ses accusations d'obsession sexuelle et de comportement alcoolique. Elle a dit que son ex-mari mentait à son fils de façon répétée. Il lui avait dit qu'il possédait un magasin à Norwalk. Il lui avait dit qu'il achetait une maison avec piscine. Il voulait accaparer le jeune garçon entièrement. Son ex-mari l'insultait en termes orduriers. Et ce, devant son fils. Son ex-mari était un homosexuel refoulé. Elle en avait la preuve médicale.

L'assesseur a pris le parti de ma mère. Elle a cité les excellentes références professionnelles de ma mère. Elle a dit que ma mère semblait avoir une personnalité saine et solide. Elle ne se comportait pas en alcoolique ou en souillon. Le juge a pris le parti de ma mère. Il a rendu officiellement son jugement. Il a dit à la plaignante et au défendeur de ne plus se harceler ou s'importuner. Il a ordonné à mon père de ne plus pénétrer chez ma mère. Il lui a dit de ne plus traîner aux alentours ni de l'épier. Il lui a dit de passer me prendre, de me redéposer, de foutre le camp et de ne plus bouger.

Le jugement était daté du 29/2/56. Ma mère était à deux ans et quatre mois du Samedi Soir. Notes et archives dressaient le catalogue d'une vie de mésalliance. Je pouvais considérer que l'enquête était une réussite. Je savais une chose, au-delà de tous les doutes. Je ne savais pas qui avait tué ma mère. Je savais comment elle était venue à King's Row.

31

Ce n'était pas suffisant. C'était une pause momentanée et un point de départ. Il me fallait en savoir plus. Il me fallait honorer ma dette et poursuivre ma revendication. Ma volonté de voir et de savoir était toujours forte, toujours aussi perfidement affûtée. J'étais mon père accroupi devant la fenêtre de la chambre de ma mère.

Je ne voulais pas qu'il y eût une fin. Je ferais en sorte qu'il n'y eût pas de fin. Je ne voulais pas la perdre une seconde fois.

King's Row n'était qu'une fenêtre ouvrant sur l'arrière. Le Basané n'était qu'un témoin avec quelques souvenirs. J'étais un détective sans autorisation officielle, sans règles procédurières relatives aux preuves et pièces à conviction pour me limiter dans mon action. Je pouvais prendre à mon compte insinuations et rumeurs et les tenir pour faits établis. Je pouvais voyager dans sa vie à ma propre vitesse mentale. Je pouvais traîner à Tunnel City et El Monte, et n'importe où entre les deux. Je pouvais vieillir au cours de mes recherches. Je pouvais sentir la peur de ma propre mort. Je pouvais revivre ses dimanches à elle, dans cette église près des voies de chemin de fer. C'est là que se prêchaient les retrouvailles au Paradis. Je pouvais apprendre à croire. Je pouvais faire une croix sur mes recherches par dispense divine et attendre le moment où nos deux regards se verrouilleraient l'un à l'autre, suspendus que nous serions sur notre nuage.

Cela n'arrivera pas. Elle est partie de cette église, elle l'a laissée derrière elle. Elle avait marché vers cette église comme sous la menace d'une arme. Elle s'asseyait sur son banc et rêvait. Je la connais assez pour dire cela comme un fait établi. Je me connais suffisamment pour dire que je ne cesserai jamais de chercher.

Je ne laisserai pas s'installer de fin. Je ne la trahirai pas, je ne l'abandonnerai pas une nouvelle fois.

Je suis avec toi maintenant. Tu as fui, tu t'es cachée et je t'ai trouvée. Tes secrets n'étaient pas en sûreté avec moi. Tu as gagné ma dévotion. Tu l'as payée au prix d'un étalage public.

J'ai pillé ta tombe. Je t'ai révélée. Je t'ai montrée à des moments de honte. J'ai appris des choses sur toi. Tout ce que j'ai appris m'a fait t'aimer plus tendrement encore.

J'en apprendrai plus. Je suivrai tes pistes et j'envahirai ton temps caché. Je démasquerai tes mensonges. Je récrirai ton histoire et réviserai mes jugements à mesure que tes vieux secrets exploseront à la lumière. Je justifierai tout cela au nom de la vie obsessionnelle que tu m'as donnée.

Je ne parviens pas à entendre ta voix. Mais ton odeur est là et je sais le goût de ton haleine. Je peux sentir ta présence. Tu viens te frôler à moi. Tu n'es plus là et je veux plus. Plus de toi.

Rivages/noir

Joan Aiken
Mort un dimanche de pluie (n° 11)

Robert Edmond Alter
Attractions: Meurtres (n° 72)

Jean-Baptiste Baronian
Le Tueur fou (n° 202)

William Bayer
Labyrinthe de miroirs (n° 281)

Marc Behm
La Reine de la nuit (n° 135)
Trouille (n° 163)
À côté de la plaque (n° 188)
Et ne cherche pas à savoir (n° 235)
Crabe (n° 275)

Tonino Benacquista
Les Morsures de l'aube (n° 143)
La Machine à broyer les petites filles (n° 169)

Bruce Benderson
Toxico (n° 306)

Pieke Biermann
Potsdamer Platz (n° 131)
Violetta (n° 160)
Battements de cœur (n° 248)

Michael Blodgett
Captain Blood (n° 185)

Daniel Brajkovic
Chiens féroces (n° 307)

Wolfgang Brenner
Welcome Ossi ! (n° 308)

Paul Buck
Les Tueurs de la lune de miel (n° 175)

Edward Bunker
Aucune bête aussi féroce (n° 127)
La Bête contre les murs (n° 174)
La Bête au ventre (n° 225)

James Lee Burke
  Prisonniers du ciel (n° 132)
  Black Cherry Blues (n° 159)
  Une saison pour la peur (n° 238)
  Le Bagnard (n° 272)
  Une tache sur l'éternité (n° 293)
  Dans la brume électrique avec les morts confédérés (n° 314)

W.R. Burnett
  Romelle (n° 36)
  King Cole (n° 56)
  Fin de parcours (n° 60)

Jean-Jacques Busino
  Un café, une cigarette (n° 172)
  Dieu a tort (n° 236)
  Le Bal des capons (n° 278)
  La Dette du diable (n° 311)

Daniel Chavarría
  Adiós muchachos (n° 269)
  Un thé en Amazonie (n° 302)

George Chesbro
  Une affaire de sorciers (n° 95)
  L'Ombre d'un homme brisé (n° 147)
  Bone (n° 164)
  La Cité où les pierres murmurent (n° 184)
  Les Cantiques de l'Archange (n° 251)
  Les Bêtes du Walhalla (n° 252)
  L'Odeur froide de la pierre sacrée (n° 291)

Andrew Coburn
  Toutes peines confondues (n° 129)

Michael Collins
  L'Égorgeur (n° 148)
  Rosa la Rouge (n° 267)

Robin Cook
  Cauchemar dans la rue (n° 64)
  J'étais Dora Suarez (n° 116)
  Vices privés, vertus publiques (n° 166)
  La Rue obscène (n° 200)
  Quand se lève le brouillard rouge (n° 231)

Le Mort à vif (n° 241)
Bombe surprise (n° 260)

Peter Corris
La Plage vide (n° 46)
Des morts dans l'âme (n° 57)
Chair blanche (n° 65)
Le Garçon merveilleux (n° 80)
Héroïne Annie (n° 102)
Escorte pour une mort douce (n° 111)
Le Fils perdu (n° 128)
Le Camp des vainqueurs (n° 176)

Hélène Couturier
Fils de femme (n° 233)

James Crumley
Putes (n° 92)

Mildred Davis
Dark Place (n° 10)

Jean-Paul Demure
Milac (n° 240)
Fin de chasse (n° 289)

Pascal Dessaint
La vie n'est pas une punition (n° 224)
Bouche d'ombre (n° 255)
À trop courber l'échine (n° 280)
Du bruit sous le silence (n° 312)

Thomas Disch / John Sladek
Black Alice (n° 154)

Wessel Ebersohn
La Nuit divisée (n° 153)
Coin perdu pour mourir (n° 193)
Le Cercle fermé (n° 249)

Stanley Ellin
La Corrida des pendus (n° 14)

James Ellroy
Lune sanglante (n° 27)
À cause de la nuit (n° 31)
La Colline aux suicidés (n° 40)
Brown's Requiem (n° 54)

Clandestin (n° 97)
Le Dahlia noir (n° 100)
Un tueur sur la route (n° 109)
Le Grand Nulle Part (n° 112)
L.A. Confidential (n° 120)
White Jazz (n° 141)
Dick Contino's Blues (n° 212)
American Tabloid (n° 282)

Howard Fast
Sylvia (n° 85)
L'Ange déchu (n° 106)

Kinky Friedman
Meurtre à Greenwich Village (n° 62)
Quand le chat n'est pas là (n° 108)
Meurtres au Lone Star Café (n° 151)
Le Vieux Coup de la sauterelle (n° 197)
Elvis, Jésus et Coca-Cola (n° 264)

Samuel Fuller
L'Inexorable Enquête (n° 190)
La Grande Mêlée (n° 230)

Barry Gifford
Port Tropique (n° 68)
Sailor et Lula (n° 107)
Perdita Durango (n° 140)
Jour de chance pour Sailor (n° 210)
Rude journée pour l'Homme Léopard (n° 253)

David Goodis
La Blonde au coin de la rue (n° 9)
Beauté bleue (n° 37)
Rue Barbare (n° 66)
Retour à la vie (n° 67)
Obsession (n° 75)

James Grady
Le Fleuve des ténèbres (n° 180)
Tonnerre (n° 254)

Russell H. Greenan
Sombres crapules (n° 138)
La Vie secrète d'Algernon Pendleton (n° 156)
C'est arrivé à Boston ? (n° 205)

La Nuit du jugement dernier (n° 237)
Un cœur en or massif (n° 262)

Joseph Hansen
Par qui la mort arrive (n° 4)
Le petit chien riait (n° 44)
Un pied dans la tombe (n° 49)
Obédience (n° 70)
Le Noyé d'Arena Blanca (n° 76)
Pente douce (n° 79)
Le Garçon enterré ce matin (n° 104)
Un pays de vieux (n° 155)
Le Livre de Bohannon (n° 214)

John Harvey
Cœurs solitaires (n° 144)
Les Étrangers dans la maison (n° 201)
Scalpel (n° 228)
Off Minor (n° 261)
Les Années perdues (n° 299)

Vicki Hendricks
Miami Purity (n° 304)

George V. Higgins
Les Copains d'Eddie Coyle (n° 114)
Le Contrat Mandeville (n° 191)
Le Rat en flammes (n° 243)
Paris risqués (n° 287)

Tony Hillerman
Là où dansent les morts (n° 6)
Le Vent sombre (n° 16)
La Voie du fantôme (n° 35)
Femme-qui-écoute (n° 61)
Porteurs-de-peau (n° 96)
La Voie de l'Ennemi (n° 98)
Le Voleur de Temps (n° 110)
La Mouche sur le mur (n° 113)
Dieu-qui-parle (n° 122)
Coyote attend (n° 134)
Le Grand Vol de la banque de Taos (n° 145)
Les Clowns sacrés (n° 244)
Moon (n° 292)

Chester Himes
Qu'on lui jette la première pierre (n° 88)
Dolores Hitchens
La Victime expiatoire (n° 89)
Geoffrey Homes
Pendez-moi haut et court (n° 93)
La Rue de la femme qui pleure (n° 94)
Dorothy B. Hughes
Et tournent les chevaux de bois (n° 189)
Chute libre (n° 211)
William Irish
Manhattan Love Song (n° 15)
Valse dans les ténèbres (n° 50)
Bill James
Retour après la nuit (n° 310)
William Kotzwinkle
Midnight Examiner (n° 118)
Le Jeu des Trente (n° 301)
Jonathan Latimer
Gardénia rouge (n° 3)
Noir comme un souvenir (n° 20)
Michel Lebrun
Autoroute (n° 165)
Le Géant (n° 245)
Christian Lehmann
Un monde sans crime (n° 316)
Elmore Leonard
Zig Zag Movie (n° 220)
Maximum Bob (n° 234)
Punch Créole (n° 294)
Bob Leuci
Captain Butterfly (n° 149)
Odessa Beach (n° 290)
Ted Lewis
Le Retour de Jack (n° 119)
Sévices (n° 152)
Jack Carter et la loi (n° 232)
Plender (n° 258)

Richard Lortz
Les Enfants de Dracula (n° 146)
Deuil après deuil (n° 182)
L'Amour mort ou vif (n° 206)
John D. MacDonald
Réponse mortelle (n° 21)
Un temps pour mourir (n° 29)
Un cadavre dans ses rêves (n° 45)
Le Combat pour l'île (n° 51)
L'Héritage de la haine (n° 74)
John P. Marquand
Merci Mr Moto (n° 7)
Bien joué, Mr Moto (n° 8)
Mr Moto est désolé (n° 18)
Rira bien, Mr Moto (n° 87)
Richard Matheson
Échos (n° 217)
Helen McCloy
La Somnambule (n° 105)
William McIlvanney
Les Papiers de Tony Veitch (n° 23)
Laidlaw (n° 24)
Big Man (n° 90)
Étranges Loyautés (n° 139)
Marc Menonville
Jeux de paumes (n° 222)
Walkyrie vendredi (n° 250)
Dies Irae en rouge (n° 279)
Ronald Munson
Courrier de fan (n° 226)
Tobie Nathan
Saraka bô (n° 186)
Dieu-Dope (n° 271)
Jim Nisbet
Les damnés ne meurent jamais (n° 84)
Injection mortelle (n° 103)
Le Démon dans ma tête (n° 137)
Le Chien d'Ulysse (n° 161)
Sous le signe du rasoir (n° 273)

Kyotaro Nishimura
Petits crimes japonais (n° 218)
Jack O'Connell
B.P. 9 (n° 209)
Liam O'Flaherty
L'Assassin (n° 247)
Jean-Hugues Oppel
Brocéliande-sur-Marne (n° 183)
Ambernave (n° 204)
Six-Pack (n° 246)
Ténèbre (n° 285)
Abigail Padgett
L'Enfant du silence (n° 207)
Le Visage de paille (n° 265)
Hugues Pagan
Les Eaux mortes (n° 17)
La Mort dans une voiture solitaire (n° 133)
L'Étage des morts (n° 179)
Boulevard des allongés (n° 216)
Last Affair (n° 270)
L'Eau du bocal (n° 295)
Andrea G. Pinketts
Le Sens de la formule (n° 288)
Bill Pronzini
Hidden Valley (n° 48)
Bill Pronzini / Barry N. Malzberg
La nuit hurle (n° 78)
Michel Quint
Billard à l'étage (n° 162)
La Belle Ombre (n° 215)
Le Bélier noir (n° 263)
Diana Ramsay
Approche des ténèbres (n° 25)
Est-ce un meurtre ? (n° 38)
Louis Sanders
Février (n° 315)
Philippe Setbon
Fou-de-coudre (n° 187)
Desolata (n° 219)

Roger Simon
Le Clown blanc (n° 71)
Génération Armageddon (n° 199)
La Côte perdue (n° 305)
Pierre Siniac
Les mal lunés (n° 208)
Sous l'aile noire des rapaces (n° 223)
Démago Story (n° 242)
Le Tourbillon (n° 256)
Femmes blafardes (n° 274)
L'Orchestre d'acier (n° 303)
Les Standiford
Pandémonium (n° 136)
Johnny Deal (n° 259)
Richard Stark
La Demoiselle (n° 41)
La Dame (n° 170)
Richard Stratton
L'Idole des camés (n° 257)
Vidar Svensson
Retour à L.A. (n° 181)
Paco Ignacio Taibo II
Ombre de l'ombre (n° 124)
La Vie même (n° 142)
Cosa fácil (n° 173)
Quelques nuages (n° 198)
À quatre mains (n° 227)
Pas de fin heureuse (n° 268)
Même ville sous la pluie (n° 297)
La Bicyclette de Leonard (n° 298)
Ross Thomas
Les Faisans des îles (n° 125)
La Quatrième Durango (n° 171)
Crépuscule chez Mac (n° 276)
Traîtrise ! (n° 317)
Voodoo, Ltd (n°318)
Jim Thompson
Liberté sous condition (n° 1)
Un nid de crotales (n° 12)

L'Autre Fils de Dieu (n° 33)
Le Babouin blond (n° 34)
Inspecteur Saito (n° 42)
Le Massacre du Maine (n° 43)
Un vautour dans la ville (n° 53)
Mort d'un colporteur (n° 59)
Le Chat du sergent (n° 69)
Cash-cash millions (n° 81)
Le Chasseur de papillons (n° 101)
Retour au Maine (n° 286)
Le Papou d'Amsterdam (n° 313)

Harry Whittington
Des feux qui détruisent (n° 13)
Le diable a des ailes (n° 28)

Charles Willeford
Une fille facile (n° 86)
Hérésie (n° 99)
Miami Blues (n° 115)
Une seconde chance pour les morts (n° 123)
Dérapages (n° 192)
Ainsi va la mort (n° 213)

Charles Williams
La Fille des collines (n° 2)
Go Home, Stranger (n° 73)
Et la mer profonde et bleue (n° 82)

Timothy Williams
Le Montreur d'ombres (n° 157)
Persona non grata (n° 203)

Daniel Woodrell
Sous la lumière cruelle (n° 117)
Battement d'aile (n° 121)
Les Ombres du passé (n° 194)
Faites-nous la bise (n° 296)

Rivages/Mystère

Charlotte Armstrong
Le Jour des Parques (n° 13)
L'Inconnu aux yeux noirs (n° 15)
Une dose de poison (n° 21)

Francis Beeding
La Maison du Dr Edwardes (n° 9)
La mort qui rôde (n° 12)
Un dîner d'anniversaire (n° 18)

Algernon Blackwood
John Silence (n° 8)

Fortuné du Boisgobey
Le Coup d'œil de M. Piédouche (n°32)

Jypé Carraud
Tim-Tim Bois-Sec (n° 22)
Le Squelette cuit (n° 25)
Les Poulets du Cristobal (n° 31)

Collectif
La Griffe du chat (n° 28)

E. W. Crofts
Le Tonneau (n° 24)

Amanda Cross
En dernière analyse (n° 23)
Insidieusement vôtre (n° 26)
Justice poétique (n° 27)
Une mort si douce (n° 30)

Mildred Davis
Crime et chuchotements (n° 14)
Passé décomposé (n° 16)
Un homme est mort (n° 20)

Michael Dibdin
L'Ultime Défi de Sherlock Holmes (n° 17)

John Dickson Carr
En dépit du tonnerre (n° 5)

Jacques Futrelle
Treize enquêtes de la machine à penser (n° 29)

William Kotzwinkle
Fata Morgana (n° 2)

Alexis Lecaye
Einstein et Sherlock Holmes (n° 19)

John P. Marquand
À votre tour, Mister Moto (n° 4)

Kai Meyer
La Conjuration des visionnires (n° 33)

Anthony Shaffer
Absolution (n° 10)

J. Storer-Clouston
La Mémorable et Tragique Aventure de Mr Irwin Molyneux (n° 11)

Rex Stout
Le Secret de la bande élastique (n° 1)
La Cassette rouge (n° 3)
Meurtre au vestiaire (n° 6)

Josephine Tey
Le plus beau des anges (n° 7)

Rivages poche / Bibliothèque étrangère

Harold Acton
Pivoines et Poneys (n° 73)

Sholem Aleikhem
Menahem-Mendl le rêveur (n° 84)

Jessica Anderson
Tirra Lirra (n° 194)

Reinaldo Arenas
Le Portier (n° 26)

James Baldwin
La Chambre de Giovanni (n° 256)

Quentin Bell
Le Dossier Brandon (n° 102)

Stefano Benni
Baol (n° 179)

Ambrose Bierce
Le Dictionnaire du Diable (n° 11)
Contes noirs (n° 59)
En plein cœur de la vie (n° 79)
En plein cœur de la vie, vol. II (n° 100)
De telles choses sont-elles possibles ? (n° 130)
Fables fantastiques (n° 170)
Le Moine et la fille du bourreau (n° 206)

Elizabeth Bowen
Dernier automne (n°265)

Paul Bowles
Le Scorpion (n° 3)
L'Écho (n° 23)
Un thé sur la montagne (n° 30)

Emily Brontë
Les Hauts de Hurle-Vent (n° 95)

Robert Olen Butler
Un doux parfum d'exil (n° 197)

Calamity Jane
Lettres à sa fille (n° 232)

Peter Cameron
Week-end (n° 245)

Ethan Canin
L'Empereur de l'air (n° 109)
Blue River (n° 157)

Truman Capote
Un été indien (n° 9)

Willa Cather
Mon ennemi mortel (n° 74)
Une dame perdue (n° 101)
Destins obscurs (n° 117)
La Mort et l'Archevêque (n° 144)
Mon Ántonia (n° 159)
La Maison du professeur (n° 217)

Fausta Cialente
Les Quatre Filles Wieselberger (n° 10)

Barbara Comyns
Les Infortunes d'Alice (n° 94)

Joseph Conrad
Le Duel (n° 106)

Lettice Cooper
Une journée avec Rhoda (n° 137)
Fenny (n° 264)

Giuseppe Culicchia
Patatras (n° 227)

Silvio D'Arzo
Maison des autres (n° 78)

Robertson Davies
L'Objet du scandale (n° 234)
Le Manticore (n° 260)

Angela Davis-Gardner
Un refuge en ce monde (n° 118)
Felice (n° 203)

Andrea De Carlo
Oiseaux de cage et de volière (n° 178)

Walter de la Mare
L'Amandier (n° 108)

Du fond de l'abîme (n° 141)
À première vue (n° 219)

Daniele Del Giudice
Le Stade de Wimbledon (n° 209)

Erri De Luca
Une fois, un jour (n° 119)
Acide, Arc-en-ciel (n° 201)
En haut, à gauche (n° 251)

Alfred Döblin
L'Assassinat d'une renoncule (n° 25)

Heimito von Doderer
Un meurtre que tout le monde commet (n° 14)

Michael Dorris
Un radeau jaune sur l'eau bleue (n° 121)

John Meade Falkner
Le Stradivarius perdu (n° 153)

Eva Figes
Lumière (n° 5)

Richard Ford
Rock Springs (n° 220)

Mavis Gallant
Les Quatre Saisons (n° 82)
Voyageurs en souffrance (n° 175)
L'été d'un célibataire (n° 205)
Chroniques de Mai 68 (n° 246)

William Gass
Au cœur du cœur de ce pays (n° 146)

Kaye Gibbons
Ellen Foster (n° 4)
Une femme vertueuse (n° 31)

Barry Gifford
Les Vies parallèles de Jack Kerouac (n° 81)
Paysage avec voyageur (n° 133)

Lars Gustafsson
Musique funèbre (n° 135)

MacDonald Harris
La Valise de Hemingway (n° 149)

Christopher Isherwood
Le Condor (n° 28)

Henry James
Mémoires d'un jeune garçon (n° 27)
Owen Wingrave (n° 36)
Le Dernier des Valerii (n° 62)
Un épisode international (n° 97)

Diane Johnson
Nuits persanes (n° 185)

Elizabeth Jolley
L'Héritage de Miss Peabody (n° 87)
Tombé du ciel (n° 131)
Foxybaby (n° 161)

Barbara Kingsolver
L'Arbre aux haricots (n° 224)
Les Cochons au paradis (n° 242)

Rudyard Kipling
Le Miracle de saint Jubanus (n° 85)

Mirko Kovač
La Vie de Malvina Trifković (n° 111)

Gavin Lambert
Le Crime de Hannah Kingdom (n° 104)

Ella Leffland
Rose Munck (n° 134)

David Lodge
Jeu de société (n° 44)
Changement de décor (n° 54)
Un tout petit monde (n° 69)
La Chute du British Museum (n° 93)
Nouvelles du Paradis (n° 124)
Jeux de maux (n° 154)
Hors de l'abri (n° 189)
L'homme qui ne voulait plus se lever (n° 212)
Thérapie (n° 240)

Rosetta Loy
Les Routes de poussière (n° 164)
Un chocolat chez Hanselmann (n° 255)

Alison Lurie
Les Amours d'Emily Turner (n° 7)
La Ville de nulle part (n° 21)
La Vérité sur Lorin Jones (n° 32)
Des gens comme les autres (n° 38)
Conflits de famille (n° 46)
Des amis imaginaires (n° 71)
Comme des enfants (n° 107)
Femmes et Fantômes (n° 182)
Liaisons étrangères (n° 207)

Norman Maclean
Montana, 1919 (n° 140)
La Rivière du sixième jour (n° 213)
La Part du feu (n° 243)

Norman Mailer
Les vrais durs ne dansent pas (n° 177)

Javier Marías
L'Homme sentimental (n° 24)
Le Roman d'Oxford (n° 114)
Un cœur si blanc (n° 186)
Ce que dit le majordome (n° 237)
Demain dans la bataille pense à moi (n° 253)

Olga Masters
Le Cœur labyrinthe (n° 115)

Jay McInerney
Toute ma vie (n° 229)

Steven Millhauser
La Galerie des jeux (n° 37)

Lorrie Moore
Des histoires pour rien (n° 8)
Vies cruelles (n° 61)
Anagrammes (n° 91)
Que vont devenir les grenouilles ? (n° 236)

Frank Moorhouse
Quarante/Dix-sept (n° 112)

Guido Morselli
Dissipatio (n° 173)

Alice Munro
Les Lunes de Jupiter (n° 147)
Amie de ma jeunesse (n° 198)

Vladimir Nabokov
L'Enchanteur (n° 215)

Roger Nimier
Les Indes Galandes (n° 64)

Whitney Otto
Le Jour du patchwork (n° 184)

Cynthia Ozick
Le Rabbi païen (n° 29)

Grace Paley
Les Petits Riens de la vie (n° 1)
Plus tard le même jour (n° 13)
Énorme changement de dernière minute (n° 163)

Victor Paskov
Ballade pour Georg Henig (n° 33)

Pier Paolo Pasolini
Descriptions de descriptions (n° 168)

Walker Percy
Le Cinéphile (n° 18)
L'Amour parmi les ruines (n° 88)
Les Signes de l'apocalypse (n° 172)

Barbara Pym
Adam et Cassandra (n° 15)
Secret, très secret (n° 35)
Lorsqu'un matin d'orage (n° 47)

Elisabetta Rasy
La Première extase (n° 228)

Umberto Saba
Couleur du temps (n° 6)
Comme un vieillard qui rêve (n° 17)

Lisa Saint-Aubin de Terán
Les Jours de l'Orénoque (n° 90)

John Saul
Baraka (n° 142)
De si bons Américains (n° 183)
Mort d'un général (n° 216)

Karel Schoeman
En étrange pays (n° 249)

Budd Schulberg
Un homme dans la foule (n° 76)
Le Désenchanté (n° 77)
Le Visage de Hollywood (n° 156)

Carl Seelig
Promenades avec Robert Walser (n° 65)

Carol Shields
Swann (n° 126)
La République de l'amour (n° 160)

Jane Smiley
Portraits d'après nature (n° 148)
L'Exploitation (n° 199)
Un appartement à New York (n° 218)

Natsumé Sôseki
Oreiller d'herbes (n° 2)
Clair-obscur (n° 22)
Le Voyageur (n° 122)

Elizabeth Spencer
Nouvelles du Sud (n° 188)

Tilman Spengler
Le Cerveau de Lénine (n° 151)

Robert Louis Stevenson
Fables (n° 20)
La Magicienne (n° 34)
Olalla (n° 56)

Italo Svevo
Le Destin des souvenirs (n° 12)

Paco Ignacio Taibo II
Le Rendez-vous des héros (n° 204)

Elizabeth Taylor
Angel (n° 41)

Rivages poche /Petite Bibliothèque
Collection dirigée par Lidia Breda

Giorgio Agamben
Stanze (n° 257)

Anonyme chinois
Les Trente-Six Stratagèmes (n° 152)

Apulée
Le Démon de Socrate (n° 110)

Hannah Arendt
Considérations morales (n° 181)

L'Arétin
Sonnets luxurieux (n° 192)

Aristote
L'Homme de génie et la Mélancolie (n° 39)
Rhétorique-Des passions (n° 40)
Éthique à Eudème (n° 129)
La Vérité des songes (n° 162)

Marc Augé
L'Impossible voyage (n° 214)

Barbey d'Aurevilly
Du dandysme et de George Brummell (n° 233)

Bruce Benderson
Pour un nouvel art dégénéré (n° 259)

Boèce
Consolation de la Philosophie (n° 58)

Georg Büchner
Lenz (n° 244)

Casanova
Mon apprentissage à Paris (n° 252)

Madame du Châtelet
Discours sur le bonheur (n° 221)

Chesterfield
Lettres à son fils (n° 99)

Christine de Suède
Maximes (n° 200)

Tullia d'Aragona
De l'infinité d'amour (n° 210)

Thérèse d'Avila
Le Château intérieur (n° 248)

Madame du Deffand
Lettres à Voltaire (n° 139)

Erri De Luca
Un nuage comme tapis (n° 176)
Rez-de-chaussée (n° 191)

Maître Eckhart
Du Détachement (n° 143)

Umberto Eco - Cardinal Martini
Croire en quoi ? (n° 238)

Épictète
Manuel (n° 132)

Euripide-Sénèque
Médée (n° 211)

Sigmund Freud - Stefan Zweig
Correspondance (n° 166)

Witold Gombrowicz
Cours de philosophie en six heures un quart (n° 171)

Baltasar Gracián
L'Art de la prudence (n° 116)

Hésiode
Théogonie, la naissance des dieux (n° 83)

Hippocrate
Sur le rire et la folie (n° 49)
Airs, eaux, lieux (n° 174)

Jahiz
Éphèbes et Courtisanes (n° 231)

Jean
Apocalypse (n° 165)

Jean Paul
Être là dans l'existence (n° 239)

Hans Jonas
Le Concept de Dieu après Auschwitz (n° 123)
Le Droit de mourir (n° 196)
Pour une éthique du futur (n° 235)

Stephen Karcher
Yi king (n° 247)

Søren Kierkegaard
Johannes Climacus, ou *Il faut douter de tout* (n° 223)
Pierre Klossowski
La Monnaie vivante (n° 230)
Karl Kraus
La Littérature démolie (n° 92)
Madame de Lambert
De l'amitié (n° 268)
Giacomo Leopardi
Philosophie pratique (n° 258)
Emmanuel Levinas
Quelques réflexions sur la philosophie de l'hitlérisme (n° 226)
Ethique comme philosophie première (n° 254)
Lie Zi
Du vide parfait (n° 263)
Longin
Du sublime (n° 105)
Lucien
Philosophes à vendre (n° 72)
Montaigne
De la vanité (n° 63)
Montesquieu
Essai sur le goût (n° 96)
André Morellet
De la conversation (n° 169)
Friedrich Nietzsche
Dernières Lettres (n° 70)
Ortega y Gasset
Le Spectateur (n° 80)
Ovide
Amours (n° 202)
Martin Palmer
Le Taoïsme (n° 222)
Pascal
Pensées sur la politique (n° 75)
Fernando Pessoa
Fragments d'un voyage immobile (n° 42)
Lettres à la fiancée (n° 43)

Pétrarque
Mon secret (n° 52)
La Vie solitaire (n° 266)

Plutarque
Comment tirer profit de ses ennemis (n° 103)
Comment écouter (n° 150)

Karl Popper
Des sources de la connaissance et de l'ignorance (n° 241)

Félix Ravaisson
De l'habitude (n° 208)

Jean-Jacques Rousseau
Émile et Sophie (n° 127)

Karl Gottlob Schelle
L'Art de se promener (n° 187)

Arthur Schnitzler
Lettres aux amis (n° 45)
Relations et Solitudes (n° 51)
La Transparence impossible (n° 68)

Gershom Scholem
Benjamin et son ange (n° 158)

Schopenhauer
Douleurs du monde (n° 57)
Essai sur le libre arbitre (n° 66)
Contre la philosophie universitaire (n° 113)

Sénèque
De la tranquillité de l'âme (n° 48)
De la brièveté de la vie (n° 53)
Consolations (n° 60)

Georg Simmel
Philosophie de l'amour (n° 55)
La Tragédie de la culture (n° 86)
Michel-Ange et Rodin (n° 180)

Marina Tsvétaïéva
Après la Russie (n° 89)

Xénophon
L'Économique (n° 145)

Jacques-Gilbert Ymbert
L'Art de faire des dettes (n° 193)

Achevé d'imprimer
par Maury-Eurolivres – 45300 Manchecourt